*Elogios para Stephen King y*

# El resplandor

"El rey del terror". —*El País*

"Terrorífica... Ofrece horrores a un ritmo intenso e infatigable". —*The New York Times*

"Un maestro en contar historias". —*Los Angeles Times*

"Esta escalofriante novela te perseguirá, te helará la sangre y hará que tu corazón corra a mil por hora". —*Nashville Banner*

"Terror garantizado... Una historia con un clímax literalmente explosivo". —*Cosmopolitan*

"El hombre más maravillosamente escalofriante del planeta". —*USA Today*

"Un maestro indiscutido del suspenso y el terror". —*The Washington Post*

"Él es el autor que convierte lo improbable en algo tan aterrador que te verás obligado a revisar las cerraduras de las puertas". —*The Boston Globe*

STEPHEN KING

# El resplandor

Stephen King es el maestro indiscutible de la narrativa de terror contemporánea, con más de treinta libros publicados. En 2003 fue galardonado con la Medalla de la National Book Foundation por su contribución a las letras estadounidenses, y en 2007 recibió el Grand Master Award, que otorga la asociación Mystery Writers of America. Entre sus títulos más célebres cabe destacar *El misterio de Salem's Lot, El resplandor, Carrie, La zona muerta, Ojos de fuego, IT (Eso), Maleficio, La milla verde* y las siete novelas que componen la serie *La torre oscura*. Vive en Maine con su esposa Tabitha King, también novelista.

TAMBIÉN DE STEPHEN KING

*IT (Eso)*

*Misery*

*Mr. Mercedes*

*Cujo*

*El Instituto*

*La milla verde*

*Cementerio de animales*

# El resplandor

Una novela

## STEPHEN KING

*Traducción de Marta I. Guastavino*

VINTAGE ESPAÑOL
*Una división de Penguin Random House LLC*
*Nueva York*

PRIMERA EDICIÓN VINTAGE ESPAÑOL, AGOSTO 2020

*Copyright de la traducción © 1977 por Marta I. Guastavino*

Todos los derechos reservados. Publicado en los Estados Unidos de América por Vintage Español, una división de Penguin Random House LLC, Nueva York, y distribuido en Canadá por Penguin Random House Canada Limited, Toronto. Originalmente publicado en inglés bajo el título *The Shining* por Doubleday, una división de Penguin Random House LLC, Nueva York, en 1977. Copyright © 1977 por Stephen King.
Esta traducción fue originalmente publicada en España por Plaza & Janés, Barcelona, en 1977.

Vintage es una marca registrada y Vintage Español y su colofón son marcas de Penguin Random House LLC.

Esta novela es una obra de ficción. Los nombres, personajes, lugares e incidentes son producto de la imaginación del autor o se usan de forma ficticia. Cualquier parecido con personas, vivas o muertas, eventos o escenarios es puramente casual.

Información de catalogación de publicaciones disponible en la Biblioteca del Congreso de los Estados Unidos.

**Vintage Español ISBN en tapa blanda: 978-0-593-31123-3**
**eBook ISBN: 978-0-593-31124-0**

*Para venta exclusiva en EE.UU., Canadá, Puerto Rico y Filipinas.*

www.vintageespanol.com

Impreso en los Estados Unidos de América
10 9 8 7 6 5 4 3 2 1

*Dedico este libro*
*a Joe Hill King, que resplandece.*

# ÍNDICE

PRIMERA PARTE
## PRELIMINARES



SEGUNDA PARTE
## EL DÍA DEL CIERRE

## TERCERA PARTE
## EL AVISPERO



## CUARTA PARTE
## AISLADOS POR LA NIEVE

QUINTA PARTE

## CUESTIÓN DE VIDA O MUERTE

Algunos de los más hermosos hoteles de temporada del mundo se hallan situados en el estado de Colorado, pero el que se describe en estas páginas no se basa en ninguno de ellos. El Overlook y la gente que con él se vincula no existen más que en la imaginación del autor.

En ese aposento... se apoyaba un gigantesco reloj de ébano. Su péndulo se balanceaba con un resonar sordo, pesado, monótono; y cuando la hora iba a sonar, de las entrañas de bronce del reloj salía un tañido claro, resonante, profundo y extraordinariamente musical, pero de un timbre tan particular y potente que de hora en hora, los músicos de la orquesta se veían obligados a interrumpir... para escuchar el sonido; y las parejas danzantes cesaban por fuerza en sus evoluciones; durante un momento, en aquella alegre sociedad reinaba el desconcierto; y mientras aún resonaban los tañidos del reloj, se notaba que los más vehementes palidecían y los de más edad y más sensatos se pasaban la mano por la frente, como si se entregaran a un confuso ensueño o meditación. Pero apenas los ecos cesaban, livianas risas se difundían por la reunión...; y se sonreían de su nerviosidad... mientras se prometían unos a otros en voz baja que el siguiente tañido del reloj no provocaría en ellos una emoción semejante. Mas al cabo de sesenta minutos... el reloj daba otra vez la hora, y otra vez nacían el desconcierto, el temblor y la meditación de antes.

Mas a pesar de esas cosas, la jarana era alegre y magnífica...

E. A. Poe
*La máscara de la Muerte Roja*

El sueño de la razón produce monstruos.

Goya

Cuando resplandezca, resplandecerá.

Dicho popular

PRIMERA PARTE

# PRELIMINARES

# 1. ENTREVISTA DE TRABAJO

*Vulgar empleaducho engreído*, pensó Jack Torrance.

Ullman no pasaría de un metro sesenta y cinco de estatura, y al moverse lo hacía con la melindrosa rapidez propia de los hombres bajos y obesos. La raya del pelo era milimétrica, y vestía un traje oscuro, sobrio, aunque reconfortante. Aquel traje parecía invitar a las confidencias cuando se trataba de un cliente cumplidor, pero transmitía un mensaje más lacónico al ayudante contratado: «más vale que sea usted eficiente». Llevaba un clavel rojo en la solapa, probablemente para que por la calle nadie confundiera a Stuart Ullman con el empresario de servicios funerarios.

Mientras hablaba, Jack pensó que, en aquellas circunstancias, probablemente a nadie le habría gustado estar al otro lado de la mesa.

Ullman le había hecho una pregunta, sin que él alcanzara a oírla. Mala suerte, se dijo. Ullman era una de esas personas capaces de archivar en su computadora mental los errores de este tipo para tenerlos en cuenta más adelante.

–¿Qué decía?

–Le preguntaba si su mujer conoce realmente el trabajo que tendrá que hacer aquí. También está su hijo, por supuesto –echó un vistazo a la solicitud que tenía ante sí– ... Daniel. ¿A su esposa no le asusta la idea?

–Wendy es una mujer extraordinaria.

–¿Su hijo también lo es?

Jack esbozó una amplia sonrisa de «relaciones públicas».

–Creemos que sí. Para sus cinco años es un niño bastante seguro de sí mismo.

Ullman no le devolvió la sonrisa. Guardó la solicitud de Jack en una carpeta, que fue a parar a un cajón. La mesa quedó completamente despejada, salvo por un papel secante, un teléfono, una lámpara y una bandeja de Entradas/Salidas, también vacía.

Ullman se levantó y se dirigió hacia el archivador, colocado en un rincón.

–Por favor, acérquese, señor Torrance. Vamos a ver los planos del hotel.

Volvió con cinco hojas grandes, que desplegó sobre la brillante superficie de nogal del escritorio. Jack se quedó de pie junto a él, y percibió claramente el olor de la colonia de Ullman. «Mis hombres usan *English Leather,* o no usan nada.» El anuncio le vino a la mente sin motivo alguno, y tuvo que morderse la lengua para dominar un acceso de risa. Desde el otro lado de la pared, llegaban débilmente los ruidos de la cocina del hotel Overlook. Al parecer, estaban terminando el servicio de comidas.

–La última planta –comentó Ullman– es el desván. En la actualidad no hay más que cachivaches. El Overlook ha cambiado de manos varias veces desde la guerra, y parece que cada uno de los directores echó en el desván todo lo que no quería. Quiero que pongan ratoneras y cebos envenenados. Algunas camareras de la tercera planta aseguran que han oído ruidos ahí arriba. Aunque no lo creo, no debe haber una sola oportunidad entre cien de que una rata se aloje en el Overlook.

Jack, que sospechaba que todos los hoteles del mundo alojaban al menos un par de ratas, guardó silencio.

–Por supuesto, no dejará que su hijo suba al desván bajo ninguna circunstancia.

–No –convino Jack, y volvió a sonreír afablemente. Qué situación más humillante, pensó. ¿Acaso este empleaducho engreído cree que dejaré jugar a mi hijo en un desván con ratoneras, atestado de cachivaches y de sabe Dios qué otras cosas?

Ullman apartó el plano del desván y lo puso debajo de los otros.

–El Overlook tiene ciento diez habitaciones –anunció con solemnidad–. Treinta de ellas, todas suites, están en la tercera planta; diez en el ala oeste (incluyendo la suite presidencial), diez en el centro y las otras diez en el ala este. Todas ellas tienen una vista estupenda.

¿No podrías, por lo menos, interrumpir tu discurso?, se preguntó, pero guardó silencio, ya que necesitaba el empleo.

Ullman puso el plano de la tercera planta debajo de los demás y los dos examinaron el de la segunda.

–Cuarenta habitaciones –prosiguió Ullman–, treinta dobles y diez individuales. Y en la primera planta, veinte de cada clase. Además, hay tres armarios de ropa blanca en cada planta, un almacén en el extremo este de la segunda planta y otro en el extremo oeste de la primera. ¿Alguna pregunta?

Jack negó con la cabeza y Ullman guardó los planos de la primera y segunda planta.

–Bueno, ahora la planta baja. Aquí, en el centro, está el mostrador de recepción; detrás de él, la administración. El vestíbulo mide veinticinco metros a cada lado del mostrador. En el ala oeste están el comedor Overlook y el salón Colorado. El salón de banquetes y el de baile ocupan el ala este. ¿Alguna pregunta?

–Sólo referente al sótano, que para el vigilante de invierno es el lugar más importante –respondió Jack–. Vamos, donde se desarrolla la acción...

–Todo eso se lo enseñará Watson. El plano de los sótanos está en la pared del cuarto de calderas –frunció el entrecejo con aire de importancia, quizá dando a entender que, como director, no le concernían aspectos del funcionamiento del Overlook tan terrenales como las calderas y la plomería–. Tal vez no sea mala idea poner algunas ratoneras también ahí abajo. Espere un minuto...

Garabateó una nota en un bloc que sacó del bolsillo interior del saco (cada hoja llevaba en letra bastardilla la inscripción «De la mesa de Stuart Ullman»), arrancó la hoja y la dejó en el apartado de «Salidas» en la bandeja. El bloc pareció desaparecer en su bolsillo, como si acabara así un truco de magia. Ahora lo ves, ahora no lo ves. Este tipo es un verdadero artista, pensó Jack.

Volvieron a la posición del principio, Ullman detrás de la mesa del despacho y Jack frente a él, entrevistador y entrevistado, solicitante y patrón reacio. Éste entrecruzó sus pulcras manos sobre el papel secante y miró fijamente a Jack; Ullman era un hombre menudo y calvo, con traje de banquero y discreta corbata gris. La flor que lucía en la solapa contrastaba con una pequeña insignia, sobre la que se leía en pequeñas letras doradas: PERSONAL.

–Francamente, señor Torrance, Albert Shockley es un hombre muy poderoso. Tiene grandes intereses en el Overlook... que por primera vez en su historia ha dado beneficios en la última temporada. El señor Shockley pertenece también al Consejo de Administración, pero no es hombre de hostelería, y él sería el primero en admitirlo. Ahora bien, en lo que respecta a este asunto del vigilante, ha expresado claramente sus deseos: quiere que lo contratemos a usted, y así lo haré. Pero de haber tenido libertad de acción en esta cuestión, yo jamás lo habría admitido.

Sudorosas, luchando una con otra, las manos de Jack se trababan tensamente. Empleaducho engreído, maldito cretino, se dijo.

–No creo que le importe mucho mi opinión, señor Torrance, ni a mí me interesa la suya. Sin duda sus sentimientos hacia mí no tienen nada que ver con mi convicción de que no es usted el hombre adecuado para este trabajo. Durante la temporada que va del quince de mayo al treinta de septiembre, el Overlook emplea a ciento diez personas en dedicación completa; es decir, una por cada habitación del hotel. No creo caerles bien a muchos de ellos, y sospecho que algunos me consideran un tanto odioso. Puede que tengan razón al opinar así de mi carácter; para administrar este hotel de la manera que merece, tengo que ser un poco odioso.

Miró a Jack en espera de que hiciera algún comentario, pero se limitó a desplegar su sonrisa de «relaciones públicas», amplia e insultantemente llena de dientes.

–El Overlook –explicó Ullman– fue construido entre 1907 y 1909. La ciudad más próxima es Sidewinder, situada a sesenta y cinco kilómetros al este de aquí, por carreteras que desde finales de octubre o noviembre quedan bloqueadas hasta abril. Lo construyó un hombre llamado Robert Townley Watson, el abuelo de nuestro actual encargado de mantenimiento. Aquí se han alojado los Vanderbilt, los Rockefeller, los Astor y los Du Pont. Y la suite presidencial la han ocupado cuatro presidentes: Wilson, Harding, Roosevelt y Nixon.

–De Harding y Nixon no estaría tan orgulloso –murmuró Jack.

Ullman frunció el entrecejo con indiferencia.

–Para el señor Watson fue excesivo, de manera que vendió el hotel en 1915. Volvió a ser vendido en 1922, 1929 y 1936, y estuvo vacante hasta finales de la Segunda Guerra Mundial. Luego fue adquirido y completamente renovado por Horace Derwent, millonario inventor, piloto, productor de cine, empresario.

–He oído hablar de él –comentó Jack.

–Por supuesto. Parecía que todo lo que tocaba se convertía en oro... a excepción del Overlook. Invirtió en él más de un millón de dólares antes de que el primer huésped de posguerra atravesara sus puertas para convertir esta reliquia decrépita en un lugar de moda. Derwent hizo instalar las canchas de roqué que le vi admirar cuando llegó.

–¿De roqué?

–Un antecedente británico de nuestro cróquet, señor Torrance. El cróquet es un roqué bastardeado. Según cuenta la leyenda, Derwent aprendió el juego de su secretario social y quedó completamente prendado de él. Es posible que la nuestra sea la mejor cancha de roqué en Norteamérica.

–Estoy seguro –asintió seriamente Jack. Una cancha de roqué, un jardín ornamental con arbustos recortados en forma de animales... ¿qué más podía esperar? Empezaba a cansarse del señor Stuart Ullman, pero era obvio que aún no había terminado. Sin duda iba a decir lo que se había propuesto, hasta la última palabra.

–Después de perder tres millones, Derwent vendió el hotel a un grupo de inversionistas californianos, cuya experiencia fue igualmente nefasta. No era gente de hostelería, eso es todo.

»En 1970 el señor Shockley y un grupo de sus asociados compraron el hotel y me confiaron su administración. También nosotros hemos tenidos números rojos durante varios años, pero me satisface decir que la confianza que los actuales propietarios depositaron en mí jamás se ha debilitado. El año pasado no tuvimos pérdidas. Y este año, por primera vez en casi siete décadas, las cuentas del Overlook se escribieron con tinta negra.

Jack supuso que su orgullo estaba justificado, pero de inmediato volvió a embargarle una profunda sensación de desagrado.

–No veo relación alguna entre la historia del Overlook, realmente interesante, lo admito, y su sospecha de que no valgo para el puesto, señor Ullman –señaló.

–Una de las razones por las que el Overlook ha perdido tanto dinero consiste en la depreciación que se produce todos los inviernos, y que reduce el margen de ganancias mucho más de lo que creería, señor Torrance. Los inviernos son de una crudeza extrema. Para hacer frente al problema, contraté a un vigilante permanente que mantuviera encendidas las calderas y distribuyera diariamente las partes del hotel que reciben calefacción. Debía reparar las averías que se produjeran, de manera que los elementos no pudieran vencernos, y mantenerse alerta para solucionar todas y cada una de las contingencias posibles. Durante nuestro primer invierno contraté a una familia en lugar de un hombre solo, y se produjo una tragedia... una tragedia horrible.

Ullman miró a Jack con mirada fría.

–Cometí un error y no tengo inconveniente en admitirlo. El hombre era alcohólico.

Jack sintió que en su boca se dibujaba una mueca áspera y lenta, la antítesis de la sonrisa que hasta el momento había esbozado.

–¿Conque era eso? Me sorprende que Al no se lo haya dicho. Yo he dejado la bebida.

–Sí, el señor Shockley me comentó que ya no bebe. También me habló de su último trabajo... es decir, de su último cargo de responsabilidad. Usted enseñaba inglés en una escuela preparatoria de Vermont, y tuvo un arrebato de mal genio... creo que no es necesario que sea más explícito. Sin embargo, casualmente creo que el caso de Grady tiene cierta relación, y por eso he mencionado el tema de su... historia anterior. Durante el invierno del 70 al 71, después de la restauración del Overlook, pero antes de nuestra primera temporada, contraté a ese... desdichado llamado Delbert Grady, que ocupó las habitaciones que ahora compartirá usted con su mujer y su hijo. Él tenía mujer y dos hijas. Yo tenía mis reservas, entre las cuales las principales eran la dureza de la estación invernal y el hecho de que los Grady pasarían de cinco a seis meses aislados del mundo exterior.

–Pero en realidad, no es así, ¿verdad? Aquí hay teléfono y quizá también un radio de aficionado. Además, el Parque Nacional de las Montañas Rocallosas está dentro del alcance de vuelo de un helicóptero, y estoy seguro de que con una extensión tan grande deben de tener un par de esos aparatos.

–No lo sé –admitió Ullman–. El hotel tiene un emisor y receptor de radio que el señor Watson le enseñará, y también le dará una lista de las frecuencias en que debe transmitir si necesita ayuda. Las líneas telefónicas con Sidewinder todavía son aéreas, y casi todos los inviernos caen en algún punto; en ese caso es probable que queden por el suelo entre tres semanas y un mes y medio. En el cobertizo hay un vehículo para la nieve.

–Así pues, el lugar no está realmente aislado.

El señor Ullman parecía apenado.

–Imagine que su mujer o su hijo cayeran por las escaleras y se rompieran el cráneo, señor Torrance. ¿Pensaría entonces que el lugar no está aislado?

Jack comprendió a qué se refería. Un vehículo para la nieve, a toda velocidad, le permitiría llegar a Sidewinder en una hora y media... con suerte. Un helicóptero del servicio de rescate de los parques podría tardar tres horas... en llegar... en condiciones óptimas. Pero si hubiera una tormenta de nieve, no podría despegar, ni se podría contar con ir a toda velocidad en un vehículo de esos, aunque se arriesgara uno a salir con una persona gravemente herida, afrontando temperaturas que podrían ser de veinticinco grados bajo cero... o de cuarenta y cinco, teniendo en cuenta el viento como factor de enfriamiento.

–En el caso de Grady –continuó Ullman–, hice el mismo razonamiento que al parecer ha hecho el señor Shockley con usted. La soledad en sí misma puede ser peligrosa. Es mejor que un hombre tenga consigo a su familia. Pensé que, si hubiera algún problema, lo más probable es que no fuera algo tan urgente como una fractura de cráneo o un accidente con alguna de las herramientas mecánicas o un ataque epiléptico. Un caso grave de gripe, una neumonía, un brazo roto... incluso una apendicitis... cualquiera de esas cosas habría dejado tiempo suficiente.

»Sospecho que lo que sucedió fue consecuencia de un exceso de whisky barato (del que sin que yo lo supiera, Grady había hecho una abundante provisión) y de una extraña reacción a la que antes solían llamar «fiebre de encierro». ¿Conoce la expresión? –preguntó Ullman con una sonrisa de suficiencia, dispuesto a explicarla tan pronto como su interlocutor hubiera admitido su ignorancia.

Pero Jack, ni corto ni perezoso, le respondió con rápida precisión:

–Es la forma popular de denominar una reacción claustrofóbica que puede darse cuando varias personas se encuentran encerradas durante un tiempo prolongado. La sensación de claustrofobia se exterioriza como aversión hacia la gente con quien uno se encuentra encerrado. En casos extremos puede dar como resultado alucinaciones y violencia, que pueden llevar al asesinato por motivos tan triviales como una comida quemada o una discusión sobre a quién le toca lavar los platos.

Ullman lo miró un tanto perplejo, de lo cual Jack se sintió muy feliz. Decidió llevar un poco más lejos su ventaja, mientras silenciosamente prometía a Wendy que conservaría la calma.

–Supongo que también se equivocó en eso. ¿Grady les hizo daño?

–Las mató, señor Torrance, y después se suicidó. Asesinó a las pequeñas con un hacha y a su mujer con una pistola, con la que luego se suicidó. Tenía una pierna rota. Sin duda estaba tan borracho que se cayó por las escaleras.

Ullman separó ambas manos, mientras miraba virtuosamente a Jack.

–¿Tenía estudios?

–No –respondió Ullman con cierta rigidez–. Creí que un hombre... poco imaginativo sería menos susceptible a los rigores, a la soledad...

–Pues ése fue su error –declaró Jack–. Un hombre necio es más propenso a la fiebre de encierro, de la misma manera que tiene más propensión a matar a alguien por una partida de naipes o a cometer un robo siguiendo el impulso del momento. Porque se aburre. Cuando nieva, no se le ocurre otra cosa que ver la televisión o jugar solitario, y hacerse trampa cuando no puede sacar todos los ases. No tiene otra cosa que hacer que reclamarle a su mujer, regañar a los niños y beber. Le cuesta dormir sin oír más que el silencio. Entonces se emborracha para dormir y después despierta con cruda. Se pone quisquilloso. Y para colmo se queda sin teléfono y el viento le tira la antena de televisión y no puede hacer nada más que pensar y hacer trampas en el solitario y ponerse cada vez más y más quisquilloso. Y por último... bum, bum, bum.

–¿Y en cambio un hombre más culto, como usted, digamos?

–A mi mujer y a mí nos gusta leer. Estoy escribiendo

–No.

Su hijo le había dado un nuevo motivo de preocupación. Gracias, Danny. Era lo que necesitaba, pensó.

–Papá dijo que era posible –comentó Danny, aburrido–. Dijo que la bomba de la gasolina se estaba yendo al carajo.

–No digas eso, Danny.

–¿Bomba de la gasolina? –inquirió con auténtica sorpresa. Wendy suspiró.

–No, «se estaba yendo al carajo». No digas eso.

–¿Por qué?

–Es vulgar.

–¿Qué es vulgar, ma?

–Es como cuando te metes los dedos a la nariz en la mesa o vas a hacer pipí y no cierras la puerta del baño. O decir cosas como «se estaba yendo al carajo». «Carajo» es una palabra vulgar. La gente educada no la dice.

–Papá la dice. Mientras miraba el motor del coche dijo: «Demonios, la bomba de la gasolina se está yendo al carajo». ¿Papá no es gente educada?

¿Cómo te metes en estos líos, Winnifred?, pensó y luego respondió:

–Claro que sí, pero además es un adulto, y tiene mucho cuidado de no decir cosas así en presencia de personas que no las entenderían.

–¿Como el tío Al?

–Sí.

–¿Cuando yo sea adulto podré decirlo?

–Supongo que sí, aunque a mí no me guste.

–¿A qué edad?

–¿Qué te parece a los veinte, doc?

–Es mucho tiempo para esperar.

–Sí, creo que sí, pero inténtalo.

–Bueno.

El niño volvió a mirar la calle. Sus músculos se contrajeron un poco, como si fuera a levantarse, pero el coche que se aproximaba era mucho más nuevo y de un rojo más brillante. Volvió a relajarse. Wendy pensaba en lo difícil que debía de haber sido para él la mudanza a Colorado. Aunque el niño no hubiera dicho una palabra, a ella le preocupaba el tiempo que pasaba solo. En Vermont, tres de los colegas de Jack en la facultad tenían niños de la misma edad de Danny, pero en este lugar el niño no tenía con quién jugar. La mayoría de los departamentos estaban ocupados por estudiantes universitarios y de los pocos matrimonios que vivían en Arapahoe Street, casi ninguno tenía hijos. Wendy había visto quizás una docena de niños que estarían ya en la escuela secundaria o al término de la primaria, tres bebés y nada más.

–Mami, ¿por qué se quedó sin trabajo papá?

Arrancada bruscamente de su ensueño, Wendy buscó desesperadamente una respuesta. Ella y Jack se habían planteado distintas maneras de responder a la previsible pregunta de Danny, que iban desde la evasión hasta la verdad pura y simple, sin rodeos. Pero el pequeño jamás había hecho la pregunta. Sin embargo, la había formulado en el peor momento, cuando ella estaba deprimida y menos preparada que nunca para recibirla. El niño la miraba, leyendo tal vez la confusión en su rostro y formándose sus propias ideas sobre el asunto. Pensó que, para los niños, las acciones y los motivos de los adultos debían de parecer tan enormes y amenazadores como las alimañas que se vislumbran entre las sombras de un bosque en la oscuridad. Pensó que debían de sentirse manipulados como marionetas, sin tener más que vagas nociones de los motivos. La idea la llevó otra vez peligrosamente al borde del llanto, y mientras trataba de reprimirlo, se inclinó para recoger el avión y empezó a darle vueltas entre las manos.

–Papá dirigía el grupo de controversia, Danny. ¿Te acuerdas de eso?

–Claro –respondió el niño–. «Discutir es disputar, pero por gusto», ¿era eso?

–Sí.

Con la mirada fija en la marca SPEEDOGLIDE y en las calcomanías azules de las alas, sin dejar de dar vueltas al avión, Wendy empezó a contar a su hijo la verdad exacta.

–En el grupo había un muchacho que se llamaba George Hatfield, a quien papá tuvo que excluir porque no era tan bueno como los demás. George dijo que papá lo había excluido porque le caía mal, no porque no sirviera. Después hizo algo muy feo, creo que eso ya lo sabes.

–¿Fue él quien nos ponchó las llantas del coche?

–Así es. Fue después de clase, y papá lo sorprendió haciéndolo –Wendy volvió a vacilar, pero ya no había alternativa, debía decir la verdad o mentir–. Papá... a veces hace cosas que después lamenta. No piensa como debería. No es que le suceda a menudo, pero a veces sí.

–¿Hizo daño a George Hatfield como cuando yo le desparramé todos sus papeles?

Wendy parpadeó para hacer retroceder las lágrimas y recordó a Danny con un brazo enyesado.

–Algo así, mi amor. Papá lo golpeó para que dejara de poncharle las llantas, y George le dio un golpe en la cabeza. Luego las personas que dirigen la escuela decidieron que George no podía seguir siendo alumno y que papá no podía seguir siendo profesor –aterrorizada, se interrumpió en espera del diluvio de preguntas.

–Ah –murmuró Danny, y volvió a ensimismarse mirando la calle. Al parecer, el tema se había agotado. Wendy deseó poder darlo tan fácilmente por terminado.

Se levantó y dijo:

–Voy a preparar una taza de té, mi amor. ¿Quieres un par de galletas y un vaso de leche?

–Prefiero esperar a papá.

–No creo que llegue a casa antes de las cinco.

–Tal vez venga temprano.

–Tal vez –convino Wendy.

Se alejaba por la banqueta cuando el niño la llamó.

–¿Mami?

–¿Qué, Danny?

–¿Tú quieres que vayamos a vivir a ese hotel todo el invierno?

¿Cuál de las cinco mil respuestas debía darle? ¿La que había sentido la noche anterior o aquella misma mañana? Todas eran diferentes, abarcaban todo el espectro, desde el rosado más feliz a un negro mortal.

–Si es lo que papá quiere, yo estoy de acuerdo –hizo una pausa y preguntó–: ¿Y tú?

–Supongo que sí –contestó Danny–. Aunque allí no hay mucha gente con quien jugar.

–Extrañas a tus amigos, ¿verdad?

–A veces extraño a Scott y a Andy.

Wendy volvió junto a su hijo para besarlo y le acarició su rubio cabello, que empezaba a perder la sedosidad de la infancia. Era un niño muy solemne, y en ocasiones Wendy se preguntaba cómo se las arreglaba para sobrevivir teniéndolos a ella y a Jack como padres. Después de tantas esperanzas, se habían visto reducidos a un sórdido edificio de departamentos en una ciudad que no conocían. La imagen de Danny con el brazo enyesado volvió a alzarse ante ella. En el Servicio de Asignaciones Sociales de Dios alguien se había equivocado, y a veces Wendy temía que fuera un error que jamás podría rectificar y que tendría que pagar el más inocente de todos. Abrazó a su hijo y dijo:

–No cruces la calle, doc.

–Sí, mami.

Wendy volvió a subir, entró a la cocina y puso a calentar el agua para el té. Dejó un par de galletas en un plato, por si Danny decidía subir mientras ella estaba acostada. Con el gran tazón de cerámica frente a ella, se sentó a la mesa y volvió a mirar al niño por la ventana; seguía sentado al borde de la banqueta, con sus jeans y la camisa de color verde oscuro de la escuela, demasiado grande para él. El avión estaba a su lado. Las lágrimas que la habían amenazado durante todo el día la invadieron súbitamente y Wendy, envuelta en el vapor rizado y fragante de la tetera, estalló en un llanto lleno de dolor y pérdida por el pasado, de terror ante el futuro.

## 3. WATSON

«Tuvo usted un arrebato de mal genio», había dicho Ullman.

–Bueno, aquí está el horno –dijo Watson mientras encendía una luz en la oscura habitación, que olía a humedad. Era un hombre musculoso, de cabello ensortijado, camisa blanca y pantalón verde oscuro. Abrió una pequeña puerta enrejada que había en el vientre del horno y él y Jack se inclinaron para mirar dentro.

–Ésta es la luz piloto.

Un incesante chorro azul se elevaba con un silbido. Fuerza destructiva canalizada, pensó Jack, pero la palabra clave era *destructiva*, no *canalizada.* Si uno metía la mano allí dentro, en tres segundos quedaría asada.

Un arrebato de mal genio, recordó Jack una vez más. Danny, ¿estás bien…?

El horno, sin duda el más grande y viejo que Jack había visto en su vida, ocupaba todo el recinto.

–El piloto tiene un seguro –le explicó Watson–. Este pequeño automático de aquí mide el calor. Si baja de cierto punto, el piloto automático acciona un timbre que suena en sus habitaciones. Las calderas están al otro lado de la pared. Ahora se las enseñaré.

De un golpe cerró la portezuela enrejada y, rodeando el horno, condujo a Jack hacia otra puerta. El hierro irradiaba un calor abrumador y, sin saber por qué, Jack pensó en un enorme gato dormitando. Watson hizo tintinear las llaves, mientras silbaba.

Un ataque de... Los recuerdos no dejaban de acecharlo. Recordó que cuando volvió a entrar a su despacho y vio a Danny allí, de pie, vestido sólo con unos calzones y sonriendo, una espesa y lenta nube de rabia le eclipsó la razón. En el fondo de su alma pensó que todo había ocurrido lentamente, pero de hecho debió de ocurrir en menos de un minuto. Esta presunta cadencia debía de ser la misma que induce a pensar que algunos sueños son lentos. Sin embargo, se trataba más bien de una pesadilla. Parecía que mientras había estado fuera, las puertas y los cajones de su despacho hubieran sido saqueados, así como el armario, los estantes y el librero de puertas corredizas. Todos los cajones de la mesa estaban abiertos. Su manuscrito, la comedia en tres actos sobre la que venía trabajando lentamente, basada en una novela corta escrita siete años atrás, antes de graduarse, estaba desparramada por el suelo. Jack estaba bebiendo una cerveza mientras corregía el segundo acto cuando Wendy le dijo que tenía una llamada telefónica. Danny aprovechó el momento para derramar sobre las páginas la lata de cerveza. «Para ver la espuma, para ver la espuma...». Las palabras se repetían en su mente como un acorde surgido de un piano desafinado, cerrando el circuito de su cólera. Lentamente avanzó hacia su hijo de tres años, que lo miraba sonriendo, satisfecho de lo que acababa de hacer en el despacho de papá. Danny empezó a decir algo y en ese momento le aferró la mano y se la dobló para que soltara la goma de borrar y el lapicero que sostenía. Danny lanzó un alarido desgarrador ¡Qué difícil era recordarlo todo a través de la bruma de cólera, el golpe seco y desafinado de ese único acorde! Wendy preguntó desde alguna parte qué pasaba... Era una cuestión entre ellos dos. Jack agarró a Danny para darle unas nalgadas. Sus gruesos dedos se hundieron en la delicada carne del pequeño antebrazo, apretando hasta cerrar el puño. El chasquido del hueso al romperse no fue muy fuerte, trató de convencerse Jack, aunque en realidad le había parecido ensordecedor, abriéndose paso como una flecha a través de la bruma roja. Sin embargo, en vez de dejar entrar la luz del sol, aquel ruido había dejado paso a las nubes oscuras del remordimiento y la vergüenza, del terror, de la angustiosa convulsión del espíritu. Fue un ruido preciso, que separaba el pasado del futuro, un sonido como el que hace un lápiz cuando se quiebra, o una astilla para el fuego, después de romperla con la rodilla. Hubo un momento de espantoso silencio en el otro lado, tal vez por respeto hacia el futuro que comenzaba, hacia el resto de su vida. Vio cómo el rostro de Danny palidecía, cómo abría desorbitadamente los ojos, poniéndose vidriosos, y estuvo seguro de que se desplomaría en el charco de cerveza y papeles. Oyó su propia voz, débil y ebria, farfullando, procurando hacer que todo retrocediera, buscando una manera de olvidar el chasquido del hueso al quebrarse y de volver al pasado, como si hubiera un *statu quo* en la casa, preguntando: «¿Estás bien, Danny?». Recordó el alarido de Danny por respuesta y después Wendy, aterrada, boquiabierta al acercárseles y ver el grotesco ángulo que formaba el antebrazo de Danny con el codo; en el mundo de las familias normales no había brazos que articularan así. Ella gritó al abalanzársele para tomarlo en brazos, balbuceando: «¡Oh, Dios, Danny, mi amor, oh, santo Dios, tu pobre bracito!». Él, aturdido e inmóvil, trató de comprender cómo podía haber sucedido una cosa así. No se movió hasta que sus ojos se encontraron con los de su mujer y en ellos vio que Wendy lo odiaba. En ese momento no se le ocurrió qué podía significar aquel odio; sólo más adelante cayó en la cuenta de que esa noche ella pudo haberlo abandonado, haberse ido a un motel, haber presentado una demanda de divorcio a la mañana siguiente o haber llamado a la policía. Lo único que vio fue que su mujer lo odiaba y eso le hizo sentirse abrumado, completamente solo, horriblemente mal. Era algo parecido a la proximidad de la muerte. Después, Wendy corrió hacia el teléfono para marcar el número del hospital, con su vociferante hijo sostenido en el nido del brazo, sin que él se moviera. Permaneció inmóvil, en medio de su despacho en ruinas, oliendo a cerveza y pensando...

«Tuvo un arrebato de mal genio...»

Ásperamente se pasó la mano por los labios y siguió a Watson al cuarto de calderas. Era un lugar húmedo, pero no era sólo la humedad lo que le cubrió de un sudor enfermizo y pegajoso la frente, el vientre y las piernas, sino que fue el recuerdo, ese azote cruel capaz de hacer que aquella noche de hacía dos años pareciera algo ocurrido hacía dos horas. No había distancia en el tiempo. Volvieron la vergüenza y la repulsión, la sensación de no valer nada, esa sensación que le empujaba a tomar un trago, lo que era motivo de una desesperación aún más sombría. ¿Habría una semana, un día, una simple hora de vigilia en que la ansiedad de beber no lo atacara por sorpresa?

–La caldera –anunció Watson. Se sacó del bolsillo trasero del pantalón un pañuelo azul y rojo, se sonó la nariz y volvió a guardar el pañuelo, no sin mirarlo brevemente para ver si encontraba algo interesante.

La caldera se erguía sobre cuatro bloques de cemento; era un largo depósito cilíndrico de metal, recubierto de cobre y remendado en muchas partes. Se extendía bajo una amalgama de cañerías y conductos que zigzagueaban hacia arriba hasta perderse en el techo del sótano, alto y decorado de telarañas. A la derecha de Jack, dos grandes tubos de calefacción atravesaban la pared que los separaba del horno colocado en la habitación contigua.

–Aquí está el manómetro –Watson le dio un golpecito–. Mide en libras por pulgada cuadrada. Supongo que ya lo sabe. Ahora lo tengo en cien, por la noche las habitaciones están un poco más frías, pero no hay muchos clientes que se quejen, qué demonios. De todas formas, en septiembre enloquecen por venir. Pero esta nena está vieja. Tiene más remiendos que un overol conseguido en la seguridad social –de nuevo asomó el pañuelo. Tras repetir la operación anterior, agregó–: Agarré un maldito resfriado, como siempre me pasa en septiembre. Primero aquí con esta vieja puta, después fuera, cortando el pasto o rastrillando esa cancha de roqué. Primero enfriamiento, luego resfriado, solía decir mi anciana madre, que Dios la bendiga. Murió hace seis años, de cáncer. Cuando lo agarra a uno el cáncer, más vale que vaya haciendo testamento.

»Necesitará mantener la presión en no más de cincuenta o sesenta. El señor Ullman propone calentar un día el ala oeste, al siguiente el ala central, un día después el ala este. ¿No cree que está chiflado? ¡Cómo odio a ese cabrón! Todo el día ladrando como uno de esos perritos que lo muerden a uno en el tobillo y después echan a correr por ahí orinando la alfombra. Si los sesos fueran pólvora, no le alcanzarían para volarse la nariz. Es una lástima, las cosas que hay que ver cuando uno tiene un arma...

»Fíjese aquí. Este registro se abre y se cierra con estas anillas. Como ve, lo tengo todo marcado. Las cañerías que tienen etiquetas azules van a las habitaciones del ala este, las de etiqueta roja van al medio, las amarillas al ala oeste. Cuando quiera calentar el ala oeste, debe acordarse de que es la parte del hotel que sufre realmente el clima. Cuando sopla viento, esas habitaciones se ponen peor que una mujer frígida con un cubo de hielo ya sabe dónde. Cuando sople el viento del oeste, eleve la presión a ochenta. Es lo que yo haría.

–Esos termostatos de arriba... –empezó a decir Jack, pero Watson meneó vehementemente la cabeza. El pelo, esponjoso, le ondulaba sobre el cráneo.

–No están conectados. No son más que un adorno. Algunos clientes de California no están conformes si no tienen calor suficiente para cultivar palmeras en los jodidos dormitorios. Todo el calor viene de aquí abajo. Pero tiene que vigilar la presión. ¿Ve cómo va subiendo?

Dio un golpecito sobre el dial principal, que de cien libras por pulgada cuadrada había pasado a marcar ciento dos durante el soliloquio de Watson. Jack sintió que un escalofrío le recorría la espalda y tuvo una premonición funesta. Después Watson giró el regulador de presión para hacer bajar la caldera. Se escuchó un silbido y la aguja cayó bruscamente a noventa y uno. Watson cerró la válvula y el silbido se extinguió, como de mala gana.

–Ya ve cómo sube –continuó Watson–. Pero dígaselo a ese gordo de Ullman con cara de pájaro carpintero, y lo único que hará será sacar sus libros y pasarse tres horas demostrando que hasta 1982 no puede comprar otra. Le aseguro que el día menos pensado todo esto volará por los aires y espero que ese gordo cabrón esté aquí para montar en el cohete. ¡Dios, ojalá yo pudiera ser tan caritativo como era mi madre! Ella era capaz de ver algo bueno en todos, pero yo soy tan bueno como una serpiente con sarna. ¡Qué demonios, uno no puede ir en contra de su naturaleza!

»Bueno, acuérdese de bajar aquí dos veces al día y otra vez por la noche antes de meterse a la cama. Tiene que comprobar la presión porque si se olvida, irá subiendo y subiendo y lo más probable es que usted y su familia despierten en la maldita Luna. Si la baja un poquito, no tendrá problemas.

–¿Cuál es el límite?

–Bueno, está regulada para dos cincuenta, pero mucho antes de llegar a ese punto habrá volado. No me obligaría a bajar y quedarme junto a ella si esa aguja estuviera marcando ciento ochenta.

–¿No tiene interruptor automático?

–Por supuesto que no. Cuando construyeron esto, no exigían esas cosas. Ahora el gobierno se mete en todo, ¿no? El FBI abre las cartas, la CIA te llena la casa de malditos micrófonos… mire lo que le pasó a Nixon. ¿No fue un espectáculo penoso? Pero si baja regularmente a vigilar la presión, no habrá problemas. Y acuérdese de alternar los conductos como él dice. No quiere que ninguna de las habitaciones esté a mucho más de diez grados, a no ser que tengamos un invierno asombrosamente suave. El departamento donde ustedes se alojarán pueden mantenerlo a la temperatura que quieran.

–¿Y qué hay de las cañerías?

–Sí, a eso iba. Es por aquí…

Entraron a una habitación rectangular que daba la impresión de tener kilómetros de longitud. Watson jaló un cordón y un foco de 60 watts arrojó un resplandor enfermizo y vacilante sobre la estancia, al final de la cual vieron el fondo del elevador, con sus cables cubiertos de grasa que se deslizaban sobre poleas de seis metros de diámetro, y su enorme motor, engrasado y sucio. Por todas partes había periódicos, en paquetes, sueltos o en cajas –en algunas se leía «Registros», «Facturas» o «Recibos»–. Todo lo invadía un color amarillento y fangoso. Algunas cajas se caían a pedazos, derramando por el suelo hojas amarillentas que debían de tener más de veinte años. Jack miraba alrededor, fascinado. En aquellas cajas podridas podía estar enterrada la historia del Overlook.

–No es fácil mantener en funcionamiento el maldito elevador –dijo Watson, señalándolo con el dedo pulgar–. Sé que Ullman está pagando unas cuantas cenas al inspector de elevadores para no tener que arreglar esa porquería. Aquí tiene la instalación central de plomería.

Frente a ellos se elevaban cinco grandes cañerías, cada una de ellas con un revestimiento aislante y sujeta por bandas de acero, que ascendían hasta perderse de vista entre las sombras.

Watson señaló una estantería llena de telarañas que había junto al pozo de ventilación. Sobre ella había un montón de trapos grasientos y una carpeta archivadora de hojas separables.

–Ahí tiene los planos de plomería –explicó–. No creo que tenga ningún problema de filtraciones porque nunca las hubo, pero a veces las cañerías se congelan. La única manera de evitarlo es dejar correr un poco el agua durante la noche, pero en este maldito palacio hay más de cuatrocientas llaves. El gordo maricón de arriba iría gritando todo el camino hasta Denver cuando viera el recibo del agua, ¿no cree?

–Supongo que es un análisis notablemente agudo.

Watson lo contempló con admiración.

–Oiga, usted sí que es hombre de estudios, ¿sabe? Habla como un libro. Admiro a la gente así, siempre que no sean de esos tipos mariposones... ¿Sabe quién tuvo la culpa de todos esos líos de las universidades hace unos años? Los homosexuales. Como están frustrados, tienen que soltarse, salir del molde, eso dicen. ¡Maldita sea, no sé adónde irá a parar el mundo!

»Bueno, si se le congela, lo más probable es que sea en este pozo, que no tiene calefacción, fíjese... Si ocurre, tiene esto –buscó dentro de una caja de naranjas rota hasta encontrar un pequeño soplete de gas–. Cuando encuentre el tapón de hielo, quite el aislante y aplíquele directamente el calor. ¿De acuerdo?

–Sí. Pero ¿y si se hiela una de las cañerías que no están dentro del pozo de ventilación?

–Eso no sucederá si usted trabaja bien y mantiene el lugar caliente. De todas formas, no puede acceder a las otras cañerías. No se preocupe por eso, no tendrá problemas. ¡Maldito lugar de muerte este agujero! Está lleno de telarañas. Me da escalofríos, créame.

–Ullman me contó que el primer vigilante de invierno mató a su familia y luego se suicidó.

–Sí, ese tipo llamado Grady. Mala persona, lo supe desde que lo vi, siempre con esa sonrisa de zorro... sucedió cuando todo empezó de nuevo aquí. Ese maldito gordo de Ullman habría contratado al estrangulador de Boston con tal de poder pagarle el salario mínimo. Los encontró un guardabosques del parque nacional; el teléfono estaba cortado. Todos estaban en el ala oeste, en la tercera planta, convertidos en bloques de hielo. Una pena las pobres niñas. Tenían seis y ocho años de edad. Eran preciosas como capullos. ¡Y qué caos infernal! El maldito Ullman, que durante la temporada baja administra un hotelucho de Florida, tomó un avión a Denver y alquiló un trineo para que lo trajera desde Sidewinder porque los caminos estaban cerrados... ¡Un trineo! ¿No es increíble? Por poco se hernió tratando de impedir que saliera en los periódicos. Lo hizo bastante bien, tengo que admitirlo. Salió una nota en el *Denver Post* y, por supuesto, en ese diario de porquería que tienen en Estes Park, pero nada más. Sí, bastante bien, considerando la reputación que ha alcanzado este lugar. Esperaba que algún reportero empezara a escarbar de nuevo y pusiera a Grady como excusa para remover los escándalos.

–¿Qué escándalos?

Watson se encogió de hombros.

–Todos los grandes hoteles tienen escándalos –respondió–. Lo mismo que cualquier gran hotel tiene fantasmas. ¿Por qué? Demonios, la gente viene y va. A veces alguno estira la pata en su habitación, un ataque al corazón, un derrame o algo así. Los hoteles son lugares supersticiosos, ¿sabe? No hay planta trece ni habitación trece, ni se pone un espejo colgado de la puerta por donde se entra, ni cosas así. Verá, en el último mes de julio perdimos a una fulana. Ullman tuvo que ocuparse del asunto, y puede apostar la cabeza a que lo hizo. Por algo le pagan veintidós mil por temporada, y por más que me disguste ese tipo, reconozco que se los gana. Parece que hubiera gente que viene aquí sólo para vomitar y que contrataran a un tipo como Ullman para limpiar los vómitos. Pues bien, vino esa mujer, que debía de tener sus malditos sesenta años... ¡mi edad!, con el cabello teñido más rojo que la luz de una casa de putas, las tetas caídas hasta el ombligo, no llevaba sostén, unas venas varicosas en las piernas que parecían un par de mapas de carreteras, ¡y las joyas que llevaba en el pescuezo, los brazos y las que le colgaban de las orejas! Vino con un chico que no podía tener más de diecisiete años, con el pelo largo hasta el trasero y el pantalón ajustado como si lo rellenara con las páginas de chistes. Pasaron aquí una semana o unos diez días, no sé, y todas las noches la misma historia... En el salón Colorado, de cinco a siete, ella tragando ponches como si al día siguiente fueran a declararlos fuera de la ley, y él con una botellita de Olympia que nunca se acababa. La zorra contando chistes y diciendo todas esas cosas ingeniosas, y cada vez que decía una él hacía una mueca como un maldito mono, como si le hubieran atado hilos a los extremos de la boca. Sólo que después de unos días a él le costaba cada vez más sonreír, y sabe Dios en qué tendría que pensar para conseguir que le funcionara el arma a la hora de acostarse. Bueno, después iban a cenar, él caminando y ella tambaleándose, borracha como un pato. Imagínese, el muchacho pellizcando a las camareras y sonriéndoles cuando ella no miraba. Créame que hasta hicimos apuestas a ver cuánto duraría –Watson se encogió de hombros–. Entonces, una noche, alrededor de las diez, él bajó diciendo que su «mujer» estaba «indispuesta», es decir, que se había desmayado como todas las noches que estuvo aquí, y que iba a buscarle un remedio para el estómago. Se largó en el Porsche en el que había llegado y ésa fue la última vez que lo vimos. A la mañana siguiente ella bajó y trató de no perder la compostura, pero cada vez iba poniéndose más y más pálida, hasta que el señor Ullman le preguntó, muy diplomático, si querría notificar el hecho a la policía del Estado, por si él hubiera tenido un accidente o cualquier cosa. Ella se le echó encima como una gata, diciendo que era un conductor estupendo, que ella no estaba preocupada, que él volvería para la cena y cosas así. De modo que esa tarde, sobre las tres, ella fue al Colorado y no cenó nada. A las diez y media se metió a su habitación y ésa fue la última vez que la vimos viva.

–¿Qué sucedió?

–El juez del Condado dijo que se había tomado unos treinta somníferos, además de todo el alcohol. Al día siguiente apareció el marido, un gran abogado de Nueva York, y paseó al viejo Ullman por todos los corredores del infierno. Que lo demandaré por esto, lo procesaré por lo otro y cuando acabe con usted, no podrá encontrar ni un par de trusas limpias y cosas por el estilo... Pero el despreciable de Ullman no es ningún tonto. Al final logró calmarlo. Supongo que le preguntó al pez gordo qué le parecía que su mujer saliera en todos los periódicos de Nueva York: Esposa de prominente blablablá neoyorquino aparece muerta con la panza llena de somníferos, después de haber estado jugando al escondite con un muchacho que podía haber sido su nieto...

»La policía encontró el Porsche en la parte trasera de ese bar nocturno en Lyonos, y Ullman tiró de algunos hilos para conseguir que lo devolvieran al abogado. Después, entre los dos presionaron al viejo Archer Houghton, el juez del Condado, y consiguieron que cambiara el fallo por el de muerte accidental, ataque al corazón. Y ahora el viejo Archer conduce un Chrysler. Yo no lo critico. Un hombre tiene que aprovechar lo que encuentra, especialmente cuando van pasando los años.

Volvió a sacar el pañuelo, a sonarse y, tras mirarlo, lo guardó una vez más en el bolsillo.

–¿Y qué pasa luego? Una semana después esa estúpida camarera, Delores Vickery, da un grito infernal mientras está haciendo la habitación de esos dos y cae desmayada. Cuando vuelve en sí, dice que ha visto a la muerta en el baño, tendida en la tina, desnuda. «Con la cara de color púrpura e hinchada. Me sonrió», dice. Así que Ullman la despidió pagándole dos semanas y le dijo que se esfumara. Calculo que en este hotel deben de haber muerto unas cuarenta o cincuenta personas desde que mi abuelo empezó el negocio en 1910 –clavó en Jack una mirada penetrante e inquirió–: ¿Y sabe cómo murió la mayoría? De infartos o derrames cerebrales, mientras se divertían con la dama que estaba con ellos. Ésos son los que más vienen a estos lugares, tipos viejos que quieren echar la última cana al aire. Vienen a las montañas para comportarse como si tuvieran otra vez veinte años, pero a veces les falla algo, y no todos los tipos que dirigieron este lugar eran tan buenos como Ullman para escabullirse de los periódicos. Así que el Overlook tiene su reputación, ya lo creo. Apostaría a que el maldito Biltmore de Nueva York también la tiene, si uno sabe a quién hay que preguntarle.

–¿Y no hay fantasmas?

–Señor Torrance, he trabajado aquí toda mi vida. Cuando era un niño de la edad de su hijo en esa foto que me enseñó, ya jugaba aquí, y todavía no he visto un fantasma. Acompáñeme al fondo, le enseñaré el almacén de herramientas.

–De acuerdo.

Cuando Watson se disponía a apagar la luz, Jack comentó:

–Pero qué cantidad de papeles hay aquí abajo.

–Ni me diga. Parece que los hubieran guardado durante mil años. Periódicos, recibos viejos, facturas, cuentas y sabe Dios qué más. Mi padre solía hacer una buena limpieza cuando teníamos el antiguo horno de leña, pero ahora la cosa se nos ha ido de las manos. Un año debería contratar a un muchacho que los lleve a Sidewinder para quemarlos... si Ullman quiere correr con el gasto. Supongo que lo hará si grito «ratas» en voz alta.

–Así pues, ¿hay ratas?

–Bueno... supongo que algunas. Ya tengo las ratoneras y el veneno que el señor Ullman quiere que ponga en el desván y aquí abajo. Tenga cuidado con su hijo, señor Torrance, no querrá que le pase nada...

–Tiene razón –viniendo de Watson, el consejo no resultaba hiriente.

Al llegar a la escalera, se detuvieron un momento mientras Watson volvía a sonarse la nariz.

–Allí encontrará todas las herramientas que necesite, y algunas innecesarias, supongo. Y está el asunto de las tejas. ¿Le habló Ullman de eso?

–Sí, quiere que cambie parte de las tejas del ala oeste.

–Ese gordo presuntuoso querrá que haga usted tanto trabajo gratis como pueda. En la primavera andará llorando por ahí, porque el trabajo no está hecho como es debido. Ya se lo dije una vez en su propia cara, le dije que...

Las palabras de Watson fueron desvaneciéndose lentamente a medida que subían por las escaleras. Jack Torrance echó una mirada por encima del hombro a la impenetrable oscuridad que olía a vejez y moho, y pensó que si en algún lugar había fantasmas, debía de ser aquél. Pensó en Grady, enclaustrado por la nieve lenta e implacable, enloqueciendo hasta cometer aquella atrocidad. ¿Habrían gritado?, se preguntó. Pobre Grady, sentir que aquello estaba más cerca de él cada día, saber finalmente que para él la primavera nunca llegaría. No debería haber estado allí. No debería haber tenido ese «ataque de mal genio...».

Mientras atravesaba la puerta siguiendo a Watson, las palabras resonaron en su mente como el tañido de una campana, acompañadas por un ruido seco... como el de un lápiz que se quiebra. Necesitaba un trago... o mil, pensó.

## 4. EL PAÍS DE LAS SOMBRAS

Danny sintió que le flaqueaban las piernas, y a las cuatro y cuarto subió en busca de su leche y sus galletas. Las engulló mientras miraba por la ventana, después entró a besar a su madre, que se había acostado. Wendy le sugirió que se quedara en casa a ver un programa de televisión, porque así el tiempo pasaría más rápido, pero él negó con la cabeza y volvió a sentarse en el borde de la banqueta.

Aunque no tuviera reloj ni supiera leer todavía la hora, Danny se daba cuenta del paso del tiempo por el alargamiento de las sombras y por el tono dorado que empezaba a adoptar la luz de la tarde.

Mientras giraba el avioncito entre sus manos, empezó a tararear:

–Salta sobre mí, Lou, no me importa... salta sobre mí, Lou, no me importa... mi maestra se marchó... Lou, Lou, salta sobre mí...

Él y sus compañeros solían entonar esa canción en el jardín de niños Jack y Jill, donde iba cuando vivían en Stovington. Pero ahora no iba al jardín porque papá no tenía dinero suficiente para la colegiatura. Danny sabía que su madre y su padre estaban preocupados por eso, ya que aumentaba su soledad –y aún más importante, les preocupaba que Danny pudiera culparlos–, pero en realidad él no quería seguir yendo al viejo Jack y Jill. Era para bebés, y aunque él todavía no era un niño grande, tampoco era un bebé. Los niños mayores iban a la escuela de los mayores, donde les servían un almuerzo caliente. El año próximo iría a primer grado. Este año era como un lugar intermedio entre ser un bebé y un niño grande. No obstante, estaba bien. Echaba de menos a Scott y a Andy –principalmente a Scott–, pero no podía quejarse. Parecía mejor estar solo para esperar cualquier cosa que pudiera suceder.

Danny entendía muchas cosas de sus padres, y sabía que a menudo a ellos no les gustaba que él lo entendiera, negándose incluso a creer que así fuera. Sin embargo, algún día tendrían que aceptarlo. Él se conformaba con esperar.

Pero era una pena que no pudieran creerlo, especialmente en momentos como aquél. Mamá estaba acostada en su cama, a punto de llorar de tan preocupada que estaba por papá. Algunas de las cosas que le preocupaban eran demasiado complejas para que él las entendiera; cosas vagas que tenían que ver con la seguridad, con la «imagen de sí mismo» de papá, con sentimientos de culpa y enojo y con el miedo por lo que podría suceder con ellos, pero las dos cosas principales que en ese momento la preocupaban eran que a papá se le hubiera descompuesto el coche en la montaña o que hubiera ido a hacer «algo malo». Danny sabía perfectamente qué era «algo malo» desde que se lo había explicado Scotty Aaronson, que tenía seis meses de edad más que él. Scotty lo sabía porque también su papá había hecho «algo malo». Le había contado que una vez su padre había golpeado a su madre y la había tirado. Finalmente los padres de Scotty se habían divorciado por culpa de aquel «algo malo», de modo que cuando Danny lo conoció, Scotty vivía con su madre y únicamente veía a su padre los fines de semana. El mayor terror de la vida de Danny era el DIVORCIO, palabra que se le aparecía mentalmente como un cartel pintado con letras rojas, cubiertas de serpientes sibilantes y venenosas. Cuando había un DIVORCIO, los padres se separaban y se peleaban por el hijo en un tribunal. Luego uno tenía que ir a vivir con uno de ellos y al otro casi nunca lo veía, hasta que ese con el que estaba podía casarse con alguien a quien uno no conocía, si les entraba mucha prisa. Lo que más aterrorizaba a Danny del DIVORCIO era que había notado que esa palabra estaba presente en la cabeza de sus padres, a veces en forma difusa y relativamente distante, pero otras como algo tan denso, oscuro e impresionante como las nubes de tormenta. Ocurría así desde el día que papá lo castigó por desordenar y ensuciar los papeles que tenía en su estudio y el médico tuvo que enyesarle el brazo. El recuerdo del episodio se había desvanecido, pero el recuerdo de las ideas de DIVORCIO era nítido y angustiante. Era una idea que por aquel entonces había rondado principalmente a su madre, y Danny había vivido en el terror constante de que ella arrancara la palabra del cerebro y la pronunciara, convirtiéndola en realidad. DIVORCIO... Era una corriente subterránea constante en el pensamiento de sus padres, una de las pocas ideas que Danny podía detectar, como se percibe un ritmo musical sencillo. Pero al igual que un ritmo, la idea central no era más que la espina dorsal de otras ideas más complejas, de cosas que él todavía ni siquiera podía interpretar, que se le presentaban como colores y estados de ánimo. Las ideas de DIVORCIO de mamá giraban en torno de lo que papá le había hecho en el brazo y de lo que había sucedido en Stovington cuando se quedó sin trabajo por culpa de ese George Hatfield, que se había enojado con papá y le había ponchado las llantas del coche. Las ideas de DIVORCIO de papá eran más complejas, de un color violeta oscuro y surcadas por aterradoras venas negruzcas. Al parecer, papá pensaba que ellos estarían mejor si él se marchaba, que las cosas dejarían de hacer daño. Su padre siempre hacía daño, sobre todo por su deseo de hacer «algo malo». Eso también era algo que él casi siempre detectaba: la constante ansiedad de su padre por refugiarse en un lugar oscuro, ver una televisión a color, comiendo cacahuates que iba sacando de un tazón y hacer «algo malo», hasta que el cerebro se le aquietara y lo dejara en paz.

Pero esa tarde su madre no tenía necesidad de preocuparse, y Danny habría querido decírselo. El coche no se había descompuesto, ni papá estaba en ninguna parte haciendo «algo malo». En ese momento estaba a punto de llegar a casa, recorriendo la carretera entre Lyons y Boulder. Por el momento, papá no pensaba siquiera en hacer «algo malo». Pensaba en...

Danny miró furtivamente a sus espaldas, hacia la ventana de la cocina. A veces, cuando se esforzaba mucho en pensar, las cosas reales se alejaban y veía otras que no estaban. En cierta ocasión, poco después de que le hubieran enyesado el brazo, tuvo una de esas experiencias. En aquel momento sus padres no se hablaban, pero pensaban, eso sí. Las ideas de DIVORCIO se cernían sobre la mesa de la cocina como una nube negra llena de lluvia, preñada, próxima a estallar. Él se sentía tan mal que no podía comer; la idea de comer con toda esa nube negra de DIVORCIO encima le producía náuseas. Y como todo le parecía tan desesperadamente importante, Danny se había sumergido por completo en la concentración y había sucedido algo. Cuando regresó al mundo de las cosas reales, estaba tendido en el suelo, manchado de ejotes y puré de papa, y su mamá lo tenía en brazos llorando mientras papá llamaba por teléfono. Él se había asustado y había tratado de explicarles que no pasaba nada, que eso era lo que le sucedía cuando se concentraba para entender más de lo que normalmente podía. Intentó explicar lo de Tony, a quien ellos llamaban su «compañero de juegos invisible».

–Ha tenido una alucinación –dijo su padre–. Y aunque ahora parece estar bien, quiero que lo vea el médico.

Cuando el médico se fue, mamá le hizo prometer que jamás volvería a hacer eso, que *nunca* volvería a asustarlos de esa manera, y él había accedido. En realidad, también estaba asustado, porque al concentrarse, su mente había volado hacia su padre y, por un momento, antes de que apareciera Tony –como siempre, llamándolo desde lejos– y las cosas raras eclipsaran la cocina y la carne asada sobre el plato azul, su conciencia había atravesado la oscuridad de su padre hasta hundirse en una palabra incomprensible, mucho más aterradora que DIVORCIO, y esa palabra era SUICIDIO. Danny jamás volvió a encontrarla en la mente de su padre, y ciertamente no había vuelto a buscarla. No deseaba saber con exactitud el significado de esa palabra.

Sin embargo, le gustaba concentrarse porque a veces venía Tony, aunque no siempre. A veces las cosas simplemente se ponían borrosas durante un minuto y después se aclaraban... pero otras, en el límite mismo de la visión, se le aparecía Tony, llamándolo a la distancia, haciéndole señas...

Le había sucedido dos veces desde que se mudaron a Boulder, y Danny recordaba lo sorprendido y contento que se había sentido al descubrir que Tony lo había seguido desde Vermont. Así pues, no había perdido a todos sus amigos.

La primera vez, él estaba en el patio y no sucedió nada especial. Simplemente Tony le hizo señas y después hubo oscuridad y, unos minutos más tarde, Danny regresó a las cosas reales con algunos vagos fragmentos de recuerdo, como de un sueño enmarañado. La segunda vez, dos semanas antes, había sido más interesante. Tony le hacía señas, pronunciando un lejano *«Danny... ven a ver...»*. Parecía como si estuviera levantándose y después hubiera caído en un profundo agujero, como *Alicia en el País de las Maravillas.* Luego Danny bajó al sótano de la casa y Tony estuvo junto a él, señalándole en las sombras el baúl donde su padre guardaba los papeles importantes, especialmente «la obra».

–¿Lo ves? –le había preguntado Tony con su voz musical y distante–. Está ahí, bajo la escalera. Los hombres de la mudanza lo pusieron bajo... la escalera.

Danny dio un paso adelante para mirar de cerca esa maravilla y de pronto se encontró de nuevo cayendo, esta vez desde el columpio del patio, donde había estado sentado durante todo ese tiempo. Luego se quedó sin aliento.

Tres o cuatro días más tarde, su padre se puso furioso mientras le decía a mamá que había buscado por todo el maldito sótano y el baúl no estaba, y que iba a demandar a los de la maldita empresa de mudanzas, quienes lo habían perdido entre Vermont y Colorado. ¿Cómo iba a poder terminar «la obra» si seguían sucediendo cosas como ésta?

–No, papá –le había dicho Danny–. Está debajo de la escalera. Los de la mudanza lo dejaron allí.

Su padre lo miró de una manera extraña y después fue a comprobarlo. El baúl estaba allí, exactamente donde Tony había dicho. Papá se lo llevó aparte, lo sentó en las rodillas y le preguntó quién lo había dejado bajar al sótano. ¿Había sido Tom, el del piso de arriba? El sótano era peligroso, por eso el casero lo mantenía cerrado con llave. Si alguien lo dejaba sin llave, papá quería saberlo. Aunque se alegraba de haber encontrado sus papeles y su «obra», eso no valdría la pena, dijo, si Danny caía por las escaleras y se rompía el... la pierna. Él respondió con seriedad a su padre que no había bajado al sótano. Esa puerta siempre estaba cerrada con llave. Mamá dijo lo mismo. Danny nunca bajaba al vestíbulo del fondo, porque era húmedo y oscuro y estaba lleno de arañas. Además, él no decía mentiras.

–¿Y cómo lo sabías, hijo? –le preguntó.

–Me lo enseñó Tony.

Sus padres se miraron por encima de su cabeza. Había sucedido otras veces... y como eso los asustaba, lo apartaban cuanto antes de la cabeza. Pero Danny sabía que estaban preocupados por Tony, especialmente su madre, y él evitaba pensar de la manera que podía hacer aparecer a Tony cuando ella podía verlo. Pero ahora que su madre estaba en la cama y no iría a la cocina, se concentró intensamente para tratar de entender en qué estaba pensando papá.

Se le arrugó la frente, y las manos, no demasiado limpias, se cerraron en tensos puños sobre su pantalón. No cerró los ojos, no era necesario, sino que los entornó un poco, mientras imaginaba la voz de papá, la voz de Jack, la voz de John Daniel Torrance, queda y profunda, que a veces se estremecía de risa o se hacía más grave por el enojo, o simplemente seguía siendo serena porque su padre estaba pensando en...

Danny suspiró en silencio, y su cuerpo se aflojó sobre la banqueta como si de pronto se hubiera quedado sin músculos. Estaba consciente, veía la calle, a la chica y al muchacho que venían por la acera de enfrente, tomados de la mano porque estaban... ¿enamorados, felices por estar juntos ese día?, se preguntó. Veía las hojas de otoño arremolinándose en el arroyo, como ruedas amarillas de formas irregulares. Veía la casa frente a la que pasaban y se fijó en que el tejado estaba cubierto de «tejas... Sí, creo que no habrá problema si la caída de aguas... Así estará perfecto. Ese Watson, qué personaje. Ojalá le encuentre lugar en "la obra". Si no tengo cuidado, terminaré por meter en ella a todo el maldito género humano. Sí, tejas... ¿Habrá clavos ahí fuera? ¡Carajo, olvidé preguntárselo! Bueno, son fáciles de conseguir, en la ferretería de Sidewinder. Avispas... Es la época en que anidan. Tal vez tendría que conseguir un insecticida para cuando saque las tejas viejas. Las tejas nuevas, las...».

Tejas... Así que estaba pensando en eso. Había conseguido el trabajo y estaba pensando en las tejas. Danny no sabía quién era Watson, pero todo lo demás le parecía bastante claro. Y por fin podría ver un avispero, tan seguro como que se llamaba...

*–Danny... Danny...*

Levantó los ojos y allí estaba Tony, en la calle, de pie junto a una señal de alto, saludándolo con la mano. Como siempre, Danny sintió una cálida oleada de placer al ver a su viejo amigo, pero esta vez le pareció sentir también una punzada de miedo, como si Tony hubiera venido con una sombra oculta a la espalda, quizás un bote lleno de avispas que, cuando quedaran en libertad, lo picarían despiadadamente.

Pero debía ir.

Sentado en el borde de la banqueta, las manos se le deslizaron entre los muslos para quedar colgando por debajo de la entrepierna. Hundió el mentón en el pecho. Después notó un tirón, leve e indoloro. Una parte de él se levantó y echó a correr hacia Tony, hacia un cono de oscuridad.

*–¡Danny...!*

La oscuridad estaba surcada por una blancura acechante, un ruido convulsivo, como un acceso de tos, y sombras doblegadas, torturadas, que se revelaron como abetos agitados en la noche por una borrasca atronadora. Nieve girando en una danza macabra... Nieve por todas partes...

–¡Demasiado profunda! –exclamó Tony desde la oscuridad, y en su voz había una tristeza que aterró a Danny–. ¡Demasiado profunda para salir!

De pronto, surgió otra forma, amenazante, en el fondo. Era rectangular y enorme. Un tejado en pendiente... blancura que se perdía en la oscuridad tormentosa y muchas ventanas. Era un edificio largo con tejas de madera. Algunas tejas eran más verdes, más nuevas. Las había puesto su padre con clavos de la ferretería de Sidewinder. Ahora la nieve estaba cubriendo las tejas, estaba cubriéndolo todo.

Vio una luz verde, sobrenatural, que se encendió frente al edificio, parpadeando y convirtiéndose en una gigantesca calavera que sonreía sobre dos tibias cruzadas.

–¡Veneno! –advirtió Tony desde la flotante oscuridad–. ¡Veneno!

Otros signos parpadeaban ante sus ojos, algunos en letras verdes, otros escritos en tablas que se inclinaban y torcían bajo el empuje de la ventisca: ¡PROHIBIDO NADAR! ¡PELIGRO! CABLES ELECTRIZADOS. PROHIBIDO ENTRAR A ESTA PROPIEDAD. ALTA TENSIÓN. TERCER RIEL. ¡PELIGRO DE MUERTE! ¡CUIDADO! NO ENTRAR. SE DISPARARÁ SOBRE LOS INFRACTORES. Danny no entendía ninguno de ellos, pero todos le daban una sensación de terror onírico que se filtró en los huecos oscuros de su cuerpo, como esporas leves que morirían a la luz del sol.

Los carteles se desvanecieron. Ahora estaba en una habitación oscura, llena de muebles extraños. La nieve golpeaba las ventanas como si arrojaran arena. Danny sentía la garganta seca, le escocían los ojos y el corazón martilleaba en su pecho. En el exterior se escuchaba un ruido hueco, retumbante, como el de una puerta espantosa que se abre bruscamente de par en par. Luego ruido de pasos. Al otro lado de la habitación había un espejo, y en lo más hondo de su burbuja de plata aparecía una palabra escrita en fuego verde, y esa palabra era REDRUM.

De repente, la habitación se esfumó y Danny apareció en otra. Le resultaba familiar. Había una silla en el suelo; una ventana rota por donde penetraban remolinos

linos de nieve, que se helaba sobre el borde de la alfombra. Las cortinas habían sido arrancadas a tirones y pendían de su barrote, quebrado en ángulo. Un armario pequeño yacía en el suelo.

Oyó más ruidos huecos y resonantes, constantes, rítmicos, horribles, como de cristales rompiéndose. Oyó que la destrucción se acercaba, y una voz ronca, la voz de un loco, aún más terrible por ser familiar:

–¡Sal! ¡A ver si sales a tomar tu medicina, maldita sea!

Percibió el crujido de la madera al partirse. Luego un rugido de satisfacción y rabia. ¡REDRUM! ¡Ya viene...! Recorriendo la habitación, sin rumbo... arrancando cuadros de las paredes. Un tocadiscos... ¿el tocadiscos de mamá? Está en el suelo. Sus discos, Grieg, Händel, los Beatles, Art Garfunkel, Bach, Liszt, desparramados por todas partes, rotos, hechos pedazos. De pronto un rayo de luz surgiendo desde otra habitación, desde el baño, una luz blanca y cruda, y una palabra parpadeando, encendiéndose y apagándose en el espejo del botiquín, como un ojo de color púrpura. ¡REDRUM! ¡REDRUM! ¡REDRUM!

–¡No! –susurró–. ¡No, Tony, por favor...!

E inerte, pendiendo por encima del labio blanco de la tina, una mano... un lento hilo de sangre resbalando por uno de los dedos, goteando sobre los azulejos desde la uña cuidadosamente manicurada...

–*¡No, oh no, no...!* ¡Por favor, Tony, me das miedo...! ¡No sigas, Tony, no sigas...!

En la oscuridad los ruidos retumbantes se hacían más intensos, seguían creciendo por todas partes, inundándolo todo.

Danny se encontraba en un pasillo oscuro, agazapado sobre una alfombra azul con un tumulto de formas negras, retorcidas, entretejidas en la trama, escuchando los ruidos que se acercaban, y una Forma dobló por el pasillo y empezó a acercarse, tambaleante, oliendo a sangre y destrucción. En la mano llevaba un mazo que hacía girar de un lado a otro describiendo arcos implacables, asestándolo contra las paredes, destrozando el tapiz y haciendo volar nubes fantasmales de polvo de yeso:

–¡Ven a tomar tu medicina! ¡Tómala como un hombre!

La Forma avanzaba hacia él, apestando con un hedor agridulce, gigantesca, cortando el aire con el mazo con un maligno susurro y después retumbando al estrellarlo contra la pared. Minúsculos ojos de fuego relucían en la oscuridad. El monstruo ya estaba sobre él; lo había descubierto, allí, acurrucado, con la espalda pegada contra la pared. Y la trampilla del techo estaba cerrada con llave.

–¡Tony, por favor quiero volver, por favor, por favor...!

Y *volvió.* Estaba sentado en la banqueta de Arapahoe Street, con la camisa húmeda pegada a la espalda y el cuerpo bañado en sudor. En sus oídos resonaba todavía el tremendo zumbido de la muerte y olió su propia orina, que no había podido controlar por el terror. Seguía viendo esa mano que colgaba inerte sobre el borde de la tina, mientras la sangre corría por un dedo, y esa palabra inexplicable que era mucho más horrible que ninguna de las otras: REDRUM.

Vio la luz del sol; las cosas reales, a no ser por Tony, ya muy lejos, un puntito apenas, de pie en la esquina, hablando con su voz débil, aguda, dulce.

–Cuídate, doc...

Después, en un instante, Tony desapareció y el destartalado coche rojo de papá apareció doblando la esquina, traqueteando por la calle, arrojando por el tubo de escape nubes de humo azul. Danny se puso de pie, saludando con la mano, saltando de un pie a otro, gritando:

–¡Papi! ¡Eh, papi! ¡Hola, hola!

Su padre condujo el Volkswagen hacia la banqueta, paró el motor y abrió la puerta. Danny corrió hacia él, pero se quedó perplejo, con los ojos desorbitados. El corazón se le aceleró al ver junto a su padre, en el otro asiento delantero, un mazo de mango corto, manchado de sangre y lleno de pelos.

No era más que una bolsa de la compra, se dijo.

–Danny... ¿estás bien, doc?

–Sí, muy bien –se acercó a su padre y hundió la cara en el forro de piel de oveja de su chamarra. Luego lo abrazó muy fuerte. Jack también lo hizo, un poco sorprendido.

–Oye, será mejor que no te quedes sentado al sol, hijo. Estás sudando.

–Creo que me quedé un rato dormido. Te quiero, papá. Estaba esperándote.

–Yo también te quiero, Dan. Mira, he traído algunas cosas. ¿Crees que eres bastante fuerte para subirlas?

–¡Claro!

–Doc Torrance, el hombre más fuerte del mundo –anunció Jack, mientras le removía el cabello–. Que se entretiene quedándose dormido en las esquinas.

Después los dos se encaminaron hacia la puerta y mamá bajó al porche, a su encuentro, y Danny se quedó en el segundo escalón, mirando cómo se besaban sus padres. Estaban contentos. El amor fluía de ellos de la misma manera que había fluido del muchacho y de la chica que paseaban por la calle, tomados de la mano. Danny también estaba contento.

La bolsa de la compra –que no era *más* que la bolsa de la compra– crujía entre sus brazos. Todo estaba bien. Papá había vuelto, mamá lo amaba. No había nada de malo, y no todo lo que Tony le mostraba sucedía siempre.

Sin embargo, el miedo se había instalado en su corazón, profundo y terrible, y no podía olvidar esa palabra indescifrable que había visto en el espejo de su espíritu.

## 5. LA CABINA TELEFÓNICA

Jack estacionó el Volkswagen frente al Rexall, en el centro comercial, y detuvo el motor. Volvió a preguntarse si debía decidirse a cambiar de una vez la bomba de la gasolina y se dijo que no podían permitirse ese gasto. Si el coche aguantaba hasta noviembre, podría jubilarse con todos los honores. Para entonces, en las montañas, la nieve cubriría el techo de la carcacha...

–Quiero que te quedes en el coche, doc. Te traeré un caramelo.

–¿Por qué no puedo ir?

–Tengo que hacer una llamada telefónica y es un asunto privado.

–¿Por eso no la hiciste desde casa?

–Por eso.

Wendy había insistido en que instalaran el teléfono, a pesar de lo ajustado de sus recursos. Con un niño pequeño, había dicho (y especialmente con un chico como Danny, que a veces tenía pérdidas de conocimiento), no podían permitirse carecer de teléfono. De modo que Jack había hecho frente a los treinta dólares de gastos de instalación –lo que ya era bastante grave– y a un depósito de noventa dólares de fianza, que era realmente doloroso. Y hasta ese momento, a no ser por dos llamadas equivocadas, el teléfono no había sonado.

–¿Puedes traerme uno de fruta, papá?

–Claro, pero pórtate bien y no juegues con la palanca de velocidades, ¿de acuerdo?

–Bueno. Miraré los mapas.

–Bien.

Mientras Jack salía, Danny abrió la guantera y sacó los cinco deteriorados mapas de carreteras: Colorado, Nebraska, Utah, Wyoming, Nuevo México. Le encantaban los mapas de carreteras, le gustaba seguir con el dedo el recorrido de las rutas. Para Danny, tener mapas nuevos era lo mejor de haberse mudado al Oeste.

Jack fue al mostrador de la tienda, compró el caramelo para Danny, un periódico y un ejemplar de *Selecciones para Escritores* del mes de octubre. Pagó a la encargada con un billete de cinco dólares y le pidió que le diera el cambio en monedas de veinticinco. Luego se dirigió hacia la cabina telefónica que había junto a la máquina de hacer llaves y se metió dentro. Desde allí, a través del cristal, podía ver a su hijo en el Volkswagen, inclinado sobre los mapas. Jack sintió una oleada de amor por su hijo. La emoción se tradujo en su rostro en una hosquedad pétrea.

Pensaba que debía haber hecho desde su casa la ineludible llamada de agradecimiento a Al, desde luego, no iba a decirle nada que Wendy pudiera objetar. Era más bien una cuestión de orgullo. Por aquel entonces, casi siempre prestaba oídos a lo que decía su orgullo, porque aparte de su mujer y su hijo, seiscientos dólares en su cuenta bancaria y un exhausto Volkswagen de 1968, era lo único que le quedaba, lo único que le pertenecía. Incluso la cuenta bancaria era conjunta. Un año atrás era profesor de inglés en una de las mejores escuelas de

Nueva Inglaterra. Allí había tenido amigos –aunque no los mismos que antes de dejar la bebida–, algunas diversiones y también colegas que admiraban su soltura en el aula, y el hecho de que fuera escritor en su vida privada. Seis meses antes, las cosas iban bien, incluso les quedó el dinero suficiente, al final de cada quincena, para hacer unos pequeños ahorros. En la época en que bebía jamás le quedaba un centavo, por más que Al Shockley le ayudara. Él y Wendy habían empezado, cautelosamente, a hablar de una casa y de pagar un enganche para dentro de un año. Quizá comprarían una granja en el campo, aunque necesitaran seis o siete años para renovarla por completo, ya que eran jóvenes y tenían tiempo.

Y de pronto había tenido un ataque de mal genio.

George Hatfield...

El aroma de la esperanza se había convertido en el olor a cuero viejo del despacho de Crommert, donde todo parecía una escena extraída de su propia obra: las viejas imágenes de los antiguos directores de Stovington en las paredes, los grabados en acero de la facultad tal como era en 1879, cuando la construyeron, y en 1895, cuando el dinero de Vanderbilt les permitió construir la casa de campo que todavía se alzaba al extremo oeste del campo de futbol, enorme y chata, revestida de hiedra. La hiedra de abril susurraba del otro lado de la estrecha ventana de Crommert, y del radiador brotaba la voz soñolienta del vapor de agua. Pero no es una escenografía, había pensado él. Era real, era su propia vida. ¿Cómo podía haberla echado a perder de semejante manera?

–Es una situación grave, Jack, muy grave. La Junta me ha pedido que le transmita su decisión.

La Junta quería la renuncia de Jack y él la presentó. En otras circunstancias, en junio lo habrían confirmado en la cátedra.

Tras la entrevista en el despacho de Crommert, vivió la noche más oscura y terrible de su vida. El deseo, la *necesidad* de emborracharse jamás habían sido tan intensos. Le temblaban las manos, incapaces de sostener las cosas. Una y otra vez descargó su irritación en Wendy y Danny. Su humor era una especie de animal salvaje, sujeto con una correa a punto de romperse. Aterrorizado ante la posibilidad de hacerles daño, se había ido de casa. Se detuvo frente a un bar y si no entró fue porque sabía que, si lo hacía, Wendy lo abandonaría y se llevaría a Danny. Y cuando ellos se marcharan, todo habría acabado para él.

En vez de entrar al bar, donde oscuras sombras inmóviles saboreaban las aguas del olvido, se dirigió a la casa de Al Shockley. El resultado de la votación de la Junta había sido 6-1. El único voto a favor había sido de Al.

Marcó el número de la telefonista, y le dijo que por un dólar ochenta y cinco podían ponerlo durante tres minutos en contacto con Al, a tres mil doscientos kilómetros de distancia. Qué relativo es el tiempo, nena, pensó mientras metía en la ranura ocho monedas de veinticinco centavos. Débilmente, alcanzaba oír los zumbidos electrónicos de la conexión que se establecía hacia el Este.

Al era hijo de Arthur Longley Shockley, barón del acero, de quien –como único hijo– había heredado una fortuna, además de una gran variedad de inversiones y cargos en diversos consejos y juntas. Una de ellas era el de la Junta de Directores de la Academia preparatoria de Stovington, la institución favorita del viejo. Tanto Arthur como Albert Shockley eran graduados, y Al vivía en Barre, lo bastante cerca para interesarse personalmente por los asuntos de la universidad. Durante años, Al había sido el entrenador de tenis de Stovington.

Jack y Al se habían hecho amigos de una manera completamente casual: en las numerosas reuniones de la facultad a las que asistían, ellos siempre eran los dos concurrentes más borrachos. Shockley se había separado de su mujer y, en cuanto a Jack, su matrimonio iba lentamente cuesta abajo, aunque siguiera amando a Wendy y le hubiera prometido que se corregiría, por ella y por el pequeño Danny.

De muchas fiestas de la facultad, los dos salían a recorrer los bares hasta que cerraban, para después detenerse en una tienda que estuviera abierta y comprar un paquete de cervezas que bebían en el coche al final de algún camino solitario. Algunas mañanas, al entrar tambaleándose a la casa de alquiler, mientras la aurora se insinuaba ya en el cielo, Jack se encontraba a Wendy y al bebé dormidos sobre el diván, Danny siempre junto al respaldo, con un puñito cerrado bajo la mandíbula de Wendy. Cuando los miraba, el odio y el asco de sí mismo le subían en una amarga oleada a la garganta, cubriendo incluso el gusto de la cerveza, los cigarros y los martinis... «los marcianos», como los llamaba Al. En tales ocasiones, sus pensamientos se volvían hacia el revólver, la soga o la navaja de afeitar.

Si la juerga se producía por la noche, como sucedía a menudo, Jack dormía tres horas, se levantaba, se vestía, se tomaba cuatro Excedrines y, todavía borracho, iba a dar su clase de las nueve sobre poesía norteamericana. Buenos días, muchachos, hoy el genio de los ojos enrojecidos les contará cómo perdió Longfellow a su mujer en el gran incendio, se decía.

Nunca había creído que fuera un alcohólico, pensó Jack mientras oía sonar el teléfono de Al. ¡La de clases a las que habría faltado, o las que habría dado sin rasurarse, apestando todavía a los marcianos de la noche anterior!

–Puedo dejarlo en cualquier momento. Pero si estoy

perfectamente –le decía a su esposa–. Claro que estoy en condiciones de conducir.

Las lágrimas que ella vertía en el baño, las miradas cautelosas de los colegas cuando en una fiesta se servía un poco de vino, el ir comprendiendo lentamente que todo el mundo hablaba de él, y la conciencia de que su Underwood no producía más que bolas de papel arrugado que iban a parar al bote de basura no tardaron en mortificarlo. En Stovington había sido una pequeña lumbrera, un escritor norteamericano en gradual florecimiento, sin duda un hombre con condiciones para enseñar el gran misterio de la creación literaria. Había publicado dos docenas de cuentos. Estaba trabajando en una obra de teatro y pensaba que en alguna trastienda mental debía de estar incubando una novela. Pero ahora no creaba nada y su enseñanza era un desastre.

Finalmente todo terminó una noche, poco después de que Jack le rompiera el brazo a su hijo. Tenía la impresión de que aquello había puesto término a su matrimonio. Lo único que faltaba era que Wendy se decidiera... estaba seguro de que si su madre no hubiera sido la zorra que era, Wendy habría tomado el autobús de vuelta a Nueva Hampshire en cuanto Danny hubiera estado en condiciones de viajar. Todo habría acabado.

Era poco más de medianoche. Jack y Al entraban a Barre por la carretera 31, Al sentado al volante de su Jaguar, tomando sin precaución alguna las curvas, pasándose a veces de la doble línea amarilla. Los dos estaban borrachos; esa noche los marcianos habían aterrizado en gran número. Tomaron la última curva antes del puente a toda velocidad. De pronto, vieron una bicicleta y oyeron el alarido doloroso y agudo de la goma arrancada de las llantas del Jag. Jack recordaba haber visto la cara de Al, suspendida sobre el volante como una luna blanca y redonda; después, el ruido del metal aplastándose al chocar con la bicicleta, el vuelo de ésta como un pájaro retorcido, el volante golpeando el parabrisas y saltando por los aires, dejando ante los ojos desorbitados de Jack la telaraña astillada del cristal. Al cabo de un momento, percibieron el golpe final, espantoso, al estrellarse en el camino detrás de ellos, mientras las llantas lo aplastaban. El Jag patinó de costado, con Al aún aferrado al volante, y desde muy lejos Jack dijo:

–¡Por Dios, Al, hemos pasado por encima! ¡Lo he sentido!

La señal telefónica seguía sonando en su oído. Vamos, Al. Contesta. Así podré terminar con esto, pensó Jack.

–Un par de llamadas más, señorita, si no tiene inconveniente.

–Sí, señor –dijo la voz, obediente.

Al cruzó el puente para ir hasta el teléfono público más cercano, desde donde llamó a un amigo soltero y le dijo que ganaría cincuenta dólares si le buscaba en su garage las llantas para la nieve del Jaguar y se las llevaba al puente de la carretera 31, en las afueras de Barre. Veinte minutos más tarde apareció el amigo, vestido con jeans y camisa de piyama.

–¿Han matado a alguien? –preguntó después de recorrer la escena con la mirada.

Al ya estaba levantando con el gato la parte trasera del coche, mientras Jack aflojaba los tornillos.

–Providencialmente no –respondió Al.

–De todas formas, creo que yo me regreso. Me pagarás mañana.

–De acuerdo –respondió Al, sin levantar la vista.

Los dos cambiaron las ruedas sin problemas y regresaron a la casa de Al Shockley. Al guardó el Jag en el garage y paró el motor.

En la silenciosa oscuridad, declaró:

–Para mí, se acabó la bebida, Jacky. Se terminó. Hoy he matado mi último marciano.

En aquel momento, mientras sudaba en el interior de la cabina telefónica, a Jack se le ocurrió que jamás había dudado de la capacidad de Al para llevar a cabo su propósito. Él volvió a casa conduciendo el Volkswagen con el radio encendido, mientras un conjunto salmodiaba repetidamente, como un ensalmo en la hora antes del amanecer: «Hazlo de todos modos... necesitas hacerlo... hazlo de todos modos... necesitas...». Por más fuerte que lo pusiera, seguía oyendo el alarido de las llantas al chocar. Cuando parpadeaba, veía la rueda aplastada con los radios rotos apuntando al cielo.

Al entrar, encontró a Wendy dormida en el diván. Miró en el cuarto de Danny y lo vio de espaldas en su cuna, profundamente dormido, con el brazo todavía enyesado. Bajo el pálido resplandor que llegaba de la luz de la calle alcanzaba a ver sobre la blancura del yeso las líneas oscuras donde los médicos y las enfermeras del departamento de pediatría habían firmado.

–Fue un accidente. Cayó por las escaleras... Bueno, tuve un ataque de mal genio –había dicho, y luego pensó: Borracho de mierda, basura. Cuando Dios se sonó las narices, saliste tú–. Vamos, por favor, no fue más que un accidente...

Pero la última súplica se vio anegada por la imagen de un farol que oscilaba, mientras ellos buscaban entre las malezas secas un cuerpo inerte, que sin duda debía estar allí, esperando a la policía. No importaba que condujera Al, otras noches era él.

Arropó a Danny con las cobijas, fue al dormitorio y sacó de un estante del armario la Llama del 38 que guardaba en una caja de zapatos. Durante casi una hora estuvo sentado en la cama, mirándola, fascinado por su resplandor mortal.

Antes del amanecer, volvió a ponerla en la caja y la

guardó en el armario. Luego llamó a Bruckner, el jefe del departamento, para decirle que suspendiera sus clases porque tenía gripe. Bruckner accedió, pero no con la buena disposición de siempre. El último año, Jack Torrance había estado demasiado propenso a las gripes.

Wendy le preparó café y huevos revueltos, y desayunaron en silencio. El único ruido provenía del patio trasero, donde Danny hacía correr jubilosamente sus camiones por la arena, con su mano sana.

Mientras lavaba los platos, de espaldas a él, Wendy le dijo:

–Jack, he estado pensando...

–¿Sí? –con manos temblorosas, encendió un cigarro. Aquella mañana no tenía cruda, solamente los temblores. Parpadeó. En la fugaz oscuridad la bicicleta voló contra el parabrisas, astillando el cristal, las llantas se estremecieron y el farol oscilaba.

–Quiero hablar contigo de... lo que sea mejor para mí y para Danny, quizá también para ti. No sé... tal vez deberíamos haber hablado antes de esto.

–¿Quieres hacerme un favor? –preguntó él, con la mirada fija en la trémula brasa del cigarro.

–¿De qué se trata? –la voz de Wendy era inexpresiva, neutra. Él habló, mirándole la espalda.

–Hablemos dentro de una semana, si todavía quieres.

Ella volteó para mirarlo, con las manos bordadas de espuma. Su hermoso rostro parecía pálido y desilusionado.

–Jack, contigo las promesas no resultan. Simplemente sigues con...

Al mirarlo a los ojos se detuvo, fascinada, súbitamente insegura.

–Dentro de una semana –insistió él. Su voz había perdido su habitual firmeza y se convirtió en un susurro–. Por favor. No te prometo nada, pero si entonces todavía quieres hablar, hablaremos... de lo que quieras.

A través de la cocina soleada, los dos se miraron durante un rato, y cuando Wendy volvió a los platos en silencio, Jack empezó a temblar. Cómo necesitaba un trago, sólo unas gotas para ver las cosas con la perspectiva debida...

–Danny soñó que tenías un accidente de coche –dijo bruscamente Wendy–. A veces tiene sueños raros. Me lo dijo esta mañana, mientras lo vestía. ¿Ha sido así, Jack? ¿Tuviste un accidente?

–No.

Hacia el mediodía, la ansiedad de beber se había convertido en una fiebre. Fue a casa de Al.

–¿Estás seco? –le preguntó su amigo antes de invitarlo a pasar. Tenía un aspecto espantoso.

–Como un hueso. Pareces Lon Chaney en *El fantasma de la Ópera*.

–Entra.

Pasaron la tarde jugando a los naipes, sin beber.

Pasó una semana. Él y Wendy no hablaron mucho, pero Jack sabía que ella lo observaba, incrédula, mientras él bebía café e infinitas botellas de Coca-Cola. Una noche, se bebió un paquete entero de seis cocas y después corrió al baño a vomitarlas. El nivel de las botellas de alcohol del mueble-bar no bajaba. Después de las clases, Jack iba a casa de Al Shockley –a quien Wendy odiaba más de lo que había odiado a nadie en su vida– y, cuando volvía, su mujer juraba que su aliento olía a whisky o a ginebra, pero él hablaba con lucidez antes de cenar, bebía café, jugaba con Danny después de la cena mientras compartía con él una Coca, le leía algo antes de acostarlo y después se sentaba a corregir composiciones, bebiendo interminables tazas de café. Wendy tenía que admitir que se había equivocado.

Pasaron varias semanas, y las palabras sin pronunciar fueron alejándose cada vez más de los labios de

Wendy. Jack lo sabía, pero era consciente de que nunca sería una desaparición completa. Las cosas empezaron a mejorar lentamente. Después ocurrió lo de George Hatfield. Había vuelto a tener un ataque de mal genio, y esta vez estaba completamente sobrio.

–Señor, siguen sin contestar...

–¿Sí? –preguntó la voz de Al, sin aliento.

–Hablen –dijo la telefonista, contrariada.

–Al, soy Jack Torrance.

–¡Jackie! ¿Cómo estás?

–Bien. Te llamaba para darte las gracias. Me dieron el trabajo. Es perfecto. Si no termino esa maldita obra encerrado ahí arriba todo el invierno, jamás podré hacerlo.

–La terminarás.

–¿Cómo van las cosas? –preguntó Jack, vacilante.

–En seco. ¿Y tú?

–Como un hueso.

–¿Lo echas de menos?

–Día a día.

Al se echó a reír.

–Sé cómo te sientes, pero no entiendo cómo lo lograste después del asunto de Hatfield, Jack. Eso fue el colmo.

–Bueno, supongo que realmente ya había fastidiado bastante las cosas –dijo con voz serena.

–¡Demonios, en primavera habrá reunión de la junta, y Effinger ya anda diciendo que tal vez la decisión fue apresurada! Si tu obra llega a concretarse...

–Verás, Al, mi hijo está esperando en el coche y creo que está empezando a inquietarse...

–Claro, lo entiendo. Que pasen un buen invierno, Jack. Me alegro de haberte sido útil.

–Gracias de nuevo, Al –al cortar la comunicación, cerró los ojos en la sofocante cabina y volvió a ver la bicicleta aplastada, el farol oscilante. Al día siguiente había aparecido una nota en el periódico, pero sin mencionar al dueño de la bicicleta. El porqué de su presencia a la intemperie, en plena noche, sería siempre un misterio para ellos, y tal vez era lo mejor.

Volvió al coche, llevando a Danny su caramelo, pegajoso por el calor.

–¿Papá?

–¿Qué?

Danny titubeó, mientras miraba el rostro abstraído de su padre.

–Cuando estaba esperando que volvieras de ese hotel, tuve una pesadilla. ¿Recuerdas cuando me quedé dormido?

–Sí.

Era inútil. Mentalmente su padre estaba en otra parte, no con él. Volvía a pensar en «algo malo».

–¿Qué soñaste, hijo?

–Nada –respondió Danny, mientras salían del estacionamiento, y volvió a guardar los mapas en la guantera.

–¿Estás seguro?

–Sí.

Jack miró a su hijo con fugaz inquietud, y después siguió pensando en la obra.

Soñé que me hacías daño, papá, pensó Danny.

## 6. PENSAMIENTOS NOCTURNOS

Habían terminado de hacer el amor y «su hombre» se había dormido junto a ella.

«Su hombre...»

Sonrió en la oscuridad al sentir que su simiente seguía escurriéndose con tibia lentitud entre los muslos levemente separados. Su sonrisa era a la vez pesarosa y satisfecha, porque aquellas palabras evocaban un centenar de sentimientos, cada uno de los cuales era motivo de perplejidad. Pero todos juntos, en esa oscuridad que derivaba flotando hacia el sueño, eran como la distante melodía de un blues, interpretada en un club nocturno casi desierto, melancólico pero placentero.

*Amarte es como llevar rodando un tronco,*
*pero si no puedo ser tu mujer,*
*seguro que no llegaré a ser tu perro.*

¿Billie Holiday era la cantante? ¿Quizás alguien un poco más prosaico, como Peggy Lee? No tenía importancia. Baja e insistente, la melodía se repetía en el silencio de su cabeza, como si saliera de uno de esas anticuadas rocolas, una Wurlitzer tal vez, media hora antes de que cerraran.

Dejando de lado su conciencia, Wendy se preguntó en cuántas camas se había acostado con el hombre que estaba junto a ella. Se habían conocido en la universidad, y la primera vez que hicieron el amor fue en el departamento de él... tres meses después de que su madre la corriera de la casa, diciéndole que nunca volviera, que si quería, se fuera con su padre, ya que ella había sido la responsable del divorcio. Eso ocurrió en 1970. Al cabo de medio año, ya vivían juntos, encontraron trabajo en verano y conservaron el departamento cuando pasaron al siguiente curso. Wendy recordaba con claridad aquella cama, que se hundía en medio. Cuando hacían el amor, el enmohecido colchón de resortes les marcaba el ritmo. En otoño finalmente Wendy consiguío romper con su madre; Jack la ayudó. «Lo que quieres es seguir dominándote –le había dicho–. Cuanto más la llames por teléfono, más veces volverás a arrastrarte pidiéndole que te perdone, y más veces podrá atormentarte con tu padre. A ella le conviene, Wendy, porque puede seguir haciéndote creer que la culpa fue tuya. Pero a ti no te hace bien.» Habían hablado una y mil veces en aquella cama acerca del tema.

Recordaba a Jack, sentado con las cobijas en la cintura y un cigarro encendido entre los dedos, mirándola a los ojos de esa manera entre seria y burlona que tenía de mirarla, diciéndole:

–¿Acaso no te dijo que nunca volvieras? ¿Que no quería volver a ver tu sombra en su puerta? Entonces, ¿por qué no cuelga el teléfono cuando sabe que eres tú la que llama? ¿Por qué lo único que te dice es que no puedes ir si yo estoy contigo? Porque sabe que yo puedo desbaratar su juego. Lo que quiere es seguir apretándote las clavijas, nena. Y si la dejas, eres una tonta. Si te dijo que nunca volvieras, ¿por qué no le tomas la palabra? Dale un descanso.

Finalmente, Wendy le hizo caso.

Fue idea de Jack la de separarse durante un tiempo para tener una perspectiva de sus relaciones, decía. Wendy temió que le interesara alguien más, pero descubrió que no se trataba de eso. En primavera volvieron a estar juntos, y él le preguntó si había ido a visitar a su padre. Wendy dio un respingo, como si Jack acabara de asestarle un latigazo.

–¿Cómo lo sabías? –le preguntó.

–La Sombra lo sabe todo –bromeó.

–¿Es que estuviste espiándome?

La impaciente risa de Jack hacía que se sintiera como si ella tuviera ocho años y él pudiera ver sus motivaciones con mayor claridad que ella misma.

–Necesitaste tiempo, Wendy.

–¿Para qué?

–Supongo que... para decidir con cuál de nosotros querías casarte.

–Jack... ¿qué estás diciendo?

–Creo que estoy pidiéndote que te cases conmigo.

En la boda estuvo su padre, pero no su madre. Wendy descubrió que podía soportarlo si estaba con Jack. Más tarde llegó Danny, su hermoso hijo.

Ése había sido el mejor año, y la mejor cama. Cuando nació Danny, Jack le había conseguido un trabajo: hacer copias a máquina para media docena de profesores del departamento de inglés. Cuestionarios, exámenes, resúmenes de clase, fichas de libros, listas de lecturas... Wendy acabó copiando para uno de ellos una novela que jamás llegó a publicarse... para el más irreverente y reservado júbilo de Jack. El trabajo le proporcionaba cuarenta dólares semanales, que subieron vertiginosamente a sesenta durante los dos meses que Wendy estuvo mecanografiando la desdichada novela.

Poco antes habían comprado su primer coche, un viejo Buick con asiento para bebé en el medio. Era un matrimonio joven, brillante, ascendiendo por la pirámide. Danny impuso una reconciliación entre Wendy y su madre, una reconciliación que siguió siendo tensa, nunca feliz, pero a fin de cuentas una reconciliación. Cuando Wendy le llevó a su hijo, fueron sin Jack, a quien más tarde no le dijo que era su madre quien cambiaba los pañales a Danny, quien ponía objeciones a la dosificación de los biberones y quien detectaba los primeros signos de erupciones en las nalgas del bebé o en los genitales. Su madre jamás decía nada abiertamente, pero el mensaje siempre llegaba. El precio que Wendy había empezado a pagar (y que tal vez seguiría pagando siempre) para la reconciliación era la sensación de no ser una buena madre. Así seguía apretándole las clavijas.

Durante el día, Wendy se quedaba en casa. Hacía los trabajos caseros, daba los biberones a Danny en la cálida cocina del departamento de cuatro habitaciones que tenían en un segundo piso, y escuchaba música en el destartalado tocadiscos portátil que conservaba desde la escuela secundaria. Jack llegaba a casa a las tres (o a las dos, si podía saltarse la última clase) y, mientras Danny dormía, se la llevaba al dormitorio y disipaba sus temores de incapacidad.

Por la noche, mientras Wendy escribía a máquina, él se ocupaba de la obra y de su trabajo para los cursos. A veces Wendy salía del dormitorio donde trabajaba y los encontraba a los dos dormidos sobre el diván del despacho, Jack en trusa y Danny cómodamente tendido sobre el pecho de su padre, con el dedo pulgar en la boca. Ella acostaba al niño y después se ponía a leer lo que Jack había escrito esa noche, antes de despertarlo para que fuera a acostarse.

Fue el mejor año, la mejor cama.

Por aquel entonces, Jack todavía no tenía problemas con la bebida. Los sábados por la noche aparecía en casa un puñado de condiscípulos. De algún sitio salía un paquete de cervezas y hablaban de temas sobre los que Wendy rara vez opinaba, porque había estudiado sociología y ellos discutían sobre si los diarios de Pepys eran literatura o historia, sobre los problemas de la poesía de Charles Olson; a veces, leían fragmentos de obras que uno estaba escribiendo. Wendy no sentía verdadera necesidad de participar, le bastaba con permanecer en su mecedora al lado de Jack, que se sentaba en el suelo con las piernas cruzadas, un vaso de cerveza en una mano y la otra suavemente cerrada sobre la pantorrilla o el tobillo de ella.

La competencia universitaria era muy reñida y Jack llevaba la carga adicional del escritor, actividad a la que dedicaba una hora todas las noches. Las sesiones de los sábados eran una terapia necesaria, que permitía que él liberara una presión que, si seguía acumulándose, podría hacerlo estallar.

Cuando finalmente se graduó, consiguió el trabajo en Stovington, sobre todo gracias a la fuerza de sus relatos, de los que ya había publicado cuatro, uno de ellos en *Esquire.* Ése era un día que Wendy recordaba con claridad, necesitaría varios años para olvidarlo. Ella estuvo a punto de tirar el sobre, pensando que era un ofrecimiento de suscripción, pero al abrirlo comprobó que *Esquire* quería publicar a comienzos del año siguiente el cuento de Jack «Los agujeros negros». Le pagarían novecientos dólares, no en el momento de la publicación sino cuando aceptara. Era lo que podía ganar en casi seis meses de hacer copias a máquina, y Wendy corrió hacia el teléfono, dejando a Danny cómicamente sorprendido en su silla, con la cara llena de puré de chícharos y picadillo de carne.

Cuarenta y cinco minutos más tarde, Jack llegaba de

la universidad en el Buick, hundido bajo el peso de siete amigos y un pequeño barril de cerveza. Después de un brindis ceremonial (en el que Wendy también aceptó un vaso, aunque no solía beber cerveza), Jack firmó el formulario de aceptación y, tras ponerlo en el sobre, salió a echarlo en el buzón de la esquina. Al volver, los saludó gravemente desde la puerta, diciendo:

–*Veni, vidi, vinci.*

Hubo vítores y aplausos, y a las once de la noche, cuando el barril quedó vacío, Jack y otros dos que todavía estaban en condiciones de caminar decidieron hacer una visita a los bares.

Wendy habló con él en el vestíbulo antes de salir. Los otros dos ya estaban en el coche, cantando como borrachos el himno de Nueva Hampshire. Jack, con una rodilla en el suelo, intentaba torpemente amarrarse las agujetas.

–Jack –le dijo Wendy–, no deberías ir. Si ni siquiera puedes atarte los zapatos, ¿cómo quieres manejar?

Con calma, él se levantó y le apoyó las manos en los hombros.

–Esta noche podría ir a la Luna, si quisiera.

–No –repuso Wendy–. Ningún cuento del *Esquire* lo merece.

–Volveré temprano.

Pero no volvió hasta las cuatro de la madrugada, tambaleándose y farfullando mientras subía por la escalera, y despertó a Danny al entrar. Después, al tratar de calmar al bebé, lo dejó caer al suelo. Wendy, imaginando qué habría hecho su madre en ese caso, tomó a Danny y se sentó con él en la mecedora para calmarlo. Durante la mayor parte de las cinco horas que Jack estuvo ausente, ella pensó en su madre y en su profecía de que Jack jamás llegaría a nada. «Grandes ideas –había dicho su madre–. Seguro que tiene grandes ideas. Las instituciones de asistencia están llenas de idiotas cultos que tienen grandes ideas.» Wendy se preguntó si el cuento publicado en el *Esquire* daba la razón a su madre. Tal vez ella no sabía retener a su marido, de lo contrario, ¿por qué buscaba alegrías fuera de la casa? Un terror que tenía algo de desvalimiento había invadido a Wendy, sin que jamás se le ocurriera pensar que quizás él se había ido por razones que nada tenían que ver con ella.

–Te felicito –dijo, mientras mecía a Danny, que de nuevo estaba casi dormido–. Tal vez le hayas causado una conmoción.

–No es más que un chichón –repuso Jack con voz hosca, aunque quería mostrarse arrepentido. Por un instante, Wendy lo odió.

–Es posible –dijo fríamente, y oyó en su propia voz la voz de su madre cuando hablaba con su padre, sintiéndose hastiada y asustada.

–De tal palo, tal astilla –masculló Jack.

–¡Métete a la cama! –exclamó ella, fuera de sí–. ¡Ve a acostarte, borracho!

–No me digas lo que tengo que hacer.

–Jack, por favor, no deberíamos... no... –no había palabras.

–No me digas lo que tengo que hacer –repitió él hoscamente, y después entró al dormitorio. Wendy se quedó sola en la mecedora, con Danny, que había vuelto a dormirse. Cinco minutos después, los ronquidos de Jack llegaban al cuarto de estar. Fue la primera noche que Wendy durmió en el diván.

Se dio la vuelta en la cama, inquieta, medio dormida. Sus pensamientos, libres de todo orden lineal ante la proximidad del sueño, la llevaron más allá de su primer año en Stovington, más allá de las épocas, cada vez peores, que tuvieron su momento más difícil cuando su marido le rompió el brazo a Danny, hasta dejarla en aquella mañana, en el rincón del desayuno.

Danny jugaba en el patio con sus camiones, con el

brazo todavía enyesado. Jack estaba sentado a la mesa, pálido, con un cigarro temblándole entre los dedos. Wendy había decidido pedirle el divorcio. Había afrontado el problema desde cien ángulos diferentes; en realidad, antes del accidente de Danny llevaba seis meses pensando en eso. Aunque se decía que de no ser por su hijo ya habría tomado la decisión, no era verdad. Tenía sueños en las largas noches que Jack pasaba fuera de casa, sus sueños que le mostraban la cara de su madre y el día de su propia boda:

«¿Quién entrega a esta mujer?» Fue su padre, vestido con su mejor traje –no demasiado bueno, ya que era representante de una fábrica de productos envasados que por entonces estaba próxima a la quiebra.

Ni siquiera después del «accidente» había sido capaz de plantearse con claridad las cosas, de admitir que su matrimonio era una derrota desproporcionada. Había dejado pasar el tiempo, con la oscura esperanza de que ocurriera un milagro y de que Jack viera qué estaba sucediéndole. Pero las cosas no habían mejorado. Una copa antes de ir a clase, dos o tres cervezas en el almuerzo, en Stovington House, tres o cuatro martinis antes de cenar, cinco o seis más corrigiendo los exámenes de los alumnos. Los fines de semana aún eran peores, por no hablar de las noches que salía con Al Shockley. Wendy jamás había imaginado que en una vida en que nada andaba físicamente mal pudiera haber tanto dolor. Sufría continuamente. Pero ¿tenía ella la culpa? Esa pregunta la obsesionaba. Se sentía como su madre, como su padre. A veces, cuando se sentía ella misma, se preguntaba cómo viviría Danny las cosas, y le aterraba pensar en el día en que tuviera edad suficiente para culparlos. También se preguntaba adónde podrían ir. Sin duda su madre la acogería, y era también indudable que después de seis meses viendo cómo le cambiaba los pañales a Danny, o preparándole las comidas, de llegar a casa y encontrarse con que su madre lo había cambiado de ropa o le había cortado el pelo, o con que los libros que a ella no le parecían bien habían ido a parar al desván... Wendy tendría un colapso nervioso. Entonces su madre le daría una palmadita en la mano y le diría con tono reconfortante: «No te engañes, todo es por tu culpa. Nunca estuviste en condiciones. Ya mostraste tu verdadero carácter cuando te interpusiste entre tu padre y yo».

Su padre... que había muerto de un infarto seis meses después de la boda. Había pasado la noche anterior en vela, hasta que él regresó, pensando, tomando su decisión.

El divorcio, se decía, era necesario. Su padre y su madre no tenían nada que ver con la decisión, ni tampoco sus sentimientos de culpa por su propio matrimonio, ni la incapacidad que sentía ante su propio fracaso. Debía hacerlo por el bien de su hijo, y por el de ella misma, para poder rescatar algo de su vida de adulta. Las palabras escritas en la pared eran brutales, pero claras. Su marido era un borracho. Tenía mal genio, y ya no podía controlarlo ahora que bebía y que le costaba tanto escribir. Accidentalmente o no, le había roto un brazo a su hijo. Además, tarde o temprano se quedaría sin trabajo. Wendy había notado ya las miradas compasivas de las esposas de otros profesores. Se dijo que había afrontado hasta donde había sido posible la tremenda tarea de su matrimonio; ahora iba a abandonarla. Jack tendría todos sus derechos de visita, y ella sólo le pediría que la mantuviera hasta que encontrara algo que le permitiera valerse sola... lo cual tendría que ser muy pronto, porque no sabía cuánto tiempo podría soportar Jack la ayuda económica. Haría las cosas con la menor amargura posible, pero era preciso ponerles fin.

Envuelta en sus pensamientos, había caído en un sueño superficial e inquieto, asediada por los rostros de su padre y su madre. «No eres más que una destructora de hogares», decía su madre. «¿Quién entrega a esta mujer?», preguntaba el sacerdote. «Yo», respondía su padre. Pero al llegar la mañana, luminosa y soleada, Wendy sentía lo mismo.

De espaldas a él, con las manos sumergidas hasta las muñecas en el agua tibia y jabonosa, había empezado por lo desagradable.

–Quiero que hablemos de algo que puede ser lo mejor para Danny y para mí, quizá también para ti. Creo que deberíamos haber hablado antes de esto.

De pronto, él dijo algo extraño. Wendy esperaba desatar su cólera, provocar amargura y recriminaciones. Esperaba verlo correr como un loco por una copa. Lo que no esperaba era esa respuesta suave, casi inexpresiva, que le pareció tan impropia de él. Era como si el Jack con quien había vivido durante seis años no hubiera regresado esa noche... como si hubiera sido reemplazado por un espíritu extraterrestre que ella jamás llegaría a conocer, de quien nunca podría estar segura.

–¿Quieres hacer algo por mí? ¿Quieres hacerme un favor?

–¿De qué se trata? –a Wendy le costó controlar la voz para que no le temblara.

–Hablemos dentro de una semana, si todavía quieres.

Ella había accedido. El asunto quedó en el aire. Durante esa semana, Jack vio más que nunca a Al Shockley, pero volvía a casa temprano, sin que su aliento oliera a alcohol. Wendy imaginaba que olía, pero sabía que no era así.

Al cabo de unas semanas, el proyecto de divorcio se devolvió a la comisión sin haber sido votado.

¿Qué había sucedido? Wendy seguía preguntándoselo, sin tener la menor idea. El tema era tabú entre ellos. Jack era como un hombre que, al dar la vuelta a la esquina, se hubiera encontrado con un inesperado monstruo al acecho, agazapado entre los huesos secos de sus víctimas anteriores. Las bebidas seguían en el armario, pero él no las tocaba. Una docena de veces, Wendy pensó en tirarlas, pero siempre retrocedía ante la idea, como si con esa acción pudiera romper algún ensalmo desconocido. Por otro lado, debía pensar en Danny.

Si Wendy tenía la sensación de desconocer a su marido, lo que le inspiraba su hijo era pavor, una especie de terror supersticioso, indefinido.

Mientras dormitaba, se le apareció la imagen del momento en que había nacido el niño. De nuevo se encontró sobre la mesa de partos, bañada en sudor, con el cabello enredado, los pies apoyados en las perneras... y un poco ida por el cloroformo. En algún momento había murmurado que se sentía como un anuncio de violación múltiple, y a la enfermera, una vieja que había ayudado en tantos partos como para poblar una escuela secundaria, le había parecido divertidísimo. Vio al médico entre sus piernas, con la enfermera a un lado, disponiendo los instrumentos y tarareando. Los dolores, agudos y vidriosos, se producían a intervalos cada vez más cortos y había gritado varias veces, pese a su vergüenza.

Después el médico le había dicho que debía pujar y Wendy lo hizo. Al instante sintió que sacaban algo de ella. Fue una sensación clara y concreta, que jamás olvidaría. El médico levantó a su hijo por las piernas y, al ver el sexo minúsculo, ella supo que era un varón. Pero mientras el médico le quitaba la mascarilla había visto algo más, algo tan horrible que le permitió reunir fuerzas para gritar después de haber creído que se había quedado sin aliento:

—¡No tiene cara!

Por supuesto que tenía cara, la dulce cara de Danny, y la membrana que la había recubierto al nacer estaba ahora en un frasco donde ella la había guardado, casi avergonzada. Aunque no aceptara la antigua superstición, Wendy había guardado la membrana. Jamás había creído en esas historias de viejas, pero su hijo había sido excepcional, desde el primer día. Tampoco creía en la clarividencia, pero...

–¿Papá ha tenido un accidente? Soñé que tenía un accidente.

Algo había cambiado a Jack. Wendy no creía que fuera sólo el hecho de que ella hubiera decidido pedirle el divorcio. Sin duda había sucedido algo antes de esa mañana, mientras ella dormitaba, inquieta. Al Shockley dijo que no había pasado nada, pero había bajado la mirada al decirlo y, si uno daba crédito a las habladurías de la facultad, Al también había abandonado la bebida.

«¿Papá ha tenido un accidente...?»

Tal vez un choque casual con el destino, no podía ser nada mucho más concreto. Ese día, y al siguiente, Wendy leyó el periódico con más atención que de costumbre, pero no vio nada que pudiera relacionarse con Jack. Buscaba un accidente en que los conductores hubieran huido, o una pelea en un bar que terminara con algún herido grave o... ¿cómo saberlo? Además, ¿quién quería saberlo? Pero no acudió ningún policía, ni a hacer preguntas ni con una orden de registro que le permitiera tomar una muestra de pintura de las defensas del Volkswagen. No había ocurrido nada extraño, salvo ese giro de ciento ochenta grados en su marido, y la pregunta soñolienta de su hijo al despertar:

–¿Papá ha tenido un accidente? Soñé que...

Wendy siguió junto a Jack por el bien de Danny mucho más de lo que estaba dispuesta a creer, pero tras aquella pregunta debía admitir que su hijo había pertenecido a Jack por derecho propio casi desde el comienzo, de la misma manera que ella, casi desde el comienzo, había sido de su padre. No recordaba que Danny hubiera vomitado jamás sobre la camisa de Jack. Éste podía conseguir que el niño comiera cuando Wendy ya se había rendido, incluso cuando a Danny empezaron a salirle los dientes y masticar se le hacía visiblemente doloroso. Cuando al pequeño le dolía el estómago, Wendy lo acunaba durante una hora antes de que empezara a calmarse; Jack no tenía más que levantarlo y dar con él un par de vueltas por la habitación para que se le quedara dormido sobre el hombro, con el dedo pulgar tranquilamente metido en la boca.

Sin protesta alguna le cambiaba los pañales, aunque fueran los que él llamaba de «entregas especiales». Pasaba horas enteras sentado con Danny, haciéndolo saltar sobre sus rodillas, haciéndole juegos con los dedos, poniéndole caras mientras el pequeño le jalaba la nariz y terminaba ahogándose de risa. Le preparaba los biberones y se los daba como un profesional, sin olvidar sostenerlo hasta el último eructo. Lo llevaba consigo en el coche cuando iba a buscar el periódico o una botella de leche, o a comprar clavos a la ferretería, y eso cuando su hijo todavía era un bebé. Cuando Danny no tenía más de seis meses, incluso lo había llevado a un partido de futbol entre Stovington y Keene, y el niño se había quedado inmóvil en las rodillas de su padre durante los dos tiempos, envuelto en una cobija, aferrando un banderín de Stovington en su pequeño puño.

Danny quería a su madre, pero era de su padre.

¿Acaso Wendy no había percibido una y otra vez la silenciosa oposición de su hijo ante la sola idea del divorcio? Solía pensar en eso en la cocina, dando mentalmente vueltas a la idea, al igual que daba vueltas a las papas mientras las pelaba para la cena. Y al voltear, lo veía sentado con las piernas cruzadas en una de las sillas de la cocina, mirándola con ojos que le parecían tan asustados como acusadores. Mientras andaba con él por el parque, el niño le aferraba súbitamente las manos y le preguntaba, desesperado:

–¿Me quieres? ¿Quieres a papá?

Y ella, confundida, hacía un gesto de asentimiento o decía:

–Claro que sí, mi amor.

Entonces, Danny corría hacia el estanque de los patos, que ante la mínima ferocidad de su ataque salían volando, graznando asustados hacia el otro lado, con grandes aleteos de pánico, dejándola sola, mirando pensativamente a su hijo.

En ocasiones incluso le parecía que su decisión de hablar del asunto con Jack se diluía, y no por su propia debilidad, sino bajo la determinación de la voluntad de su hijo.

No creo en esas cosas, se repetía en silencio.

Pero en el sueño las creía, y en el sueño, mientras la simiente de su marido seguía secándose entre sus muslos, Wendy sintió que los tres, ellos tres, eran como soldados en formación... Si esa unidad debía ser destruida, se dijo que ninguno de ellos sería el responsable, sino algo procedente del exterior.

Esa convicción se centraba principalmente en su amor por Jack. Wendy jamás había dejado de amarlo, a excepción del sombrío periodo posterior al «accidente» de Danny. También quería a su hijo, por supuesto, pero sobre todo los quería a los dos, le encantaba verlos pasear o salir en el coche, o simplemente estar sentados, la cabeza de Jack y la cabecita de Danny atentas a las peripecias de una caricatura en la televisión, o compartiendo una botella de Coca-Cola, o mirando las historietas en el periódico. Le gustaba tenerlos con ella, y esperaba que Dios hiciera que el trabajo de vigilante del hotel que Al había conseguido para su marido fuera el comienzo de los buenos tiempos.

*Y el viento se levantó, niño,*
*y aventó lejos mis blues.*

Suave, dulce y tibia, la canción volvía y se demoraba, hundiéndose con ella en un sueño cada vez más profundo, donde el pensamiento se interrumpía y los rostros que aparecían en los sueños desaparecían en el olvido.

# 7. EN OTRO DORMITORIO

Danny se despertó. Los golpes seguían retumbándole en los oídos, y la voz, ebria y salvajemente agresiva, gritaba con aspereza:

–¡Ven aquí a tomar tu medicina! ¡Ya te encontraré! ¡Ya te encontraré!

De pronto, los golpes no eran más que los de su corazón palpitante, y la única voz en la noche era el alarido lejano de la sirena de una patrulla.

Inmóvil, se quedó en la cama, mirando las sombras de las hojas movidas por el viento que se proyectaban en el techo del dormitorio, entretejiéndose sinuosamente, dibujando formas que parecían las lianas y enredaderas de una selva, como los diseños entretejidos en la trama de una espesa alfombra. Llevaba puesta la piyama, y debajo, una sudadera.

–¿Tony? –susurró–. ¿Estás ahí?

No hubo respuesta.

Bajó de la cama y silenciosamente se deslizó hacia la ventana. Miró hacia fuera, hacia Arapahoe Street. La calle estaba desierta y silenciosa. Eran las dos de la madrugada. En el exterior no había nada, a no ser las banquetas vacías, por donde paseaban las hojas caídas. Vio varios coches estacionados y el largo cuello del farol de la esquina, frente a la gasolinera de Cliff Brice. Con la caperuza en que terminaba y esa inmovilidad alerta, el farol parecía un monstruo de una serie de ciencia ficción.

Miró hacia ambos lados de la calle, esforzándose por ver la esbelta forma de Tony haciéndole señas, pero no había nadie.

El viento suspiraba entre los árboles, y las hojas caídas crujían por las banquetas desiertas y sobre los techos de los coches estacionados. Pensó que tal vez en Boulder él fuera el único lo bastante despierto para oírlo. No había manera de saber qué más podía andar suelto en la noche, deslizándose ávidamente entre las sombras, vigilando, bebiéndose el viento.

–¡Te encontraré! ¡Te encontraré!

–¿Tony? –volvió a susurrar.

Sólo el viento respondió, desparramando hojas por el tejadillo, bajo su ventana. Algunas cayeron en el canalón de desagüe y allí se quedaron lánguidamente, como bailarinas cansadas.

–Danny... Danny...

Lo sobresaltó el sonido de la voz familiar y asomó la cabeza por la ventana, apoyando las manos en el alféizar. Parecía como si, con el sonido de la voz de Tony, la noche entera hubiera cobrado una vida silenciosa y secreta, que susurraba incluso cuando el viento volvía a acallarse y las hojas se quedaban inmóviles. Le pareció que veía una sombra más oscura, de pie en la parada del autobús, en la cuadra siguiente, pero era difícil determinar si era algo real o una ilusión óptica.

–No vayas, Danny...

Una nueva racha de viento le hizo cerrar los ojos, y luego la sombra que había en la parada del autobús desapareció... si es que en realidad había estado allí. Se quedó junto a la ventana durante un rato, pero no vio nada. Finalmente volvió a meterse a la cama y se cubrió con las cobijas. Se quedó mirando cómo las sombras que arrojaba sobre el cielo raso esa luz lejana se convertían en una jungla sinuosa llena de plantas carnívoras, que no querían otra cosa que enredarse en torno a él, estrujarlo hasta quitarle la vida y arrastrarlo hacia abajo, hacia una negrura donde destellaba, en rojo, una sola palabra, siniestra: REDRUM.

SEGUNDA PARTE

# EL DÍA DEL CIERRE

## 8. VISTA PANORÁMICA DEL OVERLOOK

Su madre estaba preocupada. Temía que el Volkswagen se quedara parado en medio de aquellas montañas, a un lado de la carretera, donde alguien pudiera chocar con ellos. Danny estaba más optimista: si papá creía que el coche haría aquel último viaje, entonces lo haría.

–Ya estamos llegando –anunció Jack.

–Gracias a Dios –suspiró Wendy, apartándose el pelo de las sienes.

Iba sentada en el asiento de la derecha, con un libro de Victoria Holt en edición de bolsillo abierto sobre la falda. Se había puesto el vestido azul que a Danny tanto le gustaba. Tenía cuello de marinero y hacía que su madre pareciera muy joven, casi como una alumna de secundaria. Papá le ponía continuamente una mano sobre la pierna, ella reía y se la retiraba, diciendo «no seas pesado».

Danny estaba impresionado con las montañas. Un día, papá los había llevado a las que había cerca de

Boulder, pero éstas eran mucho más grandes, y sobre las más altas se veía un manto de nieve. Su padre decía que, por lo general, allí había nieve durante todo el año.

Y estaban de veras *en* las montañas, no cerca de ellas. Alrededor de ellos se alzaban enormes murallas de roca, tan altas que apenas se veía dónde terminaban, aunque asomara uno la cabeza por la ventanilla. Cuando salieron de Boulder, la temperatura era de unos veinticinco grados. Ahora, apenas pasado el mediodía, el aire era frío y seco como en Vermont en noviembre, y papá había encendido la calefacción... aunque en realidad no funcionaba muy bien. Habían pasado junto a varias señales que prevenían sobre DESMORONAMIENTOS DE ROCAS (mamá había ido leyéndolas al pasar), y aunque Danny había esperado ansiosamente ver caer una roca, no había pasado nada.

Hacía media hora que, al pasar ante otra señal, su padre había dicho que ésta era muy importante. Rezaba ENTRADA AL PASO DE SIDEWINDER. Según su padre, durante el invierno las máquinas quitanieves llegaban hasta allí; después, el camino quedaba cerrado desde el pequeño pueblo de Sidewinder, que habían atravesado antes de encontrar la señal, hasta Buckland, en Utah.

En ese momento pasaban junto a otra señal.

–¿Y ésta, mamá? –preguntó Danny.

–Ésta dice VEHÍCULOS MÁS LENTOS POR EL CARRIL DE LA DERECHA. Como nosotros.

–El coche resistirá –afirmó Danny.

–Ojalá no te equivoques –su madre cruzó los dedos al decirlo. Danny le miró las sandalias abiertas y vio que también había cruzado los dedos de los pies. Le sonrió y ella le devolvió la sonrisa, pero Danny sabía que seguía preocupada.

El camino ascendía en una serie de lentas y cerradas curvas, y Jack se vio obligado a bajar la velocidad. El coche gemía, y los ojos de Wendy se detuvieron sobre la aguja del velocímetro, que fue bajando de 65 a 50, y después a 35.

–La bomba de gasolina... –empezó a decir Wendy.

–La bomba de la gasolina aguantará cinco kilómetros más –la interrumpió Jack.

La muralla rocosa se extendía a la derecha, mostrando un valle abrupto que parecía seguir descendiendo eternamente, con el verde revestimiento de pinos de las montañas Rocallosas. Los árboles descendían por grises despeñaderos de roca, que formaban precipicios de cientos de metros antes de adoptar pendientes más suaves. Wendy divisó una cascada que se vertía sobre uno de ellos; el sol de las primeras horas de la tarde brillaba en el agua como un áureo pez atrapado en una red azul. Aquellas montañas eran hermosas, pero despiadadas. Wendy no creía que perdonaran errores, y un inquietante presentimiento le cerró la garganta. Recordó que más al oeste, en Sierra Nevada, se quedó aislado por la nieve el grupo Donner, y tuvieron que recurrir al canibalismo para sobrevivir. Sin duda las montañas no perdonaban errores.

Jack redujo a primera y siguieron trepando laboriosamente, mientras el motor rezongaba.

–No creo que hayamos visto más de cinco coches desde que pasamos por Sidewinder –comentó Wendy–. Y uno de ellos era el del hotel.

Jack asintió con la cabeza.

–Va directamente al aeropuerto de Stapleton, en Denver. Watson dice que por encima del hotel ya hay partes heladas, y para mañana se esperan más nevadas en las cumbres. Cualquiera que tenga que atravesar las montañas en este momento quiere estar en una de las rutas principales, por si acaso. Espero que ese maldito Ullman esté allá arriba.

–¿Estás seguro de que la despensa está bien provista? –preguntó Wendy, que seguía pensando en el grupo Donner.

–Eso dijo Ullman. Quería que tú la revisaras, junto con Hallorann. Hallorann es el cocinero.

–Ya –murmuró Wendy, mirando el velocímetro que apenas marcaba dieciséis kilómetros por hora.

–Ahí está la cumbre –anunció Jack, señalando unos trescientos metros hacia adelante–. Hay una indicación de lugar pintoresco, y desde allí se distingue el Overlook. Me detendré aquí para que el motor descanse un poco –miró a Danny, que iba sentado sobre un montón de cobijas–. ¿Qué te parece, doc? Tal vez veamos un ciervo, o un caribú.

–Seguro que sí, papá.

El Volkswagen seguía subiendo. El indicador del velocímetro cayó aún más y empezó a temblar cuando Jack salió del camino.

–¿Qué es esa señal, mamá?

–LUGAR PINTORESCO –leyó Wendy, obediente.

Jack pisó el freno y dejó que el Volkswagen pasara a neutral. Luego dijo, mientras bajaba del coche:

–Vamos.

Avanzaron a pie hacia el barandal de protección.

–Ahí está –señaló Jack. En ese momento eran las once.

Para Wendy, aquella visión supuso el descubrimiento de que una frase hecha podía ser verdad: «quedarse sin aliento». Por un momento, realmente le costó respirar. Estaban de pie en la cima de un pico. Frente a ellos, imposible saber a qué distancia, se elevaba hacia el cielo una montaña aún más alta, cuyo pico escarpado se intuía como una silueta aureolada por el sol, que iniciaba ya su descenso. Por debajo de ellos se extendía el fondo del valle. Las pendientes que acababan de trepar en el Volkswagen resultaban tan lejanas y vertiginosas que Wendy sintió que si seguía mirando hacia abajo terminaría por vomitar. En el aire transparente parecía que la imaginación se llenara de vida, escapara de las riendas de la razón, y mirar era no poder dejar de verse cayendo al vacío, mientras el cielo y las montañas cambiaban de lugar en un girar lento, mientras el grito le salía a uno de la boca como un globo ocioso, mientras el pelo y las faldas flotaban al viento...

Con un estremecimiento, apartó la mirada del precipicio para seguir la dirección del dedo de Jack. Pudo ver el camino que subía por el costado de aquella aguja pétrea, girando sobre sí mismo sin perder la dirección hacia el noroeste, en un ángulo menos escarpado. Más arriba, engarzados en la pendiente misma, vio cómo los pinos hoscamente aferrados a la roca se abrían para dejar lugar a un amplio rectángulo de pasto verde, en medio del cual, dominando todo el panorama, se alzaba el hotel Overlook. Al verlo, Wendy recuperó el aliento y la voz.

–¡Oh, Jack, qué maravilla!

–Sí, realmente –asintió él–. Ullman dice que está situado en el lugar más bonito de Norteamérica. No es que le crea, pero tal vez sea... ¡Danny! Danny, ¿te sientes bien?

Wendy se volvió para mirarlo, y el súbito miedo borró todo lo demás, por estupendo que fuera. Se lanzó hacia su hijo, que se aferraba al barandal sin dejar de mirar hacia el hotel, con la cara pálida y en los ojos la mirada vacía de alguien que está a punto de desmayarse.

Wendy se arrodilló junto a él y apoyó ambas manos en sus hombros.

–Danny, ¿qué...?

Jack ya estaba junto a ella.

–¿Estás bien, doc? –le dio una pequeña sacudida y los ojos del niño se despejaron.

–Sí, papá. Perfectamente.

–¿Qué pasó, Danny? –inquirió Wendy–. ¿Te mareaste, mi amor?

–No, estaba... pensando. Lo siento, no quise asustarlos –miró a sus padres, arrodillados frente a él, con un sonrisita desconcertada–. Tal vez fue el sol. Me dio el sol en los ojos.

–Te llevaremos al hotel y te daré un vaso de agua –ofreció papá.

–Está bien.

En el pequeño automóvil, que ascendía con mayor seguridad ahora que la pendiente se había hecho más suave, el niño siguió mirando hacia fuera entre sus padres, mientras el camino iba desenredándose, permitiéndose de vez en cuando echar un vistazo hacia el Hotel Overlook, con su imponente serie de ventanas mirando hacia el oeste que reflejaban en ese momento la luz del sol. Era el lugar que había visto en medio de la ventisca, el lugar oscuro y retumbante donde una imagen aborreciblemente familiar lo buscaba a lo largo de oscuros corredores. El lugar contra el que lo había prevenido Tony. Era allí, estaba allí, fuera lo que fuese Redrum, estaba allí...

# 9. LIQUIDACIÓN DE CUENTAS

Ullman los esperaba al otro lado de las amplias y anticuadas puertas de entrada. Estrechó la mano a Jack y saludó a Wendy con un glacial movimiento de cabeza, observando cómo Jack y su hijo voltearon cuando ella atravesó el vestíbulo con el pelo rubio suelto sobre los hombros del sencillo vestido azul marino. El dobladillo de la falda se detenía púdicamente tres centímetros por encima de la rodilla, pero no era necesario ver más para saber que Wendy tenía buenas piernas.

Ullman sólo se mostró afectuoso con Danny, pero eso era algo a lo que Wendy ya estaba acostumbrada. Danny parecía ser un niño para la gente que comparte en general los sentimientos de W.C. Fields hacia los niños. Ullman se inclinó un poco, desde la cintura, para ofrecer la mano a Danny. El niño se la estrechó sin sonreír, formalmente.

–Mi hijo Danny –lo presentó Jack–. Y mi esposa, Winnifred.

–Encantado de conocerlos a ambos –saludó Ullman–. ¿Qué edad tienes, Danny?

–Cinco, señor.

–¡Señor!, vaya –observó Ullman con una sonrisa, y miró a Jack–. Qué bien educado.

–Por supuesto –dijo Jack, orgulloso.

–Señora Torrance –Ullman le hizo la misma leve reverencia y, por un momento, Wendy pensó que le besaría la mano, se la ofreció a medias y él se la tomó, pero se limitó a retenerla un instante entre las suyas. Tenía manos pequeñas, secas y tersas, y Wendy sospechó que se las empolvaba.

El vestíbulo bullía de actividad. Casi no quedaba una de las anticuadas sillas de respaldo alto que no estuviera ocupada. Los botones entraban y salían cargados de maletas y frente al mostrador había una cola dominada por una enorme caja registradora de bronce, sobre la que las calcomanías de Bankamericard y Master Charge parecían estrepitosos anacronismos.

A la derecha, junto a una alta puerta doble que continuamente se abría y cerraba, había una antigua chimenea en la que ardían unos leños de abedul. En un sofá, colocado demasiado cerca del propio fuego, estaban sentadas tres monjas, que hablaban entre sí, sonrientes, con sus bolsas de viaje a un lado, en espera de que la cola para pagar disminuyera un poco. Mientras Wendy las miraba, estallaron en un acorde de risas infantiles y cristalinas. Wendy sintió que una sonrisa se le dibujaba en los labios: ninguna de ellas tendría menos de sesenta años.

Como fondo se oía el murmullo constante de las conversaciones, el sonido amortiguado de la campanilla plateada junto a la caja registradora cuando uno de los dos empleados de servicio la hacía sonar, las llamadas levemente impacientes: «¡El primero, por favor!», A Wendy le trajo recuerdos intensos y cálidos de su luna de miel en Nueva York con Jack, en el Beekman Tower. Por primera vez, creyó que estaba a punto de empezar lo que los tres necesitaban: unas vacaciones juntos, lejos del mundo, una especie de luna de miel familiar. Sonrió afectuosamente a Danny, que sin disimulo miraba por todas partes con los ojos desorbitados. Otro coche, gris como el traje de un banquero, se había detenido frente al hotel.

–El último día de la temporada –decía Ullman–. Hoy cerramos. Siempre es una locura. Lo esperaba hacia las tres, señor Torrance.

–Bueno, quise dar tiempo al coche para recuperarse de un colapso nervioso si lo tenía –explicó Jack–, pero no pasó nada.

–Me alegro –comentó Ullman–. Me gustaría mostrarles el lugar un poco más tarde. Dick Hallorann quiere enseñar a la señora Torrance la cocina, pero me temo...

Uno de los empleados se acercó presuroso y dijo:

–Disculpe, señor Ullman...

–Sí, ¿qué pasa?

–Es la señora Brant... –explicó el hombre, incómodo–. Se niega a pagar su cuenta si no es con la tarjeta American Express. Le dije que al final de la temporada del año pasado dejamos de aceptar esas tarjetas, pero no quiere... –dirigió la mirada hacia la familia Torrance, después volvió a mirar a Ullman y se encogió de hombros.

–Yo me ocuparé de eso.

–Gracias, señor Ullman.

El empleado volvió al mostrador, donde una denodada mujer, envuelta en un largo abrigo de pieles, protestaba en voz alta.

–Me alojo en el Overlook desde 1955 –contaba al empleado, que se encogía de hombros con una sonrisa–. Seguí viniendo después de que mi segundo marido muriera de un infarto en esa maldita cancha de roqué... Pues bien, ¡*nunca*, *nunca* pagué con otra cosa que no fuera con mi tarjeta de crédito American Express!

¡Llame a la policía si quiere! Seguiré negándome a pagar con nada que no sea mi tarjeta de crédito American Express. Y le repito...

–Discúlpenme –se excusó el señor Ullman.

Lo siguieron con la mirada mientras atravesaba el vestíbulo. Al llegar al mostrador, tocó con un gesto deferente el codo de la señora Brant y abrió ambas manos, en el momento en que ella apuntó sus baterías contra él. La escuchó con atención, hizo un gesto de asentimiento y le susurró algo al oído. Con un sonrisa triunfal, la señora Brant se volvió hacia el infeliz empleado del mostrador y dijo:

–¡Gracias a Dios que en este hotel hay un empleado que no se ha convertido en un ser completamente rutinario!

Después aceptó que Ullman, que apenas le llegaba al macizo hombro de su abrigo de pieles, la tomara del brazo para conducirla presumiblemente a su despacho privado.

–¡Uuuuh! –exclamó Wendy, sonriendo–. Este dandi se gana el sueldo.

–Pero esa señora no le gustaba –precisó de inmediato Danny–. El señor fingió que le gustaba, pero nada más.

–Estoy seguro, doc –convino Jack, que sonrió–. Pero la adulación es lo que engrasa las ruedas del mundo.

–¿Qué es la adulación?

–Adulación –le explicó Wendy– es cuando tu papá dice que le gustan los pantalones amarillos que acabo de comprarme, aunque no sea cierto, o cuando dice que no me hace falta bajar dos o tres kilos.

–¿Es mentir por gusto?

–Algo parecido.

El niño había estado mirándola con atención.

–Qué guapa eres, mamá –dijo después, y frunció el

entrecejo, confundido, cuando sus padres cambiaron una mirada y estallaron en risas.

–Ullman no se molestó en adularme –comentó Jack–. Vengan, vamos a la ventana. No me siento cómodo aquí, en medio de tanta gente, con esta chamarra de mezclilla. Sinceramente no creí que hubiera mucha gente el último día de la temporada, pero me equivoqué.

–Estás muy guapo –dijo Wendy, y los dos volvieron a reír. Wendy se cubrió la boca con una mano. Danny seguía sin entender, pero sentía que estaba bien. Sus padres se amaban. Pensó que ese lugar traía a su madre el recuerdo de otro hotel donde ella había sido feliz. Deseaba estar tan contento como ella, y no dejaba de repetirse que las cosas que Tony le mostraba no siempre se realizaban. Andaría con cuidado, atento a algo llamado Redrum. Pero no diría nada, a no ser que fuera absolutamente necesario. Sus padres se sentían felices, habían estado riendo, y no había en ellos malos pensamientos.

–Mira qué vista –señaló Jack.

–Oh, es estupenda. ¡Fíjate, Danny!

Pero Danny no estaba de acuerdo. A él no le gustaban las alturas, se mareaba. Más allá de la terraza cubierta que corría a lo largo del hotel, un pasto cuidadosamente tratado descendía hacia la alberca rectangular y alargada. En un pequeño tripié situado al extremo de la piscina un cartel anunciaba CERRADO. Danny podía leer aquel letrero, lo mismo que Alto, Salida, Pizza y algunos otros.

Más allá de la alberca, una senda de grava serpenteaba entre un bosquecillo de pinos, abetos y álamos, y allí había una señal que Danny no conocía: ROQUÉ. Debajo de las letras se veía una flecha.

–¿Qué es «roqué», papá?

–Un juego –contestó Jack–. Se parece al cróquet, sólo que se juega en una cancha de grava en vez de pasto, y tiene los lados como una gran mesa de billar. Es un juego muy viejo, Danny, y a veces aquí se organizan torneos.

–¿Se juega con un mazo de cróquet?

–Algo así –asintió Jack–. Pero con el mango un poco más corto, y la cabeza tiene un lado de hule duro y otro de madera.

¡A ver si sales, mocoso estúpido!, escuchó Danny en su interior.

–Si quieres –seguía diciendo su padre–, un día te enseñaré a jugar.

–No sé –respondió Danny con un hilo de voz que hizo que sus padres intercambiaran una mirada de desconcierto–. No creo que me guste.

–Bueno, doc, pues si no te gusta, no jugamos y ya está. ¿De acuerdo?

–Está bien.

–¿Te gustan los animales? –le preguntó Wendy–. Ven a ver el jardín ornamental.

Al otro lado del camino que conducía a la cancha de roqué había arbustos verdes recortados con forma de diversos animales. Danny alcanzaba a distinguir un conejo, un perro, un caballo, una vaca y otros tres, más grandes, que parecían leones retozando.

–Fueron esos animales los que hicieron pensar al tío Al que yo podía servir para el trabajo –les contó Jack–. Se acordaba de que mientras estaba en la universidad yo trabajaba para unos arquitectos paisajistas, que tenían una sección dedicada al cuidado de céspedes, arbustos y cercas ornamentales. Solía podar y mantener el jardín ornamental de una señora.

Wendy se tapó la boca con la mano para disimular la risa.

–Por lo menos una vez por semana solía podarle el jardín –reiteró Jack, mirándola.

–¡Qué pesado! –bromeó Wendy, y volvió a reír.

–¿Eran bonitos los arbustos que tenía, papi? –preguntó Danny, y sus padres sofocaron al mismo tiempo la risa. Wendy no pudo evitar que las lágrimas empezaran a correrle por las mejillas, y tuvo que abrir su bolsa para sacar un pañuelo de papel.

–No eran animales, Danny –explicó Jack–. Eran figuras de naipes. Picas, corazones, tréboles y diamantes. Pero fíjate que los cercos crecen...

«Va subiendo –había dicho Watson, refiriéndose a la caldera–. Tiene que vigilarla porque si no, usted y su familia irán a parar a la Luna.»

Su mujer y su hijo lo miraron, intrigados. A Jack se le había borrado la sonrisa de la cara.

–¿Papá? –le preguntó Danny.

Él parpadeó, como si regresara desde muy lejos.

–Crecen, Danny, y pierden la forma. Por eso tendré que podarlos un par de veces por semana, hasta que haga tanto frío que dejen de crecer hasta la primavera.

–Y también una zona de juegos –señaló Wendy–. ¡Qué buena suerte!

La zona de juegos estaba más allá del jardín ornamental. Constaba de dos resbaladillas, varios columpios con media docena de asientos colocados a diferentes alturas, unas barras para trepar, un túnel hecho de tubos de cemento, un cuadrado de arena y una casa de juguete, que era una réplica exacta del Overlook.

–¿Te gusta, Danny? –le preguntó su madre.

–Claro que sí –contestó él, tratando de parecer más entusiasmado de lo que estaba–. Es bonito.

Más allá de la zona infantil había una disimulada cerca de seguridad, tras el amplio camino pavimentado que llegaba hasta el hotel. Después se extendía el valle, perdiéndose en la brillante bruma azul de la tarde. Danny no conocía la palabra «aislamiento», pero si alguien se la hubiera explicado la habría entendido de inmediato. Allá abajo, tendido al sol como una larga serpiente negra que hubiera decidido tomar una siesta, se distinguía el camino, que llevaba, atravesando el paso de Sidewinder a Boulder. Estaría cerrado durante todo el invierno. Danny sintió que le faltaba el aire al pensarlo, y se estremeció cuando su padre le puso una mano en el hombro.

–En cuanto pueda, te conseguiré algo de beber, doc. En este momento están muy ocupados allí dentro.

–Sí, papá.

La señora Brant salió del despacho privado con aire de desagraviada. Momentos después dos de los botones, que entre ambos apenas podían con ocho maletas, la siguieron lo mejor que les fue posible en su retirada triunfal. Desde la ventana, Danny observaba cómo un hombre de uniforme gris, tocado con una gorra que parecía la de un capitán del ejército, conducía hasta la puerta el largo coche plateado de la señora Brant, luego bajaba, la saludaba tocándose la gorra y se precipitaba a abrir la cajuela.

De pronto, en uno de sus acostumbrados destellos, Danny captó el pensamiento de la mujer, que flotó por encima de la confusa mezcla balbuceante de emociones y colores que solían llegarle donde había mucha gente: «Me gustaría meterme en sus pantalones».

Mientras seguía mirando cómo los botones acomodaban las maletas, Danny frunció el entrecejo. La mujer miraba de manera penetrante al hombre de gris, que supervisaba la operación. ¿Por qué querría ella meterse en sus pantalones? ¿Tendría frío, aunque llevara puesto ese abrigo largo de pieles? Y si tenía tanto frío, ¿por qué no se había puesto pantalones? Su madre usaba pantalones casi todo el invierno.

El hombre del uniforme cerró la cajuela y se acercó a ella para ayudarla a subir al coche. Danny se fijó en si ella le decía algo sobre los pantalones, pero se limitó a sonreír y darle un billete de un dólar. Al cabo de un momento, la señora Brant arrancaba con su gran automóvil plateado.

El niño pensó en preguntar a su madre por qué la señora Brant podía querer los pantalones del hombre que le había acercado el coche, pero no lo hizo. A veces, las preguntas podían ocasionarle un montón de problemas. Ya le había sucedido antes.

De modo que, en vez de preguntar, se metió entre su padre y su madre, en el pequeño sofá que los tres compartían, y se quedó mirando a la gente que hacía cola ante el mostrador. Se alegraba de ver que sus padres eran felices y se amaban, pero él no podía dejar de sentirse preocupado. No podía evitarlo.

# 10. HALLORANN

El cocinero no respondía a la imagen que Wendy tenía del personaje típico de la cocina de un gran hotel. Para empezar, a tales individuos se les llamaba «chef» y no eran vulgares como un cocinero. Para Wendy, cocinar era lo que hacía en su casa cuando metía las sobras en una bandeja para horno y les agregaba tallarines. Además, el genio culinario de un lugar como el Overlook, que se anunciaba en la sección de hoteles de temporada del *New York Sunday Times,* debía ser pequeño y rollizo, amén de lucir un fino bigote, como dibujado a lápiz, al estilo de las estrellas de comedias musicales de los años cuarenta, tener ojos oscuros, acento francés y una personalidad aborrecible.

Hallorann tenía los ojos oscuros, pero eso era todo. Era un negro alto, con un discreto peinado afro que empezaba a matizarse de blanco. Hablaba con suave acento sureño, riendo a menudo y mostrando unos dientes demasiado blancos y parejos para que parecieran naturales. También el padre de Wendy llevaba dentadura postiza, y a veces la hacía reír mostrándosela con su gran sonrisa mientras cenaban, siempre que su madre estuviera en la cocina o hablando por teléfono, recordó Wendy.

Danny alzó la mirada hacia aquel gigante vestido de sarga azul, sonriendo ante la facilidad con que Hallorann lo levantó en brazos, diciendo:

–No irás a quedarte aquí todo el invierno, ¿verdad?

–Sí, señor –respondió Danny, sonriendo tímidamente.

–No, señor. Vas a bajar conmigo a St. Pete y te enseñaré a cocinar. Todas las tardes nos iremos a la playa a buscar cangrejos. ¿De acuerdo?

Danny rio, encantado, y meneó la cabeza. Hallorann lo dejó en el suelo.

–Si piensas cambiar de opinión –dijo, inclinándose hacia él con seriedad–, más vale que lo hagas pronto. Dentro de media hora estaré en mi coche. Dos horas y media después estaré delante de la puerta treinta y dos, vestíbulo B del Aeropuerto Internacional de Stapleton, en Denver, Colorado. Tres horas más tarde estaré alquilando un coche en el aeropuerto de Miami para ir a St. Pete, donde hay sol. Allí me pondré el traje de baño y me reiré de todos los que estén atrapados en la nieve. ¿Comprendes, hijito?

–Sí, señor –respondió el niño, sonriendo.

–Al parecer, tienen un muchacho magnífico –comentó Hallorann, volteando hacia Jack y Wendy.

–Eso creemos –dijo Jack, tendiéndole la mano, que Hallorann estrechó–. Soy Jack Torrance. Mi esposa Winnifred. A Danny ya lo conoce.

–Y me alegro mucho. Señora, ¿cómo la llaman, Winnie o Fredie?

–Me llaman Wendy –respondió ella, esbozando una sonrisa.

–Bueno, es más bonito que los otros. Acompáñenme, por favor. El señor Ullman quiere que le enseñe el lugar, y vaya si lo haré –meneó la cabeza antes de susurrar–: ¡Y cómo me alegraré de dejar de verlo a *él*!

Hallorann los condujo por la cocina más imponente que Wendy había visto en su vida. Reluciente y limpia, cada superficie estaba encerada y pulida como un espejo. Siguió a Hallorann mientras Jack, completamente fuera de su elemento, se demoraba un poco con Danny. Junto a un fregadero de cuatro pilas corría una larga percha de la que pendían utensilios cortantes, que iban desde cuchillos de trinchar hasta cuchillos de carnicero con dos mangos. La tabla para picar era tan grande como la mesa que ellos tenían en la cocina de su departamento de Boulder. Una variedad increíble de ollas y cacerolas de acero inoxidable cubrían una pared entera, del suelo al techo.

–Creo que cada vez que entre aquí tendré que ir dejando un reguero de migajas de pan –bromeó Wendy.

–No se deje impresionar –le aconsejó Hallorann–. Por grande que sea, no deja de ser una cocina. La mayoría de estas cosas no tendrá que tocarlas. Lo único que le pido es que la mantenga limpia. Ésta es la cocina que yo usaría si fuera usted. Aunque hay tres en total, es la más pequeña.

La más pequeña, pensó Wendy, desanimada, mientras la miraba. Tenía doce fogones, dos hornos comunes y uno de asador rotatorio, una plancha sobre la cual podían prepararse salsas a fuego lento o tostar almendras y avellanas, una parrilla y un calientaplatos, además de un montón de termostatos y botones.

–Todas de gas –explicó Hallorann–. ¿Ha cocinado con gas antes, Wendy?

–Sí...

–A mí me encanta el gas –dijo el cocinero y encendió uno de los fogones. La llama azul cobró vida y él la bajó con delicadeza hasta reducirla a un tenue resplandor–. Me gusta ver con qué llama estoy cocinando. ¿Ve dónde están las llaves de todos los fogones?

–Sí.

–Las que corresponden al horno están marcadas. Personalmente prefiero el horno del medio porque me parece que es el que mejor distribuye el calor, pero usted puede usar el que le guste más, o los tres...

–Prepararé una cena de película en cada uno –dijo Wendy, con una débil sonrisa. Hallorann pareció divertirse.

–Sigamos. Junto al fregadero le he dejado una lista de todos los comestibles que hay. ¿La ve?

–¡Aquí está, mamá! –exclamó Danny, que se acercaba con un par de hojas de papel escritas por ambos lados con letra pequeña.

–Buen muchachito –dijo Hallorann, tomando los papeles mientras le pasaba la mano por el pelo–. ¿Estás seguro de que no quieres venir conmigo a Florida? ¿No te gustaría aprender a cocinar los mejores camarones a la *criolla* de este mundo?

Danny se tapó la boca con las manos para disimular la risa y se refugió junto a su padre.

–Supongo que tienen comida suficiente para un año –calculó Hallorann–. Tenemos despensa refrigerada, cámara frigorífica, verduras enlatadas de todas clases, y dos refrigeradores. Acompáñeme. Se lo mostraré.

Durante los diez minutos siguientes Hallorann mostró el contenido de las despensas a Wendy, que quedó atónita, aunque intranquila, ya que seguía acordándose del grupo Donner, no por el canibalismo (ya que con tanta comida pasaría mucho tiempo antes de que se vieran reducidos a raciones tan magras como ellos mismos), sino con la idea, cada vez más clara, de que la situación podía ser realmente grave: una vez que la nieve los cercara, salir de allí no sería cuestión de un paseo de una hora hasta Sidewinder, sino toda una operación militar. Pensó que estarían solos en aquel enorme hotel, desierto, comiendo la comida que les habían dejado, como niños en un cuento de hadas, mientras escuchaban el viento, silbando en los aleros cubiertos de nieve. En Vermont, cuando Danny se rompió el brazo, es decir, cuando *Jack* se lo rompió, Wendy llamó a la asistencia médica de urgencia, al número que tenía anotado en una tarjetita atada al teléfono, y no tardaron más de diez minutos en llegar. En aquella tarjeta había otros números. En cinco minutos podía tener en casa a un agente de la policía, y los bomberos aun tardaban menos, pues el parque de bomberos estaba a menos de 500 metros de su casa. Había a quien llamar si se cortaba la luz, si se estropeaba la regadera o si se descomponía la televisión. Pero ¿qué les pasaría allí si Danny tenía uno de sus desmayos y se ahogaba con la lengua? ¿Y si el hotel se incendiaba? ¿Y si Jack caía por el agujero del elevador y se fracturaba el cráneo? ¿Y si...? ¡Oh, vamos, basta ya, Winnifred!, pensó.

Hallorann les mostró la cámara frigorífica, donde el aliento surgía en pequeñas nubes. De pronto, parecía haber llegado el invierno.

Había una docena de grandes bolsas de plástico llenas de hamburguesas; cuarenta pollos enteros colgados de una hilera de ganchos en las paredes revestidas de madera; una docena de jamones enteros, en lata, apilados como fichas; debajo de los pollos, diez costillares de vaca, diez de cerdo y una enorme pierna de cordero.

–¿Te gusta el cordero, doc? –le preguntó Hallorann, sonriendo.

–Me encanta –contestó Danny, que jamás lo había probado.

–Lo sabía... No hay nada como un buen par de tajadas de cordero cuando hace frío, acompañadas con un poco de jalea de menta. El cordero es bueno para el estómago; es una carne sin pleitos.

–¿Cómo supo que lo llamamos doc? –preguntó *Jack,* con curiosidad.

–¿Qué? –Hallorann se volvió para mirarlo.

–A Danny a veces lo llamamos «doc», como en las caricaturas de Bugs Bunny.

–Bueno, tiene cierto aire de doctor, ¿no le parece? –miró a Danny arrugando la nariz y apretó los labios. Luego le preguntó–: ¿Qué pasa, doc?

Danny sonrió y en ese momento escuchó en su interior: «¿Seguro que no quieres venir a Florida, doc?».

La voz de Hallorann sonó fuerte y clara, aunque el cocinero no abrió la boca. Danny lo miró, sorprendido y un poco asustado. El negro le guiñó un ojo y siguió prestando atención a las provisiones.

Wendy apartó la mirada de la ancha espalda del cocinero para mirar a su hijo. Tenía una sensación extraña, como si entre los dos hubiera pasado algo que ella no había entendido.

–Hay doce cajas de salchichas y doce de tocino –le explicó Hallorann–. Y también cerdo salado. En este cajón, diez kilos de mantequilla.

–¿Mantequilla...? –preguntó Jack.

–De primera.

–No creo haber comido mantequilla auténtica desde que era niño, cuando vivía en Nueva Hampshire.

–Bueno, pues aquí la comerá hasta que la margarina le parezca una delicia –comentó Hallorann, riendo–. Y en este cajón está el pan, treinta hogazas de pan blanco, veinte de integral. En el Overlook tratamos de mantener el equilibrio racial, imagínese... Claro que con cincuenta hogazas no se arreglarán, pero tienen para varias horneadas y en cualquier momento, fresco es mejor que congelado.

–Y aquí tiene el pescado –continuó–. Alimento para el cerebro, ¿no es así, doc?

–¿Es así, mamá?

–Si el señor Hallorann lo dice, mi amor...

–El pescado no me gusta –repuso Danny, arrugando la nariz.

–Pues te equivocas de cabo a rabo. Lo que pasa es que *tú* nunca le has gustado a ningún pescado. Pero a los que hay aquí les gustarás. Hay dos kilos y medio de trucha, cinco de rodaballo, quince latas de atún...

–Ah, sí, el atún me gusta.

–... y dos kilos y medio del lenguado más sabroso que jamás haya nadado por los mares. Muchacho, cuando llegue la primavera, verás cómo piensas que el viejo... –hizo chasquear los dedos como si se hubiera olvidado de algo–. ¿Cómo me llamo yo? Acabo de olvidarlo.

–Señor Hallorann –le recordó Danny–. Y para los amigos, Dick.

–¡Exacto! Y como tú eres un amigo, para ti soy Dick.

Mientras el cocinero los guiaba hacia un rincón, Jack y Wendy se miraron, intrigados, procurando recordar si Hallorann les había dicho su nombre de pila.

–Y aquí he puesto esto para ustedes –anunció Hallorann–. Espero que lo disfruten.

–Oh, pero realmente, no debería... –balbuceó Wendy, conmovida. Era un pavo de unos diez kilos, atado con una ancha cinta roja con un gran lazo.

–¿Acaso iba a dejarlos sin pavo el día de Acción de Gracias? –inquirió con seriedad Hallorann–. Creo que por ahí debe de haber un capón para Navidad. Ya lo encontrará. Salgamos antes de que pesquemos una pulmonía. ¿De acuerdo, doc?

–¡De acuerdo!

En la despensa refrigerada los esperaban más maravillas. Cien paquetes de leche en polvo (aunque Hallorann aconsejó a Wendy que mientras fuera posible comprara leche fresca para el niño en Sidewinder), cinco bolsas de azúcar de seis kilos cada una, un gran frasco de melaza negra, cereales, frascos llenos de arroz y fideos de diversas clases, un sinfín de latas de frutas en almíbar y ensalada de frutas, una caja de manzanas que impregnaban todo el lugar con su aroma otoñal, uvas pasas, ciruelas y chabacanos, un profundo arcón lleno de papas y cajas más pequeñas con tomates, cebollas, nabos, calabazas y coles.

–Le aseguro que… –empezó a decir Wendy mientras salían, pero tras pensar en su presupuesto de treinta dólares semanales para alimentación, no supo cómo continuar.

–Bien, como ando un poco atrasado –se disculpó Hallorann, mirando su reloj–, dejaré que ustedes mismos vean lo que hay en las despensas y los refrigeradores cuando se instalen. Tienen quesos, leche condensada (natural y dulce), levadura, polvos para hornear, pasteles para el desayuno, varios racimos de plátanos verdes…

–Basta –lo interrumpió Wendy, echándose a reír–. Ni siquiera podré acordarme de todo. Es maravilloso. Le prometo que todo estará limpio.

–Es lo único que le pido –Hallorann volteó hacia Jack e inquirió–: ¿Le encargó el señor Ullman que se ocupara de cazar a las ratas de su campanario?

–Me dijo que podía haber algunas en el desván, y el señor Watson cree que también puede haber en el sótano. Allí abajo debe de haber un par de toneladas de papel, pero no me pareció que estuviera desmenuzado como cuando lo usan para hacer sus nidos.

–Ese Watson –ironizó Hallorann–, ¿no es el hombre más malhablado que haya visto en su vida?

–Es todo un personaje –convino Jack, y se dijo que el hombre más malhablado que jamás había visto era su padre.

–En cierto modo, es una lástima –comentó Hallorann, mientras volvía a conducirlos a través de las amplias puertas que separaban la despensa del comedor del Overlook–. En el pasado era una familia adinerada. El abuelo o el bisabuelo de Watson, no lo recuerdo, construyó este lugar.

–Eso me dijeron –asintió Jack.

–¿Y qué sucedió? –preguntó Wendy.

–Bueno, fue un fracaso –respondió Hallorann–. Si lo dejan, Watson les contará la historia… dos veces al día. El viejo se dejó sorber los sesos por el lugar, se dejó atrapar por él. Tenía dos hijos varones y uno de ellos se mató en un accidente de equitación, cuando el hotel estaba en construcción. Eso debió de ser en 1908 o 1909. Después la mujer del viejo murió de gripe y no quedaron más que él y el hijo menor… que terminaron siendo vigilantes en el mismo hotel que el viejo había construido.

–Sí que es una pena –se compadeció Wendy.

–¿Y qué fue de él? –preguntó Jack.

–Por equivocación metió el dedo en un enchufe y ahí se quedó –respondió Hallorann–. A partir de comienzos de la década de los treinta antes de la Depresión, el lugar quedó cerrado durante diez años. En fin, en cualquier caso, le agradecería que usted y su esposa vigilaran si hay ratas en la cocina. Pero si las ven, pongan ratoneras, no veneno.

Jack abrió los ojos desorbitadamente y respondió:

–Claro. ¿A quién se le ocurriría llenar la cocina de matarratas?

Hallorann soltó una risa desdeñosa.

–¿A quién? Al señor Ullman, por supuesto. Fue su brillante idea del otoño pasado. Yo se lo advertí, le dije: «¿Qué le parece si para mayo del año próximo nos reunimos todos aquí, señor Ullman, y sirvo la tradicional cena de inauguración de temporada (que casualmente es salmón con una salsa deliciosa), y todo el mundo enferma y cuando viene el médico le pregunta a usted por qué puso raticida en la comida de ochenta de los fulanos más ricos de Norteamérica?».

Jack rio a carcajadas, echando hacia atrás la cabeza.

–¿Y qué respondió Ullman?

Hallorann se metió la lengua en la mejilla, como si algo le molestara entre los dientes.

–Dijo: «Consiga unas ratoneras, Hallorann».

Esta vez rieron todos, incluso Danny, que no estaba seguro de entender el chiste, salvo que tenía que ver con el señor Ullman que, en definitiva, no lo sabía todo.

Atravesaron el comedor, ahora vacío y silencioso, con su fabulosa vista de los picos, cubiertos de nieve hacia el lado oeste. Los manteles blancos de hilo habían sido cubiertos con otros de plástico transparente. La alfombra, enrollada, había ido a parar a un rincón, como un centinela que montara guardia.

Al otro lado del amplio salón se abría un par de amplias puertas oscilatorias, sobre las cuales se leía, escrito en anticuadas letras doradas: SALÓN COLORADO.

Hallorann siguió la mirada de Jack y le advirtió:

–Si le gusta la bebida, espero que se haya traído sus provisiones. Aquí no hay ni una gota. Como anoche fue la fiesta del personal, camareras y botones andaban por ahí con un buen dolor de cabeza, yo entre ellos.

–No bebo –repuso lacónicamente Jack, y los cuatro volvieron al vestíbulo.

Durante la media hora que habían pasado en la cocina, el lugar se había despejado. El extenso salón principal empezaba a asumir el aspecto silencioso y abandonado que sin duda, suponía Jack, no tardaría en hacérseles familiar. Las sillas de respaldo alto estaban vacías. Las monjas sentadas junto a la chimenea ya no estaban, e incluso el fuego se había reducido a un lecho de carbones tibiamente resplandecientes.

Wendy echó un vistazo al estacionamiento y vio que casi todos los coches, salvo una docena, habían abandonado el hotel.

De repente, Wendy deseó que pudieran volver a subir en el Volkswagen para regresar a Boulder...

Jack andaba buscando a Ullman, pero no estaba en el vestíbulo.

Se les acercó una chica joven, con el cabello rubio ceniza recogido en la nuca.

–Tu equipaje está en la terraza, Dick.

–Gracias, Sally –Hallorann le dio un beso en la frente y añadió–: Que pases un buen invierno. He oído que te casas.

Mientras la muchacha se alejaba, contoneándose y moviendo graciosamente el trasero, Hallorann se volvió hacia los Torrance.

–Tendré que darme prisa para alcanzar ese avión. Les deseo que todo vaya bien, y estoy seguro de que así será.

–Gracias, ha sido usted muy amable –reconoció Jack.

–No se preocupe por su cocina –insistió Wendy–. Que se divierta en Florida.

–Como siempre –dijo Hallorann, que apoyó las manos en las rodillas y se inclinó para hablar con Danny–. Tu última oportunidad, muchachito. ¿Quieres venir a Florida?

–Creo que no –repuso Danny, sonriendo.

–De acuerdo. ¿Quieres echarme una mano para llevar mis maletas hasta el coche?

–Si mamá me deja...

–Claro que sí –accedió Wendy–, pero tendrás que cerrarte la chamarra –se inclinó para hacerlo, pero Hallorann ya se había adelantado, y sus largos dedos negros se movían con destreza.

–Enseguida lo mandaré de vuelta –prometió.

–Perfecto –asintió Wendy, y los acompañó hasta la puerta. Jack seguía buscando a Ullman, mientras los últimos huéspedes del Overlook liquidaban sus cuentas en el mostrador.

# 11. EL RESPLANDOR

Junto a la puerta había cuatro maletas. Tres de ellas eran enormes, viejas y vapuleadas, hechas de un material que imitaba la piel de cocodrilo. La última era una gran bolsa con cierre, de descolorida tela escocesa.

–Creo que podrías con ésta, ¿no? –le preguntó Hallorann, que con una mano levantó dos de las maletas grandes y se puso la tercera bajo el otro brazo.

–Seguro –respondió Danny, que levantó la bolsa con las manos y bajó tras el cocinero los escalones de la terraza, procurando virilmente no quejarse ni dejar que se notara cuánto le costaba.

Desde su llegada se había levantado un viento otoñal, frío y cortante, que silbaba a través del estacionamiento, obligando a Danny a entornar los ojos mientras avanzaba sosteniendo ante sí la bolsa, que iba golpeándole las rodillas. Algunas hojas de álamo crujían y giraban sobre el asfalto, casi desierto, y por un momento le recordaron la noche de la semana anterior, cuando había despertado de su pesadilla y había creído oír a Tony advirtiéndole que no fuera.

Hallorann dejó las maletas en el suelo, junto a la cajuela de un Plymouth Fury de color ocre.

–No es un gran coche –le confesó a Danny–; lo tengo alquilado. Si vieras mi Bessie... ése sí que vale la pena. Un Cadillac 1950, y si vieras cómo corre... Una maravilla. Pero lo dejo en Florida, porque es demasiado viejo para andar trepando por estas montañas. ¿Necesitas ayuda con eso?

–No, señor –repuso Danny, y tras conseguir dar los últimos diez o doce pasos con su carga, la dejó en el suelo con un gran suspiro de alivio.

–Bien, muchacho –comentó Hallorann, y sacó del bolsillo de su saco de sarga azul un gran llavero para abrir la cajuela. Mientras metía las maletas, agregó–: Tú sí que resplandeces, hijo. Más que nadie que haya conocido en mi vida. Y en enero cumpliré sesenta años.

–¿Qué?

–Tienes un don –le explicó Hallorann, volviéndose hacia él–. Siempre lo he llamado el «resplandor», que es como lo llamaba también mi abuela. Ella lo tenía, ¿sabes? Cuando yo era un niño no mayor que tú, solíamos sentarnos en la cocina a platicar sin abrir la boca.

–¿De veras?

Hallorann sonrió al ver la expresión perpleja, casi ávida del niño, y le dijo:

–Siéntate conmigo en el coche unos minutos. Quiero hablar contigo –de un golpe, cerró la tapa de la cajuela.

Desde el vestíbulo del Overlook, Wendy Torrance vio cómo su hijo subía al coche de Hallorann, mientras el corpulento cocinero se deslizaba tras el volante. Atravesada por un cruel aguijonazo de miedo, abrió la boca para decirle a Jack que lo de llevarse a su hijo a Florida no había sido una broma de Hallorann, que el cocinero estaba a punto de secuestrarlo. Sin embargo, estaban sentados, sin moverse. Wendy apenas alcanzaba a distinguir la cabeza de su hijo, que miraba atentamente a Hallorann. Incluso desde esa distancia, vio que Danny estaba en una actitud que Wendy reconoció: la que su hijo tenía cuando por la televisión pasaban algo que lo fascinaba especialmente, o cuando él y su padre jugaban a un juego de ingenio. Jack, que seguía buscando a Ullman, no se había dado cuenta. Wendy guardó silencio, sin dejar de observar con nerviosidad el coche de Hallorann, preguntándose de qué estarían hablando para que Danny inclinara de ese modo la cabeza.

–¿Así que te sentías un poco solo, pensando que eras el único? –le preguntó Hallorann.

Danny, que además de solo también se había sentido asustado, asintió con la cabeza.

–¿Soy el único que usted conoce? –inquirió.

Riendo, Hallorann hizo un gesto de negación y respondió:

–No, pequeño, no. Pero eres el que más resplandece.

–¿Hay muchos?

–No –repuso Hallorann–, sólo algunos. Hay mucha gente que tiene un poco de resplandor, aunque ni siquiera lo sepa. Son los que siempre aparecen con flores cuando su mujer está triste, los que responden bien a las preguntas en la escuela sin haber estudiado, los que se dan cuenta de cómo se siente la gente con sólo entrar a una habitación. De éstos, habré conocido a unos cincuenta o sesenta. Pero no había más de una docena que *supieran* que resplandecían, mi abuela entre ellos.

–¡Uuuh! –exclamó Danny, pensativo–. ¿Conoce a la señora Brant? –preguntó después.

–¿Ésa...? –preguntó a su vez Hallorann, desdeñoso–. Ésa no resplandece. No hace más que devolver platos a la cocina, dos o tres veces por noche.

–Ya sé que no resplandece –convino con seriedad Danny–. Pero ¿conoce al hombre de uniforme gris que lleva los coches?

–¿A Mike? Claro que conozco a Mike. ¿Qué pasa con él?

–Señor Hallorann, ¿por qué querría la señora Brant los pantalones de Mike?

–¿De qué estás hablando, muchacho?

–Bueno, mientras ella lo miraba, pensó que le gustaría meterse en sus pantalones. Yo me pregunté por qué...

No pudo seguir. Hallorann estalló en una risa incontenible. Danny sonreía, intrigado, hasta que finalmente la tormenta fue remitiendo. Como si fuera una bandera blanca de rendición, Hallorann sacó del bolsillo un gran pañuelo de seda blanca y se secó los ojos llorosos.

–Muchacho –dijo, respirando todavía con dificultad–, te aseguro que sabrás todo lo que se puede saber de la condición humana antes de llegar a los diez años. No sé si envidiarte o no.

–Pero la señora Brant...

–No te preocupes por ella. Ni se lo preguntes a tu madre, porque no harías más que ponerla en un aprieto, ¿lo entiendes?

–Sí, señor –respondió Danny. Lo entendía perfectamente. Otras veces había puesto a su madre en aprietos de esa clase.

–Lo único que necesitas saber es que la señora Brant no es más que una vieja sucia llena de picazones –miró a Danny con aire intrigado–. ¿Puedes golpear muy fuerte, doc?

–¿Qué?

–Deja que me haga una idea, piensa en mí. Quiero saber si tienes tanto como creo.

–¿Qué quiere que piense?

–Cualquier cosa, pero con fuerza.

–De acuerdo –asintió Danny, concentrándose en enviar a Hallorann el contenido de sus pensamientos.

Jamás había hecho nada semejante, y en el último momento algo instintivo se movilizó en él para suavizar la fuerza bruta de su mensaje porque no quería hacer daño al señor Hallorann. No obstante, el pensamiento brotó de él como una flecha con una fuerza inimaginable, como una pelota con efecto: ¡Hola, Dick!

Hallorann se encogió y se echó hacia atrás en el asiento. Sus dientes entrechocaron con un ruido áspero, y una gota de sangre apareció en su labio inferior. Inconscientemente se llevó las manos al pecho y volvieron a bajar. Por un momento, sin poder controlarse, parpadeó, azorado. Danny se asustó.

–¿Señor Hallorann? ¿Dick...? ¿Estás bien?

–No lo sé –respondió Hallorann, con una risa incierta–. Realmente no lo sé. Dios mío, muchacho, eres una pistola.

–Lo siento –se disculpó Danny, aún más alarmado–. ¿Voy a buscar a papá?

–No, ya se me está pasando. Estoy bien, Danny. Quédate aquí. Me siento un poco alterado, nada más.

–Pero no lo hice tan fuerte como podía –confesó Danny–. En el último momento me asusté.

–Pues al parecer tuve suerte... De lo contrario, se me estarían saliendo los sesos por las orejas –sonrió al ver la alarma reflejada en el rostro del niño. Pero no me hiciste daño. Ahora, dime qué sentiste.

–Fue como si hubiera tirado una pelota de beisbol con efecto.

–¿Así que te gusta el beisbol? –preguntó Hallorann, enjugándose las sienes con cuidado.

–A papá y a mí nos gusta mucho –respondió Danny–. Cuando jugaron el mundial, vi por televisión a los Medias Rojas contra Cincinatti. Entonces, yo era mucho más pequeño y papá era... –el rostro de Danny se nubló.

–¿Qué era Dan?

–Lo olvidé –repuso y se llevó la mano a la boca para

chuparse el dedo pulgar, pero era un recurso de bebé. La mano volvió a su regazo.

–¿Puedes saber en qué están pensando tu madre y tu padre, Danny? –Hallorann lo observaba atentamente.

–La mayoría de las veces, si quiero. Pero casi nunca lo intento.

–¿Por qué no?

–Bueno... –turbado, se interrumpió–: Sería como espiar dentro del dormitorio mientras están haciendo eso que sirve para hacer bebés. ¿Sabe a qué me refiero?

–Alguna vez lo he sabido –respondió con seriedad Hallorann.

–A ellos no les gustaría. Tampoco les gustaría que espiara lo que piensan. Sería algo sucio.

–Entiendo.

–Pero sí sé cómo se sienten –continuó Danny–. Eso no puedo evitarlo. También sé cómo se siente usted. Le hice daño, y lo siento.

–No es más que un dolor de cabeza. Algunas crudas son peores. ¿Puedes leer a otras personas, Danny?

–Todavía no sé leer nada –respondió Danny–, salvo unas pocas palabras. Pero este invierno, papá me enseñará. Mi papá enseñaba a leer y a escribir en una escuela grande. Sobre todo a escribir, pero también puede enseñar a leer.

–Me refiero a si puedes decir lo que alguien está pensando.

Danny guardó silencio unos segundos y respondió:

–Puedo, si es *fuerte.* Como pasó con la señora Brant y los pantalones. O como cuando mamá y yo fuimos a unos grandes almacenes para comprar zapatos, y había un muchacho mirando radios, estaba pensando en llevarse uno, pero sin comprarlo. «¿Y si me atrapan?», pensaba, y volvía a pensar en lo mucho que lo deseaba. Se sentía mal de tanto pensarlo, y yo también. Como mamá estaba hablando con el hombre que vendía los zapatos, me acerqué al muchacho y le dije: «Oye, no te lleves ese radio. Vete». Se asustó muchísimo, y se fue a toda prisa.

Hallorann lo miraba con una amplia sonrisa.

–Apuesto a que sí. ¿Qué más puedes hacer, Danny? ¿Son sólo ideas y sentimientos, o hay algo más?

–¿Para ti hay algo más? –inquirió Danny con cierta cautela.

–A veces –admitió Hallorann–. No siempre. A veces... hay sueños. ¿Tú también sueñas, Danny?

–A veces sueño cuando estoy despierto –contestó Danny–. Cuando viene Tony... –el dedo pulgar pugnaba por metérsele a la boca. Jamás había hablado de Tony con nadie, salvo con sus padres.

–¿Quién es Tony?

Súbitamente Danny se vio agotado por uno de esos relámpagos de entendimiento que tanto lo asustaban. Era como un atisbo de conocimiento en el interior de un mecanismo incomprensible, que tanto podía ser seguro como mortalmente peligroso. Danny era demasiado pequeño para distinguir entre ambos, demasiado pequeño para entender.

–¿Qué pasa? –exclamó–. Me preguntas todo esto porque estás preocupado, ¿no es eso? ¿Por qué te preocupas por mí? ¿Por qué te preocupas por *nosotros*?

Hallorann puso sus grandes manos sobre los hombros del niño y dijo:

–No importa. Quizá no sea nada, pero si me equivoco... Verás, lo que tienes en la cabeza es algo muy grande, Danny. Supongo que tendrás que crecer mucho antes de poder manejarlo. Eso te exigirá valor.

–¡Pero hay cosas que no *entiendo*! –exclamó Danny–. ¡Que *entiendo*... pero *no*! La gente... siente cosas, y yo también las siento, ¡pero no sé qué es lo que siento! –con aire desdichado, se miró las manos–. Ojalá supiera leer. A veces Tony me muestra señales y no sé leer casi ninguna.

–¿Quién es Tony? –insistió Hallorann.

–Mamá y papá lo llaman «mi compañero de juegos invisible» –respondió Danny, recitando cuidadosamente las palabras–. Pero es real, de veras. Por lo menos, es lo que yo creo. A veces, cuando me esfuerzo por entender las cosas, él viene y me dice: «Danny, quiero enseñarte algo». Y es como si me desmayara. Sólo que... hay sueños, como tú dijiste –mientras miraba a Hallorann, tragó saliva–. Antes eran bonitos, pero ahora... no recuerdo cómo se llaman esos sueños que lo asustan a uno y lo hacen llorar.

–¿Pesadillas?

–Sí, eso es. Pesadillas.

–¿En tus pesadillas aparece este lugar? ¿Aparece el Overlook?

Danny volvió a mirarse el dedo pulgar.

–Sí –susurró, y después añadió, mirando de frente a Hallorann–: ¡Pero a mi papá no puedo decírselo, ni a usted tampoco! Él necesita este trabajo porque es el único que pudo conseguirle el tío Al, y además tiene que terminar su obra porque si no empezará de nuevo a hacer «algo malo», y yo ya sé qué es... es *emborracharse.* ¡Antes solía estar *borracho,* y eso sí que era algo malo! –se interrumpió, al borde del llanto.

–Vamos, vamos –lo tranquilizó Hallorann mientras atraía su cara contra la sarga áspera de su saco, que olía débilmente a naftalina–. Está bien, hijo. Y si este dedo quiere estar en la boca, déjalo que se dé el gusto.

Lo animó, pero su expresión era de inquietud.

–Verás, Danny, lo que tú tienes yo lo llamo resplandor, es lo que la Biblia llama tener visiones y algunos hombres de ciencia, precognición. He leído sobre este tema, hijo. Lo he estudiado. Todas esas palabras significan ver el futuro. ¿Entiendes lo que significa?

Sin apartar la cara del saco de Hallorann, Danny hizo un gesto de asentimiento.

–Recuerdo el resplandor más intenso que he tenido... No será fácil que lo olvide. Fue en 1955 y yo todavía estaba en el ejército, con destino en Alemania Occidental. Faltaba una hora para la cena y yo estaba de pie ante el fregadero, regañando a uno de los pinches porque pelaba mal las papas. «Dame, que te mostraré cómo se hace», le dije. Él me dio la papa y el pelador, y de pronto la cocina entera desapareció. Así, como lo oyes... ¿Dices que ese chico se te aparece antes... de que tengas sueños?

Danny asintió con la cabeza. Hallorann le pasó un brazo por los hombros y agregó:

–Para mí, es como oler a naranjas. Esa tarde había estado sintiéndolo sin darle importancia, porque estaban en el menú de esa noche, y teníamos treinta cajas de naranjas de Valencia. En aquella maldita cocina todo el mundo olía a naranjas.

»Por un momento, fue como si me hubiera desmayado. Después oí una explosión y vi llamas. Había gente que gritaba, y sirenas. Y oí ese ruido, ese silbido que sólo puede hacer el vapor. Después me pareció que me acercaba un poco más a... lo que fuera, y vi un vagón de ferrocarril que había saltado de las vías y estaba tendido de costado, y sobre él leí FERROCARRIL DE GEORGIA Y CAROLINA DEL SUR, y supe que mi hermano Carl iba en ese tren y que había muerto. Después todo desapareció y me vi frente a ese pinche, estúpido y asustado, que seguía con la papa y el pelador en la mano. «¿Se siente bien, sargento?», me preguntó, y yo le dije: «No, mi hermano acaba de morir en Georgia». Y cuando por fin mi madre me llamó desde larga distancia, me contó cómo había sido.

»Pero Danny, yo ya lo sabía.

Lentamente movió la cabeza como para apartar el recuerdo y miró al niño, que lo contemplaba con los ojos muy abiertos.

–Pero lo que tienes que recordar, hijo mío, es esto: *esas cosas no siempre son ciertas.* Recuerdo que hace cuatro años tuve un trabajo de cocinero en el campamento de muchachos en Maine, sobre el lago Long. Cuando estaba ante la puerta de embarque del aeropuerto Logan, en Boston, esperando mi vuelo, por primera vez en unos cinco años, empecé a percibir olor a naranjas. Entonces me pregunté qué demonios pasaba y fui al baño. Me encerré en uno de ellos para estar tranquilo. No me desmayé, pero tuve la intensa sensación de que mi avión iba a estrellarse. Después desapareció esa sensación y el olor a naranjas, y supe que la cosa había terminado. Fui al mostrador de la Delta Airlines y cambié mi vuelo por otro, para tres horas más tarde. ¿Y sabe lo que sucedió?

–¿Qué? –susurró Danny.

–*¡Nada!* –respondió Hallorann y se echó a reír, aliviado al ver que el niño también se reía–. ¡Absolutamente nada! El otro avión aterrizó a su hora y sin la menor contingencia. Así que ya ves... a veces esos sentimientos no llegan a nada.

–Ya –masculló Danny.

–O si no, está lo de las carreras. Yo voy mucho a las carreras, y por lo general me va bien. Cuando van hacia la salida, me pongo junto al barandal y a veces siento un pequeño resplandor por un caballo. Generalmente esas sensaciones me son muy útiles, y siempre me digo que algún día acertaré las tres carreras de la apuesta triple, y que con eso ganaré lo bastante para jubilarme antes. Pero todavía no me ha pasado, y en cambio, a veces vuelvo a casa a pie desde el hipódromo en vez de hacerlo en taxi y con la cartera llena. Nadie resplandece todo el tiempo, como no sea Dios en el cielo.

–Sí, señor –convino Danny, pensando que, un año atrás, Tony le había mostrado un bebé dormido en su cuna, en la casa que tenían en Strovington. Danny se había emocionado, expectante, porque sabía que esas cosas llevan tiempo, pero el bebé no había llegado.

–Ahora, escúchame –prosiguió Hallorann, mientras tomaba las manos de Danny–. He tenido varios sueños malos en este hotel, y algunas malas sensaciones. Llevo dos temporadas trabajando aquí y quizá una docena de veces tuve... bueno, pesadillas. En fin, me pareció ver cosas... No, no te diré qué, porque no son para un niño como tú. Eran cosas malas, esó es todo. Una vez fue algo relacionado con esos malditos arbustos recortados que parecen animales. Otra vez hubo una camarera, que se llamaba Delores Vickery, y que tenía cierto resplandor, aunque no creo que ella lo supiera. El señor Ullman la despidió... ¿Sabes qué significa eso, doc?

–Sí, señor –respondió Danny–. A mi papá lo despidieron de su trabajo de profesor, y creo que por eso estamos en Colorado.

–Bueno, pues Ullman la despidió porque ella dijo que había visto algo en una de las habitaciones, donde... bueno, donde había sucedido algo malo. Fue en la habitación 217. Escucha, quiero que me prometas que no entrarás allí, Danny, en todo el invierno. Ni siquiera te acerques.

–Está bien –accedió Danny–. ¿Y esa señora... la camarera... te pidió que fueras a ver?

–Sí, me lo pidió, y allí había algo malo. Pero... no creo que esa cosa mala pudiera *dañar* a nadie, Danny, eso es lo que intento decirte. A veces la gente que resplandece puede ver cosas que *van* a suceder, y creo que a veces pueden ver cosas que *ya* han sucedido. Pero son como las ilustraciones de un libro. ¿Has visto alguna vez en un libro una ilustración que te asustara, Danny?

–Sí –respondió el niño, pensando en el cuento de *Barbaazul* y en la ilustración en que la nueva esposa abría la puerta y veía todas las cabezas.

–Pero sabías que no podía hacerte daño, ¿verdad?

–Sí... –respondió Danny, poco convencido.

–Bueno, pues así son las cosas en este hotel. No sé por qué, pero parece que, de todas las cosas malas que sucedieron alguna vez aquí, quedan pedacitos que andan dando vueltas por ahí, como recortes de uñas o desperdicios que alguien hubiera barrido debajo de una silla. No sé por qué tiene que suceder precisamente aquí, supongo que en casi todos los hoteles del mundo pasan cosas malas, y yo he trabajado en muchos sin tener problemas. Pero Danny, no creo que esas cosas puedan hacer daño a nadie –subrayó cada palabra con una leve sacudida de los hombros del niño–. De manera que si vieras algo, en un pasillo o en una habitación o fuera, junto a los arbustos... limítate a mirar hacia otro lado, y cuando vuelvas a fijarte, la cosa habrá desaparecido. ¿Lo entiendes?

–Sí –Danny se sentía mucho mejor, más calmado. Se puso de rodillas para besar la mejilla de Hallorann, y lo estrechó en un gran abrazo, que el cocinero le devolvió.

–Tus padres no resplandecen, ¿verdad? –le preguntó después.

–No, creo que no.

–Hice una prueba con ellos, como la hice contigo –dijo Hallorann–. Tu madre se sobresaltó un poco. Creo que todas las madres resplandecen un poco, por lo menos hasta que sus hijos son capaces de cuidarse solos. Tu papá...

Por un momento, Hallorann se interrumpió. También había tanteado al padre del niño y el resultado había sido desconcertante. No era como estar frente a alguien que tuviera resplandor o que decididamente no lo tuviera. Hurgar en el padre de Danny había sido... extraño, como si Jack Torrance ocultara *algo,* algo que mantenía tan profundamente sumergido dentro de sí mismo que era imposible de alcanzar.

–No creo que él resplandezca –concluyó Hallorann–. Así que por ellos no te preocupes. Cuida de ti mismo, y nada más. *No creo que aquí haya nada que pueda dañarte,* así que mantén la calma, ¿de acuerdo?

–De acuerdo.

–¡Danny! ¡Eh, doc!

Danny levantó la vista y dijo:

–Es mamá. Tengo que volver.

–Lo sé –asintió Hallorann–. Que la pases bien aquí, Danny; lo mejor posible.

–Gracias, señor Hallorann. Me siento mucho mejor.

Sonriente, de pronto un pensamiento afloró en su mente: Dick, para mis amigos... Gracias, Dick, le devolvió.

Sus ojos se encontraron, y Hallorann le hizo un guiño.

Danny se deslizó por el asiento hasta abrir la puerta. Mientras bajaba, Hallorann volvió a hablar.

–¿Danny?

–¿Qué?

–Si hay algún problema... llámame. Da un grito bien fuerte, como el de hace unos minutos. Aunque esté en Florida, es posible que te oiga. Y si te oigo, vendré corriendo.

–De acuerdo –repitió Danny, y sonrió.

–Cuídate, muchacho.

–Me cuidaré.

De un golpe, Danny cerró la puerta y atravesó a la carrera el estacionamiento. En la terraza Wendy lo esperaba con los codos apretados contra el cuerpo para protegerse del viento helado. Mientras Hallorann los observaba, su sonrisa se desvaneció.

«No creo que aquí haya nada que pueda hacerte daño», había dicho, pero ¿y si se equivocaba? Desde que tuvo aquella visión en la tina de la habitación 217, Hallorann había sabido que sería su última temporada en el Overlook. Eso había sido peor que cualquier ilustración en cualquier libro, y pensó que el niño que corría hacia su madre parecía tan *pequeño...*

Desvió la mirada hacia los animales del jardín ornamental.

Bruscamente puso el coche en marcha y se alejó, tratando de no mirar atrás. No pudo. Vio que la terraza estaba vacía. Madre e hijo habían vuelto a entrar. Era como si el Overlook se los hubiera tragado.

## 12. RECORRIDO SOLEMNE

–¿De qué hablaban, mi amor? –le preguntó Wendy mientras volvían a entrar.

–Oh... de nada.

–Pues han hablado bastante.

Danny se encogió de hombros y en el gesto Wendy vio al padre. El propio Jack no podría haberlo hecho mejor, pensó. Ya no conseguiría sacarle nada más. Sintió una mezcla de amor y desesperación. El amor era desamparado, la desesperación nacía de la sensación de que deliberadamente la excluían. Wendy a veces se sentía como una extraña, como un actor secundario que por accidente se encontrara en el escenario mientras se desarrollaba la acción principal. Se dijo que por fin no podría excluirla. Sus dos varones exasperantes estarían demasiado juntos para poder hacerlo. De pronto, se dio cuenta de que sentía celos de la intimidad existente entre su marido y su hijo, y se sintió avergonzada. Aquello se parecía demasiado a lo que debía de haber sentido su propia madre...

El vestíbulo ya estaba vacío, salvo por la presencia de Ullman y del empleado principal del mostrador, quienes hacían el recuento del efectivo en la caja registradora, y de un par de camareras que, de pie ante la puerta, miraban hacia fuera, con el equipaje amontonado en torno a ellas. También Watson, el de mantenimiento, andaba por allí, y al ver que Wendy lo miraba le hizo un guiño... decididamente lascivo. Presurosamente, Wendy apartó la mirada. Ensimismado, Jack estaba junto a la ventana que había al salir del restaurante, mirando el paisaje.

Al parecer, ya habían terminado con la caja registradora, porque Ullman la cerró con un gesto autoritario, puso sus iniciales en la cinta y la guardó en un pequeño estuche con cierre. Wendy aplaudió en silencio al empleado del escritorio, que parecía muy aliviado. Pensó que Ullman era la clase de tipo que podía sacar cualquier falta de dinero del pellejo del empleado principal... sin verter una gota de sangre. A Wendy no le preocupaba Ullman ni sus modales solícitos y ostentosos. Era como todos los jefes que ella había tenido en su vida, hombres o mujeres. Con los huéspedes se mostraría dulce como la sacarina, y un tirano despreciable cuando estaba tras bambalinas, con el personal. Pero ahora todo había terminado y en el rostro del empleado se leía, con letras mayúsculas, el placer que sentía. Vacaciones para todos... salvo para ella y Jack, y Danny.

–Señor Torrance –dijo Ullman–, ¿quiere venir un momento, por favor?

Jack acudió, mientras con un gesto de la cabeza indicaba a Wendy y a Danny que también se acercaran.

El empleado, que se había ausentado un momento, volvió con un abrigo puesto y dijo:

–Que la pase bien, señor Ullman.

–Lo dudo –replicó Ullman con aire distante–. El 12 de mayo, Braddock. Ni un día antes, ni uno después.

–Sí, señor.

Braddock rodeó el mostrador con la expresión sobria

y digna que correspondía a su puesto, pero cuando dio la espalda a Ullman, se le vio sonreír como un niño. Habló brevemente con las dos muchachas que todavía esperaban el coche en la puerta y después salió, seguido de un breve estallido de risas ahogadas.

En aquel momento, Wendy empezó a percibir el silencio del lugar, que se había abatido sobre el hotel como una densa manta. Sólo se oía el débil latido del viento crepuscular. Desde donde estaba, Wendy podía ver el exterior a través de la ventana del despacho, con sus dos escritorios desnudos y los dos archivadores de cajones grises.

Más allá se distinguía la impecable cocina de Hallorann, con las enormes puertas dobles, sostenidas por cuñas de goma, abiertas.

–Pensé en dedicar unos minutos extra a mostrarle el hotel –anunció Ullman, y Wendy pensó que al hablar siempre recalcaba la palabra «hotel»–. Estoy seguro de que su marido llegará a conocer perfectamente todos los vericuetos del Overlook, señora Torrance, aunque indudablemente usted y su hijo se mantendrán en el nivel del vestíbulo y de la primera planta, donde están sus habitaciones.

–Sin duda –murmuró Wendy, y Jack le echó una mirada de advertencia.

–Es un lugar hermoso –comentó Ullman, orgulloso–, y a mí me encanta mostrarlo.

Vaya si te encanta, pensó Wendy.

–Subamos a la tercera planta y desde allí iremos bajando –Ullman hablaba con verdadero entusiasmo.

–Si le hacemos perder tiempo... –empezó a decir Jack.

–Nada de eso –repuso Ullman–. La tienda está cerrada. *Tout fini,* por esta temporada al menos. Pienso pasar la noche en el Boulder... es decir, en el «Boulderado». Es el único hotel decente que hay a este lado de

Denver… a no ser el propio Overlook, claro. Por aquí.

Subieron al elevador, que estaba lujosamente decorado en cobre y bronce, pero se hundió visiblemente antes de que Ullman cerrara la puerta. Danny mostró cierta inquietud, y Ullman lo miró, sonriendo. Sin mucho éxito, el niño intentó devolverle la sonrisa.

–No te preocupes, jovencito, es seguro como una casa –lo tranquilizó Ullman.

–También lo era el *Titanic* –señaló Jack, mirando el globo de cristal tallado que pendía del techo del elevador. Wendy trató de reprimir una sonrisa.

A Ullman no le divirtió la observación. De un golpe, cerró la puerta interior.

–El *Titanic* no hizo más que un viaje, señor Torrance, y este elevador ha hecho miles desde que lo instalaron en 1926.

–Eso me tranquiliza –declaró Jack, y revolvió el pelo de Danny–. El avión no se va a estrellar, doc.

Ullman movió la palanca y por un momento no hubo nada más que un leve estremecimiento bajo sus pies, acompañado del torturado gemido del motor. Wendy tuvo una visión de los cuatro, atrapados entre dos pisos como moscas en una botella, para que los encontraran en la primavera… un poco incompletos… como a los del grupo Donner…

El ascensor empezó a subir, al principio con algunas vibraciones, pero después el movimiento se suavizó. En la tercera planta, Ullman lo detuvo bruscamente y abrió la puerta corrediza. La caja del elevador seguía estando unos quince centímetros por debajo del nivel del suelo. Danny se quedó mirando la diferencia de altura entre el vestíbulo de la tercera planta y el piso del elevador, como si acabara de darse cuenta de que el Universo no era tan cuerdo como le habían contado. Ullman carraspeó y elevó un poco el ascensor, volvió a detenerlo con una sacudida (todavía con unos centímetros de desnivel) y todos salieron. Liberado del peso, el aparato casi alcanzó el nivel del suelo, lo que a Wendy no le resultó nada tranquilizador. Fuera o no seguro como una casa, decidió que ella subiría o bajaría por las escaleras. Y por nada del mundo dejaría que subieran los tres juntos en un artefacto tan inseguro.

–¿Qué estás mirando, doc? –preguntó Jack–. ¿Es que has visto una mancha?

–Claro que no –repuso Ullman con acritud–. Si hace dos días que lavaron todas las alfombras.

Wendy estaba mirando la alfombra que cubría el pasillo. Era bonita, pero ella jamás la eligiría para su casa, si algún día llegaba a tenerla. De fibra azul oscuro, el dibujo representaba una selva surrealista, llena de lianas, enredaderas y árboles decorados por pájaros exóticos. Era difícil decir de qué aves se trataba, porque el dibujo estaba hecho en negro para delinear sólo las siluetas.

–¿Te gusta la alfombra? –preguntó a su hijo.

–Sí, mamá –contestó Danny con indiferencia.

Recorrieron el pasillo, bastante espacioso. Las paredes estaban tapizadas con un material sedoso de color azul pálido, a juego con la alfombra. Cada tres metros y a una altura de algo más de dos, había lámparas eléctricas que imitaban los faroles de gas de Londres, con los focos enmascarados tras un nebuloso cristal de color crema atravesado por un enrejado de hierro.

–Esto me gusta mucho –declaró Wendy. Ullman le sonrió, encantado.

–El señor Derwent las hizo instalar en todo el hotel después de la guerra... de la segunda, quiero decir. En realidad, la mayor parte de la decoración de la tercera planta, aunque no toda, fue idea suya. Ésta es la habitación trescientos, la suite presidencial.

Hizo girar la llave en la cerradura de las dobles puertas de caoba y las abrió de par en par. La vista del cuarto de estar hacia el oeste los dejó boquiabiertos, como probablemente era la intención de Ullman.

–Magnífica vista, ¿no?

–Desde luego –convino Jack.

La ventana abarcaba casi toda la pared de la sala de estar. Al otro lado, el sol parecía dormir entre dos picos de sierra, y arrojaba una luz dorada sobre las laderas de roca y el espolvoreo de nieve que cubría las altas cumbres. Las nubes que decoraban aquel paisaje de tarjeta postal estaban también teñidas de oro y un rayo de sol destellaba entre los abetos.

Jack y Wendy estaban tan absortos en lo que veían que no miraron a Danny. Éste no estaba fascinado por la ventana, sino por el tapiz pintado a rayas rojas y blancas que había a la izquierda, junto a una puerta que daba a un dormitorio interior. Su suspiro de asombro, que se había mezclado con el de sus padres, no tenía nada que ver con la belleza. El tapiz estaba manchado de sangre seca, mezclada con pedazos minúsculos de tejido de un blanco grisáceo. Danny sintió miedo. Era como un cuadro enloquecido pintado con sangre, un aguafuerte surrealista del rostro de un hombre, contraído por el terror y el sufrimiento, con la boca abierta y la mitad de la cabeza pulverizada.

«Así que si vieras algo... limítate a mirar hacia otro lado y cuando vuelvas a fijarte, la cosa habrá desaparecido. ¿Lo entiendes?», había dicho Dick.

Deliberadamente miró por la ventana, tratando de no mostrar expresión alguna, y cuando la mano de su madre se cerró en la de él, respondió a la presión sin estrecharla con fuerza para no transmitir ningún tipo de señal.

El director estaba diciendo a su padre que no olvidara cerrar los postigos de la ventana para que el viento fuerte no pudiera abrirla. Jack asentía con la cabeza. Cautelosamente Danny volvió a mirar la pared. Las manchas de sangre seca no estaban. Los copos de color blanco grisáceo que la salpicaban también habían desaparecido.

Ullman les indicó que salieran. Su madre le preguntó si las montañas le parecían bonitas, y Danny dijo que sí, aunque en realidad no le importaban en lo más mínimo. Mientras Ullman cerraba la puerta al salir, Danny volvió a mirar por encima del hombro. La mancha de sangre había vuelto, sólo que ahora estaba fresca, y corría. Ullman seguía con sus comentarios sobre los hombres famosos que se habían alojado en aquella habitación. Danny descubrió que se había mordido el labio con tanta fuerza que se había hecho sangrar. Mientras seguían andando por el corredor, se quedó rezagado para enjugarse la sangre con el dorso de la mano, mientras pensaba en... el señor Hallorann. ¿También habría visto sangre o algo peor?

«No creo que esas cosas puedan hacerte daño.»

En su interior crecía un grito, pero Danny no lo dejó salir. Sus padres no podían ver esas cosas, así que guardaría silencio. Ellos se querían, y eso era algo real. Las otras cosas eran como ilustraciones en un libro. Algunas ilustraciones daban miedo, pero no podrían hacerle daño...

El señor Ullman les mostró otras habitaciones de la tercera planta, conduciéndolos por corredores que se retorcían como un laberinto.

–Aquí estaban todos acaramelados –dijo el señor Ullman, pero Danny no veía caramelos por ninguna parte.

Ullman les mostró las habitaciones donde, según él, había vivido una señora que se llamaba Marilyn Monroe, mientras estaba casada con un hombre llamado Arthur Miller (Danny comprendió que Marilyn y Arthur se habían «divorciado» no mucho después de haber estado en el hotel Overlook).

–¿Mamá?

–¿Qué, mi amor?

–Si estaban casados, ¿por qué usaban apellidos diferentes? Papá y tú tienen el mismo apellido.

–Sí, pero nosotros no somos famosos, Danny –le explicó Jack–. Las mujeres famosas conservan su apellido después de casarse porque es lo que les da de comer.

–Les da de comer... –repitió Danny, de lo más confundido.

–Lo que quiere decir papá es que a la gente solía gustarle ir al cine a ver a Marilyn Monroe, pero tal vez no le habría gustado ir a ver a Marilyn Miller –añadió Wendy.

–Pero ¿por qué no? Si seguiría siendo la misma señora. ¿Acaso la gente no lo sabía?

–Sí, pero... –Wendy miró a Jack en busca de auxilio.

–En esta habitación se alojó una vez Truman Capote –la interrumpió Ullman, impaciente, mientras abría la puerta–. Eso fue en mi época. Un hombre muy simpático, de modales europeos.

En ninguna de aquellas habitaciones había nada notable (salvo que no se veían por ninguna parte los acaramelados de los que hablaba el señor Ullman), nada que a Danny le diera miedo. En realidad, en la tercera planta sólo vio una cosa que le preocupara, aunque sin saber por qué. Era el extintor de incendios que colgaba de la pared, antes de doblar la esquina para volver al elevador, que seguía abierto como una boca amenazadora, esperándolos.

Era un extintor anticuado, de manguera plana que se retorcía sobre sí misma, con un extremo asegurado a una gran válvula roja y el otro terminado en una boquilla de bronce. Los dobleces de la manguera estaban asegurados con una pieza articulada de acero, pintada de rojo. Si se producía un incendio, uno levantaba la pieza de acero y podía usar la manguera. Danny, que no tardaba mucho en comprender el funcionamiento de las cosas, se dio cuenta enseguida. Ya a los dos años y medio lo habían encontrado abriendo el portón de seguridad que había instalado su padre en lo alto de las escaleras de la casa de Stovington. Su padre dijo que eso era un «don», que algunos lo tenían y otros no.

Aquel extintor era algo más viejo que otros que había visto –el del jardín de niños, por ejemplo–; sin embargo, le produjo una débil inquietud el hecho de verlo enroscado sobre el tapiz de color azul claro, como una serpiente dormida. Por eso se alegró de dejar de verlo cuando doblaron la esquina.

–Claro que hay que cerrar los postigos de las ventanas –dijo el señor Ullman en el momento en que volvían a subir al elevador, que de nuevo se hundió inquietantemente bajo sus pies–, pero la que me preocupa especialmente es la de la suite presidencial. Cuando se instaló hace treinta años, esa ventana costó cuatrocientos veinte dólares, y reponerla hoy costaría ocho veces más.

–La cerraré –le aseguró Jack.

Bajaron a la segunda planta, donde había más habitaciones y otro corredor laberíntico. La luz que entraba por las ventanas había empezado a amortiguarse a medida que el sol se ponía detrás de las montañas. El señor Ullman les mostró sólo un par de habitaciones. Pasó sin detenerse frente a la 217. Con fascinación enfermiza, Danny miró el número en la chapa de la puerta.

Después bajaron a la primera planta, donde el señor Ullman no les mostró ninguna habitación hasta llegar casi a la escalera, cubierta por una espesa alfombra, que llevaba al vestíbulo.

–He aquí sus habitaciones –anunció–. Espero que les parezcan adecuadas.

Cuando entraron, Danny estaba preparado para cualquier cosa que pudiera encontrar. No había nada.

Wendy Torrance se sintió aliviada. Con su fría

elegancia, la suite presidencial la había hecho sentirse fuera de lugar y torpe. Estaba muy bien visitar un edificio histórico, restaurado, con una placa en el dormitorio donde se anunciaba que allí había dormido Abraham Lincoln o Franklin D. Roosevelt, pero era muy distinto imaginarse, junto con su marido, tendidos bajo hectáreas de sábanas de hilo, y quizá haciendo el amor en el mismo lugar donde habían estado los hombres más grandes del mundo (en todo caso, los más poderosos, se dijo Wendy). En cambio, aquel departamento era más sencillo y hogareño, casi seductor. Wendy pensó que pasar una temporada en aquel lugar no le resultaría difícil.

–Es muy agradable –dijo a Ullman, agradecida.

Ullman hizo un gesto de asentimiento.

–Sencillo, pero cómodo. Durante la temporada, se alojan el cocinero y su mujer, o bien el cocinero y el aprendiz de cocina...

–¿Aquí vivía el señor Hallorann? –lo interrumpió Danny.

–Así es –con un gesto de condescendencia, el señor Ullman inclinó la cabeza hacia Danny y añadió–: Él y el señor Nevers. Éste es el salón de estar.

Había varias sillas y sillones que parecían cómodos, una mesita para el café que en sus tiempos había sido cara, pero a la que le faltaba un trozo de madera de un lado, dos estanterías atestadas de libros del *Reader's Digest* y de novelas policiacas de la década de los cuarenta –según advirtió Wendy–, y una anónima televisión, que parecía mucho menos elegante que las que habían visto en las habitaciones.

–No hay cocina –comentó Ullman–, pero sí un montacargas. Este aparato está directamente encima de la cocina –abrió un panel del revestimiento y dejó a la vista una gran bandeja rectangular. Le dio un empujoncito y la bandeja desapareció, seguida de un tramo de cuerda.

–¡Es un pasadizo secreto! –exclamó Danny, olvidándose momentáneamente de sus miedos ante la embriagadora novedad que le ofrecían–. ¡Como en aquella película del gordo y el flaco con los fantasmas!

El señor Ullman frunció el entrecejo, pero Wendy sonrió con indulgencia, mientras el niño corría hacia el montacargas para mirar por el hueco.

–Por aquí, por favor.

Abrió la puerta que había al otro lado del salón de estar y que daba a un dormitorio, espacioso y ventilado, dispuesto con camas gemelas. Wendy miró a su marido, sonrió, y se encogió de hombros.

–No importa –le aseguró Jack–. Las juntaremos.

El señor Ullman lo miró por encima del hombro, auténticamente intrigado.

–¿Qué decía?

–Es por las camas –respondió Jack, sonriendo–. Pero podemos juntarlas.

–Ah, claro –balbuceó Ullman, momentáneamente confundido. Después su expresión se aclaró, pero el rubor empezó a invadirle la cara–. Como ustedes quieran.

Volvió a llevarlos al cuarto de estar, desde el cual otra puerta conducía al segundo dormitorio, equipado con literas. En un rincón rezongaba el radiador, y la alfombra era un abominable diseño de salvias y cactos, pero Wendy vio que Danny se había prendado de ella. Las paredes de la habitación, más pequeña, estaban revestidas de pino.

–¿Crees que puedas arreglártelas aquí, doc? –preguntó Jack.

–Claro que sí. Y pienso dormir en la litera de arriba. ¿De acuerdo?

–Si tú quieres...

–Y la alfombra también me gusta. Señor Ullman, ¿por qué no son todas las alfombras como ésta?

Por un momento, Ullman pareció haber mordido

un limón. Después sonrió y tocó la cabeza de Danny.

–Éste será tu dominio –le dijo–, aunque el baño se comunica con el dormitorio principal. El departamento no es grande, pero naturalmente pueden moverse por el resto del hotel. Según el señor Watson, la chimenea del vestíbulo funciona bien; además, si alguna vez desean hacerlo, están en libertad de comer en el salón comedor –al decirlo, su voz tomó el tono de alguien que hace un gran favor.

–Perfecto –asintió Jack.

–¿Bajamos ahora? –preguntó el señor Ullman.

–Cómo no –accedió Wendy.

Bajaron por el elevador y esta vez encontraron el vestíbulo completamente desierto, salvo por Watson, que estaba recostado contra la puerta principal, con una chamarra de cuero y un palillo entre los labios.

–Creía que ya estaría a kilómetros de aquí –dijo el señor Ullman con indiferencia.

–Me quedé un momento para recordarle al señor Torrance lo de la caldera –respondió Watson, enderezándose–. Si se acuerda de no quitarle el ojo de encima, amigo, andará estupenda. Bájele la presión un par de veces al día, porque se sube.

Se sube, pensó Danny, y las palabras despertaron ecos en un largo y silencioso corredor mental, uno de esos corredores revestidos de espejos, que la gente rara vez mira.

–Lo recordaré –dijo su padre.

–Todo irá perfecto –le aseguró Watson, mientras le tendía la mano. Jack se la estrechó, y Watson se volvió hacia Wendy y la saludó inclinando la cabeza–. Señora...

–Encantada –respondió Wendy, y se extrañó de que no le sonara absurdo. Ella venía de Nueva Inglaterra, donde se había pasado la vida, y tenía la impresión de que unas breves frases intercambiadas con Watson hubieran sido una síntesis de todo lo que se supone que es el Oeste. Ya no le importaba el guiño obsceno de antes.

–Mi joven señor Torrance –saludó con gravedad Watson, ofreciendo la mano. Danny, que hacía casi un año que sabía lo que significaba dar la mano, tendió con gesto vivaz la suya y tuvo la impresión de que se la tragaran–. Cuida de tus padres, Dan.

–Sí, señor.

Watson soltó la mano del niño y se volvió para mirar a Ullman.

–Supongo que será hasta el año próximo –dijo mientras le tendía la mano.

Ullman se la rozó con un gesto exangüe. El anillo del dedo meñique reflejó las luces del vestíbulo en una especie de guiño amenazador.

–El 12 de mayo, Watson –le recordó–. Ni un día antes, ni uno después.

–Sí, señor –asintió Watson, y Jack imaginó lo que estaba escrito en su mente: «Hasta entonces, maldito maricón».

–Que pase un buen invierno, señor Ullman.

–Oh, lo dudo –respondió, distante.

Watson abrió una de las dos puertas principales; el viento gimió con más fuerza y empezó a sacudirle el cuello de la chamarra.

–Y ustedes, amigos, cuídense –fue lo último que dijo.

–Sí, señor, nos cuidaremos –contestó Danny.

Watson, cuyo no tan remoto antepasado había sido propietario del lugar, se marchó humildemente, cerrando la puerta a sus espaldas, amortiguando el viento. Lo siguieron con la vista mientras bajaba ruidosamente por los amplios escalones de la terraza con sus viejas botas negras de vaquero. Atravesó el camino para coches rumbo al estacionamiento destinado al personal. Quebradizas, las hojas de los álamos se arremolinaron en torno a sus tacones mientras se dirigía hacia su camioneta

International Harvester. Cuando la puso en marcha, del enmohecido tubo de escape brotó un chorro de humo azul. El ensalmo del silencio se instaló sobre ellos, mientras Watson echaba el vehículo en reversa y salía del estacionamiento. La camioneta desapareció por la cima de la colina y volvió a verse, ya más pequeña, por el camino principal, avanzando hacia el oeste.

Por un momento, Danny se sintió más solo de lo que jamás se había sentido en su vida.

# 13. LA ENTRADA PRINCIPAL

La familia Torrance se quedó inmóvil en la gran terraza principal del hotel Overlook, como si estuviera posando para un retrato: Danny en medio, enfundado en su chamarra del año pasado, que ya le quedaba chica y empezaba a rompérsele de los codos, Wendy tras él, apoyándole una mano en el hombro, y Jack a la izquierda de su hijo, con la mano posada en la cabeza del niño.

El señor Ullman estaba detrás de ellos, envuelto en un elegante abrigo de piel café. El sol se había puesto tras las montañas, bordeándolas con un resplandor ígneo que alargaba y teñía de color púrpura las sombras de todas las cosas. Los tres únicos vehículos que quedaban en el estacionamiento eran la camioneta del hotel, el Lincoln Continental de Ullman y el vapuleado Volkswagen de los Torrance.

–Bien, tiene las llaves –dijo Ullman a Jack–, y está al tanto del funcionamiento del horno y de la caldera.

Jack hizo un gesto de asentimiento. Se dijo que en el fondo sentía cierta compasión por Ullman. Todo había terminado para él, el paquete estaba pulcramente embalado hasta el 12 de mayo próximo, ni un día antes ni uno después, y Ullman –que era el responsable de todo y que al hablar del hotel lo hacía como un enamorado– debía asegurarse de que no quedaran cabos sueltos.

–Sí, creo que estoy al tanto de todo –le aseguró.

–Bueno. Estaremos en contacto –por un momento pareció dudar, como si esperara que el viento le echara una mano y lo llevara hasta su coche–. En fin, que pasen un buen invierno... Y tú también, Danny.

–Gracias, señor –le respondió Danny–. Espero que usted también.

–Lo dudo –repuso Ullman, apesadumbrado–. En realidad, ese lugar en Florida es un basurero. Mi verdadero trabajo está en el Overlook. Cuídemelo bien, señor Torrance.

–Espero que cuando vuelva en primavera siga aquí –bromeó Jack, y una idea fugaz pasó por la mente de Danny, que se preguntó: ¿Nosotros estaremos?

–Pues claro. Claro que sí.

Ullman dejó vagar la mirada hacia la zona de juegos, tras la cual el arbusto de animales se agitaba con el viento. Después recuperó su aire comercial, para el último saludo.

–Bien, adiós.

Se encaminó hacia el coche, ridículamente grande para un hombre tan pequeño, y se metió dentro. El motor del Lincoln ronroneó y las luces destellaron mientras el coche salía del estacionamiento. Cuando empezó a alejarse, Jack alcanzó a leer la señal puesta frente al lugar: RESERVADO PARA EL SEÑOR ULLMAN, DIRECTOR.

–Bueno –suspiró Jack.

Siguieron con la mirada al coche hasta que se perdió de vista por la ladera. Después los tres se miraron en silencio, casi asustados. Estaban solos. Las hojas de los álamos giraban locamente, amontonándose al azar sobre el pasto pulcramente recortado para los ojos de huéspedes inexistentes. Salvo ellos, no había nadie más para ver las hojas otoñales danzando sobre él. Jack tuvo la extraña sensación de que se encogía, como si su fuerza vital hubiera quedado reducida a una débil chispa, mientras el hotel y el parque que lo rodeaba hubieran crecido de pronto, convirtiéndose en algo siniestro que los reducía a enanos con su hosco poder inanimado.

–¡Pero, doc! –exclamó Wendy–. Tienes la nariz como un témpano. Entremos.

Cerraron firmemente la puerta tras ellos para no dejar entrar el incesante gemido del viento.

TERCERA PARTE

# EL AVISPERO

# 14. EN LO ALTO DEL TEJADO

–¡Ay, maldita hija de puta!

El grito fue a la vez de sorpresa y dolor, mientras Jack se sacudía la mano derecha contra la tela azul de la camisa de trabajo, aplastando la avispa que acababa de picarle. Después se arrastró por el tejado, mirando por encima del hombro para ver si otras avispas se disponían a atacarlo desde el panal que acababa de descubrir. En ese caso, la cosa podía complicarse. El avispero estaba entre Jack y la escalera de mano, y la trampilla que le habría permitido bajar al desván estaba cerrada por dentro. Desde el tejado hasta la franja de cemento que se extendía entre el hotel y el pasto había más de veinte metros.

Disgustado, Jack silbó entre dientes, se sentó a horcajadas en el caballete del tejado y se observó el dedo índice de la mano derecha, que ya se le estaba hinchando. Pensó que tendría que bajar hasta la escalera evitando el avispero y aplicarse un poco de hielo.

Era el 20 de octubre. Wendy y Danny habían ido a Sidewinder en la camioneta del hotel (una vieja Dodge, que, no obstante, era más segura que el Volkswagen) a buscar leche y a hacer unas compras para Navidad. Aunque era pronto para hacer esas compras, no podían saber cuándo quedarían aislados por la nieve. Ya habían caído algunas nevadas, y en ciertos puntos el camino que bajaba desde el Overlook estaba helado y resbaladizo.

Hasta entonces, el otoño había sido de una belleza casi sobrenatural. En las tres semanas que llevaban allí los días hermosos se sucedían sin parar. Desde los cero grados de la mañana, transparente y seca, a la tarde, la temperatura subía a quince, lo ideal para hacer reparaciones en la suave pendiente occidental del tejado del Overlook. Jack había comentado a Wendy que hacía cuatro días que podría tener terminado el trabajo, pero no se sentía realmente urgido a hacerlo. Desde allí arriba la vista era espectacular; superior incluso a la que ofrecía la suite presidencial. Además, el trabajo le sentaba bien. Cuando estaba en el tejado, Jack sentía que iban cicatrizando en él las heridas de los tres últimos años. En el tejado se sentía en paz. Esos tres años empezaron a aparecérsele como una pesadilla turbulenta.

Las tejas de madera estaban podridas, algunas arrancadas por las tormentas del invierno anterior. Jack las había retirado, gritando «¡Bomba va!» antes de dejarlas deslizar, por si Danny andaba por allí. Cuando la avispa le picó, estaba arrancando las tejas estropeadas.

Curiosamente él mismo se había repetido que debía tener cuidado con los avisperos, por lo que había comprado una bomba insecticida. Sin embargo, esa mañana, el silencio y la paz habían sido tan completos que había subido al tejado sin pensar en ello. Había vuelto a meterse en el mundo de la obra que estaba creando, a luchar mentalmente con la escena en que pensaba trabajar esa noche. La obra iba muy bien y, aunque Wendy no hubiera hecho muchos comentarios, él sabía que estaba satisfecha. Jack se había quedado atorado en la escena decisiva entre Denker, el director de escuela sádico, y Gary Benson –su joven héroe–, y así se había pasado los seis tristes últimos meses en Stovington, en que su avidez de bebida era tal que apenas podía concentrarse en sus clases, y menos aún en sus ambiciones literarias.

Pero en las últimas doce noches, sentado frente a la Underwood que había tomando prestada de la oficina de abajo, el bloqueo había desaparecido bajo sus dedos, de forma tan mágica como el algodón de azúcar se fundía en los labios. Casi sin esfuerzo, había logrado la penetración intuitiva del personaje de Denker que siempre le había faltado, y en función de ella volvió a escribir la mayor parte del segundo acto, centrándolo en torno a la nueva escena. Y el movimiento del tercer acto, en el que estaba pensando cuando la avispa puso término a sus cavilaciones, se le hacía cada vez más claro. Se dijo que en un par de semanas podría tenerlo bosquejado, y para Año Nuevo tendría pasada en limpio toda la condenada obra.

Su agente residía en Nueva York, una testaruda pelirroja llamada Phyllis Sandler, que fumaba Tareytons, bebía Jim Beam en vasos de plástico y pensaba que el sol de la literatura se levantaba y volvía a ponerse con Sean O'Casey. Ella había logrado publicarle tres de sus cuentos, entre ellos el del *Esquire.* Jack le había comentado por carta que planeaba escribir una obra llamada *La escuela,* en que se planteaba el conflicto básico entre Denker, un buen estudiante que, al fracasar, se convertía en el director de una escuela preparatoria de principios de siglo en Nueva Inglaterra, y Gary Benson, el estudiante a quien Denker veía como una nueva versión, más joven, de sí mismo. Phyllis le había escrito expresándole su interés y aconsejándole enfáticamente que antes de sentarse a escribir leyera a O'Casey. Ese mismo año, meses atrás, había vuelto a escribir preguntándole qué demonios pasaba con la obra. Jack le había contestado sardónicamente que *La escuela* había quedado indefinidamente –quizá infinitamente– suspendida entre la pluma y el papel, «en ese interesante Gobi espiritual que denominamos bloqueo del escritor». Finalmente parecía que Phyllis podría contar con la obra. Si era buena o no, o si alguna vez se representaba, no importaba demasiado a Jack. En cierto modo, sentía que lo más importante era el bloqueo, un símbolo colosal de los nefastos años pasados en la escuela preparatoria de Stovington, del matrimonio que había estado a punto de hacer naufragar, de la monstruosa agresión a su hijo, del incidente en el estacionamiento con George Hatfield –que ya no podía seguir considerando como un simple ataque de mal genio–. Jack había llegado a la conclusión de que parte de su problema con la bebida era fruto de un deseo inconsciente de liberarse de Stovington, sabiendo que estaba ahogando todo lo que pudiera haber en él de creativo. Había dejado de beber, pero la necesidad de liberación seguía siendo la misma. Por eso ocurrió lo de George Hatfield. Pero ahora, lo único que quedaba de aquellos días era la obra a medio escribir sobre la mesa que había en el dormitorio compartido por Wendy, y cuando la hubiera terminado y se la hubiera enviado a Phyllis, podría ocuparse de otras cosas. No escribiría una novela, no se sentía en condiciones de meterse en un nuevo pantano del que le costara otros tres años salir, sino cuentos. Tal vez escribiría un libro de cuentos.

Moviéndose con cautela, bajó a gatas la pendiente del tejado, hasta más allá de la línea donde terminaban las tejas nuevas y empezaba la parte del tejado que se disponía a preparar. Se acercó al borde rodeando el avispero, dispuesto a retroceder y bajar rápidamente por la escalera si las cosas se ponían feas.

Observó la parte donde había quitado el revestimiento alquitranado y miró el interior.

Vio el avispero, en el espacio que quedaba entre el viejo revestimiento y la segunda cubierta de planchas de madera. Era enorme. Parecía una gran bolsa de papel grisáceo, que en el centro podía medir unos sesenta centímetros. La forma no era perfecta, porque el espacio entre el revestimiento y las tablas era demasiado estrecho, pero las chicas habían hecho un trabajo bastante respetable, pensó Jack. La superficie del avispero estaba cubierta de insectos, que zumbaban en un lento y continuo movimiento. Se dijo que eran de las avispas grandes, no las más pequeñas, con manchas amarillas, que eran también más tranquilas. La baja temperatura las tenía atontadas, pero Jack, conocedor de las avispas desde su niñez, se dio por afortunado de que no lo hubieran picado más que una vez. Pensó que si Ullman hubiera mandado hacer ese trabajo en pleno verano, el obrero que hubiera levantado esa parte del tejado se habría llevado una sorpresa de mil demonios. Cuando una docena de avispas de esa clase se le vienen a uno encima y empiezan a picarlo en la cara, los brazos y las manos, y hasta en las piernas a través de los pantalones, es muy fácil olvidar que se está a veinte metros de altura y se salte del tejado mientras intenta librarse de ellas, pensó Jack.

En alguna parte, en un suplemento dominical o en un artículo de revista, Jack había leído que el 7 por ciento de los accidentes automovilísticos quedaba sin explicar. No había fallas mecánicas ni excesos de velocidad, ni alcohol ni mal tiempo. Simplemente un coche se estrellaba en alguna parte desierta del camino, y el conductor moría, incapaz de explicar qué sucedió. El artículo incluía una entrevista a un agente de policía que opinaba que muchos de esos choques inexplicables se debían a la presencia de insectos en el coche, avispas, una abeja, tal vez una araña o una polilla. No me extraña, se dijo. El conductor se asusta y trata de aplastar al insecto o de bajar una ventanilla para dejarlo salir. Tal vez el insecto lo pica, o simplemente el tipo pierde el control. De cualquiera de las dos maneras... ¡bang!, y se acabó. Y el insecto, por lo general ileso, se va zumbando alegremente de entre el montón de restos humeantes, en busca de más tiernos pastos. El agente pensaba que al hacer la autopsia de esas víctimas, los forenses debían investigar la presencia de veneno de insectos, recordaba Jack.

Al mirar hacia el avispero, le pareció que podía simbolizar tanto la época que había atravesado (y que había obligado a atravesar a sus seres queridos) como un futuro mejor. ¿De qué otra manera podía explicar todo lo que le había sucedido? En el fondo, Jack sentía que todas sus desdichadas experiencias en Stovington debían contemplarse como algo en lo que Jack Torrance había desempeñado un papel pasivo. Él no había hecho nada. En la facultad de Stovington había conocido a mucha gente, entre ellos dos del departamento de inglés, que bebían en exceso. Estaba Zack Tunney, que tenía la costumbre de llevarse un pequeño barril de cerveza a su casa los sábados por la tarde, dejarlo toda la noche en el patio, bajo un montón de nieve, y después bebérselo el domingo, mientras veía partidos de futbol y películas viejas en la televisión. Sin embargo, durante la semana, Zack era tan sobrio como un juez, y un simple coctel con el almuerzo era una excepción.

Él y Al Shockley habían sido alcohólicos. Se buscaban mutuamente como dos parias que todavía conservaran el instinto social suficiente para preferir ahogarse juntos, y no por separado, en un mar de arena. Eso es lo que ocurrió. Mientras miraba las avispas, parsimoniosamente ocupadas en su trabajo instintivo antes de que el invierno llegara para matarlas a todas salvo a la reina, Jack se sintió capaz de ir más lejos. Él *seguía siendo* un alcohólico y lo sería siempre. Quizá lo era desde que tomó la primera copa en la clase nocturna de Sophomore en la escuela secundaria. Era algo que no tenía nada que ver con la fuerza de voluntad, ni con que beber fuera moral o inmoral, ni con la debilidad o fuerza de su carácter. En su interior había algo descompuesto, y Jack se había visto empujado contra su voluntad cuesta abajo, primero lentamente y después a una velocidad cada vez mayor a medida que la presión de Stovington sobre él aumentaba. Al final del descenso lo esperaban una bicicleta sin dueño, hecha pedazos, y un hijo con el brazo roto. Jack Torrance había sido un juguete pasivo, y lo mismo sucedía con su mal genio. Se había pasado la vida tratando de controlarlo, sin éxito. Recordaba que a los siete años de edad una vecina le había dado unas nalgadas porque lo encontró jugando con cerillos, y él había salido corriendo a tirar una piedra contra un coche que pasaba. Su padre lo había visto y bajó hecho una furia por el pequeño Jack, hasta dejarle el trasero enrojecido... y un ojo morado. Cuando su padre volvió a entrar a casa, refunfuñando, para ver la televisión, Jack se ensañó a patadas con un perro que encontró en la calle. En la escuela primaria había tenido una veintena de peleas, y más aún en la secundaria; el resultado fueron dos suspensiones e incontables castigos, a pesar de sus buenas notas. En parte, el rugby le había servido de válvula de escape, aunque Jack recordaba que en casi todos los partidos había jugado como si cada maniobra de sus oponentes fuera una defensa personal. Había sido un jugador excelente durante su época de universitario, y sabía que tenía que «agradecérselo» a su mal genio. Jack no había disfrutado con el rugby, cada partido era una lucha sin cuartel.

Sin embargo, jamás se había *sentido* mal consigo mismo. Se consideraba un buen tipo, que simplemente debía aprender a dominar su mal genio antes de que un día lo pusiera en dificultades. Asimismo, debería aprender a manejar su condición de bebedor. No obstante, su alcoholismo había sido sin duda tan emocional como físico, aunque los dos aspectos estuvieran vinculados en su interior. No le importaba que las causas, las raíces, estuvieran relacionadas o no, ni que fueran sociales o psicológicas o fisiológicas. Él debía hacer frente a los resultados: a las nalgadas, las palizas de su padre, las suspensiones, el intento de explicar por qué volvía a casa con la ropa rota después de una pelea en la escuela, y más adelante las crudas, la lenta disolución de su matrimonio... aquella bicicleta en el suelo, el brazo roto de Danny y, por supuesto, el asunto de George Hatfield.

Tuvo la sensación de que sin darse cuenta había metido la mano en el gran avispero de la vida. Como imagen, era hedionda. Como retrato en miniatura de la realidad, le pareció bastante útil. En pleno verano había metido la mano a través del revestimiento podrido de tapiz alquitranado, y la mano –y el brazo entero– se le había consumido en un fuego sagrado, justiciero, que destruía el pensamiento consciente y dejaba fuera de lugar la idea del comportamiento civilizado. ¿Acaso se podía esperar que se condujera como un ser humano cuando le atravesaban la mano con agujas candentes? ¿Era exigible que viviera en el amor de sus seres queridos cuando la nube se elevaba, oscura y furibunda, del agujero abierto en la trama de la realidad –aparentemente inocente– para arrojarse sobre él como una flecha? ¿Era responsable de sus acciones alguien que corría como un loco por la pendiente de un tejado, a veinte metros de altura, sin saber por dónde iba, sin recordar que sus pies vacilantes podían precipitarlo en un abrir y cerrar de ojos hacia la muerte? Jack creía que no. Cuando sin saberlo alguien metía la mano en el avispero, no era porque hubiera hecho un pacto con el diablo para deshacerse de su ser civilizado y de todas sus trampas... el amor, el respeto, el honor, sino que era algo que simplemente sucedía. Luego, uno dejaba de ser un ente mental para convertirse en un ente de terminaciones nerviosas. En cinco segundos, el hombre de formación universitaria se transformaba en un mono vociferante.

Después pensó en George Hatfield.

Alto y rubio, George había sido un muchacho de una belleza casi insolente. Con sus ajustados jeans descoloridos y la camiseta de Stovington arremangada descuidadamente por encima de los codos, mostrando sus antebrazos bronceados, había traído a la mente de Jack el recuerdo de un Robert Redford joven, y estaba seguro de que a George no le costaba mucho anotar tantos puntos, como diez años atrás no le había costado al joven jugador de rugby llamado Jack Torrance. Podía afirmar con toda sinceridad que no había sentido celos ni envidia de George. En realidad, inconscientemente había empezado a verlo como la personificación del héroe de su obra, Gary Benson, el contraste perfecto para ese oscuro, gris y envejecido Denker, que tanto había llegado a odiar a Gary. Pero él, Jack Torrance, jamás había sentido algo así hacia George. De lo contrario, sin duda se habría dado cuenta.

George había pasado como a la deriva por sus clases de Stovington. En su condición de estrella del rugby y el beisbol, no le exigían demasiado en sus programas académicos, y el muchacho se había conformado con calificaciones de segundo o tercer orden en historia o en botánica. En el terreno de juego era un esforzado luchador, pero en el aula, como estudiante, se mostraba indiferente y desdeñoso. Era una clase de estudiante que Jack conocía, más de su propia época de estudiante universitario que por su experiencia docente. George Hatfield era un personaje cambiante. En el aula podía ser una figura tranquila que pasaba inadvertida, pero cuando se le aplicaba la serie adecuada de estímulos competitivos

–como los electrodos en las sienes del monstruo de Frankenstein, pensaba maliciosamente Jack–, podía convertirse en una ciega fuerza arrolladora.

En enero George y una docena más se habían presentado a las pruebas para formar el grupo de controversia. Había sido sincero con Jack. Su padre era abogado de una corporación y quería que el hijo siguiera sus pasos. George, que no se sentía llamado a hacer nada en especial, estaba dispuesto. Sus calificaciones no eran las mejores, pero después de todo apenas estaba en la escuela preparatoria, y tenía mucho tiempo por delante. Llegado el caso, su padre sabía de qué hilos tirar, y la capacidad atlética del propio George le abriría otras puertas. Pero Brian Hatfield pensaba que su hijo debía formar parte del grupo de controversia. Le serviría de práctica, y eso era algo que en los exámenes de ingreso a las facultades de derecho siempre se tenía en cuenta. De modo que George entró en el grupo de controversia, pero a finales de marzo Jack lo apartó del equipo.

Los debates entre diversos grupos durante el invierno habían despertado el espíritu de competencia de George, que se preparaba a fondo para las controversias, ordenando sus argumentos en pro o en contra de lo que fuera. Poco importaba que el tema fuera la legalización de la marihuana, la restauración de la pena de muerte o la actitud de los países productores de petróleo. George entraba en la discusión con excesivo apasionamiento. En realidad no le importaba el punto de vista que defendía, lo que constituía un rasgo inusual y poco valioso, incluso en controversistas experimentados, como bien sabía Jack. El alma de un auténtico aventurero no difería mucho de la de un auténtico discutidor, a los dos les interesaba apasionadamente el juego como tal. Hasta ahí, todo iba bien.

Pero George Hatfield tartamudeaba.

No era una deficiencia que hubiera puesto de

manifiesto en el aula, donde George se mantenía siempre tranquilo, hubiera estudiado o no, y menos todavía en los campos de deporte de Stovington, donde la conversación no era una virtud y a veces llegaban incluso a correr a un jugador por protestar.

Pero cuando George intervenía acaloradamente en una controversia, aparecía la tartamudez. Cuanto más nervioso se ponía, peor iba la cosa. Y cuando tenía la sensación de estar a punto de demoler a su oponente, parecía que se interpusiera una especie de fiebre intelectual entre los centros del habla y la boca, dejándole perplejo hasta el toque de campana. Resultaba penoso observarlo.

–E-e-entonces creo que ha-ha-hay que decir que en el ca-ca-ca-caso que cita el señor Dor-dor-dorsky pierden vi-vi-vi-gencia ante las com-com-com-comprobaciones efectuadas en-en-en...

Sonaba la chicharra y George giraba sobre sí mismo para mirar furiosamente a Jack, sentado junto a ella. A continuación enrojecía de ira y estrujaba espasmódicamente las notas que había preparado.

Jack había insistido en mantener a George en el grupo mucho después de haber dado de baja a otros alumnos incapaces, con la esperanza de que George reaccionara. Recordaba una tarde, a última hora, más o menos una semana antes de que se decidiera, muy a su pesar, a darle el golpe de gracia. George se había quedado después de que los otros se marcharan para enfrentarse con Jack.

–U-u-usted adelantó el cronómetro.

Jack levantó la cabeza de los papeles que estaba guardando en su cartera.

–George, ¿de qué estás hablando?

–Yo no lle-lle-llegué a tener los cinco mi-mi-minutos. Usted lo adelantó. Yo estaba mirando el re-reloj.

–Es posible que la hora del reloj y la del cronómetro no coincidan, George, pero yo no lo toqué. Palabra de *boy scout*.

–¡Sí que lo hi-hi-hizo!

La actitud beligerante, propia de quien defiende sus derechos, de George, había enojado al propio Jack. Hacía dos meses –dos meses demasiado largos– que estaba en seco, y se sentía hecho pedazos. Hizo un último esfuerzo por dominarse.

–Te aseguro que no, George. Es tu tartamudez. ¿No tienes idea de qué es lo que la provoca? En clase no te sucede.

–¡Yo no-no-no tartamu-mum-mudeo!

–Baja la voz, por favor.

–¡U-u-usted quiere co-correrme! ¡No quie-quiere que yo es-esté en su maldito grupo!

–He dicho que bajes la voz. Hablemos sensatamente de esto.

–¡A-a-a-al carajo con e-e-eso!

–George, si puedes dominar tu tartamudez, estaré encantado de que sigas con nosotros. Vienes preparado para todas las prácticas y eres rápido para las réplicas, lo que significa que no es fácil que te sorprendan. Pero todo eso no sirve de nada si no puedes dominar ese...

–¡Yo nu-nu-nunca tartamudeo! –exclamó–. ¡Es u-u-usted! Si fuera o-otro el que dirige el grupo de-de-de discusión, yo podría...

El enojo de Jack iba en aumento.

–George, si no puedes dominarlo, jamás serás un buen abogado, en la especialidad que sea. El derecho no es como el rugby. Con dos horas de práctica por las noches no lo arreglarás. ¿Es que piensas encabezar una reunión de directorio diciendo: «Pues bi-bi-bien ca-ca-caballeros, ahora va-vamos...».

De pronto se ruborizó, pero no de cólera, sino de vergüenza ante su propia crueldad. No era un hombre el que estaba frente a él; era un joven de diecisiete años que se enfrentaba al primer fracaso importante de su vida, y tal vez, de la única manera que podía, estaba pidiéndole que lo ayudara a encontrar una manera de superarlo.

Con una última mirada de furia, George volvió a la carga. Los labios le temblaban en el esfuerzo por pronunciar las palabras:

–¡U-u-u-usted lo adelantó! U-u-usted me o-o-odia porque sa-sa-be... s-sabe...

Con un grito inarticulado, George salió del aula, cerrando la puerta de un golpe tan fuerte que el vidrio armado se estremeció en el marco. Jack se quedó inmóvil, sintiendo, más que oyendo, los ecos de los elegantes mocasines Gucci por los pasillos vacíos. Presa todavía de su cólera y de la vergüenza de haberse burlado de la tartamudez de George, lo primero que sintió fue una especie de euforia enfermiza: por primera vez en su vida, George Hatfield había deseado algo que no podía conseguir, ni siquiera con todo el dinero de su padre. A los centros del habla no se les podía sobornar. No se podía ofrecer a la lengua cincuenta dólares más por semana y una gratificación para Navidad si accedía a dejar de atorarse como un disco rayado. Después, la euforia fue simplemente ahogada por la vergüenza y se sintió como se había sentido tras romper el brazo a Danny.

¡Dios santo, no soy un hijo de puta!, pensó.

Aquella alegría enfermiza ante la derrota de George era más propia de Denker, el personaje de su obra, que de Jack Torrance, el autor.

«Usted me odia porque sabe...», había dicho el muchacho.

¿A qué se refería? ¿Qué podía saber de George Hatfield que le llevara a odiarlo? ¿Acaso que tenía todo su futuro por delante? ¿Quizá que se parecía a Robert

Redford, y que las conversaciones entre las chicas se interrumpían cuando él hacía un doble salto mortal hacia atrás desde el trampolín de la piscina? ¿O tal vez que jugaba al rugby y al beisbol con una gracia natural e innata?

Era ridículo; totalmente absurdo. Jack no envidiaba nada de George Hatfield. A decir verdad, su lamentable tartamudez lo incomodaba más a él que al propio George, porque realmente el chico habría sido un controversista excelente. Y si Jack hubiera adelantado el cronómetro –lo que desde luego no había hecho–, habría sido porque tanto él como los demás miembros del grupo se sentían incómodos y angustiados ante el esfuerzo de George, como le sucedía a alguien cuando un actor olvidaba parte de su diálogo. Si hubiera adelantado el cronómetro, habría sido simplemente para... abreviar el sufrimiento de George.

Pero no lo había hecho.

Una semana más tarde, lo separó del grupo. Los gritos, las amenazas, corrieron por cuenta de George. Poco tiempo después, Jack fue al estacionamiento durante la hora de práctica, en busca de unos libros que había olvidado en la cajuela del Volkswagen, y sorprendió a George arrodillado en el suelo, con el largo cabello rubio cubriéndole la cara y un cuchillo de caza en una mano, haciendo trizas el neumático delantero del Volkswagen. Los dos neumáticos traseros ya estaban destrozados, y el coche se apoyaba tristemente sobre ellos como un perro exhausto.

Jack recordaba vagamente lo que sucedió después. Recordaba un ronco gruñido que aparentemente había salido de su propia garganta:

–Está bien, George. Si es esto lo que quieres, ven aquí a tomar tu medicina.

Recordaba que George levantó la mirada, sorprendido y asustado.

–Señor Torrance... –farfulló como si siquiera explicar que se trataba de un error, que cuando él había llegado los neumáticos ya estaban desinflados y que lo único que hacía era limpiar el polvo de las tiras con la punta de su cuchillo de caza, que llevaba encima casualmente...

Jack se acercó hacia él con los puños levantados, y sonriendo, aunque de eso no estaba seguro.

Lo último que recordaba era a George, levantando el cuchillo mientras decía:

–Será mejor que no se acerque más...

Y después recordaba a la señorita Strong, la maestra de francés, sujetándole los brazos y gritando:

–¡Basta, Jack! ¡Basta, va a matarlo!

Jack miró alrededor, parpadeando estúpidamente. Vio el cuchillo de caza, brillando sobre el asfalto del estacionamiento, a cuatro metros de distancia; su Volkswagen, pobre carcacha vapuleada, veterana de tantos ebrios paseos nocturnos, reposando sobre tres neumáticos desinflados. También reparó en que tenía una abolladura nueva en la defensa delantera, y que en medio de la abolladura había algo que parecía pintura roja o... sangre. Por un momento se quedó perplejo, pensando: Al, lo atropellamos... Después volvió a mirar a George, tendido sobre el asfalto, parpadeando y aturdido. El grupo de controversia había salido a ver qué ocurría y estaban agolpados en la puerta, mirando fijamente a George, que tenía la cara ensangrentada, aunque no parecía grave. Pero también le salía sangre de un oído, y eso podía significar una conmoción. Cuando George intentó levantarse, Jack se liberó de las manos de la señorita Strong para ir hacia él. George se encogió.

Jack le apoyó ambas manos en el pecho y lo obligó a tenderse.

–No te muevas –le dijo–. No trates de moverte.

Se volvió hacia la señorita Strong, que los miraba horrorizada.

–Por favor, vaya a buscar al médico de la escuela –le pidió. La muchacha se dio la media vuelta y salió corriendo. Luego Jack miró a los integrantes del grupo, recuperando el dominio de sí mismo. Y cuando Jack era dueño de sí, no había mejor tipo que él en todo el estado de Vermont. Y ellos lo sabían, pensó.

–Ahora pueden ir a casa –les dijo con calma–. Volveremos a reunirnos mañana.

Sin embargo, el fin de semana siguiente, seis de los muchachos habían abandonado el grupo, aunque ya no importaba demasiado porque para entonces ya le habían informado que lo echaban de la escuela.

No obstante, se las había arreglado para mantenerse alejado de la botella, y eso suponía que era importante.

No odiaba a George Hatfield. Él no había actuado, se repetía, sino que habían actuado sobre él.

«Usted me odia porque sabe...»

Pero él no sabía nada. Podía jurarlo ante el Trono de Dios, lo mismo que podía jurar que no había adelantado el cronómetro más de un minuto. Y no por odio, sino por lástima.

Dos avispas revoloteando aturdidas por el tejado, junto al agujero del tapiz alquitranado.

Se quedó observándolas hasta que extendieron las alas, tan sorprendentemente eficientes pese a ser un absurdo aerodinámico, y se perdieron en el sol de octubre, tal vez en busca de alguien más a quien picar. Dios había decidido que era bueno darles aguijones y sobre alguien tenían que usarlos, pensó Jack.

¿Cuánto tiempo había estado allí sentado, mirando el agujero que ocultaba una desagradable sorpresa, atizando antiguas brasas? Miró su reloj. Había pasado casi media hora.

Se deslizó hasta el borde del tejado, bajó una pierna y tanteó con el pie, hasta encontrar el peldaño más alto de la escalera, debajo del alero. Iría al cobertizo de las herramientas a buscar la bomba insecticida que había dejado en un estante, fuera del alcance de Danny. Cuando volviera con la bomba, entonces serían las avispas las sorprendidas. Ellas podían picarlo, pero él acabaría con todas. Dos horas más tarde, el avispero no sería más que una bola de papel, que Danny podría guardar en su habitación, como había hecho él de pequeño con otro avispero, que conservó siempre un remoto olor a gasolina y humo de leña.

Podría ponerlo junto a la cabecera de su cama, no habría peligro alguno.

–Estoy mejorando.

Aunque no había tenido intención de decirlo en voz alta, el sonido de su propia voz, confiada en el silencio de la tarde, lo tranquilizó. Claro que estaba mejorando. Era posible pasar de una situación pasiva a una activa, hacerse dueño de aquello que había estado a punto de llevarlo a la locura y tomarlo como un premio, como algo que no pasaba de tener un interés académico. Y si había un lugar donde podría lograrlo, sin duda era aquél.

Bajó por la escalera para ir en busca de la bomba insecticida. Ya se las pagarían, pensó. Se las pagarían por haberlo picado.

# 15. EN LA TERRAZA

Dos semanas atrás, Jack había encontrado una enorme butaca de mimbre en el cobertizo de las herramientas y, a pesar de las objeciones de Wendy, que decía que era lo más horrible que hubiera visto en su vida, se la llevó a la terraza. Estaba sentado en ella, leyendo, cuando su mujer y su hijo aparecieron por la entrada para coches, en la camioneta del hotel.

Wendy la estacionó en la glorieta, aceleró un momento el motor y después lo paró. La única luz trasera de la camioneta se extinguió. El motor rezongó un momento antes de detenerse y Jack se levantó de la butaca para ir al encuentro de los recién llegados.

–¡Hola, papá! –lo saludó Danny, mientras subía corriendo la pendiente, con una caja en la mano–. ¡Mira qué me compró mamá!

Jack levantó a su hijo en brazos, lo hizo dar un par de vueltas en el aire y lo besó afectuosamente.

–¡Jack Torrance, el Eugene O'Neill de su generación, el Shakespeare norteamericano! –exclamó Wendy, sonriente–. Qué extraño verlo aquí en las montañas.

–La ordinaria muchedumbre fue demasiado para

mí, señora –Jack la rodeó con los brazos y los dos se besaron–. ¿Qué tal el viaje?

–Muy bien. Danny se queja de que lo sacudo todo el tiempo, pero la camioneta no se paró ni una sola vez y... ¡oh, Jack, lo terminaste!

Wendy miraba al tejado y Danny siguió su mirada. El niño frunció el entrecejo al ver el parche de tejas nuevas en lo alto del ala oeste del Overlook, de un verde más claro que el resto del tejado. Después volvió a mirar la caja que tenía en la mano y su rostro se iluminó. Por la noche, las imágenes que le había mostrado Tony volvían a perseguirlo con su claridad originaria, pero en un día soleado era más fácil no prestarles atención.

–¡Mira, papá, mira!

Jack tomó la caja que le tendía su hijo. Era un modelo de coche para armar, una de las miniaturas por las que en algún momento Danny había expresado admiración. La que su hijo traía era el Volkswagen Violeta Violento, y la figura que decoraba la caja mostraba un enorme VW de color púrpura, con la cola de un cupé Cadillac del 59, perdiéndose por un camino de tierra. El coche era descapotable y se asomaba, con las manos crispadas como garras sobre el volante, un gigantesco monstruo lleno de verrugas, con los ojos salientes e inyectados en sangre, una mueca enloquecida y un enorme gorro encasquetado con la visera al revés.

Wendy le sonreía y Jack le guiñó un ojo.

–Eso es lo que me gusta de ti, doc –le dijo Jack, devolviéndole la caja–. Que tengas gustos tan decididamente sobrios e introspectivos. Desde luego, no se puede negar que eres mi hijo.

–Mamá dijo que me ayudarías a armarlo en cuanto pudiera leer el primer libro de lectura completo.

–Pues entonces será el fin de semana –comentó Jack–. ¿Qué más trae en esa misteriosa cajuela, señora?

–Oh, vamos –bromeó Wendy y lo tomó por el brazo

para hacerlo retroceder–. No seas tan curioso. Aquí también hay cosas para ti. Danny y yo las llevaremos adentro. Tú puedes traer la leche, que está en el coche.

–Es lo único que significo para ti –se lamentó Jack, llevándose una mano a la frente–. Un caballo de carga, una bestia cualquiera para las faenas domésticas. Lleva esto, lleva lo otro, lleva aquello...

–Limítese a llevar esa leche a la cocina, señor.

–¡Es el colmo! –exclamó Jack y se arrojó al suelo, mientras Danny, de pie junto a él, reía.

–Levántate, buey –le dijo Wendy, empujándolo con la punta de la zapatilla playera.

–¿Lo ves? –Jack se dirigió a su hijo–. Me llamó buey. Tú eres testigo.

–¡Testigo, testigo! –repitió Danny, mientras saltaba por encima del cuerpo de su padre.

Jack volvió a sentarse.

–Ahora me acuerdo, amiguito. También tengo algo para ti. Está en la terraza, junto al cenicero.

–¿Qué es?

–Lo olvidé. Ve tú mismo a verlo.

Jack se levantó y él y Wendy se quedaron mirando a Danny, que atravesaba corriendo el pasto para después subir de dos en dos los escalones de la terraza. Jack rodeó con un brazo la cintura de Wendy.

–¿Estás contenta, nena?

–Nunca había sido tan feliz desde que nos casamos –respondió Wendy, mirándolo a los ojos.

–¿Es eso verdad?

–Te lo aseguro.

–Te amo –susurró Jack, estrechándola con el brazo.

Wendy también lo abrazó, conmovida. Jack Torrance no prodigaba esas palabras, y a ella le sobraban dedos para contar las veces que las había pronunciado, antes y después del matrimonio.

–Yo también te amo.

–¡Mamá! ¡Mamá! –exclamó Danny desde el porche–. ¡Ven a ver esto, es maravilloso!

–¿Qué es? –preguntó Wendy, mientras ella y Jack iban hacia el porche tomados de la mano.

–Lo olvidé.

–Oh, también te tocará a ti –su mujer le dio un codazo–. Ya lo verás.

–Esperaba que me tocara esta noche –respondió Jack, y ella se echó a reír–. ¿Crees que Danny está contento? –preguntó después Jack.

–Tú deberías saberlo, si es contigo con quien tiene las largas charlas por la noche, antes de acostarse.

–Bueno, por lo general hablamos de lo que quiere ser cuando sea grande, o de si Santa Claus existe realmente. Parece que eso le preocupa mucho. Supongo que su antiguo amigo Scott le sembró algunas dudas. Pero no suele hablar sobre el Overlook.

–Conmigo tampoco –admitió Wendy, mientras subían los escalones de la terraza–. Casi siempre está en silencio. Y además, Jack, me parece que ha perdido peso.

–Es que está creciendo.

Danny estaba de espaldas a ellos, examinando algo que había sobre la mesa, junto a la butaca de Jack, pero Wendy no alcanzaba a ver qué era.

–Tampoco come demasiado. ¿Te acuerdas del año pasado?

–Los niños tienen etapas –respondió vagamente–. Creo que lo leí en el libro del doctor Spock. A los siete años volverá a comer como antes.

Se habían detenido en el último escalón.

–Además, se esfuerza muchísimo con los libros de lectura –agregó Wendy–. Sin duda quiere aprender para agradarnos... es decir, para agradarte –agregó de mala gana.

–Sobre todo, para agradarse a sí mismo –puntualizó

Jack–. Yo no le exijo que se esfuerce. En realidad, preferiría que no se esforzara tanto.

–¿Crees que sería una tontería pedir cita para hacerle un chequeo? En Sidewinder hay un médico joven, según me comentaron en el mercado...

–Te inquieta la proximidad de las nevadas, ¿verdad?

Wendy se encogió de hombros y respondió:

–Supongo que sí. Si te parece una tontería...

–De ninguna manera. Deberías pedir cita para los tres. Más vale que estemos seguros de nuestro estado de salud, así podremos dormir tranquilos.

–Pues esta tarde telefonearé.

–¡Mamá! ¡Mira, mamá!

Danny llegaba corriendo hacia ellos con algo grande, de color gris, en las manos. Por un momento, a Wendy le pareció un cerebro. Cuando vio qué era, retrocedió instintivamente.

Jack la rodeó con el brazo y dijo:

–No hay peligro. A los inquilinos que no se fueron volando los liquidé con la bomba insecticida.

Wendy miraba el gran avispero que sostenía su hijo, pero no quiso tocarlo.

–¿Seguro que no hay peligro?

–Por supuesto. Cuando era niño, tenía uno en mi habitación. Me lo dio papá. ¿Quieres tenerlo en tu habitación, Danny?

–¡Sí! ¡Ahora mismo!

Se volvió y entró a la carrera por las dobles puertas. Se oyó el ruido de sus pies sobre la escalera principal.

–Allá arriba había avispas –comentó Wendy–. ¿Te picaron?

–¿Dónde está mi corazón de púrpura? –tarareó Jack, y le mostró el dedo, que había empezado a deshincharse. Wendy se compadeció de él y le dio un beso.

–¿Te sacaste el aguijón?

–Las avispas no lo pierden. Ésas son las abejas, que

tienen el aguijón como una sierra. El de las avispas es liso. Por eso son tan peligrosas, porque pueden picar y seguir picando.

–Jack, ¿estás seguro de que no hay peligro alguno?

–Seguí las instrucciones del insecticida. Te garantizan que en dos horas mata a todos los bichos, y se disipa sin dejar residuos tóxicos.

–¡Cómo las odio! –murmuró Wendy.

–¿A las avispas?

–A todo lo que pique –Wendy cruzó los brazos sobre el pecho.

–Yo también –convino Jack, mientras la abrazaba.

## 16. DANNY

Al otro lado del vestíbulo, en el dormitorio, Wendy oía cómo la máquina de escribir de Jack cobraba vida durante treinta segundos, enmudecía durante un par de minutos y después volvía a teclear brevemente. Era como escuchar las ráfagas de ametralladora disparadas desde un fortín. Aquel ruido era música para sus oídos, ya que Jack no había escrito con tanta constancia desde el segundo año de su matrimonio, cuando escribió el cuento que le compró el *Esquire*. Además, decía que para fin de año la obra estaría terminada, y podría dedicarse a algo nuevo. Aseguraba que no le importaba el eco que despertara *La escuela* cuando Phyllis la promoviera, que no le importaría si se hundía sin dejar día sin dejar rastros, y Wendy le creía. El hecho de que volviera a escribir la llenaba de esperanzas, no porque esperara mucho de la obra, sino porque tenía la impresión de que su marido estaba cerrando lentamente una puerta que daba a una habitación llena de monstruos. Ya hacía mucho tiempo que Jack apoyaba el hombro contra esa puerta, pero por fin parecía dispuesto a cerrarla.

Cada tecla que oprimía la cerraba un poco más, pensó Wendy.

–Mira, Dick, mira.

Danny estaba inclinado sobre el primero de los cinco libros de lectura usados que Jack había encontrado hurgando en los numerosos libreros de Boulder. Con ellos, Danny podría alcanzar el nivel de lectura de segundo grado, aunque Wendy le había dicho a Jack que el programa le parecía demasiado ambicioso. Sin duda su hijo era inteligente, y ellos lo sabían, pero sería un error exigirle demasiado. Jack estaba de acuerdo. Sin embargo, si el niño avanzaba con rapidez, estarían preparados. Wendy se preguntaba si Jack también tendría razón en eso.

Danny, tras asistir cuatro años al jardín de niños, avanzaba con gran rapidez, lo cual preocupaba a Wendy. El niño se sumergía en sus viejos libros, olvidando sobre el estante el avión y el radio de galena, como si su vida dependiera de aprender a leer. Bajo el resplandor hogareño de la lámpara de pie flexible que le habían puesto en su habitación, su cara parecía más tensa y pálida de lo que Wendy hubiera deseado. Se tomaba muy en serio el libro de lectura y las tareas que le preparaba su padre para las tardes: «dibuja una manzana y un durazno, escribe la palabra "manzana" debajo, traza un círculo en torno al dibujo correcto, el que concuerda con la palabra». Y su hijo, que miraba fijamente la palabra y las imágenes, movía los labios, esforzándose, *sudando.* Con su enorme lápiz rojo aferrado en el puño derecho, ya sabía escribir casi tres docenas de palabras.

Con un dedo, seguía lentamente las palabras de su libro de lectura. Sobre ellas había una figura que Wendy recordaba de sus tiempos de escuela primaria, diecinueve años atrás. Se trataba de un niño sonriente, de rizado pelo castaño; una niña de vestido corto, con caireles rubios, que tenía en la mano una cuerda, y un perro que corría tras una gran pelota de goma roja. El trío del primer grado: Dick, Jane y Jip.

–Mira a Jip correr –leyó lentamente Danny–. Corre Jip, corre, corre, corre... –hizo una pausa y el dedo se detuvo en una línea–. Mira la... –se inclinó aún más, hasta casi tocar la página con la nariz–. Mira la...

–Tan cerca no, doc, que te harás daño a la vista –le advirtió Wendy en voz baja–. Es...

–¡No me lo digas! –exclamó, irguiéndose de pronto–. ¡No me lo digas, mami!

–Está bien, mi amor. Pero no es tan importante; de veras que no.

Sin prestarle atención, Danny volvió a inclinarse sobre el libro, con una expresión en la cara que se parecía a la de un alumno universitario a punto de hacer su último examen.

–Mira la... la pe... ele, o, ¿mira la...? La pelo... *¡Pelota!* –exclamó triunfante y orgulloso. Wendy estaba cada vez más preocupada–. ¡Mira la pelota!

–Muy bien –dijo Wendy–. Pero me parece que por esta noche es suficiente, mi amor.

–Un par de páginas más, mamá, por favor.

–No, doc –repuso Wendy, que cerró el libro encuadernado en rojo–. Es hora de acostarse.

–Por favor...

–Obedece, Danny. Mami está cansada.

–Está bien –dijo Danny, sin dejar de mirar nostálgicamente el libro.

–Ve a dar un beso a tu padre, y después a bañarte. Y no olvides cepillarte los dientes.

–Está bien.

Danny salió desganadamente, con su pantalón de piyama y una holgada camiseta de franela, que tenía delante un balón de futbol y escrito en la espalda PATRIOTAS DE NUEVA INGLATERRA.

La máquina de escribir se detuvo, y Wendy oyó el afectuoso beso de Danny.

–Buenas noches, papá.

–Buenas noches, doc. ¿Cómo vas?

–Muy bien, creo. Pero mami me hizo dejarlo.

–Mami tenía razón. Son más de las ocho y media. ¿Vas a bañarte?

–Sí.

–Bien. Están creciéndote papas en las orejas, y cebollas y zanahorias, y nabos y...

Wendy oyó la risa de Danny, debilitándose, y después el clic de la puerta del baño. Danny era incluso más cuidadoso con la higiene personal que ella y Jack. Otro signo –se repetía Wendy– de que había otro ser humano en la casa, no una simple copia de uno de ellos, ni una combinación de ambos. Eso la entristecía un poco. Algún día su hijo sería un extraño para ella, y Wendy sería una extraña para él... aunque esperaba que no tanto como había llegado a serlo para su propia madre. Oh, Dios, que aunque crezca siga queriendo a su madre, rogaba en silencio.

La máquina volvió a lanzar sus ráfagas irregulares.

Todavía sentada en la silla, junto a la mesa de Danny, Wendy contempló la habitación de su hijo. Había reparado hábilmente el avión, el escritorio estaba atestado de libros para colorear, viejos cómics con las tapas medio arrancadas, lápices y mil cosas más. La maqueta del Volkswagen estaba cuidadosamente instalada sobre todas aquellas cosas, con la envoltura intacta. Si Danny seguía avanzando a aquel ritmo, él y Jack no tardarían en armarlo. En las paredes, clavadas con tachuelas, vio las imágenes de los personajes de sus cuentos preferidos, que no tardarían en ser reemplazadas por fotografías de estrellas de cine y músicos de rock que fumaban marihuana, pensó Wendy. Pronto pasará de la inocencia a la experiencia. Era normal, se dijo. Pero aunque lo entendiera, le daba pena. El año próximo, su hijo iría a la escuela y, en parte, dejaría de pertenecerle; sería de sus amigos. Por un tiempo, cuando parecía que las cosas iban bien en Stovington, ella y Jack habían intentado tener otro hijo, pero Wendy había vuelto a tomar anticonceptivos. Todo era demasiado incierto, y no sabía dónde estarían dentro de nueve meses.

Sus ojos se centraron en el avispero.

Presidía el lugar de honor en el dormitorio de Danny, sobre un gran plato de plástico encima de la mesa que había junto a la cama. A Wendy no le gustaba, aunque estuviera vacío. Se preguntó con inquietud si contendría microbios y pensó en preguntárselo a Jack, pero imaginó que se reiría de ella. Decidió que se lo preguntaría al médico, si podía hablar con él mientras Jack estuviera fuera. No le gustaba la idea de que aquel objeto, construido con mascaduras y saliva de unos bichos desagradables, estuviera a pocos centímetros de la cabecera de su hijo.

En el baño seguía corriendo el agua y Wendy se levantó y fue hacia el dormitorio principal para asegurarse de que todo estaba en orden. Jack no levantó la vista, se hallaba perdido en el mundo que estaba creando, con la mirada fija en la máquina de escribir y un cigarro con filtro sujeto entre los dientes.

Wendy llamó a la puerta del baño.

–¿Estás bien, doc? ¿No te has dormido?

No hubo respuesta.

–¿Danny...?

Wendy trató de abrir la puerta, pero estaba cerrada con pasador.

–¿Danny...? –insistió, realmente preocupada–. Danny, abre la puerta, mi amor. ¡Danny!

–Por Dios, Wendy, no puedo pensar si vas a pasar toda la noche golpeando esa puerta.

–¡Danny se encerró en el baño y no contesta!

Jack acudió de inmediato y golpeó la puerta una sola vez.

–Abre, Danny, y déjate de juegos.

Jack golpeó con más fuerza.

–Basta de bromas, doc. Es hora de acostarse. Si no abres, la pagarás.

Está perdiendo la paciencia, pensó Wendy, asustada. Desde aquella noche, hacía dos años, Jack no le había pegado a Danny, pero en ese momento parecía lo bastante alterado para hacerlo.

–Danny, mi amor... –empezó a decir ella.

Sólo oían el ruido del agua.

–Danny, si me obligas a romper el pasador, te aseguro que no olvidarás esta noche –le advirtió Jack.

–Rómpelo –dijo Wendy, y de repente se le hizo difícil hablar–. ¡Rápido!

Él levantó un pie y golpeó con fuerza la puerta, a la derecha de la manija. El pasador no era gran cosa, cedió de inmediato y la puerta se abrió, chocando contra la pared de azulejos.

–¡Danny! –exclamó Wendy.

El agua corría con fuerza en el lavabo. En la repisa había un tubo de pasta de dientes destapado. Danny estaba sentado en el borde de la tina, con el cepillo de dientes en la mano izquierda y la boca llena de espuma de la pasta. Como si estuviera en trance, miraba fijamente el espejo del botiquín que pendía sobre el lavabo. La expresión de su rostro era de horror, y lo primero que Wendy pensó fue que sufría un ataque epiléptico, que tal vez se hubiera tragado la lengua.

–¡Danny!

El niño no contestó. No emitía más que ruidos guturales.

Wendy sintió que la apartaban con tal fuerza que fue a estrellarse contra el toallero, y vio que Jack se arrodillaba frente al niño.

–Danny –le dijo–. ¡Danny, Danny! –repitió, haciendo chasquear los dedos ante los ojos inexpresivos del niño.

–Sí, claro –balbuceó Danny–. Es un torneo. Mazazo. Nurr...

–Danny...

–¡Roqué! –exclamó Danny, con voz profunda, casi viril–. ¡Roqué! ¡Mazazo! El mazo de roqué... tiene dos lados...

–¡Oh, Jack, por Dios! ¿Qué le pasa?

Jack aferró al niño por los codos y lo zarandeó con fuerza. La cabeza de Danny cayó hacia atrás y después hacia adelante, como un globo sujeto a una varilla.

–¡Roqué! ¡Mazazo! ¡Redrum...!

Jack volvió a zarandearlo y los ojos del niño se despejaron. El cepillo de dientes cayó al suelo enlosado con un débil ruido.

–¿Qué? –preguntó Danny, mirando alrededor. Vio a su padre de rodillas ante él, y a Wendy apoyada contra la pared–. ¿Qué? –repitió cada vez más alarmado–. ¿Q-q-qué es lo que pa-pa...?

–¡Deja de tartamudear! –vociferó súbitamente Jack. El niño lanzó una exclamación y su cuerpo se puso tenso, como intentando alejarse de su padre, después estalló en lágrimas. Dolido, Jack lo atrajo hacia sí.

–¡Oh, mi amor, lo siento! ¡Lo siento, doc, por favor! No llores. Lo siento. No pasa nada.

El agua corría incesantemente en el lavabo, y Wendy tuvo la sensación de encontrarse sumergida en una tremenda pesadilla en la que el tiempo retrocedía hasta llegar al momento en que su marido, borracho, le había roto el brazo a su hijo y después había lloriqueado casi con las mismas palabras: «¡Oh, mi amor. Lo siento! Lo siento, doc. Por favor, lo siento mucho».

Corrió hacia ellos, logró apartar a Danny de los brazos de Jack –en cuyo rostro vio una expresión de ira– y lo levantó. Con el niño en brazos volvió al dormitorio pequeño. Danny se aferró a su cuello, mientras Jack los seguía.

Wendy se sentó en la cama de Danny y empezó a mecerlo, mientras intentaba calmarlo repitiendo palabras sin sentido. Cuando miró a Jack, no pudo ver en sus ojos más que preocupación. Él la miró arqueando las cejas, y Wendy meneó débilmente la cabeza.

–Danny –susurró–. Danny, Danny, Danny. No pasa nada, doc. Nada.

Finalmente el niño se calmó, apenas temblaba ya en sus brazos. Sin embargo, habló primero con Jack, que se había sentado junto a ellos en la cama, y Wendy sintió la antigua y débil punzada de los celos. Jack le había gritado y ella lo había consolado. Pero era a su padre a quien Danny decía:

–Perdóname si fui malo.

–No tienes de qué disculparte, doc –Jack le acarició el pelo–. Pero ¿qué demonios pasó allí dentro?

Lentamente, aturdido, Danny meneó la cabeza y dijo:

–No… no lo sé. ¿Por qué dijiste que dejara de tartamudear, papá? Yo no tartamudeo.

–Claro que no –dijo afectuosamente Jack, pero Wendy sintió que un dedo de hielo le tocaba el corazón. De pronto, Jack parecía asustado, como si hubiera visto algo que podría haber sido un fantasma.

–Algo con el cronómetro… –masculló Danny.

–¿Qué? –Jack se había inclinado y Danny se encogió en brazos de su madre.

–¡Jack, lo estás asustando! –le reprochó Wendy en voz alta, con tono acusador. De pronto, se le ocurrió que los tres estaban asustados… pero ¿de qué?

–No lo sé, no lo sé –insistía Danny, dirigiéndose a su padre–. ¿Qué… qué fue lo que dije, papá?

–Nada –farfulló Jack. Sacó un pañuelo del bolsillo y

se lo pasó por la boca. Por un momento, Wendy volvió a tener la vertiginosa sensación de que el tiempo retrocedía. Recordaba aquel gesto de su época de alcohólico.

–¿Por qué cerraste la puerta por dentro, Danny? –le preguntó con suavidad–. ¿Por qué lo hiciste?

–Tony... Tony me dijo que lo hiciera.

Por encima de la cabeza del niño, sus padres se miraron.

–¿Tony no te dijo por qué, hijo? –inquirió Jack, en voz baja.

–Estaba lavándome los dientes y pensando en el libro de lectura... pensando mucho –explicó Danny–. Y... y entonces vi a Tony en el espejo. Me dijo que tenía que volver a mostrarme...

–¿Quieres decir que estaba detrás de ti? –le preguntó Wendy.

–No, estaba *en* el espejo –respondió Danny categóricamente–. Muy adentro. Después yo también entré en el espejo. Lo único que recuerdo es que papá me sacudía y que yo pensé que había vuelto a portarme mal.

Jack se estremeció como si hubiera recibido un fuerte golpe.

–No, doc –susurró.

–¿Tony te dijo que echaras el pasador a la puerta? –preguntó Wendy, acariciándole el cabello.

–Sí.

–¿Y qué quería mostrarte?

Danny se puso tenso en sus brazos, como si los músculos de su cuerpo fueran las cuerdas de un piano.

–No lo recuerdo –dijo, confuso–. No lo recuerdo. No me lo pregunten. ¡No... no recuerdo nada!

–Shhh, tranquilo, Danny –susurró Wendy, alarmada, y empezó nuevamente a mecerlo–. No importa que no lo recuerdes, hijo.

Finalmente Danny pareció tranquilizarse.

–¿Quieres que me quede un rato contigo? ¿Que te lea un cuento?

–No. Quiero que enciendas la luz de la lámpara –miró con timidez a su padre–. ¿Quieres quedarte, papá?

–Claro, doc.

Wendy suspiró y dijo:

–Te espero en el cuarto de estar, Jack.

–De acuerdo.

Wendy se levantó y se quedó mirando cómo Danny se metía bajo las cobijas. Le pareció muy pequeño.

–¿Seguro que estás bien, Danny?

–Sí, pero enciéndeme el Snoopy, mamá.

–Claro.

Wendy encendió la lámpara de noche, que mostraba a Snoopy profundamente dormido sobre el techo de su caseta. Danny nunca había querido tener una lámpara de noche hasta que se mudaron al Overlook, pero entonces la había pedido específicamente. Wendy apagó la luz de la habitación y se volvió hacia ellos. Vio el pequeño círculo pálido que era la cara de Danny y el rostro de Jack, inclinado sobre él. Titubeó un momento antes de salir en silencio. «Después yo también entré en el espejo», había dicho su hijo.

–¿Tienes sueño? –preguntó Jack, mientras le apartaba a Danny el pelo de la frente.

–Sí.

–¿Quieres un poco de agua?

–No...

Durante cinco minutos reinó el silencio. Danny seguía inmóvil bajo la mano de su padre. Pensando que el niño se había dormido, Jack estaba a punto de levantarse cuando su hijo murmuró:

–Roqué...

Jack se volvió, perplejo:

–¿Danny...?

–Nunca harías daño a mamá, ¿verdad?
–No.
–¿Y a mí?
–Tampoco.
–¿Papá...?
–¿Qué?
–Tony vino y me habló del roqué.
–¿De veras, doc? ¿Y qué te dijo?
–No me acuerdo, pero mencionó que era por turnos, como el beisbol. ¿No es gracioso?
–Sí –respondió Jack, sintiendo cómo el corazón le golpeaba en el pecho. ¿Cómo podía saber una cosa así? El roqué se jugaba por turnos, no como el beisbol, sino como el cróquet.
–¿Papá? –preguntó Danny, medio dormido.
–¿Qué?
–¿Qué es *redrum*?
–¿*Redrum*? ¿Un tambor rojo?[1] Podría ser algo que un indio lleva a la guerra.
Danny ya estaba dormido. Por un momento Jack se quedó mirándolo, y una oleada de cariño lo invadió como una marea. ¿Por qué le había gritado? Era normal que tartamudeara un poco. Acababa de salir de una especie de trance, y el tartamudeo era normal en estas circunstancias. Por otro lado, se repetía que no había mencionado la palabra «cronómetro», sino cualquier otra carente de sentido.
¿Cómo había sabido que el roqué se jugaba por turnos? ¿Se lo habría dicho alguien... Ullman, Hallorann?
Se miró las manos, que la tensión contraía apretadamente en puños, al punto de que las uñas se le hincaban en la palma como pequeños hierros candentes. Lentamente se obligó a abrirlas. Dios qué bien me vendría un trago, pensó.

1. *Red:* rojo; *drum:* tambor. *(N. de la T.)*

–Te quiero, Danny –susurró.

Salió de la habitación, pensando que de nuevo había tenido un ataque de mal genio. No había sido grave, sólo lo suficiente para sentirse mal y asustado. Con una copa se le pasaría.

«Algo con el cronómetro...»

No había error posible. Había pronunciado cada palabra con claridad. Se detuvo en el pasillo, mirando hacia atrás, e instintivamente se pasó el pañuelo por los labios.

Sus formas sólo eran siluetas oscuras destacadas por el resplandor de la lámpara. Sin llevar puestos más que los calzones, Wendy se acercó a la cama para arroparlo. Jack, de pie ante la puerta, la observó mientras ella le tocaba la frente con la muñeca.

–¿Tiene fiebre?

–No –Wendy besó la mejilla de su hijo.

–Gracias a Dios que pediste cita –murmuró Jack cuando ella volvió a la puerta–. ¿Crees que ese tipo será bueno?

–Fue lo que me dijeron en el mercado. Es todo lo que sé.

–Si algo anda mal, Wendy, los enviaré a casa de tu madre.

–No.

–Sé cómo te sientes –dijo Jack, rodeándola con el brazo.

–Cuando se trata de ella, no tienes la menor idea de cómo me siento.

–Wendy, no hay otro lugar donde pueda enviarlos, y tú lo sabes.

–Si tú vinieras...

–Sin este trabajo estamos fritos –repuso Jack–. Ya lo sabes.

Wendy asintió con la cabeza. Por supuesto que lo sabía.

–Cuando tuve la entrevista con Ullman, me pareció que simplemente estaba exagerando, pero ya no estoy tan seguro. Realmente quizá no debería haber intentado esto con ustedes dos, a sesenta y cinco kilómetros del lugar más próximo.

–Te amo, y Danny también te quiere –dijo ella–. Le habrías destrozado el corazón, Jack. Y se lo destrozarás si nos apartas de ti.

–No lo plantees de esa forma.

–Si el médico dice que algo va mal, buscaré trabajo en Sidewinder –comentó Wendy–. Y si no encuentro nada allí, Danny y yo iremos a Boulder. Pero no puedo ir a casa de mi madre, Jack. De ninguna manera. No me lo pidas, porque no puedo.

–Creo que te entiendo. Vamos, tal vez no sea nada.

–Tal vez.

–¿Pediste cita para los dos?

–Sí.

–Dejemos abierta la puerta del dormitorio, Wendy.

–Sí, claro. Pero creo que ahora dormirá.

Sin embargo, no fue así...

Danny huía del ruido ensordecedor a través de retorcidos y laberínticos corredores, mientras sus pies desnudos susurraban sobre la suavidad de una selva azul y negra. Cada vez que, a sus espaldas, oía el estruendo del mazo de roqué al estrellarse contra la pared, quería gritar. Pero no debía. Un grito lo delataría y entonces... REDRUM.

–¡Ven aquí a tomar tu medicina, llorón de porquería!

Oía acercarse al dueño de aquella voz, acercarse hacia él, avanzando por el vestíbulo como un tigre en una extraña selva azul y negra. Era un devorador de hombres.

–¡A ver si sales, hijo de perra! –exclamaba la siniestra voz.

Si lograba llegar a las escaleras para bajar, si lograba

salir del tercer piso, estaría a salvo. Pero ni siquiera recordaba lo que había olvidado. Todo estaba oscuro y en su terror había perdido el sentido de la orientación. Había escapado por un corredor y después por otro, con el corazón latiendo como un bloque de hielo ardiente, temiendo tras cada recodo encontrarse frente al tigre humano que erraba por los pasillos.

Los golpes se oían cada vez más cerca. Percibía el silbido que emitía la cabeza del mazo al cortar el aire antes de estrellarse contra la pared; el susurro suave de los pies sobre la alfombra selvática; el sabor del pánico en la boca, como un jugo amargo.

–¡Ya recordarás lo que olvidaste...! Yo te refrescaré la memoria...

¿Lo recordaría? ¿Y qué era?

Al doblar otra esquina vio, con un horror insidioso y sin resquicios, que estaba en un callejón sin salida. Desde todos lados, las puertas cerradas lo miraban hoscamente. ¡El ala oeste! Estaba en el ala oeste y en el exterior oía los gemidos y lamentos de la tormenta, como si se ahogaran en la oscura garganta llena de nieve.

Retrocedió contra la pared, llorando de terror, el corazón palpitante como el de un conejo atrapado. Al apoyar la espalda contra el sedoso tapiz de color azul, con su dibujo de líneas onduladas, las piernas se le aflojaron y se desplomó sobre la alfombra, con las manos abiertas sobre la jungla de enredaderas y lianas entretejidas, respirando con dificultad.

Cada vez estaba más cerca...

En los pasillos había un tigre que estaba a punto de alcanzarlo, sin dejar de vociferar en su cólera enloquecida, lunática e impaciente, esgrimiendo el mazo de roqué. Sí, se trataba de un tigre, aunque tenía dos piernas y era...

Despertó súbitamente, irguiéndose en la cama, con los ojos muy abiertos mirando la oscuridad y ambas manos cruzadas sobre la cara.

Notó que tenía algo encima de la mano. Algo que se movía.

¡Avispas! Eran tres avispas.

En ese momento lo picaron al mismo tiempo, y todas las imágenes se desvanecieron y cayeron sobre él como una oscura inundación. Danny empezó a gritar en la oscuridad, mientras las avispas no cesaban en su ataque.

Las luces se encendieron y vio entrar a su padre en trusa, con los ojos brillantes. Tras él, mamá parecía asustada.

–¡Quítamelas de encima! –vociferó Danny.

–¡Oh, Dios mío! –susurró Jack, al ver a los insectos.

–Jack, ¿qué le pasa? ¿Qué le pasa?

Él no contestó. Corrió hacia la cama, tomó la almohada y con ella empezó a golpear la mano izquierda de Danny. Wendy vio cómo los insectos se elevaban torpemente en el aire, zumbando.

–¡Agarra una revista y mátalas! –exclamó Jack por encima del hombro.

–¿Avispas? –balbuceó Wendy, y por un momento fue incapaz de moverse–. ¡Avispas! ¡Oh, Jack, pero tú dijiste...!

–¡Cállate y mátalas de una vez! –rugió él–. ¡Haz lo que te digo!

Uno de los insectos se había posado sobre la mesa de Danny. Wendy tomó un libro para colorear y le asestó un golpe. Quedó una mancha de color café, viscosa.

–Hay otra en la cortina –señaló Jack, mientras salía corriendo de la habitación con Danny en brazos.

Lo llevó a su dormitorio y lo dejó en la cama, del lado de Wendy.

–Quédate aquí, Danny. No vuelvas mientras no te llame. ¿Entendido?

Con el rostro hinchado y surcado de lágrimas, doc asintió.

–Niño valiente.

Jack atravesó corriendo el vestíbulo, hacia las escaleras. A sus espaldas oyó dos golpes más asestados con el libro y después un grito de dolor de su mujer. Sin detenerse, siguió bajando los escalones de dos en dos hasta llegar al vestíbulo. Atravesó el despacho de Ullman, entró a la cocina, sin apenas sentir el golpe que se dio en la pierna contra la mesa de roble del gerente. Encendió la luz principal de la cocina y corrió hacia el fregadero. Allí estaban los platos de la cena, amontonados en el escurridor, donde Wendy los había dejado para que se secaran después de lavados. Jack tomó la gran ensaladera de vidrio que coronaba la pila. Un plato cayó al suelo y se hizo pedazos. Sin prestarle atención, giró sobre sus talones y volvió a atravesar el despacho y a subir las escaleras.

Wendy estaba de pie frente a la puerta de la habitación de Danny, respirando con dificultad, pálida como un mantel de hilo. Los ojos le brillaban, vidriosos e inexpresivos, y tenía el pelo húmedo, pegado al cuello.

–Las maté a todas –articuló–, pero una me picó. ¡Oh, Jack, dijiste que estaban muertas!

Wendy se echó a llorar.

Sin responder, Jack pasó junto a ella con la ensaladera y se acercó al avispero colocado junto a la cama de Danny. Todo estaba en calma. Cubrió el avispero con la ensaladera.

–Vamos.

Los dos volvieron a su dormitorio.

–¿Dónde te picaron?

–En... la muñeca.

–A ver.

Wendy se la mostró. Entre la muñeca y la palma se observaba un pequeño agujero circular, en torno al cual la carne empezaba a hincharse.

–¿Eres alérgica a las picaduras? –le preguntó Jack–. Trata de recordarlo, porque en ese caso también podría serlo Danny. Las malditas lo picaron cinco o seis veces.

–No –repuso Wendy, con más calma–. Yo... las odio, nada más. ¡Las *odio*!

Danny estaba sentado a los pies de la cama, sosteniéndose la mano izquierda, y mirándolos. Sus ojos asustados miraron con aire de reproche a Jack.

–Papi, dijiste que las habías matado a todas. La mano... me duele mucho.

–Déjame ver, doc... no, no te la tocaré. Te dolería aún más. Sólo levántala.

Danny levantó la mano y Wendy exclamó:

–¡Oh, Danny... tu pobre mano!

Al día siguiente el médico llegaría a contar once picaduras. En ese momento, se apreciaban las pequeñas marcas, como si la palma y los dedos hubieran sido cubiertos de pimienta roja. La mano de Danny empezaba a tener el aspecto de una de esas caricaturas en las que el conejo *Bugs* o el pato *Donald* se dan un martillazo en los dedos.

–Wendy, ve a buscar el spray que tenemos en el baño –pidió Jack. Entretanto, él se sentó en la cama junto a Danny y le rodeó los hombros con un brazo.

–Después de ponerte eso en la mano, te sacaré unas fotografías con la Polaroid, doc. Y esta noche dormirás con nosotros, ¿de acuerdo?

–Sí –aceptó Danny–. Pero ¿por qué vas a tomar las fotografías?

–Porque con ellas es muy posible que podamos demandar a esa gente.

Wendy regresó con un aparato que parecía un extintor de incendios en miniatura.

–Esto no te dolerá, mi amor –le explicó mientras lo destapaba rápidamente.

El niño tendió la mano y Wendy se la cubrió con el líquido hasta dejarla brillante. Danny dejó escapar un largo suspiro, tembloroso.

–¿Te arde?
–No, me gusta.
–Ahora éstas. Mastícalas –Wendy le dio cinco aspirinas para niños, con sabor a naranja. Danny se las fue metiendo una a una a la boca.
–¿No es demasiada aspirina? –preguntó Jack.
–Son demasiadas picaduras –le recordó Wendy encolerizada–. Vete y deshazte de ese avispero, Jack Torrance, ahora mismo.
–Un momento.
Fue hacia la cómoda en busca de la cámara Polaroid que había guardado en un cajón donde también encontró el flash.
–Jack, ¿qué estás haciendo? –inquirió Wendy con nerviosismo.
–Va a tomarme fotos de la mano –explicó con seriedad Danny–, para que podamos demandar a cierta gente. ¿No es así, papi?
–Exacto –respondió Jack con tono sombrío, mientras colocaba el flash en la cámara–. Tiende la mano, hijo. Calculo unos cinco mil dólares por picadura.
–¿De qué están hablando? –exclamó Wendy.
–Verás, seguí las instrucciones de la maldita bomba insecticida, y vamos a demandarlos. El aparato estaba estropeado, de lo contrario, ¿cómo se explica esto?
–Ya –suspiró Wendy.
Jack tomó cuatro fotografías y fue entregando los negativos a Wendy para que controlara el tiempo de revelado con el pequeño reloj que llevaba colgado al cuello. Danny, fascinado por la idea de que las picaduras que tenía en la mano pudieran valer miles de dólares, empezó a perder el miedo y a mostrarse más interesado. La mano le latía sordamente y le dolía un poco la cabeza.
Cuando Jack dejó a un lado la cámara y extendió las fotos sobre la cómoda para que se secaran, Wendy le preguntó:

–¿No deberíamos llevarlo esta noche al médico?

–Si no le duele mucho, no –respondió su marido–. Si una persona tiene una fuerte alergia al veneno de las avispas, la reacción se produce en unos treinta segundos.

–¿La reacción? ¿A qué te...?

–A un coma, o convulsiones.

–¡Dios mío! –Wendy se tomó los codos con ambas manos, abrazándose, pálida y temblorosa.

–¿Cómo te sientes, hijo? ¿Crees que podrás dormir?

Danny los miró, parpadeando. La pesadilla se había convertido para él en un trasfondo sordo e informe, pero seguía estando asustado.

–Si puedo dormir con ustedes...

–Claro –le aseguró Wendy–. Mi amor, lo siento tanto...

–No importa, mamá.

De nuevo Wendy se echó a llorar, y Jack le apoyó las manos en los hombros.

–Wendy, te juro que seguí las instrucciones.

–Pero ¿lo destruirás por la mañana?

–Claro que sí.

Los tres se metieron juntos a la cama, y Jack estaba a punto de apagar las luces cuando volvió a retirar las cobijas y dijo:

–También tomaré una fotografía del avispero.

–Ven enseguida.

–Lo haré.

Volvió a la cómoda para recoger la cámara y, mirando a Danny, levantó la mano con el pulgar y el índice unidos, formando un círculo. El niño le sonrió y repitió el gesto con la mano sana.

Todo un hombrecito, pensó Jack mientras iba hacia la habitación de su hijo.

La luz aún estaba encendida. Jack se acercó a las literas y, al mirar la mesita que había junto a ellas, sintió que los vellos de la nuca se le erizaban.

Bajo la ensaladera apenas alcanzaba a distinguir el

avispero. El interior de la campana de vidrio hervía de avispas. Era difícil saber cuántas había, cincuenta por lo menos... tal vez cien.

Mientras el corazón le latía con fuerza, tomó las fotografías y después dejó la cámara, en espera del revelado. Se secó los labios con la palma de la mano. Un recuerdo daba vueltas incesantemente en su cabeza: «Tuviste un ataque de mal genio...»

Era un miedo casi supersticioso. ¡Habían vuelto! Él las había matado, pero ellas habían vuelto.

Mentalmente se oía gritar a su hijo, asustado y lloroso: ¡Deja de tartamudear!

Volvió a secarse los labios.

Fue hasta la mesa de trabajo de Danny, revisó los cajones y en uno de ellos halló un gran rompecabezas, que se montaba sobre un tablero de madera. Llevó el tablero a la mesita y, cuidadosamente, deslizó sobre él el avispero cubierto por la ensaladera. Dentro de su prisión, las avispas zumbaban, coléricas. Jack apoyó la mano sobre la ensaladera para que no se resbalara y salió al vestíbulo.

–¿Vienes a acostarte, Jack? –lo llamó Wendy.

–¿Vienes, papá?

–Tengo que bajar un minuto –respondió Jack, procurando que su voz sonara despreocupada.

¿Cómo había sucedido? ¿Cómo, en el nombre de Dios?

Sin duda la bomba no había fallado. Él había visto el denso humo blanco que brotaba de ella al tirar de la anilla. Y cuando dos horas más tarde volvió a subir, del agujero en lo alto del nido había caído una lluvia de insectos muertos.

¿Habrían resucitado por regeneración espontánea?

Qué locura. Tonterías del siglo XVII. Los insectos no se regeneran. Y aun si de los huevos de avispas pudieran resultar insectos adultos en un lapso de doce horas, no estaban en la estación de desove de la reina; que era por abril o mayo. En otoño morían.

Como una contradicción viviente, las avispas zumbaban furiosamente bajo la ensaladera.

Jack bajó con ellas por las escaleras y atravesó la cocina. En el fondo había una puerta que daba al exterior. El gélido viento nocturno castigó su cuerpo casi desnudo y los pies se le entumecieron al pisar el frío cemento de la plataforma, la que durante la temporada de funcionamiento del hotel servía para descargar las entregas de leche. Dejó en el suelo el tablero y la ensaladera, y luego miró el termómetro clavado al lado de la puerta. El mercurio señalaba cuatro grados bajo cero. A la mañana siguiente el frío las habría matado. Jack entró y cerró firmemente la puerta. Después de pensarlo un momento, echó la llave.

Volvió a cruzar la cocina y apagó las luces. Por un momento se quedó inmóvil en la oscuridad, pensando, necesitando un trago. De pronto, el hotel le parecía lleno de un millar de ruidos furtivos: crujidos, gruñidos, y el insidioso olfatear del viento bajo los aleros, donde tal vez se escondían más avisperos, a modo de frutos mortíferos.

Habían regresado...

De pronto, Jack se encontró con que el Overlook ya no le gustaba, como si no fueran las avispas las que habían picado a su hijo –avispas que habían sobrevivido milagrosamente al ataque de la bomba insecticida–, sino el hotel mismo.

Lo último que se le ocurrió antes de volver con su mujer y su hijo fue un idea firme y sólida: En lo sucesivo controlarás tu genio. Pase lo que pase.

Mientras avanzaba por el vestíbulo, volvió a secarse los labios con el dorso de la mano.

## 17. EN EL CONSULTORIO

En trusa y tendido sobre la cama del consultorio, Danny Torrance parecía aún más pequeño. Estaba mirando al doctor Edmonds, que en ese momento acercaba a la cama un gran aparato negro con ruedas. Danny volteó para verlo mejor.

–No te dejes impresionar, muchacho –le advirtió Bill Edmonds–. Es un electroencefalógrafo, y no hace daño.

–Electro…

–Lo llamamos EEG, para abreviar. Te voy a conectar unos alambritos a la cabeza… No, no te los meteré dentro, irán pegados con esparadrapo… y estos lápices que tiene aquí la máquina registrarán tus ondas cerebrales.

–¿Como en *El hombre que valía seis millones de dólares*?

–Muy parecido. ¿Te gustaría ser como Steve Austin cuando seas grande?

–No –declinó Danny, mientras la enfermera empezaba a asegurarle los electrodos en varios puntos del cráneo que previamente le habían afeitado–. Mi papá dice que algún día sufrirá un cortocircuito y que entonces la pasará muy mal.

–Es cierto –convino amablemente el doctor Edmonds–. Yo también la he pasado mal a veces. Un EEG puede decirnos muchísimas cosas, Danny.

–¿Como qué?

–Como, por ejemplo, si tienes epilepsia. Es un problema en el que...

–Sí, ya sé qué es la epilepsia.

–¿De veras?

–Claro. Había un niño en el jardín de niños donde yo iba en Vermont... que tenía eso. Y no podía usar un tablero de destellos.

–¿Qué era eso, Dan? –el médico hablaba atendiendo al aparato. En la cinta empezaron a dibujarse finas líneas.

–Era algo lleno de luces de diferentes colores. Cuando uno lo encendía, algunos colores destellaban, pero no todos. Y uno tenía que contar los colores, y si se apretaba el botón necesario, se apagaba. Brent no podía usarlo.

–Eso es porque a veces unas luces brillantes pueden causar un ataque epiléptico.

–¿Quiere decir que al usar el tablero de destellos a Brent podría haberle dado un patatús?

Edmonds y la enfermera se miraron y luego sonrieron.

–La forma de decirlo no es muy elegante, pero es exacta, Danny.

–¿Qué?

–Dije que tienes razón, pero que lo correcto es decir «ataque» en vez de «patatús». Y ahora, quédate quietecito como un ratón.

–Bueno.

–Danny, cuando te pasan esas... cosas, ¿recuerdas si alguna vez has visto antes destellos de luces brillantes?

–No.

–¿Ni has oído ruidos raros? ¿Un timbre o una melodía como la de un xilófono?

–No.

–¿Y algún olor extraño, como a naranjas, aserrín, o algo podrido?

–No, señor.

–¿Alguna vez sientes ganas de llorar antes de desmayarte, aunque no estés triste?

–No.

–Magnífico.

–¿Tengo epilepsia, doctor Bill?

–No lo creo, Danny. No te muevas. Ya casi terminamos.

El aparato murmuró durante otros cinco minutos antes de que el doctor Edmonds lo apagara.

–Hemos terminado, muchacho –dijo alegremente Edmonds–. Deja que Sally te quite esos electrodos y después ven a la otra habitación, quiero hablar un rato contigo, ¿sale?

–Bueno.

–Sally, ocúpate de hacerle la prueba de tuberculina antes de que venga.

–De acuerdo, doctor.

Edmonds arrancó la larga y ondulada tira de papel que el aparato había expulsado y se fue a la habitación de al lado, examinándola.

–Voy a darte un piquetito en el brazo –le advirtió la enfermera después de que Danny se hubo puesto los pantalones–, para que podamos estar seguros de que no tienes tuberculosis.

–Oh, eso me lo hicieron el año pasado en la escuela –le informó Danny sin muchas esperanzas.

–Pero de eso hace mucho tiempo, y además ahora eres un niño grande, ¿no?

–Supongo que sí –respondió Danny y ofreció el brazo para el sacrificio.

Tras ponerse los zapatos y la camisa, pasó por la puerta corrediza que daba al despacho del doctor Edmonds. El médico estaba sentado en el borde de su escritorio, balanceando pensativamente las piernas.

–Hola, Danny.

–Hola.

–¿Cómo va esa mano? –señaló la mano izquierda de Danny, ahora vendada.

–Bastante bien.

–Me alegro. Estuve mirando tu EEG y me parece correcto. Pero se lo voy a mandar a un amigo mío de Denver, que se gana la vida leyendo esas cosas. Para asegurarme, ¿sabes?

–Sí, señor.

–Háblame de Tony, Dan.

Danny cambió de posición.

–No es más que un amigo invisible que me inventé para que me hiciera compañía.

Edmonds rio y le puso las manos en los hombros.

–Oye, eso es lo que dicen tu mamá y tu papá. Pero lo que me digas quedará entre nosotros, muchacho. Soy tu médico. Dime la verdad y te prometo que no les diré nada a ellos, salvo que tú me des permiso.

Danny guardó silencio unos segundos, miró a Edmonds y, con un pequeño esfuerzo de concentración, intentó captar sus pensamientos o, por lo menos, su estado de ánimo. De pronto, en su cabeza se formó una imagen extrañamente tranquilizadora: un archivador, cuyas puertas corredizas se cerraban una tras otra, trabándose con un pequeño clic. Escrito en las etiquetas, en el centro de cada puerta, se leía: A-C, SECRETO; D-G, SECRETO... y así sucesivamente. Danny se sintió un poco más tranquilo.

–No sé quién es Tony –repuso cautelosamente.

–¿Tiene tu edad?

–No, por lo menos tiene once años. Nunca lo he

visto bien de cerca. Tal vez tenga edad para manejar un coche.

–Así pues, ¿siempre lo ves de lejos, a cierta distancia?

–Sí, señor.

–¿Y siempre viene antes de que pierdas el conocimiento?

–Bueno, no es que pierda el conocimiento. En realidad, es como si me fuera con él, y él me enseña cosas.

–¿Qué clase de cosas?

–Bueno… –por un momento, Danny dudó, después le contó a Edmonds lo del baúl con los escritos de su padre y cómo los de la mudanza no lo habían extraviado en el viaje de Vermont a Colorado. Durante todo el tiempo había estado allí, bajo la escalera.

–¿Y tu papá lo encontró donde Tony dijo que estaría?

–Sí, señor. Sólo que Tony no me lo *dijo* , me lo mostró.

–Comprendo. Danny, ¿qué te mostró Tony anoche, cuando te encerraste en el baño?

–No lo recuerdo –respondió de inmediato.

–¿Estás seguro?

–Sí, señor.

–Hace un momento dije que cerraste la puerta del baño, pero no era así, ¿verdad? *Tony* cerró la puerta.

–No, señor. Tony no podía cerrar la puerta porque él no es real. Pero quería que yo lo hiciera y lo hice. La cerré con pasador.

–¿Tony te muestra siempre dónde están las cosas perdidas?

–No, señor. A veces me muestra cosas que van a suceder.

–¿De veras?

–Una vez me mostró la feria y el zoológico de Great Barrington. Tony me dijo que papá me llevaría allí para mi cumpleaños, y lo hizo.

–¿Qué más te muestra?

El niño frunció el entrecejo.

–Letreros. Siempre me enseña *letreros* viejos y tontos. Casi nunca puedo leerlos.

–¿Por qué crees que Tony hace eso, Danny?

–No lo sé –la cara de Danny se iluminó y agregó–: Pero papá y mamá están enseñándome a leer y yo me esfuerzo mucho.

–Para poder leer los letreros de Tony.

–Bueno, en realidad quiero aprender. Pero también es por eso, claro.

–¿A ti te cae bien Tony?

Sin decir nada, Danny se quedó mirando el suelo enlosado.

–¿Danny?

–Es difícil decirlo –respondió por fin–. Solía gustarme. Solía esperar que viniera todos los días, porque siempre me mostraba cosas buenas, especialmente desde que mamá y papá ya no piensan más en el divorcio –la mirada del doctor Edmonds se hizo más atenta, sin que Danny lo advirtiera. Él no dejaba de mirar el suelo, concentrado en expresarse–. Pero ahora cada vez que viene me muestra cosas malas, cosas *horribles*, como anoche en el baño. Las cosas que me muestra me pican, como me picaron esas avispas. Pero lo que me muestra Tony me pica aquí –se llevó gravemente un dedo a la sien. Un chiquillo que inconscientemente parodiaba un suicidio, pensó Edmonds.

–¿Qué cosas, Danny?

–¡No me acuerdo! –exclamó–. ¡Si pudiera, se lo diría! Es como si no lo recordara porque esas cosas son tan malas que no *quiero* recordarlas. Lo único que recuerdo al despertar es REDRUM.

–Redrum... *Red drum... Red rum..*¿Tambor rojo o *ron* rojo?

–Ron.

–¿Y eso qué es, Danny?

–No lo sé.

–¿Danny?

–¿Sí, señor?

–¿Puedes hacer que Tony venga ahora?

–No lo sé. No siempre viene. Ni siquiera sé si yo quiero que siga viniendo.

–Inténtalo, Danny. Yo estaré contigo.

Danny lo miró, indeciso, y Edmonds le hizo un gesto de asentimiento, alentándolo.

El niño dejó escapar un largo suspiro y dijo:

–Pero no sé si resultará. Nunca lo he hecho con nadie que esté mirándome. Y de todas formas, Tony no siempre viene.

–Si no viene, no viene –lo tranquilizó Edmonds–. Sólo quiero que lo intentes.

–Está bien.

Danny bajó la vista hacia los mocasines de Edmonds, que se balanceaban lentamente, y se orientó mentalmente hacia el exterior, hacia mamá y papá, que estaban allí, por alguna parte... al otro lado de aquella pared donde había un cuadro, en la sala de espera donde habían estado los tres. Los vio sentados, uno junto al otro, pero sin hablar, hojeando revistas, preocupados... por él.

Se concentró aún más, frunciendo el entrecejo, procurando intuir los pensamientos de su madre. Siempre le resultaba más difícil cuando no estaban en la misma habitación que él. Después empezó a verlos. Su madre estaba pensando en una hermana... que había muerto. Se repetía que aquello la había convertido en una mujer triste y envejecida, porque su hermana había muerto. De pequeña, la había... «atropellado un coche. ¡Por Dios, no podré soportar de nuevo una cosa así! Como la de Aileen, pero y si realmente está enfermo de cáncer, meningitis, leucemia. Un tumor cerebral, como el hijo de John Gunter, o una distrofia muscular... ¡Oh, Dios, todos los días hay niños de su edad que tienen leucemia! Tratamientos con quimioterapia... No podríamos pagarlo, pero no pueden dejarlo morir en la calle. De todos modos, él está bien. En realidad, no tendrías que estar pensando... Danny... en Aileen. ¡Danny... ese coche!».

Pero Tony no estaba, sólo oía su voz. Y mientras ésta se desvanecía, Danny la siguió hacia la oscuridad, a tropezones. Cayendo por un mágico agujero abierto entre los mocasines oscilantes del doctor Bill, pasó junto a un fuerte ruido de golpes, después junto a una tina en la que flotaba algo horrible, se internó lentamente en la oscuridad, oyó un sonido, que parecía el órgano de una iglesia, y un reloj bajo una campana de cristal.

Tras superar una débil luz, perforó las tinieblas. El tenue resplandor dejaba ver un suelo de piedra, de aspecto húmedo, desagradable. Por alguna parte, no muy lejos, se oía un ruido continuo, una especie de rugido mecánico, aunque amortiguado, algo que no daba miedo. Eso era lo que olvidaría, pensó con onírica sorpresa.

A medida que sus ojos se acostumbraban al resplandor, alcanzó a ver a Tony delante de él. Su «amigo invisible» estaba mirando algo y Danny se esforzó por ver qué era.

–Tu papá... ¿Ves a tu papá?

Claro que lo veía. ¿Cómo podía haber dejado de verlo, aunque fuera con la débil luz del sótano? Papá estaba de rodillas en el suelo, iluminando con una linterna una serie de cajas de cartón y viejos cajones de madera. Las cajas también eran viejas, algunas se habían despanzurrado y los papeles que contenían se desparramaban por el suelo. Periódicos, libros, papeles impresos que parecían facturas... su padre los examinaba con gran interés. Después levantó la mirada y enfocó la linterna en otra dirección. El rayo de luz señaló otro libro, uno grande y blanco, atado con un cordón dorado. La tapa parecía de cuero blanco. Era un libro de recortes. De pronto, Danny quiso llamar a su padre, advertirle que dejara ese libro, que había libros que no debían ser abiertos. Pero papá ya se encaminaba hacia él.

El rugido mecánico, que finalmente Danny reconoció como el de la caldera del Overlook, que su papá revisaba tres o cuatro veces por día, había cobrado un amenazador ritmo. Empezó a sonar como... como un latido. Y el olor a humedad y moho, de papel podrido, también estaba convirtiéndose en otra cosa... en el penetrante aroma de enebro de la «cosa mala». Algo que rodeaba a su padre, mientras éste tendía la mano hacia el libro... y lo tomaba.

Tony estaba por allí, en la oscuridad, repitiendo una y otra vez las mismas palabras incomprensibles:

–Este lugar inhumano hace monstruos humanos...

De nuevo cayó por la oscuridad, acompañado ahora del sordo trueno palpitante, que ya no era de la caldera, sino el ruido de un mazo de roqué golpeando paredes revestidas de tapiz sedoso, arrancándoles bocanadas de polvo de yeso. Acurrucado, impotente, en la sinuosa selva azul y negra de la alfombra, oyó que alguien decía:

–Sal de una vez ¡y ven a tomar tu medicina!

Con un jadeo que le resonó en toda la cabeza, Danny se arrancó de la oscuridad. Primero trató de escapar de las manos que lo sujetaban, creyendo que la bestia oscura que moraba en el Overlook del mundo de Tony se las había arreglado para seguirlo al mundo de las cosas reales... pero era el doctor Edmonds, que le decía:

–Está bien, Danny, está bien. Todo está perfecto.

Danny reconoció la voz del médico, después recordó que estaba en su despacho. Empezó a temblar, incontrolablemente. Edmonds lo abrazó y susurró:

–Dijiste algo de monstruos, Danny... ¿Qué era?

–Este lugar inhumano –respondió el niño con voz

gutural–. Tony dijo... este lugar inhumano... hace... hace... –movió la cabeza–. ¡No me acuerdo!

–¡Inténtalo!

–No puedo.

–¿Vino Tony?

–Sí.

–¿Qué te mostró?

–Algo oscuro, palpitante. No lo recuerdo.

–¿Dónde estaban?

–¡Déjeme en paz! ¡No lo recuerdo! ¡Déjeme en paz! –Danny empezó a sollozar desesperadamente. Todo había desaparecido, disolviéndose en una masa pegajosa, como un manojo de papeles húmedos, un recuerdo ilegible.

Edmonds fue hacia el refrigerador y le llevó un vaso de agua. Danny se lo bebió y el médico le ofreció otro.

–¿Estás mejor?

–Sí.

–Danny, no quiero fastidiarte con esto, pero ¿no recuerdas nada *antes* de que viniera Tony?

–Mi mamá... –masculló–, está preocupada por mí.

–Como todas las madres, muchacho.

–No... Ella tenía una hermana que murió cuando era pequeña. Aileen. Mamá pensaba que a Aileen la atropelló un coche y que eso la dejó a ella preocupada por mí. No recuerdo nada más.

Edmonds lo miraba atentamente.

–¿Ahora mismo ella estaba pensando en eso? ¿Ahí fuera, en la sala de espera?

–Sí, señor.

–Danny, ¿cómo puedes saberlo?

–No lo sé –repuso en voz baja–. Tal vez sea el resplandor.

–¿El qué?

Danny negó lentamente con la cabeza.

–Estoy muy cansado. ¿No puedo ir a ver a mamá y

a papá? No quiero contestar más preguntas. Estoy cansado y me duele la panza.

–¿Tienes náuseas?

–No, señor. Sólo quiero ver a mamá y papá.

–Está bien, Dan. Ve un momento a verlos y después diles que vengan –el doctor Edmonds se levantó–. Quiero hablar un momento con ellos. ¿De acuerdo?

–Sí, señor.

–Ahí fuera tienes libros para mirar. A ti te gustan los libros, ¿no?

–Sí, señor –respondió obedientemente Danny.

–Eres un buen muchacho, Danny.

Danny se despidió con una leve sonrisa.

–No me parece que haya ningún problema físico –explicó el doctor Edmonds al matrimonio Torrance–. Es un niño inteligente, aunque demasiado imaginativo. A veces los niños tienen que crecer en su imaginación como dentro de un par de zapatos demasiado grandes. La imaginación de Danny es, en cierto modo, demasiado grande para él. ¿Nunca le hicieron el test de CI?

–No creo en esas cosas –repuso Jack–. No son más que una camisa de fuerza para las esperanzas de los padres y los maestros.

–Es posible –asintió el doctor Edmonds–. Pero si le hicieran el test, creo que se descubriría que se aleja de las cifras normales para su grupo de edad. Para un niño que aún no tiene seis años, su capacidad verbal es sorprendente.

–Nosotros jamás le hablamos como a un bebé –dijo Jack con cierto orgullo.

–Dudo que alguna vez lo hayan necesitado para hacerse entender –Edmonds hizo una pausa, jugueteando con un lápiz–. Mientras estaba con él, entró en trance... a petición mía. Fue exactamente como ustedes lo describieron anoche en el baño. Todos los músculos se le relajaron, con el cuerpo caído hacia adelante y los ojos en blanco. La autohipnosis clásica de los libros de texto. Me quedé atónito, y sigo estándolo.

Los Torrance se inquietaron de inmediato.

–¿Qué sucedió? –preguntó Wendy, y Edmonds les relató lo ocurrido, el trance de Danny, la frase que había mascullado y de la cual Edmonds no había entendido más que las palabras «monstruos», «oscuridad», «latido». Las lágrimas posteriores, la actitud casi histérica, el dolor de estómago.

–Otra vez Tony –comentó Jack.

–¿Qué significa eso? ¿Tiene alguna idea? –inquirió Wendy.

–Algunas, pero tal vez no les gusten.

–No importa –dijo Jack.

–Por lo que Danny me dijo, su «amigo invisible» era verdaderamente un amigo hasta que se mudaron aquí desde Nueva Inglaterra. A partir de la mudanza, Tony se ha convertido en una figura amenazadora. Los contactos placenteros han pasado a ser pesadillas, que para él son mucho más aterradoras porque no puede recordar exactamente a qué se refieren. Eso es bastante común. Todos recordamos con mayor claridad los sueños agradables que los que nos asustan. Parece que en algún rincón entre lo consciente y lo subconsciente hubiera un catalizador, donde viviera un puritano de mil demonios, un censor que sólo deja pasar muy poco. Y frecuentemente lo que acepta no es más que simbólico. Todo esto es Freud supersimplificado, pero describe bastante bien lo que sabemos de la interacción de la mente consigo misma.

–¿Cree que la mudanza ha trastornado a Danny? –preguntó Wendy.

–Es posible, si se produjo en circunstancias traumáticas –precisó Edmonds–. ¿Fue así?

Wendy y Jack intercambiaron una mirada.

–Yo era profesor en una escuela preparatoria –explicó lentamente Jack– y me quedé sin trabajo.

–Ya veo –asintió Edmonds. Volvió a dejar sobre el escritorio el lápiz–. Me temo que hay otras cosas que pueden ser dolorosas para ustedes. Al parecer, el niño cree que en algún momento ustedes pensaron seriamente en divorciarse. Lo dijo de modo casual, pero sólo porque cree que ya no consideran esa posibilidad.

Jack abrió la boca y Wendy dio un respingo, como si la hubieran abofeteado. Su rostro palideció.

–¡Pero si jamás hablamos de eso! –exclamó–. No sólo delante de él, ¡sino tampoco entre nosotros!

–Creo que es mejor que lo sepa todo, doctor –dijo Jack–. Poco después del nacimiento de Danny, caí en el alcoholismo. Durante mi época de universitario había tenido un problema con la bebida que se suavizó un poco después de conocer a Wendy y empeoró más que nunca tras el nacimiento de Danny. Por aquel entonces, la escritura, actividad que considero mi verdadero trabajo, se me hacía realmente difícil. Cuando Danny tenía tres años y medio, derramó una lata de cerveza sobre los papeles con que estaba trabajando... o con que estaba perdiendo el tiempo. Bueno... ¡carajo! –se le quebró la voz, pero los ojos, secos, no evitaron la mirada del médico–. Qué horrible parece al decirlo. Cuando lo levanté para darle unas nalgadas, le rompí un brazo. Tres meses después dejé de beber, y no he vuelto a hacerlo desde entonces.

–Ya veo –asintió Edmonds, con voz queda–. Naturalmente vi que había habido una fractura. Soldó muy bien –se apartó de la mesa y cruzó las piernas–. Es evidente que desde entonces no ha sufrido daño alguno. Salvo las picaduras, no se aprecian más que los moretones y rasguños que tiene cualquier niño.

–Por supuesto –intervino acaloradamente Wendy–. Jack no tuvo intención...

–No, Wendy –la interrumpió él–. Sí que tuve intención. Creo que dentro de mí tenía la intención de hacerle daño. O algo peor –volvió a mirar a Edmonds–. ¿Sabe una cosa, doctor? Ésta es la primera vez que entre nosotros se pronuncian las palabras divorcio, alcoholismo, y malos tratos a un niño. Las tres en cinco minutos.

–Es posible que eso esté en la raíz del problema –dijo Edmonds–. Y no soy psiquiatra, pero si ustedes quieren que Danny vea a un psiquiatra infantil, puedo recomendarles uno muy bueno que trabaja en el Centro Médico de Boulder. Sin embargo, estoy bastante seguro de mi diagnóstico. Danny es un niño inteligente, imaginativo y sensible. No creo que sus problemas matrimoniales lo hayan perturbado tanto como creen. Los niños son grandes conformistas. No entienden qué es la vergüenza, ni la necesidad de ocultar las cosas.

Jack se miraba las manos. Wendy le tomó una y se la apretó.

–Pero el niño intuía que algunas cosas iban mal. Entre ellas, desde su punto de vista, lo principal no era el brazo roto, sino el vínculo roto, o en peligro de romperse, entre ustedes dos. Él mencionó el divorcio, pero no el brazo roto. Cuando mi enfermera se lo recordó, se limitó a encogerse de hombros. Para él no era una cosa importante. «Eso pasó hace mucho tiempo», creo que dijo.

–Qué criatura –masculló Jack, con las mandíbulas apretadas, y los músculos de las mejillas en tensión–. No nos lo merecemos.

–De todas formas lo tienen –resumió Edmonds–. Y en cualquier caso, él de vez en cuando se retrae en su mundo de fantasía. En eso no hay nada excepcional, es lo que hacen muchos niños. Recuerdo que a la edad de Danny también tenía un amigo invisible, un gallo parlante que se llamaba *Chung-Chung*. Claro que yo era el único que lo veía. Como yo tenía dos hermanos mayores que muchas veces no me hacían caso, *Chung-Chung* me venía muy bien en esas situaciones. Y seguramente ustedes entienden por qué el amigo invisible de Danny se llama Tony, y no Mike, Hal o Dutch.

–Sí –contestó Wendy.

–¿Se lo han dicho alguna vez?

–No –respondió Jack–. ¿Deberíamos hacerlo?

–¿Por qué preocuparse? Dejen que él se dé cuenta en su momento, usando su propia lógica. Fíjense en que las fantasías de Danny son considerablemente más profundas que las que acompañan de ordinario al síndrome del amigo invisible, pero la necesidad que él sentía de Tony también era más intensa. Tony venía y le mostraba cosas agradables, a veces, sorprendentes, pero siempre cosas buenas. Un vez Tony le mostró dónde estaba el baúl que había perdido su padre... En otra ocasión le mostró que para su cumpleaños mamá y papá iban a llevarlo a una feria...

–¡A la de Great Barrington! –exclamó Wendy–. Pero ¿cómo podía saberlo? Son espeluznantes las cosas con que sale a veces. Casi como si...

–Tuviera clarividencia –añadió Edmonds, sonriente.

–Nació envuelto en las membranas –comentó Wendy.

La sonrisa de Edmonds se convirtió en una franca carcajada. Jack y Wendy se miraron y sonrieron también, atónitos al ver lo fácil que era. Esos «aciertos misteriosos» que solía tener Danny eran otra de las cosas de las que no habían hablado mucho.

–Sólo falta que me digan que es capaz de levitar –agregó Edmonds, todavía sonriendo–. No, no, me temo que no. No es nada extrasensorial, sino nuestra vieja y conocida sensibilidad humana, que en el caso de Danny es excepcionalmente aguda. Señor Torrance, él supo que su baúl estaba debajo de la escalera porque era el único lugar donde usted no había mirado. Un proceso de eliminación tan simple que le daría risa a Ellery Queen. Tarde o temprano, a usted se le habría ocurrido.

»Y en cuanto a la feria de Great Barrington, ¿de quién partió la idea? ¿De ustedes o de él?

–De él, por supuesto –respondió Wendy–. Durante toda la mañana lo habían anunciado en los programas para niños, y él estaba loco por ir. Pero la cuestión es, doctor, que no teníamos dinero para llevarlo y se lo habíamos dicho.

–Entonces, una revista que me había comprado un cuento en 1971 me envió un cheque por cincuenta dólares –explicó Jack–. Querían reproducir el cuento en un anuario, o algo así. Decidimos gastarlo en Danny.

Edmonds se encogió de hombros.

–Un deseo que se cumple por una feliz coincidencia.

–¡Demonios, tiene razón! –admitió Jack.

–El propio Danny me dijo que muchas veces Tony le mostraba cosas que después no ocurrían. Son visiones basadas en un fallo perceptivo. Danny hace inconscientemente lo que los supuestos «místicos» y «videntes» hacen a conciencia y con todo cinismo. Me parece admirable. Si la vida no lo obliga a retraer las antenas, creo que será un hombre maravilloso.

Wendy hizo un gesto de asentimiento, porque naturalmente pensaba que Danny sería un hombre maravilloso, aunque dudaba de la explicación del médico. Al fin y al cabo, Edmonds no había vivido con ellos, no había estado presente cuando Danny encontraba botones perdidos, le decía a Wendy que tal vez la guía de televisión estuviera debajo de la cama, o que le parecía mejor llevar botas de lluvia a la escuela aunque fuera un día soleado... y luego volvían a casa caminando bajo una lluvia torrencial, protegidos por el paraguas de Wendy. Edmonds no podía saber de qué forma tan extraña Danny se anticipaba a los deseos de ambos. Si excepcionalmente una tarde Wendy decidía prepararse un taza de té, en la cocina encontraba una taza preparada con una bolsita de té dentro. Cuando pensaba que tenía que devolver los libros a la biblioteca, se los encontraba pulcramente apilados sobre la mesa del vestíbulo, coronada la pila por su tarjeta de lectora, o si a Jack se le ocurría lavar el Volkswagen, se encontraba a Danny escuchando su radio de galena mientras esperaba, sentado al borde de la banqueta, para verlo trabajar.

Wendy se limitó a preguntar en voz alta:

–¿Y por qué ahora tiene pesadillas? ¿Por qué Tony le dijo que echara el pasador a la puerta del baño?

–Creo que porque Tony ha sobrevivido a su utilidad –respondió Edmonds–. Verán, Tony nació en un momento en que usted y su marido se esforzaban por mantener unida la pareja. Su marido bebía demasiado, sucedió el incidente del brazo, y el silencio amenazador reinaba entre ustedes.

«Silencio amenazador», sí, esas palabras expresaban la verdad. Recordó las comidas tensas y ceremoniosas en que no se decían más que formalidades. Las noches en que Jack desaparecía y ella se tendía con los ojos secos en el diván mientras Danny veía la televisión; las mañanas en que ella y Jack discutían como dos gatos enojados con un ratón tembloroso y asustado en medio... Todo aquello parecía cierto, horriblemente cierto. Dios mío, ¿alguna vez dejan de doler las viejas cicatrices?, se preguntó.

–Pero las cosas han cambiado –resumió Edmonds–. Ustedes saben que entre los niños las conductas esquizoides son algo bastante común. Y se las acepta, porque en nosotros, los adultos, rige el acuerdo tácito de que los niños son lunáticos. Tienen amigos invisibles. Cuando están deprimidos, pueden esconderse en el armario para aislarse del mundo. Asignan el valor de talismán a una manta, un osito o un tigre de trapo. Se chupan el dedo pulgar. Cuando un adulto ve cosas inexistentes, lo consideramos listo para que lo metan a una habitación de paredes acolchadas. Cuando un niño dice que vio un duende en el dormitorio o un vampiro al otro lado de la ventana, nos limitamos a sonreír con indulgencia. Tenemos una frase que sirve de explicación para los fenómenos de ese tipo en los niños.

–Ya se le pasará –apuntó Jack.

–Exacto –prosiguió Edmonds–. Pues bien, sospecho que Danny estaba en excelente situación para desarrollar una psicosis con todas las de la ley. Una vida familiar desdichada, mucha imaginación, el amigo invisible, que para él era tan real que casi se hizo real para ustedes... En lugar de «pasársele esa esquizofrenia infantil», Danny podría haberse pasado a ella.

–¿Y terminar siendo autista? –inquirió Wendy, que había leído algo sobre el autismo, y la palabra misma la asustaba, ya que le sonaba a un terrible silencio blanco.

–Tal vez, pero no necesariamente. Podría haberse limitado a entrar al mundo de Tony y no haber regresado a lo que él llama «las cosas reales».

–¡Dios! –suspiró Jack.

–Pero ahora la situación básica ha cambiado drásticamente. El señor Torrance ya no bebe. Están en un lugar nuevo, donde las condiciones obligan a los tres a estrechar más que nunca la unidad familiar, bastante más estrecha que la mía, por cierto, ya que mi mujer y mis hijos no me ven más de dos o tres horas al día. En mi opinión, está en una perfecta situación curativa. Y pienso que el hecho mismo de que sea capaz de establecer una diferenciación tan nítida entre el mundo de Tony y las «cosas reales» habla en favor de la salud mental de Danny. Él dice que ustedes ya no piensan en divorciarse. ¿Tiene razón?

–Sí –respondió Wendy, y Jack le apretó con fuerza la mano.

Edmonds hizo un gesto de asentimiento y comentó:

–En ese caso ya no necesita a Tony. Danny está expulsándolo de su sistema. Tony ya no le trae visiones placenteras sino pesadillas hostiles que lo asustan demasiado para poder recordarlas, salvo fragmentariamente. Danny interiorizó a Tony durante una situación vital difícil, por no decir desesperada, y ahora Tony se resiste a marcharse. Pero lo *está* haciendo. Su hijo es como un drogadicto que está dejando el hábito.

Se levantó, y los Torrance también se pusieron de pie.

–Como les dije, no soy psiquiatra. Si en primavera las pesadillas continúan, cuando termine su trabajo en el Overlook, señor Torrance, les insistiría en que lo llevaran a ver al especialista de Boulder.

–Así lo haré.

–Muy bien, vamos a decirle que puede ir a casa –propuso Edmonds.

–Quiero darle las gracias –dijo Jack–. Me siento mejor respecto a todo este asunto de lo que me había sentido en mucho tiempo.

–Yo también –agregó Wendy.

Ya en la puerta, Edmonds se detuvo a mirarla.

–Señora Torrance, ¿tuvo o tiene una hermana de nombre Aileen?

Wendy lo miró, sorprendida.

–Sí, la tuve. Murió cerca de casa, en Somersworth, de Nueva Hampshire, cuando ella tenía seis años y yo diez. Bajó corriendo a la calle, tras una pelota, y la atropelló un camión.

–¿Danny lo sabe?

–No lo sé... Creo que no.

–Él dice que usted estuvo pensando en ella mientras estaba en la sala de espera.

–Es así –desveló Wendy lentamente–. Por primera vez en... ¡Oh, no sé en cuánto tiempo!

–La palabra «redrum», ¿significa algo para ustedes?

Wendy meneó la cabeza, pero Jack contestó:

–Anoche antes de dormirse, mencionó esa palabra. Tambor rojo.

–No, *ron* –rectificó Edmonds–. En eso fue muy categórico. *Rum*, como en la bebida... alcohólica.

–Pues encaja, ¿no? –balbuceó Jack, y sacó el pañuelo del bolsillo trasero para pasárselo por los labios.

–«El resplandor...» ¿Han oído hablar de ello?

Esta vez, los dos negaron con la cabeza.

–Bien, supongo que no importa –Edmonds abrió la puerta que daba a la sala de espera–. ¿Hay alguien aquí que se llame Danny Torrance y quiera volver a su casa?

–¡Hola, papá! ¡Hola, mamá! –Danny se levantó y dejó en la mesa el libro que había estado hojeando mientras leía trabajosamente en voz alta las palabras que conocía.

Corrió hacia Jack, que lo levantó en el aire mientras Wendy le tocaba el pelo.

Edmonds lo miró con aire de complicidad.

–Si tu mamá y tu papá no te gustan, puedes quedarte con el viejo doctor Bill.

–¡No, señor! –repuso Danny con firmeza y, radiante de felicidad, pasó un brazo alrededor del cuello de Jack y el otro en torno del de Wendy.

–Perfecto –aceptó Edmonds, sonriendo, y miró a Wendy–. Llámeme si tienen algún problema.

–Sí.

–Aunque no lo creo –concluyó Edmonds, sonriendo.

# 18. EL ÁLBUM DE RECORTES

Jack encontró el álbum de recortes el 1 de noviembre, mientras su mujer y su hijo daban un paseo a pie por el viejo camino que, desde la parte trasera de la cancha de roqué, conducía a una serrería abandonada, a unos tres kilómetros de allí. Seguía haciendo muy buen tiempo, y los tres habían adquirido un inverosímil bronceado otoñal.

Jack había bajado al sótano para regular la presión de la caldera. Instintivamente había tomado la linterna del estante donde estaban los planos de la plomería, decidido a echar un vistazo a los periódicos viejos. En principio, buscaba lugares adecuados para instalar las ratoneras, aunque no pensaba hacerlo hasta el mes siguiente, cuando estuviera seguro de que las ratas habían vuelto de sus vacaciones, comentó a Wendy.

Guiándose con la luz de la linterna, pasó junto al hueco del elevador –que por insistencia de Wendy no había usado desde que llegaron– y bajo el pequeño arco de piedra. El olor del papel podrido le hizo arrugar la nariz. Tras él, la caldera emitió un resoplido grave, como un trueno, que lo sobresaltó.

Recorrió el lugar con la luz, mientras silbaba entre dientes. Había una maqueta de la cordillera de los Andes: docenas de cajas y cajones atestados de papeles, la mayor parte de ellos en blanco, deformados por el tiempo y la humedad. Otras cajas estaban abiertas y por el suelo había amarillentos montones de papel. Algunas cajas contenían algo que parecían libros de contabilidad y otros formularios sujetos con ligas. Jack sacó uno y lo iluminó con la linterna.

ROCKY MOUNTAIN EXPRESS, INC.

A: HOTEL OVERLOOK

DE: SIDEY'S WAREHOUSE, 1210 16TH STREET, DENVER CO.

VÍA: CANADIAN PACIFIC RR.

CONTENIDO: 400 CAJAS PAPEL HIGIÉNICO DELSEY.

Firmado D. E. F.
Fecha: 24 de agosto 1954.

Con una sonrisa, Jack volvió a dejar el papel dentro de la caja.

Dirigió la luz hacia arriba e iluminó un foco colgado del techo, sepultado casi por las telarañas. No tenía cadena para encenderlo.

Se puso de puntillas para enroscar mejor el foco, que se encendió débilmente. Recogió la factura y la usó para quitar algunas telarañas. La luz no aumentó mucho.

Sin dejar la linterna caminó entre las cajas y fardos de papel, en busca de rastros de ratas. Sin duda hacía mucho tiempo que no habían estado allí, años tal vez. Encontró algunas heces pulverizadas por el tiempo y varios nidos hechos con un trozo de papel.

Sacó un periódico de uno de los paquetes y echó un vistazo a los encabezados.

JOHNSON PROMETE UNA TRANSICIÓN ORDENADA.
*Dice que las obras empezadas por JFK se continuarán el año próximo.*

El periódico era el *Rocky Mountain News,* y la fecha el 19 de diciembre de 1963. Jack volvió a dejarlo en el montón.

Se sentía fascinado por la elemental sensación del transcurrir histórico que cualquiera tiene al echar un vistazo a las noticias de diez o veinte años atrás. En el montón de periódicos y anotaciones había ciertas lagunas, en que no se mencionaba el Overlook. Supuso que eran las épocas en que el hotel había estado cerrado.

Las explicaciones que le había dado Ullman sobre la azarosa historia del Overlook no le parecían del todo convenientes. Pensaba que la situación espectacular del hotel debía garantizar un éxito permanente. Los millonarios norteamericanos habían existido siempre, desde antes de que se inventaran los jets, y a Jack le parecía que el Overlook debía de haber sido una de las bases habituales en sus migraciones: el Waldorf en mayo, el Bar Harbor House en junio y julio, el Overlook en agosto y a comienzos de septiembre, antes de ir a las Bermudas, La Habana, o Río... Encontró una pila de viejos registros de huéspedes, pero lo aburrieron. Nelson Rockefeller en 1950, Henry Ford y su familia en 1927, Jean Harlow en 1930, así como Clark Gable y Carole Lombard. En 1956 «Darryl F. Zanuck y compañía» habían ocupado durante una semana el último piso. El dinero debía de haber rebosado por los corredores y las cajas registradoras como una inundación alucinante, por lo que la administración tuvo que ser espectacularmente mala.

Toda su historia estaba allí, aunque no especialmente en los encabezados de los periódicos, sino enterrada en los libros mayores y los vales de servicios a las habitaciones.

En 1922 Warren G. Harding había encargado a las diez de la noche un salmón entero y un paquete de cervezas Coors. Pero ¿con quién había estado comiendo y bebiendo? ¿Había sido una partida de póquer o una reunión estratégica...?

Jack miró el reloj y se sorprendió al ver que habían pasado cuarenta y cinco minutos desde que había bajado al sótano. Tenía las manos y los brazos mugrientos, y quizá olía mal. Decidió subir a bañarse antes de que volvieran Wendy y Danny.

Andando lentamente, pasó entre las montañas de papeles. Se sentía alerta y por su cabeza desfilaban múltiples y fugaces posibilidades. Hacía años que no se sentía así. De pronto, tuvo la sensación de que el nuevo libro que se había propuesto escribir podía ser algo real. Quizá incluso estuviera allí mismo, sepultado entre los caóticos montones de papel. Podría ser una obra de ficción o histórica o ambas; un libro extenso, que desde allí estallara en un centenar de direcciones.

De pie bajo el mugriento foco, sin darse cuenta sacó el pañuelo del bolsillo y se lo pasó por los labios. Y entonces vio el álbum de recortes.

A su izquierda, como una torre de Pisa, se elevaba una pila de cinco cajas. La última contenía libros comerciales y facturas, y sobre todo, en equilibrio desde hacía años, un grueso álbum de recortes con tapas de piel blanca, y con las páginas sujetas por dos trozos de cordón dorado que alguien había atado con ostentosos lazos. Lo tomó por curiosidad. La tapa tenía una gruesa capa de polvo. Jack la sostuvo al nivel de los labios, sopló el polvo, que se disipó en una nube, y lo abrió. Al hacerlo, cayó una tarjeta que Jack atrapó en el aire, antes de que llegara al suelo. Era suntuosa, de color crema, dominada por un grabado en relieve del Overlook con las ventanas iluminadas. El parque y el campo de juegos estaban adornados con linternas japonesas encendidas. Daba la impresión de que pudiera entrar a él, a un Overlook que había existido hacía treinta años.

*Horace M. Derwent solicita*
*el placer de su asistencia a*
*un baile de máscaras para celebrar*
*la inauguración del*
HOTEL OVERLOOK.
*La cena se servirá a las 8*
*de la noche. Desenmascaramiento*
*y baile a medianoche.*

29 agosto, 1945. Se ruega respuesta.

¡La cena a las ocho! ¡El desenmascaramiento a medianoche!

Jack imaginó a los hombres más ricos de Norteamérica y a sus esposas en el comedor. Ellos de esmoquin e impecable camisa almidonada; ellas con vestidos de noche; la música de la orquesta; el repiqueteo de los tacones altos; el tintineo de cristales, y el descorchar de las botellas de champán. La guerra había terminado. El futuro se abría ante ellos, limpio y resplandeciente. Norteamérica era el coloso del mundo, y por fin ella lo sabía y lo aceptaba.

Y luego, a medianoche, el propio Derwent gritando:

–¡Quítense las máscaras!

Y tras descubrirse... *Sobre todos ellos la Muerte Roja.*

Frunció el entrecejo. ¿De qué siniestro rincón provenía aquel pensamiento? Era de Poe, el insigne escritorzuelo norteamericano. E indudablemente el Overlook –el Overlook iluminado y resplandeciente de la invitación que tenía en sus manos– era lo menos parecido a E. A. Poe que pudiera imaginar.

Volvió a dejar la invitación dentro del libro y pasó a la página siguiente, donde halló un recorte de uno de los periódicos de Denver, con la fecha garabateada al final: 15 mayo, 1947.

REAPERTURA DE ELEGANTE HOTEL DE TEMPORADA EN LA MONTAÑA, CON ESTRELLAS DE PRIMERA MAGNITUD COMO HUÉSPEDES.

Derwent dice que el Overlook será el «Espectáculo del mundo»

Por David Felton, redactor jefe.

En sus treinta y ocho años de historia, el Hotel Overlook ha sido inaugurado varias veces, pero pocas con el estilo y brío que nos promete Horace Derwent, el misterioso millonario californiano que es el último propietario del establecimiento.

Derwent, que no hace ningún secreto del hecho de haberse gastado más de un millón de dólares en su última aventura –aunque hay quien asegura que la cifra se acerca más a los tres millones–, declara que «el nuevo Overlook será uno de los espectáculos del mundo, uno de esos hoteles en que, treinta años más tarde, se recordará haber pasado una noche».

Cuando a Derwent, de quien se rumorea que tiene cuantiosos intereses en Las Vegas, le preguntaron si el hecho de haber comprado y reformado el Overlook representaba el primer disparo en la batalla por la legalización del juego en casinos en el estado de Colorado, el magnate de la aviación, el cine, las fábricas de armamentos y los astilleros lo negó... con un sonrisa. «Introducir el juego sería abaratar el Overlook –dijo–, y tampoco pienso derrotar a Las Vegas. ¡Tengo demasiadas fichas allá para eso! No estoy interesado en tratar de legalizar el juego en Colorado, sería como escupir contra el viento.»

Cuando el Overlook abra oficialmente (en sus instalaciones hubo una gigantesca fiesta, de enorme éxito, cuando terminaron los trabajos), sus habitaciones, tapizadas y decoradas de nuevo, darán alojamiento a una lista estelar de huéspedes, que van desde el diseñador de modas Corbat Stani a...

Con una sonrisa, Jack pasó la página y se quedó mirando un anuncio a doble página de la sección de viajes del viajes del *New York Sunday Times.* En la página siguiente había una nota sobre el propio Derwent, un hombre calvo, de mirada penetrante, incluso desde la fotografía de un periódico amarillento. Llevaba anteojos sin armazón y un bigote como dibujado a lápiz, al estilo de los años cuarenta, que en nada lo hacía parecerse a Errol Flynn. Tenía cara de contador, pero sus ojos le conferían el aspecto de alguien importante.

Jack recorrió rápidamente el artículo. Conocía la mayor parte de la información por una nota del *Newsweek* sobre Derwent, aparecida el año anterior. Nacido pobre en St. Paul, pronto abandonó la escuela para ingresar a la Armada. Tras un rápido ascenso, se retiró en medio de un áspero pleito por la patente de un nuevo modelo de hélice que había diseñado. En la disputa entre la Armada y un joven desconocido llamado Horace Derwent, el resultado era previsible: ganó el tío Sam. Pero el tío Sam jamás había vuelto a conseguir otra patente, aunque había habido muchas.

A finales de la década de los veinte y comienzos de la siguiente, Derwent se orientó hacia la aviación. Compró una vieja compañía arruinada, la convirtió en un servicio postal aéreo y la sacó adelante. Después vinieron más patentes: un nuevo diseño de alas para un monoplano; un dispositivo para bombas, que se usó en las fortalezas volantes que habían vomitado fuego sobre

Hamburgo, Dresde y Berlín; una ametralladora refrigerada por alcohol; un prototipo del asiento eyectable que más adelante se usó en los aviones de Estados Unidos.

Y durante todo el proceso, el contador que vivía bajo el mismo pellejo que el inventor seguía amontonando las inversiones: una insignificante cadena de fábricas de munición en los estados de Nueva York y Nueva Jersey; cinco hilanderías en Nueva Inglaterra; fábricas de productos químicos en el Sur, acosado por la miseria. Al término de la Depresión, su riqueza no había consistido en otra cosa que un puñado de intereses predominantes, comprados a precios abismalmente bajos y vendibles tan sólo a precios aún más bajos. Hubo un momento en que Derwent se jactaba de que si vendía todo lo que tenía, podía comprar un Chevrolet de hacía tres años.

Jack recordaba que se habían difundido rumores de que algunos de los medios empleados por Derwent para mantenerse a flote no fueron muy delicados. Se hablaba de enredos con la fabricación clandestina de bebidas; prostitución en el Medio Oeste; contrabando en las zonas costeras del Sur, donde tenía sus fábricas de fertilizantes, así como de vinculaciones con los intereses de las primeras casas de juego del Oeste.

Probablemente la inversión más famosa de Derwent fue la compra, en pleno naufragio, de los estudios Top Mark, que no habían tenido un solo acierto desde que su actriz principal, Little Margery Morrys, había muerto de una sobredosis de heroína en 1934, a los catorce años. La versión oficial fue que la estrella –especializada en deliciosos papeles de niñas que salvaban matrimonios y rescataban la vida de perros injustamente acusados de matar gallinas– había contraído una «enfermedad consuntiva» mientras actuaba en un orfanato de Nueva York. Top Mark le rindió el homenaje del funeral más suntuoso que se hubiera visto en la historia de

Hollywood, aunque algunos cínicos insinuaron que los del estudio habían gastado todo aquel dinero porque sabían que a quien estaban enterrando era a Top Mark.

Derwent contrató a Henry Finkel, astuto hombre de negocios y desaforado maníaco sexual, para dirigir Top Mark, y en los dos años que precedieron a Pearl Harbor el estudio vomitó sesenta películas, de las cuales cincuenta y cinco no pasaron por la Oficina Hayes más que para sacar la lengua en las propias narices del censor –las otras cinco eran películas de propaganda del gobierno–. Los filmes comerciales fueron éxitos clamorosos. Durante la filmación de uno de ellos, un anónimo diseñador de modas había ideado un sostén sin tirantes para que lo luciera la heroína durante la escena del gran baile, en la que mostraba todo lo que tenía, salvo un lunar situado debajo de las nalgas. También el crédito por aquel invento fue para Derwent, y para aumento de su reputación y notoriedad.

La guerra lo había enriquecido, y seguía siendo rico. Establecido en Chicago, rara vez se le veía a no ser en las juntas directivas de Derwent Enterprises (que presidía con mano de hierro) y se rumoreaba que era dueño de United Air Lines, Las Vegas –donde se sabía que tenía intereses predominantes en cuatro hoteles-casino, y la mano metida en otros seis–, Los Ángeles e incluso de Estados Unidos. Conocido por sus amistades entre los nombres de la realeza y los representantes del hampa, muchos creían que era el hombre más rico del mundo.

Sin embargo, no había podido sacar adelante el Overlook, pensó Jack. Por un momento, dejó el álbum de recortes para sacar la pequeña libreta de notas y el bolígrafo que siempre llevaba en el bolsillo del pecho. «Buscar H. Derwent en bibl. Sidwndr.», anotó y volvió a guardar la libreta para tomar el álbum de recortes. Tenía la expresión inquieta, la mirada distante y continuamente se frotaba la boca con la mano mientras seguía pasando páginas.

Ojeó el material que seguía, mientras tomaba mentalmente nota para leerlo con más atención en otro momento. En muchas de las páginas había recortes de comunicados de prensa, anunciando que alguien importante era esperado en el Overlook la semana siguiente, o que un pez gordo organizaba una recepción en el salón (que en la época de Derwent llamaban Red-Eye Lounge). Muchos de los que invitaban eran de Las Vegas, y muchos invitados eran ejecutivos y estrellas de Top Mark.

Después apareció un recorte fechado el 1 de febrero de 1952:

MILLONARIO VENDE INVERSIONES
EN COLORADO.

Trato hecho con inversionistas californianos sobre el Overlook y otras inversiones. Revelaciones de Derwent

Por Rodney Concklin, redactor financiero.

En un sucinto comunicado proporcionado ayer por las oficinas en Chicago de la monolítica Derwent Enterprises se reveló que el millonario Horace Derwent ha vendido la totalidad de sus inversiones en Colorado, en una vertiginosa operación financiera que quedará completada el 1 de octubre de 1954. Las inversiones de Derwent incluyen gas natural, carbón, energía hidroeléctrica y una compañía de bienes raíces, la Colorado Sushine, Inc., que es propietaria de una superficie de más de 200 000 hectáreas de tierra en Colorado o tiene opciones sobre ella.

La inversión de capital más famosa de Derwent en Colorado, el Hotel Overlook, ya ha sido vendido, según reveló Derwent en una excepcional entrevista

> concedida ayer. El comprador fue un grupo de inversionistas californianos encabezado por Charles Grondin, ex director de la Corporación de Tierras de California. Aunque Derwent declinó hacer referencia al precio, según fuentes bien informadas...

Acabó vendiéndolo todo, sin excepción. No era sólo el Overlook. Pero de alguna forma...

Jack volvió a enjugarse los labios con la mano y deseó poder beber algo. Eso iría mejor si tuviera algo para beber. Siguió pasando más páginas.

El grupo de California había abierto el hotel durante dos temporadas y después lo vendió al Mountainview Resorts, otro grupo de Colorado, que en 1957 se declaró en quiebra, entre acusaciones de corrupción, escamoteo de fondos y estafas a los accionistas. Dos días después de haber sido emplazado para comparecer ante un gran jurado, el presidente de la compañía se suicidó de un disparo.

Durante el resto del decenio el hotel había estado cerrado. Sobre esa época no había más que un artículo en un periódico dominical, con el encabezado ANTIGUO GRAN HOTEL SUMIDO EN EL ABANDONO. Las fotografías que lo ilustraban hicieron que a Jack se le encogiera el corazón: la pintura de la terraza delantera estaba descascarada, el jardín lleno de hierbas y parches pelados, las ventanas destrozadas por tormentas y piedras. Eso también formaría parte del libro, si es que llegaba a escribirlo: el fénix que se reduce a cenizas para después renacer. Jack se dijo que cuidaría del hotel. Le parecía que, hasta aquel momento, no había entendido en realidad la magnitud de su responsabilidad con el Overlook. Era casi como tener una responsabilidad ante la historia.

En 1961 cuatro escritores, dos de ellos ganadores del Premio Pulitzer, habían alquilado el hotel para reabrirlo como escuela para escritores. Eso había durado un año. Uno de los estudiantes se había emborrachado en su habitación del tercer piso, arrojándose por la ventana y estrellándose en la terraza de cemento. El periódico insinuaba que podía haber sido un suicidio.

«Todos los grandes hoteles tienen escándalos –había dicho Watson–, lo mismo que cualquier gran hotel tiene un fantasma. ¿Por qué? Demonios, la gente viene y va...»

De pronto, le pareció que casi podía sentir el peso del Overlook, como algo que lo oprimía desde arriba, con sus ciento diez habitaciones, los almacenes de provisiones, la cocina, la despensa, el congelador, el vestíbulo, el salón de baile, el comedor... En el salón las mujeres vienen y van, pensó, y sobre todos ellos la Muerte Roja.

Se frotó los labios y pasó a la página siguiente del álbum de recortes. Había llegado casi al final y por primera vez se preguntó de quién sería el volumen abandonado encima del montón de papeles más alto del sótano.

Leyó un nuevo encabezado, de fecha 10 de abril de 1963.

GRUPO DE LAS VEGAS COMPRA FAMOSO HOTEL EN COLORADO.
El pintoresco Overlook convertido
en club reservado

Como portavoz de un grupo de inversionistas reunidos bajo el nombre de High Country Investments, Robert T. Leffing anunció hoy en Las Vegas que la High Country ha negociado la compra del famoso hotel Overlook, establecimiento de temporada situado en lo alto de las montañas Rocallosas. Leffing rehusó mencionar específicamente los nombres de los inversionistas, pero dijo que el hotel sería convertido en un club muy reservado. Aseguró que el grupo que él representaba espera contar entre sus miembros con los más altos ejecutivos de las compañías norteamericanas y extranjeras.

La High Country es también propietaria de hoteles en Montana, Wyoming y Utah.

El Overlook llegó a ser mundialmente conocido en los años 1946-1952, cuando fue propiedad del esquivo megamillonario Horace Derwent, quien...

En la página siguiente había otro recorte con fecha de cuatro meses más tarde. El Overlook había sido reabierto bajo nueva dirección. Al parecer, el periódico no había podido descubrir quiénes eran los principales accionistas –o no le había interesado–, porque no mencionaba apellidos, sino que se hablaba tan sólo de High Country Investments, la firma de apariencia más anónima de la que Jack hubiera tenido noticia, a no ser una cadena de ser una cadena de tiendas de bicicletas y electrodomésticos de Nueva Inglaterra bajo el nombre de Negocios, Ltd.

Jack pasó la página y se quedó mirando el recorte que tenía pegado:

¿VUELVE EL MILLONARIO DERWENT A COLORADO POR LA PUERTA TRASERA?

Revélase que Ch. Grondin es un ejecutivo de la High Country

Por Rodney Concklin, director financiero.

El hotel Overlook, espectacular palacio situado en las tierras altas de Colorado, que fue en su momento el juguete particular del millonario Horace Derwent, constituye el centro de una maraña financiera que en este momento comienza a salir a la luz.

El 10 de abril del año pasado el hotel fue adquirido por High Country Investments, empresa de Las Vegas, como club exclusivo para ejecutivos adinerados del país y el extranjero. Fuentes bien informadas afirman que High Country está presidida por Charles Grondin, 53, que fue director de California

Land Development Corp. hasta 1959, fecha en que renunció para asumir el cargo de vicepresidente ejecutivo en la oficina de Derwent Enterprises en Chicago.

Esto lleva a conjeturar que quizá High Country Investments esté controlada por Derwent, quien podría así haber adquirido por segunda vez el Overlook, en circunstancias muy especiales.

No nos ha sido posible establecer contacto con Grondin, que en 1960 fue acusado y absuelto de una supuesta evasión de impuestos, y Horace Derwent, que guarda celosamente su aislamiento, no hizo comentario alguno cuando hablamos por teléfono con él. El representante en el Congreso Dick Bows, de Golden, ha pedido una investigación a fondo de...

El recorte estaba fechado el 27 de julio de 1964. El siguiente era una columna tomada de un suplemento dominical de septiembre del mismo año. El artículo estaba firmado por Josh Brannigar, periodista muy en la línea de Jack Anderson. Jack recordaba vagamente que había muerto en 1968 o 1969.

¿ZONA FRANCA DE LA MAFIA EN COLORADO?
Por Josh Brannigar.

Al parecer, es posible que el ultimísimo refugio de los señores de la Organización en EE.UU. se encuentre en un apartado hotel enclavado en el centro de las montañas Rocallosas. El Hotel Overlook, un elefante blanco, que fue dirigido sin suerte por casi una docena de grupos e individuos sucesivos desde que abrió sus puertas por primera vez en 1910, funciona ahora como un «club exclusivo» para hombres de negocios en proceso ascendente: ¿cuáles son *realmente* los negocios de los principales accionistas del Overlook?

Los miembros presentes durante la semana del 16 al 23 de agosto pueden darnos una idea. La lista que sigue fue obtenida por un antiguo empleado de High Country Investments, compañía de la que primero se creyó que actuaba como prestanombres de Derwent Enterprises. Con los nuevos datos disponibles parece más probable que los intereses de Derwent en High Country (si los tiene) sean superados en mucho por los de varias grandes figuras del juego en Las Vegas. Estos mismos tahúres de alto vuelo estuvieron vinculados con personajes sospechosos a la vez y convictos, pertenecientes al mundo del hampa.

Durante aquella soleada semana de agosto estuvieron presentes en el Overlook:

*Charles Grondin,* presidente de High Country Investments. Cuando en julio de este año se supo que Grondin pilotaba la nave de High Country, se anunció –con retraso considerable– que había renunciado antes a su cargo en Derwent Enterprises. El dignamente canoso Grondin, que se negó a formular declaraciones para esta columna, ya fue procesado y absuelto de cargos de evasión de impuestos en el año 1960.

*Charles «Baby Charlie» Battaglia,* un sexagenario empresario de Las Vegas (con importantes intereses en The Greenback y The Lucky Bones, en la calle principal de casas de juego en Las Vegas). Battaglia es íntimo amigo de Grondin. Su historial de arrestos se remonta a 1932, fecha en que fue procesado y absuelto por el asesinato de Jack «Dutchy» Morgan. Las autoridades federales lo consideran comprometido en asuntos de tráfico de drogas, prostitución y asesinatos a sueldo, pero Baby Charlie no ha estado más que una vez entre rejas, por evasión de impuestos, en 1955.

*Richard Scarne,* principal accionista de Fun

Time Automatic Machines. La Fun Time fabrica máquinas tragamonedas para el estado de Nevada, billarines y rocolas para el resto del país. Ha cumplido condenas por ataque con arma letal (1940), tenencia de armas (1948) y conspiración para cometer fraude fiscal (1961).

*Peter Zeiss,* importador domiciliado en Miami, próximo a los setenta. En los últimos cinco años ha corrido el riesgo de ser deportado como persona indeseable. Ha sido condenado por aceptación y ocultación de bienes procedentes de robo (1958) y conspiración para cometer defraudación de impuestos (1954). Encantador, distinguido y mundano, Peter Zeiss, a quien sus íntimos llaman «Papá», ha sido procesado por asesinato y complicidad en asesinato. Importante accionista de la Fun Time de Scarne, se sabe que tiene también intereses en cuatro de los casinos de Las Vegas.

*Vittorio Gienelli,* conocido como Vito el Descuartizador, procesado en dos ocasiones por homicidio, uno de ellos el de Frank Scoffy, figura del hampa bostoniana, asesinado a hachazos. Gienelli ha sido acusado veintitrés veces, procesado catorce y condenado sólo una vez, en 1940, por raterías. Se sospecha que en los últimos años se ha convertido en una de las figuras importantes de las operaciones de la Organización en el Oeste, que tienen por base Las Vegas.

*Carl «Jimmy-Ricks» Prashkin,* inversionista de San Francisco a quien se considera heredero forzoso del poder que ostenta ahora Gienelli. Prashkin posee un importante paquete de acciones de Derwent Enterprises, High Country Investments, Fun Time Automatic Machines y tres casinos de Las Vegas. No tiene historial en Norteamérica, pero en México fue acusado de fraude, aunque la acusación fue rápidamente retirada tres semanas después de

> presentada la querella. Se ha insinuado que quizá sea la persona encargada de «limpiar» el dinero obtenido de los casinos de Las Vegas y de volver a canalizar la mayor parte de estas sumas hacia las operaciones legítimas de la Organización en el Oeste. Y es posible que en la actualidad tales operaciones incluyan el Hotel Overlook de Colorado.
>
> Otros visitantes durante la actual temporada fueron...

Había más, pero Jack se limitó a pasar las páginas sin dejar de enjugarse los labios con la mano. Se mencionaba a un banquero con conexiones en Las Vegas, y a varios hombres de Nueva York cuya actividad en el mundo de la moda no se limitaba a fabricar ropa, se sospechaba su implicación en cuestiones de drogas, robos y asesinatos.

¡Dios mío, qué historia!, pensó. Y todos habían estado allí, en aquellas habitaciones vacías, regodeándose con prostitutas de lujo y bebiendo champán, cerrando tratos que se traducirían en millones de dólares, tal vez en la misma suite donde se habían alojado presidentes. ¡Vaya historia! Un tanto alterado, volvió a sacar su libreta de notas, apuntó algunos datos para comprobar lo que se decía en la biblioteca de Denver cuando terminara su trabajo de vigilante. Si todos los hoteles tenían un fantasma, el Overlook sin duda tenía todo un aquelarre de ellos. Suicidios, mafiosos, ¿qué más podía esperar?

El siguiente recorte era una furiosa denegación de las acusaciones de Brannigar, firmado por Charles Grondin. Jack sonrió con escepticismo.

En la página siguiente el recorte era tan grande que habían tenido que doblarlo. Al desplegarlo, Jack se quedó sin aliento. La fotografía del artículo era inconfundible: desde junio de 1966 habían cambiado el tapiz, pero reconoció la ventana y su visión panorámica.

Eran las del lado oeste de la suite presidencial, donde se había cometido un asesinato. La pared del cuarto de estar, junto a la puerta que daba al dormitorio, estaba salpicada de sangre y de algo que no podía ser sino fragmentos de masa encefálica. Un policía de rostro inexpresivo estaba de guardia junto a un cadáver cubierto por una manta. Jack miró la fotografía, fascinado, y después sus ojos se dirigieron al texto.

ASESINATO MÚLTIPLE EN UN HOTEL DE COLORADO.

*Conocido personaje del hampa asesinado en un club de montaña. Otros dos, muertos*

Sidewinder, Colo (UPI). A sesenta y cinco kilómetros de este apacible pueblito de Colorado, en el corazón de las montañas Rocallosas, se ha llevado a cabo al estilo de la mafia una ejecución múltiple. El Hotel Overlook, adquirido hace tres años como club exclusivo por una empresa de Las Vegas, ha sido teatro de un triple asesinato con armas de fuego. Dos de los hombres eran compañeros o guardaespaldas de Vittorio Gienelli, conocido también como el Descuartizador por su supuesta intervención en un crimen cometido hace veinte años en Boston.

La policía fue requerida por Robert Norman, gerente del Overlook, quien declaró haber oído disparos, y que algunos huéspedes decían haber visto a dos hombres con la cara cubierta con medias y armados, que habían escapado por la escalera de incendio y se habían alejado en un convertible último modelo, de color tostado.

El agente Benjamin Moorer descubrió dos cadáveres, identificados después como los de Víctor T. Boorman y Roger Macassi, ambos de Las Vegas, frente a la puerta de la suite donde se han alojado dos presidentes norteamericanos. En el interior,

Moorer halló el cuerpo de Gienelli en el suelo. Aparentemente Gienelli huía de sus atacantes cuando fue abatido.

Moorer dijo que le habían disparado a quemarropa con armas de gran calibre.

Charles Grondin, representante de la compañía que es en la actualidad propietaria del Overlook, se mostró inaccesible...

Al pie del recorte alguien había escrito con trazos gruesos: «Le cortaron los huevos». Jack se quedó mirándolo largo rato. Sentía frío. ¿De quién sería aquel libro?

Finalmente pasó la página y tragó saliva con un chasquido en la garganta. Vio otra columna de Josh Brannigar, ésta con fecha de comienzos de 1967. Sólo leyó el encabezado: TRAS EL ASESINATO DE UNA FIGURA DEL HAMPA, SE VENDE CONOCIDO HOTEL.

Las hojas que seguían estaban en blanco.

*«Le cortaron los huevos...»*

Volvió a hojearlo en busca de un nombre, una dirección, un número de habitación, porque estaba seguro de que quien fuera que hubiese llevado aquel pequeño libro de memorias, había parado en el hotel. Pero no encontró nada. Se preparaba para releer los recortes cuando una voz lo llamó desde lo alto de la escalera:

–¿Jack, mi vida?

Se sobresaltó, sintiéndose casi culpable, como si hubiera estado bebiendo a escondidas y ella pudiera olfatear su aliento. Era ridículo. Se frotó los labios con la mano.

–Sí, nena –contestó–. Estoy buscando ratas.

Wendy bajaba. Oyó sus pasos en la escalera, después al atravesar el cuarto de la caldera. Rápidamente, sin pensar por qué lo hacía, metió el álbum de recortes bajo un montón de cuentas y facturas, y se irguió en el momento en que ella pasaba bajo el arco.

–Pero ¿qué haces aquí? ¡Son casi las tres!

–¿Tan tarde? –sonrió Jack–. Bueno, estuve mirando todo esto... tratando de encontrar dónde están enterrados los cadáveres, me imagino.

Las palabras resonaron en su mente con un eco maligno.

Wendy se acercó a él, mirándolo, e inconscientemente Jack dio un paso atrás. Sabía lo que hacía Wendy: trataba de olfatear si él había bebido. Tal vez ella no se diera cuenta, pero él sí, lo que lo hizo sentirse culpable y enojado.

–Te sangran los labios –señaló Wendy, con tono curiosamente inexpresivo.

–¿Sí? –Jack se llevó la mano a la boca y dio un pequeño respingo, dolorido. Al retirar el dedo, vio sangre. Se sintió más culpable.

–Has estado otra vez frotándote la boca –dijo Wendy. Él bajó la vista, encogiéndose de hombros.

–Sí, supongo que sí.

–Ha sido muy difícil para ti, ¿verdad?

–No, no tanto.

–¿No se te ha hecho más fácil?

Jack la miró y obligó a sus pies a que empezaran a moverse. Cuando estaban en movimiento, era más fácil. Se acercó a su mujer y le pasó el brazo por la cintura. Apartándole un mechón de pelo rubio, la besó en el cuello.

–Sí –asintió–. ¿Dónde está Danny?

–Oh, por ahí. Ha empezado a nublarse. ¿Tienes hambre?

Con fingida lascivia, él le pasó la mano por las nalgas, tensamente enfundadas en los jeans.

–Como un oso en celo, señora.

–Cuidado, campeón. No empieces lo que no podrás terminar.

–¿Jueguecitos, señora? –Jack mantuvo la caricia–. ¿Fotos porno? ¿Nuevas posturas?

Mientras pasaban bajo el arco, se volvió para echar un vistazo a la caja donde el álbum estaba escondido. Una vez apagada la luz, no era más que una sombra. Se sintió aliviado por haber conseguido apartar a Wendy. Su deseo sensual empezó a hacerse más natural, menos fingido, a medida que se acercaban a la escalera.

–Tal vez –respondió Wendy–. Después de que te comas un sándwich... ¡Basta! –exclamó, apartándose de él–. ¡Muy divertido!

–No tan divertido como a Jack Torrance le gustaría, señora.

–Déjalo, Jack. ¿Qué te parece jamón y queso... para el primer plato?

Juntos subieron por la escalera, sin que Jack volteara a mirar por encima del hombro. No obstante, recordaba las palabras de Watson:

«Cualquier gran hotel tiene un fantasma. ¿Por qué? Demonios, la gente viene y va...»

Después Wendy cerró tras ellos la puerta del sótano, dejando atrás la oscuridad.

## 19. ANTE LA PUERTA 217

Danny recordaba las palabras de alguien más que durante la temporada había trabajado en el Overlook:

«Ella dijo que había visto algo en una de las habitaciones donde... sucedió algo malo. Fue en la habitación 217 y quiero que me prometas que no entrarás allí, Danny... que ni siquiera te acercarás...»

Era una puerta normal, que no se diferenciaba en nada de ninguna de las otras puertas de las dos primeras plantas del hotel. Pintada de color gris oscuro, estaba a la mitad de un corredor perpendicular al pasillo principal de la segunda planta. Los números que había en la puerta no parecían diferentes de los que señalaban los departamentos en el edificio de Boulder donde habían vivido. Un 2, un 1 y un 7. ¡Vaya cosa! Debajo de los números había una mirilla. Danny había hecho la prueba con varios de ellos. Desde dentro se tenía una amplia visión del corredor, en ojo de pez. Desde fuera, uno podía forzar la vista hasta que se le cayeran los ojos sin llegar a ver nada. Qué jugarreta sucia.

¿Por qué estás aquí?

Después de la caminata por la parte trasera del

Overlook, cuando él y mamá regresaron, ella le había preparado su almuerzo favorito, un sándwich de queso y salchichón, y una sopa Campbell de chícharos. Habían comido en la cocina de Dick, mientras hablaban. El radio estaba encendido y transmitía, débilmente y entre descargas, la música de una estación de Estes Park. La cocina era el lugar favorito de Danny en el hotel, y se daba cuenta de que sus padres debían de tener la misma sensación, porque después de intentar durante tres días comer en el comedor, decidieron hacerlo en la cocina; allí disponían las sillas en torno al tablón de cortar carne de Dick Hallorann que, de todos modos, casi era tan grande como la mesa que tenían en el comedor de Stovington. El comedor del hotel les resultaba deprimente, aunque tuviera las luces encendidas y sonara la música del magnetófono instalado en la oficina. En aquel entorno uno no era más que una de las tres únicas personas sentadas a una mesa rodeada de docenas de mesas vacías, cubiertas con guardapolvos de plástico transparente. Su madre decía que era como cenar en medio de una novela de Horace Walpole, y papá se había reído un buen rato. Danny no tenía idea de quién sería Horace Walpole, pero en cambio sabía que la comida que mamá preparaba le parecía más sabrosa desde que comían en la cocina. Allí seguía descubriendo pequeños rastros de la personalidad de Dick Hallorann, que lo tranquilizaban como un cálido abrazo.

Su madre se había comido medio sándwich sin tomar sopa. Dijo que papá debía de haber salido a pasear, porque el Volkswagen y la camioneta del hotel estaban en el estacionamiento. Ella estaba cansada y, si él creía que podía entretenerse solo sin problemas, se acostaría un rato. Sí, creía que sí, contestó Danny a través de un bocado de salchichón y queso.

–¿Por qué no vas a la zona de juegos, mi amor? –le

sugirió Wendy–. Creí que te gustaría ese lugar. Tiene arena para jugar con tus camiones.

Danny sintió un nudo en la garganta y se le hizo difícil tragar la comida.

–Podría ser –respondió mientras empezaba a juguetear con el radio.

–Y esos animales tan bonitos del cerco –continuó Wendy, retirándole el plato vacío–. Tu padre tendrá que ocuparse de recortarlos muy pronto.

–Claro –convino, y luego pensó: No son más que cosas malas… Una vez tuvieron algo que ver con esos malditos arbustos recortados para que parezcan animales…

–Si ves a papá antes que yo, dile que estoy descansando.

–Sí, mamá.

Wendy dejó los platos sucios en el fregadero y volvió junto a su hijo.

–¿Estás contento aquí, Danny?

Con un bigote de leche sobre el labio, el niño la miró cándidamente y respondió.

–Sí… sí.

–¿No has tenido más pesadillas?

–No –Tony había venido una sola vez, cuando ya estaba acostado, llamándolo débilmente por su nombre, desde muy lejos. Danny había apretado fuertemente los párpados hasta que Tony desapareció.

–¿Estás seguro?

–Sí, mamá.

Wendy pareció conformarse.

–¿Cómo va tu mano?

–Mejor –respondió, abriéndola y cerrándola.

Wendy le sonrió. Después del incidente, Jack había llevado el avispero, lleno de avispas congeladas, al incinerador que había al fondo del cobertizo de las herramientas y lo había quemado. Desde entonces, no habían visto más avispas. Jack había escrito a un abogado de

Boulder, adjuntando las fotografías de la mano de Danny. El abogado había telefoneado hacía dos días, dejando a Jack de un humor de perros durante toda la tarde. Al parecer, dudaba de que pudieran tener éxito si se entablaba un proceso contra la compañía fabricante de la bomba insecticida, ya que el único testigo de que había seguido las instrucciones impresas en el envase era el propio Jack. Éste le había sugerido que podían comprar otras bombas para comprobar si tenían el mismo defecto de fabricación, y el abogado le contestó que, aunque todas las bombas funcionaran mal, los resultados serían muy dudosos. Le contó el caso de una compañía que fabricaba escaleras extensibles y de un hombre que se había roto la columna. Wendy se había condolido junto con Jack, pero en su fuero interno se alegraba de que Danny hubiera salido tan bien librado. Lo mejor era dejar los pleitos para la gente que los entendía, y los Torrance no eran de esa clase. Además, no habían visto más avispas.

–Ve a jugar, doc, y que te diviertas.

Pero no se había divertido. Había vagabundeado sin rumbo por el hotel, mirando dentro de los armarios del servicio y en las habitaciones del portero en busca de algo interesante, sin encontrarlo. Era curiosa su figura, la de un muchacho solo andando sobre una alfombra azul oscuro con un dibujo de líneas negras, retorcidas. De vez en cuando había intentado abrir una puerta, pero todas estaban cerradas con llave. La llave maestra estaba colgada en la oficina y él sabía dónde, pero su padre le había prohibido tocarla. Además, a él no le interesaba. ¿O sí?

En definitiva, su vagabundeo no había sido sin rumbo. Una especie de curiosidad morbosa lo había atraído a la habitación 217. Recordó que en cierta ocasión su padre, que estaba borracho, le había leído un cuento. Eso había pasado mucho tiempo atrás, pero el cuento seguía siendo para él tan vívido como entonces. Su madre le había reclamado a papá, preguntándole cómo se le ocurría leer algo tan horrible a un niño de tres años. El cuento se llamaba *Barbaazul.* Eso también lo recordaba con claridad, porque al principio le había parecido oír que papá decía *Papaazul*, y en el cuento no había papás azules, ni de ningún otro color. El cuento era sobre la mujer de *Barbaazul*, un mujer muy guapa con los cabellos de color de trigo, como mamá. Cuando *Barbaazul* se casó con ella, vivieron en un castillo grande y siniestro, no muy distinto del Overlook. Y todos los días *Barbaazul* se iba a trabajar, advirtiendo a su hermosa esposa que no mirara dentro de cierta habitación, aunque la llave de esa habitación estaba colgada de un gancho, lo mismo que la llave maestra estaba abajo, colgada en la pared del despacho. La habitación cerrada había despertado cada vez más la curiosidad de la mujer de *Barbaazul*, que intentó espiar por el ojo de la cerradura, como Danny había intentado mirar por la mirilla de la habitación 217, con los mismos resultados insatisfactorios. Había incluso una ilustración en la que se veía arrodillada tratando de mirar por *debajo* de la puerta, pero la rendija no era suficiente. Cuando la puerta se abrió...

El cuento de su padre describía con amoroso y espeluznante detalle el descubrimiento. La imagen estaba grabada en la mente de Danny. En la habitación estaban las cabezas decapitadas de las siete esposas anteriores de *Barbaazul*, cada una sobre su propio pedestal, con los ojos en blanco, la boca torcida, jadeando en un grito silencioso. Del cuello magullado por el golpe de la espada al decapitarlas seguía rezumando sangre, que se escurría lentamente por los pedestales.

Aterrorizada, la muchacha se volteaba para huir de la habitación y del castillo, pero en la puerta se encontraba con *Barbaazul*, inmóvil, echando fuego por los ojos.

«Te dije que no entraras a esta habitación –decía *Barbaazul,* mientras desenvainaba la espada–. Pero, ¡ay!, tu curiosidad no es menor que la de las otras siete, y aunque te amé más que a todas ellas, tu final será el mismo. ¡Prepárate para morir, desdichada!»

Danny creía recordar que el cuento tenía un final feliz, pero ese detalle había palidecido hasta hacerse insignificante ante las dos imágenes que lo dominaban: la puerta cerrada, amenazante con el secreto que guardaba, y el propio secreto, terrible, repetido más de media docena de veces.

Instintivamente, su mano se adelantó hasta acariciar la manija de la puerta. No tenía idea del tiempo que hacía que estaba allí, hipnotizado ante la puerta gris, cerrada, seductora.

«Y tal vez unas tres veces me pareció que había visto cosas... cosas malas...», había dicho el cocinero.

Pero el señor Hallorann –Dick– también había dicho que no creía que esas cosas pudieran hacerle daño. Eran como ilustraciones de un libro que asustaran, pero nada más. Por otro lado, tal vez tampoco viera nada, aunque...

Súbitamente metió la mano izquierda al bolsillo y sacó la llave maestra. Había estado allí todo el tiempo, por supuesto.

La sostuvo de la placa metálica donde se leía DESPACHO, impreso a troquel, haciéndola girar con la cadena. Al cabo de unos minutos interrumpió el movimiento y deslizó la llave maestra en la cerradura.

La llave entró sin dificultad alguna, sin tropiezo, como si hubiera estado deseando que la pusieran allí.

«Me pareció que había visto cosas... cosas malas... Prométeme que no entrarás allí.»

Por supuesto, una promesa era algo muy importante, pero la curiosidad era tan intensa como una urticaria en un sitio donde no debía rascarse. No obstante, era una curiosidad terrible, como la que lo obligaba a espiar entre los dedos durante las partes más espantosas de una película de terror. Sin embargo, lo que hubiera detrás de esa puerta no sería una película.

«No creo que esas cosas puedan hacerte daño... Son como las ilustraciones que te dan miedo en un libro...»

De pronto, retiró la mano, sin que realmente supiera qué iba a hacer hasta que hubo sacado la llave maestra de la cerradura para volver a meterla en el bolsillo. Por un instante se quedó mirando la puerta, con los ojos muy abiertos, y después volteó rápidamente y echó a andar por el corredor hacia el pasillo principal.

Algo lo llevó a detenerse. Después recordó que, ante de llegar a las escaleras, había uno de esos anticuados extintores de incendios enrollado en la pared, como una serpiente adormecida.

Según su padre, no eran extintores químicos, aunque en la cocina sí había varios de ellos. Los otros eran los precursores de los modernos sistemas de aspersión. Las largas mangueras de lona se conectaban directamente con el sistema de cañerías del Overlook, y con sólo dar vuelta a una válvula, uno podía convertirse en un cuerpo de bomberos unipersonal. Pero papá decía que los extintores químicos, que echaban espuma, eran mucho mejores. Las sustancias químicas sofocaban el fuego porque le quitaban el oxígeno que necesitaba para arder, mientras que un chorro de agua a presión podía no hacer otra cosa que extender aún más las llamas. Papi decía que el señor Ullman debería hacer cambiar esas mangueras anticuadas junto con la vieja caldera, pero que probablemente no haría ninguna de las dos cosas, porque el señor Ullman era un tacaño. Danny sabía que ése era uno de los peores epítetos a los que solía recurrir su padre. Se lo aplicaba a algunos médicos, dentistas y reparadores de aparatos domésticos, y también al director del departamento de inglés de Stovington, que no había aceptado algunos pedidos de compra de libros que le presentaba su padre porque decía que con eso se saldrían del presupuesto. «Al diablo con el presupuesto –le había comentado furiosamente a Wendy, mientras Danny, a quien se suponía durmiendo, los escuchaba desde su dormitorio–. Lo que quiere ese tacaño es quedarse los últimos quinientos dólares para él.»

Danny echó un vistazo antes de dirigirse hacia el pasillo.

Vio el extintor, una manguera plana que se plegaba una docena de veces sobre sí misma, con un tanque rojo colgado de la pared. Encima de él había un hacha en una caja de vidrio, como si fuera una pieza de museo, con palabras pintadas en blanco sobre un fondo rojo: RÓMPASE EL VIDRIO EN CASO DE EMERGENCIA. Danny sabía leer la palabra «emergencia», que era también el nombre de uno de sus programas de televisión favoritos, pero de las demás no estaba seguro. De todas maneras, no le gustaba la forma en que estaba usada la palabra, en relación con esa larga manguera plana. «Emergencia» significaba fuego, explosiones, choques de automóviles, hospitales, muertes... Y a él no le gustaba la forma en que esa manguera pendía de la pared. Cuando estaba solo, siempre pasaba lo más rápido posible junto a esos extintores. No había ninguna razón en particular, pero se sentía mejor si pasaba rápido.

Con el corazón latiéndole con fuerza en el pecho, dobló la esquina y miró hacia el pasillo, que llegaba hasta la escalera. Allá abajo estaba su madre, durmiendo. Y si papá había vuelto de su paseo, tal vez estaría en la cocina comiendo un sándwich y leyendo un libro. No tenía más que pasar junto al viejo extintor y bajar por la escalera.

Empezó a andar, acercándose cada vez más a la pared opuesta hasta que rozó con el brazo derecho el elegante tapiz sedoso. Faltaban veinte pasos. Cada vez estaba más cerca.

De pronto, la boquilla de bronce se soltó del rollo sobre el que había estado apoyada y cayó con un ruido sordo sobre la alfombra del pasillo. Se quedó allí, con el oscuro agujero apuntado hacia Danny. Él se detuvo de inmediato, encogiendo los hombros bajo el súbito aguijonazo del miedo. La sangre le golpeaba, densa, en los oídos y las sienes. Sentía la boca áspera y amarga, y apretaba los puños inconscientemente. Sin embargo, la manguera no se movía.

Se había soltado, eso era todo. Era una estupidez pensar que se parecía a una serpiente venenosa de las que había en *El mundo animal,* y que al oírlo hubiera despertado, aunque la textura de la lona diera la impresión de ser algo escamoso. Con pasar por encima de ella y seguir por el pasillo hasta la escalera, para tener la seguridad de que no lo siguiera y se le enroscara en los pies...

Imitando a su padre, se frotó los labios con la mano izquierda y dio un paso hacia adelante. La manguera no se movió. ¿Lo ves, tonto? Te asustaste pensando en esa habitación cerrada y en el cuento de *Barbaazul,* y probablemente hace cinco años que esa manguera estaba a punto de caer. Eso es todo, pensó.

Danny miró fijamente la manguera, y recordó a las avispas.

A ocho pasos de distancia, la boquilla de la manguera relucía pacíficamente sobre la alfombra, como si le dijera: «No te preocupes. No soy más que una manguera, y aunque fuera otra cosa, lo que puedo hacerte no es mucho peor que una picadura de avispa. ¿Qué puedo querer hacerle a un simpático muchachito como tú... salvo morderlo... morderlo... morderlo?».

Danny avanzó un poco más. Sentía el aliento seco y áspero en la garganta, y estaba al borde del pánico. Deseó que la manguera *se moviera,* porque entonces, por fin, estaría seguro... Dio un paso más. Desde allí, ya podía atacarlo. Pero no lo hará, se dijo, desesperado. ¿Cómo puede *atacarte* si no es más que una manguera? ¡Tal vez esté llena de avispas!

Su temperatura corporal descendió súbitamente. Casi hipnotizado, se quedó mirando el agujero negro en medio de la boquilla. Tal vez *estuviera* lleno de avispas, de avispas misteriosas, con los oscuros cuerpecillos rebosantes de veneno, escurriéndose de los aguijones en líquidas gotas transparentes.

De repente, comprendió que estaba casi paralizado de terror. Si no se obligaba a andar, sus pies quedarían atrapados en la alfombra y allí se quedaría, con la mirada fija en el agujero negro de la boquilla, como un pájaro observando fijamente a una serpiente. Sí... se quedaría allí hasta que su padre lo encontrara, y entonces... ¿qué sucedería?

Con un fuerte gemido, echó a correr. Cuando llegó junto a la manguera, tuvo la impresión de que la boquilla se movía, dispuesta a levantarse para atacarlo. Saltó lo más que pudo para pasar por encima. En su pánico, le pareció que las piernas lo elevaban casi hasta el techo, rozándolo con la cabeza.

Cayó del otro lado de la manguera y siguió corriendo, pero entonces la oyó a sus espaldas, acercándose, deslizándose rápidamente sobre la alfombra, como una serpiente de cascabel avanzando entre la hierba. Lo perseguía, y de pronto le pareció que la escalera se alejaba a medida que corría hacia ella.

*¡Papá!*, intentó gritar, pero no pudo. Se encontraba solo. Tras él, el ruido se hacía más intenso, el murmullo seco de la serpiente al deslizarse sobre las fibras de la alfombra. Ya la tenía sobre los talones, sin duda enderezando la cabeza, mientras el veneno se escurría, transparente, por el hocico de bronce.

Danny llegó a la escalera y tuvo que aferrarse con ambos brazos del barandal para detenerse. Por un momento pareció que perdería el equilibrio y bajaría los escalones rodando hasta el final.

Volvió a mirar por encima del hombro.

La manguera no se había movido, seguía inmóvil en el suelo del pasillo, con la boquilla apuntando desinteresadamente lejos de él. ¿Lo ves, tonto?, volvió a regañarse. Tú lo inventaste todo, gato asustado. No fue más que tu imaginación, gato asustado, gato asustado...

Con las piernas temblorosas, se aferró al barandal de la escalera. No te perseguía, le dijo su mente y se aferró a la idea. *No te perseguía, no te perseguía...* No había nada que temer. En realidad, podría volver a colgar la manguera donde estaba, si quería, aunque no creía que lo hiciera. ¿Y si realmente lo hubiera perseguido y se hubiera vuelto atrás cuando se dio cuenta de que no iba a... poder... alcanzarlo?

La manguera seguía sobre la alfombra, como si lo desafiara a volver a hacer la prueba.

Jadeante, Danny bajó corriendo por la escalera.

# 20. CONVERSACIÓN CON EL SEÑOR ULLMAN

La biblioteca pública de Sidewinder era un pequeño edificio solitario, a una manzana de la zona comercial de la ciudad, sencillo y cubierto de enredaderas. El ancho camino de cemento que conducía hasta la puerta estaba flanqueado por los cadáveres de las flores del verano. Sobre el pasto se erguía una gran estatua de bronce de un general de la guerra de Secesión. Jack jamás había oído hablar de él, aunque durante sus años de adolescente hubiera sido un experto en la materia.

Los archivos de periódicos estaban en la planta baja, e incluían La *Gazette* de Sidewinder, que había dejado de salir en 1963, el diario de Estes Park y el *Camera* de Boulder. De Denver no había ningún periódico.

Con un suspiro, Jack se conformó con el *Camera.*

A partir de 1965, los periódicos eran reemplazados por carretes de microfilme.

–Por una subvención federal –le explicó alegremente la bibliotecaria–. Cuando nos llegue el próximo cheque, esperamos hacer lo mismo con los de 1958 a 1964, pero son tan lentos... Tendrá cuidado, ¿verdad? Llámeme si me necesita.

El único aparato de lectura tenía una lente, que de alguna manera se había deformado, y para cuando Wendy le apoyó la mano en el hombro, unos cuarenta y cinco minutos después de haber empezado con los microfilmes, Jack tenía un agobiante dolor de cabeza.

–Danny está en el parque –dijo Wendy–, pero no quiero que esté demasiado tiempo afuera. ¿Cuánto vas a tardar?

–Diez minutos –respondió Jack, que ya había completado la última parte de la fascinante historia del Overlook, los años transcurridos desde el triple asesinato hasta que Stuart Ullman & Co. se hicieron cargo del hotel. Sin embargo, seguía sin decidirse a contárselo a Wendy.

–¿En qué te has metido? –preguntó su mujer, mientras le tocaba el pelo, pero su voz sonaba un tanto preocupada.

–Estoy estudiando algo de la historia del Overlook.

–¿Por algún motivo especial?

–No, sólo por curiosidad –repuso y luego pensó–: ¿Y por qué demonios te interesa?

–¿Encontraste algo interesante?

–No mucho –contestó, esforzándose por mantener la calma. Wendy estaba espiándolo, como siempre lo había hecho cuando estaban en Stovington y Danny todavía era un bebé. «¿Adónde vas, Jack? ¿Cuándo volverás? ¿Cuánto dinero llevas? ¿Vas a llevarte el coche? ¿Va Al a salir contigo? ¿Alguno de ustedes se mantendrá sobrio?» Ella lo había empujado a la bebida. Tal vez no hubiera sido la única razón, pero sin duda era una de ellas. Lo acosaba hasta que sentía ganas de abofetearla para hacerla callar y terminar con aquel interminable diluvio de preguntas.

El aparato de lectura... Pensó que el maldito aparato

con las líneas distorsionadas le provocaba el dolor de cabeza.

–Jack, ¿te sientes bien? Pareces pálido...

Con un gesto brusco, apartó la cabeza de la mano de ella y exclamó:

–¡Estoy perfectamente!

Wendy retrocedió ante su mirada violenta e intentó sonreír.

–Bueno... si estás... En fin, te esperaré en el parque con Danny... –empezó a apartarse, mientras la sonrisa se le diluía en una expresión de dolida perplejidad.

–Wendy... –la llamó él.

–¿Qué, Jack? –desde el pie de la escalera, ella se volvió. Jack se levantó y se le acercó.

–Lo siento, nena. Realmente no me siento bien. Ese aparato... tiene la lente deformada. Me duele mucho la cabeza. ¿Tienes una aspirina?

–Claro –buscó en su bolsa y sacó un envase de Anacin–. Quédatelas.

Jack tomó la caja.

–¿No tienes Excedrin? –cuando vio la expresión de Wendy, lo comprendió. Al principio había sido una especie de amarga broma entre ellos, antes de que la bebida fuera demasiado grave para bromear. Jack sostenía que, entre las que estaban a la venta sin receta, el Excedrin era la única droga capaz de cortar de raíz una cruda. Empezó a pensar en los martilleos de la mañana siguiente, a los que llamaba «jaquecas Vat 69».

–Lo siento, no tengo Excedrin –repuso Wendy.

–No importa, me arreglaré con éstas.

Mentía, por supuesto, y Wendy debería haberlo sabido, aunque a veces podía ser la más estúpida...

–¿Quieres que te traiga agua?

¡No, lo único que quiero es que te largues de una vez, carajo!, pensó Jack, y luego dijo:

–Cuando me levante, me serviré agua del garrafón. Muchas gracias.

–De acuerdo –Wendy empezó a subir por la escalera–. Estaremos en el parque.

–Bien –con aire ausente, Jack se metió las aspirinas al bolsillo, volvió al aparato de lectura y lo apagó. Cuando estuvo seguro de que Wendy se había marchado, se dirigió hacia la escalera. No podía librarse de la terrible jaqueca. Si uno tenía que aguantar semejante dolor, por lo menos debería darse el placer de tomar unas copas como compensación.

Contrariado, trató de apartar la idea. Cuando se acercó a la mesa principal, iba jugueteando con una caja de cerillos sobre la que tenía anotado un número telefónico.

–Señorita, ¿tienen teléfono público?

–No, señor, pero si la llamada es local puede utilizar el mío.

–Lo siento, es larga distancia.

–En ese caso, creo que lo mejor será que vaya al centro comercial. Allí tienen una cabina.

–Gracias.

Salió de la biblioteca y echó a andar por la banqueta, pasando junto al anónimo general de piedra. Con las manos en los bolsillos, la cabeza latiéndole como una plúmbea campana, se dirigió hacia la zona comercial. El cielo también parecía de plomo. Era el 7 de noviembre y desde principios de mes el tiempo se mostraba amenazante. Había habido varias nevadas, pero hasta entonces la nieve no había cuajado. Sin embargo, el suelo estaba cubierto por un manto blanco. Mientras Jack se dirigía al centro comercial, empezó a nevar levemente otra vez.

La cabina telefónica estaba situada detrás del edificio y Jack recorría un pasillo donde se exhibían medicamentos, haciendo sonar el cambio en el bolsillo, cuando de pronto sus ojos repararon en las cajas blancas impresas en verde. Sacó una, se la llevó a la cajera, pagó y volvió a la cabina telefónica. Cerró la puerta, dejó sobre el estante la caja de cerillos y el cambio y marcó el 0.

–¿Adónde llama, por favor?

–A Fort Lauderdale, Florida, telefonista.

Le dio el número y el número de la cabina. Cuando la telefonista le dijo que pusiera un dólar noventa por los primeros tres minutos, introdujo en la ranura ocho monedas de veinticinco centavos, haciendo un gesto de fastidio cada vez que el timbre resonaba en el oído.

Después, pendiente tan sólo de los lejanos tintineos y parloteos de las conexiones, sacó de la caja el frasco verde de Excedrin, levantó la tapa y dejó caer al suelo de la cabina el tapón de algodón. Sosteniendo el auricular entre el oído y el hombro, sacó tres tabletas blancas y las alineó sobre el estante, junto al cambio que le quedaba. Volvió a tapar el frasco y se lo metió al bolsillo.

En el otro extremo, tras el primer timbrazo, descolgaron el auricular.

–Surf-Sand Resort, ¿en qué podemos servirle? –preguntó una alegre voz de mujer.

–Quisiera hablar con el gerente, por favor.

–¿Se refiere al señor Trent o...?

–Me refiero al señor Ullman.

–Creo que el señor Ullman está ocupado, pero si quiere que le...

–Sí, por favor. Dígale que llama Jack Torrance, desde Colorado.

–Un momento, por favor –oyó que dejaban el receptor.

A Jack volvió a inundarlo el disgusto que le provocaba el presuntuoso de Ullman. Tomó del estante una de las tabletas de Excedrin, la miró un momento y después se la puso en la boca y empezó a masticarla lentamente, con placer. El sabor lo invadía como el recuerdo, aumentándole la salivación en una mezcla de placer y desdicha. Un gusto seco y amargo, pero inevitable. Tragó, con una mueca. En la época en que bebía, masticar aspirinas se había convertido en un hábito; desde entonces no había vuelto a hacerlo. Pero ante semejante dolor de cabeza, parecía que al masticar las tabletas el efecto fuera más rápido. En alguna parte había leído que masticar aspirinas podía causar adicción. ¿Dónde lo habría leído? Frunciendo el entrecejo, trató de recordarlo, pero en ese momento se oyó la voz de Ullman en la línea.

–¿Torrance? ¿Algún problema?

–Ningún problema –respondió Jack–. La caldera funciona a la perfección y todavía no he asesinado a mi mujer. Eso lo guardo para después de las fiestas, cuando empiece a aburrirme.

–Muy gracioso. ¿Qué quiere? Soy un hombre...

–Ocupado, sí, lo entiendo. Verá, llamo por ciertas cosas que usted no me contó al hablar del honorable pasado del Overlook. Como la forma en que Horace Derwent lo vendió a un montón de estafadores de Las Vegas, que lo hicieron pasar por tantos prestanombres que al final ni el Servicio de Rentas Interiores sabía a quién pertenecía en realidad. O cómo esperaron el momento adecuado para convertirlo en patio de juego de los peces gordos de la mafia, y cómo tuvieron que cerrarlo en 1966, cuando a uno de ellos se lo despacharon. Por no hablar de sus guardaespaldas, que montaban guardia ante la puerta de la suite presidencial. Gran lugar la suite presidencial del Overlook... Wilson, Harding, Roosevelt, Nixon y Vito el Descuartizador, ¿no es eso?

En el otro extremo de la línea se produjo un grave silencio.

–No veo qué importancia tiene eso para su trabajo, señor Torrance –señaló Ullman en voz baja–. Si...

–Aunque lo mejor vino después de que tirotearan a Gienelli, ¿no le parece? Otras dos barajaduras rápidas, ahora la ves, ahora no la ves, y de pronto el Overlook pasa a ser propiedad de una ciudadana, una mujer llamada Sylvia Hunter... y que casualmente, entre 1942 y 1948, fue Sylvia Hunter Derwent.

–Pasaron los tres minutos –anunció la telefonista–. Avise cuando termine.

–Mi estimado señor Torrance, todo eso es de dominio público... además de ser historia antigua.

–Pues no formaba parte de mis conocimientos –dijo Jack–, y dudo que mucha gente lo sepa. Se recuerda la muerte de Gienelli, pero dudo que alguien haya atado cabos con todos los cambios extraños y maravillosos que ha sufrido el Overlook desde 1945. Y al parecer, el premio gordo siempre se lo lleva Derwent o alguien relacionado con él. ¿Qué era lo que regentaba allí Sylvia Hunter a finales de los sesenta, señor Ullman? Era una casa de putas, ¿no es cierto?

–¡*Torrance!* –el grito escandalizado atravesó 3 200 kilómetros de cable sin perder intensidad.

Sonriente, Jack se metió otro Excedrin a la boca y lo masticó despacio.

–Lo vendió después de que un senador bastante conocido muriera allí de un ataque cardíaco. Hubo rumores de que lo habían encontrado desnudo, salvo por un par de medias negras de nylon, un liguero y un par de zapatos de tacones altos, zapatos de charol, en realidad.

–¡Eso es una mentira repudiable y malintencionada! –exclamó Ullman.

–¿Ah, sí? –Jack empezaba a sentirse mejor. El dolor de cabeza estaba remitiendo. Se tomó el tercer Excedrin y lo masticó, gozando del sabor amargo y polvoriento de la tableta al deshacérsele en la boca.

–Fue un episodio muy desdichado –aceptó Ullman–. Pero ¿a qué viene esto, Torrance? Si lo que proyecta es escribir un sucio artículo... si esto es una estúpida idea de chantaje, trasnochada...

–No es nada de eso –lo tranquilizó Jack–. Decidí telefonear porque me pareció que no había jugado limpio conmigo. Y porque…

–¿Que no jugué *limpio*? –gimió Ullman–. Por Dios, pero ¿creía que iba a ponerme a lavar la ropa más sucia del hotel con el vigilante? Pero en nombre del cielo, ¿quién se cree que es? Y en cualquier caso, ¿cómo pueden afectarlo esas historias? ¿O acaso cree que hay fantasmas que pasean por los pasillos del ala oeste, envueltos en sábanas y gritando «¡Uuuu!»?

–No, no creo que haya fantasmas, pero usted escarbó bastante en mi historia personal antes de darme el trabajo. Me puso en tela de juicio, cuestionando mi capacidad para ocuparme de su hotel, y me trató como se trata a un niño a quien el maestro regaña por orinarse en el ropero. Me puso en una situación incómoda, ¿sabe?

–Realmente no puedo dar crédito a su audacia y a su maldita impertinencia –Ullman daba la impresión de que estuviera ahogándose–. Me gustaría correrlo, y tal vez lo haga.

–Creo que Al Shockley tendría algo que objetar… enérgicamente.

–Y yo creo que ha sobreestimado la obligación que siente hacia usted el señor Shockley, Torrance.

Por un momento, el dolor de cabeza volvió en su más palpitante gloria, y Jack cerró los ojos. Como si él mismo estuviera lejos, se oyó preguntar:

–¿Quién es ahora el propietario del Overlook? ¿Sigue siendo Derwent Enterprises? ¿O usted es un pez demasiado pequeño para saberlo?

–Creo que ya tengo bastante, señor Torrance. Usted es un empleado del hotel, lo mismo que un botones o un ayudante de cocina. Y no tengo intención de…

–Está bien, escribiré a Al –declaró Jack–. Él lo sabrá, después de todo, es del consejo de dirección. Y es posible que le añada una pequeña posdata diciéndole que…

–Derwent no es el propietario.
–¿Qué? No le entendí bien.
–Dije que Derwent no es el propietario. Los accionistas son de la costa Este. Su amigo, el señor Shockley, tiene el mayor paquete de acciones, más del treinta y cinco por ciento. Usted sabrá mejor que yo si de alguna manera está vinculado con Derwent.
–¿Quién más?
–No tengo intención de darle los nombres de los demás accionistas, señor Torrance. Me propongo llamar sobre todo este asunto la atención de...
–Una pregunta más.
–No tengo ninguna obligación con usted.
–La mayor parte de la historia del Overlook, la bien condimentada y la otra, la encontré en un álbum de recortes que estaba en el sótano. Grande, con las tapas de piel blanca, atado con cordones dorados. ¿Tiene idea de a quién pertenece?
–Ni la más remota.
–¿Es posible que haya pertenecido a Grady, el vigilante que se suicidó?
–Señor Torrance –dijo Ullman con frialdad–, ni siquiera estoy seguro de que el señor Grady supiera leer, y mucho menos de que fuera capaz de descubrir las manzanas podridas con que me está usted haciendo perder el tiempo.
–Verá, estoy pensando en escribir un libro sobre el Overlook y pensé que, si llego a hacerlo, el dueño de ese álbum de recortes merece un agradecimiento en la página correspondiente.
–Creo que escribir un libro sobre el Overlook sería una necedad extrema –repuso Ullman–. Especialmente un libro escrito desde su... punto de vista.
–Su opinión no me sorprende.
Ya no le dolía la cabeza. Se sentía mentalmente agudo y sabía que estaba actuando con una precisión

milimétrica. Era la misma sensación que tenía cuando su labor literaria iba bien, o cuando había tomado tres copas. Ésa era otra de las cosas que había olvidado del Excedrin; no sabía si en otros producía el mismo efecto, pero a él masticar tres tabletas lo subía de tono instantáneamente.

–Lo que a usted le gustaría –continuó– es una especie de libro guía, que pudiera entregar gratuitamente a los huéspedes a medida que fueran llegando. Algo con un montón de fotografías de las montañas a la puesta del sol y a la salida del sol, todo acompañado de un texto empalagoso; y también con una parte dedicada a los personajes pintorescos que se han alojado allí, excluyendo a los que realmente son pintorescos, como Gienelli y sus amigos.

–Si supiera que puedo despedirlo y tener la total seguridad de que yo conservo mi trabajo –dijo Ullman con tono entrecortado–, lo despediría ahora mismo, por teléfono. Pero como me queda un resquicio de incertidumbre, me propongo llamar al señor Shockley en el momento en que usted cuelgue, y espero fervientemente que no tarde.

–Pero en el libro no habrá nada que no sea cierto –insistió Jack–. No necesita adornos.

–No me interesa si en el capítulo quinto se cuentan las orgías del Papa de Roma con el fantasma de la virgen María –le aseguró Ullman, levantando la voz–. ¡Lo que quiero es que se vaya de mi hotel!

–¡El hotel no es suyo! –vociferó Jack y colgó el auricular.

Después se sentó en el asiento de la cabina, respirando con dificultad, un poco asustado, preguntándose por qué, en nombre de Dios, había empezado por telefonear a Ullman.

Has vuelto a tener un ataque de mal genio, Jack, se dijo.

Sí, eso era. No tenía sentido negarlo. Y lo peor de todo era que no tenía la menor idea de la influencia que pudiera tener aquel necio sobre Al... como tampoco la tenía de cuántas idioteces Al estaría dispuesto a aguantarle en nombre de los viejos tiempos. Si Ullman era tan eficiente como él pretendía, y si le planteaba a Al que uno de los dos tenía que marcharse, ¿no se vería Al obligado a aceptar el ultimátum? Cerró los ojos y se imaginó diciéndoselo a Wendy: «¿Sabes qué, nena? He vuelto a quedarme sin trabajo. Y esta vez he tenido que valerme de 3200 kilómetros de cable telefónico para encontrar a quién agredir, pero lo conseguí».

Abrió los ojos y se frotó la boca con el pañuelo. Necesitaba beber algo. Había un café calle abajo, y sin duda todavía tenía tiempo de tomar una cerveza mientras iba hacia el parque.

Se retorció nerviosamente las manos, desesperanzado.

La pregunta volvió a plantearse: ¿por qué había telefoneado a Ullman? El número del Surf-Sand, en Lauderdale, estaba anotado en una libreta que había en el Overlook, junto al teléfono y al aparato de radio, junto a los números de plomeros, carpinteros, vidrieros, electricistas...y otras mil cosas. Poco después de levantarse, Jack lo había anotado en la caja de cerillos, decidido a llamar a Ullman. Pero ¿con qué fin? Una vez, durante la época en que bebía, Wendy le había echado en cara que, aunque deseaba su propia destrucción, no tenía la fibra moral suficiente para respaldar su deseo de muerte. Por eso urdía modos para que otros lo destruyeran, haciéndose lentamente pedazos, él y su familia. ¿Sería verdad? ¿Tal vez en algún rincón de sí mismo temía que el Overlook fuera precisamente lo que necesitaba para dar término a la obra empezada y, en términos más generales, para recoger sus pedazos y volver a unirlos? ¿No estaría jugando en contra de sí mismo? Rogó a Dios que no fuera así.

Cerró los ojos y de inmediato vio una imagen sobre la oscura pantalla de los párpados; se vio a sí mismo metiendo la mano en el agujero de las tejas para sacar el alquitranado inservible, oyó su propio grito de dolor y sorpresa en el aire claro e indiferente: «Ay, maldita hija de puta...».

Después se vio dos años atrás, llegando a casa a las tres de la madrugada, borracho, tropezando con una mesa para caer al suelo, entre maldiciones, y despertar a Wendy, que dormía en el diván. Wendy encendía la luz, veía la ropa desgarrada y sucia tras una nebulosa pelea en el estacionamiento, algo que él recordaba vagamente que había sucedido horas antes en un bar miserable cerca de Nueva Hampshire, con costras de sangre seca en la nariz, mientras miraba a su mujer, parpadeando estúpidamente bajo la luz como un topo puesto al sol, mientras Wendy decía sombríamente: «Hijo de puta, despertaste a Danny. Si tú mismo no te importas, ¿no podemos importarte nosotros un poco? ¡Por qué me molestaría alguna vez en hablarte!».

El timbre del teléfono le hizo dar un salto. Descolgó rápidamente el auricular, con la ilógica seguridad de que sería Ullman, o Al Shockley.

–¡Diga! –exclamó.

–Su tiempo extra, señor. Son tres dólares con cincuenta.

–Tendré que ir a buscar cambio. Un momento.

Dejó el teléfono sobre el estante, depositó las últimas seis monedas de veinticinco y después fue a pedir cambio a la cajera. Hizo la transacción mecánica, sus pensamientos giraban en círculo, como una ardilla por el interior de una rueda.

¿Por qué había telefoneado a Ullman? ¿Porque éste lo había humillado? Otros lo habían hecho antes, y eran auténticos maestros... entre los cuales el gran maestro era él, naturalmente. ¿Sólo pretendía fanfarronear ante Ullman y desenmascararlo en su hipocresía? No se consideraba tan mezquino. Trató de aferrarse al álbum de recortes como una razón válida, pero esa explicación también era absurda. Las posibilidades de que Ullman supiera quién era el dueño no serían mayores del dos por mil. En la entrevista, Ullman se había referido al sótano como si fuera otro mundo… un mundo sucio y subdesarrollado. Si realmente hubiera querido saberlo, debería haber llamado a Watson, cuyo número también estaba anotado en la libretita del despacho. Tampoco Watson habría sido una fuente fehaciente, pero sí más segura.

Y hablarle del libro… había sido otra estupidez. Además de poner en peligro su trabajo, podía cerrar canales de información, una vez que Ullman empezara a llamar a la gente para advertirle que se cuidara si alguien iba a hacerle preguntas referentes al Overlook. Podía haber hecho sus investigaciones con reserva, enviando por correo las cartas necesarias, cortésmente, incluso concertando algunas entrevistas para la primavera… y después haberse reído de la cólera de Ullman cuando el libro se publicara y él ya estuviera a salvo y tranquilo… El Enmascarado vuelve a atacar… En cambio, había hecho esa maldita y disparatada llamada, había tenido otro ataque de mal genio, se había enemistado con Ullman y había movilizado todas las inclinaciones de pequeño dictador del director del hotel. ¿Por qué? Si todo eso no era un esfuerzo por conseguir que lo corrieran del excelente trabajo que le había conseguido Al, entonces, ¿qué era?

Depositó en la ranura el resto de las monedas y colgó el auricular. Realmente era un disparate que podría haber hecho si hubiera estado borracho. Pero estaba sobrio, total y absolutamente sobrio.

Mientras salía del centro comercial se metió otro Excedrin a la boca, gozando una vez más del sabor amargo.

En la banqueta se encontró con Wendy y Danny.

–Íbamos a buscarte –lo saludó ella–. Está nevando.

Jack parpadeó, mirando hacia arriba.

–Pues es verdad.

La nevada era intensa. La calle principal de Sidewinder estaba cubierta de un denso polvo blanco con el centro de la calzada oscurecido. Danny miraba hacia el cielo y, con la boca abierta, sacaba la lengua para recibir los copos que iban cayendo blandamente.

–¿Crees que con ésta ya empieza? –preguntó Wendy.

Jack se encogió de hombros y repuso:

–No lo sé. Esperaba que tuviéramos un par de semanas más de gracia, y tal vez sea así.

«Gracia...», eso era.

«Lo siento, Al. Ten misericordia. Te pido una oportunidad más. Lo siento de todo corazón...», se imaginó suplicando.

¿Cuántas veces, a lo largo de cuántos años, había pedido él, ya un hombre adulto, la misericordia de una oportunidad más? De pronto, se sintió tan asqueado de sí mismo, con tantas náuseas, que sintió ganas de gritar.

–¿Cómo va el dolor de cabeza? –inquirió Wendy, observándolo.

Él la rodeó con el brazo y dijo:

–Mejor. Vengan los dos, vamos a casa, mientras todavía podamos llegar.

Se dirigieron hacia la camioneta del hotel, que estaba estacionada junto a una curva. Jack iba en medio, con el brazo izquierdo sobre los hombros de Wendy, y tomando con la mano derecha a Danny. Por primera vez había pensado en el Overlook como si fuera su casa.

Mientras se instalaba tras el volante de la camioneta se le ocurrió que, por más que el Overlook lo fascinara, no le gustaba. No estaba seguro de que su familia se encontrara bien allí. Tal vez por eso había llamado a

Ullman... para que lo despidieran cuando todavía estaban a tiempo.

Dio marcha atrás y tomó el camino que salía del puente hacia las montañas.

# 21. PENSAMIENTOS NOCTURNOS

Eran las diez de la noche. En el dormitorio ambos fingían dormir.

Tendido de costado, mirando a la pared, Jack escuchaba la respiración lenta y regular de Wendy. Todavía sentía en la lengua el sabor de las tabletas, su textura áspera, un poco anestesiante. Al Shockley había telefoneado al cuarto para las seis, cuarto para las ocho hora del Este. Wendy estaba en la planta baja con Danny, sentados ante la chimenea del vestíbulo, leyendo.

–Personal para el señor Jack Torrance –anunció la telefonista.

–Al habla –Jack tomó el auricular con la mano derecha y con la izquierda buscó el pañuelo en el bolsillo trasero. Se lo pasó por los labios magullados y encendió un cigarro.

Después oyó la voz de Al.

–Jacky, por Dios, ¿qué estás tramando?

–Hola, Al –Jack apagó el cigarro y buscó a tientas el frasco de Excedrin.

–¿Qué te pasa, Jack? Esta tarde recibí una llamada *rarísima* de Stuart Ullman. Y si Stu Ullman hace una llamada de larga distancia y la paga de su bolsillo, es porque está con el agua al cuello.

–Ullman no tiene ningún motivo de preocupación, Al, ni tú tampoco.

–¿De qué exactamente no tenemos que preocuparnos? Por lo que dijo Stu, no sé si pensar en un chantaje o un artículo de fondo sobre el Overlook en el *National Enquirer.* Explícamelo.

–Bueno, quise molestarlo un poco –se excusó Jack–. Verás, cuando vine para la entrevista, Ullman me sacó todos los trapos sucios. Ya sabes, el problema de la bebida, que perdí mi último trabajo por torturar a un estudiante, que dudaba de que yo fuera el hombre adecuado para el trabajo, etcétera. Lo que me molestó fue que trajera a colación todo eso por estar tan enamorado del condenado hotel, el hermoso Overlook, el tradicional Overlook... el sagrado y sangriento Overlook. Bueno, pues en el sótano encontré un álbum de recortes en el que alguien había recopilado todos los aspectos menos halagüeños de la catedral de Ullman, y tuve la impresión de que habían celebrado una pequeña misa negra después de hora.

–Espero que eso sea metafórico, Jack –la voz de Al sonaba espantosamente fría.

–Lo es. Pero realmente encontré...

–Conozco la historia del hotel.

Jack se revolvió el cabello.

–En fin, le llamé y lo acorralé un poco con todo eso. Admito que no fue brillante, y naturalmente no volvería a hacerlo.

–Stu dice que planeas sacar por tu cuenta unos cuantos trapos sucios.

–¡Stu es un idiota! –vociferó Jack–. Le dije que planeaba escribir sobre el Overlook, es cierto. Creo que este lugar es una síntesis de lo que fue el carácter norteamericano después de la Segunda Guerra Mundial.

Puede parecer pretencioso, lo sé... ¡pero está todo ahí, Al! Dios mío, podría ser un *gran* libro. Pero en el futuro, te lo prometo. En este momento tengo servida una ración más grande de la que puedo tomar y...

–Para mí no es suficiente, Jack.

Perplejo, Jack miró el negro auricular del teléfono, incapaz de creer lo que sin duda había oído.

–Al, ¿has dicho que...?

–He dicho lo que he dicho. ¿Cuánto tiempo es el futuro, Jack? Para ti tal vez sean dos años, quizá cinco, para mí son treinta o cuarenta, porque espero seguir durante mucho tiempo asociado con el Overlook. Y la idea de que te pongas a escarbar mierda en mi hotel para hacerla pasar como una gran creación de la literatura norteamericana me pone enfermo.

Jack se quedó sin habla.

–Quise ayudarte, Jacky. Estuvimos juntos en la guerra, y pensé que te lo debía. ¿Te acuerdas de la guerra?

–Sí, me acuerdo –mascculló Jack, pero las brasas del resentimiento habían empezado a calentarle el corazón. Primero Ullman, después Wendy, ahora Al. ¿Qué era todo aquello? ¿La Semana Nacional de destrucción de Jack Torrance? Se mordió con más fuerza los labios, buscó el paquete de cigarros y se le cayeron al suelo. En el pasado había sido amigo de aquel ex borracho, que hablaba desde su guarida con revestimiento de caoba en Vermont. Pero ¿realmente le había gustado?

–Antes de que golpearas al muchacho, ese Hatfield –dijo Al–, yo había convencido a la Junta de que te confirmaran, e incluso había logrado que consideraran la posibilidad de concederte la cátedra vitalicia. Pero tú lo estropeaste. Después te conseguí lo del hotel, un lugar grato y tranquilo para que te recuperaras, terminaras tu obra de teatro y esperaras hasta que entre Harry Effinger y yo convenciéramos al resto de esos tipos de que cometieron un gran error. Y ahora parece que quieres ponerte pesado con un gran asesinato. ¿Es ésa la forma que tienes de agradecer a los amigos, Jack?

–No –repuso, sin atreverse a decir más.

En la cabeza le latían las palabras ardientes, como grabadas, pugnando por salir. Intentó desesperadamente pensar en Wendy y Danny, que confiaban en él, sentados tranquilamente en la planta baja, junto al fuego, estudiando el primer libro de lectura de la segunda serie, seguros de que todo iba bien. Si perdía aquel trabajo, ¿qué harían? ¿Ir a California en el viejo y destartalado Volkswagen, con su bomba de gasolina medio rota, como una familia de migrantes que huye de la aridez del campo? Aunque se dijo que antes de dejar que tal cosa sucediera se arrodillaría ante Al, las palabras seguían pugnando por salir, y la mano con que sujetaba las riendas de su furia era cada vez más débil.

–¿Qué dices? –preguntó Al con acritud.

–No, no es así como trato a mis amigos –respondió Jack–. Y tú lo sabes.

–¿Cómo lo sé? En el peor de los casos, lo que te propones es enfangar mi hotel, desenterrando cadáveres que hace años que están dignamente sepultados. En el mejor, telefoneas al director, un tipo raro pero sumamente competente, y lo dejas frenético, sin más motivo que un... un estúpido juego de niños.

–Era algo más que un juego, Al. Para ti es más fácil. No tienes que aceptar la caridad de un amigo rico. No necesitas tener un amigo en el tribunal, porque tú *eres* el tribunal; del hecho de que también estuvieras a un paso de ser un borrachín ni se habla, ¿no es eso?

–Supongo que sí –la voz de Al había bajado de tono, y parecía cansado de la conversación–. Pero, Jack, eso no puedo evitarlo, no puedo cambiarlo.

–Lo sé –admitió Jack–. ¿Estoy despedido? Si es eso lo que vas a decir, hazlo ahora.

–No, si me prometes dos cosas.

–De acuerdo.

–¿No sería mejor que supieras las condiciones antes de aceptarlas?

–No. Dime cuál es el trato, que yo lo aceptaré. Tengo que pensar en Wendy y en Danny. Si me pides los huevos, te los mandaré por correo.

–¿Estás seguro de que puedes permitirte el lujo de compadecerte de ti mismo, Jack?

En ese momento, Jack volvió a cerrar los ojos mientras se metía un Excedrin entre los labios resecos.

–A estas alturas, tengo la sensación de que es el único lujo que puedo permitirme.

Por un momento Al se quedó en silencio. Después dijo:

–En primer lugar, nada de llamadas a Ullman, aunque se incendie el hotel. En ese caso, llama al encargado de mantenimiento, ese tipo... ya sabes a quién me refiero...

–A Watson.

–Sí.

–De acuerdo.

–Segundo, quiero que me prometas que no escribirás ningún libro sobre un famoso hotel de montaña en Colorado.

Jack creyó enloquecer de ira y no pudo hablar. Su corazón latía con fuerza. Era como recibir una llamada de cierto mecenas del siglo xx... «nada de pintar retratos de familia donde se vean las verrugas, ¿eh?, o volverás con el populacho. Yo sólo subvenciono retratos bonitos. Cuando pintes a la hija de mi gran amigo y socio en los negocios, por favor, olvida los lunares, o volverás con el populacho. Claro que somos amigos... los dos somos hombres civilizados, ¿no? Hemos compartido la cama, la mesa y la botella. Siempre seremos amigos, y si ahora te pongo un collar de perro, siempre fingiremos no verlo por tácito acuerdo, y yo cuidaré de ti con generosidad y benevolencia. Lo único que te pido a cambio es el alma, una bagatela… Hasta podemos ignorar el hecho de que me la has entregado, lo mismo que ignoramos el collar de perro. Recuerda, mi talentoso amigo, que los Miguel Ángel mendigan por todas partes en las calles de Roma…».

–Jack, ¿estás ahí?

Emitió un ruido apagado como respuesta.

Al hablaba con voz firme, segura de sí misma.

–En realidad, no creo pedirte tanto, Jack. Puedes escribir otros libros, pero simplemente no puedes esperar que yo te subvencione mientras tú…

–Está bien, de acuerdo.

–No quiero que pienses que intento controlar tu vida artística, Jack. Sabes que no sería capaz de eso. Es sólo que…

–¿Al?

–¿Qué?

–¿Sabes si Derwent todavía tiene algo que ver con el Overlook?

–No veo en qué puede interesarte saber eso, Jack.

–Por supuesto que no. Escucha, Al, creo que Wendy me llama. Ya volveremos a hablar.

–Seguro, Jacky. Será una buena charla. ¿Cómo van las cosas? ¿En seco…?

Ahora que ya tienes tu kilo de carne sangrienta, ¿no puedes dejarme en paz de una vez?, pensó Jack antes de responder:

–Como un hueso.

–Yo también. En realidad, está empezando a gustarme andar sobrio. Si…

–Ya te llamaré, Al. Wendy…

–Sí. De acuerdo.

Tras colgar el auricular, sintió los primeros calambres, castigándolo con la rapidez del rayo, obligándolo a doblarse ante el teléfono como un penitente, con las manos apretándose el vientre, la cabeza palpitante como una ampolla monstruosa.

Se le había pasado un poco cuando Wendy subió a preguntar quién había llamado por teléfono.

–Era Al. Quería saber cómo iban las cosas. Le dije que muy bien.

–Jack, tienes mal aspecto. ¿Estás enfermo?

–Otra vez me duele la cabeza. Me acostaré temprano. No tiene sentido que intente escribir.

–¿Quieres que te lleve un poco de leche caliente?

–Me encantaría –sonrió Jack, débilmente.

Tendido junto a ella, notó el contacto de su muslo tibio, relajado. Pensando en la conversación con Al, en cómo se había rebajado, todavía se sentía alternativamente invadido por el hielo y el fuego. Algún día lo reconocerían. Algún día habría un libro, no ese texto tranquilo y meditado en que había pensado al principio, sino un arduo fruto de investigación, con una historia del Overlook, los convenios de propiedad sucios, incestuosos, todo... Lo expondría ante el lector como si fuera la disección de un cangrejo. Y si Al Shockley tenía algo que ver con el imperio de Derwent... pues que Dios lo ayudara.

Tenso como las cuerdas de un piano, se quedó mirando la oscuridad, consciente de que podían pasar horas antes de que se durmiera.

Tendida de espaldas con los ojos cerrados, Wendy escuchaba el ritmo del ronquido de su marido, la aspiración larga, la breve pausa, la exhalación ligeramente gutural. ¿Adónde irá cuando se duerme?, pensó. A alguna feria, a un Great Barrington de los sueños, donde todos los juegos son gratuitos y no hay ninguna esposa-madre que le diga a uno que ya comió bastantes hot dogs o que sería mejor marcharse para llegar a casa antes de que oscurezca. ¿O sería a un bar recóndito, donde la bebida jamás se acababa y las puertas oscilatorias siempre estaban abiertas para los viejos amigos de Jack, entre los que destacaría Al Shockley, con la corbata floja y el botón del cuello de la camisa desabrochado?

Wendy estaba preocupada por Jack, sintiendo el viejo desamparo que había creído dejar atrás en Vermont... como si por algún motivo las preocupaciones no pudieran atravesar las fronteras estatales. No le gustaba lo que estaba haciéndoles el Overlook a Jack y a Danny.

Lo que más la asustaba era el hecho impreciso y nunca mencionado –tal vez ni siquiera mencionable– de que todos los síntomas de la época de bebedor de Jack hubieran vuelto, salvo la propia bebida. Volvía a frotarse los labios con la mano o el pañuelo, como si los tuviera excesivamente húmedos. Había largas pausas ante la máquina de escribir, la cantidad de papeles arrojados al cesto había aumentado. Tras la llamada de Al, esa misma noche, Wendy había encontrado un frasco de Excedrin junto al teléfono, pero sin vaso de agua. Jack estaba otra vez tomando tabletas. Además, se irritaba por pequeñeces. Inconscientemente chasqueaba los dedos si las cosas estaban muy tranquilas. Wendy había empezado a preocuparse también por su mal genio. Casi deseó que perdiera los estribos, que liberara un poco de presión, como cuando iba al sótano por la mañana y por la noche para bajar la presión de la caldera. Sería casi agradable verlo maldecir y asestar un puntapié a una silla o dar un buen portazo. Pero esas cosas, que parecían formar parte de su temperamento, habían casi desaparecido por completo. Sin embargo, Wendy tenía la sensación de que los enojos de Jack con ella o con Danny eran cada vez más frecuentes, pero también de que él se negaba a darles cauce. La caldera tenía un manómetro, viejo, estropeado y grasiento, pero todavía funcionaba. Jack no tenía ninguno. Ella jamás había llegado a interpretarlo muy bien. Danny era capaz de hacerlo, pero Danny no hablaba.

Y la llamada de Al... Más o menos a la misma hora, Danny había perdido todo interés en el cuento que estaban leyendo. La dejó a ella sentada junto al fuego y se fue al escritorio principal, donde Jack le había construido una carretera para los coches y camiones en miniatura. Ahí estaba el Volkswagen Violeta Violento, y Danny se había puesto a moverlo rápidamente hacia adelante y hacia atrás. Mientras fingía leer un libro, pero mirando por encima de él a su hijo, Wendy había visto un extraña amalgama de las maneras que tenían ella y Jack de expresar la angustia: enjugarse los labios, pasarse nerviosamente las manos por el pelo, como solía hacer ella cuando esperaba que Jack regresara de su recorrido por los bares... No podía creer que Al hubiera llamado simplemente para «preguntar cómo iban las cosas». Si uno quería charlar un rato, llamaba a Al, pero si éste telefoneaba, era para algo serio.

Más tarde, cuando volvió a bajar, Wendy encontró a Danny de nuevo acurrucado junto al fuego, leyendo en su libro de lectura de segundo grado las aventuras de Joe y Rachel, cuando su papá los llevó al circo, completamente abstraído. La desazón y la inquietud se habían evaporado por completo. Al mirarlo, Wendy había vuelto a experimentar la certeza, súbita e inquietante, de que Danny sabía y entendía más cosas de lo que suponía la filosofía del doctor Edmonds.

–Es hora de acostarse, doc –le dijo.

–Está bien –Danny puso una marca en el libro y se levantó.

–Ve a cepillarte los dientes.

–Bueno.

–Y no olvides el hilo dental.

–No, mamá.

Por un momento, permanecieron inmóviles, mirando cómo oscilaba el resplandor de las brasas en el fuego. La mayor parte del vestíbulo estaba helado y lleno de corrientes de aire, pero el círculo alrededor de la chimenea era de una tibieza mágica, difícil de abandonar.

–El tío Al llamó por teléfono –dijo Wendy, con aparente indiferencia.

–¿Ah, sí?

–Me preguntaba si estaría enojado con papá –añadió Wendy con el mismo tono.

–Supongo que sí –asintió Danny, sin dejar de mirar el fuego–. No quería que papá escribiera el libro.

–¿Qué libro, Danny?

–Uno sobre el hotel.

La pregunta que se formó en sus labios era la misma que ella y Jack le habían formulado mil veces: «¿Cómo lo sabes?» pero guardó silencio. No quería inquietarlo a la hora de acostarse ni hacer que se diera cuenta de que estaba hablando de cómo sabía ciertas cosas que no podía saber. Pero Wendy estaba convencida de que era así. La charla del doctor Edmonds sobre el razonamiento inductivo y la lógica subconsciente no era más que eso: charla. Su hermana... ¿Cómo había sabido Danny que ese día, en la sala de espera, ella estaba pensando en Aileen? Y... «Soñé que papá tuvo un accidente».

Meneó la cabeza, como para despejársela.

–Ve a bañarte, doc.

–Sí, mamá –corrió escaleras arriba, hacia el dormitorio, mientras Wendy, frunciendo el entrecejo, iba a la cocina a calentar la leche para Jack.

En aquel momento, insomne en su cama mientras escuchaba la respiración de su marido y el viento –milagrosamente todavía no se había producido ninguna gran nevada–, Wendy dejó que sus pensamientos volvieran sin reserva hacia su adorable e inquietante hijo, que había nacido con la cabeza envuelta en las membranas, esa tela que los médicos veían en un nacimiento entre setecientos, esa tela que según las historias viejas era señal de agudeza intelectiva.

Decidió que era hora de hablar con Danny sobre el Overlook... y, sobre todo, de convencerlo de que hablara con ella. Al día siguiente tenían pensado ir a la biblioteca pública de Sidewinder para tratar de conseguir que les prestaran unos libros de segundo grado durante el invierno, y entonces hablaría con él. Con esa idea en la cabeza se sintió más tranquila y por fin empezó a abandonarse al sueño.

Por su parte, Danny seguía despierto, con los ojos abiertos, sosteniendo con el brazo izquierdo su viejo y traqueteado oso de peluche (que había perdido uno de los botones que formaban los ojos y perdía relleno por una docena de costuras reventadas), escuchando cómo dormían sus padres en el dormitorio. Tenía la sensación de haberse convertido, sin quererlo, en el guardián de ellos. Las noches eran lo peor de todo. Aborrecía las noches, y el gemido constante del viento sobre el ala oeste del hotel.

Suspendido de un hilo, sobre él flotaba el avión. Encima de su escritorio el Volkswagen, que Danny había traído desde la planta baja, resplandecía con un tono púrpura fluorescente. En la estantería estaban sus libros de lectura, y los de pintar sobre el escritorio. «Un sitio para cada cosa y cada cosa en su sitio –decía mamá–. Entonces, cuando quieres algo, sabes dónde lo tienes.» Pero las cosas estaban cambiadas de lugar y faltaban algunas. Además, se habían *agregado* cosas, cosas que no podía ver bien, como las imágenes que decían ¿PUEDES VER A LOS INDIOS? Y si uno se esforzaba y miraba con los ojos entornados, veía algunos. Lo que al primer vistazo le había parecido un cactus era en realidad un guerrero con un cuchillo entre los dientes, y había otros ocultos en las rocas, y hasta se podía ver uno de los rostros hoscos y despiadados mirando entre los radios de la rueda de un carro con toldo. Pero nunca se mostraban todos, y era eso lo inquietante. Porque eran los que no se veían los que se arrastrarían furtivamente por detrás, con el hacha en una mano y en la otra el cuchillo para arrancarte el cuero cabelludo...

Inquieto, Danny se acomodó de nuevo en la cama, buscando con la mirada el resplandor reconfortante de la lamparilla de noche. Aquí las cosas eran peor, de eso estaba seguro. Al principio, no había sido tan malo, pero poco a poco... su padre pensaba mucho más en beber. A veces estaba enojado con mami y no sabía por qué. Se paseaba enjugándose los labios con el pañuelo, con una expresión nebulosa y distante en los ojos. Mami estaba preocupada por él, y Danny también. No necesitaba del resplandor para saber que ella le había hecho preguntas el día que a él le pareció que la manguera del extintor se convertía en una serpiente. El señor Hallorann había dicho que todas las madres resplandecían un poco, y ese día ella supo que había pasado algo.

Danny había estado a punto de decírselo, pero hubo un par de cosas que lo detuvieron. Sabía que el médico de Sidewinder había restado importancia a Tony y a las cosas que éste le mostraba, diciendo que era algo perfectamente normal. Quizá su madre no le creería si le contaba lo de la manguera, y peor sería que lo creyera «equivocadamente», que pensara que se le estaba «zafando un tornillo». Él sabía lo que era «zafarse un tornillo», aunque no tanto como sabía sobre «encargar un bebé», porque eso mami se lo había explicado bastante bien el año pasado.

En cierta ocasión, en el jardín de niños, su amigo Scott había señalado a un niño llamado Robin Stenger, que andaba lloriqueando junto a los columpios. El padre de Robin enseñaba aritmética en la misma escuela que papá, y el de Scott era profesor de historia. La mayoría de los pequeños del jardín de niños tenía algún vínculo con la escuela preparatoria de Stovington, o bien con la pequeña planta de IBM que había a las afueras del pueblo, y ambos formaban dos grupos por separado. Naturalmente había amistades entre niños de los dos grupos, pero era bastante normal que el contacto fuera mayor entre los pequeños cuyos padres se conocían. Cuando en uno de los grupos pasaba algo entre los adultos, casi siempre se filtraba hasta los niños, de forma más o menos distorsionada, pero era extraño que trascendiera al otro grupo.

Esa vez, él y Scotty estaban sentados en la nave espacial de juguete cuando Scotty señaló a Robin con el dedo pulgar.

–¿Conoces a ese niño? –le preguntó.

–Sí –contestó Danny.

Scott se inclinó hacia él.

–Anoche, a su papá se le zafó un tornillo, y se lo llevaron.

–¿Ah, sí? ¿Sólo porque se le zafó un tornillo?

Scott lo miró con desdén.

–Se volvió loco, vamos –Scott bizqueó, sacó la lengua y empezó a describir amplias elipses con el dedo índice sobre las sienes–. ¡Se lo llevaron al loquero!

–¡Uau! –exclamó Danny–. ¿Y cuándo lo dejarán volver?

–Nunca –respondió sombríamente Scotty.

En el transcurso de ese día y del siguiente, Danny llegó a saber que:

*a)* El señor Stenger había intentado matar a toda su familia, incluso a Robin, con la pistola que guardaba como recuerdo de la Segunda Guerra Mundial.

*b*) El señor Stenger había hecho pedazos la casa mientras estaba chiflado.

*c*) Al señor Stenger lo habían encontrado comiéndose un tazón de bichos muertos y hierba seca como si fueran copos de cereales con leche, y mientras lo hacía estaba llorando.

*d*) El señor Stenger había tratado de estrangular a su mujer con una media porque su equipo favorito había perdido un partido.

Finalmente, demasiado angustiado para seguir guardando el secreto, Danny le había hablado a su padre del señor Stenger. Papá lo había sentado en sus rodillas y le había explicado que el señor Stenger había estado soportando demasiadas tensiones, en parte por su familia, por el trabajo y por cosas que nadie más que los médicos podían entender. Había tenido ataques de llanto, y tres noches atrás se había puesto a llorar desconsoladamente y había roto un montón de cosas. Eso no era porque se le hubiera «zafado un tornillo», decía su padre, sino porque había tenido un «colapso nervioso», y el señor Stenger no estaba en un «loquero» sino en un «sanatorio». Pero a pesar de las cautelosas explicaciones de papá, Danny estaba asustado. No le parecía que hubiera ninguna diferencia entre que se le zafara un tornillo a alguien y que tuviera un colapso nervioso, y aunque se dijera sanatorio en vez de loquero, el lugar seguía teniendo rejas en las ventanas y a uno no lo dejaban salir aunque quisiera. Y, de manera totalmente inocente, su padre había confirmado sin modificarla otra de las frases de Scotty, que despertaba en Danny un terror impreciso y vago. En el lugar donde vivía ahora el señor Stenger había «hombres de bata blanca», que venían a buscarlo a uno en una camioneta sin ventanillas y pintada de un funesto color gris. La estacionaban junto a la banqueta, junto a la casa de uno, y entonces los hombres de bata blanca iban a buscarlo a uno y lo separaban de su familia y lo llevaban a vivir a una habitación con paredes acolchadas. Y si uno quería escribir a su casa, tenía que hacerlo con crayola.

–¿Y cuándo lo dejarán volver? –preguntó Danny a su padre.

–Tan pronto como mejore, doc.

–¿Cuándo será eso? –había insistido Danny.

–Dan, nadie lo sabe –le respondió Jack.

Y eso era lo peor de todo, era otra manera de decir nunca. Un mes más tarde, la madre de Robin sacó a su hijo del jardín de niños y los dos se marcharon de Stovington, sin el señor Stenger.

Eso había ocurrido hacía más de un año, después de que su padre dejara de tomar «algo malo», pero antes de que perdiera el trabajo. Danny aún solía pensar en ello. A veces, cuando se caía o se daba un golpe o le dolía la panza, lloraba y de pronto se acordaba. Temía no poder dejar de llorar, hasta que su padre fuera al teléfono, marcara un número y dijera: «¿Hola? Soy Jack Torrance, de 149 Mapleline Way. Estoy con mi hijo, que no puede dejar de llorar. Por favor, envíen a los "hombres de bata blanca" para que lo lleven al "sanatorio". Sí, eso es, se le "zafó un tornillo". Gracias». Y entonces la camioneta gris sin ventanillas llegaría a la puerta de *su* casa, lo meterían a él dentro, siempre llorando histéricamente, y se lo llevarían. ¿Y cuándo volvería a ver a su padre y a su madre? «Eso nadie lo sabe».

Aquel temor le había impuesto el silencio. Ahora que tenía un año más, estaba seguro de que sus padres no dejarían que se lo llevaran por haber pensado que la manguera del extintor era una serpiente. Sin embargo, cuando pensaba en contarles la historia, el viejo recuerdo se alzaba dentro de él como una piedra que le llenara la boca y le impidiera articular las palabras. No era como lo de Tony, que siempre le había parecido perfectamente natural (hasta que empezaron las pesadillas, claro) y también parecía que sus padres aceptaban a Tony como algo más o menos natural. Las cosas como Tony venían porque uno era «inteligente», y los dos daban por sentado que él lo era (como también daban por sentado que lo eran ellos), pero una manguera de incendios que se convertía en serpiente, o eso de ver sangre y sesos en la pared de la suite presidencial, cuando nadie más podía verlo, esas cosas no serían naturales. Sus padres ya lo habían llevado al médico. ¿No era razonable suponer que después de eso vendrían los hombres de bata blanca?

No obstante, podría haberlo contado, pero estaba seguro de que en ese caso, tarde o temprano, querrían sacarlo del hotel. Él deseaba desesperadamente librarse del Overlook, pero al mismo tiempo sabía que era la última oportunidad de su padre, que estaba allí para algo más que cuidar del lugar. Había venido a trabajar con sus papeles, a superar lo que sentía por haber perdido el trabajo, a amar a su familia. Hasta hacía muy poco tiempo, parecía que esas cosas estuvieran sucediendo, pero últimamente, desde que encontró ciertos papeles, su padre había empezado a tener problemas.

«Este lugar inhumano hace monstruos de los humanos.»

¿Que significaba eso? Danny había rogado a Dios, pero Dios guardaba silencio. ¿Y qué haría papá si dejaba de trabajar allí? Había tratado de saberlo mirando en la mente de su padre, y estaba cada vez más seguro de que su padre no lo sabía. La principal prueba le llegó esa misma tarde, cuando el tío Al había telefoneado a papá y le había dicho cosas feas, mezquinas. Su padre no se había animado a contestar porque tío Al podía despedirlo del trabajo como el señor Crommett, el director de la escuela de Stovington, lo había despedido de su puesto de profesor. Y su padre tenía un miedo espantoso, por él y por mamá y también por él mismo.

Por eso no había dicho nada. No le quedaba más

remedio que estar alerta, indefenso, esperando que en realidad en la imagen no hubiera indios, o que si los había, se conformaran con esperar a la caza mayor y dejaran en paz a las presas pequeñas como ellos. Pero no podía creerlo, por más que se esforzara.

Sin duda las cosas habían empeorado en el Overlook.

La nieve estaba próxima, y cuando llegara, las escasas opciones que tenían quedarían enterradas. Y después de la nieve, ¿qué? ¿Qué harían cuando estuvieran encerrados allí, a merced de cualquier cosa que hasta el momento sólo había jugado con ellos?

«¡Sal de una vez a tomar tu medicina!»

Se estremeció en la cama. Ahora ya sabía leer mejor. Tal vez mañana intentaría llamar a Tony, intentaría conseguir que él le mostrara exactamente qué era REDRUM y le dijera si había alguna forma de evitarlo. Correría el riesgo de las pesadillas. ¡Necesitaba *saber*!

Danny todavía estaba despierto cuando el falso sueño de sus padres se había convertido en real. Dio vueltas en la cama, enredándose en las sábanas, luchando con un problema demasiado grande para él, despierto en la noche como un solitario centinela. Y después de medianoche, cuando él también se durmió, no quedó despierto más que el viento, lanzándose contra el hotel y silbando en los aleros, bajo la mirada fría y penetrante de las estrellas.

## 22. EN LA CAMIONETA

*Veo salir mala luna*
*Veo dificultades en el camino*
*Veo terremotos y rayos*
*Veo mal tiempo para hoy*
*No salgas esta noche*
*Puede costarte la vida*
*Hay mala luna al salir.*

Alguien había instalado en la camioneta del hotel un viejo radio, y la bocina emitía, metálico y lleno de descargas, el inconfundible sonido de la banda Creedence Clearwater Revival de John Fogerty. Wendy y Danny iban a Sidewinder. El día era claro y luminoso. Danny jugaba con la tarjeta anaranjada de lector de Jack y estaba bastante animado, pero a Wendy le parecía verlo fatigado y tenso, como si no durmiera lo suficiente y sólo la energía nerviosa lo mantuviera en pie.

La canción terminó y se oyó la voz del locutor:

«Acaban de escuchar a Creedence. Y hablando de mala luna, parece que no tardaremos en tenerla, por difícil que parezca con el hermoso tiempo primaveral que hemos disfrutado en los dos o tres últimos días. El pronóstico del tiempo anuncia que alrededor de la una de la tarde la presión alta cederá el paso a una zona de baja presión que llegará hasta donde nos encontramos, haciendo descender rápidamente las temperaturas y provocando precipitaciones hacia el anochecer. Las elevaciones inferiores a los dos mil metros, entre ellas la zona de Denver, tendrán precipitaciones de aguanieve y nieve. Es posible que se hielen algunos caminos. Más arriba sólo habrá nieve. Se espera un espesor de tres a ocho centímetros por debajo de los dos mil metros, y posibles acumulaciones de quince a veinticinco centímetros en la zona central de Colorado y en la montaña. Se recuerda a quienes deban viajar por las montañas esta tarde o esta noche que será obligado el uso de cadenas. Además, es preferible no salir a menos que sea imprescindible. Recuerden lo que pasó con el grupo Donner –bromeó el locutor–. No estaban tan cerca del próximo refugio como habían pensado...»

–¿No te importa si la apago? –preguntó Wendy cuando empezaron los anuncios.

–No, está bien –Danny miró al cielo, de un color azul brillante–. Parece que papá eligió bien el día para recortar esos animales del cerco, ¿no?

–Sí –convino Wendy.

–Pero no parece que vaya a nevar –comentó Danny, esperanzado.

–¿No se te enfrían los pies? –inquirió Wendy, que seguía pensando en el chiste del locutor sobre el grupo Donner.

–No, no creo.

Bueno, es el momento, se dijo Wendy. Si vas a sacar el tema, hazlo ahora o jamás estarás tranquila.

–Danny –empezó con cautela–, ¿no te gustaría que nos fuéramos del Overlook, que no pasáramos aquí el invierno?

Danny se miró las manos y respondió:

–Creo que sí, pero es el trabajo de papá.

–A veces –prosiguió ella–, creo que papá también estaría mejor si nos marcháramos.

Pasaron junto a una señal que anunciaba SIDEWINDER 30 KM y Wendy tomó con precaución una curva muy cerrada. Puso el coche en segunda. No quería correr riesgos, esos lugares le daban miedo.

–¿Estás segura? –le preguntó Danny, mirándola fijamente. Luego negó con la cabeza–. No, no lo creo.

–¿Por qué no?

–Porque está preocupado por nosotros –respondió Danny, eligiendo cuidadosamente las palabras. Era difícil de explicar, porque no era mucho lo que él mismo entendía. Recordó el incidente que había comentado con el señor Hallorann, el del muchacho que en unos almacenes estaba mirando los radios, con intención de robar uno. La situación había sido penosa, pero por lo menos entendía lo que sucedía, aunque entonces no era mucho más que un bebé. Pero con los adultos todo era más complicado, ya que cualquier acción posible se teñía con la idea de las consecuencias, la empañaban las dudas, la *imagen de sí mismo,* los sentimientos de amor y responsabilidad. Parecía que todas las elecciones posibles tuvieran alguna desventaja, y a veces Danny no entendía por qué esas desventajas *eran* desventajas. Realmente era difícil. Miró a su madre, pendiente de la carretera, y sintió que podía seguir–. Él cree que tal vez nos sentiremos solos. Y además cree que este lugar le gusta y que para nosotros es bueno. Papá nos quiere y no quiere que nos sintamos solos... ni tristes... pero piensa que aun si lo estamos, es posible que sea para bien *a la larga.* ¿Sabes qué es *a la larga*?

–Sí, mi amor, lo sé.

–Y le preocupa que si nos marchamos tal vez no consiga otro trabajo y tengamos que pedir limosna o algo así.

–¿Eso es todo?

–No, pero lo demás está mezclado, porque ahora él es diferente.

–Sí –asintió Wendy, casi en un suspiro. La pendiente se hizo menos abrupta y cambió de velocidad.

–Te juro que no me lo invento, mami.

–Ya lo sé –dijo Wendy, sonriendo–. ¿Te lo dijo Tony?

–No. Ese doctor no creyó en Tony, ¿verdad?

–No te preocupes por el doctor. Yo sí creo en él. No sé qué es ni quién es, si es una parte especial de ti o si viene de... fuera, pero creo en él, Danny. Y si tú... si Tony dice que debemos irnos, nos iremos. Nos reuniremos de nuevo con papá en primavera.

Danny la miró, esperanzado.

–¿Adónde? ¿A un motel?

–Mi amor, un motel es muy caro para nosotros. Iríamos a casa de mi madre.

En el rostro de Danny, la esperanza se extinguió.

–Yo sé... –empezó, y se detuvo.

–¿Qué?

–Nada –farfulló.

Como la pendiente había vuelto a acentuarse, Wendy pasó a segunda.

–No digas eso, doc, por favor. Creo que hace semanas que deberíamos haber hablado de esto. Por favor, dime qué es lo que sabes. No me enojaré porque esto es demasiado importante. Habla con sinceridad.

–Sé cómo te sientes con ella –respondió Danny, y suspiró.

–¿Cómo me siento?

–Mal –declaró Danny y siguió enumerando en un sobrecogedor sonsonete–: Mal, triste, furiosa... Te sientes como si ella no fuera tu mamá. Como si quisiera comerte –la miró, asustado–. A mí no me gusta estar allí. Ella siempre está pensando cómo puede ser conmigo mejor que tú, y cómo puede apartarme de ti. Mami, no quiero ir allí. Prefiero estar en el Overlook.

Wendy estaba atónita. ¿Tan malas eran las cosas entre ella y su madre? Qué infierno para Danny si era así y él podía realmente leer el pensamiento. De pronto, se sintió desnuda, como si la hubieran sorprendido haciendo una obscenidad.

–Está bien –lo tranquilizó–. Está muy bien, Danny.

–Estás enfadada conmigo –dijo él, a punto de llorar.

–No, de veras que no, sólo estoy sorprendida –pasaron frente a un cartel que anunciaba SIDEWINDER 25 KM, y Wendy se relajó un poco. A partir de allí el camino era mejor–. Quiero preguntarte algo más, Danny, y quiero que contestes con toda la sinceridad que puedas. ¿Lo harás?

–Sí, mami.

–¿Papá ha vuelto a beber?

–No –repuso Danny, y ahogó las dos palabras que se habían formado en sus labios: «*Todavía no*».

Wendy se tranquilizó. Apoyó la mano en el pantalón que enfundaba la pierna de su hijo y se la apretó.

–Papá se ha esforzado muchísimo porque nos quiere –dijo en voz baja–. Y nosotros también lo queremos, ¿verdad?

Danny asintió en silencio, gravemente. Wendy siguió hablando, casi como para sí misma.

–Sin ser perfecto, se ha esforzado..., Danny, ¡se ha esforzado tanto! Cuando... dejó... pasó por una especie de infierno, y todavía está pasando. Creo que si no hubiera sido por nosotros, habría dejado de luchar. Quiero hacer lo que está bien, pero no sé qué es. ¿Deberíamos marcharnos o quedarnos? Es como elegir entre el sartén y las brasas.

–Sí, lo sé.

–¿Tú harías algo por mí, doc?

–¿Qué?

–Llama a Tony. ¡Ahora! Pregúntale si estamos seguros en el Overlook.

–Lo intenté esta mañana –respondió lentamente Danny.

–¿Qué sucedió? ¿Qué te dijo? –inquirió Wendy, expectante.

–No vino –contestó Danny, y súbitamente se echó a llorar. Luego agregó–: ¡Tony no vino!

–Danny, mi amor, no hagas eso –dijo ella, alarmada–. Por favor...

La camioneta se pasó de la doble línea amarilla y Wendy la enderezó, asustada.

–No me lleves a casa de la abuela –rogó Danny entre lágrimas–. ¡Por favor, mami, no quiero ir allí, quiero quedarme con papá...!

–Está bien –aceptó suavemente ella–. Está bien, eso haremos.

Sacó un pañuelo de papel del bolsillo de la blusa y se lo ofreció.

–Nos quedaremos y todo irá bien.

## 23. EN LA ZONA DE JUEGOS

Jack salió a la terraza, subiéndose hasta la barbilla el cierre del overol, y parpadeó bajo el aire frío y claro. En la mano izquierda llevaba unas tijeras de podar, accionadas por pilas. Con la mano derecha se sacó del bolsillo del pantalón un pañuelo limpio, se lo pasó por los labios y volvió a guardarlo. El radio había anunciado nevadas. Se hacía difícil creerlo, aunque las nubes iban acumulándose en el horizonte.

Echó a andar por el camino que llevaba al jardín ornamental, pasándose las tijeras de podar a la otra mano. Pensó que el trabajo no le llevaría mucho tiempo, con un retoque bastaría. El frío de las noches seguramente habría detenido el crecimiento de las plantas. El conejo tenía las orejas un poco peludas, y dos de las patas del perro se habían deformado, pero los leones y el búfalo estaban perfectamente. Con un rápido corte de pelo sería suficiente, y entonces... que viniera la nieve.

El camino asfaltado terminaba tan bruscamente como un trampolín. Jack lo abandonó y, pasando junto a la alberca vacía, tomó el sendero de grava que serpenteaba entre los animales del jardín ornamental y llegaba hasta la propia zona de los juegos infantiles. Se dirigió hacia el conejo y oprimió el botón que ponía en funcionamiento las tijeras. La herramienta empezó a zumbar.

–Hola, hermano conejo –saludó Jack–. ¿Cómo te va? ¿Una recortadita en la coronilla y pulirte un poco las orejas? Perfecto. Oye, ¿te contaron alguna vez el chiste del viajante de comercio y la anciana que tenía un perro de aguas?

Su propia voz le sonó tan forzada y estúpida que se interrumpió. Se dijo que no le interesaban aquellos animales; siempre le había parecido una especie de perversión eso de recortar y torturar a un pobre arbusto para darle la forma de algo que no era. Junto a una de las carreteras de Vermont, recordaba haber visto un arbusto convertido en un anuncio que, desde una elevación que dominaba el camino, promocionaba cierta marca de helados de crema. Hacer de la naturaleza un corredor de helados de crema no estaba mal, pero era grotesco.

Nadie lo contrató para filosofar, Torrance, imaginó que diría Ullman.

Era cierto. Recortó las orejas al conejo, y en el pasto se formó un montón de hojas y ramas. Las tijeras de podar ronroneaban con la inquietante resonancia metálica de los aparatos accionados con pilas. El sol brillaba pero no daba calor, ya no parecía tan difícil creer que vendría la nieve.

Jack trabajó con rapidez, pues sabía que en un trabajo como aquél, por lo general, detenerse a pensar significaba equivocarse. Retocó la cara al conejo –que desde cerca no lo parecía–, y después empezó a pasarle las tijeras por la barriga.

Cuando terminó, se dirigió a la zona infantil y allí volteó para ver el efecto total del conejo. Estaba bien. Ahora le tocaría al perro.

–Pero si éste fuera mi hotel –les advirtió–, los cortaría a todos a ras del suelo. Acabaría con todos, plantaría pasto y pondría media docena de mesitas de metal con sombrillas de colores alegres. La gente podría sentarse allí a tomar el coctel en verano. Gin-fizz , coctel de tequila, *pink lady*... todas esas cosas dulzonas que beben los turistas. Quizá ron y agua tónica...

Lentamente Jack se sacó el pañuelo del bolsillo y se lo pasó por los labios.

–Vamos, vamos –se recriminó por lo bajo. No debía pensar en eso.

Cuando iba a empezar de nuevo, un impulso lo hizo cambiar de idea y volvió a la zona de juegos infantiles. Es raro lo imprevisibles que pueden ser los niños, pensó. Él y Wendy habían esperado que Danny estuviera encantado con la zona de juegos, allí había todo lo que pudiera pedir un niño. Pero Jack no creía que su hijo hubiera estado allí más de media docena de veces... Tal vez, de haber tenido otro niño con quien jugar, las cosas habrían sido diferentes.

El portón chirrió ligeramente cuando lo empujó para entrar, y después la grava empezó a crujir bajo sus pies. Primero fue hacia la casa de juguete, un perfecto modelo a escala del propio Overlook. El pequeño edificio tenía más o menos la altura de Danny. Jack se agachó para mirar por las ventanas del tercer piso y dijo:

–Aquí viene el gigante a comérselos en su cama. Ya pueden despedirse de la vida.

Pero tampoco eso era gracioso. La casa se abría como una puerta, haciéndola girar sobre una bisagra oculta. El interior era decepcionante, las paredes estaban pintadas, pero casi todo estaba vacío. Es lógico, pensó Jack. ¿Cómo podrían entrar los niños? Y si en verano había algunos muebles, ahora debían de estar guardados en el cobertizo de las herramientas. Jack cerró la casa con el cerrojo.

Después fue hasta la resbaladilla, dejó en el suelo las tijeras de podar y, tras echar un vistazo para asegurarse de que Danny y Wendy no habían regresado, subió hasta arriba y se sentó. Aunque era la resbaladilla para los niños grandes, seguía siendo demasiado estrecha para las nalgas de un adulto. ¿Cuánto tiempo hacía que no subía a una resbaladilla? ¿Veinte años? No creía que fuera tanto, pero quizás estaba equivocado. Recordaba que su padre solía llevarlo al parque, en Berlín de Nueva Hampshire, cuando él tenía la edad de Danny, y que no se perdía un solo juego, ni la resbaladilla, ni los columpios, ni el subibaja, ni nada. Después, él y el viejo se comían un hot dog y compraban cacahuates al hombre del carrito. Se sentaban en un banco a comerlos y, en torno a ellos, se formaba una nube de palomas.

–¡Malditos bichos rapaces! –rezongaba su padre–. No les des nada, Jacky.

Pero después los dos acababan dándoles de comer y riendo de la forma en que corrían tras las semillas. Jack no recordaba que el viejo hubiera llevado nunca a sus hermanos al parque. Jack era su favorito, y aun así había recibido lo suyo cuando el viejo estaba borracho, es decir, la mayor parte del tiempo. Pero Jack lo había querido durante todo el tiempo que pudo, mucho después de que el resto de la familia no sintiera por él más que odio y miedo.

Empujándose con las manos, descendió, pero le resultó indiferente. Como nadie la usaba, la resbaladilla estaba oxidada y no pudo tomar la velocidad suficiente, además, tenía el trasero demasiado grande. Sus pies chocaron en la leve depresión que había formado el roce de miles de pies de niños antes que los suyos. Se levantó, se sacudió el pantalón y miró las tijeras de podar, pero en vez de recogerlas, se dirigió hacia los columpios, que también fueron una desilusión. Desde el cierre de la temporada, las cadenas se habían enmohecido y, al moverlas, chirriaron como si sintieran dolor. Jack se prometió que al llegar la primavera las engrasaría.

Vamos, déjalo, pensó. Ya no eres un niño, y no necesitas venir a este lugar para demostrarlo.

Pero siguió hasta los aros de cemento –eran demasiado pequeños para él y pasó por encima– y después hasta la cerca de seguridad que delimitaba los terrenos del hotel. Pasó los dedos entre el enrejado y miró a través de la cerca: el sol le dibujaba sobre la cara las líneas de sombra, como si fuera un hombre entre rejas. El propio Jack advirtió la similitud, y sacudió el enrejado, poniendo expresión angustiada y susurrando:

–¡Déjenme salir de aquí! ¡Déjenme salir de aquí!

Volvió a sentirse estúpido y pensó que debía volver al trabajo.

En ese momento oyó el ruido, detrás de él.

Volteó rápidamente, frunciendo el entrecejo, avergonzado, preguntándose si alguien lo habría visto en el territorio de los niños. Recorrió con la mirada las resbaladillas, los subibajas, los columpios donde sólo se mecía el viento. Más allá de todo eso, entre el portón y la cerca que separaba la zona infantil del pasto y el jardín ornamental, los leones se agrupaban en torno al camino como para protegerlo, el conejo se inclinaba fingiendo comer hierba, el búfalo parecía dispuesto a atacar, el perro seguía echado. Tras ellos se distinguía el campo de golf y el edifico del hotel. Desde su posición, alcanzaba incluso a ver el borde elevado de la cancha de roqué, del lado oeste del Overlook.

Todo estaba como hacía un momento. Pero ¿por qué se había estremecido? ¿Por qué se le aceleraba el pulso?

Volvió a mirar hacia el hotel, sin encontrar respuesta. Seguía allí, con las ventanas a oscuras, mientras un tenue hilo de humo se escurría por la chimenea.

Muchacho, más vale que te pongas en marcha, se dijo, porque si no cuando regresen pensarán que no has hecho nada.

Sí… debía ponerse en marcha, claro, porque estaba a punto de nevar y había que recortar esos malditos cercos. Era parte del acuerdo. Además, no se atreverían…

¿Quién no se atrevería? ¿A qué no se atreverían?

Echó a andar de nuevo hacia la resbaladilla, donde había dejado las tijeras de podar, y le pareció que el ruido de sus pies sobre la grava era anormalmente intenso. Notó que habían empezado a contraérsele los testículos, y sentía las nalgas duras y pesadas, como de piedra. Pero ¿qué ocurre?, se preguntó.

Se detuvo junto a la podadera, pero no hizo ningún movimiento para recogerla. Por supuesto que había algo diferente en el jardín ornamental. Y era tan simple, tan fácil de ver, que ni siquiera lo había notado. Pero si acabas de recortar el maldito conejo, entonces qué…

La respiración se le ahogó en la garganta.

El conejo estaba a cuatro patas, mordisqueando la hierba. Tenía la barriga pegada al suelo. Pero hacía diez minutos estaba sentado sobre las patas traseras, y él le había recortado las orejas… y la barriga.

Frenéticamente dirigió la mirada hacia el perro. Mientras avanzaba por el camino, vio que el perro estaba sentado, en la actitud de pedir una golosina. En cambio, ahora estaba agazapado, con la cabeza inclinada, la muesca de la boca contraída en un gruñido silencioso. Y los leones… se habían acercado peligrosamente. Los dos que había a su derecha habían cambiado imperceptiblemente de posición, acercándose aún más. La cola del de la izquierda estaba casi sobre el camino. Estaba seguro de que, al pasar junto a ellos para atravesar el portón, aquel león estaba a la derecha y tenía la cola pegada al cuerpo.

Ahora, los leones ya no defendían la senda: la bloqueaban.

De pronto, Jack se cubrió los ojos con la mano y después volvió a bajarla. Su visión no cambió. Suspiró, todavía incrédulo. En la época en que bebía siempre había tenido miedo de que le sucediera algo así, era lo que llamaban *delirium tremens*, como le ocurría al viejo Ray Milland en *Días sin huella*, cuando veía cucarachas saliendo de las paredes.

Pero cuando uno estaba sobrio, ¿cómo se llamaba ese fenómeno...

Su mente respondió sin piedad: se llama locura.

Al volver a mirar los arbustos de animales, se dio cuenta de que algo *había* cambiado mientras se cubría los ojos. El perro estaba más cerca. Ya no seguía agazapado, sino que parecía dispuesto a echar a correr, con los cuartos traseros flexionados, una de las patas delanteras extendida, y la otra hacia atrás. Tenía la boca más abierta, con gesto aparentemente amenazador. Incluso le pareció distinguir unos ojos entre el follaje. Unos ojos que lo miraban.

¿Por qué hay que recortarlos, si están perfectos?, se preguntó, horrorizado.

Oyó otro ruido, leve. Instintivamente, retrocedió un paso cuando miró a los leones. Parecía que uno de los de la derecha se hubiera adelantado al otro. Tenía la cabeza baja. Una de sus garras estaba junto al cerco.

Ahora te saltará encima y te devorará como en uno de esos cuentos de terror, pensó Jack.

Era como el juego de las estatuas, que jugaban cuando eran pequeños. Uno de los niños contaba, dando la espalda a los otros, hasta diez, mientras los demás se adelantaban sigilosamente. Cuando llegaba a diez, el que contaba volteaba con rapidez y si alcanzaba a ver moverse a alguien, lo sacaba del juego. Los demás se quedaban inmóviles como si fueran estatuas, hasta que el otro volteaba otra vez para volver a contar. Así iban acercándose cada vez más, hasta que finalmente, cuando la cuenta andaba entre cinco y diez, uno sentía que una mano se le apoyaba en el hombro...

En el sendero crujió la grava.

Con un movimiento espasmódico, Jack giró la cabeza para mirar al perro y lo vio a mitad del camino, justo detrás de los leones, con la boca abierta. Antes no era más que una mata de ligustrina, recortada para que diera la impresión de un perro, algo que si uno lo miraba de cerca perdía todo parecido. Pero ahora Jack distinguía perfectamente que estaba recortada para que pareciera un pastor alemán, y esos perros eran bravos. Podía enseñárseles a matar. Escuchó un murmullo bajo y susurrante.

El león de la izquierda había avanzado hasta la empalizada, y con el hocico estaba tocando las tablas. Parecía que lo mirara con una mueca. Jack retrocedió dos pasos más. El pulso le latía desesperadamente y sentía cómo el aliento le raspaba la garganta. El búfalo también se había movido, describiendo un círculo hacia la derecha, por detrás del conejo. Tenía la cabeza baja y los verdes cuernos de follaje apuntaban hacia él. Se dijo que al mismo tiempo no podía vigilarlos a todos.

Sin darse cuenta, lanzó un gemido de desesperación. No dejaba de mirar aquellas criaturas inverosímiles, procurando adivinar sus movimientos. Las rachas de viento resonaban, amenazantes, entre las ramas entretejidas. ¿Qué ruido harían cuando lo alcanzaran?, se preguntó. Pero si ya lo sabía. Un ruido de algo que se quiebra, aplastándose, desgarrándose...

–¡No, no puedo creerlo! ¡De ningún modo! –exclamó.

Volvió a cubrirse los ojos, apretándose con ambas manos la cabeza, la frente, las sienes retumbantes. Así se quedó durante un rato, aterrorizado. Finalmente volvió a bajar las manos, dando un grito.

Junto al campo de golf, el perro estaba sentado como si pidiera comida. El búfalo miraba con indiferencia hacia la cancha de roqué, lo mismo que cuando Jack llegó con las tijeras de podar. El conejo, erguido sobre las patas traseras, mostraba las orejas, atentas al menor ruido, la barriga recién recortada. Inmóviles en su lugar, los leones custodiaban la senda.

Durante unos segundos, Jack no se movió, hasta que por fin la respiración se le regularizó. Buscó los cigarros, y cuatro de ellos cayeron al suelo. Se inclinó para recogerlos, sin mirar, sin dejar de vigilar el jardín ornamental, por miedo a que los animales empezaran a moverse otra vez. Los recogió a tientas, guardó cuidadosamente tres en el paquete y encendió el cuarto. Después de dos hondas caladas, lo dejó caer y lo aplastó. Fue en busca de las tijeras y las recogió.

–Estoy muy cansado –dijo, y de pronto parecía tener sentido hablar en voz alta–. He estado sometido a demasiada tensión. Las avispas... la obra, la llamada de Al... Pero todo irá bien.

Empezó a andar lentamente hacia el hotel. Una parte de su mente trataba de obligarlo a rodear los animales, pero Jack pasó directamente entre ellos, por el camino de grava. Una débil brisa los hizo cuchichear, pero eso fue todo. Todo había sido producto de su imaginación. Se había llevado un buen susto, pero no había pasado nada.

En la cocina del Overlook se tomó dos Excedrines y después se dirigió al sótano, donde se puso a mirar papeles hasta que oyó el ruido de la camioneta del hotel acercándose por la entrada para coches. En ese momento se sentía bien, y no creyó necesario hablar de su alucinación. Se había llevado un buen susto, pero no había ocurrido nada.

# 24. LA NIEVE

Oscurecía.

Los tres se encontraban en la terraza, bajo la luz cada vez más tenue. Jack estaba en medio, con el brazo derecho sobre los hombros de Danny y rodeando con el izquierdo la cintura de Wendy. Contemplaban cómo la posibilidad de decisión se les escapaba de las manos.

Hacia las dos y media, el cielo se había nublado completamente, y una hora más tarde había empezado a nevar. En esta ocasión no hacía falta un meteorólogo para saber que era una auténtica nevada, no unos cuantos copos que se fundirían cuando empezara a azotarlos el viento nocturno. Al principio, la nieve había caído en una vertical perfecta, formando una manta que lo cubría todo por igual, pero al cabo de una hora había empezado a soplar un viento del noroeste, y la nieve ya se estaba acumulando en la terraza y en los lados de la entrada para coches del Overlook. Más allá del parque, la carretera había desaparecido bajo una gruesa manta blanca. Los animales del jardín ornamental tampoco se veían, pero cuando Wendy y Danny regresarón, ella había elogiado a Jack por lo bien que había arreglado el cerco.

Sin embargo, los tres pensaban en cosas diferentes, aunque sentían la misma emoción de alivio. Por fin habían cruzado el puente.

–¿Llegará alguna vez la primavera? –murmuró Wendy. Jack la abrazó con más fuerza.

–Antes de que te des cuenta. ¿Qué te parece si entramos y cenamos algo? Hace frío aquí afuera.

Wendy sonrió. Durante toda la tarde, Jack le había parecido distante… Ahora parecía más normal.

–Por mí, maravilloso. ¿Tienes hambre, Danny?

–Sí.

Entraron y dejaron que el viento se convirtiera en el grave ulular que se prolongaría durante toda la noche, y al que no tardarían en acostumbrarse. Los copos de nieve danzaban, arremolinándose en la terraza. El Overlook les hacía frente de la misma manera que lo había hecho durante tres cuartos de siglo, con las oscuras ventanas flanqueadas por la nieve, indiferentes a la realidad de verse aislado del mundo, aunque tal vez la perspectiva lo regocijara. Dentro de su caparazón, sus tres habitantes iniciaron la rutina nocturna, como microbios atrapados en el intestino de un monstruo.

# 25. EN EL INTERIOR DE LA 217

Unos días más tarde, los parques que rodeaban al Overlook estaban cubiertos con una capa de sesenta centímetros de nieve, blanca, crujiente y uniforme. El zoológico de ligustrina estaba sepultado hasta los cuartos traseros; el conejo, rígido sobre las patas traseras, daba la impresión de salir de una piscina blanca. Algunas acumulaciones de nieve tenían más de un metro y medio de profundidad, y el viento las cambiaba continuamente, imprimiéndoles formas sinuosas, caprichosas, como si fueran dunas. En dos ocasiones, Jack se había puesto las raquetas de nieve y había ido trabajosamente hasta el cobertizo a buscar una pala para despejar la terraza, pero la tercera vez se había encogido de hombros, limitándose a abrir una senda en el imponente montón de nieve acumulado contra la puerta, y dejando que Danny se divirtiera al deslizarse por las pendientes que quedaban a ambos lados de la senda. Los ventisqueros más imponentes se formaban en el lado oeste del Overlook; algunos de ellos se alzaban hasta una altura de seis metros, y más allá, el constante azote del viento desnudaba la tierra hasta dejar la hierba al descubierto. Las ventanas de la primera planta estaban cubiertas, y la vista desde el comedor, que tanto había impresionado a Jack el día del cierre, ahora no era más emocionante que el espectáculo de una pantalla cinematográfica en blanco. Hacía ocho días que estaban sin teléfono, y el radio que había en el despacho de Ullman era su único medio de comunicación con el mundo exterior.

Todos los días nevaba, a veces en breves rachas que apenas espolvoreaban la costra reluciente de nieve ya helada, otras veces lo hacía con fuerza, y entonces el grave susurro del viento se elevaba hasta convertirse en un alarido que hacía que el viejo hotel se estremeciera de manera alarmante, aun en medio de un profundo lecho de nieve. Las temperaturas nocturnas no pasaban de los doce grados bajo cero, y aunque el termómetro colgado junto a la entrada de servicio de la cocina solía subir a cuatro grados bajo cero en las primeras horas de la tarde, el afilado cuchillo del viento hacía que resultara incómodo salir sin un pasamontañas. Pero los tres salían cuando brillaba el sol, enfundados por lo general en dos mudas de ropa completas y protegiéndose las manos con mitones encima de los guantes. La necesidad de salir era casi compulsiva. El hotel estaba encerrado en el círculo de la huella del trineo de Danny, con el que los tres lograban variaciones casi infinitas: Danny en el trineo tirado por sus padres; Jack se desternillaba de risa mientras Wendy y Danny se esforzaban por tirarlo (cosa que les resultaba relativamente fácil cuando lo intentaban sobre el hielo, pero materialmente imposible cuando el suelo estaba cubierto de nieve en polvo); Danny y ella iban en el trineo, o iba Wendy sola, mientras sus dos hombres resoplaban, echando nubes de vapor como caballos de tiro, fingiendo que ella pesaba mucho más de lo que era su peso real. Reían mucho en esas excursiones alrededor de la casa, pero el ulular del viento, con su voz impersonal, hacía que las risas parecieran forzadas y falsas.

Habían encontrado huellas de caribúes en la nieve, y en cierta ocasión vieron un grupo de cinco, inmóviles en el cercado de seguridad. Los tres se habían turnado los binoculares Zeiss-Ikon de Jack para verlos mejor y, al mirarlos, Wendy había tenido una sobrecogedora sensación de irrealidad: los animales estaban con las patas hundidas en la nieve que cubría la carretera, y Wendy pensó que desde ese momento hasta el deshielo de la primavera, el camino pertenecía más a los caribúes que a ellos. Las cosas que el hombre había construido allí arriba quedaban neutralizadas, y se dijo que el caribú lo comprendía. Con esa sensación dejó los binoculares y dijo que iba a preparar el almuerzo. En la cocina lloró un poco, tratando de dar cauce a la horrible sensación reprimida de que una mano enorme le estrujara el corazón. Pensaba en los caribúes, en las avispas que Jack había dejado sobre la plataforma de la entrada de servicio para que se congelaran.

De los clavos del cobertizo colgaban las raquetas para la nieve, y Jack encontró un par adecuado para cada uno, aunque las de Danny le quedaban un poco grandes. Jack se las arreglaba bastante bien. Aunque no había andado con raquetas desde que vivía en Berlín, Nueva Hampshire, siendo un muchacho, volvió a aprender rápidamente. A Wendy no le interesaba especialmente, ya que con apenas quince minutos de andar con aquel incómodo calzado le dolían terriblemente las piernas y los tobillos. Danny estaba fascinado, y empeñado en dar con el truco. Todavía se caía muchas veces, pero Jack estaba encantado con los progresos de su hijo. Decía que en febrero Danny estaría brincando en círculos alrededor de ellos dos.

Ese día el cielo amaneció cubierto, y para mediodía ya había empezado a escupir nieve. El radio anunciaba una precipitación de veinte o treinta centímetros más, y entonaba hosannas al gran dios de los esquiadores en Colorado. Wendy, sentada en el dormitorio mientras tejía una bufanda, pensaba que ella sabía exactamente qué podían hacer los esquiadores con toda esa nieve...

Jack estaba en el sótano. Había ido a revisar el horno y la caldera –algo que se había convertido en un ritual desde que la nieve los dejó aislados–, y después de asegurarse de que todo iba bien, había pasado ociosamente bajo el arco para enroscar el foco y sentarse en una vieja silla de campamento, cubierta de telarañas, que había encontrado. Estaba ojeando las antiguas anotaciones y los papeles, sin dejar de enjugarse la boca con el pañuelo mientras lo hacía. La forzosa reclusión había eliminado el bronceado de su piel, y allí, encorvado sobre las resecas hojas amarillentas, con el pelo despeinado y caído sobre la frente, tenía un aspecto un tanto lunático. Había encontrado algunas cosas raras metidas entre las facturas, las cuentas y los recibos. Eran inquietantes. Se trataba de un trozo de sábana manchado de sangre, un oso de peluche que parecía haber sido acuchillado, una arrugada hoja de papel de cartas para mujer, de color violeta, con un rastro de perfume que todavía perduraba bajo el musgoso olor del tiempo, una nota empezada y jamás terminada, escrita con desvaída tinta azul: «Queridísimo Tommy: Aquí arriba no puedo pensar tan bien como esperaba, pensar en nosotros, claro, ¿en quién, si no? Las cosas siguen interponiéndose en el camino. He soñado con cosas que se aniquilan en la noche, ¿puedes creerlo? y...». Eso era todo. La nota estaba fechada el 27 de junio de 1934. También encontró un títere que parecía una bruja o tal vez un hechicero... con dientes largos y sombrero de punta. Lo halló embutido entre un paquete de recibos de gas natural y un paquete de recibos de agua de Vichy. También había algo que parecía un poema, escrito con lápiz al dorso de un menú: «*Medoc/ ¿estás ahí?/ Otra vez he andado en sueños, amor mío./ Las plantas se mueven bajo la alfombra*». El menú no tenía fecha, y el poema, si es que era un poema, no tenía firma. Todo resultaba escurridizo, pero fascinante. Jack tenía la impresión de que esas cosas eran como las piezas de un rompecabezas, que terminarían por encajar unas con otras si encontraba las piezas que faltaban, de modo que seguía buscando, sobresaltándose y enjugándose los labios cada vez que el horno se ponía a rugir a sus espaldas.

Danny estaba otra vez frente a la puerta de la habitación 217.

En el bolsillo tenía la llave maestra, y miraba fijamente la puerta, con avidez, sintiendo que la piel le picaba y estremeciéndose bajo la camisa de franela. Su garganta emitía un murmullo bajo y monótono.

No había tenido intención de ir allí después de lo ocurrido con la manguera del extintor. Le daba miedo haber vuelto a tomar la llave maestra, desobedeciendo a su padre.

Sin embargo, la curiosidad era como un anzuelo constante en su cerebro, una especie de obsesionante canto de sirena que no se dejaba apaciguar. ¿Y acaso el señor Hallorann no había dicho que no creía que hubiera nada que pudiera hacerle daño? Pero él había hecho una promesa, aunque las promesas se hacían para romperlas, se repetía.

La idea lo hizo estremecerse. Era como si ese pensamiento hubiera venido de fuera, como un insecto, zumbando, seduciéndolo insidiosamente.

Las promesas se hacen para romperlas, mi querido redrum, para romperlas, astillarlas, reventarlas, martillarlas.

El inquieto murmullo se convirtió en un tarareo

gutural: Lou, Lou, salta sobre mí, Lou, salta sobre mí...

¿Acaso el señor Hallorann no había tenido razón? ¿No había sido ésa, finalmente, la causa de que él guardara silencio y dejara que la nieve los encerrara?

«Cierra los ojos, y desaparecerá», había dicho Dick.

Lo que él había visto en la suite presidencial había desaparecido. Y la serpiente no había sido más que una manguera de incendios en la alfombra. Incluso la sangre en la suite presidencial era algo viejo e inofensivo, algo que había pasado mucho antes de que él naciera y de que lo concibieran, algo que ya no existía. Era como una película que sólo él pudiera ver. Pero no había nada en aquel hotel que pudiera hacerle daño, y si tenía que demostrárselo entrando a esa habitación, ¿no era mejor hacerlo?

Lou, Lou, salta sobre mí... La curiosidad mató al gato, mi querido redrum, la satisfacción lo trajo de vuelta sano y salvo, de pies a cabeza; desde la cabeza a los pies estaba sano y salvo. Él sabía que esas cosas son como imágenes que dan miedo, que no pueden hacerte daño, pero ¡oh, Dios mío! ¡Qué dientes más grandes tienes abuelita!, y eso es un lobo vestido de Barbaazul o un Barbaazul vestido de lobo y yo me encuentro... feliz de que me lo preguntes, porque la curiosidad mató al gato y fue la esperanza de la satisfacción la que lo trajo...

¿Al pasillo, pisando cautelosamente la alfombra con la retorcida jungla azul? Se detuvo junto al extintor de incendios, volvió a colgar en su sitio la boquilla de bronce, después la golpeó varias veces con el dedo y, mientras su corazón palpitaba con fuerza, susurró:

–Atácame. Vamos, atácame, estúpida manguera. ¿No puedes? No eres más que una vieja manguera de incendios. No puedes moverte. ¡Vamos, atácame!

Se sentía eufórico. Después de todo, no era más que una manguera, algo que uno podría hacer pedazos sin que ni siquiera se quejara, sin que se retorciera en espasmos ni vertiera sobre la alfombra azul una fangosa sangre verde, porque no era más que una manguera, no una nariz ni una rosa, ni botones de cristal ni lazos de satén, ¡no era una serpiente adormecida...! Sin embargo, Danny se apresuró al oír al conejo blanco. De pronto había un conejo blanco junto a la zona de juegos, y aunque antes había sido verde ahora era blanco, como si algo lo hubiera asustado muchas veces en las ventosas noches de nevada y lo hubiera envejecido...

Danny sacó del bolsillo la llave maestra y la introdujo en la cerradura.

Lou, Lou..., susurraba una voz en lo más hondo de sí mismo, el conejo blanco se dirigía a un partido de cróquet con la Reina Roja, un partido donde los mazos eran cigüeñas y las bolas erizos.

Tocó la llave, dejó que los dedos la recorrieran vagamente. Sentía que la cabeza le daba vueltas. Hizo girar la llave y el pasador cedió.

–¡Que le corten la cabeza! ¡Que le corten la cabeza! –creyó que alguien gritaba–. Este juego no es el cróquet, aunque los mazos son demasiado cortos. Este juego es... ¡Que le corten la cabeza!

Danny empujó la puerta, que se abrió suavemente, sin el menor ruido. Se encontró ante una amplia combinación de dormitorio y sala de estar, y aunque la nieve no había llegado hasta esa altura, ya que los ventisqueros más altos todavía estaban unos treinta centímetros por debajo de las ventanas de la segunda planta, la habitación estaba a oscuras, ya que dos semanas atrás, su padre había cerrado los postigos que daban al oeste.

Se detuvo en la puerta, tanteó a su derecha y encontró el interruptor de la luz. En un candil de cristal tallado que pendía del techo, dos focos se encendieron. Danny avanzó, mirando alrededor. La alfombra, de un grato color rosado, era mullida y suave. Había una cama doble con el cubrecama blanco y un escritorio junto a la gran ventana cerrada. Durante la temporada el escritor constante que allí se había alojado tendría una bonita vista de las montañas para escribir a los que se habían quedado.

Siguió avanzando. Allí no había nada, nada en absoluto. Sólo una habitación vacía, donde hacía frío porque era el día en que papá caldeaba el ala este. Vio un escritorio, un armario con la puerta abierta, que dejaba ver un puñado de ganchos de hotel y una Biblia sobre una mesita. A la izquierda estaba la puerta del baño, sobre la cual un espejo de cuerpo entero reflejaba su imagen, con el rostro pálido. La puerta estaba entreabierta y... Danny vio que su propio reflejo hacía un gesto de asentimiento.

Fuera lo que fuera, estaba allí dentro, en el baño. Su doble avanzó como para escapar del espejo. Tendió la mano, oprimió la de Danny. Después se apartó, oblicuamente, a medida que la puerta del baño se abría del todo. Danny miró hacia dentro.

Era un cuarto alargado, anticuado, que parecía un coche Pullman. El suelo estaba formado por diminutas losas hexagonales, blancas. En el extremo opuesto, el escusado tenía la tapa levantada. A la derecha, vio un lavabo y sobre él otro espejo, uno de esos que ocultaban detrás un botiquín; a la izquierda, una enorme tina blanca con patas como garras, con la cortina de la regadera cerrada. Danny entró al baño y, como en un sueño, fue hacia la tina, como si lo moviera algo extraño a él, como si todo lo que sucedía fuera uno de los sueños que le traía Tony, como si fuera a ver algo hermoso cuando apartara la cortina de la regadera, algo que su padre hubiera olvidado o que mamá hubiera perdido, algo que los hiciera felices a los dos...

Por eso apartó la cortina.

Hacía mucho tiempo que la mujer que había en la tina estaba muerta. Abotagada y de color púrpura, con el vientre hinchado por los gases, se elevaba como una isla de carne en el agua fría, escarchada. Vidriosos y enormes, los ojos estaban fijos en los de Danny. Sonreía, abriendo los labios purpúreos con una mueca. Los pechos le colgaban, el vello púbico flotaba en el agua, las manos estaban crispadas sobre los ornamentados bordes de la tina, como las pinzas de un cangrejo.

Danny lanzó un alarido, que sin embargo jamás salió de sus labios. Luego se hundió en la oscuridad de su ser como una piedra en un pozo. Tambaleante, dio un paso atrás, oyendo el ruido de sus propios tacones sobre las losas hexagonales, y en ese mismo momento sintió cómo se le escapaba la orina.

La mujer estaba irguiéndose.

Todavía sonriendo, con las enormes canicas de los ojos fijas en él, fue enderezándose. Sus manos muertas hacían ruidos escalofriantes sobre las paredes de la tina. Los pechos se movían como arrugadas bolsas vacías. Se oía el lejano ruido de los cristales de hielo al romperse. No respiraba. Era un cadáver, muerta desde hacía muchos años.

Danny dio la media vuelta y huyó. Atravesó a toda prisa la puerta, con los ojos desorbitados, sin poder emitir sonido alguno. Chocó contra la puerta de la habitación 217, que ahora estaba cerrada, y empezó a golpearla con los puños, sin darse cuenta de que no tenía echada la llave y de que con sólo girar la manija podría salir. De sus labios surgían alaridos ensordecedores, más agudos de lo que es capaz de percibir el oído humano. No podía hacer más que vapulear la puerta, mientras oía cómo se acercaba la muerte, con el vientre hinchado, el pelo seco y las manos extendidas...

¡La puerta seguía cerrada y aquel ente del pasado, surgido del fondo de la tina, estaba cada vez más cerca! Y en ese instante le llegó la voz de Dick Hallorann tan inesperadamente, tan calmada, que sus atenazadas cuerdas vocales se distendieron y empezó a llorar débilmente, no de miedo sino de alivio.

«No creo que puedan hacerte daño... son como las ilustraciones de un libro... Cierra los ojos y desaparecerán.»

Los párpados se le cerraron. Las manos se le contrajeron en puños. El esfuerzo de la concentración le encorvó los hombros al pensar: ¡Ahí no hay nada, nada en absoluto!

¡No hay nada!

El tiempo pasó. Y cuando empezaba a relajarse, a entender que la puerta no debía tener llave y que podía salir, las manos sumergidas durante años, hinchadas, hediondas, se cerraron suavemente en torno a su cuello y lo obligaron a voltear para contemplar el rostro morado de la muerte.

CUARTA PARTE

# AISLADOS POR LA NIEVE

# 26. EL PAÍS DE LOS SUEÑOS

Tejer le daba sueño. Ese día, hasta Bartók le habría dado sueño, y no era Bartók lo que escuchaba en el pequeño fonógrafo, sino Bach. Las manos se movían cada vez con mayor lentitud, y en el momento en que su hijo descubría a la antigua moradora de la habitación 217, Wendy se había quedado dormida con el tejido sobre la falda. La lana y las agujas oscilaban con el ritmo lento de su respiración. Wendy estaba hundida en un profundo sueño sin sueños.

Jack también se había quedado dormido, pero sus sueños parecían demasiado vívidos para no ser más que eso.

Había empezado a notar que los ojos se le cerraban mientras hojeaba los paquetes de cuentas de lechería, cien cuentas por paquete, lo que debía dar decenas de miles en total. Sin embargo, echaba un vistazo a todas, temeroso de pasar por alto la pieza del rompecabezas que necesitaba para establecer la conexión mística, y que sin duda debía de estar allí, en alguna parte. Se sentía como si, con un cable en una mano, buscara a tientas un enchufe en una habitación desconocida y a oscuras. Si podía encontrarlo, su recompensa sería una visión maravillosa.

Había tomado una decisión respecto a la llamada telefónica de Al Shockley. Para ello había sido de gran ayuda su extraña experiencia en la zona de juegos, que había estado alarmantemente cerca de convertirse en una especie de colapso nervioso. Jack estaba convencido de que era la rebelión de su mente contra la maldita y arbitraria condición impuesta por Al, al exigirle que renunciara a su libro. Tal vez hubiera sido un indicio de que, en el fondo, debía respetarse a sí mismo. Así pues escribiría el libro, y si eso significaba poner término a su relación con Al Shockley, así tendría que ser. Escribiría la biografía del hotel, y como introducción serviría la alucinación que lo había llevado a ver que los animales del jardín ornamental se movían. El título no sería pretencioso: *Extraño lugar de temporada. La historia del Hotel Overlook*. Escribiría con franqueza, sin ánimo vengativo. No sería un esfuerzo por saldar cuentas con Al o con Stuart Ullman, ni con George Hatfield ni con su padre (aquel maldito borracho y fanfarrón). Lo escribiría porque el Overlook lo había fascinado, ¿y había otra explicación más simple o verídica? Lo escribiría por la misma razón que, en su opinión, se escribía todo lo que era gran literatura, fuera o no de ficción: la verdad al final siempre se sabe. Lo escribiría porque sentía que debía escribirlo.

«Quinientos litros de leche completa. Cien litros de leche descremada. Pgda. Cargar en c/. Trescientos litros de jugo de naranja. Pagado...»

Se hundió más en el asiento, todavía con un paquete de recibos en la mano, pero sus ojos ya no miraban las letras impresas. Los párpados le ardían y le pesaban. Mentalmente del Overlook había pasado a su padre, que había sido enfermero en el hospital comunitario de Berlín.

Era un hombre gordo, de un metro ochenta y cinco de estatura, más alto que Jack, que nunca había pasado del metro ochenta –aunque para cuando él alcanzó esa estatura, su viejo ya no estaba–. «Enano de mierda», solía decirle, y después le daba una afectuosa cachetada y se reía. Había habido otros dos hermanos, los dos más altos que su padre, además de Becky, que a los quince años medía sólo cinco centímetros menos que Jack, después de haber sido más alta que él durante la mayor parte de su niñez.

La relación con su padre había sido como el desplegarse de una flor que prometía ser bella, pero que, al abrirse del todo, estaba interiormente roída por el tizón. Hasta los siete años, Jack había querido mucho y sin crítica alguna a ese hombre alto y barrigón, pese a las palizas y los moretones.

Recordaba las aterciopeladas noches de verano, con la casa en silencio, en que Brett –el hermano mayor– había salido con su novia; Mike, el de en medio, estaba estudiando algo; su madre y Becky, en el cuarto de estar, veían un programa en la vieja televisión; entretanto él, sentado en el vestíbulo sin más vestimenta que su piyama, fingía que jugaba con sus camiones, cuando en realidad esperaba el momento en que el estrépito de la puerta al abrirse de golpe rompiera el silencio y resonara el bramido con que su padre lo saludaba al ver que Jacky estaba esperándolo. Después se oía su propia exclamación de felicidad cuando el hombrón entraba, con el cráneo rosado trasluciéndose bajo el pelo casi rapado, al resplandor de la luz de la entrada. Aquella luz siempre lo hacía parecer una especie de enorme fantasma con la ropa blanca del hospital, la camisa siempre fuera de los pantalones (a veces manchada de sangre), las vueltas del pantalón caídas sobre los zapatos negros.

Su padre lo tomaba en brazos con tal rapidez que le parecía sentir la presión del aire contra la cabeza como si fuera un casco de plomo, mientras los dos gritaban al unísono: «¡Elevador! ¡Elevador!». A veces cuando estaba borracho, su padre no controlaba el impulso ascendente de sus robustos músculos, y Jack había pasado por encima de su cabeza afeitada para estrellarse como un proyectil humano, en el suelo del vestíbulo, detrás de su padre. Pero otras noches, el padre se limitaba a elevarlo a un éxtasis de risas, atravesando una parte del aire donde la cerveza parecía formar en torno al rostro del hombre una niebla de gotitas, y lo hacía girar y dar vueltas, agitándolo como a un harapo riente, hasta que finalmente volvía a dejarlo en el suelo, sacudido por la reacción del hipo.

Los recibos se le escaparon de la mano y, planeando por el aire, fueron a aterrizar ociosamente en el suelo. Los párpados, que se le habían cerrado con la imagen de su padre grabada como en una linterna mágica, se abrieron y volvieron a cerrarse. Jack se estremeció. La conciencia, como los recibos, como las hojas caídas de los árboles en otoño, descendía perezosamente.

Ésa había sido la primera etapa de la relación con su padre, y a medida que se acercaba a su término, Jack había cobrado conciencia de que tanto Becky como sus hermanos, todos mayores que él, odiaban al padre, y de que su madre, una borrosa mujer que más que hablar susurraba, se limitaba a aguantarlo porque era el deber que le imponía su educación católica. En esos días a Jack no le había parecido extraño que el padre ganara todas las discusiones con sus hijos valiéndose de los puños, como no le había parecido raro que el cariño que sentía por él fuera acompañado del miedo: miedo del juego del elevador, que la noche menos pensada podía terminar haciéndolo pedazos; de que el oso bonachón que solía ser su padre cuando estaba en casa se transformara súbitamente en un fiero jabalí, y en el rápido revés de esa «buena mano derecha»; a veces, recordaba, había sentido incluso miedo de que la sombra de su padre cayera sobre él mientras estaba jugando. Fue hacia el final de esa etapa cuando empezó a observar que Brett jamás traía a casa a las muchachas con quienes salía, ni Mike o Becky a sus amiguitos.

El cariño empezó a agriarse cuando él tenía nueve años de edad y su padre mandó a la madre al hospital a fuerza de bastonazos. Había empezado a usar bastón un año atrás, después de que un accidente de coche lo dejó cojo. Siempre lo usaba: largo, grueso, negro, con el puño de oro. Medio dormido, el cuerpo de Jack se estremecía en el evocado encogimiento ante el ruido del bastón en el aire, un silbido asesino seguido del pesado estrellarse contra la pared... o contra la carne. Había golpeado a su madre sin motivo alguno, y sin previo aviso. Estaban sentados a la mesa, cenando, y él tenía el bastón junto a la silla. Era un domingo por la noche, tras un fin de semana de tres días que él se había pasado en una bruma alcohólica, en su inimitable estilo habitual. Pollo asado, chícharos, puré de papas... Papá a la cabecera de la mesa, una abundante ración en el plato, dormitando. Su madre pasaba los platos. Y de pronto él había despertado, abriendo los ojos hundidos en las órbitas rodeadas de gruesas bolsas, brillantes con una especie de mal humor estúpido y maligno. Rápidamente fueron recorriendo uno a uno a todos los miembros de la familia, mientras la vena en el centro de la frente le sobresalía de forma notable. Una de las grandes manos pecosas se había puesto a acariciar el puño de oro del bastón. Después había dicho algo sobre el café... Y cuando mamá abrió la boca para responderle, el bastón ya zumbaba en el aire, para ir a estrellarse en su cara. Un chorro de sangre le brotó de la nariz. Becky gritó. Los lentes de su madre fueron a parar al plato. A continuación el bastón golpeó el cráneo desgarrando el cuero cabelludo. Mamá se desplomó en el suelo. Él se había levantado de la silla, blandiendo el bastón, moviéndose con la grotesca rapidez propia de los obesos, con los ojos brillantes, mientras le hablaba de la misma manera que hablaba siempre a los hijos durante esos estallidos.

–¡Ahora! ¡Ahora sí, por Cristo! ¡Ahora vas a tomar tu medicina! ¡Cachorro maldito! ¡Sigue gañendo! ¡Ven a tomar la medicina!

Descargó el bastón sobre ella otras siete veces, antes de que Brett y Mike pudieran sujetarlo y arrancarle el bastón de la mano. Jack –soñando como el pequeño Jacky, medio adormecido y farfullando solo, sentado en una silla de campo cubierta de telarañas mientras el horno rugiente cobraba vida a espaldas de él– sabía exactamente cuántos golpes habían sido, por que cada uno de ellos se había quedado grabado en su memoria como el golpe irracional del cincel en la piedra. Siete golpes, ni más ni menos. Él y Becky se echaron a llorar, incrédulos, mientras miraban los anteojos de su madre en el puré de papas, con un lente astillado y sucio de salsa. Brett gritó a papá desde el pasillo del fondo que no se moviera porque lo mataría. Y el viejo repetía una y otra vez:

–¡Cachorro maldito! ¡Maldito llorón! ¡Dame el bastón, cachorro de mierda! Dámelo.

Brett lo blandía histéricamente, advirtiéndole que si se acercaba no tendría compasión de él. Mamá se puso lentamente de pie, aturdida, con la cara hinchada como un neumático, sangrando por cuatro o cinco sitios diferentes. De pronto, dijo algo terrible, y quizá era la única vez que había dicho algo que Jack podía recordar:

–¿Quién tiene el periódico? Paquito quiere las historietas. ¿Todavía sigue lloviendo?

Después volvió a caer de rodillas, con el rostro desfigurado cubierto por el pelo. Mike telefoneó al doctor. Le dijo que era por su madre, pero que por teléfono no podía decirle de qué se trataba, y menos por una línea compartida. El médico vino y se llevó a mamá al hospital donde papá había trabajado durante toda su vida. Su padre, tras superar la borrachera o tal vez con la astucia estúpida de cualquier animal acosado, le dijo al médico que había caído por las escaleras. Si había sangre en el mantel era porque él lo había usado para enjugarle la cara. ¿Y qué ocurría con los lentes? ¿Habían atravesado volando el cuarto de estar y el comedor para ir a caer en el plato de puré de papas?, preguntó el médico con una mueca horriblemente sarcástica.

–¿Fue eso lo que sucedió, Mark? He oído hablar de gente que tiene un transmisor de radio en la dentadura postiza, y he visto a un hombre que llegó vivo al hospital con un balazo entre los ojos, pero esto es nuevo para mí.

Papá se limitó a menear la cabeza, diciendo que no lo sabía, que quizá se le habían caído cuando él la trajo al comedor. Los cuatro hijos habían quedado mudos de estupor ante la soberbia calma de la mentira. Cuatro días después, Brett dejó su trabajo en la hilandería para incorporarse al ejército. Jack siempre había tenido la sensación de que no fue sólo por la súbita e irracional paliza, sino por el hecho de que en el hospital, de la mano del sacerdote, ella hubiera corroborado el cuento de su marido. Asqueado, Brett los había dejado para que en lo sucesivo se las arreglaran como pudieran. Lo habían matado en la provincia de Dung Ho en 1965, el mismo año en que Jack Torrance, a punto de terminar sus estudios, se había unido al movimiento activista universitario al terminar la guerra. Jack había hecho flamear la camisa ensangrentada de su hermano en mítines cada vez más concurridos, pero mientras lo hacía no era el rostro de Brett el que contemplaban sus ojos, sino el rostro aturdido, atónito de su madre, preguntando: «¿Quién tiene el periódico?».

Tres años más tarde, cuando Jack tenía doce, fue Mike quien se marchó de casa, con una generosa beca para la Universidad de Nueva Hampshire. Y un año después su padre murió de un ataque repentino mientras estaba preparando a un paciente para una operación. Se había desplomado con su holgada y desaliñada ropa blanca del hospital, muerto quizás antes de llegar a caer sobre las losas rojas y negras del hospital. Tres días después, el hombre que había dominado la vida de Jacky, el irracional dios-fantasma blanco, estaba bajo tierra.

En la lápida se leía «Mark Anthony Torrance, padre amante», Jack había agregado una línea: «Sabía jugar al elevador».

Habían recibido mucho dinero de seguros. Hay gente que colecciona pólizas de seguros de manera tan apremiante como otros coleccionan monedas y sellos, y Mark Torrance había sido uno de ellos. El dinero de los seguros entró al mismo tiempo que se interrumpía el pago de las cuotas y las facturas de bebidas.

Durante cinco años habían sido ricos o casi...

En su sueño superficial e intranquilo, su rostro se elevó ante él como en un espejo. Parecía su cara, pero no estaba seguro. Vio los grandes ojos y la boca inocente de un niño sentado en el vestíbulo con sus camiones, esperando a su padre, esperando al dios-fantasma blanco, esperando que el elevador ascendiera con una velocidad embriagadora, a través de la bruma de sal y serrín de tabernas y bares, esperando tal vez que lo estrellara contra el suelo, haciéndole saltar resortes y ruedecillas de reloj por las orejas, mientras su papá rugía de risa y... se transformaba en la cara de Danny, tan parecida a la de él cuando era pequeño, aunque había tenido los ojos de un azul claro y los de Danny eran de un gris nebuloso, pero los labios dibujaban el mismo arco y el cutis era claro y fino. Vio a Danny en su estudio, con pañales, y todos sus papeles mojados; percibió en sueños el tenue olor de la cerveza que manaba de ellos... una horrible pasta fermentada, levantándose en alas de levadura, el aliento de las tabernas... Luego oyó el crujido del hueso... su propia voz, maullando ebriamente «Danny, ¿estás bien, doc...? ¡Oh, Dios, tu pobre bracito...». De repente, su pequeño rostro se transformó en la cara azorada de mamá al levantarse del suelo, magullada y sangrante, diciendo:

–... de tu padre, repito, un anuncio muy importante de tu padre. Por favor, mantén la sintonía. Inmediatamente la frecuencia del Feliz Jack. Repito, sintoniza inmediatamente la frecuencia de la Hora Feliz. Repito...

Era una disolvencia lenta. Escuchaba voces incorpóreas, que le llegaban en ecos, como desde un nebuloso corredor interminable:

–Las cosas siguen obstruyéndome el paso, querido Tommy...

–Medoc, ¿estás ahí? Otra vez he andado en sueños, amor mío. Lo que temo son los monstruos inhumanos...

–Discúlpeme, señor Ullman, pero ¿no es éste el...?

¿No era acaso su... despacho, con sus archivos, el gran escritorio, un libro de reservaciones en blanco, para el año próximo, todas las llaves pulcramente colgadas de sus ganchos?

Por supuesto que lo era, pero faltaba una llave, la llave maestra... ¿Quién podía tenerla? Soñó que si subía, tal vez lo averiguaría. Luego vio el gran radiotransmisor sobre su estante.

Jack lo encendió. Oyó palabras entrecortadas. Cambió de banda y recorrió con el dial fragmentos de música, noticias, un sacerdote que sermoneaba a una congregación quejosa, un informe meteorológico. Pasó otra voz y volvió atrás para sintonizarla. Era la voz de su padre.

–... mátalo. Tienes que matarlo, Jack, y a ella también. Un verdadero artista debe sufrir. Además, todos los hombres matan lo que aman. Siempre estarán conspirando contra ti, intentando retenerte y hundirte. En este mismo momento tu hijo está donde no debería. ¡Desobedeciéndote! Eso es lo que hace. El maldito cachorro. Dale de bastonazos, Jacky, dale de bastonazos hasta que apenas le quede vida. Bébete un trago, Jacky, hijo mío, y entonces jugaremos al elevador. Después te acompañaré mientras le das su medicina. Sé que eres capaz de hacerlo, vaya si lo eres. Debes matarlo. Tienes que matarlo, Jacky, y a ella también. Un verdadero artista debe sufrir. Además, todos los hombres...

La voz de su padre, cada vez más alta y sonora, se convertía en algo enloquecedor, que no tenía nada de humano, algo vociferante y apremiante, la voz del Fantasma-Dios, del Dios-Cerdo, que muerta llegaba hasta él desde el radio.

–¡No! –exclamó Jack–. ¡Estás muerto, estás en tu tumba, no estás en mí!

Él había amputado de sí mismo todo lo que procedía de su padre y no estaba bien que volviera, que se infiltrara insidiosamente en aquel hotel, a tres mil doscientos kilómetros del pueblo de Nueva Inglaterra donde su padre había vivido y había muerto.

Con ambas manos levantó el radio y lo arrojó al suelo, donde se estrelló, desparramando resortes y tubos como el resultado de un enloquecido juego del elevador que se hubiera escapado de las manos, haciendo desaparecer la voz de su padre, dejando sólo su voz, la voz de Jack, la voz de Jacky, salmodiando en la fría realidad del despacho:

–¡Estás muerto, estás muerto, estás muerto!

A continuación oyó los pasos apremiantes de Wendy, golpeando el suelo por encima de su cabeza, y la voz sobrecogida, asustada de su mujer:

–¿Jack? ¡Jack!

Se quedó inmóvil, mirando estúpidamente el radio destrozado. Ahora no tenían otro vínculo con el resto del mundo que el vehículo para nieve que había en el cobertizo de las herramientas.

Se llevó las manos a la cabeza, apretándose las sienes. El dolor era insoportable.

## 27. EL CATATÓNICO

Sin más calzado que las medias, Wendy corrió por el pasillo y bajó a toda prisa por la escalera principal hasta llegar al vestíbulo. No se le ocurrió mirar hacia el tramo alfombrado que llevaba a la segunda planta pero, de haberlo hecho, habría visto a Danny en lo alto de los escalones, en silencio e inmóvil, con la mirada en el espacio, el dedo pulgar en la boca, empapado en sudor. En el cuello y bajo el mentón tenía varias magulladuras.

Jack había dejado de gritar, pero ella seguía aterrorizada. Arrancada violentamente del sueño, elevándose en esa vieja resonancia amenazadora que tan bien conocía, aún tenía la sensación de estar soñando, aunque otra parte de ella sabía que estaba despierta, lo cual la aterrorizaba aún más. Esperaba, temerosa, irrumpir en el despacho para encontrarlo de pie, borracho y confundido, sobre el cuerpo inerte de Danny.

Empujó la puerta y entró. Allí estaba Jack, frotándose las sienes con los dedos, con la cara de una palidez fantasmal. El aparato de radio estaba a sus pies, en un pequeño mar de vidrios rotos.

–¿Wendy? –balbuceó–. ¿Wendy…?

Su perplejidad parecía ir en aumento y, por un momento, Wendy vio el rostro auténtico de su marido, el que ocultaba hábilmente, un rostro desesperadamente desdichado, el rostro de un animal atrapado en una trampa que excede su capacidad de comprensión y de la que no puede escapar. Después sus músculos empezaron a contraerse, a retorcerse bajo la piel, su boca tembló de manera enfermiza, mientras la nuez parecía pugnar por salir de la garganta.

La propia alteración y sorpresa de Wendy quedaron dominadas por la impresión: Jack iba a echarse a llorar. Ya lo había visto llorar otras veces, pero nunca desde que dejó la bebida... y jamás sin estar patéticamente arrepentido. Por eso, el que perdiera el dominio de sí mismo volvía a asustarla.

Avanzó hacia ella, llorando, moviendo la cabeza en un esfuerzo estéril por controlar la tormenta emocional. Respiraba con dificultad, entre sollozos desgarradores. Calzados con mocasines, sus pies tropezaron con los despojos del radio y Jack estuvo a punto de caer en brazos de su mujer, haciéndola tambalearse con su propio peso. Al recibir en la cara el aliento de él, Wendy no olió a alcohol. Por supuesto, no había bebidas allí arriba.

–¿Qué te pasa? –le preguntó sosteniéndolo lo mejor que podía–. Jack, ¿qué ocurre?

Él no podía hacer otra cosa que sollozar, aferrándose a ella hasta casi dejarla sin respiración, moviendo la cabeza sobre el hombro de Wendy en un gesto desvalido, como si tratara de apartar algo. Los sollozos eran devastadores, y todo el cuerpo se le estremecía. Bajo la camisa escocesa y los jeans, continuos espasmos le recorrían los músculos.

–¿Jack? ¡Por favor! ¡Dime qué pasa!

Finalmente los sollozos empezaron a convertirse en palabras, la mayor parte de ellas incoherentes, más claras a medida que Jack iba controlándose.

–Soñé…, supongo que fue un sueño, pero era tan real, yo… era mi madre, que decía que papá iba a hablar por radio y yo… Me decía que… no sé… Gritaba… y entonces rompí el radio… para hacerlo callar. ¡Para hacerlo callar! ¡Está muerto! No quiero ni soñar con él. Está muerto. ¡Dios mío, Wendy, Dios mío! Jamás había tenido una pesadilla semejante. No quiero volver a tenerla. ¡Qué espantoso!

–¿Te quedaste dormido aquí, en el despacho?

–No… aquí no. Abajo.

Empezaba a enderezarse, liberando a Wendy de parte de su peso. El movimiento de la cabeza se detuvo.

–Estaba mirando esos viejos papeles, sentado en una silla que encontré allí. Recibos de leche, cosas así, aburridas. Creo que me adormilé un poco. Debió de ser entonces cuando empecé a soñar, y debí de venir aquí como un sonámbulo –ahogó una risita temblorosa contra el cuello de Wendy–. También es la primera vez.

–¿Dónde está Danny, Jack?

–No lo sé. ¿No está contigo?

–¿No estaba… contigo en el sótano?

Jack miró por encima del hombro. Al ver la expresión de ella, se asustó.

–Jamás dejarás que olvide eso, ¿no es cierto, Wendy?

–Jack…

–¿Qué? –preguntó y se puso en pie de un salto–. ¿O vas a negar que estás pensando en eso? ¿Que si lo lastimé antes, puedo volver a hacerlo?

–¡Quiero saber dónde está, y nada más!

–¡Pues sigue vociferando hasta que te quedes ronca, que así arreglarás mucho las cosas!

Wendy dio la media vuelta y salió.

Jack la vio alejarse, inmóvil, sosteniendo en la mano un papel secante cubierto de fragmentos de vidrio. Después lo tiró al basurero, salió tras Wendy y la alcanzó junto al mostrador del vestíbulo. Apoyándole las manos en los hombros, la obligó a voltearse. La expresión de ella era cautelosa.

–Wendy, lo siento. Fue ese sueño... ¿Me perdonas?

–Claro –respondió ella, sin cambiar de expresión. Rígidos, sus hombros se le escurrieron debajo de las manos. Desde la mitad del vestíbulo, empezó a llamar a su hijo–: ¡Doc! ¡Eh, Doc! ¿Dónde estás?

El silencio volvió a cerrarse sobre Wendy, que fue hacia la doble puerta del vestíbulo, la abrió y salió al camino que Jack había abierto en la nieve. Parecía una trinchera; la nieve a través de la cual pasaba la senda le llegaba casi a los hombros. Cuando volvió a llamarlo, su aliento era un vapor blanco. Al volver, ya empezaba a parecer asustada.

–¿Estás segura de que no está durmiendo en su habitación? –preguntó Jack, dominando los nervios.

–Ya te dije que andaba jugando por ahí mientras yo tejía. Lo oí desde arriba.

–¿Y te quedaste dormida?

–¿Y eso qué tiene que ver? Sí. ¿Danny?

–Pero ahora, cuando bajaste, ¿miraste en su habitación?

–En... –balbuceó Wendy. Jack hizo un gesto de asentimiento–. En realidad, no lo pensé.

Sin esperarla, él empezó a subir por la escalera. Wendy lo siguió, pero él iba más deprisa. Wendy estuvo a punto de tropezar con él cuando Jack se detuvo bruscamente en el descanso de la primera planta y se quedó inmóvil, mirando hacia arriba, con los ojos muy abiertos.

–¿Qué...? –empezó a preguntar Wendy, y siguió la mirada de Jack.

Danny aún estaba allí, inmóvil, con los ojos ausentes, chupándose el dedo pulgar. La luz del candil eléctrico del pasillo destacaba cruelmente las marcas del cuello.

–¡Danny! –exclamó Wendy.

El grito rompió la parálisis de Jack y los dos corrieron hacia donde estaba el niño. Wendy se arrojó de rodillas junto a él y lo tomó en brazos. Danny la dejó hacerlo, pero sin devolverle el abrazo. Era como estrechar un palo acolchado y Wendy sintió en la boca el gusto dulzón del horror. Danny no hacía más que chuparse el dedo pulgar y clavar la mirada, inexpresiva e indiferente, en el hueco de la escalera, más allá de donde estaban sus padres.

–Danny, ¿qué pasó? –inquirió Jack, mientras tendía la mano para tocar el hinchado cuello del niño–. ¿Quién te hizo seme...?

–¡No lo toques! –exclamó Wendy, sibilante. Tomó a Danny en sus brazos, lo levantó y ya había retrocedido la mitad de los escalones antes de que Jack alcanzara a levantarse, confundido.

–¿Qué? Wendy, ¿qué demonios estás...?

–¡No lo toques! ¡Si vuelves a ponerle las manos encima, te mataré!

–¡Wendy!

–¡Eres repugnante!

Giró sobre sí misma y bajó corriendo los escalones que la separaban de la primera planta, con la cabeza del niño balanceándose con sus movimientos. El dedo pulpulgar seguía firmemente alojado en la boca. Los ojos eran dos ventanas enjabonadas. Al pie de la escalera, Wendy torció hacia la derecha y Jack sintió cómo sus pies se alejaban. Después, oyó el golpe de la puerta del dormitorio, el cerrojo, la llave en la cerradura. Finalmente, sofocado, escuchó el murmullo suave de una voz que consuela.

Se quedó allí durante un tiempo incalculable, literalmente paralizado por todo lo que había sucedido en tan breve tiempo. El sueño seguía estando con él, imprimiendo a todo un matiz irreal. Era como si se hubiera tomado una leve dosis de mezcalina. ¿Tal vez él habría lastimado a Danny, como pensaba Wendy? ¿Habría intentado estrangular a su hijo por indicación de su padre? ¡No! Jamás haría daño a Danny.

«Cayó por las escaleras, doctor», había dicho. Pero ahora, jamás haría daño a Danny.

¿Cómo podía saber que la bomba no funcionaba...?

Jamás en su vida había sido deliberadamente agresivo cuando estaba sobrio. Salvo cuando estuviste a punto de matar a George Hatfield, se dijo.

–¡No! –gimió en la oscuridad, y con ambos puños empezó a golpearse las piernas una y otra vez.

Wendy estaba sentada junto a la ventana, en el sillón tapizado, con Danny en el regazo, meciéndolo, cantándole las viejas palabras sin sentido que uno después jamás recuerda. El niño se había relajado sobre el regazo, como si fuera un dibujo recortado de sí mismo, sin mirar hacia la puerta cuando en el vestíbulo se oyó a Jack gritando «¡No!».

En la cabeza de Wendy la confusión se había atenuado un poco, pero ahora descubrió que tras ella se ocultaba algo peor: el pánico.

Estaba segura de que había sido él.

Para Wendy, no tenía sentido que lo negara. Le parecía perfectamente posible que Jack hubiera tratado de estrangular a Danny en sueños, de la misma manera que en sueños había hecho pedazos el radio. Sufriría un colapso o algo así. Pero ¿qué podía hacer? No podían quedarse allí encerrados. Tendrían que comer.

En realidad, la cuestión era muy simple, mentalmente formulada con la frialdad y el pragmatismo más absolutos, con la voz de su maternidad, una voz fría y desapasionada que se apartaba del círculo cerrado entre madre e hijo para apuntar hacia fuera, hacia Jack. Era una voz que hablaba de su propia salvación sólo después de hablar de la salvación de su hijo, preguntando: ¿Hasta qué punto realmente es peligroso?

Jack lo había negado. Se había quedado horrorizado ante los moretones, ante la blanda e implacable ausencia de Danny. Si él lo había hecho, la responsabilidad no parecía formar parte de él. El hecho de que hubiera podido hacerlo mientras estaba dormido era alentador, de una manera terrible y retorcida. ¿No sería posible confiar en él para que los sacara de allí, y después...?

Pero Wendy no podía ver más allá de ella misma y Danny llegando, sanos y salvos, al consultorio del doctor Edmonds en Sidewinder. En realidad, ni siquiera necesitaba ver más allá. Con la crisis actual tenía más que suficiente para preocuparse.

Siguió arrullando a Danny, meciéndolo sobre su pecho. Al tocar con los dedos el hombro del niño, advirtió que tenía la camisa húmeda, pero la información le llegó al cerebro de forma instintiva. Si la hubiera registrado, quizá habría recordado que Jack, cuando la abrazó en el despacho, sollozando contra su cuello, tenía las manos secas. Eso podría haberla calmado. Pero seguía teniendo la cabeza en otras cosas. Tenía que tomar una decisión: ¿acercarse a Jack o no?

En realidad, la decisión no era tal. No podía hacer nada ella sola, ni siquiera bajar con Danny hasta el despacho para pedir auxilio por radio. Su hijo había sufrido un fuerte shock, y había que sacarlo de allí a toda prisa, antes de que el daño fuera irreversible. Wendy se negaba a creer que ya pudiera serlo.

Sin embargo, angustiada, buscaba otra alternativa. No quería volver a poner a Danny al alcance de Jack. Era consciente del error que había cometido al ir allí, contrariando sus sentimientos (y los de Danny) y dejar que la nieve los aislara... todo por el bien de Jack. Otra mala decisión había sido archivar la idea del divorcio. Ahora se sentía casi paralizada por la sensación de que podía estar cometiendo otro error, y de que lo lamentaría cada minuto de cada día que le quedara de vida.

En el hotel no había armas de fuego. En la cocina había cuchillos colgados de los soportes imantados, pero entre ella y la cocina se interponía Jack.

En su esfuerzo por tomar la decisión adecuada, por encontrar la alternativa, no percibió la amarga ironía de sus pensamientos: una hora antes se había quedado dormida, firmemente convencida de que las cosas iban bien y seguirían mejorando. De pronto, estaba sopesando la posibilidad de defenderse de su marido con un cuchillo de carnicero, si él trataba de interponerse entre ella y su hijo.

Finalmente se levantó, con el niño en brazos, las piernas temblorosas. No había otra salida. Debería suponer que Jack, despierto, cuerdo, la ayudaría a llevar a Danny a Sidewinder, al consultorio del doctor Edmonds. Y si Jack intentaba cualquier cosa que no fuera ayudarla, que Dios tuviera piedad de él.

Se encaminó a la puerta y le quitó el cerrojo. Apoyó a Danny en el hombro, abrió la puerta y salió al pasillo.

–¿Jack? –llamó con nerviosismo, sin obtener respuesta.

Cada vez más insegura, fue hacia la escalera, pero Jack no estaba allí. Y mientras permanecía inmóvil en el descanso, pensando qué hacer, desde abajo le llegó la canción, pícara, colérica, amargamente satírica:

*–Hazme rodar. En la hie-er-ba, hazme rodar y tiéndeme y vuélvelo a hacer.*

La voz la asustó todavía más de lo que la había asustado el silencio, pero no había otra alternativa. Wendy empezó a bajar por la escalera.

## 28. «¡FUE ELLA!»

Jack se había quedado en la escalera, escuchando el ahogado consuelo que llegaba a través de la puerta cerrada, y lentamente su confusión había cedido paso a la cólera. En realidad, para Wendy las cosas no habían cambiado. Él podría pasar veinte años en seco y todavía, al llegar a casa por las noches y abrazarla en la puerta, repararía en la imperceptible dilatación de su nariz al tratar de comprobar si había bebido. Wendy siempre supondría lo peor. Si él y Danny tenían un accidente y chocaban con un ciego borracho que acabara de sufrir un ataque antes de la colisión, Wendy le echaría silenciosamente la culpa de las heridas de Danny y se apartaría de él.

Ante sus ojos surgió el rostro de ella en el momento en que le arrebató a Danny para llevárselo y, de pronto, Jack deseó borrar a puñetazos la expresión que había visto en su rostro.

¿Qué derecho tenía?, se preguntó, indignado.

Tal vez al principio había sido un necio borracho y había hecho cosas terribles, como romperle el brazo a Danny, pero si un hombre se reforma, ¿no merece que tarde o temprano le sean reconocidos sus méritos? Y si no lo consigue, ¿no merece que el juego haga honor al nombre que le aplican? Si un padre acusa constantemente a su hija virgen de acostarse con todos los muchachos de la escuela, ¿ella no acabará hartándose hasta merecer que la regañen? Y si secretamente –o no tan secretamente– una mujer sigue creyendo que su marido abstemio es un borracho...

Jack se levantó, bajó lentamente hasta el descanso de la primera planta y se quedó allí un momento. Sacó el pañuelo del bolsillo, se lo pasó por los labios y pensó que podría ir a golpear la puerta del dormitorio, exigiendo que lo dejaran entrar para ver a su hijo. Wendy no tenía derecho a ser tan autoritaria.

Tarde o temprano tendría que salir, a no ser que planeara someterse, junto con Danny, a una dieta realmente exigua. Al pensarlo, una mueca desagradable le crispó los labios. Ya vendría ella, se dijo.

Bajó a la planta baja y, por un momento, se quedó junto al mostrador del vestíbulo. Después entró al comedor y se quedó en la puerta. Las mesas vacías, con los manteles de hilo blanco implacablemente cubiertos por el plástico transparente, brillaban como si estuvieran llamándolo. Todo estaba desierto pero, de pronto, recordó algo que había visto en el sótano:

«La cena se servirá a las 8. Desenmascaramiento
y baile a medianoche.»

Olvidando momentáneamente a su mujer y su hijo, olvidando el sueño, el radio destrozado y los magullones, Jack paseó entre las mesas. Pasó los dedos sobre las pegajosas cubiertas de plástico, tratando de imaginar lo que debía de haber sido esa calurosa noche de agosto de 1945, recién ganada la guerra, con el futuro por delante, nuevo y abigarrado como un país de sueños. Las alegres linternas japonesas de papel multicolor pendían a lo largo de la pasarela circular, una luz dorada entraba por las ventanas que, entonces, no estaban tapiadas por los ventisqueros de nieve. Hombres y mujeres vestidos de noche poblaban el salón. Aquí una princesa resplandeciente, más allá un caballero de botas altas, por todas partes conversaciones no menos chispeantes que las joyas, el baile, la pródiga abundancia de bebidas, primero vino y después cocteles y después, quizá, mezclas más fuertes, el nivel de la conversación cada vez más alto, hasta que de la plataforma de la orquesta partía, regocijante, el grito esperado de «¡Quítense las máscaras! ¡Quítense las máscaras!».

Y la Muerte Roja dominaba...

Se encontró de pronto al otro lado del comedor, a punto de atravesar la estilizada doble puerta del salón Colorado donde, aquella noche de 1945, las bebidas debían de haber sido gratuitas.

«¡Acérquense al bar, señores, que la casa invita...!»

Pasó por la puerta y se adentró en la honda penumbra del bar, y entonces sucedió algo extraño. Jack había estado allí una vez para cotejar el inventario que le había dejado Ullman, y sabía que allí no había una sola gota de alcohol. Los estantes estaban completamente vacíos. Pero ahora, turbiamente iluminadas por la luz que llegaba desde el comedor (tampoco muy bien iluminado, ya que la nieve bloqueaba las ventanas) le pareció ver hileras de botellas que titilaban silenciosamente detrás del bar, y sifones, y hasta la cerveza que goteaba de las espitas de los tres barriles relucientes. Incluso olía la cerveza, el húmedo y fermentado olor de levadura, el mismo que flotaba como una tenue niebla alrededor de la cara de su padre, todas las noches, cuando regresaba a casa.

Con los ojos muy abiertos, buscó a tientas el interruptor de la luz y las tenues luces del bar se encendieron: círculos de focos de 20 watts dispuestos sobre las tres ruedas de carro que, suspendidas del techo, hacían las veces de candiles.

Los estantes estaban vacíos, aunque todavía no era muy espesa la capa de polvo que los cubría. Las espitas de cerveza estaban secas, lo mismo que los escurridores cromados que tenían debajo. A ambos lados de él, los gabinetes tapizados en terciopelo se erguían como hombres altos, anchos de espaldas, diseñados como estaban para ofrecer el máximo de intimidad posible a la pareja que los ocupara. Directamente ante él, más allá de la alfombra roja que recubría el suelo, cuarenta taburetes formaban su ronda en torno al mostrador en forma de herradura. Todos tapizados en cuero, estaban decorados con marcas de ganado: H en un círculo; barra D barra (muy a propósito); W sobre un semicírculo; B acostada...

Se acercó más, mientras meneaba con cierta perplejidad la cabeza. Era como aquel día en la zona de juegos infantiles, cuando... pero no tenía sentido pensar en eso. No obstante, podría haber jurado que había visto las botellas, vagamente, es cierto, como se ven las formas oscuras de los muebles en una habitación donde las cortinas están cerradas. Lo único que quedaba era el olor a cerveza, y Jack sabía que se trataba de un olor que, pasado cierto tiempo, impregnaba la madera de cualquier bar del mundo, sin que se hubiera inventado ningún detergente capaz de quitarlo. Pero allí el olor era intenso... casi parecía fresco.

Se sentó en uno de los taburetes y apoyó ambos codos sobre el borde del bar tapizado en piel. A su izquierda había un tazón para cacahuates, que en ese momento estaba vacío, naturalmente. Era la primera vez que entraba a un bar en diecinueve meses, y todo estaba completamente en seco... Vaya suerte, pensó. De todas formas, lo embargó una oleada de nostalgia arrasadora y amarga, y la avidez física de beber fue subiendo desde el vientre a la garganta, a la boca, a la nariz, haciéndole contraer los tejidos a medida que ascendía, haciendo que sus entrañas clamaran por algo líquido y frío.

Con una esperanza irracional, volvió a mirar los estantes, pero estaban tan vacíos como un momento antes. Hizo una mueca de dolor y frustración. Contrayéndose lentamente, sus dedos empezaron a arañar el borde acolchado del bar.

–Hola, Lloyd –saludó–. Una noche más bien tranquila, ¿no?

Lloyd asintió, y le preguntó qué deseaba.

–Bueno, me alegro de que lo preguntes –respondió Jack–, me alegro de veras. Porque casualmente tengo en la cartera dos billetes de veinte dólares y dos de diez, y ya me temía que seguirían allí hasta el mes de abril. No hay ni un bar por aquí, ¿puedes creerlo? Supuse que tenían bares en la jodida luna.

Lloyd se mostró comprensivo.

–Te diré qué haremos –continuó Jack–. Tú me preparas veinte martinis, ni más ni menos. Así, uno tras otro, muchacho. Uno por cada mes que he pasado en seco y uno de añadidura. Puedes hacerlo, ¿verdad? ¿No estás demasiado ocupado?

Lloyd dijo que no estaba nada ocupado.

–Buen muchacho. Me pones los marcianos en fila a lo largo de la barra y yo me los iré soplando uno a uno. Es la carga del hombre blanco, Lloyd, amigo mío.

Lloyd puso manos a la obra. Jack buscó la billetera en el bolsillo y encontró en cambio un frasco de Excedrin. La cartera estaba en el dormitorio y, por supuesto, las piernas flacas de su mujer lo habían excluido del dormitorio. Estuviste bien, Wendy, maldita perra, pensó.

–Me parece que por el momento estoy en cero –dijo Jack–. ¿Cómo ando de crédito en este bar?

Lloyd le aseguró que no había ningún problema.

–Estupendo. Siempre me gustaste, Lloyd. Siempre fuiste el mejor. El mejor de todos los bares que hay entre Barre y Portland, Maine... Portland, Oregón, quise decir.

Lloyd le agradeció el cumplido.

Jack destapó su frasco de Excedrin, sacó dos tabletas y se las metió a la boca. De inmediato, lo invadió el sabor ácido y familiar.

Súbitamente tuvo la sensación de que había gente mirándolo, con curiosidad y cierto desprecio. Los gabinetes que había detrás estaban ocupados por hombres que encanecían, hombres distinguidos, acompañados de hermosas muchachas, todos vestidos de noche, observando con fría complacencia su triste ejercicio de histrionismo.

Jack giró sobre el taburete.

Ahora los gabinetes estaban vacíos, extendiéndose a ambos lados desde la puerta del salón; los que tenía a su izquierda describían una curva para adaptarse a la forma de herradura del mostrador, a lo largo de la pared más corta de la habitación: asientos y respaldos acolchados, tapizados en piel, mesas de formica oscura, reluciente, con un cenicero en cada una, una caja de cerillos en cada cenicero, con las palabras SALÓN COLORADO estampadas en cada una de ellas, en oro, por encima del logotipo de la doble puerta del salón.

De nuevo volteó, al tiempo que con una mueca se tragaba el resto del Excedrin.

–Lloyd, eres una maravilla –declaró–. Todo listo. Tu rapidez no conoce más rival que la espiritual belleza de tus ojos napolitanos. Salud.

Jack contempló los veinte cocteles imaginarios, los vasos de martini cubiertos de gotitas de condensación, cada uno con su rechoncha aceituna verde atravesada por un palillo. Casi sentía en el aire el olor de la ginebra.

–Lloyd, ¿has conocido alguna vez a un caballero que haya subido al camión del agua?[1]

Lloyd admitió que había conocido gente así.

–¿Y alguna vez has vuelto a tener contacto con un hombre así después de que bajara del camión?

Con toda sinceridad, Lloyd no podía recordar semejante cosa.

–Pues entonces, nunca te pasó –declaró Jack, que cerró la mano en torno a la primera copa. Después de tragar, arrojó por encima del hombro el vaso inexistente. La gente del baile había vuelto, y estaban observándolo, riéndose furtivamente de él. La sensación era nítida. Si en el fondo del bar hubieran puesto un espejo en vez de los estúpidos estantes vacíos, habría podido verlos. Pues que miraran, se dijo. Al carajo con ellos. Que cualquiera que quisiera mirarlo, mirara.

»Entonces nunca te pasó –insistió Jack–. Son muy pocos los hombres que vuelven de ese camión fabuloso, pero los que regresan vienen contando una historia tremenda. Cuando uno sube a él, le parece el camión más limpio y reluciente que haya visto en su vida, con ruedas de tres metros de altura para que el suelo quede bien lejos del arroyo, donde están tirados todos los borrachos con sus bolsas cafés y las botellas de whisky y cerveza a medio vaciar. Se aleja de la gente que lo miraba mal y le decía que dejara de hacer payasadas o fuera a hacerlas a otra parte. Si lo miras desde el arroyo, amigo Lloyd, es el camión más estupendo que hayas visto jamás, todo lleno de colgaduras y con una banda al frente y tres bailarinas a cada lado, haciendo girar los bastones y enseñándote las bragas. Hombre, uno no puede evitar subir a ese camión y apartarse de los borrachos

1. El siguiente parlamento debe entenderse en función de las siguientes expresiones del *slang* norteamericano: *to be off the (water) wagon* = volver a beber tras un periodo de abstinencia. *(N. de la T.)*

que viven ordeñando la botella y olfateando su propio vómito para volver a ponerse en forma, y que buscan en el arroyo una colilla hasta medio centímetro por debajo del filtro.

Apuró otros dos tragos imaginarios, y siguió arrojando los vasos por encima del hombro. Casi alcanzaba a oír cómo se hacían añicos contra el suelo. Y además, empezaba a sentirse ebrio. Sin duda era el Excedrin.

–Así que te subes –siguió explicando a Lloyd–, y te alegras de haber subido. ¡Dios mío, vaya si te alegras! El camión es el más grande y el mejor de todo el desfile y todo el mundo está en la calle aplaudiendo y gritando, agitando pañuelos, todo porque has subido. Salvo los borrachines que se han desmayado en el arroyo, los tipos que eran tus amigos, pero tú ya dejaste atrás todo eso.

Volvió a llevarse a la boca el puño vacío para engullir otro trago... ya iban cuatro, le faltaban dieciséis. La cosa iba bien. Se tambaleó un poco sobre el taburete. Que lo miraran, si eso les divertía. Sáquenme una foto, muchachos.

–Entonces empiezas a ver cosas, Lloyd... amigo mío. Las cosas que no veías desde el arroyo. Por ejemplo, que el piso del camión está hecho de tablas de pino sin cepillar y sin secar, de manera que aún sueltan resina, y si te quitas los zapatos enseguida te clavas una astilla. O que los únicos muebles que hay en el camión son esos bancos largos de respaldo alto y sin cojines donde sentarse, que en realidad no son más que bancos de iglesia con libros de himnos. O que todos los que están sentados en los bancos son esas puritanas de pecho chato y faldas largas con cuellitos de encaje y el pelo recogido en un chongo, tan tirante que casi se le oye gritar. Y todas las caras son pálidas y brillantes, y todos cantan «Canteeemos, canteeeemos, canteeemos al Seeeeñor», y delante de todos hay una fulana nauseabunda de pelo rubio, que toca el órgano y les dice que canten más fuerte. Y alguien te mete en las manos un libro de himnos y te dice «Canta, hermano. Si quieres seguir en nuestro camión tienes que cantar, mañana, tarde y noche. Especialmente de noche». Y entonces te das cuenta de lo que es realmente el camión, Lloyd. Es una iglesia con barrotes en las ventanas, una iglesia para las mujeres, y para ti una prisión.

Jack se calló. Lloyd había desaparecido. En realidad, nunca había estado, como tampoco las bebidas. No había más que la gente de los gabinetes, los del baile de disfraces, y se oían sus risas sofocadas, mientras lo señalaban y le clavaban la mirada como crueles alfileres de luz.

De nuevo, volteó y dijo:

–Déjenme…

Todos los gabinetes estaban vacíos. El rumor de las risas se había extinguido como el susurro de las hojas otoño. Durante unos segundos, Jack se quedó mirando el salón desierto, con los ojos sombríamente abiertos. Una vena le latía perceptiblemente a la mitad de la frente. En lo más profundo de sí mismo iba formándose una fría certidumbre, que le decía que estaba perdiendo la razón. Sintió el impulso de levantar el taburete que tenía a su lado y, blandiéndolo como un torbellino de viento vengador, recorrer con él todo el salón. En cambio, volteó otra vez hacia la barra y empezó a vociferar:

*–Hazme rodar. En la hie-erba, hazme rodar y vuélvelo a hacer.*

Ante él surgió la cara de Danny, pero no la de siempre, vivaz y despierta, de ojos abiertos y chispeantes, sino el rostro catatónico, de resucitado, de ese extraño de ojos turbios y opacos, cuyos labios se apretaban como los de un bebé alrededor del dedo pulgar. ¿Qué estaba haciendo allí, sentado a solas y hablando consigo mismo como un adolescente enfurruñado, cuando su hijo estaba arriba, conduciéndose como alguien que estuviera a punto para la habitación de paredes acolchadas, comportándose como decía Wally Hollis que se había comportado Vic Stenger antes de que los hombres de bata blanca vinieran a llevárselo?

¡Pero nunca le puse la mano encima! ¡Jamás, maldita sea!, se dijo.

–¿Jack?

La voz era tímida, vacilante, y lo sobresaltó de tal manera que estuvo a punto de caer del taburete al voltear. Wendy estaba en el umbral de la puerta, llevando a Danny en brazos como un horrendo maniquí de cera. Los tres componían un cuadro que impresionó profundamente a Jack: el momento antes de que bajara el telón del segundo acto de un antiguo melodrama, tan mal puesto en escena que los tramoyistas se habían olvidado de las botellas en los estantes de la guarida de la iniquidad.

–Jamás lo toqué –articuló pastosamente Jack–. Jamás lo toqué desde la noche en que le rompí el brazo. Ni siquiera le he dado una nalgada.

–Jack, ahora no importa. Lo que importa es...

–¡Sí que importa! –exclamó él, y asestó sobre el mostrador un puñetazo que levantó en el aire el tazón de cacahuates vacío–. ¡Importa, carajo, claro que importa!

–Jack, tenemos que sacarlo de la montaña. Está...

En sus brazos, Danny empezó a moverse. La expresión vacía y atónita del rostro había empezado a resquebrajarse como la capa de hielo que recubre una superficie. Sus labios temblaron como si percibieran un sabor horrible. Abrió los ojos, levantó las manos como si quisieran cubrirlos y después, volvieron a caer.

Bruscamente, Danny se puso rígido en brazos de Wendy. La espalda se le arqueó hasta hacer tambalear a su madre. Luego empezó a chillar, a emitir alaridos resonantes y enloquecidos que se le escapaban de la garganta en una serie interminable. El eco hacía que los ámbitos vacíos les devolvieran los gritos como aullidos fantasmales. La impresión era que hubiera cien criaturas como Danny, gritando todas al unísono.

–¡Jack! –clamó Wendy, aterrorizada–. Jack, por Dios, ¿qué le pasa?

Entumecido de la cintura para abajo, más asustado de lo que jamás lo hubiera estado en su vida, Jack bajó del taburete. ¿A qué agujero se había asomado su hijo, a qué oscura madriguera? ¿Y qué lo había lastimado?

–¡Danny! –rugió–. ¡Danny!

Danny lo vio y, con una fuerza súbita y salvaje que no dejó a su madre posibilidad de sostenerlo, se libró de sus brazos. Tambaleante, Wendy retrocedió contra uno de los gabinetes y estuvo a punto de caer dentro de él.

–¡Papi! –aulló mientras se precipitaba hacia Jack con los ojos desorbitados–. ¡Oh, papi, fue ella! ¡Ella! ¡Ella! ¡Ay, papiii...!

Con el ímpetu de una flecha se arrojó en brazos de Jack, desestabilizándolo. Danny se aferró furiosamente a él, al principio sacudiéndolo como un luchador, hasta que por fin empezó a sollozar contra su pecho. Jack notaba el pequeño rostro, ardiente y contraído.

–¡Papi, fue ella!

Jack levantó lentamente la mirada hasta el rostro de Wendy; sus ojos parecían pequeñas monedas de plata.

–¿Wendy? –inquirió en un susurro–. Wendy, ¿qué le hiciste?

Con el rostro pálido, atónita, ella también lo miró, y negó con la cabeza.

–Oh, Jack, tú sabes...

Afuera, había empezado a nevar de nuevo.

# 29. CONVERSACIÓN EN LA COCINA

Jack llevó a Danny a la cocina. Seguía sollozando desesperadamente, negándose a apartar la cara del pecho de Jack, que volvió a entregárselo a Wendy, todavía azorada e incrédula.

–Jack, no sé de qué está hablando. Créeme, por favor.

–Te creo –asintió él, aunque para sus adentros debía admitir que sentía cierto placer por el inesperado y desconcertante curso de las cosas. Sin embargo, su reacción con Wendy había sido momentánea; en su fuero interno sabía que Wendy se rociaría de gasolina y se prendería fuego antes de dañar a Danny.

Sobre el quemador de la cocina, con el fuego bajo, se mantenía la tetera. Jack puso una bolsa de té en su gran tazón de cerámica y lo llenó de agua caliente hasta la mitad.

–Tienes jerez para cocinar, ¿verdad? –preguntó a Wendy.

–¿Qué? Ah, sí... hay dos o tres botellas.

–¿En qué armario?

Ella lo señaló, y Jack tomó una de las botellas. Echó un buen chorro en el tazón, volvió a guardar el jerez y llenó de leche el resto del tazón. Le agregó tres cucharadas de azúcar y lo revolvió. Después se lo dio a Danny, cuyos sollozos habían disminuido hasta convertirse en un lloriqueo entrecortado. Pero seguía temblando y los ojos, muy abiertos, no habían perdido su fijeza.

–Haz el favor de beber esto, doc –le pidió Jack–. Te parecerá horrible, pero te sentirás mejor. ¿Quieres bebértelo por papá?

Con un gesto de asentimiento, Danny tomó el tazón. Bebió un sorbo, hizo una mueca y miró a su padre. Jack asintió con la cabeza y Danny siguió bebiendo. Wendy sintió el familiar aguijonazo de los celos, sabía que su hijo no lo habría bebido por ella.

De inmediato se le ocurrió una idea inquietante: ¿habría deseado ella pensar que el culpable era Jack? ¿Estaría tan celosa? Era la forma en que habría pensado su madre, y eso era lo más horrible de todo. Wendy recordaba un domingo en que su padre la había llevado al parque y que ella había caído de las barras para trepar y se había lastimado las rodillas. Cuando su padre la llevó a casa, la madre preguntó: «¿Y tú qué hacías? ¿Por qué no estabas vigilándola? ¿Qué clase de padre eres?».

Su madre lo había llevado a la tumba. Cuando por fin él se divorció, ya era demasiado tarde.

Wendy sentía que jamás había concedido a Jack el beneficio de la duda. Era consciente de que si todo debía suceder otra vez, ella haría lo mismo y pensaría de la misma manera. Para bien o para mal, siempre llevaba consigo una parte de su madre.

–Jack... –masculló, sin saber si quería disculparse o justificarse, aunque las dos cosas serían inútiles.

–Ahora no –la interrumpió él.

Danny tardó quince minutos en beber la mitad del

contenido del tazón, pero luego se tranquilizó visiblemente. Los estremecimientos casi habían desaparecido.

Jack apoyó solemnemente las manos en los hombros de su hijo, y dijo:

–Danny, ¿crees que puedes contarnos exactamente qué te sucedió? Es muy importante.

Danny miró a Jack, luego a Wendy y finalmente volvió a dirigir la mirada hacia su padre. En la pausa de silencio, se pusieron de relieve el marco en que se hallaban y su situación: afuera el alarido del viento, que seguía amontonando nieve desde el noroeste; dentro los crujidos y gemidos del viejo hotel, que se preparaba para otra tormenta. La realidad de su aislamiento se abatió con inesperada fuerza sobre Wendy, como solía sucederle, como un impacto en el corazón.

–Quiero... contarles todo –susurró Danny–. Ojalá lo hubiera hecho antes –volvió a levantar la taza y la sostuvo con ambas manos, como si el calor le infundiera seguridad.

–¿Por qué no lo hiciste, hijo? –preguntó Jack, que le apartó de la frente un mechón de pelo.

–Porque el tío Al te había conseguido el trabajo, y yo no podía entender que este lugar fuera para ti bueno y malo al mismo tiempo. Era... –los miró pidiendo ayuda, al no poder encontrar la palabra necesaria.

–¿Un dilema? –intervino Wendy–. ¿Cuando nada de lo que puedes elegir parece bueno?

–Eso, sí –asintió el niño, aliviado.

–El día que estuviste podando el cerco, Danny y yo tuvimos una conversación en la camioneta –terció Wendy–. Cuando cayó la primera nevada importante, ¿te acuerdas?

Jack asintió con la cabeza. El día que arregló los arbustos estaba bien grabado en su memoria.

–Al parecer, creo que no hablamos lo suficiente –añadió Wendy–. ¿No te parece, doc?

Apesadumbrado, Danny movió la cabeza.

–¿De qué hablaron exactamente? –preguntó Jack–. No estoy seguro de que me guste que mi mujer y mi hijo...

–Hablamos de lo mucho que te queremos.

–En cualquier caso, no lo entiendo. Me siento como si hubiera entrado a ver una película después del intermedio.

–Hablamos de ti –reconoció Wendy en voz baja–. Tal vez no lo expresamos en palabras, pero los dos lo sabíamos. Yo porque soy tu mujer, y Danny porque... porque él entiende cosas –Jack siguió en silencio–. Danny lo dijo con toda exactitud. El hotel parecía bueno no para ti. Estabas lejos de las presiones que tan desdichado te hacían en Stovington. Eras tu propio jefe, y trabajar con las manos te permitiría reservar tu cerebro, sin restricciones, para escribir por las noches. Después... no sé exactamente en qué momento... empezó a parecer que este lugar no era bueno para ti. Te pasabas todo el tiempo en el sótano, revisando esos viejos papeles, toda esa historia antigua. Hablas en sueños...

–¿En sueños? –preguntó Jack, mientras en su rostro aparecía una expresión entre sorprendida y cautelosa–. ¿Que yo hablo en sueños?

–La mayor parte no se entiende. Una vez que me levanté para ir al baño, estabas diciendo: «Demonios, por lo menos traigan las ranuras, que nadie lo sabrá jamás». Otra vez me despertarse, vociferando: «Quítense las máscaras, quítense las máscaras».

–Cielos –susurró Jack y se pasó una mano por la cara. Parecía descompuesto.

–Y los viejos hábitos de cuando bebías habían vuelto: masticar Excedrin, frotarte continuamente la boca... Y tampoco has podido terminar la obra todavía, ¿no es eso?

–No, todavía no, pero es cuestión de tiempo. Estuve pensando en otra cosa. Tengo un proyecto nuevo.

–Este hotel... Es el proyecto por el que llamó Al Shockley. El que no quería que pusieras en práctica.

–¿Y cómo lo sabes? –preguntó Jack–. ¿Estabas escuchando? ¿Estabas...?

–No –repuso Wendy–. Aunque hubiera querido escuchar, no habría podido hacerlo, y tú te darías cuenta si usaras la cabeza. Esa noche, Danny y yo estábamos abajo. El conmutador está desconectado. Nuestro teléfono de arriba era el único que funcionaba en el hotel, porque está conectado directamente con la línea exterior. Tú mismo lo dijiste.

–¿Y cómo pudiste saber lo que dijo Al?

–Porque Danny me lo dijo. Danny lo sabía, de la misma manera que a veces sabe dónde están las cosas que se han perdido, o sabe que alguien está pensando en divorciarse...

–El médico dijo...

Wendy meneó la cabeza con impaciencia.

–¡Ese médico era un inútil y los dos lo sabemos! Lo hemos sabido todo el tiempo. ¿Recuerdas cuando Danny dijo que quería ver los camiones de bomberos? Eso no fue una corazonada. ¡Apenas era un bebé! Danny *sabe* cosas. Y ahora tengo miedo... –miró los moretones en el cuello del niño.

–¿Sabías de verdad que el tío Al me había llamado, Danny?

Danny asintió con la cabeza.

–Y estaba muy enojado, papá. Porque tú habías llamado al señor Ullman, y el señor Ullman le llamó a él. El tío Al no quería que escribieras nada sobre el hotel.

–Es increíble –suspiró Jack–. Y los moretones, Danny... ¿quién intentó estrangularte?

–Ella... –respondió–. La mujer que hay en esa habitación... la 217. La señora muerta.

Nuevamente los labios empezaron a temblarle y volvió a tomar el tazón para beber.

Por encima de su cabeza inclinada, Jack y Wendy cambiaron una mirada de inquietud.

–¿Sabes algo de esto? –preguntó Jack. Wendy negó con la cabeza.

–No, no sé nada.

–¿Danny? –Jack levantó la cara asustada de su hijo–. Inténtalo hijo, estás con nosotros.

–Yo sabía que este lugar era malo –dijo Danny en voz baja–. Desde que estábamos en Boulder, porque Tony me hacía soñar con esto.

–¿Qué clase de sueños?

–No los recuerdo todos. Me mostraba el Overlook de noche, con una calavera y tibias cruzadas en el frente. Se oían golpes. Y había algo... no recuerdo qué... que me perseguía. Un monstruo. Y Tony me mostró lo de redrum.

–¿Y eso qué es, doc? –inquirió Wendy.

–No lo sé.

–¿Será ron, como lo de «ay, ay, ay la botella de ron»? –le preguntó Jack.

–No lo sé. Bueno, después llegamos aquí y el señor Hallorann habló conmigo en su coche. Él también tiene el resplandor.

–¿El resplandor?

–Es... –Danny abrió las manos en un gesto que lo abarcaba todo–. Es poder entender las cosas, saber cosas. A veces uno ve algo... como cuando supe que había telefoneado el tío Al, o el señor Hallorann, que sabía que ustedes me decían doc. Y el señor Hallorann, una vez que estaba pelando papas en el ejército, supo que su hermano había muerto en un choque de trenes... Y cuando llamó a su casa, era verdad.

–¡Santo Dios! –susurró Jack–. No estarás inventando todo esto, ¿verdad, Danny?

El niño negó violentamente con la cabeza.

–¡No, lo juro! El señor Hallorann –añadió, orgulloso–

dijo que tengo el mejor resplandor que él haya visto en su vida. Los dos podíamos hablar sin tener que abrir la boca.

Sus padres volvieron a mirarse, francamente aturdidos.

–El señor Hallorann quiso hablar conmigo porque estaba preocupado –continuó Danny–. Me dijo que éste es un mal lugar para la gente que resplandece. Dijo que él había visto cosas. Yo también vi algo, después de haber hablado con él, mientras el señor Ullman nos llevaba a los tres por el hotel.

–¿Qué viste? –preguntó Jack.

–Fue en la suite presidencial, sobre la pared que hay junto a la puerta, yendo hacia el dormitorio. Había un montón de sangre y algo más. Algo desagradable. Creo... que eso desagradable deben de haber sido sesos.

–¡Dios mío! –farfulló Jack.

Wendy estaba muy pálida.

–Hace algún tiempo –explicó Jack–, los propietarios del lugar fueron unos tipos bastante siniestros. Gente de una organización de Las Vegas.

–¿Mafiosos? –preguntó Danny.

–Sí, mafiosos –confirmó Jack y miró a Wendy–. En 1966 allí mataron a un gángster llamado Vito Gienelli, y a sus dos guardaespaldas. En el periódico se publicó una fotografía. Es exactamente la imagen que acaba de describir Danny.

–Y el señor Hallorann dijo que él vio otras cosas –agregó Danny–. Una vez, en la zona de juegos. Y otra vez vio algo malo en esa habitación, la 217. Una de las camareras lo vio y la corrieron de su trabajo por contarlo. Entonces, el señor Hallorann subió y él también lo vio, pero no se lo dijo a nadie porque no quería quedarse sin trabajo. A mí me dijo que nunca entrara allí... pero yo entré, porque él también dijo que las cosas que viera no podían hacerme daño. Yo le creí... –las últimas palabras fueron casi un susurro, emitido en voz baja y ronca, y Danny se tocó el hinchado círculo de moretones que le rodeaba el cuello.

–¿Y qué pasó con la zona de juegos? –preguntó Jack con voz extrañamente diferente.

–No lo sé. Él habló de... los arbustos de animales.

Jack se sobresaltó, y Wendy lo miró con curiosidad.

–¿Has visto algo allí, Jack?

–No, nada –negó él.

Danny lo miraba.

–Nada –repitió Jack, con más calma. Y era la verdad. Había sido víctima de una alucinación.

–Danny, tienes que contarnos lo de esa mujer –lo animó suavemente Wendy.

El niño empezó a hablar, pero las palabras le salían en cíclicos estallidos, que a ratos se convertían en un farfullar incomprensible, movidos por la prisa de explicarlo todo y terminar de una vez. Mientras hablaba, iba apretándose cada vez más contra el pecho de su madre.

–Entré... Robé la llave maestra y entré. Era como si no pudiera contenerme. Tenía que saber. Y ella... la señora... estaba en la tina, muerta, hinchada. Estaba des... desnu... no llevaba nada de ropa –con aire lamentable, miró a su madre–. Y empezó a levantarse y quería atacarme. Lo sé, porque lo sentía. No es que ella pensara, así como piensan papá y tú. Era algo negro... que hacía daño... como... ¡como las avispas, aquella noche en mi cuarto! Sólo quería herirme. Como las avispas.

Tragó saliva y, por un instante, mientras la imagen de las avispas se adueñaba de todos, reinó el silencio.

–Luego eché a correr –prosiguió Danny–. Quise escapar, pero la puerta estaba cerrada. Yo la dejé abierta, pero estaba cerrada. No se me ocurrió que podía volver a abrirla y salir corriendo. Estaba asustado. Entonces... me apoyé contra la puerta y cerré los ojos y me puse a pensar que el señor Hallorann había dicho que las cosas de allí eran como las ilustraciones de un libro, y que si me repetía a mí mismo... tú no existes, vete, tú no existes... ella se iría. Pero no resultó.

Su voz empezó a elevarse en tonos histéricos.

–¡Me agarró... me levantó... y le vi los ojos...! ¡Vi cómo eran los ojos...! ¡Y empezó a asfixiarme...! ¡Noté el olor... el olor a muerta...!

–¡Basta! –lo interrumpió Wendy, alarmada–. ¡Basta, Danny, ya está bien...!

De nuevo se preparaba para empezar a arrullarlo. El Arrullo para Ocasiones Múltiples, de Wendy Torrance, patente en trámite, se decía a menudo.

–Sigue –intervino Jack.

–No sé nada más –articuló Danny–. Me desmayé, no sé si porque ella me ahogaba o porque tenía miedo. Cuando reaccioné, estaba soñando que tú y mami se peleaban por mí, y que tú querías hacer de nuevo «algo malo», papi. Entonces me di cuenta de que no era un sueño y... me desperté del todo... Me oriné en los pantalones, como un bebé –volvió a dejar caer la cabeza sobre el pecho de Wendy y empezó a llorar con un desvalimiento horrible, las manos yertas e inmóviles sobre las piernas.

–Ocúpate de él –Jack se puso de pie.

–¿Qué vas a hacer? –la expresión de Wendy era de terror.

–Voy a subir a esa habitación. ¿Qué creías que iba a hacer? ¿Preparar café?

–¡No! ¡Jack, por favor, no!

–Wendy, si hay alguien más en el hotel, tenemos que saberlo.

–¡No te atrevas a dejarnos solos! –exclamó ella, con tal fuerza que una lluvia de gotitas de saliva brotó de sus labios.

Jack se detuvo.

–Wendy, estás haciendo una excelente imitación de tu madre.

Wendy se echó a llorar, sin poder ocultar la cara porque tenía a Danny sentado en el regazo.

–Lo lamento –se disculpó Jack–, pero sabes que tengo que hacerlo. Por algo soy el maldito vigilante. Me pagan por esto.

Wendy siguió llorando, y continuó haciéndolo cuando Jack salió de la cocina, frotándose la boca con el pañuelo, mientras la puerta se cerraba a sus espaldas.

–No te preocupes, mami –la tranquilizó Danny–. No le pasará nada. Papá no resplandece, y allí no hay nada que pueda hacerle daño.

–No, creo que no –convino ella, entre lágrimas.

## 30. NUEVA VISITA A LA 217

Para subir tomó el elevador, lo cual era inusual, porque desde que llegaron ninguno de ellos lo había utilizado. Manipuló la palanca de bronce y el aparato subió, entre quejosas vibraciones, por el hueco, mientras las puertas de reja se agitaban desaforadamente. Jack sabía que a Wendy le inspiraba un horror realmente claustrofóbico. Imaginaba a ellos tres atrapados entre dos plantas, mientras en el exterior rugían las tormentas invernales, y podía verlos cada vez más flacos y débiles, hasta morir de hambre. O imaginaba que se devorarían entre ellos, como había pasado con aquellos jugadores de rugby. Recordó una de las etiquetas que se pegan en los parabrisas, que había visto en Boulder: JUGADORES DE RUGBY DEVORAN A SUS MUERTOS. También recordaba otras: USTED ES LO QUE COME. O frases de menús: «Bienvenido al comedor del Overlook, el orgullo de las montañas Rocallosas. Coma espléndidamente en el techo del mundo. Cuadril humano asado a los cerillos, *la spécialité de la Maison*». La sonrisa despectiva volvió a surgir en sus labios. Cuando en la pared del hueco apareció el número 2, regresó la palanca de bronce a su sición inicial y el elevador se detuvo. Jack se echó tres tabletas de Excedrin en la mano y abrió la puerta del elevador. En el Overlook no había nada que lo asustara. Él y el hotel simpatizaban.

Recorrió el pasillo mientras se metía las tabletas a la boca, masticándolas una a una. Dobló la esquina del corto pasillo que se apartaba del corredor principal. La puerta de la habitación 217 estaba entreabierta y la llave maestra colgaba de la cerradura.

Jack frunció el entrecejo, sintiéndose invadido por una oleada de irritación y cólera. Cualquiera que hubiera sido el resultado no importaba, el niño había desobedecido. Le había dicho, y de manera inequívoca, que había ciertas partes del hotel que no eran para él: el cobertizo de las herramientas, el sótano y todas las habitaciones para huéspedes. Tan pronto como se le hubiera pasado el susto, hablaría con Danny de ese asunto. Le hablaría de manera razonable, pero con severidad. Eran muchos los padres que no se habrían limitado a hablar; le habrían dado una buena tunda, y tal vez fuera eso lo que Danny necesitaba. Y si ya se había llevado un susto, ¿no era esoexactamente lo que merecía?

Fue hacia la puerta, quitó la llave maestra, se la echó al bolsillo y entró. La luz del techo estaba encendida. Echó un vistazo a la cama, vio que no estaba deshecha y después fue directamente hacia la puerta del baño. En su interior se había formado una curiosa certidumbre. Aunque Watson no hubiera mencionado apellidos ni número de habitación, Jack tenía la seguridad de que ésas eran las habitaciones que habían compartido la mujer del abogado y su amante, que ése era el baño donde la habían encontrado muerta, llena de narcóticos y alcohol del Salón Colorado.

Empujó la puerta de espejo del baño, la abrió y entró. La luz estaba apagada. La encendió y se quedó mirando el largo cuarto, parecido a un coche

Pullman, decorado con el estilo característico de comienzos de siglo y remodelado en la década de los veinte, que parecía común a todos los baños del Overlook, excepción hecha de los de la tercera planta, que eran directamente bizantinos... como convenía a los miembros de la realeza, los políticos, estrellas de cine y capos de la mafia que habían desfilado por allí a lo largo de los años.

La cortina de la regadera, de color rosa, estaba cerrada en torno a la gran tina con patas en forma de garras. Sin embargo... se movía.

Por primera vez, Jack sintió que la flamante sensación de seguridad que se había apoderado de él cuando Danny corrió a sus brazos gritando «¡Fue ella! ¡Fue ella!» lo abandonaba. Un dedo gélido le oprimió suavemente la base de la columna, provocándole un escalofrío. Se le unieron otros dedos, que de pronto empezaron a subirle por las vértebras a lo largo de la espalda, recorriéndole la espina dorsal como si fuera un instrumento musical.

Su enojo con Danny se evaporó, y al avanzar un paso para apartar la cortina, con la boca seca, no sentía más que compasión por su hijo y terror por sí mismo.

La tina estaba seca y vacía.

La irritación y el alivio se exhalaron en un súbito suspiro que surgió de sus labios tensos, como una pequeña explosión. Al terminar la temporada, la tina había sido escrupulosamente fregada y, a no ser por la mancha de herrumbre que se había formado bajo las llaves de agua, brillaba de limpia. El olor del detergente era débil, pero inconfundible, uno de esos que, semanas después de haber sido usados, pueden seguir irritándole a uno la nariz.

Se inclinó para pasar los dedos por el fondo de la tina. Estaba seca como un hueso, ni el más leve rastro de humedad. O el niño había tenido una alucinación o había mentido. Volvió a sentirse enojado, y en ese momento le llamó la atención el tapete de baño que había en el suelo. Lo miró atentamente. ¿Qué hacía allí un tapete de baño? Debería haber estado en el armario de la ropa blanca, al final del ala oeste, junto con las sábanas, toallas y fundas. Se suponía que allí estaba toda la ropa blanca. Ni siquiera las camas estaban hechas en las habitaciones de huéspedes; los colchones, tras haberlos protegido con fundas de plástico con cierre, estaban directamente cubiertos por las colchas. Supuso que tal vez Danny hubiera ido a buscarlo, ya que con la llave maestra podía abrir el armario de la ropa blanca, pero... ¿por qué? Lo recorrió con la yema de los dedos. Estaba seco.

Volvió hacia la puerta del baño y se detuvo. Todo estaba en orden. Danny había soñado, no había nada fuera de lugar. Lo del tapete de baño lo intrigaba, es cierto, pero la explicación lógica sería que una de las camareras, apresurándose el día de cierre de la temporada, habría olvidado recogerlo. Aparte eso, todo estaba...

La nariz se le dilató un poco. Desinfectante... el virtuoso olor a limpieza, y... ¿jabón?

No era probable. Pero una vez identificado el olor, era demasiado nítido para no darle importancia. ¡Jabón! Pero no uno de esos jabones corrientes que hay en los hoteles. Era algo leve y aromático, un jabón de mujer. Como si fuera un olor rosado. Camay o Lowila, alguna de las marcas que Wendy usaba en Stovington.

No es nada. Es tu imaginación, se dijo. ¿Como los arbustos, que sin embargo se movían?

Con paso irregular, se dirigió a la puerta que daba al pasillo, sintiendo cómo en las sienes empezaba a martillarle un dolor de cabeza. Ese día habían sucedido demasiadas cosas. Claro que no castigaría al niño, sólo hablaría con él, pero por Dios que tenía bastantes blemas para agregarles la habitación 217. Y sin más base que un tapete de baño seco y un débil perfume a jabón de tocador...

En ese instante tras él se produjo un súbito ruido metálico. Lo oyó en el momento en que su mano se cerraba sobre la manija, y un observador podría haber pensado que el pomo de acero pulido le había transmitido una descarga eléctrica. Se estremeció convulsivamente, con los ojos muy abiertos, contrayendo los demás rasgos en una mueca.

Después consiguió dominarse, soltó la manija y se dio la vuelta cuidadosamente. Se encaminó hacia la puerta del baño, paso a paso, como con pies de plomo.

La cortina de la regadera, que él había apartado para mirar el interior de la tina, estaba otra vez cerrada. El ruido metálico que a él le había recordado el crujir de huesos en una cripta lo habían producido los anillos de la cortina al deslizarse por la barra. Jack se quedó mirando la cortina. Sentía la cara como si se la hubieran encerado, cubierta por fuera de piel muerta, por dentro llena de ardientes arroyuelos de espanto. Lo mismo que había sentido en la zona de juegos.

Había algo detrás de la cortina de plástico rosado. Había algo en la tina.

Alcanzaba a verlo, mal definido y oscuro, a través del plástico, una figura amorfa. Podría haber sido cualquier cosa, un juego de luz, la sombra del dispositivo de la regadera o... una mujer muerta desde hacía mucho tiempo, yacente en la tina, con una barra de jabón Lowila en la mano rígida, mientras esperaba pacientemente la eventual llegada de un amante.

Jack se dijo que debía avanzar sin vacilación para abrir de un tirón la cortina, para dejar al descubierto lo que hubiera allí. En cambio, volteó con espasmódicos pasos de marioneta, con el corazón retumbándole espantosamente en el pecho, y volvió al dormitorio.

La puerta que daba al pasillo estaba cerrada.

Durante un largo segundo permaneció inmóvil, mirándola. Podía sentir el gusto del terror en el fondo de la garganta, como un sabor de cerezas pasadas.

Con el mismo andar convulsivo fue hacia la puerta y obligó a sus dedos a cerrarse sobre la manija.

No se abrirá, pensó, pero se abrió.

Con gesto torpe apagó la luz, salió al pasillo y, sin mirar hacia atrás, cerró la puerta. Desde dentro, le pareció oír un ruido extraño, de golpes húmedos, como si algo hubiera conseguido salir demasiado tarde de la tina, como para saludar a su visitante, como si se hubiera dado cuenta de que se iba antes de haber satisfecho las convenciones sociales y algo, purpúreo y horriblemente sonriente, se precipitara hacia la puerta para invitarlo a entrar de nuevo, tal vez para siempre.

¿Oía pasos que se aproximaban a la puerta, o sólo los latidos de su corazón?

Tanteó en busca de la llave maestra. Estaba húmeda, resistiéndose a girar en la cerradura. La golpeó, y de pronto los pasadores cedieron y él retrocedió contra la pared opuesta del pasillo, dejando escapar un gruñido de alivio. Cerró los ojos y por su mente empezaron a desfilar un montón de frases conocidas: «Estás chiflado, no estás en tus cabales. Se te zafó un tornillo, muchacho. Se te fue la onda. Estás mal del coco. Estás para la camisa de fuerza...».

Todas significaban lo mismo: «perder el juicio».

–No –gimoteó, casi sin darse cuenta de que estaba reducido a eso, a gimotear con los ojos cerrados, como un niño–. ¡Oh no, Dios!

Pero bajo el tumulto de sus pensamientos caóticos, bajo el martilleo de los latidos de su corazón, podía oír el ruido suave de la manija. Eso que estaba encerrado trataba inútilmente de salir, quería conocerlo, quería que él le presentara a su familia, mientras la tormenta vociferaba en torno a ellos y la luz blanca del día se convertía en lóbrega noche. Si abría los ojos y veía moverse la manija se volvería loco, así que los mantuvo cerrados y después, al cabo de un tiempo inconmensurable, hubo tranquilidad.

Jack se obligó a abrir los ojos, convencido a medias de que, cuando los abriera, ella estaría de pie ante él. Pero el pasillo estaba vacío, aunque se sentía observado.

Sus ojos se posaron en la mirilla que había en el centro de la puerta y se preguntó qué sucedería si se acercaba para mirar a través de ella. ¿Con qué clase de ojo se enfrentaría?

Sus pies empezaron a moverse antes de que se diera cuenta. No me fallen ahora, pensó. Se apartaron de la puerta y lo llevaron hacia el corredor principal, susurrando sobre la jungla negra y azul de la alfombra. A mitad del camino hacia la escalera, se detuvo para mirar el extintor de incendios. Le pareció que los pliegues de lona de la manguera estaban dispuestos de manera diferente. Y estaba seguro de que cuando él vino por el pasillo, la boquilla de bronce apuntaba hacia el elevador.

–No vi nada de eso –repuso claramente Jack. Tenía la cara blanca y ojerosa, y sus labios insistían en esbozar una sonrisa.

Pero para bajar no tomó el elevador. Se parecía demasiado a una boca abierta. Prefirió bajar por la escalera.

## 31. EL VEREDICTO

Jack entró a la cocina y los miró, mientras hacía saltar la llave maestra en la mano izquierda para recogerla al caer. Danny estaba pálido y agotado. Wendy había estado llorando, tenía los ojos enrojecidos y estaba ojerosa. Al advertirlo, se alegró. Por lo menos no era el único que sufría.

Ellos lo miraban, en silencio.

–Allí no hay nada –declaró Jack, atónito ante la indiferencia de su propia voz–. Absolutamente nada.

Siguió lanzando al aire la llave maestra, tranquilizándolos con su sonrisa, viendo cómo el alivio se reflejaba en la cara de Wendy y Danny, y pensó que jamás en su vida había necesitado tan desesperadamente un trago como en ese momento.

## 32. EL DORMITORIO

Al atardecer, Jack tomó un catre del almacén de la primera planta y lo puso en un rincón de su dormitorio. Wendy supuso que Danny no se dormiría hasta bien avanzada la noche, pero el niño estaba cabeceando antes de que hubiera terminado la serie de televisión y, quince minutos después de que lo hubieran arropado, estaba sumergido en el sueño, inmóvil, con una mano debajo de la mejilla. Wendy, sentada junto a él, marcaba con un dedo el punto donde había llegado en la novela que leía. Ante su escritorio, Jack recorría con la vista su obra de teatro.

–¡Qué porquería! –farfulló Jack.

–¿Qué? –preguntó Wendy, arrancada de su contemplación de Danny.

–Nada.

Jack siguió mirando la obra con creciente furia. ¿Cómo podía haber pensado que era buena? Era pueril. Se había hecho un millar de veces, y lo peor era que no tenía idea de cómo terminarla. En algún momento le había parecido bastante simple. En un ataque de rabia, Denker se apoderaba del atizador que había junto a la chimenea y golpeaba a Gary hasta matarlo. Después, de pie junto al cuerpo, con el atizador ensangrentado en la mano, vociferaba, dirigiéndose al público: «¡Está aquí, en alguna parte, y yo lo encontraré!». Entonces, a medida que las luces perdían intensidad y el telón bajaba lentamente, el público veía el cuerpo de Gary sobre el proscenio, mientras Denker se encaminaba a zancadas hacia la biblioteca y empezaba a arrojar febrilmente los libros de las estanterías, tirándolos a un lado después de mirarlos. Había pensado que era algo lo bastante viejo para parecer nuevo, una obra cuya originalidad era tal que podría convertirla en un éxito en Broadway: una tragedia en cinco actos.

Pero además de que su interés se había orientado súbitamente hacia la historia del Overlook, había sucedido algo más: sus sentimientos hacia los personajes habían cambiado, y eso era algo totalmente nuevo. Por lo general, a Jack le gustaban sus personajes, los buenos y los malos. Y se alegraba de que fuera así. Eso le facilitaba el intento de verlos desde todos los ángulos y entender con mayor claridad sus motivaciones. Su cuento favorito, el que había vendido a una pequeña revista del sur de Maine, era un relato titulado: *Aquí está el mono, Paul DeLong*. El personaje era un violador de niños, a punto de suicidarse en su cuarto amueblado. El hombre se llamaba Paul DeLong, y sus amigos lo llamaban Mono. A Jack le gustaba ese personaje. Comprendía sus extravagantes necesidades y sabía que no era él el único culpable de las tres violaciones seguidas de asesinato que tenía en su historial. Sus padres habían sido malos, el padre, violento y agresivo como el del propio Jack, la madre un estropajo blando y silencioso como su madre. Había tenido una experiencia homosexual en la escuela primaria y, tras la humillación pública, experiencias aún peores en la secundaria y la universidad. Después de hacer víctimas de un acto de exhibicionismo a dos niñas que bajaban de un autobús escolar, lo habían arrestado y enviado a un correccional. Y lo peor de todo era que allí lo habían dado de alta, lo habían vuelto a dejar en la calle, porque el director del establecimiento había decidido que estaba bien. Ese hombre se llamaba Grimmer, y sabía que Mono DeLong presentaba síntomas de desviación, pero había presentado un favorable informe y lo había dejado en libertad. A Jack también le gustaba y simpatizaba con Grimmer. Grimmer tenía que dirigir una institución con escasez de fondos y personal, intentando que las cosas no se le vinieran abajo a fuerza de saliva, alambre de embalar y míseras subvenciones de una legislatura estatal que estaba pendiente de la opinión de los votantes. Grimmer sabía que Mono podía establecer contacto con la gente, que no se ensuciaba en los pantalones ni trataba de asesinar a los otros reclusos con las tijeras. Tampoco se creía Napoleón. El psiquiatra a quien se confió el caso pensaba que eran excelentes las probabilidades de que Mono pudiera valerse por sí mismo en libertad, y los dos sabían que, cuanto más tiempo pasa un hombre en una institución, tanto más llega a necesitar de ese medio cerrado, como un drogadicto de la droga. Y entretanto, la gente se agolpaba a la puerta. Paranoicos, esquizoides, ciclotímicos, semicatatónicos, hombres que sostenían haber subido al cielo en platillos voladores, mujeres que habían quemado los genitales a sus hijos con un encendedor, alcohólicos, pirómanos, cleptómanos, maníaco-depresivos, suicidas frustrados. «Si no estás bien atado, te sacudes, te desintegras, te desarmas antes de haber llegado a los treinta...». Jack entendía el problema de Grimmer, como podía entender a los padres de las víctimas asesinadas, y a las propias víctimas también, por cierto, así como al Mono DeLong. Que el lector se ocupara de buscar culpables. En aquel tiempo, Jack no quería juzgar. La capa del moralista le sentaba mal sobre sus hombros.

Con el mismo ánimo optimista había empezado *La escuela*, pero últimamente había empezado a tomar partido y, aún peor, había empezado a odiar a su héroe Gary Benson. Imaginado originariamente como un muchacho brillante para quien el dinero era más bien una carga que una bendición, un muchacho que nada ambicionaba más que hacer valer sus méritos para poder entrar a una buena universidad, porque se lo había ganado y no porque su padre le hubiera abierto las puertas, a los ojos de Jack se había convertido en una especie de fatuo engreído, un postulante frente al altar del saber, una imitación superficial de las virtudes del *boy scout*, cínico por dentro, caracterizado no por una auténtica inteligencia –tal como lo había concebido al principio–, sino por una insidiosa astucia animal. A lo largo de la obra se dirigía infaliblemente a Denker llamándolo «señor», tal como Jack había enseñado a su hijo a llamar a las personas mayores e investidas de autoridad. Jack creía que Danny empleaba con toda sinceridad la palabra, al igual que el Gary Benson originario, pero al comenzar el quinto acto, tenía la sensación de que Gary decía «señor» irónicamente, como una careta que se pusiera exteriormente, en tanto que el Gary Benson que había detrás de ella se mofaba de Denker; de Denker, que jamás había tenido nada de lo que tenía Gary; que había tenido que trabajar durante toda su vida, sólo para llegar a director de una mísera escuela, y que ahora se veía enfrentado con la ruina por obra de ese muchacho rico, apuesto y de apariencia inocente, que había hecho trampa con su composición y después había disimulado astutamente las pistas. Cuando empezó *La escuela*, Jack veía a Denker como alguien no muy diferente de los pequeños césares sudamericanos absorbidos por sus imperios bananeros, que fusilaban a los oponentes contra el frontón de la cancha de pelota más próxima, un fanático exagerado para la magnitud de su causa, un hombre que de cada uno de sus caprichos hacía una Cruzada. Al principio, había querido hacer de su obra un microcosmos que fuera una metáfora del abuso del poder. Ahora, se sentía cada vez más impulsado a ver a Denker como una especie de Mister Chips, y la tragedia no residía en la vejación intelectual infligida a Gary Benson, sino más bien en la destrucción de un viejo maestro bondadoso, que no alcanzaba a ver las cínicas supercherías de ese monstruo disfrazado de estudiante.

En definitiva, Jack no había podido terminar la obra.

Ahora estaba inmóvil, con la mirada fija en los papeles, hosco, preguntándose si habría alguna manera de rescatar la situación. En realidad, no creía que la hubiera. Había empezado con una obra que a mitad de camino se había convertido en otra. De cualquiera de las dos formas, era algo que ya se había hecho antes. De cualquier manera era un montón de mierda, se dijo. Y en definitiva, ¿por qué se preocupaba por eso esa noche? Después del día que acababa de tener, era normal que no pudiera pensar con claridad.

–¿... llevarlo abajo?

Levantó la vista, parpadeando.

–¿Qué?

–Decía que cómo podríamos llevarlo abajo. Tenemos que sacarlo de aquí, Jack.

Por un momento, se sintió tan disperso que ni siquiera estaba seguro de qué era lo que quería decir Wendy. Cuando lo entendió, emitió una breve risa, casi un ladrido.

–Lo dices como si fuera tan fácil.

–No quise decir...

–No es ningún problema, Wendy. Me cambiaré de ropa en esa cabina telefónica que hay en el vestíbulo y lo llevaré volando a Denver, sobre los hombros. Cuando era muchacho, solían llamarme Supermán Jack Torrance.

El rostro de Wendy se mostró dolido.

–Entiendo el problema, Jack. El radio está roto. Y está la nieve... pero tú tienes que entender el problema de Danny. ¿No te das cuenta? ¡Si estaba casi catatónico, Jack! ¿Y si no hubiera salido de ese estado?

–Pero salió –señaló Jack, con acritud. Los ojos inexpresivos de Danny, las facciones muertas, también lo habían asustado a él. Pero cuanto más lo pensaba, más se preguntaba si habría sido una escena montada para escapar del castigo. Después de todo, Danny lo había desobedecido.

–Es lo mismo –continuó Wendy, que se acercó y se sentó en el extremo de la cama, junto al escritorio de su marido, con expresión a la vez sorprendida y preocupada–. Jack, ¡esos moretones en el cuello! ¡Algo lo atacó, y quiero alejarlo de eso!

–No grites –pidió Jack–. Me duele la cabeza, Wendy. Estoy tan preocupado como tú, así que por favor... no... grites.

–Está bien, no gritaré –Wendy bajó la voz–. Pero no te entiendo, Jack. Hay alguien más aquí con nosotros. Alguien que no es muy buena persona, por cierto. Tenemos que volver a Sidewinder, y no sólo Danny, debemos hacerlo. Y pronto. Pero tú... ¡estás ahí sentado, leyendo la obra!

–Tenemos que bajar, tenemos que bajar... De nada sirve que lo repitas. Realmente debes de pensar que soy Supermán.

–Pienso que eres mi marido –articuló Wendy, y se quedó mirándose las manos.

El mal humor de Jack estalló. De un golpe dejó el manuscrito sobre el escritorio, arrugando las hojas de abajo.

–Es hora de que te des cuenta de algunas cosas,

Wendy, que aparentemente no has interiorizado, como dicen los psicólogos, y que andan dando vueltas por tu cabeza como bolas de billar. Y más vale que las metas de una vez en las troneras. Tienes que entender que estamos cercados por la nieve.

En su cama, de repente, Danny se mostraba inquieto. Aunque seguía dormido, había empezado a retorcerse. Como hacía siempre que ellos peleaban, pensó Wendy con desánimo.

–No lo despiertes, Jack, por favor –pidió.

Jack miró a Danny y pareció tranquilizarse.

–Está bien. Disculpa. Lamento haberme enojado, Wendy. En realidad, no es contigo. Pero rompí el radio, la culpa es sólo mía. Era nuestro principal vínculo con el exterior. No podemos seguir aquí mucho tiempo.

–No –convino Wendy, apoyándole una mano en el hombro. Jack reclinó la cabeza sobre ella, y Wendy le pasó la otra mano por el pelo–. Supongo que tienes razón, después de mis acusaciones. A veces soy como mi madre. Puedo ser malintencionada. Pero tienes que entender que algunas cosas... son difíciles de superar. Tienes que entenderlo.

–¿Te refieres al brazo?

–Sí –reconoció Wendy, y se apresuró a añadir–: Pero no es sólo por ti. Me preocupo por él cuando sale a jugar. Me preocupa que quiera una bicicleta para el año próximo, aunque sea con ruedas suplementarias. Me preocupo por sus dientes y sus ojos y por eso que él llama el resplandor. Me preocupo... porque es pequeño y parece muy frágil y porque... en este hotel hay algo que parece que quiere apoderarse de él. Creo que si es necesario, esa cosa pasará por encima de nosotros para conseguirlo. Por eso tenemos que sacarlo de aquí, Jack. ¡Lo sé, lo siento! ¡Debemos sacarlo de aquí!

En su agitación, Wendy había cerrado dolorosamente la mano sobre el hombro de su marido, pero Jack no se apartó. Con una mano buscó el firme peso del pecho izquierdo y empezó a acariciárselo por encima de la blusa.

–Wendy… –empezó y luego se detuvo. Ella esperó a que diera forma a lo que iba a decir. Sobre su pecho, la mano de Jack era un contacto agradable–. Tal vez podría bajarlo con las raquetas para la nieve. Él podría andar una parte del camino, pero la mayor parte tendría que llevarlo en brazos. Eso significaría acampar un par de noches, tres quizá. Y tendríamos que armar un pequeño trineo para llevar provisiones y mantas. Tenemos el radio AM/FM, de modo que podríamos elegir un día en que el pronóstico fuera de buen tiempo, pero si el pronóstico no fuera exacto –concluyó Jack, con voz calma y medida–, podría significar la muerte.

Wendy había palidecido. Su cara brillaba con algo casi espectral. Jack siguió acariciándole el pecho, pasándole suavemente la yema del dedo pulgar por el pezón.

Wendy dejó escapar un gemido, Jack no sabía si provocado por sus palabras o como reacción a la caricia sobre su pecho. Levantó un poco la mano y le desabrochó el primer botón de la blusa. Wendy movió un poco las piernas. De pronto, los jeans le parecían demasiado ajustados, un poco incómodos, aunque de manera no desagradable.

–Significaría dejarte sola, porque tú no sabes andar con las raquetas. Podrían pasar tres días sin que supieras nada. ¿Es eso lo que quieres? –la mano bajó hasta el segundo botón y lo desabrochó, dejando al descubierto la comisura de los pechos.

–No –repuso Wendy, con voz pastosa. Volteó para mirar a Danny, que había dejado de moverse y tenía otra vez el dedo en la boca. Quizá todo mejoraría. Sin embargo, había algo que Jack estaba dejando fuera del cuadro. Wendy se dijo que había algo más… pero ¿qué?

–Si nos quedamos aquí –prosiguió Jack, mientras desabrochaba los dos botones siguientes con la misma lentitud–, en algún momento vendrá un guardabosques del parque, sólo para ver cómo estamos. Simplemente le decimos que queremos bajar y él se ocupará del asunto –por el escote de la camisa abierta sacó los pechos desnudos, se inclinó y apoyó los labios alrededor de un pezón. Estaba duro y erecto. Jack lo recorrió suavemente con la lengua, de la forma en que sabía que a ella le gustaba. Wendy volvió a gemir, arqueando la espalda.

(¿No hay algo que he olvidado?)

–¿Mi amor...? –le preguntó. Inconscientemente sus manos se deslizaron hacia la nuca de él, de manera que la respuesta quedó ahogada contra su carne–. ¿Cómo nos sacaría de aquí el guardabosques?

Jack levantó un poco la cabeza para contestar y después rodeó con la boca el otro pezón.

–Si el helicóptero estuviera reservado, supongo que tendría que ser con un vehículo para la nieve.

–Pero ¡nosotros tenemos un vehículo para la nieve! ¡Fue lo que dijo Ullman!

Por un momento pareció que la boca de él se hubiera congelado. Después, Jack se enderezó. Wendy tenía el rostro arrebatado, los ojos brillantes; en cambio, la expresión de Jack era tan tranquila como si estuviera leyendo un libro aburrido.

–Si tenemos un vehículo para la nieve no hay problema –exclamó Wendy, acaloradamente–. Podremos bajar los tres juntos.

–Wendy, jamás he conducido un vehículo de esos.

–No puede ser tan difícil. Si en Vermont se ve a niños de diez años paseando con ellos por las pistas... aunque en realidad, no sé en qué pueden estar pensando los padres. Y cuando nos conocimos, tú tenías una motocicleta.

Así era. Tenía una Honda de 350 cc., que había

cambiado por un Saab poco después de que él y Wendy fueran a vivir juntos.

–Supongo que podría –respondió lentamente–. Pero no sé en qué condiciones estará. Ullman y Watson... están a cargo de este lugar desde mayo a octubre, y lo dirigen con la mentalidad del verano. Seguramente no tendrá gasolina, y tal vez le falten las bujías o la batería. No quiero que te hagas ilusiones, Wendy.

Excitada, Wendy se inclinó hacia él, escapándosele los pechos de la blusa. Jack tuvo el súbito impulso de retorcerle uno hasta que gritara. Tal vez así aprendería a cerrar la boca.

–La gasolina no es problema –le recordó Wendy–. Tanto el Volkswagen como la camioneta del hotel están llenos. Y hay más para el generador de emergencia que está en la planta baja. Y también debe de haber una lata en el cobertizo, así que podrías llevar una reserva.

–Tienes razón –reconoció Jack. En realidad había tres, dos de veinte litros y una de diez.

–Lo más seguro es que las bujías y la batería también anden por ahí. A nadie se le ocurriría guardar el vehículo para la nieve en un lugar y los repuestos en alguna otra parte, ¿no te parece?

–Supongo que no –convino Jack. Se levantó y fue hacia donde Danny seguía durmiendo. Un mechón de pelo le había caído sobre la frente y Jack se lo apartó con suavidad. Danny no se movió.

–Y si puedes ponerlo en marcha, ¿nos llevarás? –preguntó Wendy a sus espaldas–. ¿El primer día que el radio anuncie buen tiempo?

Jack no respondió. Estaba mirando a su hijo, y la confusión de sus sentimientos se disolvió en una oleada de amor. Danny era como había dicho Wendy: vulnerable, frágil. Las marcas del cuello lo confirmaban.

–Sí –respondió–. Lo pondré en condiciones y saldremos de aquí tan pronto como podamos.

–¡Gracias a Dios!

Jack volteó. Wendy se había quitado la camisa y lo esperaba en la cama, con su vientre plano, los pechos erectos, mientras sus dedos jugaban ociosamente con los pezones.

–Dénse prisa, caballeros, que ya es hora –susurró.

Después, sin más luz en la habitación que la lamparilla que Danny había traído de su cuarto, se quedó acurrucada en el hueco del brazo de Jack, con una deliciosa sensación de paz. Se le hacía difícil creer que pudieran estar conviviendo en el Overlook con un polizón asesino.

–¿Jack?

–¿Qué?

–¿Qué fue lo que lo atacó?

Él no respondió directamente.

–Danny realmente tiene algo especial, un talento que a los demás nos falta. Y tal vez el Overlook también tenga algo.

–¿Fantasmas?

–No lo sé. En fin, no en el sentido de Algernon Blackwood, sino más bien algo así como residuos de los sentimientos de las personas que han estado aquí. Cosas buenas y malas. En este sentido, supongo que cualquier gran hotel tiene sus fantasmas. Especialmente si es viejo.

–Pero una mujer muerta en la tina... Jack, no estará perdiendo el juicio, ¿verdad?

Jack la abrazó fugazmente y dijo:

–Ya sabemos que de vez en cuando cae en... bueno, llamémosle trances, a falta de una palabra mejor... Sabemos que cuando está en ese estado, a veces... ¿ve? cosas que no entiende. Si los trances de precognición son posibles, probablemente sean funciones del consciente. Freud dijo que el subconsciente nunca nos habla en lenguaje literal, se vale de símbolos. Si uno sueña que está en una panadería donde nadie habla su idioma, tal vez esté preocupado por su capacidad para mantener a su familia, o tal vez siente que nadie lo entiende. He leído que soñar que uno se cae es una de las canalizaciones más comunes de los sentimientos de inseguridad. Son juegos, nada más que juegos. La parte consciente de un lado de la red, el subconsciente del otro, pasándose uno a otro una imagen absurda. Lo mismo que con la enfermedad mental, las corazonadas y todo eso. ¿Por qué habría de ser diferente la precognición? Tal vez Danny realmente hubiera visto sangre en las paredes de la suite presidencial. Para un niño de esa edad, la imagen de la sangre y el concepto de la muerte son poco menos que intercambiables. De todas formas, para los niños la imagen es siempre más accesible que el concepto. William Carlos Williams lo sabía, como pediatra que era. A medida que crecemos, los conceptos nos resultan poco a poco más fáciles y dejamos las imágenes para los poetas... En fin, estoy divagando.

–Me gusta oírte divagar.

–Lo dijo, muchachos, lo dijo. Todos lo han oído.

–Pero las marcas en el cuello, Jack... son reales.

–Sí.

Durante unos minutos no hubo más palabras. Wendy empezaba a pensar que Jack debía de haberse quedado dormido, y ella misma empezaba a adormecerse, cuando lo oyó decir:

–Para eso se me ocurren dos explicaciones, y ninguna de ellas implica que haya alguien más en el hotel.

–¿Qué? –Wendy se incorporó de inmediato.

–Estigmas.

–¿Estigmas? ¿Eso no es cuando la gente sangra el Viernes Santo, o algo así?

–Sí. A veces, la gente que cree profundamente en la divinidad de Cristo exhibe marcas sangrantes en las manos y los pies durante Semana Santa. En la Edad Media era más común que ahora. En esa época a las personas así se les consideraba bendecidas por Dios. No creo que la Iglesia católica lo proclamara directamente como milagroso... y era muy inteligente al no hacerlo. Los estigmas no se diferencian mucho de algunas cosas que pueden hacer los yoguis. Hoy en día se comprende mejor, eso es todo. La gente que entiende la interacción entre mente y cuerpo... es decir, que la estudia, ya que en realidad nadie la entiende... cree que tenemos mucho más control de nuestras funciones involuntarias de lo que solía creerse. Si uno se concentra lo suficiente, puede disminuir el ritmo de los latidos cardíacos, acelerar su metabolismo, aumentar la cantidad de transpiración o provocarse hemorragias.

–¿Insinúas que Danny se concentró hasta que le aparecieron esos moretones en el cuello? Jack, no puedo creerlo.

–Creo que es posible, aunque a mí también me parece improbable. Lo más probable es que se lo haya hecho solo.

–¿Solo?

–Otras veces ha caído en esos «trances», y se ha lastimado él solo. ¿Recuerdas aquella vez mientras cenábamos, hace un par de años? Tú y yo teníamos problemas, apenas nos hablábamos. Entonces, repentinamente se le pusieron los ojos en blanco y cayó sobre el plato, y después al suelo. ¿Te acuerdas?

–Claro que sí –asintió Wendy–. Creí que era una convulsión.

–En otra ocasión estábamos en el parque –prosiguió Jack–, Danny y yo solos. Era un sábado por la tarde. Él estaba en un columpio, balanceándose, y de pronto cayó al suelo. Fue como si le hubieran disparado. Corrí a levantarlo, y de pronto volvió en sí. Parpadeó un poco y dijo: «Me hice daño en la barriga. Dile a mami que esta noche cierre las ventanas del dormitorio si llueve». Y esa noche llovió a cántaros.

–Sí, pero...

–Y siempre aparece con arañazos y raspones en los codos. Tiene las piernas que parecen un campo de batalla. Y cuando le preguntas cómo se hizo tal o cual moretón, responde que estaba jugando y no da más explicaciones.

–Jack, todos los niños se hacen chichones y se lastiman. Es lo de siempre, desde el momento en que aprenden a caminar hasta que tienen doce o trece años.

–Y estoy seguro de que Danny no se queda atrás –continuó Jack–. Es un niño activo. Pero recuerdo ese día en el parque, y esa noche durante la cena, y me pregunto si todos los chichones y moretones de nuestro hijo provienen de sus caídas. ¡Demonios, si ese doctor Edmonds dijo que Danny se puso en trance allí mismo, en su despacho!

–Está bien. Pero juraría que esos moretones son de dedos. Eso no se lo hizo porque se cayó.

–Danny entra en trance –insistió Jack–, y tal vez ve algo que sucedió en esa habitación, una discusión, un suicidio tal vez, emociones violentas. No es como estar viendo una película; está en un estado de sugestión, en mitad del episodio. Tal vez subconscientemente esté contemplando de manera simbólica algo que sucedió... por ejemplo, una muerta que vuelve a la vida, un resucitado, un vampiro, un espectro o la palabra que más te guste.

–Se me pone la piel de gallina –comentó Wendy, estremeciéndose.

–No creas que a mí no me ocurre. No soy psiquiatra, pero me parece que la explicación es coherente. La muerta que camina como símbolo de emociones muertas, de vidas muertas que se resisten a desaparecer, a irse... pero como es una imagen de su subconsciente, ella también es él. En el estado de trance, el Danny consciente queda sumergido, y la que mueve los hilos es la imagen subconsciente. De modo que Danny se pone las manos al cuello y...

–Basta –lo interrumpió Wendy–. Creo que es más aterrador que tener a un extraño merodeando por los pasillos, Jack. De un extraño puedes alejarte, pero de ti mismo no. Estás hablando de esquizofrenia.

–De un tipo muy limitado –puntualizó Jack, un poco inseguro–. Y de naturaleza muy especial. Porque efectivamente parece que pudiera leer el pensamiento, y de veras parece que a veces tuviera premoniciones. Y a esas cosas, por más que me esfuerce, no puedo considerarlas como enfermedad mental. De todas formas, todos tenemos componentes esquizofrénicos. Creo que a medida que Danny crezca, los controlará mejor.

–Si estás en lo cierto, es necesario que lo saquemos de aquí. Tenga lo que tenga, este hotel está empeorándolo.

–Yo no diría eso –objetó Jack–. Para empezar, si hubiera hecho lo que le habían dicho, jamás habría ido a esa habitación. Y jamás habría ocurrido eso.

–¡Por Dios, Jack! ¿Insinúas que el hecho de que estuviera a punto de morir estrangulado fue... el castigo que merecía por haber desobedecido?

–No... no. Claro que no. Pero...

–No hay peros –Wendy meneó la cabeza–. La verdad es que sólo hacemos conjeturas. No tenemos la menor idea de cuál será el momento en que, al caminar por un pasillo, Danny caiga en uno de esos... pozos de aire, una de esas películas de terror o lo que sea. Tenemos que sacarlo de aquí –esbozó una sonrisa tonta– porque de lo contrario, seremos nosotros quienes empezaremos a ver cosas.

–No digas disparates –repuso Jack, que en la oscuridad de la habitación veía los leones del cerco amontonándose junto al camino. Gotas de sudor frío le cubrieron la frente.

–¿Realmente no viste nada? –insistió Wendy–. Cuando subiste a esa habitación, ¿realmente no viste nada?

Los leones habían desaparecido, y ahora Jack veía la cortina de color rosa, tras la cual se perfilaba una forma oscura. La puerta seguía cerrada. Oyó los golpes ahogados, presurosos, y después el ruido que podía haber sido de pasos.

–Nada –respondió por fin. Se sentía más tenso e inseguro de lo que pensaba. No había tenido ocasión de repasar sus pensamientos en busca de una explicación razonable para los moretones que tenía su hijo en el cuello. Él mismo había estado demasiado sugestionable. A veces, las alucinaciones podían ser contagiosas.

–¿Y no has cambiado de opinión sobre el vehículo para la nieve?

Súbitamente, Jack apretó los puños y respondió:

–Ya te dije que lo haría, ¿no? Pues lo haré. Ahora duerme que el día ha sido largo y duro.

–Es cierto –convino Wendy. Las sábanas susurraron cuando volteó hacia su marido para besarlo en el hombro–. Te amo, Jack.

–Yo también –dijo él instintivamente, pero seguía con los puños cerrados, sintiendo que eran como piedras al final de los brazos. En la frente, una vena le latía obstinadamente. Wendy no había dicho una palabra de lo que les sucedería cuando volvieran a Sidewinder, cuando la fiesta hubiera terminado. Sólo había hablado de Danny y de lo asustada que estaba. Por supuesto que estaba asustada de los espantajos que había en los armarios y las sombras al acecho. Pero tampoco faltaban las preocupaciones reales. Cuando llegaran a Sidewinder, no tendrían más que sesenta dólares y la ropa que llevaban puesta. Y aunque en Sidewinder hubiera un prestamista –que no lo había–, no tenía nada qué empeñar, salvo el brillante del anillo de casada de Wendy, que valdría unos noventa dólares, si era un usurero bondadoso. Tampoco habría trabajo, ni siquiera por horas o para la temporada de invierno, excepto despejar nieve en las entradas para coches, a tres dólares por casa. La imagen de Jack Torrance a los treinta años, tras haber publicado en *Esquire* y haber acariciado el sueño (no del todo descabellado) de convertirse en un importante escritor norteamericano en el curso del siguiente decenio, llamando a las puertas con una pala al hombro... acudió de súbito a su mente con mayor nitidez que la de los leones del cerco, y Jack contrajo los puños aún con más fuerza, sintiendo cómo las uñas se le clavaban en la palma, arrancándole sangre en la forma de místicas medias lunas. Vio a Jack Torrance haciendo cola para cambiar sus sesenta dólares por cupones de racionamiento, volviendo a hacer cola en la iglesia metodista de Sidewinder para conseguir que le dieran alojamiento, observado con rencor por los necesitados del lugar; Jack Torrance explicando a Al que simplemente habían tenido que marcharse, que él había tenido que apagar la caldera y dejar el Overlook y todo lo que contenía a merced de los vándalos o los ladrones, porque, «verás, Al, *attendez-vous*, allá arriba hay fantasmas y la habían agarrado con mi hijo. Adiós, Al». Título del capítulo cuatro, «Llega la primavera para Jack Torrance». Y entonces, ¿qué? ¿Qué demonios haría? Imaginaba que en el Volkswagen podrían llegar a la costa Oeste. Con cambiarle la bomba de aceite, asunto arreglado. A noventa kilómetros hacia el oeste, todo el camino era descendente, así que casi podía poner el coche en neutral y seguir costeando hasta Utah, hacia la soleada California, tierra de naranjas y oportunidades. Un hombre con sus legítimos antecedentes de alcohólico, de colérico con los estudiantes y cazador de fantasmas, conseguiría indudablemente cualquier cosa, lo que pidiera. Como ingeniero de caminos... para desempantanar autobuses Greyhound; en el negocio de automotores... lavando coches, enfundado en un overol de hule; en las artes culinarias, quizá de lavaplatos en un restaurante. O tal vez un cargo de más responsabilidad, como podía ser cargar gasolina. Un trabajo así le ofrecería incluso el estímulo intelectual de contar el cambio y recibir los talones de crédito. «Puedo darle veinticinco horas semanales, pagándole el salario mínimo.» Melodía celestial, oír eso en un año en que el pan de caja se vendía a sesenta centavos la hogaza. La sangre había empezado a escurrírsele de las manos, como si tuviera estigmas. Contrajo con más fuerza los puños, complaciéndose en el dolor. Su mujer estaba dormida a su lado, ¿por qué no? No había tantos problemas. Jack había accedido a ponerlos, a ella y a Danny, fuera del alcance del gran espantajo maligno, y ya no había problemas. Así que ya ves, Al, pensó que le diría. Me pareció que lo mejor que podía hacer era... matarla.

La idea se elevó desde la nada, despojada y sin ornamentos. La necesidad de arrojarla de la cama, desnuda y atónita, apenas empezando a despertar, de abalanzarse sobre ella, aferrarle el cuello como se toma el débil tallo de un álamo joven y estrangularla, con los dedos pulgares contra la tráquea, oprimiéndole las vértebras del cuello, sacudiéndole la cabeza y golpeándosela contra el suelo una y otra vez, destrozándola, era irresistible. Esto sí que es bailar, nena. Sacúdete con ritmo de rock and roll. Ya se ocuparía él de que tomara su medicina. Hasta la última gota.

Percibió oscuramente que de algún lado llegaba un ruido ahogado, desde fuera de su mundo interior, febril y tumultuoso. Miró hacia el otro lado de la habitación y vio que Danny se agitaba de nuevo en la cama, retorciéndose y envolviéndose en las cobijas. De su garganta brotaba un profundo gemido, un grito débil, como enjaulado. ¿Estaría soñando con una mujer de color púrpura, muerta desde hacía tiempo, que lo perseguía por los retorcidos corredores del hotel? Jack no pensó que fuera eso, sino otra cosa lo que perseguía a Danny en sus sueños. Algo peor…

El amargo nudo de sus emociones se deshizo. Jack se levantó de la cama y fue a ver a su hijo, sintiéndose asqueado y avergonzado de sí mismo. Debía pensar en Danny, no en Wendy ni en sí mismo, sólo en Danny. Y no importaba lo mucho que se esforzara por imponer los hechos: en su fuero interno, sabía que debía sacar a Danny de allí. Le acomodó las cobijas y agregó el edredón, dispuesto a los pies de la cama. Danny había vuelto a calmarse. Jack le tocó la frente y la encontró tibia, pero no caliente. Danny había vuelto a dormirse profundamente. Qué extraño.

Volvió a acostarse, y él también intentó dormir. Fue inútil.

Era tan injusto que las cosas tuvieran que resultar así… parecía que la mala suerte lo acechara. Después de todo, al venir aquí no habían conseguido librarse de ella. Para cuando al día siguiente llegaran a Sidewinder, la dorada oportunidad se habría evaporado, se habría ido por el «camino del zapato de gamuza azul», como solía decir uno de sus antiguos compañeros de habitación. En cambio, ¡qué diferencia si no bajaban, si de alguna manera conseguían aguantar! La obra quedaría terminada, de una forma u otra, le encontraría un final. Su propia incertidumbre respecto a sus personajes podía agregar al desenlace original un toque de conmovedora ambigüedad. Y tal vez le permitiera ganar algún dinero, no era imposible. Y aunque no fuera así, era muy posible que Al convenciera al consejo directivo de Stovington de que volvieran a contratarlo. Claro que si lo hacían sería a prueba, y una prueba que podía ser de hasta tres años, pero si se mantenía sobrio y seguía escribiendo, tal vez no tuviera que quedarse tres años en Stovington. Además, Stovington nunca le había interesado. Allí se sentía ahogado, enterrado vivo, pero de todos modos su reacción había sido inmadura, aunque tampoco podía esperarse que un hombre disfrutara de la enseñanza cuando cada dos o tres días daba las tres primeras horas de clase con una cruda atroz. Pero eso no volvería a suceder. Ahora sería capaz de afrontar mucho mejor sus responsabilidades, de eso estaba seguro.

En mitad de esos pensamientos, las cosas empezaron a desmembrarse y Jack flotó a la deriva hasta hundirse en el sueño. Ese último pensamiento lo siguió en su descenso como el resonar de una campana: le parecía que allí podría encontrar la paz. Sólo faltaba que lo dejaran.

Cuando despertó, estaba otra vez de pie en el baño de la 217.

¿Otra vez andando en sueños...? ¿Por qué...?, se preguntó. Aquí no hay radios para romper.

La luz estaba encendida y, a sus espaldas, el dormitorio estaba a oscuras. La cortina de la regadera estaba cerrada, ocultando la larga tina con patas como garras. Junto a ella, el tapete estaba arrugado y húmedo.

Jack sintió miedo, pero un miedo cuya propia cualidad onírica le repetía que la situación no era real. Sin embargo, el miedo persistía. En el Overlook eran tantas las cosas que parecían sueños...

Atravesó el baño en dirección a la tina. No quería hacerlo, pero le era imposible retroceder.

De golpe, abrió la cortina.

En la tina, desnudo, flotando casi ingrávidamente

en el agua, estaba George Hatfield, con un cuchillo clavado en el pecho. El agua estaba teñida de rojo. Los ojos de George estaban cerrados. Su pene flotaba blandamente, como algas.

–George... –se oía decir Jack.

Cuando pronunció su nombre, George abrió los ojos bruscamente. No tenían nada de humanos. Las manos de George, blancas como peces, se apoyaban en los lados de la tina. Luego se levantó hasta quedar sentado. El cuchillo le asomaba limpiamente del pecho, por una herida sin labios, equidistante de los pezones.

–Usted adelantó el cronómetro –decía George.

–No, George, de ningún modo. Yo...

–Yo no tartamudeo.

Ahora George estaba de pie, sin dejar de mirarlo con inhumana fijeza de plata, pero la boca se le había contraído en una sonrisa burlesca, letal. Pasaba una pierna por encima del borde esmaltado de la tina, y apoyaba sobre el tapete de baño un pie blanco y arrugado.

–Primero trató de atropellarme cuando iba en bicicleta y después adelantó el cronómetro e intentó apuñalarme, pero... yo no tartamudeo –George se acercaba con las manos extendidas. De él emanaba un olor húmedo y mohoso, como el de las hojas caídas cuando ha llovido mucho.

–Fue por tu bien –se excusó Jack, y empezó a retroceder–. Lo adelanté por tu bien. Además, casualmente sé que plagiaste tu redacción.

–Es mentira... y además no tartamudeo.

Las manos de George le tocaban el cuello.

Jack corría con la lentitud flotante e ingrávida propia de los sueños.

–¡Sí! ¡Sí que plagiaste! –vociferaba Jack, furioso, mientras atravesaba a la carrera el dormitorio a oscuras–. ¡Yo lo demostraré!

Las manos de George le alcanzaban otra vez el cuello. El miedo hinchaba el corazón de Jack hasta que parecía que fuera a estallar. Entonces, finalmente, su mano se cerraba en torno a la manija, y ésta giraba y Jack abría la puerta, precipitándose, no en el pasillo de la segunda planta, sino en la habitación que había en el sótano, pasando el arco. La luz de los candiles estaba encendida. Su silla de campamento, austera y geométrica, lo esperaba debajo, rodeada por una cordillera en miniatura, hecha de cajas y cajones y paquetes de recibos y facturas. Una oleada de alivio lo inundaba.

–¡Lo encontraré! –exclamó, y se apoderaba de una caja de cartón, húmeda y a punto de deshacerse, que se le desarmaba en las manos, dejando caer una cascada de papeles amarillentos–. ¡Está por aquí! ¡Lo encontraré!

Jack soñó que metía ambas manos en lo más hondo de la pila de papeles y las sacaba con un avispero seco en una mano y un cronómetro en la otra. El cronómetro estaba en marcha, se oía el tictac. Del dorso le salía un cable, que por el otro extremo estaba conectado a un cartucho de dinamita.

–¡Aquí! –vociferaba–. ¡Ven a agarrarlo!

Su alivio se convertía en una absoluta sensación de triunfo. Había hecho algo más que escapar de George; lo había vencido. Con semejantes talismanes en sus manos, George jamás volvería a tocarlo. George escaparía, aterrorizado.

Jack empezaba a volverse para hacer frente a George, y ése era el momento en que las manos de George se cerraban en torno al cuello, apretándolo, cortándole el aliento, bloqueándole completamente la respiración.

–Yo no tartamudeo –susurraba George a sus espaldas.

Jack dejaba caer el avispero y las avispas salían bullendo de él en una furiosa oleada amarilla y negra. Él sentía fuego en los pulmones. Sus ojos vacilantes caían sobre el cronómetro y la sensación de triunfo reaparecía, junto a una ola creciente de justa cólera. En vez de conectar el cronómetro con la dinamita, el cable iba hasta el puño de oro de un recio bastón negro, como el que acostumbraba llevar su padre después del accidente con el camión.

Al tomarlo, el cable se partía. El bastón, en sus manos, era pesado y justiciero. Jack lo levantaba con fuerza por encima del hombro. Al subir, el bastón rozaba el cable del cual pendía el foco de luz, y la luz empezaba a mecerse hacia atrás y hacia adelante, haciendo que las sombras embozadas en las paredes y en el techo se columpiaran monstruosamente. Al volver a descender, el bastón golpeaba algo mucho más duro. George dejaba escapar un alarido, y la presión sobre el cuello de Jack se aflojaba.

Librándose de las manos de George, giraba sobre sí mismo. George estaba de rodillas, con la cabeza caída, ambas manos entrelazadas sobre la coronilla. Por entre los dedos le brotaba la sangre.

–Por favor –susurraba George, humildemente–. Deme una oportunidad, señor Torrance.

–Ahora tomarás tu medicina –gruñía Jack–. ¡Ya lo creo que lo harás! ¡Cachorro, mocoso inútil! ¡Ahora mismo, por Dios, ahora mismo! ¡Hasta la última gota!

Mientras la luz oscilaba por encima de él y las sombras danzaban y se arremolinaban, él empezaba a blandir el bastón, haciéndolo bajar una y otra vez, levantando y subiendo el brazo como si fuera una máquina. La ensangrentada protección de los dedos de George se le desprendía de la cabeza y Jack volvía a asestarle una y otra vez el bastón encima, en el cuello, en los hombros, en la espalda, en los brazos. Pero el bastón ya no seguía siendo un bastón, se había convertido en un mazo con una especie de mango a rayas brillantes. Un mazo con un lado duro y el otro blando. Y el lado con el que golpeaba tenía restos de pelo y sangre. Y el ruido seco y sordo del mazo al golpear contra la carne había sido reemplazado por un ruido hueco, retumbante, que se ampliaba en ecos y reverberaba. Su propia voz había asumido una cualidad así, la de un bramido desencarnado. Y sin embargo, paradójicamente, sonaba más débil, confusa, impaciente... la voz de un borracho.

La figura que estaba de rodillas levantaba lentamente la cabeza, en un gesto de súplica. Lo que había allí no era un rostro, sino apenas una máscara sangrienta, a través de la cual atisbaban los ojos. Jack volvía a alzar el mazo para asestar el último, sibilante golpe de gracia y ya lo había lanzado, con todas sus fuerzas, cuando se daba cuenta de que el rostro suplicante que se alzaba hacia él no era el de George, sino el de Danny. Era la cara de su hijo.

–Papi...

Y entonces el mazo daba en el blanco, golpeando a Danny entre los ojos, cerrándoselos para siempre. Y parecía que algo en alguna parte estuviera riéndose... ¡No!

Despertó de pie, desnudo, junto a la cama de Danny, con las manos vacías, el cuerpo cubierto de sudor. Su último alarido no había pasado de su mente. Volvió a articularlo, esta vez en forma de susurro.

–No. No, Danny. ¡Jamás!

Volvió a la cama con las piernas temblorosas. Wendy estaba profundamente dormida. Sobre la mesa de noche, el reloj marcaba cuarto para las cinco. Jack siguió insomne hasta las siete, cuando sintió que Danny empezaba a despertarse. Entonces bajó las piernas de la cama y empezó a vestirse. Era hora de ir abajo, a verificar la presión de la caldera.

# 33. EL VEHÍCULO PARA LA NIEVE

En algún momento después de medianoche, mientras estaban sumidos en un sueño inquieto, la nieve había dejado de caer, tras haber agregado otros veinte centímetros a la antigua capa. Las nubes se abrieron, un viento fresco las disipó, y Jack contempló un polvoriento lingote de sol, que entraba oblicuamente a través de la ventana situada en la pared oriental del cobertizo para herramientas.

Por sus dimensiones, el lugar parecía un vagón de carga. Olía a grasa, petróleo, gasolina y también –débil y nostálgicamente– a pasto cortado. Cuatro cortadoras de motor se alineaban como soldados a lo largo de la pared, dos de ellas eran como un pequeño tractor. A la izquierda, había varias palas de punta destinadas a reponer el pasto en el campo de golf, una sierra de cadena, las tijeras eléctricas para podar el cerco y un poste de acero, largo y delgado, con una banderita roja en la punta. En la otra pared, por donde el sol de la mañana entraba con más fuerza, había tres mesas de ping-pong apoyadas unas contra otras como un desmoronado castillo de naipes. Se les habían retirado las redes, que colgaban de un estante. En el rincón había un montón de discos para jugar al tejo y un equipo de roqué; los arcos estaban atados con alambre y las bolas, pintadas de brillantes colores, dispuestas en una caja parecida a los cartones de huevo. Qué gallinas tan raras tienen aquí, Watson... imaginó que le diría. Y si viera los animales que hay en el jardín...

Ordenadamente dispuestos en sus soportes, había dos juegos de mazos.

Jack se encaminó hacia ellos, pasando por encima de una vieja batería de ocho elementos, que sin duda había pertenecido a la camioneta del hotel, de un cargador de batería y un par de rollos de cable. Retiró del soporte uno de los mazos de mango corto y lo levantó, sosteniéndolo frente a la cara como un caballero que antes de entrar en combate saludara a su rey.

Volvieron a elevarse en él fragmentos del sueño –apenas una maraña que iba esfumándose–, algo relacionado con George Hatfield y el bastón de su padre, lo suficiente para que se sintiera un tanto inquieto, e incluso culpable por estar sosteniendo en la mano un simple mazo de roqué, ese antiguo juego de jardín. En la actualidad el roqué ya no era tan popular como juego de jardín; lo había sustituido el cróquet, su primo más moderno... que era una versión infantil del juego. El roqué, en cambio... eso sí que debía de haber sido un juego de hombres. Jack había encontrado un enmohecido folleto con las reglas en el sótano; debía de estar allí desde principios de la década de los veinte, cuando en el Overlook se había jugado un torneo norteamericano de roqué, realmente un juego de hombres... aunque un poco esquizofrénico.

Frunció un momento el entrecejo y después sonrió. Claro que era un juego un poco esquizofrénico. El mazo lo expresaba a la perfección, con sus dos partes diferenciadas, la parte blanda y la dura. Un juego de precisión y destreza, por supuesto, pero también de fuerza bruta.

Blandió el mazo en el aire… sonriendo ante el ruido poderoso y silbante que hacía. Después volvió a dejarlo en el soporte y volteó hacia la izquierda. Lo que vio le hizo arquear las cejas.

El vehículo para la nieve estaba a mitad del cobertizo. Era bastante nuevo, y a Jack no le gustó su aspecto. Sobre el costado de la tapa del motor se leía BOMBARDIER SKIDOO, escrito con grandes letras negras que se inclinaban hacia atrás, probablemente para dar la sensación de velocidad. Los esquís, que sobresalían hacia adelante, también eran negros. A ambos lados de la tapa del motor había unos tubos negros parecidos a los de los coches de carreras. Pero el color básico de la pintura era un amarillo brillante, agresivo, que era lo que disgustaba a Jack. Allí instalado, bajo el sol matinal, con el cuerpo amarillo y los tubos negros, los esquís negros y negra también la cabina abierta, tapizada, el vehículo parecía una monstruosa avispa mecanizada. Y en marcha debía de hacer un ruido similar al de los insectos, algo que sin duda recordaría a un zumbido, un silbido… y dispuesto a picar. Pero ¿qué otro aspecto podía tener? Por lo menos, no se disfrazaba. Cuando esa avispa hubiera hecho su trabajo, bien quedarían todos adoloridos. Todos. Para la primavera, la familia Torrance estaría tan adolorida que lo que las otras avispas le habían hecho a Danny parecería el beso de una madre.

Se sacó el pañuelo del bolsillo, se lo pasó por los labios y fue hacia el Skidoo. Se quedó mirándolo, frunciendo de nuevo el entrecejo, mientras volvía a meter el pañuelo al bolsillo. De pronto, una súbita ráfaga de viento se lanzó contra el cobertizo, haciéndolo rugir y estremecerse. Al mirar por la ventana, vio que el viento arrastraba un manto de chispeantes cristales de nieve hacia el fondo, ya cubierto por los ventisqueros, del hotel, y los elevaba en grandes remolinos hacia el implacable cielo azul.

El viento se calmó y Jack volvió a mirar la máquina. Era repugnante, se dijo. Casi podía esperar que de la parte trasera asomara un largo aguijón flexible. A él siempre le habían disgustado esos malditos vehículos para la nieve, que astillaban el religioso silencio del invierno en un millón de estrepitosos fragmentos, que sobresaltaban a la fauna del bosque, que dejaban tras de sí enormes nubes de contaminación, de ondulantes humos azules de la combustión... impidiendo respirar. Tal vez fueran el último juguete grotesco de una edad del combustible de la que pronto no quedarían más que fósiles, y que ahora se regalaba para Navidad a los niños de diez años.

Jack recordó un artículo periodístico que había leído en Stovington, un relato procedente de algún lugar de Maine. Un niño andaba tonteando en un vehículo para la nieve, por un camino que no conocía, a más de cincuenta kilómetros por hora. Era de noche, y llevaba apagadas las luces delanteras. Entre dos postes habían tendido una gruesa cadena, de la que pendía una señal de PROHIBIDO EL PASO. En el diario decía que lo más probable era que el niño no la hubiera visto, tal vez la luna se hubiera escondido entre las nubes. La cadena lo decapitó. Al leer la nota, Jack casi se había alegrado y ahora, al mirar esa máquina, volvió a tener la misma sensación.

Si no fuera por Danny, pensó, qué placer me daría agarrar uno de esos mazos, levantar la tapa del motor y empezar a golpearlo hasta que...

Tratando de apartar aquella idea, respiró hondo. Wendy tenía razón. Aunque fueran a parar al infierno, aunque les llegara el agua al cuello o los esperara la cola de bienestar social, Wendy tenía razón. Destruir a mazazos aquel aparato, por placentero que pudiera tarle, sería el colmo de la locura. Sería casi como matar a mazazos a su propio hijo.

En voz alta masculló una maldición.

Se dirigió hacia la parte trasera del vehículo y destornilló la cubierta del tanque de gasolina. En uno de los estantes que rodeaban las paredes había encontrado una varilla medidora y la sumergió en el tanque. Apenas habría medio centímetro de gasolina. No era mucho, pero alcanzaba para comprobar si el maldito armatoste funcionaba. Después tendría que sacar más gasolina del Volkswagen y de la camioneta del hotel.

Volvió a atornillar la tapa del tanque y levantó la del motor. No había bujías ni batería. Volvió hacia el estante y empezó a recorrerlo, apartando destornilladores y llaves inglesas, un viejo carburador que alguien había sacado de una de las cortadoras de pasto, cajas de plástico donde había tornillos, tuercas y clavos de diferentes tamaños. El estante estaba cubierto de una espesa capa de grasa oscura y rancia, sobre la que se había acumulado el polvo de años hasta darle el aspecto de la piel. A Jack le daba asco tocarlo. Encontró una pequeña caja, manchada de aceite, sobre la que se leía, lacónicamente anotada con lápiz, la abreviatura «Skid». La sacudió y algo sonó en su interior. Bujías... Levantó una para mirarla a la luz, tratando de ver cómo estaba la separación de electrodos sin buscar el medidor. ¡Al carajo!, pensó con resentimiento mientras volvía a dejar la bujía dentro de la caja. Si los electrodos estaban mal, sería una maldita mala suerte. ¡Que se joda esa perra maldita!

Tras la puerta había un banquito. Jack lo acercó, se sentó e instaló las cuatro bujías; después le ajustó a cada una el pequeño capuchón de goma. Luego dejó que sus dedos juguetearan un momento sobre la magneto. Cómo se reían cuando me sentaba al piano, recordó incomprensiblemente.

Volvió a los estantes. Esta vez no pudo encontrar lo que buscaba: una pequeña batería, de tres o cuatro elementos. Había llaves de tuerca, una cajita llena de brocas y pedazos de brocas, sacos de fertilizante para el pasto y para los arrietes de flores, pero la batería del vehículo para la nieve no estaba... lo que no le preocupó en lo más mínimo. En realidad, incluso se alegró, sintiéndose aliviado. Hice todo lo que pude, capitán, pero no pude pasar. Estupendo, muchacho, lo animaba una insólita voz interior. Te propondré para la Estrella de Plata y el Skidoo de Púrpura. Eres el orgullo de tu regimiento... Gracias, señor. Lo intenté, de veras.

Empezó a silbar *Red River Valley* con un ritmo un poco acelerado, mientras seguía recorriendo el último par de metros del estante. Las notas salían en nubecitas de vapor blanco. Había registrado todo el cobertizo y la batería no estaba. Tal vez se la hubiera llevado alguien. Quizá fuera Watson. Jack sonrió. El viejo contrabando de siempre, en las oficinas... unos cuantos clips, un par de resmas de papel, este mantel que nadie echará de menos o este servicio de mesa... ¿y qué tal esta hermosa batería del vehículo para la nieve? Ya lo creo que puede venir bien. Pues a meterla en la bolsa. Delincuencia de guante blanco, nena. A todo el mundo se le queda algo pegado en los dedos. Un descuento «bajo la chamarra», como decíamos cuando éramos niños...

Volvió lentamente hacia el vehículo, no sin asestarle una buena patada en el costado. Ése era el fin del proyecto. Tendría que decirle a Wendy «lo siento, nena, pero...».

En el rincón, junto a la puerta, estaba una caja que había quedado oculta por el banquito. Sobre la tapa, escrita con lápiz, estaba la abreviatura: «Skid».

Jack la miró, mientras la sonrisa se le marchitaba en los labios. Mire, señor, llegó la caballería. Parece que, después de todo, las señales de humo que usted hizo funcionaron, se decía, delirando.

Pero no era justo, por supuesto que no.

Algo –se llamara suerte, destino o providencia– había intentado salvarlo. Pero en el último momento la eterna mala suerte de Jack Torrance había vuelto. La piojosa racha de cartas mal servidas no se había cortado.

En una oleada hosca y gris, el resentimiento le cerró la garganta. De nuevo, apretó los puños.

–¡No es justo, carajo, no es justo! –exclamó.

¿Acaso no podía haber mirado hacia cualquier otra parte? ¿Por qué no había sentido un dolor en el cuello o una picazón en la nariz, o no había parpadeado en ese preciso instante? Una pequeñez así... jamás la habría visto.

Bien, pues no la había visto y asunto arreglado. Era una alucinación, como la que había sufrido en la habitación de la segunda planta, o en el maldito zoológico de arbustos. Un momento de tensión, eso era todo. Qué extraño, se dijo sonriendo, me pareció ver una batería de vehículo para la nieve en ese rincón, y ahora no está. Supongo que es fatiga de combate, señor. Lo siento... No te desanimes, hijo, a todos nos sucede, tarde o temprano.

Abrió de par en par la puerta, con tanta fuerza que estuvo a punto de arrancar las bisagras, y metió las raquetas para la nieve, tan cubiertas de copos que cuando las golpeó contra el suelo para limpiarlas, la nieve formó una pequeña nube. Cuando estaba poniendo el pie izquierdo sobre la raqueta correspondiente, se quedó inmóvil.

Allí afuera, junto a la plataforma de la leche, estaba Danny. Al parecer, estaba intentando hacer un muñeco de nieve, aunque no le salía muy bien, la nieve estaba demasiado helada para mantener la forma. Sin embargo, estaba empeñado en hacerlo, en medio de la mañana resplandeciente, con la gorra puesta hacia atrás como Carlton Fisk.

Pero en nombre de Dios, ¿en qué estabas pensando?, se recriminó. La respuesta le llegó sin la menor demora: En mí. Estaba pensando en mí.

Súbitamente recordó que la noche anterior había estado tendido en la cama, y que de pronto se le había ocurrido la idea de asesinar a su mujer.

En ese instante, de rodillas en el cobertizo, todo se aclaró. No era sólo sobre Danny sobre quien estaba actuando el Overlook, sino también sobre él. No era Danny el eslabón más débil, era él. Él era el vulnerable, el que podían doblar y retorcer hasta que algo se quebrara.

Levantó la vista hacia las hileras de ventanas y el sol le devolvió un reflejo brillante desde las múltiples superficies de los cristales, pero Jack siguió mirando. Por primera vez advirtió qué parecidas a ojos eran las ventanas: reflejaban la luz del sol mientras guardaban dentro su propia oscuridad. Y no era a Danny a quien estaban mirando, era a él.

En esos segundos lo entendió todo. Recordaba que de niño, cuando iba al catecismo, les habían mostrado una figura, en blanco y negro. La monja la había puesto sobre un caballete para que ellos la vieran, diciéndoles que era un milagro de Dios. Los niños la habían mirado, atónitos, sin ver nada más que una maraña de negro y blanco, informe y sin sentido. Después, uno de los de la tercera fila se había quedado boquiabierto, balbuceando: «¡Es Jesús!», y luego había vuelto a su casa con un ejemplar flamante del Nuevo Testamento, además de un calendario, por haber sido el primero. Los otros, entre ellos Jack Torrance, se esforzaron más por ver. Uno tras otro, los demás niños contuvieron la respiración de la misma manera, hasta hubo una niña, transportada al borde del éxtasis, que gritaba con voz aguda: «¡Lo veo! ¡Lo veo!». También a ella la habían recompensado con el Nuevo Testamento. Al final, todos habían visto la cara de Jesús en la maraña informe, salvo Jacky, que se esforzaba cada vez más, asustado. Una parte de él pensaba cínicamente que los demás niños no hacían más que actuar para agradar a la hermana Beatrice, pero otra estaba secretamente convencida de que, si no lo veía, era porque Dios había decidido que él era el más sucio pecador de toda la clase. «¿No le ves, Jacky?», le había preguntado con su voz dulce y triste la hermana Beatrice, y él con perversa desesperación, había pensado «Te veo las tetas». Empezó a negar con la cabeza y de pronto exclamó, con fingida excitación: «¡Oh, sí, lo veo! ¡Es Jesús!», y sus compañeros de clase habían reído y aplaudido, dándole una sensación de triunfo, vergüenza y miedo. Más tarde, cuando salieron tumultuosamente del sótano de la iglesia a la calle, Jack se quedó atrás, mirando la absurda maraña blanca y negra que la hermana Beatrice había dejado sobre el caballete. Cómo la odiaba. Todos eran unos farsantes, lo mismo que él, e incluso la hermana. Todo era una gran farsa. «¡Al carajo, al infierno, al carajo!», farfulló en voz baja y, en el momento en que se daba la media vuelta para salir, por el rabillo del ojo vio el rostro de Jesús, afectuoso y triste. Con el corazón en la garganta, giró sobre sus talones. De pronto todas las piezas habían encajado, y Jacky se había quedado mirando la imagen con temeroso asombro, incapaz de entender cómo no la había visto antes. Los ojos, el zigzag de sombra que atravesaba la frente preocupada, la nariz delicada, el gesto de compasión de los labios. Y miraba a Jack Torrance. Lo que no había sido más que un garabato sin sentido se convertía de pronto en un inequívoco boceto en blanco y negro de la faz de Cristo. El temeroso asombro se convirtió en terror: había blasfemado frente a una imagen de Jesús. Se condenaría por siempre, iría al infierno, junto con los pecadores. El rostro de Cristo había estado allí todo el tiempo.

Ahora, arrodillado al sol, mientras veía a su hijo jugando a la sombra del hotel, Jack supo que todo era verdad. El hotel quería a Danny, a todos ellos tal vez, pero a Danny también. Los animales del cerco realmente se habían movido. Y en la habitación 217 había una mujer muerta, una mujer que quizá no era más que un espíritu inofensivo en la mayoría de las circunstancias, pero que ahora significaba un peligro activo, como un malévolo juguete mecánico al que hubiera dado cuerda y puesto en movimiento la extraña mentalidad de Danny... y la del propio Jack. ¿Watson le había hablado de un hombre que, en medio de la cancha de roqué, se había desplomado muerto de un ataque? ¿O fue Ullman? En realidad no importaba. En la tercera planta se había producido un asesinato. ¿Cuántas antiguas rencillas, cuántos suicidios, cuántos asesinatos habrían presenciado aquellas paredes? ¿No estaría Grady al acecho por algún rincón del ala oeste, con su hacha, esperando que la fuerza de Danny lo activara para volver a salir de las paredes?

El círculo de hinchados moretones en torno al cuello de Danny era real. Las botellas titilantes, entrevistas en el salón desierto, ¿también lo serían? ¿Y el radio? ¿Y sus sueños, sus terribles sueños? ¿Por qué había hallado el álbum de recortes, que durante decenios había dormitado en el sótano?

–Medoc, ¿estás aquí? Otra vez he caminado en sueños, amor mío...

Súbitamente se levantó, volvió a arrojar fuera las raquetas para la nieve, cerró de un golpe la puerta y levantó la caja de la batería. Luego sus dedos temblorosos soltaron la caja y cayó ruidosamente a un lado. Jack abrió las solapas de cartón para sacar de un tirón la batería, sin prestar atención al ácido que podía estar escapando si se había rajado la cubierta de la batería. Sin embargo, estaba entera. Un suspiro escapó de sus labios.

Sosteniéndola en brazos como si fuera un niño, la llevó hasta el Skidoo y la dejó sobre su plataforma, justo en la parte delantera del motor. En uno de los estantes encontró una pequeña llave inglesa y conectó rápidamente los cables de la batería. Estaba cargada. Cuando Jack conectó el cable positivo con su terminal, se produjo una chispa y un leve olor a ozono. Cuando terminó de colocarla dio un paso atrás, mientras se frotaba nerviosamente las manos sobre la descolorida chamarra. Tenía que funcionar. No había motivo alguno para que no fuera así, salvo que formara parte del Overlook y éste en realidad no quisiera que ellos se marcharan. De ninguna manera. El Overlook estaba pasándola en grande. Tenía un niño a quien aterrorizar, un hombre y una mujer para convertirlos en recíprocos enemigos y, si jugaba bien sus cartas, serían ellos quienes terminarían paseando por los pasillos del Overlook como sombras insustanciales en una novela de Shirley Jackson. Además, en el Overlook no andarían solos, nada de eso, allí estarían muy bien acompañados. Sin embargo, no había razón para que el vehículo para la nieve no arrancara. Excepto que en realidad él... no quería marcharse.

Se quedó inmóvil mirando el Skidoo, respirando frías nubecillas blancas. Quería que las cosas siguieran siendo como eran. Al venir, no había tenido la menor duda. Ya desde entonces había sabido que bajar sería una decisión equivocada. Wendy apenas estaba asustada del espantajo convocado por un muchachito histérico, pero de pronto, Jack podía ver el punto de vista de ella. Era como su obra, su condenada obra, en la que ya no podía saber de qué lado estaba o cómo debían resolverse las cosas. Una vez que uno veía el rostro de un dios en esa confusión de blancos y negros, la suerte estaba echada: nunca más podría dejar de verlo. Otros podrían reírse y decir que no era nada, apenas un montón de manchas sin sentido, pero él siempre vería en una de esas pinturas rutinarias hechas por un buen artesano el rostro de Cristo. Lo había visto una vez, en un salto guestáltico en el que lo consciente y lo inconsciente se mezclaban en un sobrecogedor momento de comprensión. Desde entonces, lo vería siempre. Estaría condenado a verlo.

Todo había estado bien hasta que Jack vio a Danny jugando en la nieve. La culpa era de Danny. Todo había sido culpa de Danny. Era él quien tenía el resplandor o lo que fuere. En realidad no era un resplandor, sino una maldición. Si él y Wendy hubieran estado solos, podrían haber pasado tranquilamente el invierno, sin sufrimientos, sin tensiones cerebrales.

El Overlook no quería que se marcharan y Jack tampoco quería que se fueran, ni Danny. Tal vez el niño ya fuera parte del hotel. Quizás el Overlook, como un enorme y vagabundo Samuel Johnson, lo hubiera elegido a él para ser su Boswell. «¿Así que dice que el nuevo vigilante escribe? Estupendo, contrátelo. Era hora de que diéramos nuestro punto de vista. Sin embargo, nos libraremos primero de la mujer y del mocoso de su hijo. No queremos que nadie lo distraiga. No queremos...».

Jack estaba de pie junto a la cabina del vehículo para la nieve, de nuevo empezaba a dolerle la cabeza. ¿A qué se reducía todo? A irse o a quedarse. Muy sencillo. Pues no lo compliquemos, se dijo. ¿Nos vamos o nos quedamos? Si nos largamos, ¿cuánto tiempo tardarás en encontrar el exacto lugar de Sidewinder? le preguntó una voz interior. Ese lugar sombrío con una piojosa televisión a color frente a la que un grupo de hombres sin rasurar y sin trabajo se pasan el día viendo los partidos; donde en el baño de hombres hay un olor a orines que parece que tuviera dos mil años y una eterna colilla de Camel mojada y despachurrada en el escusado; donde te sirven cerveza a treinta centavos el vaso y uno la corta con sal y la rocola tiene setenta viejísimas canciones folklóricas.

¿Cuánto tiempo? Tenía tanto miedo de que no fuera demasiado.

–No puedo ganar –dijo muy suavemente. Era eso. Era como tratar de hacer un solitario con un mazo donde falta uno de los ases.

Bruscamente se inclinó sobre el compartimiento del motor Skidoo y arrancó la magneto. Salió con una facilidad aterradora. Se quedó un momento mirándola y después fue hacia la puerta del fondo del cobertizo y la abrió.

Desde allí nada obstruía el panorama de las montañas, una imagen de una belleza de tarjeta postal bajo la rutilante luz de la mañana. Una extensión de nieve inmaculada se elevaba hasta los primeros pinos, a un kilómetro y medio de distancia. Jack arrojó la magneto a la nieve, tan lejos como pudo. Cayó mucho más lejos de lo que habría debido, levantando un montón de nieve. La brisa se llevó los gránulos de nieve para depositarlos nuevamente en otro sitio.

Dispérsate, te ordeno. No hay nada que ver. Todo ha terminado. Dispérsate.

Se sintió en paz.

Durante largo rato se quedó en la puerta, respirando la pureza del aire de montaña, y después la cerró firmemente y volvió a salir por la otra puerta, para decirle a Wendy que se quedarían. En el camino, se detuvo a entablar con Danny una batalla con bolas de nieve.

# 34. LOS ARBUSTOS

Era el 29 de noviembre, tres días después del día de Acción de Gracias. La última semana había sido espléndida; y la cena de Acción de Gracias, la mejor que había conocido la familia. Wendy había cocinado el pavo que les había dejado Dick Hallorann, y habían comido a reventar sin conseguir siquiera que la enorme ave perdiera la forma. Jack se había quejado, gruñendo, de que pasarían el resto del invierno comiendo pavo: pavo a la crema, sandwiches de pavo, pavo con tallarines, pavo *surprise*.

Sonriendo, Wendy bromeó que sólo comerían hasta Navidad. «Después tendremos el capón», había dicho.

Jack y Danny gimieron al unísono.

Los moretones en el cuello de Danny habían desaparecido y con ellos parecían haberse disipado los temores de la familia. Durante la tarde del día de Acción de Gracias, Wendy había estado paseando a Danny en el trineo, mientras Jack trabajaba en su obra, que estaba casi terminada.

–¿Todavía tienes miedo, doc? –le preguntó, sin saber cómo plantear la cuestión de manera menos directa.

–Sí –respondió Danny–. Pero ahora me quedo en los lugares seguros.

–Papi dice que tarde o temprano a los guardabosques les extrañará que no nos comuniquemos por radio y vendrán a ver si nos pasa algo. Entonces tú y yo podremos bajar con ellos, y dejar que papi termine aquí el invierno. Tiene sus razones para hacerlo. En cierto modo, doc... y sé que para ti es difícil entenderlo... estamos entre la espada y la pared.

–Sí –convino el niño, sin comprometerse.

Durante esa tarde rutilante, sus padres estaban arriba, y Danny sabía que habían estado haciendo el amor. Ahora dormitaban. Sabía que eran felices. Su madre seguía teniendo un poco de miedo, pero lo extraño era la actitud de su padre. Tenía la sensación de que hubiera hecho algo que era muy difícil, y lo hubiera hecho bien. Pero Danny no conseguía ver exactamente de qué se trataba. Su padre lo ocultaba cuidadosamente, incluso de sí mismo. ¿Sería posible, se preguntaba Danny, que uno se alegrara de haber hecho algo que, sin embargo, lo avergonzara tanto que tratara de no pensar en eso? La cuestión era inquietante. A él no le parecía que fuera posible... para una mente normal. Sus más empeñosos intentos de sondear a su padre no le habían dado más resultado que la incierta imagen de algo que parecía un pulpo, que giraba sobre un helado cielo azul. Y en las dos ocasiones en que se había concentrado hasta conseguir esa imagen, se había encontrado de pronto con que papá lo miraba de forma inquietante, como si supiera lo que él estaba haciendo.

Danny estaba en el vestíbulo, preparándose para salir. Le gustaba salir con el trineo o con las raquetas para la nieve. Al salir del hotel, tenía la impresión de que le hubieran quitado un peso de encima.

Buscó una silla, se subió en ella y sacó del guardarropas del salón de baile su anorak y los pantalones para la nieve, después se sentó en la silla a ponérselos. Danny se calzó las botas cuidadosamente, sacando la punta de la lengua mientras se concentraba en pasar las agujetas por los ganchos y atar bien los nudos. Luego se puso los mitones y el pasamontañas. Estaba preparado.

A grandes pasos cruzó la cocina para salir por la puerta trasera, pero se detuvo. Estaba cansado de jugar allí, y además a esa hora la zona no estaría soleada. No le gustaba estar a la sombra del Overlook. Decidió que se pondría las raquetas para la nieve e iría hasta la zona de juegos. Dick Hallorann le había dicho que no se acercara al jardín ornamental, pero la idea de los arbustos de animales no lo inquietaba demasiado. Estaban sepultados por los ventisqueros, y apenas se veía una vaga joroba, que era la cabeza del conejo, o la cola de un león. Lo cierto es que resultaban un tanto grotescos.

Danny abrió la puerta y buscó sus raquetas para la nieve. Cinco minutos después estaba en la terraza, asegurándoselas en los pies. Su padre le había dicho que tenía condiciones para usar las raquetas para la nieve, por su paso lento y arrastrado, por la forma de mover el tobillo, que hacía que la nieve se desprendiera de las cuerdas antes de volver a bajar el pie. Lo único que le faltaba era desarrollar mejor los músculos de los muslos, las pantorrillas y los tobillos. A Danny le parecía que la zona más castigada era la de los tobillos. Andar con raquetas para la nieve era casi tan fatigoso para los tobillos como patinar, porque había que ir sacando la nieve de las cuerdas. Cada cinco minutos, tenía que detenerse, con las piernas abiertas y las raquetas planas sobre la nieve, para descansar.

Pero mientras bajaba hacia la zona de juegos no necesitó descansar, porque era cuesta abajo. Menos de diez minutos después de haberse esforzado en trepar y volver a descender la monstruosa duna de nieve que se había formado en la terraza delantera del Overlook,

Danny apoyaba la mano enguantada en la resbaladilla de la zona de juegos. Su respiración era normal.

Bajo la nieve, el lugar parecía mucho más agradable que en otoño, una especie de escultura de cuento de hadas. Las cadenas de los columpios se habían helado adoptando posiciones extrañas, y los asientos de los columpios de los niños grandes reposaban sobre la nieve. Las barras para trepar formaban una caverna de hielo, custodiada por los goteantes dientes de los carámbanos. Sólo las chimeneas del Overlook de juguete asomaban por encima de la nieve. Ojalá el auténtico estuviera tan sepultado como éste, se dijo.

La parte superior de los tubos de cemento asomaba, en dos puntos, como los iglús de los esquimales. Danny fue hacia allí y, poniéndose en cuclillas, empezó a cavar. No tardó mucho en dejar al descubierto la oscura boca de uno de ellos y en deslizarse al interior del frío túnel. En su imaginación era Patrick McGoohan, el agente secreto persiguiendo a los agentes del KGB por las montañas de Suiza (por el canal de televisión de Burlington habían vuelto a pasar episodios de ese programa en dos ocasiones, y su padre nunca se los perdía; era capaz de no ir a una fiesta por ver el *Agente secreto* o *Los vengadores*, y Danny siempre lo acompañaba). Se habían producido aludes en la zona, y Slobbo, el conspicuo agente del KGB, había matado a su novia con un dardo envenenado, pero la máquina antigravitatoria rusa debía de estar por las inmediaciones, tal vez al final del mismo túnel. Sacó la automática y empezó a recorrer el túnel de cemento, con los ojos muy abiertos, alerta, respirando lentamente.

El otro extremo del tubo de cemento estaba totalmente bloqueado por la nieve. Trató de cavar para atravesarla y se quedó atónito, y un poco inquieto, al ver qué dura estaba, casi totalmente congelada por el frío y endurecida por el peso de la nieve que tenía encima.

De pronto, la ficción del juego se desplomó sobre él, y súbitamente cobró conciencia de que se sentía encerrado y nervioso en el estrecho tubo de cemento. Oía el murmullo de su respiración, húmeda, rápida y hueca. Estaba bajo la nieve, y por el agujero que había excavado para llegar hasta allí apenas se filtraba la luz. De pronto deseó, más que ninguna otra cosa, estar a la luz del sol, y recordó que sus padres dormían y no sabían dónde estaba. Pensó que si el agujero que había excavado se desmoronaba, él quedaría atrapado, y que el Overlook era su enemigo.

Danny se volvió con cierta dificultad y se arrastró de vuelta a lo largo del tubo de cemento, oyendo cómo las raquetas para la nieve traqueteaban a sus espaldas con un ruido de madera, hundiendo las manos en las hojas secas que quedaban del otoño. Acababa de llegar al extremo del túnel y a la fría luz que entraba inciertamente desde arriba, cuando la nieve se desmoronó, no en mucha cantidad, pero la suficiente para espolvorearle la cara y tapar la abertura por la que había entrado y dejarlo en la oscuridad.

Por un momento, el pánico más absoluto le heló el cerebro y lo dejó incapaz de pensar. Después, como si viniera desde muy lejos, oyó la voz de su padre, diciéndole que nunca debía jugar en el vertedero de basura de Stovington, porque a veces había gente estúpida que llevaba allí refrigeradores viejos sin haberles quitado la puerta, y si un niño llegaba a meterse dentro de uno de ellos y la puerta se cerraba, no habría manera de salir, por lo que moriría en la oscuridad.

«Y no querrás que te pase una cosa así, ¿verdad, doc?», le había preguntado su padre.

Y sin embargo, le había pasado, le susurró su cerebro aterrorizado. Ahora estaba en la oscuridad, encerrado y hacía tanto frío como en un refrigerador. Y... Aquí dentro hay algo conmigo.

Contuvo el aliento. Un terror somnoliento se le infiltró en las venas. Sí... allí dentro había algo, con él, algo espantoso que el Overlook tenía reservado para un momento como ése. Tal vez una araña enorme que se hubiera escondido bajo las hojas, o una rata... o quizás el cadáver de un niño que hubiera muerto allí, en la zona de juegos. ¿Había ocurrido eso alguna vez? Danny se dijo que sí. Pensó en la mujer de la tina, en la sangre y los sesos sobre la pared de la suite presidencial. O quizá fuera un niño que se hubiera partido el cráneo al caer de las barras o de un columpio y que ahora se arrastrara tras él en la oscuridad, con una mueca horrible, en busca de un último compañero para sus juegos interminables y eternos. Dentro de un momento lo oiría acercarse.

En el extremo opuesto del tubo de cemento, Danny oyó los crujidos furtivos de las hojas muertas, mientras algo se acercaba a él lentamente, a gatas. En cualquier momento sentiría sobre el tobillo una mano helada...

Esa idea lo arrancó de su parálisis. Empezó a excavar la nieve suelta que se había desmoronado y obstruía la salida del tubo, arrojándola hacia atrás entre las piernas, en polvorientos montones, como un perro intentando desenterrar un hueso. Una luz azul se filtraba desde arriba y Danny se dirigió hacia ella, como un buceador que emerge desde aguas profundas. Se raspó la espalda con el borde del tubo. Una de las raquetas para la nieve se le enredó en la otra. La nieve se le metía dentro del pasamontañas y por debajo del cuello del anorak. Con las manos, convertidas en garras, siguió excavando la nieve, que parecía empeñada en retenerlo, en absorberlo hacia abajo, hacia el tubo de cemento por donde andaba eso, todavía no visto, que hacía crujir las hojas, y en dejarlo allí para siempre.

Después consiguió salir, su rostro volteó hacia el sol, y se encontró arrastrándose por la nieve para alejarse de allí, jadeando ásperamente, con la cara pálida como una máscara viviente de terror. Llegó como pudo hasta las barras y allí se detuvo a ajustarse las raquetas para la nieve y recuperar el aliento. Mientras se enderezaba las raquetas y volvía a ajustar las agujetas, no apartó ni un momento la mirada del extremo del tubo, temiendo ver que algo salía de allí. No fue así y, pasados tres o cuatro minutos, Danny empezó a respirar con normalidad. Fuera lo que fuera, era algo que no podía soportar la luz del sol, algo que estaba recluido allá abajo, que tal vez sólo pudiera salir cuando oscurecía... o cuando los dos extremos de su prisión circular estaban taponados por la nieve.

Pero ahora estoy a salvo. Estoy a salvo, pensó, aliviado.

Tras él oyó un golpe suave de algo al caer.

Danny volteó y miró hacia el hotel. Sin embargo, antes de mirar sabía qué iba a ver, porque sabía lo que había provocado ese ruido suave de algo que se desmoronaba. Era el ruido de un montón de nieve al caer, el mismo ruido que hacía cuando se deslizaba del tejado del hotel y caía al suelo.

¿Puedes ver a los indios que hay en esta figura?

Sí que podía. El perro de arbusto se había desprendido de la nieve. Cuando se acercó, el perro no era más que un inofensivo montón de nieve, fuera de la zona de juegos. Ahora lo veía perfectamente, como una incongruente mancha verde en mitad de la blancura. Estaba sentado, como si pidiera que le dieran un dulce o sobras de comida.

Pero no enloquecería, no perdería la calma, porque por lo menos ahora no estaba atrapado en un viejo agujero oscuro. Estaba a la luz del sol, y eso no era más que un perro. Hoy hace bastante calor, pensó, esperanzado. Tal vez el sol derritió la nieve. Quizá sea eso y nada más.

No te acerques a ese lugar... mantente alejado, creyó escuchar en lo más hondo de su ser.

Las raquetas para la nieve estaban bien sujetas. Danny se levantó y miró hacia atrás, hacia el tubo de cemento, casi completamente cubierto por la nieve, y lo que vio le heló el corazón. En el extremo había una mancha redonda y oscura, un pliegue de sombra que señalaba el agujero que él había excavado para meterse dentro. Ahora, pese al deslumbramiento de la nieve, le pareció que veía algo que se movía. Una mano, la mano de un niño desesperadamente desdichado, una mano suplicante, que se ahogaba.

–Sálvame, por favor. Sálvame, y si no puedes, por lo menos ven a jugar conmigo. Por siempre, por siempre jamás.

–No –susurró roncamente Danny. La palabra le salió como algo áspero y desnudo de la boca, que se le había secado por completo. Sintió que su mente estaba a punto de perderse en la inconsciencia, de desaparecer como había desaparecido cuando aquella mujer de la habitación había...

Se aferró a los hilos de la realidad y los sujetó con firmeza. Tenía que salir de allí. Concéntrate en esto. No pierdas la calma. Pórtate como un agente secreto. ¿Acaso Patrick McGoohan estaría llorando y mojando los pantalones como si fuera un bebé?

Al pensar en eso se calmó.

Volvió a oír el ruido de la nieve al caer. Volteó y vio que la cabeza de uno de los leones se alzaba sobre la nieve, mostrándole los dientes. Estaba más cerca de lo que debería haber estado, casi junto al portón de la zona de juegos.

El terror intentó apoderarse de él, pero lo dominó. Era el agente secreto, y escaparía.

Echó a andar para salir de la zona de juegos, dando el mismo rodeo que había dado su padre el día de la primera nevada. Se concentró en el lento caminar con raquetas: pasos llanos, sin levantar demasiado el pie para no perder el equilibrio, girar el tobillo para hacer que la nieve se desprendiera de las cuerdas. ¡Qué lento parecía! Llegó a la esquina de la zona, donde la nieve formaba un ventisquero alto, que le permitió pasar por encima de la cerca. A mitad de camino, estuvo a punto de caer, cuando una de las raquetas se le enganchó en un poste de la cerca. Se inclinó en un ángulo inverosímil, extendiendo los brazos, recordando lo difícil que era volver a levantarse cuando uno caía.

A su derecha le llegó el mismo ruido sordo de desmoronamiento de nieve. Al mirar, vio que los otros dos leones, despejados de nieve hasta las garras delanteras, estaban uno junto al otro, a unos sesenta pasos de distancia. Las muescas verdes que señalaban los ojos estaban fijas en él. El perro había volteado la cabeza. Eso sólo sucede cuando no estás mirando, se dijo.

Las raquetas se le habían cruzado y Danny cayó boca abajo en la nieve, extendiendo inútilmente los brazos. La nieve se le metió por la capucha y el cuello, y por los bordes de las botas. Se esforzó por enderezarse y salir, procurando volver a pisar sobre las raquetas, sintiendo cómo el corazón le latía enloquecido. Recuerda que eres el agente secreto. Recuerda que eres el agente secreto.

Volvió a perder el equilibrio, esta vez hacia atrás. Por un momento se quedó tendido mirando al cielo, pensando que lo más sencillo era entregarse. Después pensó en lo que había en el tubo de cemento y se dio cuenta de que no podía. Volvió a ponerse de pie, dirigiendo la mirada hacia el jardín ornamental. Los tres leones se habían reunido, tal vez a unos doce metros de distancia. El perro se había desplazado a la izquierda de ellos, como para bloquearle la retirada. No tenía nada de nieve, salvo un collarín polvoriento alrededor del cuello y el hocico. Y estaban mirándolo.

Jadeando, Danny sentía el pánico como una rata

que lo roía en su interior, retorciéndose. Luchó contra el pánico, contra las raquetas para la nieve.

«No luches contra ellas, doc. Camina sobre ellas como si fueran tus propios pies. Camina con ellas», había dicho su padre.

Empezó de nuevo a caminar, intentando recuperar el ritmo fácil que había practicado con su padre. Poco a poco empezó a recuperarlo, pero pronto se dio cuenta de lo cansado que estaba, de hasta qué punto el miedo lo había extenuado. Sentía los tendones de las piernas ardientes y temblorosos. Enfrente se distinguía el Overlook, burlescamente distante, que daba la impresión de estar mirándolo con sus múltiples ventanas, como si todo aquello no fuera más que una especie de competencia en la que apenas estaba interesado.

Danny volvió a mirar por encima del hombro y contuvo el aliento. El león más próximo no estaría a más de seis metros a sus espaldas, abriéndose paso en la nieve como un perro que nadara en un estanque. Los otros dos, a derecha e izquierda, lo seguían de cerca. Eran como un pelotón del ejército en misión de patrulla; el perro, ligeramente escorado a la izquierda, guardándoles el flanco. El león más próximo tenía la cabeza baja; los músculos de las paletillas se le perfilaban poderosamente por encima del cuello. Tenía la cola levantada, como si en el instante antes de que Danny volteara a mirarlo hubiera estado agitándola inquietamente. Danny pensó que parecía un gato grande que se divirtiera jugando con un ratón antes de matarlo.

Si se caía estaba perdido. Jamás permitirían que se levantara, saltarían encima. Extendió desesperadamente los brazos y se precipitó hacia adelante. Estuvo a punto de perder el equilibrio, pero siguió caminando, sin dejar de mirar por encima del hombro. El aire le silbaba al entrar y salir de la garganta, seca como un vidrio ardiente.

El mundo se había reducido a la nieve cegadora, el verde de los arbustos y el murmullo susurrante de las raquetas para la nieve. Y algo más... Un ruido suave, ahogado, acolchado. Trató de apresurarse, pero no podía. En ese momento iba andando por la senda sepultada bajo la nieve, con su cara de niño casi hundida en la capucha del anorak, en la tarde calma y luminosa.

Cuando volvió a mirar hacia atrás, el león delantero estaba apenas a un metro y medio de él. Tenía la boca abierta, las grupas tensas como la cuerda de un reloj. Por detrás de él y de los otros leones alcanzó a ver al conejo, que también asomaba fuera de la nieve la cabeza, de un verde brillante, como si se hubiera despojado de su horrenda máscara inexpresiva para preservar el final de la cacería.

Por fin, sobre el pasto del jardín delantero del Overlook, entre la calzada circular para coches y la terraza, Danny se dejó ganar por el pánico y empezó a correr torpemente con sus raquetas para la nieve, ya sin atreverse a mirar hacia atrás, cada vez más inclinado hacia adelante, con los brazos extendidos ante él como un ciego que tanteara los obstáculos. Había perdido la capucha, dejando al descubierto su rostro, de un blanco enfermizo, pastoso, salvo en las mejillas, los ojos desorbitados por el terror. Estaba muy cerca de la terraza.

Tras él oyó de pronto el crujido áspero de la nieve en el momento en que algo saltaba.

Cayó sobre los escalones de la terraza, gritando sin emitir ruido alguno, y trepó a gatas, mientras las raquetas se sacudían ruidosamente tras él.

En el aire resonó un ruido sibilante y Danny sintió un repentino dolor en la pierna. Oyó el ruido de la tela al desgarrarse, y se dijo que debía estar sólo en su mente.

Escuchó un bramido, un rugido colérico. Olió a sangre y arbustos.

Cayó en la terraza, sollozando roncamente, sintiendo

en la boca un extraño sabor a cobre. El corazón le golpeaba como un trueno en el pecho. De la nariz se le escurría un hilillo de sangre.

No tenía idea de cuánto tiempo llevaba allí tendido cuando se abrieron las puertas del vestíbulo y Jack salió corriendo, sin más ropa que los jeans y un par de tenis. Tras él, venía Wendy.

–¡Danny!

–¡Doc! ¡Danny, por Dios! ¿Qué te pasa? ¿Qué sucedió?

Papá lo ayudaba a levantarse. Por debajo de la rodilla, Danny tenía los pantalones desgarrados, así como el calcetín de lana, y en la pantorrilla se apreciaba una herida superficial... como si hubiera intentado abrirse paso a través de un arbusto verde y las ramas lo hubieran rasguñado.

El niño miró por encima del hombro. A lo lejos, en el parque, más allá del campo de golf, se veían varias formas imprecisas, cubiertas de nieve. Eran los arbustos de animales, entre ellos y la zona de juegos, entre ellos y el camino.

Las piernas le temblaban. Jack lo tomó en brazos y Danny se echó a llorar.

# 35. EL VESTÍBULO

Danny les contó lo sucedido, salvo el incidente en el tubo de cemento. Tampoco sabía con qué palabras expresar la insidiosa y lánguida sensación de terror que lo había invadido cuando oyó que las hojas secas empezaban a crujir en la fría oscuridad, aunque sí les habló del suave ruido que hacía la nieve al desmoronarse, del león, con la cabeza inclinada y las paletillas tensas por el esfuerzo de salir de la nieve para perseguirlo. Hasta les contó que el conejo había volteado la cabeza para vigilarlo.

Estaban en el vestíbulo. Jack había encendido un rugiente fuego en la chimenea. Danny, envuelto en una cobija, estaba acurrucado en el sofá donde, quizás un millón de años atrás, se habían sentado las tres monjas, riendo como chiquillas mientras esperaban a que disminuyera la cola formada frente al mostrador. Tenía en las manos un tazón con sopa de fideos y, sentada junto a él, Wendy le acariciaba el pelo. Jack se había sentado en el suelo, adoptando una expresión cada vez más impasible y rígida a medida que Danny contaba su historia. En dos ocasiones sacó el pañuelo del bolsillo trasero del pantalón y se lo pasó por los labios irritados.

–Y entonces me persiguieron –concluyó Danny. Jack se levantó y fue hacia la ventana, dándoles la espalda. El niño miró a su madre–. Me persiguieron todo el camino hasta llegar a la terraza.

Danny se esforzaba en mantener la calma, porque quizás así le creerían. El señor Stenger no lo había conseguido, se había echado a llorar desconsoladamente, de manera que «los hombres de bata blanca» habían venido a llevárselo, porque si uno no podía dejar de llorar, significaba que se le había «zafado un tornillo» y entonces, ¿cuándo volvería? «Nadie lo sabe». El anorak, los pantalones para la nieve y las raquetas estaban sobre el tapete, junto a la doble puerta.

No quiero llorar, se repetía Danny.

Sin embargo, no podía dejar de temblar. Se quedó mirando al fuego, esperando que su padre dijera algo. Las llamas danzaban en el hueco de piedra de la chimenea. Una piña estalló ruidosamente y las chispas subieron por la chimenea.

–Danny, ven aquí –Jack volteó. Su rostro seguía teniendo una expresión mortalmente atormentada, que a Danny no le gustó.

–Jack... –intervino Wendy.

–Quiero que el niño venga aquí, nada más.

Danny bajó del sofá y se acercó a su padre.

–¡Eso es! Ahora dime qué ves.

Antes de llegar a la ventana, Danny ya sabía qué vería. Más allá de la maraña de huellas de botas, trineo y raquetas para la nieve que señalaba la zona donde solían salir a jugar, la nieve que cubría el parque del Overlook descendía lentamente hacia el jardín ornamental y la zona de juegos. En su blancura no había más que dos series de pisadas, una que iba en línea recta desde la terraza hasta la zona de juegos; la otra, una larga línea sinuosa que regresaba.

–Sólo mis huellas, papi, pero...

–¿Y qué ocurre con los arbustos, Danny?

A Danny empezaron a temblarle los labios. Estaba a punto de llorar. ¿Y si no podía contenerse...?

No lloraré, no lloraré, se decía.

–Están cubiertos de nieve –susurró–. Pero, papi...

–¿Qué?

–Jack, ¿qué haces? ¿Estás haciéndole un examen? ¿No ves que no se siente bien, que está...?

–¡Cállate! ¿Danny?

–Pero me lastimaron, papá. En la pierna...

–Esa herida debes de habértela hecho con la nieve congelada.

Con el rostro pálido y colérico, Wendy se interpuso entre ellos.

–¿Qué te propones? –preguntó–. ¿Qué confiese un asesinato? ¿Qué demonios te pasa?

Pareció que algo quebrara la extraña mirada de Jack.

–Quiero ayudarle a descubrir la diferencia entre algo real y algo que es sólo una alucinación, eso es todo –se puso en cuclillas junto al niño para mirarlo desde su altura, luego lo abrazó–. Danny, eso no sucedió en realidad. ¿Entiendes? Fue como uno de esos trances que tienes a veces.

–Pero, papi...

–¿Qué, Dan?

–Yo no me corté la pierna con la nieve, es nieve en polvo. Ni siquiera se puede hacer bolas con ella. ¿Te acuerdas de que cuando quisimos hacer bolas de nieve no pudimos?

Sintió que su padre volvía a ponerse nervioso, a la defensiva.

Danny se apartó de él. De pronto lo entendía. Todo se había aclarado súbitamente, como se le revelaban a veces las cosas, como le había sucedido con la mujer que quería estar en los pantalones del hombre gris. Miró a su padre con los ojos muy abiertos.

–Tú sabes que digo la verdad –balbuceó, horrorizado.

–Danny... –el rostro de Jack se crispó.

–Lo sabes porque también viste...

El ruido de la palma de Jack al abofetear la mejilla del niño fue sordo, nada espectacular. Mientras la cabeza de Danny se inclinaba hacia atrás, la huella de los dedos empezaba a enrojecerse, como una marca de ganado.

Wendy dejó escapar un gemido.

Por un momento, los tres se quedaron inmóviles, y después Jack tomó del brazo a su hijo.

–Danny, discúlpame, ¿estás bien, doc?

–¡Le pegaste, bestia! –exclamó Wendy–. ¡Eres una bestia repugnante!

Wendy lo agarró por el otro brazo y Danny se debatió entre los dos.

–¡Por favor, déjenme en paz! –clamó el niño, y era tal la angustia de su voz, que los dos lo soltaron. De inmediato las lágrimas lo inundaron y Danny se desplomó, entre el sofá y la ventana, mientras sus padres lo miraban impotentes, como dos niños podrían mirar el juguete que han roto mientras discutían furiosamente a quién pertenecía. En la chimenea estalló otra piña, como una granada de mano, sobresaltándolos a todos.

Wendy le dio una aspirina para niños y Jack lo deslizó, sin que protestara, entre las sábanas de su catre. En un abrir y cerrar de ojos, Danny se quedó dormido, con el dedo pulgar en la boca.

–Esto no me gusta –observó Wendy–. Es una regresión.

Jack no contestó.

Ella lo miraba serenamente, sin enojo, sin sonreír tampoco.

–¿Quieres que me disculpe por haberte llamado

bestia? Está bien, discúlpame. Lo siento. Pero de todas formas, no deberías haberle pegado.

–Lo sé –mascullό Jack–. No sé qué demonios me pasó.

–Prometiste que nunca volverías a pegarle.

Él la miró y después la furia también se desmoronó. De pronto, con horror y compasión, Wendy vio cómo sería Jack cuando fuera viejo. Nunca lo había visto con aquel aspecto. ¿Con qué aspecto?

Derrotado, se respondió. Parece derrotado.

–Siempre creí que era capaz de cumplir una promesa –murmuró Jack.

Wendy se le acercó y le apoyó la mano en el brazo.

–Bueno, ya pasó. Pero cuando venga el guardabosques a buscarnos, le diremos que queremos bajar todos. ¿De acuerdo?

–De acuerdo –asintió Jack, con la misma sinceridad que todas las mañanas al contemplar en el espejo del baño su cara pálida y ojerosa, se decía «Voy a terminar con esto de una vez por todas». Pero a la mañana le seguía la tarde, y por las tardes se sentía un poco mejor. Y después venía la noche. Como había dicho un gran pensador del siglo XX, «la noche debe caer».

Jack deseó que Wendy le preguntara por los arbustos de animales, que le preguntara a qué se refería Danny al decir «Tú lo sabes porque también viste...». Si lo hacía, se lo contaría todo, empezando por lo de los animales, lo de la mujer en la habitación, e incluso lo de la manguera para incendios que le había parecido ver cambiada de posición. Pero ¿dónde debía detenerse la confesión? ¿Podía contarle que había tirado la magneto y que si no hubiera sido por eso ya podrían estar en Sidewinder?

En cambio ella le preguntó:

–¿Quieres una taza de té?

–Sí. Me vendría bien.

Wendy se encaminó hacia la puerta y allí se detuvo, frotándose los antebrazos por encima del suéter.

–La culpa es tanto mía como tuya –comentó–. ¿Qué estábamos haciendo mientras él tenía semejante... sueño, o lo que fuera?

–Wendy...

–Estábamos durmiendo –continuó ella–. Estábamos dormidos como una pareja de adolescentes que acaba de retozar.

–¡Basta! –objetó Jack–. Ya pasó.

–No, no pasó –insistió Wendy, mirándolo con una sonrisa extraña, excitante.

Fue a preparar el té, dejando a Jack a cargo de su hijo.

# 36. EL ELEVADOR

Jack despertó de un sueño superficial e inquieto, en el que formas enormes e imprecisas lo perseguían a través de interminables campos cubiertos de nieve hacia algo que, al principio, le pareció otro sueño: una oscuridad llena de un súbito estrépito de ruidos mecánicos... golpes, chirridos, murmullos y crujidos.

Sólo cuando Wendy se sentó junto a él en la cama, comprendió que no era un sueño.

–¿Qué es eso? –fría como el mármol, la mano de ella le tomó la muñeca. Jack dominó el impulso de quitársela de encima... ¿Cómo diablos iba a saber qué era? El reloj luminoso que tenían sobre la mesita de noche marcaba cinco para las doce.

Volvió a oír el murmullo, sonoro y continuo, seguido de un choque metálico al cesar el murmullo de un golpe seco. Después volvió a empezar el murmullo.

Era el elevador.

Danny también se había sentado.

–¡Papá! ¿Papi? –dijo Danny con voz soñolienta y asustada.

–Estoy aquí, doc –respondió Jack–. Ven a nuestra cama. Mami también está despierta.

Las sábanas crujieron mientras el niño se metía en la cama, entre ellos.

–Es el elevador –susurró.

–Sí –convino Jack–. No es más que el elevador.

–¿Qué quieres decir con no es más que el elevador? –lo apremió Wendy, con nerviosismo–. Es medianoche. ¿Quién lo puso en marcha?

En aquel momento se oía por encima de ellos. Percibieron el traqueteo de las puertas que se abrían y cerraban; después de nuevo el murmullo del motor y los cables.

Danny empezó a lloriquear.

Jack sacó los pies de la cama y dijo:

–Tal vez sea un cortocircuito. Iré a checar.

–Jack, ¡no salgas de esta habitación!

–No seas estúpida, es mi trabajo –Jack se enfundó en la bata.

Un momento después, Wendy también salía de la cama, con Danny en brazos.

–Nosotros también vamos.

–Wendy...

–¿Qué pasa? –preguntó Danny–. ¿Qué pasa, papá?

En vez de contestar, Jack se volvió para ocultar su expresión tensa y colérica. Luego se ató el cinturón de la bata, abrió la puerta y salió a la oscuridad del pasillo.

Wendy vaciló un momento, y en realidad fue Danny quien empezó a moverse. Rápidamente, ella lo alcanzó y los dos salieron juntos.

Jack no se había preocupado de encender las luces. Wendy buscó a tientas el interruptor que accionaba las cuatro luces colocadas en el techo del pasillo, que conducía al corredor principal. Delante de ellos, Jack ya se encaminaba hacia el corredor. Esta vez fue Danny el que encendió las luces. El pasillo que conducía a la escalera y al hueco del ascensor se iluminó.

Jack estaba inmóvil, frente a la puerta cerrada del elevador. Con la desteñida bata de cuadros y las pantuflas de piel café, el pelo rizado por la almohada y sus mechones pajizos, parecía un absurdo Hamlet del siglo XX, una figura indecisa tan hipnotizada por la tragedia que era incapaz de desviar su curso o alterarlo.

Deja de pensar en esas tonterías.

En su mano, la mano de Danny se había contraído dolorosamente. El niño la miraba con atención, con expresión tensa y angustiada. Wendy comprendió que había estado siguiendo el hilo de sus pensamientos. Era imposible saber hasta qué punto lo había entendido, pero Wendy se ruborizó, casi como si su hijo la hubiera sorprendido masturbándose.

–Vamos –le dijo, y ambos avanzaron por el pasillo hacia donde estaba Jack.

Los crujidos y golpes metálicos eran más fuertes y aterradores. Jack no dejaba de mirar la puerta cerrada. A través de la ventanilla en forma de rombo que se abría en la puerta del elevador, a Wendy le pareció ver los cables, que vibraban levemente. Estrepitosamente el ascensor se detuvo debajo de ellos, en la planta baja. Oyeron el ruido de las puertas al abrirse y... pensó en una fiesta.

¿Por qué había pensado en eso? La palabra había aparecido simplemente en su cabeza, sin razón alguna. En el Overlook el silencio era total e intenso, salvo por los ruidos escalofriantes que llegaban por el hueco del elevador.

¡Qué buena fiesta debe de haber sido!, se dijo. Pero ¿qué fiesta?

Por un momento, una imagen tan real que parecía un recuerdo invadió la mente de Wendy. No era un recuerdo cualquiera, sino uno de esos que uno atesora, que guarda para ocasiones muy especiales, y al que muy rara vez se alude en voz alta. Luces... cientos, tal vez miles de ellas. Luces y colores, el ruido de los corchos de champán, una orquesta de cuarenta instrumentos tocando *In the Mood*, de Glenn Miller. Pero Glenn Miller había pasado de moda antes de que ella hubiera nacido... ¿Cómo podía, pues, tener un recuerdo de Glenn Miller?

Miró a Danny. Tenía la cabeza inclinada hacia un lado, como si oyera algo que ella no alcanzaba a oír. Estaba muy pálido.

Las puertas se cerraron de un golpe sordo. Se oyó un murmullo, mientras el elevador empezaba a subir. Wendy vio, a través de la ventanilla en forma de rombo, el motor alojado en la parte alta de la caja del elevador, después, a través de los rombos adicionales que dibujaba el bronce de las puertas corredizas, el interior de la caja. De la parte alta del ascensor salía una luz amarilla. Estaba vacío, pero... la noche de la fiesta debían de haberse amontonado docenas de personas, sobrepasando el límite de seguridad, aunque por aquel entonces era nuevo y todos llevaban máscaras.

¿Qué máscaras?, se preguntó, desesperada.

El elevador se detuvo encima de ellos, en la tercera planta. Wendy miró a Danny. Tenía los ojos abiertos desorbitadamente; los labios apretados hasta quedar exangües, formando una línea de terror. De pronto, volvieron a resonar las puertas de bronce al abrirse. Y lo hicieron porque era la hora, había llegado el momento, era el momento de decir «Buenas noches... Buenas noches... Sí, estuvo encantador... pero no puedo quedarme para el desenmascaramiento... Acostarse pronto, levantarse temprano... ¿Sabe, ésa era Sheila...? ¿No es gracioso que Sheila se vistiera de monje...? Sí, buenas noches...».

Los engranajes chirriaron. El motor arrancó gimiendo, la caja empezó a descender.

–Jack –susurró Wendy–. ¿Qué es esto? ¿Qué ocurre?

–Un cortocircuito –repitió él con frialdad–. Ya te dije que era un cortocircuito.

–¡Pero oigo voces dentro de mi cabeza! –gimió Wendy–. ¿Qué pasa? ¿Qué es todo esto? ¡Creo que voy a volverme loca!

–¿Qué voces? –Jack la miró con una dulzura siniestra. Wendy volteó hacia Danny.

–¿Tú las oíste?

–Sí –respondió Danny, asintiendo lentamente con la cabeza–. Y música. Como si fuera desde hace mucho tiempo, dentro de mi cabeza.

La caja del elevador volvió a detenerse. El hotel seguía en silencio, lleno de crujidos, desierto. Fuera, el viento gemía en los aleros, en la oscuridad.

–Creo que están chiflados –comentó con naturalidad Jack–. Yo no oigo nada, maldita sea, a no ser este elevador que tiene un ataque de hipo eléctrico. Si quieren tener un ataque de histeria a dúo, adelante, pero no cuenten conmigo.

El elevador volvía a bajar.

Jack dio un paso hacia la derecha, donde una caja con el frente de cristal pendía de la pared, a la altura del pecho. Asestó un puñetazo al vidrio. De los nudillos empezó a brotarle sangre. Jack metió la mano en la caja y sacó de ella una llave larga y pulida.

–Jack, no, por favor…

–Estoy aquí para hacer mi trabajo. Déjame en paz, Wendy.

Cuando ella trató de agarrarlo por el brazo, Jack la apartó bruscamente. Wendy perdió el equilibrio y cayó pesadamente sobre la alfombra. Con un grito agudo, Danny se arrojó de rodillas junto a ella. Jack volteó hacia el elevador y metió la llave en el lugar correspondiente.

En la ventanilla rombal desaparecieron los cables y se hizo visible el piso de la caja. Un segundo después, Jack hacía girar con fuerza la llave. Se oyó un ruido áspero y chirriante al detenerse el elevador. Por un momento, en el sótano, el motor desconectado se quejó aún, con más fuerza, hasta que el interruptor lo apagó y en el Overlook se instaló un silencio sobrenatural. En el exterior, el viento parecía soplar con fuerza. Jack estaba mirando estúpidamente la puerta gris del elevador. Bajo el agujero de la llave había tres salpicaduras de sangre, de sus nudillos heridos.

Luego se volvió hacia Danny y Wendy. Ella estaba levantándose, mientras su hijo la rodeaba con un brazo. Los dos lo miraban con cautelosa fijeza, como si fuera un extraño que jamás hubieran visto antes, posiblemente peligroso. Abrió la boca, sin saber qué iba a decir.

–Es... Wendy, es mi trabajo.

–¡Al demonio con tu trabajo! –exclamó ella.

Jack volteó otra vez hacia el elevador, metió los dedos por la rendija que quedaba al lado derecho de la puerta y consiguió abrirla un poco. Después pudo echar contra ella todo el peso de su cuerpo, hasta que se abrió del todo.

La caja se había detenido a medio camino, y el piso quedaba a la altura del pecho de Jack. De su interior salía una luz cálida, que contrastaba con la oscuridad aceitosa del hueco que quedaba abajo.

Durante unos interminables segundos, Jack permaneció inmóvil, mirando el interior de la cabina.

–Está vacío –declaró después–. Es un cortocircuito, lo que yo dije –introdujo los dedos en la rendija que había detrás de la puerta para cerrarla y empezó a jalarla... Con fuerza sorprendente, la mano de Wendy lo sujetó por el hombro para apartarlo.

–¡Wendy! –vociferó él, pero su mujer ya se había afirmado en el borde del piso, subiendo lo bastante para poder mirar hacia dentro. Después, con gran esfuerzo, trató de entrar al elevador. Al principio pareció que no lo conseguiría. Sus pies aletearon sobre la negrura del hueco. Una pantufla rosada se le cayó y se perdió de vista en la oscuridad.

–¡Mami! –exclamó Danny.

Después, Wendy salió con la frente pálida y brillante como una lámpara de alcohol.

–¿Y esto Jack? ¿Es esto un cortocircuito? –preguntó arrojando algo, y súbitamente el corredor se llenó de confeti rojo, blanco y azul–. ¿Y esto? –le mostró un banderín de papel verde, descolorido por el tiempo hasta quedar de color pastel.

–¿Y esto?

Su mano arrojó hacia fuera algo que quedó inmóvil sobre la jungla azul y negra de la alfombra. Era un antifaz de seda negra, espolvoreado de lentejuelas hacia las sienes.

–¿A ti eso te parece un cortocircuito, Jack? –la voz de Wendy era un alarido.

Jack retrocedió con paso lento, meneando la cabeza. Desde la alfombra salpicada de confeti, el antifaz miraba inexpresivamente hacia el techo.

# 37. EL SALÓN DE BAILE

Era el primero de diciembre.

Danny estaba en el salón de baile del ala este, y había subido a un alto sillón tapizado para mirar el reloj que, protegido por un fanal de cristal, ocupaba el lugar de honor en la ornamentada repisa de la chimenea, flanqueado por dos grandes elefantes de marfil. Temía que los elefantes empezaran a moverse e intentaran ensartarlo con los colmillos, pero siguieron inmóviles. Los elefantes eran «seguros». Desde la noche que había sucedido lo del elevador, Danny había dividido todas las cosas del Overlook en dos categorías. El elevador, el sótano, la zona de juegos, la habitación 217 y la suite presidencial eran lugares «peligrosos». Sus habitaciones, el vestíbulo y la terraza eran «seguros»; en principio, el salón de baile, con los elefantes, también.

De otros lugares Danny no tenía la certeza, por lo que los evitaba.

Miró el reloj cobijado bajo el fanal. Lo tenían bajo vidrio porque tenía todas las ruedecillas, los engranajes y resortes al descubierto. Alrededor del mecanismo, exteriormente, corría una especie de riel cromado o de acero, y directamente bajo la esfera del reloj había un pequeño eje con un engranaje en cada extremo. Las manecillas del reloj estaban detenidas a las nueve y cuarto, y aunque no sabía los números romanos, por la posición de las agujas Danny podía adivinar a qué hora se había parado el reloj, situado sobre su base de terciopelo. Delante y ligeramente deformada por la curva del fanal, había una llave de plata bellamente labrada.

Supuso que el reloj sería una de las cosas que él no debía tocar, lo mismo que el juego de atizadores de bronce, que se guardaban junto a la chimenea del vestíbulo, o el enorme armario para la porcelana, al fondo del comedor.

En su interior se elevó de pronto una sensación de injusticia, un impulso de colérica rebeldía.

¿Qué me importa lo que no tengo que tocar?, se preguntó. ¿Acaso no me tocaron? ¿No jugaron conmigo?

Claro que sí, y sin haber puesto ningún cuidado especial en no lastimarlo.

Danny tendió las manos, tomó el fanal de cristal, lo levantó y lo puso a un lado. Por un momento pasó un dedo por el mecanismo; la yema del índice se detuvo en los dientes de los engranajes y acarició las ruedecillas. Tomó la llave de plata, que por lo pequeña que era habría sido incómoda para la mano de un adulto, pero que se adaptaba perfectamente a sus dedos. La introdujo en el agujero que había en el centro de la esfera. La llave quedó encajada con un pequeño clic, más bien una sensación táctil que sonora. Se le daba cuerda hacia la derecha, en el sentido de las agujas del reloj, como le habían enseñado.

Danny hizo girar la llavecita hasta que encontró resistencia, y después la retiró. El reloj empezó a latir. Las ruedecillas giraron. Una gran rueda catalina se movía en semicírculos, hacia adelante y hacia atrás. Las manecillas avanzaban. Si uno mantenía la cabeza inmóvil y los ojos bien abiertos, se veía cómo el minutero marchaba con su acostumbrada lentitud hacia la próxima reunión de ambas agujas, dentro de cuarenta y cinco minutos.

Y la Muerte Roja imperaba sobre todos.

Danny frunció el entrecejo, y meneó la cabeza para librarse de la idea, que para él no tenía significado ni connotación alguna.

Volvió a extender el índice y empujó el minutero hasta hacerlo llegar a la hora, con curiosidad por ver qué sucedería. Aunque no era un reloj cucú, el riel de acero tenía que servir para algo.

Resonó una breve serie de clics metálicos, y después el reloj empezó a entonar, en un campanilleo, el vals del *Danubio azul*, de Strauss. Empezó a desenvolverse un ceñido rollo de tela de no más de cuatro centímetros de ancho, mientras una serie de martillos diminutos se levantaban y caían rítmicamente. Desde atrás de la esfera del reloj aparecieron dos figurillas deslizándose por el riel de acero, dos bailarines de ballet: a la izquierda una muchacha de falda vaporosa y medias blancas, a la derecha un muchacho con ajustada malla de baile negra y zapatillas de ballet. Con las manos formaban un arco por encima de la cabeza.

Los dos se reunieron en el centro, frente al número seis.

Danny advirtió que en los costados, debajo de las axilas, los muñequitos tenían unos surcos muy pequeños. En esos surcos se insertó el pequeño eje y volvió a percibirse un clic. Los engranajes que había en los extremos del eje empezaron a girar, mientras seguía tintineando el *Danubio azul*. Los dos bailarines se abrazaron. El muchacho levantó a la chica y después resbaló sobre el eje hasta que los dos quedaron tendidos, la cabeza del joven oculta bajo la breve falda de la bailarina, el rostro de ella oprimido contra el centro del leotardo de él, moviéndose ambos con mecánico frenesí.

Danny arrugó la nariz. Se estaban besando los pipís; eso le pareció asqueroso.

Al cabo de un momento, la secuencia empezó a repetirse al revés. El muchacho se enderezó sobre el eje y dejó a la chica en posición vertical. Danny tuvo la impresión de que cruzaban una mirada de entendimiento mientras volvían a poner los brazos en arco sobre la cabeza. Después los dos se retiraron por donde habían venido y desaparecieron en el momento en que terminaba el *Danubio azul*. El reloj empezó a desgranar lentamente una hilera de gorjeos argentinos.

–¡La medianoche! ¡El toque de medianoche!

–¡Vivan las máscaras!

Bruscamente, Danny giró sobre el sillón y estuvo a punto de caer. El salón de baile estaba vacío. Por la enorme ventana doble, que parecía la de una catedral, vio que de nuevo estaba empezando a nevar. La enorme alfombra del salón de baile (enrrollada para poder bailar), ricamente entretejida de dibujos en rojo y oro, descansaba tranquilamente en el suelo. Alrededor se agrupaban mesitas para procurar intimidad, y sobre ellas, con las patas apuntando al techo, las livianas sillas que las acompañaban.

El lugar estaba completamente vacío. Sin embargo, no era así, porque en el Overlook las cosas seguían y seguían. Allí todos los momentos eran un momento. En el pasado hubo una interminable noche de agosto, en 1945, llena de risas y bebidas, en que unos pocos elegidos –que resplandecían– paseaban subiendo y bajando en el elevador, mientras bebían copa tras copa de champán y se prodigaban cortesanas atenciones. También hubo una hora, antes del amanecer, en una mañana de junio de veinte años después, en que los asesinos a sueldo de la Organización disparaban interminablemente sus mas sobre los cuerpos retorcidos y sangrantes de tres hombres, cuya agonía se prolongaba interminablemente. En una habitación de la segunda planta, flotando en la tina, una mujer esperaba a sus visitantes.

En el Overlook, todas las cosas tenían una especie de vida. Era como si a todo el lugar le hubieran dado cuerda con una llave de plata. El reloj estaba en marcha...

Él era esa llave, pensó tristemente Danny. Tony se lo había advertido, y él había dejado que las cosas siguieran su curso.

–¡Si no tengo más que cinco años! –objetó al sentir una presencia incierta en la habitación–. ¿Acaso no significa nada que sólo tenga cinco años?

No hubo respuesta.

De mala gana, Danny volvió a mirar el reloj.

Había tratado de evitarlo, con la esperanza de que sucediera algo que le hubiera permitido no llamar a Tony, que apareciera un guardabosques, o un helicóptero, o un equipo de rescate, como pasaba siempre en los programas de televisión, que llegaban a tiempo y salvaban a la gente. En la televisión los guardabosques, las patrullas de rescate y los médicos paracaidistas eran un ejército blanco y amistoso, que contrapesaba las confusas fuerzas del mal que Danny percibía en el mundo. Cuando la gente tenía dificultades, la ayudaban a salir de ellas, le solucionaban las cosas. Nadie tenía que salir solo de un embrollo.

–Por favor...

No hubo respuesta. Además, si Tony venía, ¿no sería la misma pesadilla? ¿No escucharía los ruidos retumbantes, la voz áspera e impaciente, la alfombra azul y negra que parecía hecha de serpientes? ¿Y *redrum*...? Pero ¿qué más?

–Por favor, oh, por favor...

Con un tembloroso suspiro, el niño miró la esfera del reloj. Los engranajes giraban y se articulaban con otros engranajes. La rueda catalina se mecía hipnóticamente, adelante y atrás. Y si uno no movía la cabeza, podía ver el minutero arrastrándose inexorablemente. Si uno mantenía la cabeza inmóvil, podía ver que…

La esfera del reloj desapareció. En su lugar se instaló un redondo agujero negro que se hundía por siempre hacia abajo. Empezó a hincharse. El reloj desapareció; tras él, la habitación. Danny vaciló y se precipitó en la oscuridad que durante todo el tiempo se había ocultado tras la esfera del reloj.

El pequeño que estaba en el sillón se desplomó y quedó tendido en un ángulo deforme, antinatural, con la cabeza echada hacia atrás y la mirada fija en el techo del salón de baile.

Danny se había equivocado de dirección, queriendo volver a la escalera se había equivocado de dirección y ahora… vio que estaba en el breve corredor sin salida que no conducía más que a la suite presidencial y los ruidos retumbantes se acercaban, el mazo de roqué silbaba de manera salvaje a través del aire, y a cada golpe la cabeza se incrustaba en la pared, destrozando el tapiz, levantando nubecillas de yeso.

–¡Ven aquí, carajo! A tomar tu…

Pero en el pasillo había otra figura. Recostada contra la pared, a espaldas de él. Como un fantasma.

No era un fantasma, pero iba vestido de blanco.

–¡Ya te encontraré, maldito enano asqueroso!

Danny se encogió, aterrorizado por los ruidos, que ahora procedían del corredor principal de la tercera planta. El dueño de esa voz no tardaría en aparecer en el pasillo.

–¡Ven aquí! ¡Ven aquí, mocoso estúpido!

La figura vestida de blanco se enderezó un poco, se quitó un cigarro de la comisura de los labios y escupió una hebra de tabaco que le había quedado en el carnoso labio inferior. Danny vio que era Hallorann, vestido con su traje blanco de cocinero, no con el azul que él le había visto el último día de la temporada.

–Si estás en dificultades –dijo Hallorann–, llámame. Con un grito bien fuerte. Como el que diste hace unos minutos. Aunque yo esté en Florida, es posible que te oiga. Y se te oigo, vendré corriendo. Vendré corriendo. Vendré...

–¡Ven ahora, pues! ¡Ven ahora, ahora! ¡Oh, Dick, te necesito! Todos te necesitamos.

–Lo siento, pero tengo que irme. Perdona, Danny, muchacho, perdona, doc, pero tengo que irme corriendo. Fue muy agradable, hijo de tu madre, pero tengo que darme prisa, tengo que irme corriendo.

¡No!

Pero mientras él lo miraba, Dick Hallorann volteó, se puso de nuevo el cigarro en la comisura de los labios y pasó negligentemente a través de la pared... dejándolo solo.

Y fue en ese momento cuando la figura sombría apareció en el pasillo, enorme en la penumbra, sin más claridad que el rojo que se reflejaba en sus ojos.

–¡Ahí estás! ¡Ahora te alcancé, maldito! ¡Ahora te enseñaré!

Se precipitó sobre él con horribles pasos vacilantes, blandiendo cada vez más alto el mazo de roqué. A tientas, Danny retrocedía, chillando, hasta que de pronto estuvo cayendo, del otro lado de la pared, cayendo y dando tumbos por el agujero, por la conejera que llevaba a un país de maravillas dementes.

Muy por debajo de él, Tony también caía.

–Ya no puedo venir más, Danny... Él no deja que me acerque a ti... Ninguno de ellos dejará que me acerque a ti... Llama a Dick... Llama a Dick...

–¡Tony! –vociferó el niño.

Pero Tony había desaparecido y de pronto él se encontró en una habitación a oscuras. En realidad no estaba completamente a oscuras. De alguna parte llegaba una luz amortiguada. Era el dormitorio de mami y de papi, podía ver el escritorio de papá. Pero reinaba un desorden espantoso. Danny ya había estado allí. El tocadiscos de mami estaba volcado en el suelo, sus discos desparramados por la alfombra. Los cuadros arrancados de las paredes. Vio su catre volcado sobre un costado como un perro muerto, el Volkswagen Violeta Violento reducido a fragmentos de plástico.

La luz venía de la puerta del baño, que estaba entreabierta. Un poco más allá una mano pendía, inerte, goteando sangre de la punta de los dedos. Y en el espejo del botiquín se encendía y apagaba la palabra: REDRUM.

De pronto, frente al espejo se materializó un enorme reloj metido en un fanal de cristal. La esfera no tenía cifras ni manecillas, sólo una fecha, escrita en rojo: 2 de diciembre. Después, con los ojos agrandados de horror, Danny vio que en el fanal de cristal se reflejaba inciertamente la palabra REDRUM, y al verla reflejada al revés en el cristal, pudo deletrear: MURDER.[1]

Danny Torrance dejó escapar un alarido de terror desesperado. La fecha había desaparecido de la esfera del reloj, y la esfera también, devorada por un agujero negro circular que iba ensanchándose como un iris que se dilata, hasta que lo cubrió todo y Danny empezó a caer y a caer.

Estaba... cayendo de la silla.

Durante un momento quedó tendido en el suelo del salón de baile, respirando con dificultad.

¡Redrum! ¡Murder! ¡Redrum! ¡Murder!, resonaba en su interior.

1. En inglés, asesinato. *(N. de la T.)*

Sobre todos ellos imperaba la Muerte Roja.

–¡Quítense las máscaras! ¡Quítense las máscaras!

Y debajo de cada máscara –rutilante, encantadora– que caía, aparecería el rostro todavía ignorado de la forma que lo perseguía por esos pasillos a oscuras, muy abiertos los ojos enrojecidos, inexpresivos y homicidas.

Tenía miedo de qué cara aparecería a la luz cuando llegara el momento de quitarse las máscaras.

–¡Dick! –gritó con todas sus fuerzas, con una intensidad tal que le pareció que la cabeza le estallaba–. ¡Oh, Dick, por favor, por favor, ven!

Por encima de él, el reloj al que había dado cuerda con la llave de plata seguía marcando los segundos, los minutos, las horas.

QUINTA PARTE

# CUESTIÓN DE VIDA O MUERTE

## 38. FLORIDA

Dick, el tercer hijo de la señora Hallorann, con su ropa blanca de cocinero y un Lucky Strike en los labios, hizo retroceder su recuperado Cadillac para sacarlo del estacionamiento del Mercado Mayorista de Verduras y rodeó lentamente el edificio. Masterton, que pese a ser ahora uno de los dueños seguía andando con el paso cansado que había adoptado antes de la Segunda Guerra Mundial, estaba metiendo una caja de lechugas al edificio alto y oscuro.

Hallorann oprimió el botón que bajaba la ventanilla del automóvil.

–¡Esos aguacates son demasiado caros, tacaño! –vociferó.

Masterton lo miró por encima del hombro, dilató su sonrisa hasta dejar ver los tres dientes de oro y gritó a su vez:

–¡Sé dónde puedes metértelos, compañero!

–Comentarios como ése son dignos de atención, hermano.

Masterton alzó el dedo anular. Hallorann le devolvió la cortesía.

–¿Encontraste los pepinillos en vinagre? –preguntó Masterton.

–Sí.

–Ven mañana por la mañana. Te daré las mejores papas nuevas que hayas visto en tu vida.

–Te enviaré al muchacho –respondió Hallorann–. ¿Vienes esta noche?

–¿Tú pones las bebidas, hermano?

–Ya las tengo compradas.

–Cuenta conmigo. Y no pises a fondo cuando vuelvas, ¿me oyes? Desde aquí hasta St. Pete todos los polis saben tu nombre.

–Qué enterado estás, ¿no? –ironizó Hallorann.

–Más de lo que estarás en tu vida.

–Maldito negro impertinente. ¿Qué te crees?

–Vamos, lárgate de una vez si no quieres que empiece a tirarte las lechugas.

–Pues si me las tiras gratis, ya puedes empezar.

Masterton hizo ademán de tirarle una. Hallorann la esquivó, volvió a subir la ventanilla y se alejó. Se sentía muy bien. Hacía media hora que venía oliendo a naranjas, pero no le parecía extraño. Al fin y al cabo estaba en un mercado de frutas y verduras.

Eran las cuatro y media de la tarde, hora del Este, del primero de diciembre, y el crudo invierno estaría asestando su trasero helado sobre la mayor parte del país, pero aquí los hombres andaban con camisas de manga corta y cuello abierto y las mujeres usaban vestidos de verano y pantalón corto. En lo alto del edificio del First Bank de Florida, un termómetro adornado con enormes toronjas anunciaba obstinadamente 29 grados. Gracias, Señor, por Florida, pensó Hallorann. Aunque haya mosquitos.

En la parte trasera del coche llevaba dos docenas de aguacates, una caja de pepinos, otro tanto de naranjas y toronjas, tres sacos llenos de cebollas de Bermudas, la mejor hortaliza de la creación, pensaba Hallorann, algunos chícharos estupendos, que serían servidos como entrada y que en nueve casos de cada diez volverían a la cocina intactos, y una magnífica calabaza, que era estrictamente para su consumo personal.

Hallorann se detuvo en el carril de salida ante el semáforo de Vermont Street, y cuando la flecha verde le dio el paso, tomó la carretera estatal 219, aumentó de velocidad y la mantuvo hasta que la ciudad empezó a diluirse en la sucesión suburbana de gasolineras y cafeterías. La compra del día no era grande y podría haber encargado a Baedecker que la hiciera, pero Baedecker había estado fastidiando para que lo enviaran a comprar la carne y, además, Hallorann no perdía la oportunidad de una alegre discusión con Frank Masterton. Tal vez esa noche Masterton apareciera a ver un rato de televisión y tomar unas copas con él, y tal vez no. De cualquier forma, estaría bien. Lo que importaba era haberlo visto. Y eso era cada vez más importante, porque ya habían dejado de ser jóvenes. En los últimos días, Dick tenía la impresión de estar pensando mucho en eso. Ya no era tan joven, y cuando uno se acercaba a los sesenta (o cuando los pasaba, para qué mentir) tenía que empezar a pensar en la salida de escena, que podía ser en cualquier momento. Había estado pensando en ello durante toda la semana, aunque no era una obsesión, sino un hecho. Morir era una parte de la vida, y para ser una persona entera había que reconocer ese hecho, y por difícil que pudiera ser, por lo menos no era imposible de aceptar.

Hallorann no podría haber dicho por qué se le ocurrían todas esas cosas, pero la otra razón que tenía para hacer personalmente esa pequeña compra era que así podría pasar por la pequeña oficina que había sobre el Bar-Parrilla de Frank. Allí había instalado su despacho un abogado –ya que al parecer el dentista que estuvo el año anterior había quebrado–, un joven negro llamado McIver. Hallorann había subido a decir al tal McIver que quería hacer testamento y a preguntarle si él podría ayudarle. «Bueno –preguntó McIver–, ¿para cuándo lo quiere?» «Para ayer», contestó Hallorann y se puso a reír, echando la cabeza hacia atrás. La pregunta siguiente de McIver fue si la idea que tenía Hallorann era muy complicada. Tenía su Cadillac, su cuenta de ahorros –unos nueve mil dólares–, una exigua cuenta corriente y un poco de ropa. Y quería que todo fuera para su hermana. «¿Y si su hermana muriera antes que usted?», preguntó McIver. «No se preocupe –contestó Hallorann–, en ese caso haré un nuevo testamento». El documento había quedado redactado y firmado en menos de tres horas –rápido para ser un abogadillo–, y se alojaba ahora en el bolsillo del pecho de Hallorann, protegido por un rígido sobre azul en el que se leía la palabra TESTAMENTO en pulcras mayúsculas.

Hallorann no habría podido decir por qué había elegido ese día cálido y soleado en que se sentía tan bien para hacer algo que venía posponiendo desde hacía años, pero se había sentido acometido por el impulso y no se había negado a seguirlo. Estaba acostumbrado a seguir sus corazonadas.

Ahora ya se había alejado bastante de la ciudad. Pisó el acelerador y avanzó por el carril de la izquierda, mientras iba rebasando a la mayoría de los coches. Sabía por experiencia que incluso a ciento cuarenta el Cadillac seguiría aferrándose al cemento, y que a ciento ochenta apenas parecería perder estabilidad. Pero hacía tiempo que había dejado atrás esas locuras. La idea de poner el coche a ciento ochenta kilómetros por hora en una recta no le despertaba más emoción que el miedo. Estaba haciéndose viejo.

Dios, qué olor tienen esas naranjas. ¿No estarán pasadas?, pensó.

Las mariposas se aplastaban contra el parabrisas. Sintonizó en el radio una estación de negros de Miami y le llegó la voz suave y gemebunda de Al Green.

«Qué hermoso rato hemos pasado juntos.

Ahora se hace tarde y tenemos que despedirnos...»

Volvió a bajar un poco la ventana para arrojar fuera la colilla del cigarro, y después siguió bajándola para que se fuera el olor a naranjas. Mientras tamborileaba con los dedos sobre el volante, empezó a tararear para sus adentros. Colgada sobre el espejo retrovisor, la medalla de san Cristóbal se mecía suavemente hacia adelante y hacia atrás.

Y de pronto, el olor a naranjas se intensificó y Hallorann comprendió que algo venía hacia él. Se vio los ojos en el espejo retrovisor, agrandados por la sorpresa. Después todo se le vino encima, como una enorme explosión que expulsara las demás cosas: la música, el camino, la vaga conciencia que tenía de sí mismo como criatura humana... Era como si alguien le hubiera apoyado en la cabeza un revólver psíquico y le hubiera disparado un grito del calibre 45. «¡Oh, Dick, por favor, por favor, ven!»

El Cadillac acababa de ponerse a la altura de una camioneta Pinto, conducida por un hombre con overol de obrero. El obrero vio que el coche serpenteaba por su carril y le tocó el claxon. Como el Cadillac seguía su trayectoria irregular, el hombre miró rápidamente al conductor y vio a un negro grande, sentado muy erguido al volante, mirando vagamente hacia arriba. Más tarde, le contó a su mujer que seguramente debía de ser uno de esos peinados afro que llevaba todo el mundo hoy en día, pero que en ese momento había tenido la impresión de que el maldito negro idiota tuviera los pelos de punta. Hasta pensó que el negro estaría sufriendo un ataque al corazón.

El hombre pisó el freno y aprovechó un espacio

vacío que quedaba tras él. La parte trasera del Cadillac lo pasó, sin dejar de cerrarse sobre él, y el obrero vio con atónito horror cómo las largas luces de cola en forma de cohete pasaban a no más de medio centímetro de su defensa delantera.

Sin dejar de tocar el claxon, el hombre giró hacia la izquierda y pasó vociferando junto al coche cuyo conductor parecía borracho, invitándolo a que cometiera actos sexuales solitarios, penados por la ley; a que incurriera en sodomía con diversas aves y roedores. De paso verbalizó su convicción de que todas las personas de sangre negra deberían volver a su continente; expresó su sincera opinión sobre el lugar que le correspondería en la otra vida al alma del otro conductor y terminó diciéndole que le parecía haber conocido a su madre en un prostíbulo de Nueva Orleans.

Tras el adelantamiento, cuando se vio fuera de peligro, se dio cuenta repentinamente de que tenía mojados los pantalones.

En la mente de Hallorann seguía repitiéndose la misma idea: «¡Ven, Dick, por favor! ¡Ven, Dick, por favor!».

Poco a poco empezó a perderse, de la misma manera que se pierde una emisora de radio cuando uno se acerca a los límites de su alcance de emisión. Luego advirtió que su coche rodaba por el acotamiento a más de ochenta kilómetros por hora, y volvió a la carretera, notando que coleaba un momento antes de volver a afirmarse sobre el asfalto.

A poca distancia, delante de él, había un puesto de cerveza. Hallorann indicó la maniobra y se detuvo, con el corazón todavía latiéndole dolorosamente en el pecho, la cara de un color gris enfermizo. Se dirigió al lugar de estacionamiento, sacó el pañuelo del bolsillo y se enjugó la frente. ¡Santo Dios!, se dijo en silencio.

–¿En qué puedo servirle?

La voz lo sobresaltó, aunque no fuera la voz de Dios, sino la de una mesera que se había acercado al coche.

–Sí, nena, un vaso grande de cerveza y dos paquetes de papas, ¿de acuerdo?

–Sí, señor –la chica se alejó, haciendo oscilar agradablemente las caderas bajo el uniforme de nylon rojo.

Hallorann se recostó contra el asiento de cuero y cerró los ojos. La transmisión había terminado, había acabado de disiparse mientras él detenía el coche y hacía el pedido a la mesera. Lo único que le quedaba era un dolor de cabeza atroz, palpitante, como si le hubieran retorcido el cerebro para escurrirlo y colgarlo a secar. Sentía un dolor parecido al que le había quedado cuando se expuso al resplandor de Danny, allá en el manicomio de Ullman.

Pero esta vez había sido mucho más intenso. Entonces el niño lo había hecho como un juego, nada más. Ahora había sido fruto del pánico en estado puro, cada palabra sonó como un grito de terror en su cabeza.

Se miró los brazos, que a pesar de la cálida caricia del sol seguían temblando. Él le había dicho que lo llamara si necesitaba ayuda, recordó Hallorann. Y ahora, el niño lo estaba llamando.

De pronto, se preguntó cómo era posible que hubiera permitido que ese niño se quedara allí, con semejante resplandor. Era inevitable que hubiera problemas, y quizá graves.

Sin esperar, volvió a hacer girar la llave del coche, dio marcha atrás y se lanzó a la carretera con un chirrido de neumáticos que dejó a la mesera de caderas oscilantes inmóvil en la entrada del puesto, con la bandeja y el vaso de cerveza en las manos.

–Pero ¿qué le pasa? –gritó la muchacha, pero Hallorann ya no estaba.

El apellido del gerente era Queems, y cuando Hallorann llegó, Queems estaba hablando por teléfono con su corredor de apuestas. Quería apostar a cuatro caballos en Rockaway. Nada de apuesta triple, quiniela ni ninguna otra sutileza. Lo más sencillo, a cuatro caballos, seiscientos dólares por cabeza. Y a los Jets el domingo, que jugaban con los Bills, por eso apostaba. Quinientos, como siempre. Cuando Queems colgó, contrariado, Hallorann comprendió cómo un hombre podía sacar cincuenta mil por año con un pequeño balneario y seguir teniendo brillante la parte trasera de los pantalones. El gerente miró a Hallorann con ojos irritados de tanto haber mirado anoche la botella de whisky.

–¿Algún problema, Dick?

–Sí, señor Queems, creo que sí. Necesito tres días de permiso.

En el bolsillo del pecho de la camisa amarilla de Queems había una cajetilla de Kent. Sin sacarla del bolsillo, extrajo un cigarro y mordisqueó con mal humor el filtro. Después lo encendió con un encendedor de mesa.

–Yo también –declaró–. Pero ¿cómo se le ocurre?

–Necesito tres días –repitió Hallorann–. Es por mi hijo.

Queems dirigió la mirada a la mano izquierda de Hallorann, que no llevaba anillo.

–Estoy divorciado desde 1964 –explicó pacientemente Hallorann.

–Dick, usted sabe cómo son las cosas el fin de semana. Todo lleno, hasta los bordes. El domingo por la noche, hasta el Florida Room se llena, los lugares más baratos. Así que pídame el reloj, la cartera, la cuota de la pensión... le doy hasta a mi mujer si la aguanta. Pero por favor, no me pida días de permiso. ¿Qué le pasa, está enfermo?

–Sí, señor –asintió Hallorann, tratando de verse a sí

mismo mientras daba vueltas al sombrero en la mano y ponía los ojos en blanco–. Le dispararon.

–¡Le dispararon! –exclamó Queems, y dejó el Kent en un cenicero con el emblema de la escuela de administración de empresas donde había estudiado.

–Sí, señor –insistió sombríamente Hallorann.

–¿En un accidente de caza?

–No, señor –respondió Hallorann, haciendo que su voz sonara aún más grave y ronca–. Jana está viviendo con un camionero. Es blanco. Él disparó al muchacho. Está en un hospital en Denver, Colorado. Muy grave.

–¿Y cómo demonios lo supo? Creí que había ido a comprar la verdura.

–Sí, señor, eso es.

Antes de volver, Hallorann había pasado por la oficina de la Western Union para reservar un coche de la Agencia Avis en el aeropuerto de Stapleton. Al salir, sin saber por qué, había tomado un formulario. Lo sacó, doblado y arrugado, del bolsillo y lo pasó rápidamente ante los ojos inyectados en sangre de Queems. Volvió a metérselo al bolsillo y, bajando todavía más la voz, explicó:

–Lo mandó Jana. Estaba en mi buzón.

–Cielos –farfulló Queems, con una peculiar expresión de preocupación, una expresión que Hallorann conocía bien: era lo que más se aproximaba a una expresión de simpatía que podía conseguir un blanco que se consideraba «bueno con la gente de color», cuando el objeto de su compasión era un negro o su mítico hijo.

–Sí, está bien, váyase –concluyó–. Supongo que durante tres días Baedecker puede arreglárselas. Y el lavaplatos puede ayudarle.

Hallorann hizo un gesto de asentimiento. La idea de que el lavaplatos ayudara a Baedecker le provocó internamente una sonrisa. Ni siquiera estando en uno de sus mejores días, pensaba Hallorann, el lavaplatos sería capaz de acertarle al mingitorio al primer chorro.

–Y quisiera adelantada la paga de la semana –continuó Hallorann–. Completa. Sé que estoy poniéndolo en un lío, señor Queems.

La expresión de su jefe se hacía cada vez más rígida, como si tuviera una espina de pescado atravesada en la garganta.

–Ya hablaremos de eso. Vaya a hacer su equipaje, que yo hablaré con Baedecker. ¿Quiere que le haga la reservación para el avión?

–No, señor, la haré yo mismo.

–De acuerdo –Queems se levantó, se inclinó con aire de sinceridad y, al hacerlo, inhaló el humo que subía de su cigarro, se ahogó y tosió violentamente, mientras el delgado rostro blanco se le enrojecía. Hallorann se esforzó por mantener su expresión sombría–. Espero que todo salga bien, Dick. Llámeme cuando sepa algo.

–Lo haré.

Por encima de la mesa se estrecharon la mano.

Hallorann se obligó a llegar a la planta baja y a las dependencias del personal antes de estallar en sonoras carcajadas. Todavía estaba riendo y enjugándose los ojos con el pañuelo cuando reapareció el olor a naranjas, denso y repugnante, seguido del golpe, en plena cabeza, que lo hizo retroceder tambaleando como un borracho contra la pared estucada de color rosado. «¡Por favor, ven, Dick, por favor! ¡Dick, ven pronto!»

Al cabo de unos segundos, se sintió capaz de subir por la escalera que llevaba a su departamento. Siempre guardaba la llave bajo el tapete y cuando se inclinó a recogerla, algo se le cayó del bolsillo del pecho y aterrizó en el suelo con un ruido leve y sordo. Hallorann seguía oyendo tan intensamente la voz que le había sacudido la cabeza que durante un momento no hizo más que mirar el sobre azul sin entender, sin darse cuenta de qué era.

Después le dio la vuelta y la palabra TESTAMENTO saltó ante sus ojos, en negras letras ornamentales.

Oh, Dios mío, ¿así que era esto?, se preguntó.

Aunque en realidad no lo sabía, era posible. Durante toda la semana la idea de su propio fin le había rondado la cabeza como una… premonición.

¿La muerte…? Por un momento le pareció que su vida entera se mostraba ante él, no en un sentido histórico, no como una topografía de los altibajos que había vivido Dick, el tercer hijo de la señora Hallorann, sino su vida tal como era en ese momento. Poco antes de que una bala lo convirtiera en mártir, Martin Luther King les había dicho que había llegado a la montaña. Dick no podía pretender tanto pero, sin ser una montaña, había llegado a una soleada meseta tras años de lucha. Tenía buenos amigos; todas las referencias que pudiera necesitar para conseguir trabajo en cualquier parte. Si lo que quería era sexo, encontraba amigas que no hicieran preguntas ni se empeñaran en buscarle significados ocultos. Había llegado a aceptar, y a aceptar bien, su condición de negro. Pasaba ya de los sesenta y se encontraba bien.

¿Iba a correr el riesgo de terminar con todo eso –de terminar consigo mismo– por tres blancos a los que ni siquiera conocía? Sin embargo, no era del todo cierto.

Hallorann conocía al niño. Los dos tenían en común algo muy inusual incluso después de cuarenta años de amistad. Él conocía al niño y éste lo conocía a él, porque los dos llevaban en la cabeza una especie de reflector, algo que no habían pedido tener, algo que les había sido conferido.

No, tú tienes una linterna, el que tiene un reflector es él, pensó.

En ocasiones aquella luz, aquel resplandor, parecía bastante grato. Uno podía acertar con el caballo o, como había dicho el niño, podía decirle a su padre dónde estaba el baúl que faltaba. Pero eso no era más que el condimento, el aderezo para la ensalada, de una ensalada en la que había tanto el amargo de la algarroba como la frescura del pepino. Uno podía saborear el dolor, la muerte, las lágrimas. Y ahora que el pequeño estaba encerrado allí, él tenía que ir. Debía hacerlo por él. Iría para hacer lo que pudiera, porque de lo contrario, Danny moriría, dentro de su cabeza.

Pero era humano, y no pudo dejar de desear amargamente que hubieran apartado de él ese cáliz.

«Ella había empezado a salir y a perseguirlo...»

Estaba metiendo una muda de ropa en una bolsa de viaje cuando apareció la idea, inmovilizándolo con todo el poder del recuerdo, como le sucedía siempre que pensaba en eso. Por eso trataba de pensar en ello lo menos posible.

La camarera, Delores Vickery, se había puesto histérica. Les había contado algo a las otras camareras y, aún peor, a algunos de los huéspedes. Cuando Ullman se enteró, como la muy tonta debía de saber que sucedería, la había despedido sin más trámites. Llorando, la muchacha había ido a ver a Hallorann, no porque la despidieran, sino por lo que había visto en esa habitación de la segunda planta. Había entrado en la 217 para cambiar las toallas, dijo, y allí estaba la señora Massey, muerta en la tina. Claro que eso era imposible. El cuerpo de la señora Massey había sido discretamente retirado el día anterior, y en ese momento estaría en camino a Nueva York, no en un vagón de primera como solía viajar ella, sino en el furgón.

Aunque a Hallorann no le gustaba mucho Delores, esa noche había subido a ver qué pasaba. La camarera era una chica de veintitrés años, de tez pálida, que servía las mesas al final de la temporada cuando ya había menos ajetreo. En opinión de Hallorann, tenía cierto resplandor, aunque, escaso. Por ejemplo, para la cena llegaba un hombre acompañado de una mujer vestida de algodón desteñido, y Delores hacía un cambio con una de sus compañeras para atender esa mesa. El hombre dejaría bajo el plato un billete de diez dólares, y eso ya era bastante malo para la chica que había aceptado el trato; pero lo peor era que Delores se jactaría de ello. Era haragana, una necia en un lugar dirigido por un hombre que no permitía necedades. Se escondía en los armarios de la ropa blanca a leer revistas del corazón y a fumar, pero cada vez que Ullman hacía una de sus imprevistas rondas (y pobre de la muchacha a quien encontrara con las manos cruzadas), a ella la encontraba trabajando afanosamente, tras haber escondido la revista en algún estante, bajo las sábanas, y con el cenicero bien metido en el bolsillo del uniforme. Sí, Hallorann pensaba que había sido una necia y una vaga, y que las otras chicas no la querían, pero Delores tenía un poco de resplandor, que hasta entonces siempre le había facilitado las cosas. Pero lo que había visto en la habitación 217 la había asustado lo suficiente para que se alegrara, y mucho, de aceptar la nada amable invitación de Ullman para que se marchara.

Pero ¿por qué había acudido a él? Un negro sabe quién resplandece, pensó Hallorann, sonriendo por el retruécanb.

De manera que esa misma noche había subido a ver la habitación, que volvería a quedar ocupada al día siguiente. Para entrar se valió de la llave maestra del despacho, a sabiendas de que, si Ullman lo descubría con esa llave, se habría unido a Delores Vickery en el camino del desempleo.

1. *A shine knows a shine*: como término de *slang*, «shine» es «negro»; en el contexto de la novela, es alguien que «resplandece». *(N. de la T.)*

Encontró la cortina de la regadera cerrada. Hallorann volvió a abrirla, pero antes de hacerlo tuvo la premonición de lo que iba a ver. La señora Massey, hinchada y purpúrea, yacía en la tina, llena de agua hasta la mitad. Hallorann se quedó perplejo, mirándola, mientras una vena le latía sordamente en la garganta. En el Overlook había habido otras cosas: una pesadilla que se repetía a intervalos irregulares (una especie de baile de disfraces durante el cual él atendía el salón del Overlook y en el que, cuando se daba la voz de quitarse las máscaras, todos los presentes mostraban repugnantes rostros de insectos), y también estaban los arbustos de animales. En dos ocasiones, tres tal vez, Hallorann había visto –o así lo creía– que se movían casi imperceptiblemente. El perro daba la impresión de haber aflojado un poco su postura erguida, y parecía que los leones avanzaran lentamente, como si quisieran amenazar a los chiquillos de la zona de juegos. Y el año anterior, en mayo, Ullman le había encargado que fuera al desván a buscar el juego de atizadores de bronce que adornaban ahora la chimenea del vestíbulo. Mientras estaba allá arriba, se habían apagado de pronto los tres focos que pendían del techo, y Hallorann se había desorientado, sin poder regresar a la trampilla. Cada vez más próximo al pánico, había andado a tientas en la oscuridad durante un tiempo que no podía precisar, golpeándose las piernas contra los cajones, sintiendo con creciente intensidad que algo lo acechaba desde las tinieblas, una criatura enorme, aterradora, que había rezumado entre el maderamen al apagarse las luces. Y cuando tropezó con el pasador de la trampilla se apresuró a bajar, dejando la puerta sin cerrar, sucio de polvo y desaliñado, con la sensación de haber escapado del desastre por muy poco. Después Ullman había ido personalmente a la cocina a informarle que había dejado la puerta del ático abierta y las luces encendidas. ¿Acaso pensaba que los huéspedes querrían subir allí a jugar a la caza del tesoro? ¿Y creía que la electricidad era gratuita?

Además, Hallorann sospechaba –en realidad, estaba casi seguro– que también algunos huéspedes habían visto cosas, o las habían oído. En los tres años que llevaba allí la suite presidencial había sido ocupada diecinueve veces. Seis de los huéspedes que la habían ocupado abandonaron el hotel antes de lo previsto, y algunos de ellos con bastante mal aspecto. De forma igualmente imprevista se habían marchado otros huéspedes de otras habitaciones. Una noche de agosto de 1974, al anochecer, un hombre que había ganado en Corea la Estrella de Bronce y la Estrella de Plata –que en la actualidad formaba parte de la directiva de tres importantes empresas, y de quien se decía que había despedido personalmente a un conocido locutor de televisión– tuvo un inexplicable ataque de histeria mientras estaba en la cancha de golf. Y durante el tiempo que Hallorann llevaba en el Overlook, había habido docenas de niños que se negaban, lisa y llanamente, a ir a la zona de juegos. Una niña había sufrido convulsiones mientras jugaba en los tubos de cemento, pero Hallorann no sabía si atribuirlo al letal canto de sirena del Overlook o no, ya que entre el personal de servicio del hotel se había difundido el rumor de que la criatura, hija única de un apuesto actor de cine, y que estaba bajo vigilancia médica por su condición de epiléptica, simplemente se había olvidado ese día de tomar su medicamento.

Pues bien, al mirar el cadáver de la señora Massey, Hallorann se había asustado, pero sin llegar a aterrorizarse. La cosa no era del todo inesperada. El terror se apoderó de él cuando ella abrió los ojos, mostrando las plateadas pupilas inexpresivas, e hizo una mueca. Luego el horror lo invadió cuando... ella había empezado a salir y a perseguirlo.

Entonces huyó, con el corazón palpitante, y no se sintió seguro ni siquiera después de cerrar la puerta tras él y volver a echar la llave. En realidad, admitió mientras cerraba su bolsa de viaje, nunca más había vuelto a sentirse seguro en el Overlook.

Y ahora, aquel niño... clamando por él, pidiendo socorro.

Miró su reloj. Eran las cinco y media de la tarde. Cuando iba hacia la puerta del departamento, recordó que en Colorado estaban en pleno invierno, especialmente en las montañas, y volvió a su guardarropa. Sacó de la bolsa de la tintorería su abrigo largo, forrado en piel de oveja, y se lo colgó del brazo. Era la única prenda de invierno que tenía. Apagó las luces y miró alrededor. ¿Se olvidaba de algo? Sí, de una cosa. Sacó del bolsillo su testamento y lo encajó en el marco del espejo de la cómoda. Si tenía suerte, volvería para sacarlo.

Salió del departamento, cerró con llave la puerta, dejó la llave bajo el tapete, bajó por la escalera y subió a su coche.

Mientras se dirigía al Aeropuerto Internacional de Miami, a distancia segura del conmutador, donde sin duda Queems o alguno de sus aduladores podía estar escuchando, Hallorann se detuvo en una lavandería automática para llamar a United Air Lines. Preguntó por los vuelos a Denver.

Había uno que salía a las 6:36.

Hallorann miró el reloj, que marcaba las 6:02. Tenía tiempo. ¿Habría plazas para ese vuelo?

El auricular emitió un ruido metálico, seguido del azucarado Mantovani. Debían de suponer –erróneamente– que así la espera era más agradable. Hallorann cambió de posición, mientras miraba alternativamente el reloj y a una muchacha, que llevaba a la espalda un bebé dormido, y sacaba ropa de una de las lavadoras. La joven temía llegar a su casa más tarde de lo que había planeado, pensaba que se le quemaría el asado y que su marido (¿Mark? ¿Mike? ¿Matt?) se enfadaría.

Pasó un minuto; dos. En el momento en que se decidía a seguir y correr el riesgo, volvió a resonar en el auricular la voz metálica de la empleada de reservaciones de vuelo. Había un asiento vacante en ese vuelo, una cancelación. Pero era primera clase. Le preguntó si tenía algún inconveniente.

–No. Haga la reservación –respondió él.

–¿A pagar en efectivo o a crédito?

–En efectivo, nena. Lo que necesito es volar.

–¿Y su apellido era...?

–Hallorann, con dos eles y dos enes. Hasta luego.

Colgó y se apresuró a salir. Parecía que la sencilla obsesión de la chica, su preocupación por el asado, lo acosarían hasta enloquecerlo. A veces las cosas eran así, sin motivo alguno recibía una idea, completamente aislada, pura y clara... y, por lo general, completamente inútil.

Casi lo alcanzó.

Iba a ciento treinta kilómetros por hora y a lo lejos ya distinguía el aeropuerto, cuando un agente de Florida lo detuvo.

Hallorann bajó la ventanilla y abrió la boca para justificarse ante el agente, que pasaba las páginas de su libreta.

–Ya sé –dijo el policía con tono comprensivo–. Es en Cleveland, el funeral de su padre. O quizá se casa su hermana en Seattle. En San José hubo un incendio que destruyó la tienda de caramelos de su abuelito. O una pelirroja estupenda está esperándolo en la consigna de equipajes de Nueva York. Me encanta esta parte del camino, llegando al aeropuerto. Ya de pequeño, en la escuela, a la hora de contar cuentos era mi favorita.

–Escuche, agente, mi hijo está...

–La única parte del cuento que nunca llego a saber de antemano –continuó el policía, que ya había encontrado la hoja que buscaba– es el número de carnet de conductor del automovilista/narrador y la matrícula correspondiente. Sea buen muchacho y déjeme verlos.

Hallorann miró los tranquilos ojos azules del policía, pensó si valdría la pena insistir con el cuento de que su hijo estaba muy grave y comprendió que con eso no haría más que empeorar la cosas. Ese tipo no era Queems. Sacó la cartera.

–Estupendo –asintió el policía–. Hágame el favor de sacar los papeles, así podré ver el final de la historia.

En silencio, Hallorann sacó su carnet de conducir y el recibo de matrícula de Florida y se lo entregó.

–Muy bien. Incluso merece un premio.

–¿Qué? –preguntó Hallorann, esperanzado.

–Cuando termine de anotar estos números, le dejaré que me infle un globito.

–¡Oh, por Dios! –gimió Hallorann–. Agente, mi vuelo...

–Silencio –le aconsejó el policía–. No sea malo.

Hallorann cerró los ojos.

Llegó al mostrador de United Air Lines a las 6:49, confiando con escepticismo que el vuelo se hubiera demorado. Ni siquiera tuvo que preguntar. El monitor de partidas, encendido sobre la puerta de entrada de los pasajeros, le informó que el vuelo 901 hacia Denver, de las 6:36, hora del Este, había salido a las 6:40. Hacía nueve minutos.

–¡Carajo! –mascculló Dick Hallorann.

Repentinamente, denso y pegajoso, percibió el olor a naranjas. Apenas le dio tiempo de llegar al baño de hombres antes de recibir el mensaje, aterrado y ensordecedor: «¡Ven, Dick, por favor. Por favor, ven!».

## 39. EN LAS ESCALERAS

Unas de las cosas que habían vendido para salir del paso mientras estaban en Vermont, poco antes de mudarse a Colorado, fue la colección de antiguos álbumes de rock and roll y rhythm and blues que tenía Jack, y que fueron a parar a la subasta a un dólar por disco. Uno de esos álbumes, el favorito de Danny, era una colección de discos dobles de Eddie Cochran con cuatro páginas en la cubierta con notas de Lenny Kaye. A menudo, a Wendy la había sorprendido la fascinación de Danny por aquel álbum de un hombre-niño que vivió deprisa y murió joven… que había muerto cuando ella sólo tenía diez años de edad.

Ahora, a las siete y cuarto de la tarde (hora de las montañas), en el momento en que Dick Hallorann le contaba a Queems la historia del amante blanco de su ex mujer, Wendy encontró a Danny sentado a mitad de la escalera que iba del vestíbulo a la primera planta, pasándose de una mano a otra una pelota roja de goma y cantando con voz baja y monocorde una de las canciones de ese álbum:

–*Entonces subo uno, dos pisos, tres pisos, cuatro/cinco*

*pisos, seis pisos, siete pisos más... cuando llego arriba, estoy demasiado cansado para bailar rock...*

Wendy se acercó, se sentó en uno de los escalones y vio que el niño tenía el labio inferior hinchado, y rastros de sangre seca en el mentón. Aunque el corazón le dio un salto de terror en el pecho, se las arregló para hablar con tranquilidad.

–¿Qué sucedió, doc? –le preguntó, aunque estaba segura de saberlo. Jack le había pegado, seguro. Eso tenía que suceder, se dijo. Las ruedas del progreso, que tarde o temprano lo llevaban a uno al punto de partida.

–Llamé a Tony –respondió Danny–. Estaba en el salón de baile, y creo que me caí del sillón. Pero ya no me duele, sólo noto... que el labio es demasiado gordo.

–¿Fue lo que sucedió de verdad? –insistió su madre, mirándolo con preocupación.

–Papi no fue –le aclaró el niño–. Hoy no.

Wendy lo miró, atemorizada. La pelota seguía yendo de una mano a otra. Danny le había leído el pensamiento.

–¿Qué... qué te dijo Tony, Danny?

–No importa –parecía tranquilo. Hablaba con una indiferencia atroz.

–Danny... –Wendy lo tomó por el hombro, con más fuerza de la que se proponía, pero el niño no trató de apartarse.

Dios, lo estamos destruyendo, pensó Wendy. No es sólo Jack, yo también, y quizá no seamos sólo los dos, sino también el padre de Jack, mi madre. ¿No estarán ellos aquí también? Seguro, ¿por qué no? Si de todas formas el lugar bulle de fantasmas, ¿por qué no ha de haber un par más? Oh, Dios del cielo, si es como una de esas maletas que muestran por la televisión, aplastadas, arrojadas desde los aviones, pasadas por trituradoras. O como un reloj de cuerda automática. Lo maltratan y siguen funcionando. Oh, Danny, lo siento tanto.

–No importa –repitió el niño, cambiándose la pelota de mano–. Tony no puede venir más, porque no lo dejan. Lo vencieron.

–¿Quién no lo deja?

–La gente que hay en el hotel –por fin Danny la miró, y en sus ojos no había indiferencia alguna, sino miedo, un profundo miedo–. Y las... las cosas que hay en el hotel, cosas de todas clases. El hotel está lleno de ellas.

–Tú puedes ver...

–Yo no quiero verlas –la interrumpió en voz baja, y volvió a mirar la pelota, que seguía pasando de mano en mano–. Pero a veces las oigo, por la noche, muy tarde. Son como el viento, suspirando todas juntas. En el desván, en el sótano, en las habitaciones, en todas partes. Creí que la culpa era mía, por ser como soy. La llave, la llavecita de plata...

–Danny, no te... no te alteres de esta manera.

–Pero también es por él –continuó Danny–. Por papá. Y por ti. Nos quiere a todos. Lo tiene atrapado, está engañándolo, tratando de hacerle creer que es a él a quien más necesita, pero a quien más necesita es a mí, pero nos atrapará a todos.

–Si el vehículo para la nieve...

–Ellos no lo dejaron –siguió explicando Danny con la misma voz sombría–. Ellos le hicieron arrojar a la nieve una pieza del vehículo. Bien lejos. Yo lo soñé. Y él sabe que esa mujer está realmente en la 217 –miró a su madre con los oscuros ojos asustados–. No tiene importancia que me creas o no.

Wendy lo rodeó con el brazo.

–Te creo. Danny, dime la verdad. Jack... ¿intentará hacernos daño?

–Ellos tratarán de obligarlo –respondió Danny–. Llamé al señor Hallorann, que me dijo que si alguna vez lo necesitaba, lo llamara. Y lo peor es que no sé si él me oye o no. No creo que él pueda contestarme, porque es demasiado lejos para él. Y no sé si para mí también lo es. Mañana...

–¿Qué pasará mañana?

Danny movió la cabeza y respondió:

–Nada.

–¿Dónde está ahora? –preguntó Wendy.

–Está en el sótano. No creo que esta noche suba a dormir.

Súbitamente, Wendy se puso de pie.

–Espérame aquí, sólo cinco minutos.

Bajo los tubos de luz fluorescente, la cocina estaba helada y desierta. Wendy fue al estante donde los cuchillos de trinchar pendían de su soporte imantado. Tomó el más largo y afilado, lo envolvió en un trapo de cocina y salió, sin olvidarse de apagar las luces.

Danny seguía sentado en las escaleras, siguiendo con la vista el ir y venir de la pelota de una mano a otra, cantando:

*–Ella vive en el centro, en el piso veinte, y el elevador está descompuesto. Entonces yo subo uno, dos pisos, tres pisos, cuatro...*

*«Lou, Lou, salta sobre mí, Lou...»*

Danny dejó de cantar para escuchar el lejano susurro que surgió en su cabeza.

*«Salta sobre mí, Lou...»*

La voz sonaba tan aterradoramente próxima, que podría haber sido parte de sus propios pensamientos, suave e infinitamente insidiosa, como si se burlara de él, como si le dijera: «Oh, sí, sí que te gustará estar aquí. Prueba, que te gustará. Prueba, que te gustará...».

En aquel instante volvió a oírlos: la reunión de

fantasmas o espíritus, o tal vez fuera el hotel mismo, un espantoso laberinto de espejos, donde todos los espectáculos terminaban en la muerte, donde todos los espantajos pintados estaban realmente vivos, donde los arbustos se movían, donde una llave de plata podía desencadenar la más horrenda obscenidad. Estaban suspirando, susurrando a su oído como el interminable viento invernal, entonando esa mortífera canción de cuna que los huéspedes del verano ignoraban. Era como el zumbido soñoliento de las avispas que, adormecidas desde el verano en un avispero subterráneo, empezaran a despertar. Y estaban a tres mil metros de altura.

«¿En qué se parece un cuervo a un escritorio? ¡Cuanto más arriba, menos seguro! ¿No quieres otra taza de té?»

Eran ruidos vivientes, pero no voces, ni respiración. Alguien podría haber hablado del eco de las almas. La abuela de Dick Hallorann, que había crecido allá en el Sur a finales del siglo pasado, habría hablado de aparecidos. Un psicólogo le habría dado un nombre largo: resonancia psíquica, psicoquinesis, juego telésmico... pero para Danny no era más que la voz del hotel, del viejo monstruo que crujía incesantemente en torno a ellos, cada vez más cerca: pasillos que se extendían no sólo por el espacio, también por el tiempo, sombras ávidas, huéspedes inquietos que no conseguían descansar.

En el salón de baile, a oscuras, el reloj protegido por el fanal de cristal anunció las siete y media con una sola nota, melodiosa.

Una voz ronca, que el alcohol hacía brutal, vociferó:

–¡Quítense las máscaras y todo el mundo a coger!

Wendy, que regresaba de la cocina, se detuvo bruscamente, perpleja.

Miró a Danny, que seguía en la escalera, pasándose la pelota de una a otra mano.

–¿Tú oíste algo?

El niño no hizo más que mirarla y seguir jugando con la pelota.

Aquella noche dormirían poco, por más que se encerraran juntos bajo llave.

En la oscuridad, con los ojos abiertos, Danny pensaba: Lo que quiere es ser uno de ellos y vivir para siempre. Eso es lo que quiere.

Por su parte, Wendy se decía: Si es necesario, lo llevaré más arriba. Si tenemos que morir, prefiero que sea en la montaña.

Había dejado el cuchillo de trinchar, todavía envuelto en el trapo de cocina, debajo de la cama, para tenerlo a la mano. Madre e hijo dormitaron intermitentemente. El hotel seguía crujiendo en torno a ellos. Fuera, desde un cielo con aspecto plomizo, había empezado de nuevo a caer la nieve.

## 40. EN EL SÓTANO

¡La caldera, la maldita caldera!

La idea apareció de pronto en la mente de Jack, grabada a fuego en brillantes letras rojas. Tras ella, recordó la voz de Watson:

«Si se olvida, irá subiendo y subiendo y lo más probable es que usted y su familia despierten en la maldita Luna... Está regulada para dos cincuenta, pero mucho antes de llegar a eso habrá volado... A mi me daría miedo acercarme a ella si está marcando ciento ochenta».

Jack había pasado allí toda la noche, recorriendo las cajas de papeles viejos, poseído por la frenética sensación de que el tiempo se acortaba y tenía que darse prisa. Los indicios vitales, las claves que darían sentido a todo, seguían escapándosele. Tenía los dedos amarillentos y pegajosos de tanto hojear papeles viejos. Se había dejado absorber hasta tal punto que no había vigilado la caldera ni una vez. La había regulado la noche anterior, sobre las seis de la tarde, cuando bajó al sótano. Y ahora eran...

Miró su reloj y dio un salto, derribando una pila de recibos viejos.

¡Eran cuarto para las cinco de la madrugada!

A sus espaldas, el horno temblaba. La caldera emitía una especie de gruñido sordo.

Fue hacia ella. Con lo que había adelgazado en el último mes y la cara cubierta de una barba de dos días, tenía el aire ausente de un prisionero de campo de concentración.

El manómetro de la caldera señalaba doscientas diez libras por pulgada. Jack imaginó que las viejas paredes de la caldera, soldadas y parcheadas, cedían bajo la fuerza mortífera de la presión.

De pronto, escuchó una voz interior, tentándolo fríamente: Deja que estalle. Ve a buscar a Wendy y a Danny, y lárguense de aquí. Deja que vuele hasta el cielo.

Podía imaginar la explosión, como un trueno que primero haría pedazos el corazón de aquel lugar, después su alma. La caldera volaría con un relámpago anaranjado y violáceo que derramaría sobre el sótano una lluvia de esquirlas ardientes. Jack imaginó trozos de metal incandescente rebotando por el suelo, las paredes y el techo, como extrañas bolas de billar, atravesando el aire con mortífero silbido. Algunos atravesarían volando el arco de piedra para ir a caer sobre los viejos papeles que había del otro lado para convertirlos en un alegre infierno. Destruiría los secretos, las claves, un misterio que ningún ser viviente resolvería jamás. Después vendría la explosión del gas, un gran estallido de llamas, que convertiría en una parrilla la parte central del hotel, escaleras, pasillos, techos y habitaciones, todo en llamas como en el último carrete de una película de Frankenstein. Las lenguas de fuego se extenderían por las alas del hotel, devorando las alfombras entretejidas de azul y negro como huéspedes voraces. El tapiz sedoso ardería, retorciéndose. No había rociadores automáticos, sólo esas anticuadas mangueras, y nadie que las utilizara. Y no había coche de bomberos en el mundo que pudiera llegar hasta allí antes de finales de marzo. Quémate, pequeño, quémate. En doce horas apenas quedaría el esqueleto, se dijo.

La aguja del manómetro había llegado a doscientos doce. La caldera crujía y gemía como una vieja tratando de levantarse de la cama. Sibilantes chorros de vapor habían empezado a juguetear en los bordes de los antiguos parches, que goteaban lentamente material de soldar.

Jack no veía ni oía nada. Inmóvil, con la mano sobre la válvula que podía bajar la presión, sus ojos resplandecían como zafiros dentro de las órbitas.

Es mi última oportunidad.

Lo único que todavía no habían convertido en efectivo era la póliza de seguro de vida que habían sacado, él y Wendy, durante el primer verano que estuvieron en Stovington. Cuarenta mil dólares en caso de muerte, doble indemnización si él o ella morían en un accidente ferroviario o de aviación, o en un incendio.

Un incendio... ochenta mil dólares...

Todavía tendrían tiempo de salir. Aunque su mujer y su hijo estuvieran durmiendo, Jack creía que tendrían tiempo de salir. Y seguramente ni los arbustos de animales ni nada más trataría de retenerlos si el hotel estaba en llamas.

Dentro del dial grasiento, casi opaco, la aguja había llegado a doscientas quince libras por pulgada cuadrada.

Otro recuerdo acudió a él, un recuerdo de su niñez. Detrás de la casa, en las ramas bajas del manzano, había un avispero. Las avispas habían picado a uno de sus hermanos mayores –Jack no recordaba a cuál–, mientras se columpiaba en el neumático viejo que había colgado su padre de una de las ramas bajas. Había sucedido al final del verano.

Su padre, que acababa de volver del trabajo, vestido de blanco y oliendo a cerveza, había llamado a los tres varones, Brett, Mike y el pequeño Jacky, para decirles que se iba a deshacer de las avispas.

–Ahora fíjense –les había dicho, sonriente y tambaleándose un poco (por aquel entonces no usaba el bastón, para el choque con el camión lechero faltaban años todavía)–. Tal vez aprendan algo. Esto me lo enseñó mi padre.

Había amontonado con el rastrillo un montón de hojas mojadas por la lluvia, bajo la rama donde estaba el avispero, un fruto más letal que las manzanas, arrugadas pero sabrosas, que les ofrecía el árbol para fines de septiembre, pero para eso todavía faltaba un mes. Su padre prendió fuego a las hojas. El día era despejado y sin viento. Las hojas se convirtieron en brasas, desprendiendo un olor que despertaba resonancias en Jack siempre que, para el otoño, veía a un hombre rastrillando hojas para quemarlas después. Era un olor dulce pero con un dejo amargo, denso y evocativo. Al arder, las hojas despedían grandes rachas de humo que subían a envolver el avispero.

Durante toda la tarde el padre había dejado que las hojas ardieran lentamente, mientras bebía cerveza en el porche e iba arrojando las latas vacías en el cubo de plástico de su mujer. Los dos hijos mayores lo acompañaban y el pequeño Jacky, sentado en los escalones, a sus pies, jugaba absorto, entonando interminablemente la misma canción: «Tu engañoso corazón... te hará llorar... tu engañoso corazón... te lo va a decir».

Al cuarto para las seis, antes de la cena, papá había vuelto a acercarse al manzano, seguido de los tres hijos. En una mano llevaba un escardillo, con el que apartó las hojas, dejando montoncitos encendidos que seguían ardiendo un poco antes de extinguirse. Después, con el mango del escardillo hacia arriba, tanteando y parpadeando, de dos o tres golpes consiguió derribar el avispero.

Los chicos corrieron en busca de la protección del porche, pero su padre se quedó junto al avispero tambaleándose y mirándolo, parpadeante. Jack volvió a acercarse para ver. Algunas avispas caminaban torpemente sobre la superficie de su propiedad, pero sin hacer el menor intento de volar. Desde el interior del avispero, aquel lugar negro y ajeno, llegaba un ruido que Jack jamás habría de olvidar: un zumbido bajo, soñoliento, como el de los cables de alta tensión.

–¿Por qué no tratan de picarte, papi? –había preguntado Jacky.

–Porque el humo las emborracha, Jacky. Ve a buscar la lata de gasolina.

Jacky corrió a buscarla y papá roció el avispero con la gasolina.

–Ahora apártate, Jacky, si no quieres quedarte sin pestañas.

Jacky se había apartado, mirando cómo, desde algún rincón de los pliegues de su voluminosa camisa blanca, papá sacaba un cerillo de madera, que encendió contra la uña del dedo pulgar y arrojó sobre el avispero. Había habido una explosión de color blanco y anaranjado, insonora casi en su ferocidad. Con una risa cascada, su padre se había alejado del fuego. El avispero desapareció en un abrir y cerrar de ojos.

–El fuego –había explicado su padre, volviéndose hacia Jacky con una sonrisa–, el fuego mata cualquier cosa.

Después de la cena, los chicos habían salido para ver, a la última luz del día, el avispero chamuscado, todos de pie alrededor de él. Desde el interior, ardiente, salía el ruido de los cuerpos de las avispas, como copos de cereal tostados.

El manómetro marcaba doscientas veinte libras. De las entrañas de la caldera se elevaba un gemido bajo, férreo. Como las espinas de un puercoespín, de su mole se elevaban, rígidos, cien chorros de vapor.

«El fuego mata cualquier cosa», había dicho el viejo.

Súbitamente, Jack se sobresaltó. Había estado dormitando... y su dormitar lo había llevado al borde del juicio final. ¿En qué había estado pensando? Cuidar del hotel era su trabajo. Él era el vigilante.

El terror le inundó de sudor las manos, por lo que al principio no pudo afirmarlas sobre la válvula. Después cerró los dedos en torno a los radios y le hizo dar una vuelta, dos, tres. Se produjo un silbido de vapor, como el aliento de un dragón. Una ardiente bruma tropical se elevó desde la parte inferior de la caldera, hasta envolverlo. Por un momento, sin poder ver el dial, pensó que había esperado demasiado; los gimientes retumbos iban en aumento en el interior de la caldera, seguidos por una serie de ruidos entrecortados y el chirrido del metal al retorcerse.

Cuando el vapor se disipó parcialmente, Jack vio que el manómetro había descendido a doscientas libras y que seguía bajando. Los chorros de vapor que se escapaban alrededor de los parches soldados empezaron a perder fuerza. Los ruidos internos empezaron a disminuir.

Ciento noventa... ciento ochenta... ciento setenta y cinco...

Seguramente ya no estallaría. La presión había bajado a ciento sesenta.

Tembloroso, respirando con dificultad, se apartó de la caldera. Se miró las manos y vio las ampollas que empezaban a formársele en la palma. Al demonio con las ampollas, pensó, con una risa estremecida. Había estado a punto de morir con la mano en el regulador, como el mecánico Casey en aquella novela. Y lo peor era que había estado a punto de matar al Overlook, su último fracaso, el decisivo. Había fracasado como maestro, como escritor, como marido y como padre. Hasta como borracho era un fracaso. Pero en la vieja categoría de los fracasados, no se podía ir mucho más lejos que dejar volar el edificio que –se suponía– uno tenía que cuidar. Y éste no era un edificio cualquiera. De ningún modo.

Cómo necesitaba un trago.

La presión había descendido a ochenta. Cautelosamente, contraído el rostro por el dolor de las manos, volvió a cerrar la válvula. De ahora en adelante, con la caldera habría que tener más cuidado que nunca. Tal vez hubiera quedado resentida. Durante el resto del invierno, no la dejaría subir a más de cien libras. Y si pasaban un poco de frío, sería cuestión de soportarlo con buen humor.

Dos de las ampollas se le habían reventado, y las manos le latían como dientes infectados.

Un trago, una copa era lo que le vendría bien, y en todo el maldito hotel no había más que jerez para cocinar. En ese momento, un poco de alcohol sería curativo. Un anestésico... Acababa de cumplir con su deber y lo que necesitaba era un poco de anestesia... algo más fuerte que el Excedrin. Pero no había nada.

Recordó las botellas que destellaban en las sombras.

Acababa de salvar al hotel, sin duda éste lo recompensaría. Sacó el pañuelo del bolsillo trasero del pantalón y se dirigió a la escalera. Se frotó la boca. Una copita, una sola, para calmar el dolor sería suficiente.

Jack había respondido a la confianza del Overlook, y ahora el Overlook respondería a la suya. En los peldaños de la escalera sus pies eran rápidos y ágiles; los pasos presurosos de un hombre que regresa de una guerra larga y cruel. Eran las cinco y veinte de la madrugada, hora de las montañas.

# 41. A LA LUZ DEL DÍA

Con un grito ahogado, Danny despertó de una pesadilla terrible. Había habido una explosión y un incendio. El Overlook estaba ardiendo. Él y su madre lo miraban desde el pasto del frente.

–Mira, Danny, mira los arbustos –le decía Wendy.

Cuando él miraba, los arbustos estaba muertos. Tenían las hojas de color café oscuro. Las ramas se veían entre el follaje quemado como el esqueleto de un cuerpo en descomposición. Después su padre había irrumpido entre las dobles puertas del frente del Overlook, ardiendo como una tea. Tenía la ropa en llamas, la piel de un color oscuro y siniestro; el pelo, una zarza ardiendo.

En ese momento despertó, con la garganta cerrada por el terror, las manos contraídas sobre la sábana y las cobijas. ¿Habría gritado? Miró a su madre. Wendy estaba tendida de costado, cubierta hasta la barbilla, con un mechón de pelo sobre las mejillas. Parecía una niña. No, no había gritado.

De espaldas en la cama, mirando hacia arriba, sintió cómo la pesadilla comenzaba a disiparse. Tenía la curiosa sensación de que habían escapado de algo espantoso.

Dejó vagar la mente en busca de su padre, y lo encontró abajo, en el vestíbulo. Danny se esforzó un poco más, intentando penetrar en su mente. Le hizo daño, porque papá estaba pensando en «algo malo». Estaba pensando «qué bien me vendrían un par. Qué importa si el maldito sol se pone en algún lugar del mundo. ¿Recuerdas, Al, que solíamos decir eso? Un gin-tonic, aguardiente con apenas una gota de bitter, whisky con soda, ron y algún refresco de cola. Un trago para mí y otro para ti. Los marcianos habrían aterrizado en algún lugar del mundo, Princeton, Houston o Stokely, en algún podrido lugar. Al fin y al cabo es temporada y ninguno de nosotros está...».

«¡Sal de su cabeza, mocoso estúpido!»

Danny se estremeció, aterrorizado por esa voz que le habló desde dentro, con los ojos muy abiertos, las manos convertidas en garras sobre la colcha. No había sido la voz de su padre, sino una imitación, muy hábil. Una voz que él conocía. Áspera y brutal, pero matizada por una especie de humor fatuo.

Así pues, ¿estaba tan próximo?

Retiró las cobijas para apoyar los pies en el suelo. Tanteó con los pies los tenis que estaban debajo de la cama y se los calzó. Fue hacia la puerta, la abrió y se dirigió presurosamente al corredor principal. Sus pies susurraron sobre la felpa de la alfombra del pasillo. Danny dobló la esquina.

A mitad del corredor, entre él y la escalera, había un hombre a cuatro patas.

Danny se quedó inmóvil.

El hombre levantó los ojos, pequeños y enrojecidos, para mirarlo. Llevaba una vestimenta plateada, como con lentejuelas. El niño se dio cuenta de que iba disfrazado de perro. Del trasero de la extraña vestidura salía una cola, larga y floja, terminada en una borla. El traje estaba cerrado por un cierre que corría por el lomo hasta el cuello. A la izquierda del hombre había una cabeza de perro o de lobo, con las órbitas vacías sobre el hocico, la boca abierta en un gesto ociosamente amenazador que, entre los colmillos que parecían de cartón piedra, dejaban ver el dibujo azul y negro de la alfombra.

El hombre tenía la boca, el mentón y las mejillas manchadas de sangre.

Empezó a gruñir a Danny. Aunque sonreía, el gruñido era real, surgía de lo más hondo de la garganta, era un ruido escalofriante, primitivo. Después se puso a ladrar. Los dientes también estaban manchados de sangre. Empezó a avanzar hacia Danny, arrastrando la cola invertebrada. La cabeza de perro del traje seguía tirada en la alfombra, mirando inexpresivamente por encima de Danny.

–Déjame pasar –dijo Danny.

–Voy a comerte, muchachito –anunció el hombre-perro, y de pronto su boca sonriente dejó escapar una serie de ladridos. Por más que fueran una imitación humana, la ferocidad de los ladridos era real. El hombre tenía el pelo oscuro, aceitoso por el sudor que le hacía brotar el traje ajustado. Su aliento olía a whisky escocés y a champán.

Danny retrocedió, pero no huyó.

–Déjame pasar.

–Ni se te ocurra –contestó el hombre-perro, con los ojos enrojecidos, mirando atentamente el rostro de Danny, sin dejar de sonreír–. Voy a comerte, amiguito. Y creo que voy a empezar por el *pirulí.*

Empezó a avanzar con movimientos retozones, saltando y mostrando los dientes.

El niño perdió el aplomo y huyó hacia el corto pasillo que conducía al departamento de ellos, mirando por encima del hombro. Lo siguió una serie de ladridos, aullidos y gruñidos, entrecortados por risitas y balbuceos.

Danny se quedó en el pasillo, temblando.

–¡Levántala! –gritaba el hombre-perro, borracho, desde el corredor principal, con voz violenta y desesperada–. ¡Levántala, Harry, hijo de puta! ¡No me importa cuántos casinos y líneas aéreas y compañías cinematográficas tengas! ¡Sé lo que a ti te gusta en la intimidad! ¡Levántala, que yo resoplaré... y chuparé... hasta que todo lo de Harry Derwent caiga derribado!

La diatriba terminó con un aullido largo y estremecedor, que pareció convertirse en un alarido de dolor y cólera antes de extinguirse.

Temeroso, Danny volteó hacia la puerta cerrada del dormitorio, en el extremo del pasillo, y se acercó silenciosamente a ella. La abrió y asomó la cabeza. Su madre seguía durmiendo, exactamente en la misma posición.

Todo eso no lo oía nadie más que él.

Cerró suavemente la puerta y volvió a la intersección del pasillo con el corredor principal, con la esperanza de que el hombre-perro se hubiera ido, como se había ido también la sangre que Danny había visto en las paredes de la suite presidencial. Cautelosamente espió por el corredor.

El hombre vestido de perro seguía allí. Había vuelto a colocarse la cabeza del disfraz y en ese momento retozaba a cuatro patas junto a la escalera, persiguiéndose la cola. A veces, con un salto se elevaba de la alfombra y volvía a caer sobre ella, con sordos gruñidos.

–¡Guau! ¡Guau!

Los ladridos salían con una resonancia hueca de la máscara, que imitaba una estilizada mueca, mezclados con otros ruidos que tanto podrían haber sido carcajadas como sollozos.

Danny volvió al dormitorio y se sentó sobre su cama, cubriéndose los ojos con las manos. El hotel estaba en pleno despliegue. Tal vez al principio las cosas que habían sucedido no hubieran sido más que accidentes, quizá las cosas que él había visto sólo fueran realmente imágenes que le daban miedo, pero que no podían hacerle daño. Pero ahora esas cosas las controlaba el hotel y podían hacer daño. El Overlook no había querido que él viera a su padre, porque en ese caso podría estropearle la diversión. Por eso había interpuesto en su camino al hombre-perro, de la misma manera que había interpuesto, entre ellos y la carretera, los arbustos de animales.

Pero su padre podría venir hacia él y tarde o temprano vendría.

Danny se echó a llorar. Las lágrimas caían silenciosamente por las mejillas. Era demasiado tarde. Los tres iban a morir allí, y a la primavera siguiente, cuando el Overlook se abriera, seguirían allí para saludar a los turistas, junto con el resto de los aparecidos: la mujer en la tina, el hombre-perro, esa cosa horrible y oscura que había en el túnel de cemento. Estarían...

¡Basta! ¡Termina con esto!, se dijo.

Furiosamente, Danny se limpió las lágrimas. Haría todo lo posible para evitar que eso sucediera.

Lo intentaría con todas sus fuerzas.

Cerró los ojos y concentró su fuerza mental en una dura flecha cristalina: ¡Dick, ven pronto! ¡Estamos en peligro! ¡Dick, te necesitamos!

Y de pronto, en la oscuridad, detrás de sus párpados, eso que lo perseguía en sus sueños a través de los oscuros pasillos del Overlook apareció. Estaba allí, allí mismo, una enorme criatura vestida de blanco, con el garrote prehistórico alzado por encima de la cabeza, diciendo:

–¡Ya haré yo que termines! ¡Cachorro maldito! ¡Yo haré que termines con esto, porque yo soy tu padre!

–¡No! –con un sobresalto, Danny volvió a la realidad del dormitorio, con los ojos muy abiertos en la oscuridad, mientras los gritos salían irrefrenables de su boca, ante el espanto de su madre, súbitamente despierta, apretándose contra el pecho la ropa de cama.

–No, papi, no, no, no...

Y los dos oyeron el silbido maligno, angustiante, del garrote invisible al descender por los aires, muy cerca, para después desvanecerse en el silencio, mientras Danny corría a abrazarse a su madre, como un conejo en una trampa.

El Overlook no permitiría que llamara a Dick, porque eso también podía estropearle la diversión.

Estaban solos.

Fuera, la nieve caía con más fuerza, aislándolos del mundo exterior.

## 42. EN VUELO

A las 6:45 de la madrugada, hora del Este, vocearon a los pasajeros para el vuelo de Dick Hallorann, pero a él lo retuvieron en la puerta de embarque, pasándose nerviosamente la bolsa de viaje de una mano a otra, hasta la última llamada, a las 6:55. Estaban esperando a Carlton Vecker, el único pasajero del vuelo 196 de la TWA, de Miami a Denver, que no se había presentado.

–Muy bien, tuvo suerte –declaró el empleado mientras entregaba a Hallorann el billete azul de primera clase–. Puede embarcar, señor.

Hallorann subió presuroso por la escalerilla y dejó que, con una sonrisa mecánica, la azafata le cortara el pase, y le devolviera el resto.

–Serviremos el desayuno durante el vuelo –anunció la azafata–. Si quiere usted...

–Café, nada más, niña –respondió Hallorann y se encaminó por el pasillo en busca de un asiento en la sección de fumadores, temeroso de que en el último momento Vecker hiciera su aparición como un muñeco sorpresa. La mujer que ocupaba el asiento junto a la ventanilla estaba leyendo *Sea usted su mejor amigo*, con una ácida expresión de incredulidad. Hallorann se abrochó el cinturón de seguridad y afirmó sus negras manazas sobre los brazos del asiento, mientras para sus adentros prometía al ausente Carlton Vecker que para sacarlo de allí necesitaría la ayuda de cinco robustos empleados de la TWA.

No dejaba de mirar el reloj, que se arrastraba con desesperante lentitud hacia las 7:00, la hora fijada para la partida.

A las 7:05 la azafata les informó que habría una pequeña demora mientras el personal de tierra revisaba una de las cerraduras de la puerta de carga.

–¡Tienen mierda en vez de sesos! –masculló Dick Hallorann.

La mujer volvió hacia él su expresión de ácida incredulidad y volvió a su libro.

Hallorann había pasado la noche en el aeropuerto, corriendo de un mostrador a otro, acosando a los empleados que expedían los billetes en United, American, TWA, Continental, Braniff... En algún momento, pasada la medianoche, mientras tomaba el octavo o noveno café en el bar, reconoció que era una estupidez haberse hecho cargo de semejante asunto. Para eso estaban las autoridades. Se dirigió a la cabina telefónica más próxima y, tras hablar con tres telefonistas diferentes, consiguió el número de urgencias del Parque Nacional de las Montañas Rocallosas.

El hombre que contestó el teléfono daba la impresión de estar a punto de morir de cansancio. Hallorann le había dado un nombre falso, y luego le informó que había problemas en el Hotel Overlook, al oeste de Sidewinder.

Le dijeron que esperara.

Al cabo de unos cinco minutos, el guardabosques –Hallorann supuso que era un guardabosques– regresó.

–Tienen un radiotransmisor-receptor –le informó.

–Ya lo sé –contestó Hallorann.

–No hemos recibido ninguna llamada.

–Y eso qué importa. Están…

–¿Cuál es exactamente el problema que tienen, señor Hall?

–Bueno, hay una familia allí arriba. Creo que quizás el vigilante no esté muy bien de la cabeza, ¿sabe? Es posible que llegue a atacar a su mujer y a su hijo.

–¿Puedo preguntarle cómo tiene esa información, señor?

Hallorann cerró los ojos.

–¿Cómo se llama usted, amigo?

–Tom Staunton, señor.

–Pues bien, Tom, lo sé, eso es todo. Se lo explicaré de la forma más sencilla que pueda. Allá arriba hay problemas graves. Posiblemente corran peligro de muerte. ¿Se da cuenta de lo que estoy diciendo?

–Señor Hall, realmente necesito saber de qué manera…

–Escuche –insistió Hallorann–, le digo que lo sé. Hace unos años, allí hubo otro tipo, Grady, que mató a su mujer y a sus dos hijas y después se ahorcó. ¡Le digo que va a suceder lo mismo si no se dan prisa para evitarlo!

–Señor Hall, usted no está hablando desde Colorado.

–No, pero no veo qué importancia…

–Si no está en Colorado, no puede recibir la frecuencia del radio del hotel. Y si no está en esa frecuencia, no puede haberse puesto en contacto con la, a ver… –escuchó un débil ruido de papeles–. Con la familia Torrance. Mientras usted esperaba, intenté telefonearlos, pero la línea está cortada, lo que no es nada raro. Todavía hay cuarenta kilómetros de líneas telefónicas aéreas entre el hotel y la central telefónica de Sidewinder. Mi conclusión es que usted debe de ser un bromista chiflado.

–¡Oh, qué estupidez...! –la desesperación de Hallorann no le dejó terminar la frase–. ¡Llámelos!

–¿Cómo?

–Usted tiene el radiotransmisor en la misma frecuencia que ellos. ¡Llámelos! ¡Llámelos y pregúnteles qué pasa!

Se hizo un breve silencio, y Hallorann oyó el zumbido de los cables.

–Ah, ya lo intentó, ¿verdad? –preguntó–. Por eso me tuvo esperando tanto tiempo. Probó con el teléfono y después con el radio, sin conseguir nada, pero de todas formas no cree que haya problemas. ¿Para qué están ustedes ahí arriba? ¿Para estar sentados en sus traseros jugando a las cartas?

–No, para eso no –repuso Staunton, enojado. Hallorann se sintió aliviado al percibir emoción en la voz. Por primera vez, tenía la sensación de estar hablando con un hombre, no con una grabación–. Aquí no hay nadie más que yo, señor. Los demás guardabosques del parque, más los guardas del coto, más un grupo de voluntarios, están en Hasty Notch, arriesgando la vida porque a tres idiotas con seis meses de experiencia en montañismo se les ocurrió escalar la ladera norte del King's Ram. Se quedaron atascados a mitad de camino y tal vez puedan bajar o tal vez no. Hemos mandado allí dos helicópteros, y los pilotos también se están arriesgando la vida, porque aquí es de noche y está empezando a nevar. Así que si a usted todavía le cuesta entenderlo, le echaré una mano. Primero, no tengo a nadie a quien mandar al Overlook. Segundo, la prioridad no le corresponde al Overlook, sino a lo que suceda en el parque. Tercero, para cuando amanezca, ninguno de los helicópteros podrá volar, porque el Servicio Meteorológico Nacional anuncia una nevada de mil demonios. ¿Entiende cuál es la situación?

–Sí, la entiendo –respondió Hallorann en voz baja.

–Además, la explicación que se me ocurre de por qué no me pude comunicar por radio con ellos es muy sencilla. No sé qué hora será donde está usted, pero aquí son las nueve y media. Supongo que lo desconectaron y se fueron a dormir. Ahora, si quiere...

–Buena suerte para sus montañeros –le deseó Hallorann–. Pero créame que no son los únicos que se quedaron atascados allá arriba por no saber en qué se metían.

Después cortó la comunicación.

A las 7:20, el 747 de TWA empezó a rodar hacia la pista de despegue. Hallorann dejó escapar un largo suspiro y pensó: Carlton Vecker, seas quien seas, perdiste.

El vuelo 196 despegó a las 7:28, y a las 7:31, mientras el aparato iba ganando altura, la pistola mental volvió a dispararse dentro de la cabeza de Hallorann. Se encogió inútilmente para escapar del olor a naranjas y después se estremeció, impotente, con la frente contraída y la boca tensa en un gesto de dolor: «¡Dick, ven pronto! ¡Estamos en peligro! ¡Dick, te necesitamos!».

Y eso fue todo. Esta vez el mensaje no se esfumó gradualmente. La comunicación quedó limpiamente interrumpida, como de una cuchillada. Hallorann se asustó. Las manos, que seguían aferradas a los brazos del asiento, se le habían puesto casi blancas. Tenía la boca seca. Estaba seguro de que algo le había sucedido al niño. Si alguien había hecho daño a esa criatura...

–¿Siempre tiene una reacción tan violenta ante el despegue?

Se volvió. Era la mujer de lentes.

–No –respondió Hallorann–. Verá, tengo una placa de acero en la cabeza, de cuando estuve en Corea. De vez en cuando, las vibraciones me molestan, es como si me diera una sacudida.

–¿De veras?

–Sí, señora.

–Siempre es el soldado raso el que en última instancia paga nuestro intervencionismo en el extranjero –declaró hoscamente la mujer.

–¿Le parece?

–Sí. Este país no debería seguir con esas pequeñas guerras sucias. La CIA ha estado en la base de todas las pequeñas guerras sucias en que se ha metido Estados Unidos en lo que va del siglo. La CIA y la diplomacia del dólar...

Abrió el libro y empezó a leer. La señal de NO FUMAR se apagó. Hallorann vio alejarse la tierra bajo sus pies y se preguntó si el pequeño estaría bien. Le había tomado cariño a ese niño, aunque los padres no le habían parecido gran cosa.

Ojalá estén cuidándolo como Dios manda, pensó.

# 43. INVITA LA CASA

Jack estaba en el comedor, sin haber pasado todavía las puertas dobles que daban al salón Colorado, con la cabeza inclinada, escuchando, con una débil sonrisa.

En torno a él podía sentir cómo el Hotel Overlook cobraba vida.

Era difícil decir exactamente cómo lo sabía, pero se daba cuenta de que lo que le sucedía no era muy diferente de las percepciones que tenía Danny. De tal palo, tal astilla, se dijo.

No era una percepción visual ni sonora, aunque se aproximara mucho a ambas, ya que lo que la separaba de tales sentidos no era más que una levísima cortina perceptiva. Era como si a escasos centímetros de este Overlook hubiera otro separado del mundo real –si es que hay algo a lo que se pueda llamar el «mundo real», pensó Jack–, pero que gradualmente iba equilibrándose con él. Se acordó de las películas en tres dimensiones que había visto de niño. Si uno miraba la pantalla sin los anteojos especiales, se veía una doble imagen... algo parecido a lo que sentía en ese momento. Pero cuando se ponía los anteojos, todo tenía sentido.

En ese momento, todas las épocas del hotel estaban ajustadas, todas salvo la actual, la Era de Torrance... que tampoco tardaría mucho en reunirse con las demás. ¡Qué bien estaba eso!

Casi alcanzaba a oír el arrogante tañido de la campanilla plateada del mostrador de recepción, que iba llamando a los botones para que atendieran a clientes vestidos con los trajes de franela que imponía a los elegantes la década de los veinte, y con las americanas cruzadas y a rayas de la de los cuarenta, que iban y venían. Frente a la chimenea había tres monjas sentadas en el sofá, esperando a que la cola disminuyera, y tras ellas, garbosamente vestidos con alfileres de diamante en las corbatas estampadas en azul y blanco, Charles Gordin y Vito Gienelli hablaban de ganancias y pérdidas, de vidas y muertes. En el patio trasero una docena de camiones descargaban mercaderías, algunos superpuestos uno encima de otro como en una fotografía con doble exposición. En el salón de baile del ala este, había al mismo tiempo una docena de convenciones de negocios diferentes, a escasa distancia temporal una de otra. Se celebraba un baile de disfraces. Había veladas, fiestas de bodas, cumpleaños y reuniones de aniversario. Hombres que hablaban de Neville Chamberlain y del archiduque de Austria. Música, risas, borracheras, histeria. No había mucho amor allí, pero sí una constante corriente soterrada de sensualidad; una corriente que Jack casi podía oír, recorriendo todo el hotel en una graciosa cacofonía. En el comedor donde él estaba se servían simultáneamente a sus espaldas los desayunos, almuerzos y las cenas de setenta años. Casi podía... no, en realidad, *podía* oírlo aún, débilmente, pero con claridad, como oye uno el trueno a kilómetros de distancia en un ardiente día de verano. Oía las conversaciones de aquellos hermosos extranjeros. Jack empezaba a percibir la existencia de ellos como ellos bían de haber percibido, desde el primer día, la existencia de él.

Esa mañana, todas las habitaciones del Overlook estaban ocupadas.

Del otro lado de las dobles puertas oscilatorias llegaba el bajo murmullo de las conversaciones, elevándose como volutas ociosas de humo de tabaco. Allí todo parecía más sofisticado, más íntimo. Risas graves y guturales de mujeres, de esas risas que parecen formar un anillo mágico de vibraciones en torno a las vísceras y los genitales; el ruido de una caja registradora, la ventanilla débilmente iluminada en la cálida oscuridad, mientras iba marcando el precio de un gin-tonic, un Manhattan, un Depression Bomber, un gin-fizz, un zombie; la rocola, que vertía suavemente sus melodías para los bebedores...

Jack empujó las puertas oscilatorias y pasó a través de ellas.

–Hola, muchachos –saludó Jack Torrance–. Aquí estoy. He vuelto.

–Buenas noches, señor Torrance –le respondió Lloyd, complacido–. Encantado de verlo.

–Y yo encantado de volver, Lloyd –dijo gravemente Jack, mientras apoyaba una nalga sobre un taburete, entre un hombre trajeado de azul brillante y una mujer de ojos lagañosos, vestida de negro, que clavaba la vista en las profundidades de un vaso de Singapur.

–¿Qué va a ser, señor Torrance?

–Martini –respondió Jack, encantado. Miró hacia el fondo del bar, con sus hileras de botellas que relucían en la penumbra, con sus pequeños sifones plateados. Jim Beam. Wild Turkey. Gilby's. Sharrod's Private Label. Todo. Seagram's. Por fin de vuelta–. Un marciano grande, por favor –pidió–. En algún lugar del mundo ya han aterrizado, Lloyd –sacó la cartera y extendió sobre el mostrador un billete de veinte dólares.

Mientras Lloyd le preparaba la bebida, Jack miró por encima del hombro. Los gabinetes estaban ocupados. Vio a una mujer vestida con pantalones orientales de gasa y el corpiño salpicado de diamantes de imitación, un hombre con una cabeza de zorro que asomaba astutamente de la camisa almidonada, otro con un disfraz de perro, lleno de lentejuelas, que para regocijo general hacía cosquillas con la punta de la cola en la nariz de una mujer envuelta en un sari.

–A usted no se le cobra, señor Torrance –le informó Lloyd, mientras dejaba la copa sobre los veinte dólares de Jack–. Su dinero no se acepta aquí, por orden del director.

–¿Del director?

Aunque súbitamente se sintió un poco inquieto, Jack levantó la copa con el martini y la hizo girar, observando cómo se mecía levemente la aceituna en las heladas profundidades de la bebida.

–Claro, del director –la sonrisa de Lloyd se hizo más amplia, pero sus ojos se perdían en la sombra y tenía la piel de un blanco horrible, como si fuera un cadáver–. Más tarde, espera ocuparse personalmente del bienestar de su hijo. Está muy interesado en él. Danny es un niño inteligente.

Los vapores de la ginebra le producían un mareo placentero, aunque también parecía que estuvieran obnubilándole la razón. ¿Danny? ¿A qué venía eso? ¿Y qué hacía él en un bar, con una copa en la mano? Había jurado abstenerse, pero había subido al camión y había roto su juramento.

¿Para qué podían querer a su hijo? Wendy y Danny no tenían nada que ver en todo eso. Jack miró fijamente a los oscuros ojos de Lloyd, pero eran demasiado oscuros, era como tratar de hallar emociones en las órbitas vacías de una calavera.

Es a mí a quien quieren... ¿no es verdad?, se preguntó.

Soy el único. No a Danny, ni a Wendy. Es a mí a quien le encanta estar aquí. Ellos querían marcharse. Soy yo quien se ocupó del vehículo para la nieve... quien recorrió los viejos archivos... yo bajé la presión de la caldera... yo mentí... vendí el alma. ¿Para qué puede interesarles Danny?

–¿Dónde está el director? –inquirió con indiferencia, pero parecía que las palabras brotaran de sus labios empastadas por el primer trago. Eran las palabras de una pesadilla, no de un sueño.

Lloyd sólo sonrió.

–¿Qué quieren de mi hijo? Danny no tiene nada que ver, ¿verdad? –le impresionó la angustiosa súplica de su propia voz.

El rostro de Lloyd pareció desmoronarse, cambiando, convirtiéndose en algo pestilente. La piel blanca se agrietaba, adoptando un amarillo hepático; en ella se abrían llagas rojas de las que rezumaba un líquido de olor inmundo. Como un sudor rojo, en la frente de Lloyd aparecieron gotas de sangre, mientras en alguna parte, con un sonido lejano, unas campanas marcaban el cuarto de hora.

–¡A quitarse las máscaras, a quitarse las máscaras!

–Beba su martini, señor Torrance –le aconsejó Lloyd–. Lo demás no es asunto que le concierna.

Jack volvió a levantar la copa y se la llevó a los labios, pero titubeó. De pronto, oyó el chasquido áspero, horrible, del hueso de Danny al romperse. Vio la bicicleta que volaba por encima de la cubierta del motor del coche de Al y se estrellaba contra el parabrisas. Vio una sola rueda tendida en la carretera, con los radios retorcidos apuntando al cielo como las destrozadas cuerdas de un piano.

Luego se dio cuenta de que todas las conversaciones se habían interrumpido.

Volvió a mirar por encima del hombro. Expectantes,

todos estaban mirándolo en silencio. El hombre que jugaba junto a la mujer del sari se había quitado la cabeza de zorro y Jack vio que era Horace Derwent, con el cabello de un color rubio pálido cubriéndole la frente. Todos los clientes del bar lo miraban. La mujer que tenía a su lado lo observaba atentamente, como intentando iluminarlo. El vestido se le había resbalado del hombro y, al mirar hacia abajo, Jack distinguía el pezón arrugado que remataba un pecho caído. Cuando volvió a mirarla a la cara, pensó que podría ser la mujer de la habitación 217, la que había intentado estrangular a Danny. Al otro lado, el hombre del traje azul había sacado del bolsillo del saco un pequeño revólver de calibre 32, con cachas de nácar, y lo hacía girar ociosamente sobre el mostrador, como si estuviera pensando en una ruleta rusa.

–Quiero...

Al darse cuenta de que las palabras no salían de sus cuerdas vocales, paralizadas, volvió a empezar.

–Quiero ver al director. No... no creo que él entienda que mi hijo no tiene nada que ver con esto. Es...

–Señor Torrance –la voz de Lloyd, de aborrecible cortesía, le llegaba desde un rostro asolado por las llagas–, ya verá al director a su debido tiempo, puesto que, de hecho, ha decidido que sea usted su representante en este asunto. Ahora bébase esa copa.

–Bébase esa copa –repitieron los demás al unísono. Con mano temblorosa, Jack levantó la copa. Era ginebra pura. Miró dentro de la copa y sintió que se ahogaba.

*–Traigan... el barril grande... y... reiremos... en grande...* –empezó a cantar la mujer que estaba a su lado, con voz muerta y sin inflexiones.

Lloyd se unió a la canción, como el hombre del traje azul. También el hombre-perro se les unió, marcando el compás con una pata sobre la mesa.

*–¡Es el momento de traer el barril...!*

La voz de Derwent se sumó a las de los demás. Tenía un cigarro en los labios, con aire jactancioso. Con el brazo derecho rodeaba los hombros de la mujer del sari, mientras la mano, suavemente y con aire ausente, le acariciaba un pecho. Al mismo tiempo que cantaba, miraba con desprecio al hombre-perro.

–*¡Ahora que estamos todos aquí!*

Jack se llevó el vaso a la boca y, de tres largos tragos, apuró la bebida. La ginebra pasó por la garganta como un camión por un túnel, estalló en el estómago y de un salto rebotó al cerebro, donde se apoderó finalmente de él con un estremecimiento convulsivo.

Una vez pasado el choque, se sintió mucho mejor.

–Otro, por favor –pidió, tendiendo la copa a Lloyd.

–Sí, señor –asintió el barman, tomando el vaso. Lloyd parecía otra vez normal. El hombre de cutis oliváceo había vuelto a guardar su 32. A su derecha, la mujer volvía a tener la mirada fija en un Singapur, ahora con un pecho totalmente al descubierto, descansando sobre el borde de cuero de la barra. De la boca entreabierta salía una especie de arrullo vacío. El murmullo de las conversaciones se había reiniciado, y otra vez iba y venía, como una lanzadera.

Frente a él se materializó la copa pedida.

–*Muchas gracias*,[1] Lloyd –dijo mientras la alzaba.

–Siempre encantado de servirle, señor Torrance –respondió Lloyd, esbozando una sonrisa.

–Siempre fue el mejor de todos, Lloyd.

–Muy amable de su parte, señor.

Esta vez, Jack bebió lentamente, dejando que el licor bañara su garganta, acompañándolo de algunos cacahuates, que siempre daban suerte.

En un abrir y cerrar de ojos la ginebra había desaparecido, y Jack pidió otra. Señor presidente, después de mi

1. En español en el original. *(N. de la T.)*

entrevista con los marcianos, tengo la satisfacción de informarle que su actitud es amistosa, pensó Jack, sonriendo. Mientras Lloyd le preparaba la bebida, Jack empezó a buscar en los bolsillos una moneda para echar en la rocola. Volvió a pensar en Danny, pero ahora la cara de su hijo aparecía placenteramente borrosa, indescriptible. Una vez le había hecho daño, pero eso fue antes de que aprendiera a manejarse con la bebida. Aquella época había quedado atrás. Jamás volvería a hacer daño a su hijo.

Por nada del mundo.

# 44. CONVERSACIONES EN LA FIESTA

Estaba bailando con una hermosa mujer.

No tenía idea de la hora que era, del tiempo que había pasado en el salón Colorado ni de cuánto hacía que estaba allí, en el salón de baile. El tiempo ya no importaba.

Recordaba vagamente haber escuchado a un hombre que había triunfado como cómico en el radio, y después, un artista de variedades, en los primeros tiempos de la televisión, contando una historia larguísima y muy divertida sobre incesto entre hermanos siameses; haber visto a la mujer con pantalones de odalisca y corpiño de lentejuelas haciendo un *striptease* lento y sinuoso, al ritmo obsesivo y retumbante de una música del tocadiscos (que le había parecido el tema musical de David Rose para *The Stripper*); haber atravesado el vestíbulo en medio de otros dos hombres, vestidos con un traje de etiqueta anterior a la década de los veinte, cantando los tres algo sobre una mancha seca que había en los calzones de Rosie O'Grady. También le parecía recordar que había visto en el parque linternas japonesas colgadas en graciosos arcos, resplandeciendo en suaves tonos pastel como sombrías joyas. El gran globo de cristal que pendía del cielo raso de la terraza estaba encendido, y los insectos chocaban contra él. Una parte de sí mismo, tal vez el último atisbo de sobriedad, intentaba decirle que eran las seis de una madrugada de diciembre. Pero el tiempo había quedado anulado.

Los argumentos contra la locura caen con un leve sonido ahogado capa sobre capa..., recordó.

¿De quién era eso? ¿De algún poeta que había leído mientras era estudiante? ¿De un estudiante poeta que ahora estaría vendiendo lavadoras en Wausau o pólizas de seguros en Indianápolis? ¿O tal vez algo original de él mismo? Qué importaba.

*La vaca es un animal/ forrado de cuero/ tiene las patas tan largas/ que le llegan hasta el suelo...*

Se echó a reír sin poder evitarlo.

–¿De qué te ríes, cariño?

De nuevo se encontró en el salón de baile. El candil estaba encendido y las parejas bailaban, algunos disfrazados y otros no, al sonido terso de una banda de posguerra... pero ¿de qué guerra? ¿Podía acaso estar seguro?

Por supuesto que no. Sólo estaba seguro de estar bailando con una mujer bella.

Era alta, de cabello castaño, se envolvía en una adherente túnica de satén blanco, y bailaba muy cerca de él, con los senos suaves y deliciosamente oprimidos contra su pecho. Una mano blanca se entrelazaba en la suya. El rostro estaba semicubierto por un pequeño antifaz con lentejuelas, y el pelo, cepillado a un lado, caía en una cascada suave y brillante, que parecía remansarse en el valle formado por los hombros de ambos al tocarse. La falda del vestido era larga, pero Jack sentía los muslos de ella contra sus piernas. Cada vez estaba más seguro de que su compañera estaba lisa y llanamente desnuda bajo la túnica.

–Es lo mejor para notar tu erección, cariño.

Jack se sentía al rojo vivo. Si a ella le molestaba, lo disimulaba muy bien, cada vez se apretaba más contra él.

–De nada, mi amor –contestó, y volvió a reír.

–Me gustas –susurró ella, y Jack pensó que su perfume era como el de los lirios, una fragancia secreta que emanaba de grietas revestidas de musgo verde, de lugares donde el sol es breve y las sombras largas.

–Tú también me gustas.

–Podríamos subir, si quieres. Se supone que estoy con Harry, pero ni se dará cuenta. Está demasiado ocupado en fastidiar al pobre Roger.

La pieza terminó. Hubo una sucesión de aplausos y, casi sin dar un respiro, la orquesta atacó *Mood Indigo.*

Al mirar por encima del desnudo hombro de ella, Jack vio a Derwent, de pie junto a la mesa, acompañado por la muchacha del sari. El mantel blanco que cubría la mesa estaba lleno de botellas de champán en sus correspondientes cubiteras, y Derwent tenía en la mano una botella recién abierta. Alrededor se había formado un grupo que reía a carcajadas. Frente a él y a la chica envuelta en el sari Roger hacía grotescas piruetas, a cuatro patas, arrastrando lentamente la cola. En ese momento estaba ladrando.

–¡Habla, muchacho, habla! –le ordenó.

–¡Guau, guau! –respondió Roger, y todos aplaudieron, algunos hombres silbaron.

–Ahora, siéntate. ¡Siéntate, perrito!

Roger se enderezó, en cuclillas. El hocico de la máscara seguía inmovilizado en su eterno mostrar los dientes. Por los agujeros de los ojos, los ojos de Roger brillaban con frenética y sudorosa hilaridad. Al enderezarse, extendió los brazos, dejando colgar las manos.

–¡Guau, guau!

Derwent volcó la botella de champán, derramando un Niágara de espuma sobre la máscara que lo miraba.

Roger hizo unos ruidos frenéticos entre los aplausos de todos. Algunas mujeres lloraban de risa.

–¿No es gracioso este Harry? –preguntó la compañera de Jack, volviendo a oprimirse contra él–. Todo el mundo lo dice. Transmite y recibe en dos bandas, y el pobre Roger sólo en una. Una vez... pero de esto hace meses, se pasó un fin de semana con Harry en Cuba, y ahora lo sigue por todas partes, meneando el rabo tras él.

Se rio, y la fragancia de los lirios subió de ella en una oleada.

–Pero claro, Harry no quiere saber nada de segundas partes... en esa banda, por lo menos... y Roger ha *enloquecido.* Harry le dijo que si venía al baile de máscaras disfrazado de perro, pero de perrito listo, tal vez lo reconsideraría, y Roger es tan estúpido que...

La pieza terminó. Hubo más aplausos, y los músicos empezaron a bajar del escenario para tomarse un descanso.

–Discúlpame, encanto –dijo ella de pronto–. Hay alguien a quien tengo que... Darla, Darla, queridísima, ¿dónde te habías metido?

Se le escapó entre la muchedumbre que comía y bebía, mientras Jack la seguía estúpidamente con la mirada, preguntándose cómo había llegado a bailar con ella. No podía recordarlo. Parecía que los incidentes se hubieran sucedido sin relación alguna. Primero aquí, después allá, en todas partes... La cabeza le daba vueltas, percibía el olor a lirios y a bayas de enebro. Junto a la mesa cubierta de bebidas y comestibles, Derwent sostenía un diminuto sándwich triangular sobre la cabeza de Roger, mientras lo instaba, para general regocijo de los espectadores, a que diera un salto mortal. La máscara de perro miraba hacia arriba, los costados del traje plateado subían y bajaban como fuelles. De pronto, Roger dio un salto, bajando la cabeza y procurando dar la vuelta en el aire. Saltó muy bajo y estaba demasiado exhausto. Aterrizó torpemente de espaldas, golpeándose la cabeza contra las losas. De la máscara de perro salió un áspero gruñido.

Derwent inició los aplausos.

–¡Otra vez, perrito! ¡Otra vez!

De inmediato, los espectadores empezaron a gritar a coro, mientras Jack, sintiéndose asqueado, buscaba la salida.

Estuvo a punto de caer sobre el carro de las bebidas, que transportaba un hombre ceñudo, de torera blanca. Al golpear con el pie el estante inferior del carro, las botellas y los sifones entonaron una azarosa melodía.

–Disculpe –farfulló Jack, que de pronto se sentía aprisionado. Pensó que quería salir, que el Overlook volviera a ser como había sido... que se librara de aquellos huéspedes indeseables. A él no le demostraban el respeto debido como verdadero iniciador del camino, no era más que un extra entre diez mil, un perro que se hacía el muerto o se sentaba según lo que le ordenaran.

–No tiene importancia –contestó el hombre de la torera blanca, y a Jack le pareció ridículo el inglés tajante y pulido viniendo de aquel rostro de facineroso–. ¿Una copa?

–Un martini.

Volvieron a estallar las risas. Roger estaba aullando la melodía de *Home on the Range.* Alguien lo acompañaba en el piano Steinway.

–Sírvase.

Notó que le ponían en la mano el vaso helado y bebió con agradecimiento. La ginebra volvía a atacar, desmoronando los primeros atisbos de sobriedad.

–¿Está bien, señor?

–Perfecto.

–Gracias, señor.

El carrito echó a rodar de nuevo.

De pronto, Jack tendió la mano para tocar al mesero en el hombro.

–¿Sí, señor?

–Perdón, pero... ¿cómo se llama usted?

–Grady, señor. Delbert Grady –respondió con naturalidad.

–Pero usted... Quiero decir que...

El mesero lo miraba cortésmente. Jack volvió a intentarlo, aunque tenía la boca pastosa y una sensación de irrealidad. Cada palabra le parecía tan grande como un cubo de hielo.

–¿No trabajó aquí de vigilante una vez? Cuando... cuando usted... –se interrumpió. Le resultaba imposible terminar la frase.

–No, señor. No lo creo.

–Pero su mujer... y sus hijas...

–Mi mujer trabaja de ayudante de cocina, señor. Y las niñas ya están durmiendo, por cierto. Es demasiado tarde para ellas.

–Pero usted fue el vigilante. Usted... ¡las mató!

En el rostro de Grady no había más que inexpresiva cortesía.

–No recuerdo absolutamente nada de todo eso, señor.

El vaso estaba vacío. Grady se lo quitó de los dedos, sin que Jack se resistiera, y empezó a prepararle otra copa. En el carrito traía un pequeño frasco de plástico blanco, lleno de aceitunas, que por alguna razón le hicieron pensar a Jack en cabezas cortadas. Hábilmente Grady ensartó una, la dejó caer dentro del vaso y se lo entregó.

–Pero usted...

–El vigilante es *usted,* señor –articuló suavemente Grady–. *Siempre* ha sido el vigilante. Estoy seguro, señor, porque yo siempre he estado aquí. El mismo director nos contrató a los dos al mismo tiempo. ¿Está bien así, señor?

Jack se bebió de un trago el martini, sintiendo que la cabeza le daba vueltas.

–El señor Ullman...

–No conozco a nadie con ese nombre, señor.

–Pero es que él...

–El director –dijo Grady– es el *hotel*, señor. Supongo que se da cuenta de quién lo contrató, señor.

–No –repuso dificultosamente Jack–. No, yo...

–Creo que debería hablar más con su hijo, señor Torrance. Él lo comprende todo, por más que no se lo haya explicado a usted. Muy criticable de su parte, señor, si me permite el atrevimiento. En realidad, lo ha desobedecido constantemente, ¿no es verdad? Y todavía no tiene seis años.

–Sí, eso es –respondió Jack. Detrás de ellos se produjo otra explosión de risas.

–Es necesario que lo corrija, si no le molesta que se lo diga. Es necesario que hable con él serenamente. A mis hijas, señor, al principio no les importaba el Overlook. Una de ellas incluso llegó a sustraerme una caja de cerillos e intentó incendiarlo. Pero yo las enmendé, con toda severidad. Y cuando mi mujer intentó impedir que cumpliera con mi deber, también la puse en su lugar –miró a Jack con una sonrisa inexpresiva–. En mi opinión, es un hecho, triste pero cierto, que las mujeres rara vez entienden la responsabilidad de un padre hacia sus hijos. Maridos y padres tienen ciertas responsabilidades, ¿no es así, señor?

–Sí –convino Jack.

–Ellas no querían al Overlook como yo lo quería –siguió evocando Grady, mientras empezaba a preparar otra copa–. Como tampoco lo quieren su mujer y su hijo... al menos por el momento. Pero ya llegarán a quererlo. Debe mostrarles el error en que se encuentran, señor Torrance. ¿No le parece?

–Sí. Claro que sí.

Había sido demasiado blando con ellos. «Maridos y padres tenían ciertas responsabilidades.» Ellos no lo comprendían. Y en realidad, eso no era ningún pecado, pero lo hacían *a propósito.* En general, Jack no era un hombre duro. Sin embargo, creía en el castigo. Y si su mujer y su hijo se oponían conscientemente a sus deseos, ¿no tenía hasta cierto punto el deber...?

–Un hijo desagradecido es peor que la mordedura de una serpiente –añadió Grady, mientras le tendía la copa–. Realmente creo que el director podría hacer entrar en vereda a su hijo... y a su mujer también. ¿No lo cree así, señor?

De pronto, Jack dudó.

–Yo... es que... tal vez ellos podrían marcharse... Bueno, después de todo, a quien quiere el director es a mí, ¿no? Tiene que ser así, porque...

¿Por qué? Jack intuía que debería saberlo, pero notaba que su pobre cerebro se sumergía.

–¡Perro malo! –decía Derwent en alta voz, envuelto entre risas–. ¡Perro malo, que te orinas en la alfombra!

–Naturalmente –Grady se inclinó hacia el carrito para hablarle con tono confidencial–, usted sabe que su hijo intenta introducir en todo esto a un extraño. Su hijo tiene un gran talento, que el director podría emplear para introducir mejoras en el Overlook, para... enriquecerlo, digamos. Pero su hijo está empeñado en emplear ese verdadero talento contra nosotros. Es testarudo, señor Torrance. Muy testarudo. ¡Maldito chiquillo...!

–¿A un extraño? –preguntó Jack, perplejo.

Grady asintió con la cabeza.

–¿Quién...?

–Un negro –respondió Grady–. Un cocinero negro.

–¿Hallorann?

–Sí, señor. Creo que ése es su nombre.

Un nuevo estallido de risas fue seguido por la voz de Roger, que decía algo con quejoso tono de protesta.

–¡Sí! ¡Sí! ¡Sí! –empezó a salmodiar Derwent. Los que lo rodeaban lo imitaron, pero antes de que Jack alcanzara a oír qué era lo que ahora querían de Roger, la orquesta empezó a tocar de nuevo, esta vez *Tuxedo Junction*, con mucho saxo dulzón, pero con poca alma.

Un negro... un cocinero negro, se dijo Jack, que abrió la boca para hablar sin saber qué iba a decir.

Finalmente comentó.

–Me dijeron que usted no había terminado la escuela secundaria, pero no habla como si fuera un hombre inculto.

–Es verdad que dejé muy temprano mi educación formal, señor. Pero el director se ocupa de su personal. Considera que es beneficioso. La educación siempre rinde, ¿no cree, señor?

–Sí –convino Jack, aturdido.

–Por ejemplo, usted demuestra gran interés en saber más cosas sobre el Hotel Overlook. Muy sensato de su parte, señor, muy noble. En el sótano fue abandonado cierto álbum de recortes para que usted lo encontrara...

–¿Quién lo dejó? –preguntó ansiosamente Jack.

–El director, por supuesto. Si usted lo deseara, también podría poner a su disposición otros materiales...

–Por supuesto que sí –Jack intentó controlar la ansiedad de su voz, sin conseguirlo.

–Es usted un verdadero estudioso –agregó Grady–. Sigue hasta el final con el tema. Agota todas las fuentes –bajó su torpe cabeza, se miró la solapa de la torera blanca y sacudió con pulcritud una mota de polvo que Jack no alcanzaba a ver. Luego siguió hablando–: Y el director no pone límites a su generosidad. Ningún límite, se lo aseguro. Míreme a mí, con poco más que la escuela primaria, e imagínese hasta dónde podría llegar usted en la estructura organizativa del Overlook. Tal vez... a su debido tiempo... hasta lo más alto...

–¿De veras? –inquirió Jack.

–Claro que eso está en función de la decisión de su hijo, ¿no es verdad? –le preguntó Grady, arqueando las cejas abundantes y enmarañadas.

–¿De Danny? –Jack lo miró, frunciendo el entrecejo–. No permitiría que mi hijo tomara decisiones referentes a mi carrera. ¡De ningún modo! ¿Por quién me toma?

–Por un estudioso –respondió cordialmente Grady–. Tal vez me haya expresado mal, señor. Digamos que su futuro aquí depende de la forma en que decida corregir el carácter indómito de su hijo.

–Yo tomo mis propias decisiones –susurró Jack.

–Pero debe ocuparse de él.

–Lo haré.

–Y con firmeza.

–Naturalmente.

–Un hombre que no es capaz de controlar a su familia ofrece muy poco interés a nuestro director. De un hombre que no puede encarrilar a su mujer y a su hijo, mal puede esperarse que a su vez se encarrile, y menos aún que asuma un cargo de responsabilidad en una operación de esta magnitud. Si...

–¡Le he dicho que me ocuparé de él! –exclamó Jack, furioso.

*Tuxedo Junction* había terminado y la orquesta no había empezado aún otra pieza. El grito se había oído perfectamente en el intermedio, y las conversaciones se extinguieron de pronto a sus espaldas. Súbitamente sintió que un fuego le abrasaba la piel, y tuvo la absoluta seguridad de que todo el mundo lo miraba. Habían acabado con Roger y ahora podrían empezar con él.

«Ahora sigue a Harry por todas partes, meneando el rabo tras él... Échate. Hazte el muerto. Castiga a tu hijo...», imaginó que le dirían.

–Por aquí, señor –le indicó Grady–. Hay algo que puede interesarle.

Las conversaciones se habían reanudado, subiendo y bajando de tono según su propio ritmo, entretejiéndose con la música de la orquesta, que ahora tocaba una versión en swing de *Ticket to Ride,* de Lennon y McCartney.

La he escuchado mejor por los altavoces de los supermercados, pensó Jack.

Se echó a reír estúpidamente. Vio que en la mano izquierda volvía a tener una copa y la vació de un trago.

Estaba de pie ante la repisa de la chimenea y el calor del fuego que ardía en ella le calentaba las piernas.

¿Fuego... en agosto...? Todos los tiempos son uno. Pretenden que sacrifique a mi hijo, pensó.

Había un reloj bajo un fanal de cristal, flanqueado por dos elefantes tallados en marfil. Las manecillas marcaban la medianoche menos un minuto. Jack lo miró con ojos ofuscados. ¿Era eso lo que Grady quería que viera? Volteó para preguntárselo, pero Grady había desaparecido.

En mitad de *Ticket to Ride,* la orquesta prorrumpió en un estruendo de bronces.

–¡La hora se acerca! –proclamó Horace Derwent–. ¡Medianoche! ¡A desenmascararse! ¡A desenmascararse todos!

De nuevo, Jack intentó volverse para ver qué rostros famosos se ocultaban bajo las máscaras, pero se encontró paralizado, incapaz de apartar la vista del reloj, cuyas manecillas habían llegado a unirse, apuntando directamente hacia arriba.

–¡A desenmascararse! ¡A desenmascararse! –proclamaba el sonsonete.

El reloj empezó a sonar delicadamente. Por el riel de acero que corría bajo la esfera, de izquierda a derecha, avanzaron dos figuras. Jack las observaba, fascinado, olvidando que era la hora de quitarse las máscaras. El mecanismo chirrió, las ruedecillas de los engranajes giraron y se articularon con un cálido resplandor de bronce. La rueda catalina se movía hacia adelante y atrás con precisión.

Una de las figuras era un hombre alzado en la punta de los pies, que llevaba en las manos algo semejante a un garrote en miniatura. El otro personaje era un niño pequeño que llevaba puesto un capirote. Los dos resplandecían con fantástica precisión. En el capirote del niño se leía la palabra TONTO.

Los dos personajes se deslizaron hacia los extremos opuestos de un eje de acero. Desde alguna parte llegaban, débil e incesantemente, los acordes de un vals de Strauss, que en la mente de Jack movilizaron con su melodía un insano estribillo comercial: *Tenga a su perro contento con Guau, tenga a su perro contento con Guau.*

El mazo de acero que sostenía el padre mecánico descendió sobre la cabeza del niño, que se desplomó hacia adelante. El mazo se elevaba y caía implacablemente. Las manos del pequeño, elevadas en súplica y protesta, empezaron a vacilar. Estaba acurrucado y su cuerpo resbaló hasta quedar tendido en el suelo. El martillo seguía golpeándolo al ritmo tintineante de la melodía de Strauss, y a Jack le pareció que podía ver la cara del hombre, tensa y concentrada, mientras vapuleaba a su hijo, inconsciente y moribundo.

Una gota roja salpicó el interior del cristal. Luego la siguieron otras dos.

Pronto el líquido rojo se elevó como un surtidor obsceno, cubriendo de sangre el cristal del fanal y escurriéndose, velando lo que sucedía en el interior. El líquido escarlata iba acompañado de minúsculos fragmentos de tela, hueso y sesos. Jack seguía viendo el martillo que se alzaba y caía, mientras el mecanismo de relojería avanzaba y las ruedecillas de los engranajes giraban sin cesar para mantener en movimiento el diabólico mecanismo.

–¡A desenmascararse! ¡A desenmascararse! –gritaba Derwent a sus espaldas, y en algún lugar un perro gañía con tonos humanos.

Pero una maquinaria de reloj no sangra. Una maquinaria de reloj no sangra, se repetía Jack.

Todo el fanal estaba salpicado de sangre y Jack veía coágulos y mechones de pelo, pero nada más. Afortunadamente, no podía ver nada más, y sin embargo pensaba que iba a caer enfermo porque seguía oyendo los golpes a través del cristal, con tanta claridad como oía la melodía del *Danubio azul.* Sin embargo, el ruido ya no era el tintineo de un martillo mecánico que se desploma sobre una cabeza mecánica, sino el silbido sordo y ahogado de un mazo auténtico al estrellarse contra una ruina blanda, esponjosa; una ruina que, segundos antes había sido...

–¡A desenmascararse!

¡Sobre todos ellos imperaba la Muerte Roja!

Con un horrible grito de angustia, Jack se apartó del reloj con las manos extendidas y volteó, tropezando con sus propios pies, como si fueran bloques de madera, para pedir a todo el mundo que se detuvieran, que se lo llevaran a él, a Danny, a Wendy, al mundo entero si querían, pero que por favor se detuvieran y le dejaran un poco de cordura, un rastro de luz.

El salón de baile estaba vacío.

Las sillas estaban puestas patas arriba sobre las mesas, cubiertas de manteles de plástico. La alfombra roja, con sus dibujos dorados, estaba de nuevo extendida sobre la pista, protegiendo la lustrada superficie de roble. El estrado para la orquesta estaba vacío, salvo por un micrófono sin conectar y una guitarra, polvorienta y sin cuerdas, apoyada contra la pared. Una fría luz matinal se filtraba lánguidamente por las altas ventanas.

Jack todavía se sentía mareado, borracho, pero cuando volvió a mirar hacia la repisa de la chimenea, la borrachera se le disipó. Allí no había más que los elefantes de marfil... y el reloj.

Tambaleándose, atravesó el vestíbulo frío y oscuro, y después el comedor. Tropezó con la pata de una mesa y cayó al suelo, derribando estrepitosamente la mesa. Empezó a sangrarle la nariz. Se levantó, aspirando sangre, al tiempo que se enjugaba con el dorso de la mano.

Fue hacia el salón Colorado y apartó violentamente las puertas oscilatorias, haciéndolas chocar contra las paredes.

El lugar estaba desierto; los estantes del bar bien provistos. ¡Alabado sea Dios!, pensó. El vidrio y los bordes plateados de las etiquetas relucían cálidamente en la penumbra.

Jack recordó que en cierta ocasión, hacía muchísimo tiempo, se había enojado al ver que no había espejo al fondo del bar. Ahora se alegraba. De haberlo habido, no habría visto en él más que a otro borracho que acababa de quebrantar su propósito de abstinencia, con la nariz ensangrentada, la camisa fuera de los pantalones y la barba de dos días.

Así queda uno cuando mete la mano entera a un avispero, se dijo irónicamente.

De repente, la soledad lo invadió por completo. Jack gimió con súbita desdicha, deseando estar muerto. Su mujer y su hijo estaban arriba, y habían echado llave a la puerta para protegerse de él. Los demás se habían marchado. La fiesta había terminado.

De inmediato, se precipitó hacia el bar.

–Lloyd, ¿dónde carajo estás? –vociferó.

No hubo respuesta. En aquella habitación de revestimiento acolchado ni siquiera el eco de sus propias palabras le otorgaba una mínima ilusión de compañía.

–¡Grady!

Sólo las botellas, rígidamente dispuestas en posición de firmes, parecían susurrar: «Échate. Hazte el muerto.

Busca. Hazte el muerto. Siéntate. Hazte el muerto...».

–No importa, maldita sea, ya me las arreglaré solo.

Mientras se acercaba al bar, perdió el equilibrio y cayó hacia adelante, golpeándose la cabeza contra el suelo. Se levantó torpemente, con los ojos desorbitados, farfullando sin sentido. Después se desplomó, respirando con sonoros ronquidos.

En el exterior, el viento aullaba cada vez con más fuerza, empujando la nieve incesante. Eran las ocho y media de la mañana.

## 45. AEROPUERTO DE STAPLETON, DENVER

A las 8:31 de la mañana, hora de las montañas, una mujer que viajaba en el vuelo 196 de la TWA estalló en lágrimas y empezó a expresar su opinión, tal vez no del todo ajena a otros pasajeros (incluso para algún miembro de la tripulación), de que el avión iba a estrellarse.

La mujer que iba sentada junto a Hallorann alzó la vista de su libro.

–Papanatas –dijo, y volvió a sumergirse en la lectura. Durante el vuelo se había bebido dos vodkas con jugo de naranja, que no parecían haberla alterado en lo más mínimo.

–¡Vamos a estrellarnos! –gritaba histéricamente la mujer.

Una de las azafatas se le acercó, presurosa, y se puso en cuclillas junto a su asiento. Hallorann pensó que sólo las azafatas y las amas de casa muy jóvenes parecían capaces de adoptar esa posición con cierta gracia, lo cual era un talento raro y admirable. Siguió pensando en eso mientras la azafata hablaba en voz baja con la pasajera, tranquilizándola poco a poco.

Hallorann no sabía qué pasaba por la cabeza de sus compañeros de viaje, pero él estaba poco menos que muerto de miedo. Por la ventanilla no se veía otra cosa que una densa cortina blanca. El avión se balanceaba de un lado a otro, acosado por implacables ráfagas de viento. Los motores tenían su funcionamiento ajustado para compensar parcialmente el movimiento y, como resultado, el suelo vibraba bajo los pies de los viajeros. En la clase turista, a sus espaldas, varias personas gemían, una azafata acababa de pasar con una nueva provisión de bolsas de papel y, tres asientos más adelante, un hombre acababa de vomitar sobre el *National Observer,* mirando avergonzado a la azafata que lo ayudaba a limpiarse.

–No se preocupe –lo consoló la muchacha–. A mí me ocurre con el *Reader's Digest.*

Hallorann tenía la experiencia de vuelo suficiente para conjeturar qué había sucedido. Durante la mayor parte del viaje habían volado con el viento de frente y de pronto, sobre Denver, el tiempo había empeorado inesperadamente, de modo que era demasiado tarde para un cambio de ruta que les permitiera entrar con un tiempo más favorable.

Amigo mío, esto parece una jodida carga de caballería, pensó.

Al parecer, la azafata había conseguido calmar bastante a la mujer, que seguía lloriqueando y sonándose con un pañuelo de encajes, aunque por lo menos había dejado de proclamar públicamente su opinión sobre la posible terminación del viaje. Dándole una última palmadita en el hombro, la azafata se incorporó, en el preciso instante en que el 747 daba su peor bandazo. La joven retrocedió, tambaleante, y fue a aterrizar en las rodillas del hombre que había vomitado en el periódico, exhibiendo un delicioso trozo de pierna enfundada en nylon. El hombre parpadeó y le tocó bondadosamente el hombro. Aunque la chica le devolvió la sonrisa, Hallorann pensó que parecía tensa. Esa mañana, había tenido un vuelo de mil demonios.

Se produjo un pequeño sobresalto cuando se encendió el anuncio de NO FUMAR.

–Habla el capitán –informó una voz suave, de acento sureño–. Estamos a punto de iniciar nuestro descenso en el aeropuerto internacional de Stapleton. Hemos tenido un vuelo difícil y les pido disculpas. Es posible que el aterrizaje también sea un poco difícil, pero no tenemos previsto ningún problema grave. Les ruego que observen la indicación de abrocharse el cinturón y de no fumar, y esperamos que disfruten ustedes de su estancia en la ciudad de Denver. Esperamos también...

El avión dio otra violenta sacudida y volvió a caer en otra bolsa de aire. Hallorann sintió que se le revolvía el estómago. Varias personas gritaron.

–... tener el placer de volver a verlos pronto en otro vuelo de TWA.

–Espérame sentado –masculló alguien, detrás de Hallorann.

–Qué tontería –comentó la mujer de facciones afiladas, mientras marcaba con una caja de cerillos vacía su libro y lo cerraba al ver que el avión empezaba a descender–. Cuando uno ha visto los horrores de una pequeña guerra sucia, como usted... o captado la degradante inmoralidad de la política de intervención diplomática en el dólar que practica la CIA, como yo... un aterrizaje difícil se *reduce*a una *insignificancia.* ¿No tengo razón, señor Hallorann?

–Sin duda, señora –respondió Hallorann, y siguió mirando la nieve que se arremolinaba afuera.

–¿Puedo preguntarle cómo reacciona ante todo esto su placa de acero?

–Oh, con la cabeza no tengo problemas –repuso Hallorann–, pero tengo el estómago un poco revuelto.

–Qué lástima –volvió a abrir su libro.

Mientras descendían entre las impenetrables nubes de nieve, Hallorann pensaba en un accidente aéreo que se había producido unos años atrás en el aeropuerto Logan, de Boston. Las condiciones eran similares, sólo que lo que había reducido la visibilidad a cero era la niebla, no la nieve. El tren de aterrizaje del avión había chocado con un muro de contención próximo al final de la pista de aterrizaje. Lo que había quedado de los ochenta y nueve pasajeros y tripulantes no era muy diferente a un estofado.

Hallorann se dijo que no le importaría tanto si sólo se tratara de él. Estaba poco menos que solo en el mundo, y a su funeral irían sobre todo los que alguna vez habían trabajado con él y el viejo renegado de Masterton, que por lo menos bebería una copa en su nombre. Pero el niño... el niño confiaba en él. Tal vez no hubiera otra ayuda que ese pequeño pudiera esperar, y a Hallorann no le gustaba la manera en que se había interrumpido la última llamada. No dejaba de recordar la forma en que le había parecido ver moverse a los arbustos de animales...

Una delgada mano blanca se posó sobre la de él.

La mujer de cara afilada se había quitado los lentes, sin los cuales sus facciones se suavizaban admirablemente.

–Todo saldrá bien –le dijo.

Hallorann sonrió e hizo un gesto de asentimiento.

Tal como les habían prevenido, el aterrizaje fue accidentado. El avión tomó contacto con tierra con la brusquedad suficiente para derribar casi todas las revistas del estante y provocar en la cocina una cascada de bandejas de plástico, que cayeron como enormes naipes. Aunque nadie gritó, Hallorann oyó castañetear incontrolablemente más de una dentadura.

Después se oyó el rugido de las turbinas al frenar, y al cabo de unos segundos la voz sureña del piloto, suave aunque tal vez algo insegura.

–Señoras y señores, acabamos de aterrizar en el aeropuerto de Stapleton. Por favor, permanezcan en sus asientos hasta que el avión se haya detenido por completo en la terminal. Gracias.

La mujer cerró el libro y exhaló un largo suspiro.

–Señor Hallorann, nos espera aún otro día de lucha.

–Todavía no hemos terminado con éste, señora.

–Sí, es cierto. ¿Le importaría tomar una copa conmigo en el bar?

–Me gustaría, pero tengo que acudir a una cita.

–¿Urgente?

–Muy urgente –respondió con seriedad Hallorann.

–Algo que, en pequeña medida, mejorará la situación general, espero.

–Yo también lo espero –asintió Hallorann, sonriendo. Ella le sonrió a su vez y, mientras lo hacía, pareció rejuvenecer varios años.

Como su único equipaje era la bolsa de viaje, Hallorann fue el primero en llegar al mostrador de Hertz en la planta baja. A través de los cristales ahumados de las ventanas, se distinguía que la nieve seguía cayendo sin pausa. Las rachas de viento la arrastraban de un lado a otro, formando nubes blancas, y la gente que atravesaba el estacionamiento se defendía de ellas como podía. Un hombre perdió el sombrero, y Hallorann se condolió al verlo elevarse gallardamente en el aire. El hombre lo miró, mientras Hallorann pensaba: Olvídate de él, hombre. No creo que aterrice hasta llegar a Arizona. De inmediato, se preguntó qué tiempo haría al oeste de Boulder si en Denver nevaba de aquella forma.

Tal vez fuera mejor no pensar en eso.

–¿Puedo servirle en algo, señor? –le preguntó la chica con el uniforme amarillo de Hertz.

–Puede hacerlo, si tiene un coche –respondió Hallorann, sonriendo.

Pagando un poco más, consiguió un coche algo más pesado que los comunes, un Buick Electra, negro y plata. Sin embargo, Hallorann no dejaba de pensar en los serpenteantes caminos de montaña. Sin duda tendría que detenerse para que le pusieran cadenas, porque sin ellas no podría ir muy lejos.

–¿Qué tiempo hace? –preguntó mientras la chica le entregaba el formulario para firmar.

–Dicen que es la peor tormenta que ha habido desde 1969 –contestó ella alegremente–. ¿Va muy lejos, señor?

–Más de lo que quisiera.

–Si quiere, puedo telefonear a la gasolinería de Texaco, en el cruce con la 270, para que le pongan cadenas cuando llegue.

–Sería una verdadera bendición, se lo aseguro.

La muchacha descolgó el auricular e hizo la llamada.

–Estarán esperándolo.

–Muchas gracias.

Cuando se apartó del mostrador, vio a la mujer de facciones afiladas en una de las colas que se habían formado frente a la cinta de equipajes. Todavía estaba leyendo su libro. Hallorann le hizo un guiño al pasar. Ella levantó los ojos, le sonrió y le hizo el signo de la paz.

Resplandece, se dijo Hallorann.

Todavía sonriendo, se levantó el cuello del abrigo y se cambió de mano la bolsa de viaje. Aunque sólo un poco, eso lo hizo sentirse mejor. Lamentaba haberle mentido acerca de la placa de acero en la cabeza. Le deseó lo mejor y, mientras salía al aullido del viento y de la nieve, sintió que ella le deseaba lo mismo.

En la gasolinería no cobraron mucho por colocar las cadenas, pero Hallorann deslizó furtivamente un billete de diez dólares en la mano del hombre que lo atendió para conseguir que lo adelantaran en la lista de espera. No obstante, eran cuarto para las diez cuando se puso en camino, acompañado rítmicamente por el ruido de los limpiaparabrisas y el traqueteo metálico de las cadenas sobre las grandes ruedas del Buick.

La autopista era un desastre. Ni siquiera con cadenas podía ir a más de cincuenta. Los coches se salían de la ruta en los ángulos más inverosímiles, y en algunas pendientes el tráfico estaba atascado. Los neumáticos sin cadenas patinaban irremediablemente en el polvo de nieve. Era la primera tormenta importante del invierno en las tierras «bajas» (a mil seiscientos metros sobre el nivel del mar). A muchos conductores los había tomado desprevenidos, y era natural, pero Hallorann no podía dejar de maldecirlos mientras avanzaba entre ellos, mirando por el retrovisor exterior para asegurarse de que no se acercaba nadie por el carril de la izquierda.

La mala suerte seguía acechando en la rampa de acceso a la ruta número 36. Esa ruta, la autopista de peaje que llevaba de Denver a Boulder, iba también hacia el Oeste, hasta Estes Park, donde se unía a la ruta 7 por un camino conocido como «carretera de las tierras altas», atravesando Sidewinder, por el Hotel Overlook y descendiendo por la planicie occidental hasta llegar a Utah.

La rampa de acceso estaba bloqueada por un camión volcado, alrededor del cual ardían las balizas como las velas en el pastel de cumpleaños de un niño tonto.

Hallorann detuvo el coche y bajó la ventanilla. Un policía, tocado hasta las orejas con un gorro ruso de piel, le indicó con una mano enguantada que se uniera a la caravana de vehículos que iban hacia el Norte por la I-25.

–¡Por aquí no se puede pasar! –exclamó entre el aullido del viento–. ¡Tome la salida 91 y entre por la 36 en Broomfield!

–¡Creo que puedo dar la vuelta por la izquierda! –exclamó a su vez Hallorann–. ¡Lo que usted dice supone un rodeo de más de treinta kilómetros!

–¡Lo que yo le digo, usted lo hace! –volvió a gritar el policía–. ¡Este acceso está cerrado!

Hallorann dio marcha atrás, esperó a encontrar por dónde meterse y se incorporó al tráfico de la ruta 25. Los letreros le informaron que estaba a ciento sesenta kilómetros de Cheyenne, Wyoming. Si se saltaba la salida de la carretera, acabaría allí.

Aumentó la velocidad hasta cerca de sesenta, pero sin atreverse a más. La nieve amenazaba con atascar los limpiaparabrisas, y el tráfico estaba verdaderamente enloquecido. Un rodeo de más de treinta kilómetros, maldijo en silencio, mientras surgía otra vez en él la sensación de que el niño tenía cada vez menos tiempo, y además, le invadía la convicción fatalista de que de ese viaje no volvería.

Encendió el radio y fue pasando de emisoras hasta dar con un pronóstico meteorológico.

«... quince centímetros, y se espera que esta noche caigan unos treinta centímetros más en el área metropolitana de Denver. La Policía Municipal y la del Estado ruegan que nadie saque su coche a menos que sea absolutamente necesario, y advierten al público que la mayoría de los pasos de montaña se encuentran cerrados. Así pues, estimados oyentes, a quedarse en casa y a sintonizar...»

–Gracias, señora –gruñó Hallorann, y apagó furiosamente el radio.

# 46. WENDY

A mediodía, en un momento en que Danny había ido al baño, Wendy sacó de debajo de la almohada el cuchillo envuelto en el trapo de cocina, se lo puso en el bolsillo de la bata y fue hacia la puerta del baño.

–¿Danny?

–¿Qué?

–Voy a preparar algo para el almuerzo. ¿De acuerdo?

–De acuerdo. ¿Quieres que baje contigo?

–No, yo lo subiré. ¿Qué te parece un omelette de queso y un plato de sopa?

–Perfecto.

Ante la puerta cerrada, Wendy titubeó un momento.

–Danny, ¿está bien así? ¿Seguro?

–Sí –respondió–. Pero ten cuidado.

–¿Dónde está papá? ¿Lo sabes?

–No. Pero ve tranquila –la voz era extrañamente calmada.

Wendy sofocó la necesidad de seguir preguntando, de seguir picoteando los bordes de la cosa. Fuera lo que fuera estaba allí, los dos sabían de qué se trataba, y seguir insistiendo sólo serviría para asustar más a Danny... y a ella.

Jack había perdido el juicio. Alrededor de las ocho de la mañana, mientras la tormenta volvía a cobrar nuevo impulso, Wendy y su hijo, sentados en la cama, lo habían oído por la planta baja, entre bramidos y tropezones. Casi siempre, los ruidos parecían llegar del salón de baile. Jack cantaba desafinadamente fragmentos de canciones, participaba en una discusión, en un momento dado había gritado con todas sus fuerzas, helándoles la sangre a ambos, mientras se miraban en silencio. Finalmente lo habían oído atravesar de nuevo el vestíbulo, tambaleante, y Wendy tenía la impresión de haber escuchado un gran golpe sordo, como si se hubiera caído o hubiera abierto violentamente una puerta. Desde las ocho y media, hacía ya tres horas y media, sólo había habido silencio.

Wendy avanzó por el corto pasillo, siguió por el corredor principal de la primera planta y fue hacia la escalera. En el descanso de la primera planta se detuvo a echar un vistazo al vestíbulo. Parecía desierto, pero el día sombrío dejaba gran parte del salón a oscuras. Danny podía equivocarse. Jack quizás estaba escondido detrás de un sillón o un sofá, tal vez detrás del mostrador de recepción, esperando a que ella bajara...

Wendy se humedeció los labios.

–¿Jack?

No hubo respuesta.

Agarrando el cuchillo, siguió bajando. Wendy había imaginado muchas veces el final de su matrimonio: el divorcio, la muerte de Jack en un accidente por conducir bebido –la visión más habitual en la oscuridad de las madrugadas de espera cuando vivían en Stovington– y alguna vez había pensado que llegaría otro hombre, un héroe de novela de aventuras que se la llevaría, junto con Danny, en la silla de su corcel blanco. Pero jamás se había representado a sí misma merodeando por pasillos y escaleras como un ladrón, con la mano cerrada firmemente sobre un cuchillo para defenderse de Jack.

Al pensarlo, la invadió una oleada de desesperación, y tuvo que detenerse a mitad de la escalera, aferrándose al barandal, temerosa de que las rodillas se le doblaran.

Admítelo, se dijo. No es sólo Jack. Jack no es más que la única cosa sólida en medio de todo esto, a la que puedes colgar todas las demás, las cosas que no puedes creer y que sin embargo te ves obligada a creer, esa historia de los arbustos, el grupo de la fiesta en el elevador, ese antifaz... Intentó detener el pensamiento, pero era demasiado tarde. Y las voces...

De vez en cuando, la impresión no había sido la de que allí abajo hubiera un loco solitario, charlando con los fantasmas de su propia mente alterada, gritándoles. A veces, como una onda de radio que se pierde y vuelve alternativamente, Wendy había oído –o le había parecido oír– otras voces, y música, y risas. También había oído que Jack mantenía una conversación con alguien que se llamaba Grady –el nombre le resultaba vagamente conocido, aunque no podía identificarlo–, haciendo afirmaciones y formulando preguntas al silencio, pero hablando en voz alta, como si tuviera que hacerse oír por encima de un constante bullicio de fondo. Y después, escalofriantes, se oían otros ruidos que parecían completar el rompecabezas: la música de una orquesta, gente aplaudiendo, un hombre que con voz autoritaria intentaba persuadir a alguien de que pronunciara un discurso. Durante treinta segundos o un minuto, Wendy oía esas cosas y se sentía a punto de desmayarse de terror; después, todo volvía a esfumarse y sólo quedaba la voz de Jack, hablando con pastosa firmeza, como cuando bebía. Pero en el hotel no había una gota de alcohol, salvo el jerez de la cocina. ¿O no era así? Si ella podía imaginar que el hotel estaba lleno de voces y música, ¿acaso no podía Jack imaginar que estaba borracho?

La idea le resultaba aterradora.

Al llegar al vestíbulo, miró alrededor. El cordón de terciopelo que cerraba simbólicamente el salón de baile estaba en el suelo, y el poste de acero que lo sostenía había sido derribado, como si alguien hubiera tropezado con él al pasar. Una descolorida luz blanca, proveniente de las ventanas altas y estrechas del salón de baile, atravesaba la puerta abierta e iba a dar sobre la alfombra del vestíbulo. Con el corazón palpitante, Wendy fue hasta las puertas abiertas del salón de baile para mirar dentro. Estaba vacío y en silencio, no se oía más que esa especie de eco que parece perdurar en los ámbitos muy espaciosos, desde una imponente catedral hasta un modesto salón de bingo en cualquier pueblo.

Wendy volvió al mostrador y se quedó allí, indecisa, escuchando cómo vociferaba el viento en el exterior. Era la peor tormenta que habían tenido hasta entonces, y su fuerza seguía en aumento. En algún lugar del ala oeste se había roto la cerradura de un postigo, y la hoja se sacudía incesantemente con un ruido seco y crujiente, como si fuera un tiro al blanco con un solo cliente.

Jack, realmente tendrías que ocuparte de eso. Antes de que entre algo, pensó.

Wendy se preguntó qué haría si él aparecía en ese momento, si surgía de detrás del oscuro escritorio, con su pila de formularios por triplicado y su campanilla plateada, como uno de esos muñecos que saltan por sorpresa de una caja, pero un muñeco asesino, sonriente, con una maza en una mano y ninguna expresión humana en los ojos. ¿Se quedaría helada de terror, o tendría el instinto maternal necesario para luchar por el hijo de ambos, hasta que uno de los dos muriera? Wendy no lo sabía y al pensarlo, se sentía enferma, sentía que toda su vida había sido un sueño largo y fácil, que de ninguna manera la había preparado para aquella pesadilla despierta. Wendy no estaba endurecida. Cuando tenía un problema, dormía. Su pasado no tenía nada notable. Jamás se había visto sometida a una prueba de fuego, y ésta a la que se veía sometida no era de fuego, sino de hielo, y no podía superarla durmiendo. Su hijo estaba arriba y la esperaba.

Aferró con más fuerza el mango del cuchillo y miró por encima del mostrador.

No había nada.

El alivio se canalizó en un largo suspiro.

Wendy abrió la puerta y pasó, no sin hacer antes una pausa para mirar en el interior del despacho antes de entrar. Buscó a tientas, antes de atravesar la puerta siguiente, el interruptor de la luz de la cocina, esperando que en cualquier momento una mano la agarrara. Después las luces fluorescentes se encendieron, zumbando y titilando, y Wendy vio la cocina del señor Hallorann... Le había prometido que la mantendría limpia, y lo había cumplido. Sentía como si fuera uno de los «lugares seguros» de Danny. Era como si allí la presencia de Dick Hallorann la rodeara y consolara. Danny había llamado al señor Hallorann y allí arriba, sentada junto a su hijo, aterrorizados, mientras su marido deliraba y desvariaba, a Wendy le había parecido la más débil de todas las esperanzas. Pero ahora que estaba allí, en el lugar del señor Hallorann, le parecía casi imposible. Tal vez Hallorann estuviera ya en camino, empeñado en llegar hasta ellos pese a la tormenta.

Fue hacia la despensa, abrió el cerrojo y entró. Buscó una lata de sopa de tomate, volvió a cerrar la puerta y a echar el cerrojo. La puerta cerraba muy bien contra el suelo y, si se mantenía con cerrojo, no había peligro de que ratas o ratones fueran a ensuciar el arroz, la harina o el azúcar.

Abrió la lata y dejó caer el contenido, con su consistencia gelatinosa, en una cacerola. Se dirigió al refrigerador en busca de leche y huevos para el omelette. Después a la cámara frigorífica a buscar el queso. Todas esas acciones, que formaban parte de su vida antes de que el Overlook también se convirtiera en parte de ella, la ayudaron a calmarse.

Wendy derritió la mantequilla en el sartén, diluyó la sopa con leche, vertió en el sartén los huevos batidos.

Súbitamente tuvo la sensación de que alguien estaba de pie detrás de ella, dispuesto a estrangularla. Volteó, aferrando el cuchillo. No había nadie.

¡A ver si te dominas, muchacha!, se dijo con nerviosismo.

Ralló la cantidad necesaria de queso, lo agregó a la tortilla, la removió y bajó el gas hasta dejarlo reducido a un anillo de tenue llama azul. La sopa ya estaba caliente. Puso la sopera sobre una bandeja grande, junto con los cubiertos, dos tazones, dos platos, el salero y el pimentero. Cuando el omelette estuvo dorado, Wendy lo deslizó sobre uno de los platos y lo tapó. Luego pensó: Ahora, a volver por donde viniste. Apaga las luces de la cocina. Atraviesa el despacho, después la puerta del mostrador, recoge doscientos dólares.

Se detuvo junto al mostrador del vestíbulo y dejó la bandeja encima. Lo irreal no daba más que hasta cierto punto. Todo aquello era una especie de absurdo juego del escondite.

Frunciendo el entrecejo, Wendy se detuvo en la penumbra del vestíbulo.

Esta vez no fuerces los hechos, muchacha. Hay ciertas realidades, por lunática que pueda parecerte la situación. Una de ellas es que tal vez seas la única persona responsable que queda en medio de este grotesco montón. Tienes a tu cuidado un hijo de cinco años, que va para seis. Y tu marido, sea lo que sea lo que le ha sucedido, y por más peligroso que pueda ser... quizá también sea parte de tu responsabilidad. Y aunque no lo fuera, piensa una cosa: hoy es 2 de diciembre. Si no aparece un guardabosques, todavía puedes pasar cuatro meses aquí encerrada. Aunque empezaran a extrañarse de que nadie haya recibido una llamada nuestra por el radio, nadie va a venir hoy... ni mañana... ni en varias semanas tal vez. ¿Te vas a pasar un mes bajando furtivamente a buscar la comida con un cuchillo en el bolsillo, y sobresaltándote al menor ruido? ¿Realmente crees que puedes eludir a Jack durante un mes? ¿Crees que puedes impedirle que suba si a él se le ocurre entrar? Tiene Tiene la llave maestra, y de una patada puede hacer saltar el cerrojo.

Dejando la bandeja sobre el mostrador, Wendy avanzó lentamente hacia el comedor. Estaba desierto. Había una sola mesa con las sillas dispuestas alrededor. Era la que ellos habían intentado usar para comer, hasta que la vacía soledad del comedor los ahuyentó.

–¿Jack?

En ese momento se elevó una ráfaga de viento que arremolinó la nieve contra los postigos, pero a Wendy le pareció que había oído algo más... una especie de gruñido ahogado.

–*¿Jack?* –insistió.

Esta vez no alcanzó a oír nada, pero sus ojos observaron algo que estaba bajo las dobles puertas oscilatorias del salón Colorado, algo que brillaba débilmente en la luz mortecina. Era el encendedor de Jack.

Reunió todo su valor para atravesar las puertas, abriéndolas de par en par. El olor a ginebra era tan intenso que el aliento se le atravesó en la garganta. En realidad, era un fuerte hedor. Pero los estantes estaban vacíos. ¿Dónde podía haberlo encontrado? ¿Quizás una botella escondida en alguno de los armarios? Pero *¿dónde?*

Se oyó otro gruñido, bajo e impreciso, perfectamente audible esta vez. Wendy avanzó lentamente hacia el bar.

–¿Jack? –nadie respondió.

Wendy miró por encima de la barra del bar y lo encontró, tendido en el suelo, sumido en el estupor, borracho. Debía de haber intentado pasar por encima del mostrador y perdió el equilibrio. Era increíble que no se hubiera roto el pescuezo. Un viejo proverbio acudió a su memoria: «Dios cuida a los borrachos y a los niños. Amén».

Sin embargo, Wendy no estaba enfadada con él. Al mirarlo, pensó que parecía un niño horriblemente cansado que se hubiera esforzado demasiado, hasta quedarse dormido a mitad del suelo del cuarto de estar. Jack había dejado de beber, pero no era él quien había tomado la decisión de volver a empezar. En el edificio no había bebidas, así pues, ¿de dónde habían salido?

A lo largo de la barra en forma de herradura, separadas por distancia de un metro aproximadamente, había botellas de vino con envoltura de paja, cada una con una vela en la boca. Deben de creer que eso resulta bohemio, pensó Wendy. Levantó una y la agitó, esperando casi oír el ruido del alcohol en su interior. Pero no había nada, y volvió a dejarla.

Jack empezaba a moverse. Wendy rodeó la barra, encontró la puerta de entrada y pasó al interior, donde estaba tendido Jack, sin detenerse más que para mirar los relucientes grifos cromados. Estaban completamente secos, pero al pasar cerca de ellos sintió olor a cerveza, un olor húmedo y nuevo, como una fina niebla.

De pronto, Jack volteó, abrió los ojos y la miró. Por un momento, su mirada fue completamente inexpresiva, después se aclaró.

–¿Wendy? –preguntó–. ¿Eres tú?

–Sí, ¿crees que puedes subir si te ayudo, si te apoyas en mí? Jack, ¿dónde te...?

La mano de Jack se cerró brutalmente en torno a su tobillo.

–¡Jack! ¿Qué es lo que...?

–¡Te tengo! –exclamó, con una mueca triunfal. De su boca emanaba un olor rancio, a ginebra y aceitunas, que desencadenó en Wendy un antiguo terror, incluso más intenso que ninguno de los que pudieran provenir del hotel. Una parte distante de sí misma pensaba que lo peor era que todo hubiera quedado nuevamente reducido a eso: ella y su marido borracho.

–Jack, quiero ayudarte.

–Sí, claro. Lo único que quieren tú y Danny es *ayudar* –la presión de la mano en el tobillo se hacía aplastante. Sin dejar de sujetarla, Jack iba poniéndose temblorosamente de rodillas–. Quisiste ayudar a que nos marcháramos de aquí. Pero... ahora... *¡te tengo!*

–Jack, me estás lastimando el tobillo.

–Ya te lastimaré otro sitio, además del tobillo, maldita perra.

Wendy se quedó tan perpleja que ni siquiera intentó moverse cuando Jack le soltó el tobillo para ponerse de pie, tambaleante, y quedarse inmóvil frente a ella.

–Nunca me amaste –la acusó–. Quieres que nos vayamos porque sabes que así terminarás conmigo. ¿Pensaste alguna vez en mis res... responsabilidades? ¡No, jamás! Sólo piensas en la forma de hundirme. Eres como mi madre, ¡perra de *mierda*!

–Oh, basta –rogó Wendy, llorando–. No sabes lo que dices. Estás borracho. No sé cómo, pero estás borracho.

–Oh, yo sí lo sé. Ahora sí lo sé. Tú y él... ese maldito cachorro de ahí arriba. Ustedes dos, haciendo planes juntos... ¿no es eso?

–¡No, no! ¡Jamás hemos planeado nada! ¿Qué es lo que…?

–*¡Mentirosa!* –aulló Jack–. ¡Sé cómo lo hacen! ¡Claro que lo sé! Cuando yo digo que vamos a quedarnos aquí y que voy a hacer mi trabajo, tú dices: «Sí, mi amor», y él dice: «Sí, papi», y después se ponen a hacer planes. Ustedes planearon usar el vehículo para la nieve, fueron ustedes. Pero yo lo sabía, me di cuenta. *¿O creyeron que no me daría cuenta? ¿Creyeron que era un estúpido?*

Wendy lo miraba atónita, incapaz de hablar. Jack la mataría, primero a ella y después a Danny. Finalmente tal vez el hotel se diera por satisfecho y le permitiera suicidarse. Como aquel otro vigilante, ¿cómo se llamaba…? ¡Grady!

Horrorizada, Wendy por fin se dio cuenta de quién era el personaje con quien Jack había estado hablando en el salón de baile.

–Y pusiste a mi hijo en mi contra. Eso fue lo peor –la compasión de sí mismo le desfiguraba el rostro–. Mi hijo, que ahora también me odia. Tú te encargaste de eso. Ése fue tu plan desde el principio, ¿no es verdad? Siempre estuviste celosa, ¿no es eso? Lo mismo que tu madre. No podías estar satisfecha a menos que te comieras todo el pastel, ¿verdad? –Wendy era incapaz de hablar–. Pues yo te arreglaré –añadió Jack, e intentó rodearle la garganta con las manos.

Wendy retrocedió un paso, y Jack saltó sobre ella. Recordó que tenía el cuchillo en el bolsillo de la bata e intentó buscarlo, pero el brazo izquierdo de su marido ya la había rodeado y la tenía inmovilizada. Wendy lo sentía muy cerca, oliendo a sudor y ginebra.

–Necesitas un castigo –gruñía Jack–. Un correctivo… Un escarmiento bien fuerte…

Con la mano derecha le tomó la garganta.

Al no poder respirar, Wendy se sintió presa del

pánico. Jack aumentó la presión con ambas manos y Wendy quedaba en libertad de usar el cuchillo, pero descubrió que lo había dejado olvidado. Alzó las manos en el intento desesperado de apartar las de Jack, más grandes y fuertes.

–*¡Mami!* –se oyó gritar a Danny–. *¡Papi, basta! ¡Estás haciendo daño a mami!* –gritó con voz penetrante, con un sonido agudo y cristalino que Wendy oyó como si llegara de muy lejos.

Frente a sus ojos, como bailarines de ballet, pasaban relámpagos de luz roja. La habitación se oscureció. Wendy vio que su hijo trepaba al mostrador y se arrojaba sobre los hombros de Jack. Repentinamente, una de las manos que le apretaban la garganta empujó a Danny. Jack se libró de él. El niño cayó contra los estantes vacíos y rodó al suelo, aturdido. La mano volvió al cuello de Wendy. Los relámpagos empezaron a volverse negros.

Danny sollozaba. Wendy sentía como si tuviera fuego en el pecho. Muy cerca de ella, Jack vociferaba:

–¡Tendrás tu merecido! ¡Maldita sea, te enseñaré quién manda aquí! ¡Te mostraré...!

Pero todo empezó a desvanecerse por un largo corredor oscuro. La defensa de Wendy se debilitó. Una de sus manos soltó la de Jack y cayó lentamente, hasta que el brazo quedó extendido en ángulo recto con el cuerpo.

En un último esfuerzo, tocó una botella, una de las de vino envueltas en paja, que servían como decorativos candelabros.

Sin verla, con el último resto de sus fuerzas, Wendy tanteó en busca del cuello de la botella hasta encontrarlo, palpando las grasientas chorreaduras de cera. Oh, Dios, si se me escapa de la mano..., pensó.

La levantó y la dejó caer, rogando que el golpe fuera certero, consciente de que si fallaba, podía darse por muerta.

Pero la botella cayó directamente sobre la cabeza de Jack, y el vidrio se hizo pedazos en el interior de la envoltura de paja. La botella tenía la base gruesa y pesada, y al chocar contra el cráneo de Jack produjo un ruido sordo, como el de una gran pelota blanda rebotando contra un suelo de madera dura. Jack giró hacia atrás, mientras los ojos le quedaban en blanco. La presión en la garganta de Wendy empezó a ceder y después se aflojó por completo. Jack tendió las manos, como en un intento de recuperar el equilibrio, y después se desplomó de espaldas.

Sollozando, Wendy respiró hondo. Ella también se sentía a punto de caer, se aferró al borde del mostrador y consiguió mantenerse en pie. La consciencia era como una ola que iba y venía. Oía llorar a Danny, pero no tenía la menor idea de dónde estaba el niño. El llanto le llegaba como un eco de una cámara acústica. Turbiamente vio que grandes gotas de sangre caían sobre la superficie del mostrador, y supuso que debían de salirle de la nariz. Se aclaró la garganta y escupió en el suelo. Toser le produjo un dolor terrible en la columna, a la altura del cuello, hasta que dejó paso a una sensación dolorida y constante, pero soportable.

Lentamente consiguió recuperar el dominio de sí misma.

Se volvió y vio a Jack, tendido en el suelo, junto a la botella hecha pedazos. Parecía un gigante caído. Danny estaba en cuclillas bajo la caja registradora del bar, con las dos manos en la boca, mirando fijamente a su padre inconsciente.

Con paso inseguro, Wendy fue hacia él y lo tocó en el hombro. El niño se apartó de ella.

–Danny, escúchame...

–No, no –farfulló con voz ronca–. Papi te hizo daño... tú le hiciste daño a él. Papi te hizo daño... Quiero ir a dormir. Danny quiere ir a dormir.

–Danny.
–Dormir, dormir. Toda la noche.
–*¡No!*
El dolor volvió a atenazarle la garganta. Wendy dio un respingo, pero Danny había abierto los ojos, que la miraban cautelosamente desde las órbitas hundidas, rodeadas de sombras azules.
Sin apartar la mirada de la de él, Wendy se obligó a hablar con calma, en voz baja. Hablar le hacía daño.
–Escúchame, Danny. No fue tu padre el que intentó hacerme daño, ni yo quise hacerle daño a él. El hotel se ha metido dentro de él, Danny. El *Overlook se ha metido dentro de tu papá.* ¿Puedes entenderme?
De pronto, cierta expresión de inteligencia volvió a los ojos de Danny.
–Le dio algo malo –murmuró–. Pero antes no había nada de eso aquí, ¿verdad?
–No, lo puso el hotel. El... –la acometió un acceso de tos, y Wendy volvió a escupir sangre. Sentía la garganta hinchada–. El hotel lo obligó a beber. ¿Oíste que esta mañana él estaba hablando con gente?
–Sí... con la gente del hotel...
–Yo también los oí. Y eso significa que el hotel cada vez es más fuerte. Quiere hacernos daño a todos. Pero yo creo... espero, que únicamente puede conseguirlo a través de papá. Él fue el único de quien pudo adueñarse. ¿Comprendes lo que te digo, Danny? Es muy importante que lo entiendas.
–El hotel se adueñó de papá –con un gemido de impotencia, Danny miró a Jack.
–Sé que quieres a papá. Y yo también. Tenemos que recordar que el hotel trata de hacerle daño a él tanto como a nosotros.
Wendy estaba convencida de que lo que decía era verdad, aunque tal vez fuera a Danny a quien realmente quería el hotel, quizá estaba yendo tan lejos por él...

tal vez incluso era la razón de que *pudiera* ir tan lejos. Es posible que, de alguna manera, el resplandor de Danny estuviera abasteciendo de energía al hotel, como una batería con el sistema eléctrico de un automóvil... Si conseguían salir de allí, tal vez el Overlook volviera a sumirse en su viejo estado de semiconsciencia, siendo incapaz de otra cosa que de ofrecer diapositivas de horror barato a los clientes más dotados de percepción psíquica que entraran en él. Sin Danny, no era mucho más que la casa encantada de una feria, donde tal vez un par de huéspedes podrían oír golpecitos, o escuchar los ruidos fantasmagóricos de una fiesta de disfraces, o ver ocasionalmente algo que los inquietara. Pero si el hotel absorbía a Danny... el resplandor de Danny, su fuerza vital, su espíritu... o lo que fuera, si se adueñaba de él... ¿qué sucedería? La sola idea le hizo sentir frío.

–Ojalá papi estuviera mejor –susurró Danny, y las lágrimas volvieron a correr por sus mejillas.

–Yo también lo deseo –asintió Wendy, mientras lo abrazaba–. Por eso, mi amor, tienes que ayudarme a llevar a papá a un lugar donde el hotel no pueda obligarlo a que nos haga daño, y donde tampoco pueda hacerse daño a él mismo. Después... si viene tu amigo Dick, o un guarda del parque, podremos llevárnoslo, y tal vez podría volver a ponerse bien. Todos podríamos ponernos bien. Creo que todavía podemos tener una oportunidad, si somos fuertes y valientes, como lo fuiste tú cuando saltaste sobre él. ¿Lo entiendes?

Al mirarlo con un gesto de súplica, Wendy pensó en lo extraño que era todo. Jamás había reparado en cuánto se parecía Danny a Jack.

–Sí –respondió, e hizo un gesto de asentimiento–. Creo que... si podemos sacarlo de aquí todo volverá a ser como antes. ¿Adónde podríamos llevarlo?

–A la despensa. Allí hay comida, y se puede cerrar

desde fuera con un buen cerrojo. No hace frío. Nosotros comeríamos lo que hay en el refrigerador y en el congelador. Habrá suficiente para los tres, hasta que recibamos alguna ayuda.

–¿Lo hacemos ahora?

–Sí, ahora mismo, antes de que despierte.

Danny abrió la puerta del mostrador del bar mientras Wendy le cruzaba a Jack las manos sobre el pecho, deteniéndose un instante para oír su respiración, que seguía un ritmo lento, pero regular. Por el olor que emanaba de él, se dio cuenta de que debía de haber bebido mucho… y ya no estaba habituado. Wendy pensó que lo que lo había dejado fuera de combate podía haber sido tanto el licor como el golpe en la cabeza.

Levantándole las piernas, empezó a arrastrarlo por el suelo. Hacía casi siete años que estaba casada con él y en muchas ocasiones el cuerpo de Jack había estado sobre el de ella, pero Wendy jamás se había dado cuenta de lo pesado que era. El aliento silbaba dolorosamente al entrar y salir de su garganta magullada. Sin embargo, Wendy se sentía mejor de lo que se había sentido en muchos días. ¡Estaba viva! Después de haber estado al borde de la muerte, eso era inapreciable. Y Jack también seguía vivo. Por suerte, más que por haberlo planeado, quizá habían encontrado la única manera de salir de allí.

Jadeante, se detuvo un momento, sosteniendo contra las caderas los pies de Jack. La situación le recordó el grito del viejo capitán en *La isla del tesoro,* cuando el anciano Pew entregaba la Señal Negra: «¡Esto ya está!».

Pero entonces recordó, inquieta, que el viejo lobo de mar había caído muerto apenas unos segundos después.

–¿Está bien, mamá? ¿No es… no es demasiado pesado?

–Me las arreglo –Wendy empezó de nuevo a arrastrar a Jack. Danny estaba junto a su padre. Una de las manos se le había deslizado del pecho, y el niño volvió a plegársela suavemente, con amor.

–¿Estás segura, mamá?

–Sí, Danny, es lo mejor.

–Es como ponerlo en la cárcel.

–Sólo será por un tiempo.

–Bueno, está bien. ¿Estás segura de que puedes hacerlo?

–Sí.

Pero no sería tan fácil. Al pasar por la puerta, Danny había sostenido con ambas manos la cabeza de su padre, pero al entrar a la cocina se le resbalaron en el pelo grasiento de Jack, y la cabeza de éste fue a golpear contra las losas. Jack empezó a gemir y a moverse.

–Tienen que usar humo –farfulló con voz pastosa–. Ahora corran a traerme esa lata de gasolina.

Wendy y Danny intercambiaron una tensa mirada de alarma.

–Ayúdame –pidió ella en voz baja.

Por un momento pareció que Danny se quedara paralizado junto al rostro de su padre. Después, con movimientos espasmódicos, se puso junto a Wendy y la ayudó a sostenerle la pierna izquierda. Entre los dos lo arrastraron por el suelo de la cocina en una especie de pesadilla, y en la que no había más ruido que el débil zumbido de insecto de las luces fluorescentes y el ritmo trabajoso de su propia respiración.

Cuando llegaron a la despensa, Wendy dejó en el suelo los pies de Jack y empezó a manipular el cerrojo. Danny miraba a su padre, que de nuevo yacía inconsciente. La camisa se le había salido de los pantalones mientras lo arrastraban, y Danny no sabía si su padre estaría demasiado borracho para sentir frío. Le parecía mal encerrarlo en la despensa como si fuera un animal salvaje, pero ya había visto lo que intentó hacer a su madre. Mientras aún estaba arriba, ya había percibido lo que su papá iba a hacer. Los había oído discutir dentro de su cabeza.

Si pudiéramos estar fuera de aquí, pensó. O si esto no fuera más que uno de mis sueños en Stovington.

El cerrojo estaba atascado.

Wendy lo jalaba con todas sus fuerzas, sin conseguir moverlo. No podía abrir el maldito cerrojo. Qué estupidez, se dijo. Pero si cuando entró a la despensa a buscar la lata de sopa lo había abierto sin ninguna dificultad. Sin embargo, ahora no quería moverse. ¿Qué harían ahora? No podían encerrarlo en el refrigerador, allí se congelaría y moriría. Pero si lo dejaban suelto, cuando despertara…

En el suelo, Jack volvió a moverse.

–Ya me ocuparé yo de eso –murmuró–. Ya lo entiendo…

–¡Está despertando, mamá! –advirtió Danny.

Sollozando, Wendy tiró del cerrojo con ambas manos.

–¿Danny? –aunque difuso, en la voz de Jack había un matiz amenazante–. ¿Eres tú, doc?

–Sigue durmiendo, papá –respondió su hijo–. Es hora de dormir, ya sabes.

Levantó la vista hacia su madre, que seguía luchando con el cerrojo, e inmediatamente vio qué pasaba. Wendy se había olvidado de hacer girar el cerrojo antes de empujarlo hacia atrás, de manera que la pequeña traba estaba atascada en su muesca.

–Déjame –dijo Danny en voz baja, y apartó las manos temblorosas de su madre con las suyas, no mucho más firmes. Con el borde de la mano aflojó la traba y el cerrojo retrocedió sin resistencia.

–Date prisa –dijo Danny, que vio que los ojos de Jack habían vuelto a abrirse y que esa vez su papá lo miraba directamente a él con un extraña mirada vacía y calculadora.

–Tú la copiaste –dijo Jack–. Sé que la copiaste. Pero está por aquí, en alguna parte, y yo la encontraré. Te aseguro que la encontraré... –las palabras volvieron a hacérsele inciertas.

Con la rodilla, Wendy empujó la puerta de la despensa para abrirla, sin advertir el penetrante olor de frutas secas que salió del interior. Volvió a levantar los pies de Jack y lo arrastró hacia el interior, jadeando penosamente, en el límite de sus fuerzas. En el momento en que Wendy jalaba el cordón para encender la luz, Jack volvió a abrir los ojos.

–¿Qué estás haciendo? Wendy, ¿qué estás haciendo?

Cuando ella dio un paso para pasar por encima de él, Jack se movió con rapidez. Una mano se lanzó hacia ella como un látigo, y Wendy tuvo que dar el paso de costado y estuvo a punto de caer para evitar que la agarrara. Pero Jack había conseguido tomarla por el dobladillo de la bata, y se oyó el crujido de la costura al desgarrarse.

Jack estaba a cuatro patas, con el pelo cubriéndole los ojos, como un animal enorme, un perro grande... o un león.

–¡Al carajo con ustedes dos! Sé lo que quieren. Pero no van a conseguirlo. Este hotel... es mío. Es a mí a quién quieren. ¡A mí, a mí!

–¡La puerta, Danny, *cierra la puerta*! –vociferó Wendy.

Con un fuerte golpe, el niño cerró tras ellos la pesada puerta de madera, en el momento en que Jack saltaba. La manija se cerró y Jack se estrelló inútilmente contra la puerta.

Las pequeñas manos de Danny se tendieron hacia el cerrojo. Wendy estaba demasiado lejos para ayudarle; la cuestión del aprisionamiento o de la libertad de Jack quedaría resuelta en un par de segundos. A Danny se le escapó el cerrojo, volvió a agarrarlo y consiguió cerrarlo en el instante en que la manija, unos centímetros más abajo, empezaba a sacudirse furiosamente. Después se inmovilizó de nuevo, pero luego Jack empezó a golpear la puerta con el hombro. El cerrojo, una barra de acero de casi un centímetro de diámetro, no dio señales de debilidad. Wendy suspiró aliviada.

–¡Déjenme salir de aquí! –vociferaba furiosamente Jack–. ¡Déjenme salir! Danny, ¡maldita sea, soy tu padre y quiero salir! *¡A ver si haces lo que te digo!*

Instintivamente, la mano del niño se levantó hacia el cerrojo. Wendy la detuvo, apretándosela contra su pecho.

–¡Obedece a tu padre, Danny! ¡Haz lo que te digo! Si no lo haces, te daré una paliza que no olvidarás en tu vida. *¡Abre esta puerta si no quieres que te aplaste los sesos!*

Pálido como el papel, Danny miraba a su madre.

Los dos oían la respiración entrecortada de Jack, detrás de centímetro y medio de sólido roble.

–¡Wendy! ¡Déjame salir! ¡Déjame ahora mismo! ¡Puta frígida y barata! ¡Déjame salir! ¡Lo digo en serio! ¡Déjenme salir de aquí y los perdonaré! ¡Si no, los haré picadillo! ¡Lo digo en serio! ¡Los haré pedazos de tal manera que ni su propia madre los reconocerá! *¡Abran la puerta!*

Danny gemía y, al mirarlo, Wendy se dio cuenta de que estaba a punto de desmayarse.

–Vamos, doc –le dijo, y ella misma se sorprendió de la calma de su voz–. Recuerda que el que habla no es tu papá; es el hotel.

–*¡Vuelvan aquí y déjenme salir ahora mismo!* –vociferaba Jack. Después se oyó el ruido áspero y reiterado de sus uñas al rascar el interior de la puerta.

–Es el hotel –repitió Danny–. Sí, es el hotel.

Pero al mirar por encima del hombro, su cara estaba contraída, aterrorizada.

## 47. DANNY

Eran las tres de la tarde de un día interminable.

Wendy y Danny estaban sentados en la cama. Compulsivamente Danny manoseaba el Volkswagen en miniatura, con su monstruo asomando por el techo corredizo.

Mientras atravesaban el vestíbulo, no habían dejado de oír los golpes y gritos que daba su padre, que, con voz ronca y colérica, jactanciosa como si fuera la de un rey destronado, vomitaba promesas de castigo, blasfemias, prometiéndoles que jamás dejarían de lamentar haberlo traicionado, después de los años que Jack había pasado sacrificándose por ellos.

Danny esperaba que desde arriba no llegarían a oírlo, pero los alaridos de furia se oían perfectamente subiendo por el hueco del montacargas. Su madre estaba pálida, y tenía unas marcas horribles en el cuello, donde él había tratado de...

Danny seguía dando vueltas y vueltas al Volkswagen, el premio que le había dado papá por haber estudiado tan bien sus lecturas.

Mamá puso música en el pequeño tocadiscos. Eligió

un disco rayado, lleno de corno y flauta, y le sonrió con aire de cansancio. Danny intentó devolverle la sonrisa, pero no pudo. Incluso subiendo el volumen, le parecía que seguía oyendo a su padre que vociferaba y sacudía la puerta de la despensa como un animal enjaulado. ¿Y si tenía que ir al baño? ¿Qué haría?

Danny se echó a llorar.

Wendy bajó el volumen del tocadiscos, lo abrazó, empezó a mecerlo en el regazo.

–Danny, mi amor, todo saldrá bien, ya verás. Si el señor Hallorann no recibió tu mensaje, alguien lo recibirá, tan pronto como pase la tormenta. De todas formas, ahora nadie puede llegar hasta aquí arriba, ni el señor Hallorann ni nadie. Pero cuando la tormenta termine, todo se arreglará. Nos marcharemos de aquí, y, ¿sabes qué haremos la próxima primavera? ¿Los tres?

Con la cabeza apoyada en el pecho de ella, Danny hizo un gesto de negación. No, no lo sabía. Le parecía que jamás volvería a haber una primavera.

–Saldremos a pescar. Alquilaremos un bote y saldremos a pescar, como hicimos el año pasado en el lago Chatterton. Tú y yo, y papá. Y tal vez pesques una lubina para la cena... o tal vez no pesques nada, pero ¿te imaginas cuánto nos divertiremos?

–Te quiero, mami –respondió Danny, abrazándose a ella.

–Oh, Danny... yo también te quiero.

Fuera, seguían los latigazos y los aullidos del viento.

Alrededor de las cuatro y media, cuando la luz del día empezaba a amortiguarse, los gritos cesaron.

Los dos estaban sumidos en una inquieta modorra, Wendy con Danny todavía en sus brazos. Ella no despertó, pero el niño sí. De alguna manera, el silencio era peor, más amenazador que los gritos y los golpes contra la recia puerta en la despensa. ¿Papi se habría dormido? ¿O quizá habría muerto? ¿Y si había *escapado*?

Quince minutos más tarde, el silencio era quebrado por un traqueteo áspero, duro, metálico. Primero oyeron un chirrido, después un zumbido mecánico.

Con un grito, Wendy despertó.

El elevador estaba de nuevo funcionando.

Los dos se quedaron escuchándolo, con los ojos muy abiertos, abrazándose. Iba de una planta a otra, se oía el golpe de la puerta al cerrarse y abrirse. Se oían risas, gritos de borrachos, de vez en cuando alaridos y el ruido de algo que se rompía.

En torno a ellos, el Overlook cobraba vida nuevamente.

# 48. JACK

Sentado en el suelo de la despensa, con las piernas abiertas y un paquete de galletas entre ellas, Jack miraba hacia la puerta mientras iba comiéndose las galletas una por una, sin saborearlas, comiendo simplemente porque tenía que alimentarse. Cuando saliera de allí, necesitaría de todas sus fuerzas.

En ese instante pensaba que jamás en toda su vida se había sentido tan desdichado. La mente y el cuerpo no eran más que un largo escrito de dolor. La cabeza lo atormentaba, con el latido enfermizo de una cruda. Y estaban también los demás síntomas: el mal sabor en la boca, como si le hubieran pasado un rastrillo después de haber recogido estiércol, el zumbido en los oídos, la densa palpitación del corazón, que parecía un tam-tam. Además, le dolían los hombros de tanto golpearlos contra la puerta, y tenía la garganta irritada de tanto gritar inútilmente. Se había hecho un corte en la mano derecha, con la manija.

Pero cuando saliera de allí, repartiría unas cuantas patadas.

Masticó una por una las galletas, negándose a

complacer al estómago, que quería vomitarlo todo. Recordó que en el bolsillo tenía Excedrin, pero decidió esperar a tener un poco mejor el estómago. No tenía sentido engullir un analgésico para vomitarlo a las primeras de cambio. Era cuestión de usar el cerebro, el celebrado cerebro de Jack Torrance. ¿No es usted el tipo que pensaba vivir de su ingenio? Jack Torrance, autor de *best-sellers.* Jack Torrance, aplaudido dramaturgo y ganador del Premio de los Críticos, en Nueva York, Jack Stephen Torrance, hombre de letras, pensador de valía, ganador del Premio Pulitzer a los setenta por su conmovedor libro de memorias, *Mi vida en el siglo veinte.* Y toda esa mierda se reducía a una sola cosa, se dijo, vivir de su ingenio.

Vivir del propio ingenio es saber siempre dónde están las avispas.

Se puso otra galleta en la boca y la masticó.

En realidad, todo se reducía, supuso Jack, a que no confiaban en él, a que no podían convencerse de que él sabía qué era lo mejor para ellos y cómo conseguirlo. Su mujer había intentado usurpar su lugar, primero valiéndose de un juego limpio, pero después sucio. Cuando sus insinuaciones mezquinas, sus gimoteantes objeciones, no habían podido resistir el peso de los sólidos y meditados argumentos de él, Wendy había puesto en su contra a su propio hijo, había intentado matarlo con una botella, y después lo había encerrado, y nada menos que en la maldita *despensa,* entre todos los lugares posibles.

No obstante, una vocecilla interior seguía hostigándolo: Sí pero ¿de dónde salió ese alcohol? ¿En realidad no es ése el punto central? Tú ya sabes qué te sucede cuando bebes, bien que lo sabes por amarga experiencia. Cuando bebes, pierdes los estribos.

Lanzó la caja de galletas a través de la pequeña habitación. Fue a chocar contra un estante de latas de conserva y después cayó al suelo. Jack miró la caja, se enjugó los labios con el dorso de la mano y miró el reloj. Eran casi las seis y media. Hacía horas que estaba allí dentro. Su mujer lo había encerrado, y estaba allí desde hacía *horas.*

Sentía que por fin empezaba a entender a su padre.

Jack era consciente de que lo que él jamás se había preguntado era qué fue, exactamente, lo que por primera vez impulsó a su padre hacia la bebida. Y realmente... si se decidía a afrontar lo que sus antiguos alumnos habrían llamado el quid de la cuestión... ¿no había sido la mujer con quien se había casado? Era una esponja estúpida, siempre arrastrándose silenciosamente por la casa con esa expresión de mártir resignada. ¿No había sido una bola de hierro encadenada al tobillo de su padre? No. Ella jamás había tratado de convertir a papá en un prisionero, como había hecho Wendy con él. Para el padre de Jack, su destino debía de haberse parecido más al de McTeague, el dentista que al final de la gran novela de Frank Norris se encuentra esposado a un cadáver, en medio del páramo. Sí, esa imagen era mejor. Mental y espiritualmente muerta, su madre había estado esposada al padre por el matrimonio. Y aun así, su padre había intentado seguir el camino recto mientras arrastraba por la vida el cadáver de su mujer en descomposición. Había intentado criar a sus cuatro hijos de manera que distinguieran el bien del mal, que entendieran qué era la disciplina y, sobre todo, que respetaran a su padre.

Pues bien, todos ellos habían sido unos ingratos, él el primero. Y ahora estaba pagando el precio: su propio hijo también le resultaba un ingrato. Pero aún tenía esperanzas. De alguna forma conseguiría salir de allí y les impondría un correctivo a los dos, bien severo, para que le sirviera de ejemplo a Danny, para que llegara el día en que, siendo hombre, supiera mejor que su padre qué era lo que tenía que hacer.

Recordaba aquella cena del domingo, cuando su padre había apaleado a su madre, en la mesa... lo horrorizados que se habían quedado él y sus hermanos. Pero ahora Jack advertía lo necesario que había sido aquello, comprendía que su padre no había hecho más que fingir ebriedad, que su ingenio se había mantenido despierto y alerta, atento al más leve signo de falta de respeto.

Jack se arrastró hacia las galletas y de nuevo empezó a comerlas, sentado junto a la puerta que Wendy había atrancado de manera tan traidora. Se preguntaba qué había visto su padre, cómo la había descubierto en su comedia. ¿Habría ocultado ella con la mano un gesto despectivo? ¿La habría sorprendido sacándole la lengua? ¿Haciéndole algún gesto obsceno con los dedos? ¿O simplemente lo habría mirado de forma insolente, con arrogancia, convencida de que él estaba demasiado idiotizado por la bebida para verla? En cualquier caso, él la había sorprendido mientras lo hacía, y la había castigado severamente. Y ahora, veinte años más tarde, Jacky comprendía por fin la sabiduría de su padre.

Claro que siempre podía objetarse que éste había sido un tonto al casarse con una mujer así, al dejarse unir a semejante cadáver, para empezar... y para colmo, a un cadáver irrespetuoso. Pero cuando los jóvenes se casan deprisa, tienen mucho tiempo para arrepentirse, y tal vez su abuelo se hubiera casado con una mujer del mismo tipo, de modo que inconscientemente su padre lo había imitado, como le había sucedido también a él mismo. Salvo que *su* mujer, en vez de conformarse con el papel pasivo –había arruinado una carrera y obstaculizado otra–, había optado por la actitud –ponzoñosamente activa– de intentar destruir su última y mejor oportunidad: llegar a ser miembro del personal del Overlook y ascender quizá... a lo más alto, hasta el cargo de director. Wendy trataba de arrebatarle a Danny, y Danny era el precio de que a él lo aceptaran. Era una estupidez, por supuesto, ya que no se entendía por qué querían al hijo cuando podían tener al padre... pero era muy común que a los patrones se les ocurrieran tonterías así, y la condición estipulada era ésa.

Naturalmente Jack advertía que no podría razonar con ella. Había procurado hacerla entrar en razón en el salón Colorado, pero Wendy no sólo se había negado a escucharlo, le había asestado un botellazo en la cabeza. Pero ya habría otra oportunidad, y pronto. Conseguiría salir de allí.

De pronto, contuvo el aliento e inclinó la cabeza. Le pareció escuchar la música de un piano que tocaba un *boogie-woogie,* y se oían ecos de risas y aplausos. Los ruidos llegaban amortiguados por la puerta de madera, pero se oían. La canción era *En la ciudad vieja se armará lío esta noche.*

Cerró los puños, desesperanzado, y se contuvo para no volver a emprenderla a puñetazos con la puerta. La fiesta se reanudaba, y habría de todo para beber. En alguna parte, bailando con otro, estaría la muchacha que él había sentido enloquecedoramente desnuda bajo la túnica de satén blanco.

–¡Me las pagarán! –volvió a aullar–. ¡Me las pagarán los dos, malditos! ¡Juro que los haré tomar su medicina por esto, seguro! ¡Les...!

–Tranquilo, tranquilo, vamos –dijo una voz queda, al otro lado de la puerta–. No hace falta gritar, amigo. Lo oigo perfectamente.

De un salto, Jack se puso de pie.

–¿Grady? ¿Es usted?

–Sí, señor. Claro que sí. Parece que lo han encerrado.

–Déjeme salir, Grady.

–Al parecer, mal podría haberse ocupado del asunto que comentamos, señor. Ya sabe a qué me refiero... a lo de encarrilar a su mujer y su hijo.

–Ellos me han encerrado aquí. ¡Quite el cerrojo, por amor de Dios!

–¿Y permitió que lo encerraran? –en la voz de Grady se traslucía una cortés sorpresa–. Vaya, vaya... Una mujer que es la mitad de fuerte que usted y un niño pequeño. En fin, no es como para pensar que tenga madera de directivo, ¿no le parece?

Acompasadamente, en la sien derecha de Jack empezó a latir una vena.

–Déjeme salir, Grady, yo me ocuparé de ellos.

–¿Lo hará realmente, señor? Lo dudo –la cortés sorpresa había dado paso a una cortés preocupación–. Me duele decir que lo dudo. Hemos llegado, yo y los demás, hemos llegado a creer realmente que usted no se toma todo esto muy a pecho. Y que no tiene las... las agallas necesarias.

–*¡Sí que las tengo!* –exclamó Jack–. *¡Las tengo, lo juro!*

–¿Y nos traerá a su hijo?

–¡Sí! ¡Sí!

–Su mujer se opondrá enérgicamente a esto, señor Torrance. Y aparentemente tiene... algo más de fuerza de lo que habíamos imaginado, y más recursos. *A usted* sin duda parece que lo venció –Grady soltó una risita y luego agregó–: Tal vez, señor Torrance, deberíamos haber empezado desde el primer momento a tratar con ella.

–Se lo entregaré, lo juro –aseguró Jack, con la cara apoyada contra la puerta, transpirando–. Y ella no se opondrá. Le juro que no. No podrá.

–Me temo que tenga que matarla –dijo Grady con frialdad.

–Haré lo que tenga que hacer. ¡Usted *déjeme salir*!

–¿Me da su palabra, señor Torrance? –insistió Grady.

–Mi palabra, mi promesa, mi voto sagrado, lo que quiera, demonios. Si...

Se produjo un chasquido al deslizarse el cerrojo. Lentamente la puerta se entreabrió. Jack dejó de hablar, de respirar. Por un momento tuvo la sensación de que la muerte misma estaba del otro lado de esa puerta.

La sensación pasó.

–Gracias, Grady –susurró Jack–. Le juro que no lo lamentarán. Le juro que no.

No hubo respuesta. Jack cobró conciencia de que todos los ruidos habían cesado, salvo el frío ulular del viento.

Empujó la puerta, y las bisagras cedieron con un débil chirrido.

La cocina estaba vacía. Grady había desaparecido. Todo estaba en silencio, congelado bajo el frío resplandor blanco de los tubos fluorescentes. Jack dirigió la mirada hacia la enorme tabla de picar carne que los tres solían usar como mesa para las comidas.

Sobre ella había un vaso para martini, casi un litro de ginebra y un platillo de plástico lleno de aceitunas.

Apoyado contra la mesa, había uno de los mazos de roqué que guardaban en el cobertizo.

Jack estuvo largo rato mirándolo.

Después, una voz mucho más profunda y potente que la de Grady le habló desde alguna parte, desde todas partes... desde dentro de sí mismo.

–Mantenga su promesa, señor Torrance.

–Sí, lo haré –asintió, y él mismo percibió el bajo servilismo de su voz, pero no era capaz de evitarlo–. Lo haré.

Se acercó a la mesa y apoyó la mano en el mango del mazo. Luego lo levantó y lo blandió. El mazo silbó malignamente en el aire.

Jack Torrance empezó a sonreír.

# 49. EL VIAJE DE HALLORANN

Eran cuarto para las dos de la tarde, y según indicaban las señales de carretera cubiertas de nieve y el velocímetro del coche, Hallorann debía de estar a menos de cinco kilómetros de Estes Park cuando finalmente se salió del camino.

En la sierra, la nieve caía con más fuerza de lo que Hallorann hubiera visto en su vida, lo cual no era difícil, ya que se las había arreglado para ver tan poca nieve como le fuera posible, y el viento soplaba en caprichosas rachas, que tan pronto venían del oeste como lo acosaban desde el norte, oscureciendo el campo visual con nubes de nieve polvorienta que lo obligaban a tener presente que, si se despistaba con una curva, podía despeñarse al vacío. Lo peor era su inexperiencia como conductor de invierno.

Temía que la raya amarilla del centro estuviera sepultada bajo la nieve y que las rachas de viento pasaran libremente entre los picachos haciendo que el Buick se tambaleara. Le daba miedo ver que las señales de información estuvieran cubiertas de nieve en su mayor parte, de manera que podía arrojar al aire una moneda para saber si el camino doblaría a derecha o a izquierda en la enorme pantalla blanca, a través de la cual le parecía estar aventurándose continuamente. Desde que se adentró en la sierra, al oeste de Boulder y de Lyons, venía conduciendo bañado en sudor frío, manejando el acelerador y el freno como si fueran jarrones de la época Ming. En el radio, en los intervalos de música de rock and roll, el locutor aconsejaba continuamente a los automovilistas que se mantuvieran lejos de las carreteras principales y que bajo ninguna circunstancia se acercaran a las montañas, ya que muchos caminos estaban totalmente bloqueados, y todos eran peligrosos. Había información de multitud de pequeños accidentes, pero también había habido dos graves: un grupo de esquiadores en una combi, y una familia que se dirigía a Albuquerque atravesando las montañas Sangre de Cristo. Entre los dos arrojaban un saldo de cuatro muertos y cinco heridos.

«De manera que ni acercarse a esos caminos, y a quedarse escuchando buena música por nuestra emisora –concluyó alegremente el locutor, y terminó de rematar la desdicha de Hallorann anunciando que tocarían *Temporada al sol*–. Nos divertimos, nos regocijamos, nos...» siguió parloteando alegremente, pero Hallorann apagó con furia el radio, por más que supiera que a los cinco minutos volvería a encenderlo. Por malos que fueran los programas, era mejor que seguir andando a solas a través de esa blancura enloquecedora.

Admítelo, se dijo. Este negrito tiene un miedo de todos los demonios, que le recorre la espalda de arriba abajo.

La cosa no tenía gracia, y Hallorann habría dado marcha atrás antes de salir de Boulder si no hubiera sido por su intuición de que el niño estaba en peligro. Sin embargo, una vocecita seguía diciéndole en el fondo de su mente (Hallorann pensaba que era más bien la voz de la razón que la de la cobardía) que pasara la noche en un motel de Estes Park y esperara, por lo menos, a que las máquinas quitanieves despejaran el camino. La misma voz seguía recordándole el accidentado aterrizaje del avión en Stapleton, y la sensación abrumadora de que el aparato aterrizaría de hocico y dejaría a sus pasajeros más bien en las puertas del infierno que en la puerta 39 del aeropuerto.

Pero la razón no podía prevalecer sobre la compulsión. Tenía que ser hoy. La tormenta de nieve se debía a su propia mala suerte, y tenía que hacerle frente. Hallorann temía que, de no hacerlo, tuviera que enfrentarse con algo mucho peor en sus sueños.

El viento volvió a acometerlo, esta vez desde el noroeste, y Hallorann se encontró de nuevo aislado de las vagas formas de las montañas, e incluso de los muros de contención que flanqueaban el camino. Iba conduciendo a través de una espesa cortina blanca.

De pronto, emergieron las luces de sodio de una máquina quitanieves y Hallorann comprobó con horror que, en vez de estar a un costado, el frente del Buick apuntaba directamente en medio de las dos luces. La máquina quitanieves no había sido demasiado escrupulosa en cuanto a respetar su lado del camino y Hallorann había dejado que el Buick se desviara.

El motor diesel de la máquina se entremetió con el bramido del viento, y después se oyó el sonido del claxon, casi ensordecedor.

Hallorann se estremeció y tuvo la sensación de que las tripas se le habían convertido en una masa informe.

En la blancura empezaba a materializarse un color, un naranja moteado de nieve. Hallorann distinguió la cabina, e incluso la figura gesticulante del conductor, detrás del largo limpiaparabrisas. Distinguió también las palas de la máquina, que venían arrojando nieve sobre el terraplén izquierdo del camino, en pálidas nubes humeantes.

El claxon no dejaba de sonar.

Hallorann apretó el acelerador como si fuera el pecho de una mujer amada, y el Buick se lanzó hacia adelante. De ese lado no había terraplén, y las palas de la quitanieves no tenían más que empujar la nieve directamente pendiente abajo.

Casi rozó las palas al pasar junto a la máquina quitanieves. En realidad, pensó en todo momento que el choque era inevitable. En su mente se agitaba, como un harapo, una plegaria que pretendía ser una disculpa inarticulada, dirigida al niño.

Finalmente la máquina quitanieves pasó y Hallorann vio destellar en el espejo retrovisor las parpadeantes luces giratorias azules.

Volvió a girar el volante del Buick hacia la izquierda, pero no pasó nada. No pudo detener el avance porque el coche patinaba, flotando soñolientamente hacia el borde de la pendiente, haciendo volar la nieve con las salpicaderas.

Giró el volante en el otro sentido, en la dirección de la patinada, y el coche empezó a colear. Presa del pánico, Hallorann clavó los frenos y sintió que chocaba con algo. Frente a él, el camino había desaparecido, y se encontró mirando el fondo de un abismo insondable de nieve arremolinada y vagas formas grisáceas: pinos que se extendían en la lejanía del vacío.

Dios mío, esto es el fin, pensó.

Por fin el coche se detuvo, suspendido en un ángulo de casi treinta grados, con la salpicadera izquierda estrujada contra el barandal de protección y las ruedas traseras casi levantadas del suelo.

Cuando Hallorann intentó dar marcha atrás, no hicieron más que girar en el vacío. Sentía el corazón como si fuera un solo de batería de Gene Krupa.

Bajó lentamente y rodeó la parte trasera del Buick.

De pie, mirando con un sentimiento de impotencia

las ruedas traseras, oyó a sus espaldas una voz alegre.

–Hola, amigo. Usted debe de estar completamente chiflado.

Al volverse, vio que la máquina quitanieves se había detenido a unos cuarenta metros de distancia, y casi desaparecía en la nube de nieve, a no ser por la columna de humo oscuro que salía del tubo de escape y las luces giratorias azules que llevaba sobre la cabina.

El conductor, envuelto en un largo abrigo de piel de oveja, sobre el que llevaba un holgado impermeable, estaba de pie detrás de él. Iba tocado con una gorra de mecánico a rayas azules y blancas. A Hallorann le parecía increíble que se quedara allí, con semejante viento.

Seguramente la tiene pegada con resistol, se dijo.

–Hola –lo saludó–. ¿Puede llevarme al camino?

–Bueno, supongo que sí –asintió–. Pero ¿qué demonios anda haciendo por aquí? Es una buena manera de romperse la cabeza.

–Tengo un asunto urgente.

–No hay nada tan urgente –precisó el conductor de la máquina quitanieves hablando lentamente, como si se dirigiera a un retrasado mental–. Si hubiera chocado contra ese poste con un poco más de fuerza, nadie lo habría sacado de allí abajo hasta la primavera. Usted no es de la zona, ¿verdad?

–No. Ni estaría aquí si no fuera porque el asunto es tan urgente como le digo.

–¿De veras? –el hombre se dispuso a seguir hablando, tan tranquilamente como si estuvieran conversando de vuelta a casa, en vez de encontrarse a mitad de una tormenta de nieve entre el purgatorio y el infierno, con el coche de Hallorann haciendo equilibrio a cien metros de un bosque de pinos.

–¿Hacia dónde se dirige? ¿A Estes?

–No, a un lugar llamado Hotel Overlook –explicó Hallorann–. Queda un poco más allá de Sidewinder...

Pero su interlocutor meneaba la cabeza con aire resignado.

–Oh, sé perfectamente dónde queda eso –lo interrumpió–. Amigo, jamás conseguirá llegar hasta el Overlook. Los caminos entre Estes Park y Sidewinder son un maldito infierno. Los ventisqueros se vuelven a formar allí tan pronto como los sacamos. Hace unos cuantos kilómetros tuve que atravesar ventisqueros que tenían una profundidad de casi dos metros. Y aunque consiguiera llegar a Sidewinder, el camino está cerrado desde allí hasta Buckland, Utah. No, no –volvió a negar con la cabeza–. Jamás podrá llegar, amigo. De ninguna manera.

–Tengo que intentarlo –insistió Hallorann, que recurría a sus últimas reservas de paciencia para hablar con voz normal–. Allá arriba hay un niño...

–¿Un niño? No. El Overlook se cierra a finales de septiembre. No les rinde tenerlo abierto más tiempo. Hay demasiadas tormentas del demonio, como ésta.

–Es el hijo del vigilante, y está en dificultades.

–¿Cómo lo sabe?

La paciencia de Hallorann se acabó.

–¡Por el amor de Dios! ¿Piensa pasar aquí todo el día haciéndome preguntas? *¡Lo sé y basta!* Ahora, ¿va a llevarme de una vez al camino o no?

–Es usted un testarudo –comentó el hombre, sin alterarse–. Vamos, suba. Debajo del asiento tengo una cadena.

Tembloroso, Hallorann volvió a sentarse al volante. Además, tenía las manos tan entumecidas que casi no las sentía. Había olvidado ponerse guantes.

La máquina quitanieves retrocedió hasta la parte posterior del Buick, y Hallorann vio que el conductor bajaba con un largo rollo de cadena.

–¿Puedo ayudarle en algo? –se ofreció, abriendo la portezuela.

–Con que no moleste, basta. Esto estará en un abrir y cerrar de ojos.

Y así fue. El Buick se estremeció en el momento en que la cadena se tensó, y al cabo de un momento estaba de nuevo en el camino, apuntando más o menos en dirección de Estes Park. El conductor de la quitanieves se acercó a la ventanilla y golpeó el cristal. Hallorann lo bajó.

–Gracias –le dijo–. Y disculpe que le haya gritado.

–No es la primera vez que lo hacen –le informó el hombre, con una sonrisa–. Parece que está un poco nervioso. Tome, llévese esto –un par de gruesos mitones azules cayeron sobre las rodillas de Hallorann–. Creo que cuando tenga que volver a bajar va a necesitarlos. Hace frío, ¿sabe? Póngaselos si no quiere terminar sus días usando una aguja de tejer cada vez que quiera hurgarse la nariz. Y después me los manda de vuelta. Me los tejió mi mujer y les tengo cariño. En el forro está cosido el nombre y la dirección. Por cierto, me llamo Howard Cottrell. Mándemelos cuando ya no los necesite, y le advierto que no quiero tener que pagar contra reembolso.

–De acuerdo –respondió Hallorann–. Y gracias. Muchas gracias.

–Vaya con cuidado. Yo lo llevaría, pero con el trabajo que tengo en este momento, no puedo.

–No se preocupe. Gracias de nuevo.

Empezó a levantar la ventanilla, pero Cottrell lo detuvo.

–Cuando llegue a Sidewinder… *si* es que llega, vaya a la gasolinería Conoco, de Durkin. Está junto a la biblioteca, no tiene pérdida. Pregunte por Larry Durkin y dígale que lo manda Howie Cottrell y que quiere alquilarle uno de sus vehículos para la nieve. Dígale mi nombre y muéstrele estos mitones. Le dará un precio especial.

–Muchas gracias –repitió Hallorann.

Cottrell hizo un gesto de asentimiento.

–Es gracioso. No hay manera de que usted pueda saber que alguien está en peligro allá arriba, en el Overlook... El teléfono está cortado. Pero le creo. No sé, a veces tengo una sensación...

–Sí. Yo también –asintió Hallorann.

–Claro. Ya lo sé. Pero cuídese.

–Me cuidaré.

Cottrell desapareció entre los remolinos de nieve con un último saludo, con la gorra de mecánico gallardamente calada en la cabeza. Hallorann volvió a ponerse en marcha, y las cadenas se hundieron en la nieve del camino, encontrando por fin la resistencia para poner en marcha el Buick. A sus espaldas, Howard Cottrell lo saludó con un último claxonazo, deseándole buena suerte, aunque en realidad no era necesario; Hallorann percibía claramente sus deseos.

Encontrar dos de los míos en un día, pensó, debería ser una especie de buen augurio. Pero Hallorann desconfiaba de los augurios buenos o malos. Y tal vez encontrar en un solo día dos personas que tenían resplandor cuando por lo general en el transcurso de un año no solía dar con más de cuatro o cinco no significara nada. Esa extraña sensación, indefinible, seguía acompañándolo.

El Buick se empeñaba en patinar en una curva cerrada, y Hallorann lo enderezó cuidadosamente, atreviéndose apenas a respirar. Encendió de nuevo el radio. Aretha estaba estupenda. Pensó que no tendría inconveniente en llevarla en su coche cuando ella quisiera.

Otra ráfaga de viento azotó el vehículo y lo sacudió. Con una maldición, Hallorann se inclinó aún más sobre el volante. Aretha terminó de cantar y apareció de nuevo el locutor, recordándole que conducir un automóvil con semejante día era una excelente manera de morir.

Bruscamente, Hallorann apagó el radio.

Por fin llegó a Sidewinder, aunque en el trayecto desde Estes Park hasta allí tardó cuatro horas y media. Para cuando llegó a la carretera de las tierras altas ya había oscurecido del todo, pero la tormenta de nieve no daba señales de menguar. En dos ocasiones, Hallorann tuvo que detenerse ante ventisqueros tan altos como la tapa del motor del coche, y esperar a que vinieran las máquinas quitanieves para abrirle paso.

En uno de los ventisqueros había estado a punto de producirse otro choque. El conductor de la máquina quitanieves se había limitado a pasar junto a su coche sin bajar a discutir, pero no dejó de hacerle uno de los dos gestos con los dedos que todos los norteamericanos mayores de diez años reconocen, y no era el signo de la paz.

Hallorann tenía la impresión de que a medida que se aproximaba al Overlook, su necesidad de apresurarse se hacía cada vez más apremiante. Casi constantemente miraba el reloj, y le parecía que las manecillas volaran.

Diez minutos después de haber entrado a la carretera, pasó dos señales, despejadas de nieve por el azote del viento, de manera que pudo leerlas, SIDEWINDER 16, anunciaba la primera.

En la segunda se leía: 20 KM HACIA ADELANTE, CAMINO CERRADO DURANTE MESES DE INVIERNO.

–Larry Durkin –murmuró Hallorann, con el tenso rostro iluminado por el débil resplandor del tablero de instrumentos. Eran las seis y diez–. En Conoco, junto a la biblioteca. Larry...

En ese momento súbitamente se abatió sobre él el olor a naranjas y recibió el impacto mental, denso y maligno, asesino:

«No te metas en esto, negro sucio. No es asunto tuyo. Lárgate, negro, porque si no lo haces, te mataremos, te colgaremos de un árbol, maldito conejo negro de la selva, y después quemaremos tu cadáver porque eso es lo que hacemos con los negros. De manera que lárgate ahora mismo».

En el mínimo espacio del coche, Hallorann exhaló un grito. El mensaje no le había llegado en palabras, sino como en una serie de imágenes ininteligibles que se le metían en la cabeza con una fuerza tremenda. Apartó las manos del volante y se las llevó a los ojos, como para borrar las imágenes.

En ese momento el coche se estrelló contra uno de los terraplenes, rebotó, giró sobre sí mismo y finalmente se detuvo, mientras las ruedas seguían girando inútilmente.

Hallorann puso el motor en punto neutro y se cubrió la cara con las manos. Aunque no lloraba, de su pecho jadeante se escapaba un gemido entrecortado. Sabía que si le hubieran asestado semejante golpe en un tramo del camino que hubiera tenido un precipicio en cualquiera de los dos lados, en ese momento podría estar muerto. Y tal vez ésa hubiera sido la intención. Además, el golpe podía volver en cualquier momento, y de alguna manera tenía que protegerse contra él. Estaba rodeado por una fuerza roja, de un poder inmenso, que tal vez fuera la memoria de la raza. Se sentía ahogar en el instinto.

Se quitó las manos de la cara y abrió cautelosamente los ojos. Nada... Si algo intentaba nuevamente asustarlo, a él no le llegaba. Estaba cerrado.

¿Le había sucedido eso al pequeño?

Entre todas las imágenes, la que más lo inquietaba era aquel ruido sordo, opaco, como el de un martillo que se estrella contra un queso. ¿Qué significa?

Dios, a ese niño no. Por favor, rogó en silencio.

Volvió a meter el clutch y apretó el pedal para que la gasolina volviera a entrar en el motor. Las ruedas giraron, sujetándose al piso. El Buick empezó a moverse, los faros se abrieron paso entre los remolinos de nieve. Hallorann miró su reloj, eran casi las seis y media. Empezaba a tener la sensación de que era demasiado tarde.

## 50. REDRUM

Wendy estaba de pie, indecisa, a mitad del dormitorio, mirando a su hijo, que se había quedado dormido.

Hacía media hora que los ruidos habían cesado, al mismo tiempo. El elevador, la fiesta, el ruido de las puertas de las habitaciones al abrirse y cerrarse. Sin embargo, en vez de calmarla, eso hacía que la tensión mental de Wendy se intensificara: era como un susurro maléfico antes del último estallido brutal de la tormenta. Pero Danny se había dormido casi de inmediato, cayendo primero en un sueño superficial e inquieto, que en los diez últimos minutos se había hecho más profundo. Incluso si lo miraba directamente, Wendy apenas veía en su pecho el lento movimiento de la respiración.

Se preguntó cuánto tiempo haría que el niño no dormía una noche entera, una noche sin sueños que lo atormentaran, sin largos periodos desvelado, a oscuras, escuchando algarabías que para ella sólo se habían vuelto audibles –y visibles– en los dos o tres últimos días, a medida que se intensificaba la influencia del Overlook sobre ellos.

¿Auténticos fenómenos parapsicológicos o hipnosis de grupo?, se preguntó.

No lo sabía, ni creía que eso tuviera importancia. Lo que había sucedido era igualmente horrible. Miró a Danny y pensó: Quiera Dios que siga durmiendo.

Por más poderes que tuviera, seguía siendo un niño y necesitaba descanso.

El que había empezado a preocupar a Wendy era Jack.

Con un repentino gesto de dolor se sacó la mano de la boca y vio que se había arrancado una uña al mordérsela. Siempre había tenido especial cuidado con las uñas, aunque no las llevaba muy largas. Al pensar en eso se echó a reír, ¿qué importancia tenían ahora las uñas?

Jack había dejado de vociferar y sacudir la puerta. Después había vuelto a empezar la fiesta en medio del contrapunto de los ruidos del elevador. Después se había interrumpido. En ese nuevo silencio, mientras Danny dormía, a Wendy le había parecido oír susurros en la cocina, casi debajo de donde ellos estaban. Al principio, pensó que era el viento, que podía imitar tantos sonidos humanos, desde el cascado susurro en el lecho de muerte, en los marcos de puertas y ventanas, hasta un escalofriante alarido en los aleros... o el grito de una mujer que huye de un asesino en un melodrama barato. Y sin embargo, sentada junto a Danny, la idea de que se trataba en realidad de voces le parecía cada vez más convincente.

Imaginó que Jack y alguien más hablaban de las condiciones para que él escapara de la despensa, basadas en el asesinato de su mujer y su hijo. Al fin y al cabo, no sería ninguna novedad entre esas paredes, que ya antes habían cobijado asesinatos.

Wendy se acercó al tubo de calefacción para apoyar contra él el oído, pero en ese momento había empezado a funcionar el horno, y los demás ruidos se perdieron en la oleada de aire caliente que subía desde el sótano. Cuando cinco minutos antes, el horno se había apagado, el lugar estaba en completo silencio, salvo por el viento, por el constante azote de la nieve contra el edificio y el ocasional crujido de una tabla.

Wendy se miró la uña partida y vio que le salían algunas gotas de sangre.

Jack se escapó, pensó. No digas tonterías... Sí, ha escapado. Y tiene un cuchillo de cocina, o tal vez la cuchilla de picar carne. En este momento está subiendo hacia aquí, pisando los bordes de los escalones para que la escalera no cruja. ¡Wendy, estás loca!

Los labios le temblaban y, por un momento, le pareció que había expresado sus pensamientos en voz alta, pero el silencio se mantuvo.

Wendy se sentía acechada.

Giró en redondo y, al mirar a la ventana oscurecida por la noche, vio un horrible rostro blanco, que no tenía por ojos más que círculos oscuros y que le hacía muecas burlonas. Era la cara de un lunático monstruoso, que durante todo el tiempo se había ocultado en esas paredes y...

Advirtió que era un dibujo que formaba la nieve en el exterior del vidrio.

Wendy respiró hondo y le pareció oír un murmullo de risas. Luego pensó: Te asustas de las sombras. Ya bastante mal está la situación sin eso. Para mañana por la mañana estarás lista para el cuarto acolchado.

No había más que una manera de aplacar esos miedos, y Wendy sabía cuál era.

Tendría que bajar a asegurarse de que Jack seguía encerrado en la despensa.

Muy sencillo, se dijo. Bajas, lo compruebas, vuelves, y de paso vas a buscar la bandeja que dejaste sobre el mostrador de recepción. El omelette estará estropeado, pero la sopa puede recalentarse en el calientaplatos que tiene Jack junto a la máquina de escribir. En fin, y si él anda allá abajo con un cuchillo, no te dejes matar.

Wendy fue hacia la cómoda, tratando de sacudirse de encima el miedo que la oprimía. Sobre la cómoda había una pila de monedas, unos vales de gasolina para la camioneta del hotel, las dos pipas que Jack llevaba consigo a todas partes, aunque rara vez fumara, y su llavero.

Wendy lo levantó, lo tuvo un momento en la mano y volvió a dejarlo. Acababa de ocurrírsele la idea de echar llave a la puerta del dormitorio, pero no le gustaba del todo. Danny estaba dormido. Pensó vagamente en la posibilidad de un incendio y sintió que algo más quería acudir a su mente, pero no le prestó atención.

Atravesó la habitación, se detuvo un momento junto a la puerta, y después sacó el cuchillo del bolsillo de la bata y apretó con la mano derecha el mango de madera.

Lentamente abrió la puerta.

El corto pasillo que llevaba a sus habitaciones estaba desierto. Todos los apliques eléctricos de la pared estaban encendidos, a intervalos regulares, destacando el fondo azul de la alfombra, con su sinuoso y ondulante dibujo negro.

¿Lo ves? No hay ningún espantajo. No, claro que no. Lo que quieren es que salgas. Quieren que hagas una cosa tonta y femenina, que es precisamente lo que estás haciendo.

Wendy volvió a vacilar, sin ganas de alejarse de Danny y de la seguridad del departamento y, al mismo tiempo, ansiosa de asegurarse de que Jack todavía estaba... recluido en la despensa.

¿Dónde quieres que esté? Vamos, Wendy, lo que oíste no eran voces, sino tu imaginación. Era el viento.

–No era el viento.

El sonido de su propia voz la sobresaltó, pero en ese

sonido había una letal certidumbre que la impulsó a seguir. Pegado a su cuerpo, el cuchillo reflejaba la luz sobre el material sedoso del tapizado. Sobre la fibra de la alfombra, las pantuflas susurraban. Wendy tenía los nervios tensos como alambres.

Llegó a la esquina del corredor principal y se detuvo para echar un vistazo, alerta a cualquier cosa que pudiera ver allí.

No había nada.

Tras un momento de vacilación siguió andando, ya por el corredor principal. Con cada paso que daba hacia las sombras de la escalera, su terror iba en aumento y Wendy no dejaba de pensar que había dejado tras de sí a su hijo dormido, solo e indefenso. En sus oídos, el murmullo de las pantuflas sobre la alfombra sonaba cada vez más fuerte; en dos ocasiones volteó a mirar por encima del hombro, para convencerse de que nadie la seguía.

Al llegar a la escalera, apoyó la mano en la frialdad del remate que daba comienzo al barandal. Hasta el vestíbulo había diecinueve escalones –los había contado demasiadas veces–, diecinueve peldaños alfombrados, y ni un solo Jack agazapado en ninguno de ellos. Claro que no, se repitió. Jack estaba encerrado en la despensa, tras una gruesa puerta de madera y un recio cerrojo de acero.

Pero el vestíbulo estaba a oscuras y ¡lleno de sombras!

Wendy sentía que su corazón latía con fuerza.

Más adelante, un poco hacia la izquierda, la boca del elevador se abría con un gesto de burla, como si la invitara a subir en él para un último viaje.

No, gracias, repuso para sí.

En el interior de la caja había colgaduras de papel crepé, rosadas y blancas. El confeti se había derramado de dos paquetes cilíndricos y en el rincón de la izquierda había una botella de champán, vacía.

De pronto, sintió que algo se movía por encima de ella y giró sobre sus talones para mirar hacia los diecinueve escalones que llevaban al descanso de la segunda planta. No vio nada. Sin embargo, seguía teniendo la sensación inquietante de que había cosas que, aunque sus ojos no alcanzaran a percibirlas, se habían ocultado rápidamente en la oscuridad del pasillo.

Volvió a mirar hacia la escalera.

La mano derecha le sudaba contra el mango de madera del cuchillo. Wendy se lo pasó a la izquierda, se enjugó la palma derecha con la tela rosada de la bata y volvió a aferrar con esa mano el cuchillo. Casi sin darse cuenta de que seguía avanzando, empezó a bajar por la escalera, con la mano libre apoyada en el barandal.

¿Dónde está la fiesta?, pensó, tratando de infundirse ánimos. ¡A ver si se dejan asustar por mí, fantasmas enmohecidos, por una mujer aterrorizada, con un cuchillo! ¡A ver si hay un poco de música por aquí! ¡A ver si hay un poco de vida!

Diez escalones, once, doce, trece...

La luz que llegaba desde el pasillo de la primera planta se filtraba hasta allí como un opaco resplandor amarillento, y Wendy recordó que tendría que encender las luces del vestíbulo, ya fuera las que estaban junto a la puerta de entrada del comedor o las del interior del despacho del director.

Y sin embargo, de algún otro lugar llegaba una pálida luz blanca.

¡De la cocina, por supuesto! Los tubos fluorescentes...

En el decimotercer escalón se detuvo, tratando de recordar si las había apagado o las había dejado encendidas cuando ella y Danny salieron de allí. No se acordaba.

Abajo, en el vestíbulo, las sillas se amontonaban en reductos de sombra. Los vidrios de las puertas estaban revestidos por la manta blanca, uniforme, de nieve acumulada. En los almohadones del sofá, los botones de bronce resplandecían débilmente, como ojos de gatos. Había cien lugares para esconderse.

Con las piernas temblorosas, Wendy siguió bajando hasta llegar al final de la escalera.

El vestíbulo, señora.

Las puertas del salón de baile estaban abiertas de par en par. Dentro no había más que tinieblas. De pronto escuchó un tictac constante, como el de una bomba. Wendy se puso rígida. Después recordó el reloj que había sobre la repisa de la chimenea, bajo un fanal de vidrio. Seguramente Jack o Danny le habrían dado cuerda... o tal vez se hubiera dado cuerda a sí mismo, como todo lo que había en el Overlook.

Volteó hacia el mostrador de recepción, con la intención de pasar por allí y atravesar el despacho del director para ir a la cocina. La bandeja seguía allí, brillando, con su frustrado almuerzo.

En ese momento, el reloj empezó a dar la hora.

Wendy se detuvo, con la lengua pegada al paladar. Después se relajó. Eran las ocho.

Fue contando las campanadas. Sin saber el motivo, le parecía mal moverse mientras el reloj no se hubiera silenciado.

Ocho, nueve... ¿Nueve?, se preguntó.

Era demasiado tarde. Wendy lo comprendió. Torpemente volteó una vez más hacia la escalera, sabiendo que era demasiado tarde. Pero ¿cómo podía haberlo sabido?

¡Doce!

Todas las luces del salón de baile se encendieron. Estridente, resonó un estrépito de bronces. Wendy dejó escapar un alarido, que sonó insignificante contra el estruendo que brotaba de aquellos pulmones broncíneos.

–¡A desenmascararse! –clamaban los ecos–. ¡A desenmascararse, a desenmascararse!

Después se eclipsaron, como si se perdieran en un largo corredor del tiempo, dejándola nuevamente sola... aunque no del todo.

Al voltear, lo vio venir hacia ella. Parecía Jack, pero no lo era. En sus ojos brillaba un resplandor vacío y asesino, en su boca se perfilaba una mueca temblorosa, sin alegría.

En una mano sostenía el mazo de roqué.

¿Creíste que me habías encerrado? ¿Fue eso lo que creíste? ¡Responde, zorra!

El mazo silbó en el aire. Wendy retrocedió, tropezó con un taburete y cayó sobre la alfombra del vestíbulo.

–Jack...

–¡Perra, te conozco mejor de lo que crees! –masculló Jack.

Volvió a blandir el mazo, con mortífera y sibilante celeridad, y lo enterró en el vientre de Wendy, súbitamente hundida en un océano de dolor. Vio que el mazo se alzaba sobre su cabeza. Como de una abrumadora realidad, tomó conciencia de que Jack estaba dispuesto a matarla a golpes con el mazo que sostenía en las manos.

Wendy quiso gritar, rogar a Jack que se detuviera, por Danny, por su hijo, pero se había quedado sin aliento. Lo único que pudo emitir fue un débil gimoteo, poco menos que inaudible.

–¡Ahora, ahora, por Cristo! –exclamó Jack con una sonrisa siniestra, mientras de una patada apartaba del camino el taburete–. ¡Ahora sí que te tomarás tu medicina!

El mazo descendió velozmente y Wendy rodó de costado, hacia la izquierda, enredándose en la bata. La presión de las manos de Jack sobre el mazo se aflojó cuando éste se estrelló contra el suelo. Tuvo que inclinarse a recogerlo y, entretanto, Wendy consiguió levantarse y correr hacia la escalera, recuperando el aliento en una tempestad de sollozos. Un dolor sordo y palpitante le atenazaba el vientre.

–¡Perra! –mascullé él con la misma mueca, mientras la perseguía–. ¡Perra hedionda, supongo que ya sabes lo que te espera!

Wendy oyó el silbido del mazo al cortar el aire y después el dolor le desgarró el costado derecho, cuando la cabeza del mazo se estrelló encima de la cintura, rompiéndole dos costillas. Cayó hacia adelante sobre los escalones, y el dolor se intensificó, había vuelto a golpearse el costado herido. Pero el instinto la llevó a rodar sobre sí misma, alejándose, y el mazo pasó zumbando junto a su cara, errando el golpe por un par de centímetros, y fue a dar con un ruido ahogado contra la gruesa alfombra que recubría la escalera. En ese momento Wendy vio el cuchillo, que se le había caído al rodar por la escalera, y que brillaba, inmóvil, sobre el cuarto escalón.

–¡Perra asquerosa! –repetía Jack. El mazo volvió a bajar. Wendy consiguió subir un escalón y recibió el golpe bajo la rodilla. Sintió un dolor insoportable en la pierna y vio que la sangre empezaba a correrle por la pantorrilla. En el momento en que el mazo volvía a descender, apartó desesperadamente la cabeza. Esta vez se estrelló en un peldaño, en el hueco entre el cuello y el hombro de Wendy, rozándole el lóbulo de la oreja.

Cuando volvió a levantar el arma, dispuesto a asestar el golpe definitivo, Wendy se arrojó sobre Jack, escaleras abajo.

Dejó escapar un alarido de dolor al golpearse las costillas laceradas, pero al dar con todo su cuerpo contra las piernas de Jack consiguió hacerle perder el equilibrio. Jack cayó de espaldas, con un aullido de furia y sorpresa, procurando inútilmente volver a pisar los escalones, hasta que finalmente se desplomó, mientras el mazo se le escapaba de las manos. Después se sentó y, por un momento, la miró con los ojos inyectados en sangre.

–Te mataré por esto –farfulló.

Mientras rodaba y se estiraba para alcanzar el mazo, Wendy luchó por ponerse de pie. La pierna izquierda era una sucesión de relámpagos de dolor que la recorrían hasta la cadera. Aunque mostraba una palidez extrema, la expresión de su rostro era resuelta. En el momento en que la mano de Jack agarraba el mango del mazo de roqué, Wendy saltó sobre su espalda.

–¡Oh, santo Dios! –clamó en el sombrío vestíbulo del Overlook, y le hundió el cuchillo de cocina en la espalda.

Tras el impacto, él se irguió y exhaló un alarido. Wendy jamás había oído nada tan espantoso, era como si todo el hotel hubiera gritado, las puertas, las ventanas, incluso las tablas. Aquel grito parecía prolongarse mientras Jack seguía inmóvil, rígido bajo su peso. Lentamente la espalda de la camisa a cuadros blancos y negros iba oscureciéndose, humedeciéndose de sangre.

Después Jack se desplomó y, al caer, hizo rodar a Wendy sobre el costado herido, arrancándole un grito ahogado.

Durante un rato, ella se quedó inmóvil, respirando con dificultad. Sólo sentía dolor. Cada vez que respiraba, algo la apuñalaba cruelmente en el costado, y por el cuello descendía la sangre de la oreja lastimada.

No se oía más que el ruido áspero de su respiración, el del viento y el tictac del reloj en el salón de baile.

Finalmente Wendy consiguió ponerse de pie y se dirigió, tambaleante, hacia la escalera. Cuando llegó a los peldaños, se aferró al barandal, con la cabeza baja, a punto de desmayarse. Al cabo de unos segundos, empezó a subir, apoyándose en la pierna sana y haciendo fuerza con los brazos sobre el barandal para izarse. Miró hacia arriba, pensando que vería a Danny, pero en la escalera no había nadie.

Gracias a Dios, se dijo. Sigue durmiendo.

En el sexto escalón tuvo que detenerse a descansar. El aire silbaba dolorosamente al pasar por la garganta, como si fueran púas, y sentía el costado derecho como una masa ardiente, hinchada y adolorida.

Vamos Wendy, vamos muchacha. Cuando consigas interponer una puerta con llave entre los dos, podrás ver lo que te hizo. Faltan trece, que no es tanto. Y cuando llegues al corredor de arriba, podrás seguir arrastrándote. Te doy permiso.

Respiró lo más hondo que le permitían las costillas rotas y subió como pudo un escalón más; y después otro.

Cuando estaba en el noveno, casi a mitad de camino, oyó la voz de Jack desde abajo.

–¡Zorra infame, me mataste! –mascullló.

Sobrecogida por un terror tan negro como la medianoche, Wendy vio por encima del hombro que se ponía lentamente de pie.

Tenía la espalda encorvada y de ella sobresalía el mango del cuchillo. Parecía que los ojos se le hubieran achicado hasta perderse en los flácidos pliegues de piel que los rodeaban. En la mano izquierda seguía sosteniendo el mazo de roqué, con el extremo teñido de sangre. Un pedazo de la bata rosada de Wendy estaba pegado en el centro.

–¡Ya te daré tu medicina! –farfulló, y empezó a avanzar, tambaleante, hacia la escalera.

Gimiendo de terror, Wendy siguió subiendo por la interminable escalera. Subió diez peldaños, once, doce, pero el pasillo de la primera planta le parecía tan lejano como un inaccesible pico de montaña. Su respiración era jadeante, el dolor del costado la traspasaba. Frente a sus ojos, el pelo se agitaba de un lado a otro. El sudor no la dejaba ver. El ruido acompasado del reloj, oculto bajo su fanal en el salón de baile, le llenaba los oídos, sin más contrapunto que la respiración entrecortada y dolorosa de Jack, que empezaba a subir por la escalera.

## 51. LA LLEGADA DE HALLORANN

Larry Durkin era un hombre alto y flaco, de cara adusta, coronada por una abundante mata de pelo rojo. Hallorann lo encontró en el momento en que salía de la gasolinería Conoco, con el rostro hundido en la capucha de una chamarra del ejército. Con un día tan tormentoso ya no tenía ganas de hacer más negocios, aunque Hallorann viniera desde muy lejos, por lo que no estaba dispuesto a alquilarle uno de sus vehículos para la nieve a ese negro de ojos enloquecidos, que insistía en que tenía que subir hasta el viejo Overlook. Entre la gente que había vivido casi toda la vida en el pueblo de Sidewinder, el hotel tenía una reputación nefasta. Allá arriba había habido asesinatos. Durante un tiempo, un grupo de mafiosos había regentado el lugar, y también lo habían administrado hombres de negocios despiadados. En el Overlook habían pasado cosas de las que jamás llegan a los periódicos, porque el dinero tiene su propio idioma. Pero la gente de Sidewinder tenía una idea bastante aproximada. La mayoría de las camareras del hotel procedían de allí, y ya se sabe que las camareras ven muchas cosas.

Pero cuando Hallorann mencionó el nombre de Howard Cottrell y le mostró a Durkin la etiqueta cosida en el interior de los mitones azules, el propietario de la gasolinera se ablandó.

–Así que fue él quien lo envió, ¿no? –le preguntó, mientras abría una de las puertas del garaje e invitaba a entrar a Hallorann–. Pues me alegro de saber que a ese viejo libertino todavía le quedan sesos. Creí que ya los había perdido del todo –dio un golpe a una llave, y un artefacto con luces fluorescentes, muy viejas y sucias, empezó a zumbar fatigosamente hasta encenderse–. Pero ¿qué puede haber en el mundo que lo lleve a semejante lugar, amigo?

Los nervios de Hallorann habían empezado a fallar. Los últimos kilómetros de recorrido hasta Sidewinder habían sido malísimos. Hubo un momento en que una racha de viento de casi cien kilómetros por hora hizo dar al Buick un giro de 360 grados. Y todavía le faltaban kilómetros por recorrer y sólo Dios sabía con qué se encontraría al final. Hallorann estaba aterrorizado por el niño. Eran casi diez para las siete, y tenía que pasar de nuevo por el mismo trance.

–Allí arriba hay alguien que está en peligro –explicó–. El hijo del vigilante.

–¿Quién, el hijo de Torrance? No veo qué clase de peligro puede correr.

–No lo sé –masculló Hallorann, a quien le ponía enfermo el tiempo que estaba perdiendo con el trámite. Estaba hablando con un campesino, y él sabía que todos los campesinos tienen la misma necesidad de acercarse oblicuamente a un tema, de olfatearlo antes de entrar en él de lleno. Pero esta vez no había tiempo, porque él sentía que no era más que un negro asustado, y si las cosas se prolongaban mucho, terminaría por abandonarlo todo para escapar.

–Por favor –le dijo–, necesito subir allí arriba, y para

llegar tengo que tener un vehículo para la nieve. Le pagaré lo que pida, pero por favor, ¡déjeme que me ocupe solo de mis cosas!

–Está bien –respondió Durkin sin alterarse–. Si Howard lo mandó, para mí es bastante. Llévese esta Arctic Cat. Le pondré una lata de veinte litros de gasolina. El tanque está lleno, y con eso le alcanzará para ir y volver.

–Gracias –respondió Hallorann, todavía no muy convencido.

–Le cobraré veinte dólares, incluyendo el combustible.

Hallorann buscó en su cartera un billete de veinte dólares y se lo entregó. Casi sin mirarlo, Durkin se lo metió en uno de los bolsillos de la camisa.

–Tal vez sea mejor que cambiemos también los abrigos –dijo Durkin, mientras se quitaba la chamarra–. Su abrigo no le va a servir de nada esta noche. Volveremos a cambiarlos cuando me traiga de vuelta el vehículo.

–Oh, pero no puedo…

–No discuta –lo interrumpió Durkin sin perder la calma–. No pienso dejar que se congele. Yo sólo tengo que andar dos manzanas y estoy en mi casa. Vamos, démelo.

Un poco aturdido, Hallorann cambió su abrigo por la chamarra forrada en piel que le ofrecían. Por encima de ellos, las luces fluorescentes que zumbaban le hicieron pensar en las luces de la cocina del Overlook.

–El hijo de Torrance… –caviló Durkin, meneando la cabeza–. Un niño muy despierto, ¿no? Él y su padre estuvieron aquí bastante antes de que empezara a nevar en serio. Casi siempre venían en la camioneta del hotel. Me pareció que los dos estaban muy unidos. Ese niño quiere mucho a su padre. Espero que esté bien.

–Yo también lo espero –Hallorann se subió la cremallera de la chamarra y se puso la capucha.

–Vamos, le ayudaré a sacarlo –se ofreció Durkin, y entre los dos llevaron el vehículo sobre el engrasado piso de cemento hasta la entrada del garaje–. ¿Alguna vez condujo uno de éstos?

–No.

–Bueno, no tiene ningún secreto. Las instrucciones están pegadas en el tablero, pero en realidad todo se reduce a frenar y acelerar. Aquí tiene el acelerador, es como el de una motocicleta. El freno está al otro lado. Acuérdese de él en las curvas. En terreno firme puede alcanzar más de ciento diez, pero con esta nieve no podrá ir a más de ochenta.

Estaban ya en el estacionamiento, cubierto por la nieve, de la gasolinería, y Durkin había elevado la voz para hacerse oír por encima del estrépito del viento.

–¡No se salga del camino! –exclamó al oído de Hallorann–. ¡No pierda de vista el barandal de seguridad ni las señales de carretera! ¡Espero que no tenga problemas! ¡Si se sale del camino, es hombre muerto! ¿Entendido?

Hallorann asintió con la cabeza.

–¡Espere un momento! –lo detuvo Durkin, y volvió a entrar al garaje.

Mientras esperaba, Hallorann hizo girar la llave del motor y apretó un poco el acelerador. El vehículo para la nieve cobró vida de inmediato, rezongando.

Durkin volvió con un pasamontañas rojo y negro.

–¡Póngaselo debajo de la capucha!

Hallorann se lo puso. Le quedaba un poco justo, pero le protegía la cara del azote despiadado del viento.

Durkin se acercó aún más y añadió, gritando:

–Supongo que usted debe de enterarse de las cosas de la misma forma que se entera a veces Howie –conjeturó–. Está bien, salvo que por aquí ese lugar tiene una reputación pésima. Si quiere, le daré un rifle.

–¡No creo que sirva de nada! –gritó a su vez Hallorann.

–Usted manda. Pero si trae al niño, llévelo al número dieciséis de Peach Lane. Mi mujer siempre tiene sopa caliente.

–De acuerdo. Gracias por todo.

–¡Cuidado! –volvió a gritar Durkin–. ¡No se salga del camino!

Con un gesto de asentimiento, Hallorann hizo girar lentamente el acelerador. El vehículo avanzó, ronroneando, mientras el faro recortaba un límpido cono de luz en la nieve, que caía densamente. Al ver en el espejo retrovisor que Durkin lo saludaba, levantando la mano, Hallorann lo saludó a su vez. Viró el manubrio hacia la izquierda y se encontró recorriendo la calle principal. El vehículo para la nieve avanzaba sin dificultad bajo la blanca luz que arrojaban los faroles de la calle. El velocímetro marcaba cincuenta kilómetros por hora. Eran las siete y diez. En el Overlook Wendy y Danny dormían, mientras Jack Torrance discutía cuestiones de vida o muerte con el anterior vigilante.

Después de recorrer unas cinco manzanas por la calle principal, los faroles se acabaron. Durante casi un kilómetro siguió viendo casas, todas firmemente cerradas contra la tormenta, después no quedó más que la oscuridad acompañada del aullido del viento. De nuevo en las tinieblas, sin más luz que la que arrojaba el faro del vehículo, el terror volvió a cernirse sobre él, un miedo infantil, irracional, que lo descorazonaba. Hallorann jamás se había sentido tan solo. Durante unos minutos, mientras las escasas luces de Sidewinder desaparecían en el retrovisor, luchó contra un impulso casi insuperable de dar la vuelta y regresar. Pensó que, con toda su preocupación por el hijo de Jack Torrance, Durkin no se había ofrecido a acompañarlo en otro vehículo.

«Por aquí ese lugar tiene una reputación pésima», había dicho.

Apretando los dientes, aumentó la velocidad y observó cómo la aguja del velocímetro subía a sesenta y cinco y se estabilizaba en setenta. Le parecía que iba a una velocidad espantosa, y sin embargo temía que no fuera suficiente. A esa velocidad, necesitaría casi una hora para llegar al Overlook, pero si iba más rápido, tal vez no llegaría.

No apartaba la vista de los barandales que iba pasando y de los diminutos reflejantes montados sobre ellos, muchos de los cuales estaban cubiertos por la nieve. En dos ocasiones vio la indicación de una curva peligrosa demasiado tarde, y sintió que los patines del vehículo ascendían por el acotamiento de nieve, tras el cual se ocultaba el precipicio. El velocímetro avanzaba con una lentitud enloquecedora... Incluso con el pasamontañas de lana, sentía rigidez en la cara, y en cuanto a las piernas, las notaba entumecidas.

–¡Creo que daría cien dólares por un par de pantalones de esquiar! –exclamó.

A medida que pasaban los kilómetros, su terror aumentaba, como si el lugar tuviera una atmósfera ponzoñosa que se hacía más densa a medida que uno se acercaba. ¿Le había sucedido lo mismo antes? Sin duda nunca le había gustado el Overlook, y otros compartían con él la misma sensación, pero nunca le había sucedido nada semejante.

Alarmado, intuyó que la voz que había estado a punto de destruirlo en las afueras de Sidewinder trataba de adueñarse de él, de penetrar sus defensas para llegar a la vulnerabilidad interior. Si cuarenta kilómetros atrás había sido tan fuerte, ¿qué intensidad podría alcanzar ahora? No podía excluirla por completo. Algo de ella se filtraba sin cesar, inundándole el cerebro de siniestras imágenes subliminales. Y cada vez con más fuerza veía la imagen de una mujer malherida, en un baño, levantando desesperadamente las manos para parar un golpe, y tenía la creciente sensación de que esa mujer debía de ser...

–¡Cuidado, por Dios!

El terraplén se le venía encima como un tren de carga. Perdido en sus pensamientos, había pasado por alto una señal de curva. Giró bruscamente hacia la derecha y el vehículo dio una vuelta sobre sí mismo, amenazando con volcar. Oyó el ruido áspero del patín al raspar contra la roca. Hallorann creyó que la brusquedad de la maniobra lo arrojaría fuera del vehículo, que efectivamente estuvo durante un momento al borde de perder la estabilidad, hasta que por fin volvió a la superficie, más o menos horizontal, del camino cubierto de nieve. Después se encontró frente al precipicio, y la luz frontal le mostró el brusco final del manto de nieve y la oscuridad que se extendía más allá. Sintiendo que el corazón le iba a estallar, giró el vehículo hacia el otro lado.

Dicky, viejo amigo, no te salgas del camino, se dijo.

Hizo girar un poco más el acelerador, hasta que la aguja del velocímetro se acercó a los ochenta. El viento aullaba y rugía. El faro perforaba la oscuridad.

Sin poder precisar cuánto tiempo pasó, al doblar una curva flanqueada por ventisqueros, distinguió a lo lejos un destello de luz. No fue más que un resplandor, que desapareció tras una elevación del terreno. La visión fue tan fugaz que Hallorann trataba de persuadirse de que no había sido más que una proyección de su deseo, pero en otra curva volvió a ver la luz, esta vez un poco más cerca, durante unos segundos. Su realidad era ya incuestionable. Lo había visto muchas veces desde ese mismo lugar. Era el Overlook, y parecía que hubiera luces encendidas en el vestíbulo y la primera planta.

Parte de su horror –la que se refería a salirse del

camino o a descomponer el vehículo al tomar una curva que no hubiera visto– se desvaneció por completo. Tomó con seguridad el principio de una curva, que ahora recordaba perfectamente, palmo a palmo, y en ese momento el faro enfocó lo que se alzaba frente a él en el camino.

¡Oh, Dios mío! ¿Qué es eso?, se preguntó.

De color blanco y negro, sin matices, Hallorann creyó al principio que se trataba de un enorme lobo gris que la tormenta había hecho descender de las alturas. Después, al acercarse más y reconocer lo que veía, el horror le cerró la garganta.

No era un lobo, sino un león. Era uno de los arbustos con forma de león.

El rostro era una máscara de sombras negras y nieve. Tenía los músculos en tensión, preparándose para saltar. Y saltó, mientras la nieve se elevaba, movilizada por el resorte de las patas traseras, en un silencioso estallido de destellos de cristal.

Gritando de desesperación, Hallorann giró bruscamente el manubrio, inclinándose al mismo tiempo. Un dolor lacerante, desgarrador, se extendió por la cara, el cuello y los hombros. El impacto le rasgó el pasamontañas y a él lo arrojó del vehículo. Cayó sobre la nieve, hundiéndose y rodando por ella.

Sintió que se acercaba el león, de cuyo hocico emanaba un olor áspero, de hojas verdes y acebo. Una enorme garra lo golpeó en la espalda y Hallorann voló por el aire a tres metros de altura y volvió a caer, despatarrado como una muñeca de trapo. Vio cómo el vehículo, sin conductor, iba a chocar contra el terraplén, rebotando, recorriendo el cielo con el faro, hasta quedar inmóvil después de desplomarse con un ruido sordo.

Al cabo de un segundo, el león estaba sobre él. Con una especie de susurro, algo le rasgó la chamarra. Tal vez fueran ramas, pero Hallorann sabía que eran garras.

–¡Tú no estás ahí! –gritó Hallorann al león, que

volvía a acercarse gruñendo, describiendo círculos–. ¡Tú no existes!

Con gran esfuerzo, se puso de pie y se dirigió hacia el vehículo para la nieve antes de que el león se abalanzara sobre él, cruzándole la cabeza con una garra que parecía rematada por agujas. Hallorann vio un estallido de luces silenciosas.

–¡No existes! –repitió con un hilo de voz. Las rodillas le temblaron y cayó al suelo. Hallorann se arrastró hacia el vehículo, sintiendo su propia sangre deslizándose por la cara. El león volvió a atacarlo, tumbándolo de espaldas, como una tortuga. Rugía, gozoso.

Hallorann se esforzó por llegar al vehículo. Lo que necesitaba estaba allí. Entretanto, el animal volvía a atacar, desgarrando, arañando.

# 52. WENDY Y JACK

Wendy se arriesgó y volvió a mirar por encima del hombro. Jack estaba en el sexto escalón, apoyándose como ella en el barandal. Seguía con su espantosa sonrisa, y entre los dientes le rezumaba, lenta y oscura, un poco de sangre, que descendía por el cuello.

–¡Voy a aplastarte los sesos! Voy a aplastarlos y pisotearlos –consiguió subir otro peldaño.

Azuzada por el pánico, Wendy tuvo la sensación de que el costado le dolía un poco menos. Ignorando el dolor, se aferró con toda la fuerza que podía al barandal, convulsivamente, para seguir subiendo. Cuando llegó arriba, volvió a mirar hacia atrás.

Al parecer, en vez de perder fuerzas, las de Jack se multiplicaban. Ya estaba apenas a cuatro escalones del descanso y, mientras se ayudaba para subir con la mano derecha, medía la distancia con el mazo de roqué que traía en la izquierda.

–Ya te tengo –articuló, jadeando, como si le leyera el pensamiento–. Ya te tengo, perra. ¡Y traigo tu medicina!

Tambaleándose, Wendy huyó por el corredor principal, apretándose el costado con ambas manos.

De pronto, se abrió la puerta de una de las habitaciones y por ella se asomó un hombre que cubría su rostro con una máscara verde de vampiro.

–Magnífica fiesta, ¿no? –le gritó en la cara, mientras tiraba de la cuerdecilla de un artículo de fiesta. Con un estampido, el juguete se abrió y Wendy se vio envuelta en una nube de serpentinas. El hombre con la máscara de vampiro dejó escapar una risita y se metió a su habitación, con un portazo. Wendy cayó sobre la alfombra, traspasada por el dolor del costado derecho, luchando desesperadamente por no dejarse invadir por la inconsciencia. Oyó que desde muy lejos el elevador volvía a ponerse en marcha y, bajo sus dedos extendidos, vio que los dibujos de la alfombra se movían, retorciéndose en sinuosas ondulaciones.

El mazo de roqué resonó tras ella y Wendy se arrastró hacia adelante, sollozando. Por encima del hombro vio que Jack tropezaba, perdía el equilibrio y conseguía bajar el mazo antes de desplomarse sobre la alfombra, dejando sobre ella una brillante mancha de sangre.

La cabeza del mazo impactó directamente entre los omóplatos de Wendy y, por un momento, el dolor que la atravesó fue tal que lo único que pudo hacer fue retorcerse, sintiendo cómo las manos se le abrían y cerraban solas. Le había roto algo, Wendy había oído el crujido del hueso con claridad, y durante unos segundos su conciencia se redujo a algo amortiguado, atenuado, como si ella no fuera más que una simple espectadora de lo que sucedía, como si estuviera contemplando la escena a través de una nebulosa envoltura de gasa.

Después recuperó la conciencia plenamente, y con ella el dolor y el espanto.

Jack intentaba levantarse para poner fin a su trabajo.

Wendy también trató de incorporarse y comprobó que no podía. Parecía que el esfuerzo le provocara descargas eléctricas a lo largo de toda la espalda. Empezó a arrastrarse de costado, como si nadara. Jack también se arrastraba tras ella, apoyándose en el mazo de roqué como si fuera un bastón o una muleta.

Cuando llegó a la intersección de los pasillos, Wendy se aferró con ambas manos a la esquina para dar la vuelta. Su terror aumentó, aunque jamás lo habría creído posible. Era cien veces peor no poder verlo, no saber a qué distancia estaba. Arrancando puñados de fibra de la alfombra al afirmarse en ella, siguió avanzando y, cuando estaba por la mitad del pasillo, advirtió que la puerta del dormitorio estaba abierta.

¡Danny! ¡Oh, Dios santo!

Se esforzó en ponerse de rodillas y, arrancando pedazos del tapiz con las uñas, consiguió afirmarse sobre los pies. Tratando de olvidar el dolor, entre caminando y arrastrándose, atravesó la puerta en el momento en que Jack aparecía en el pasillo y empezaba a avanzar por él hacia la puerta abierta, apoyándose en el mazo de roqué. Wendy se agarró del borde de la cómoda, se recostó contra ella y aferró el batiente de la puerta.

–¡No cierres esa puerta, maldita seas, no te atrevas a cerrarla! –gritó Jack.

Wendy la cerró de un golpe y echó el cerrojo. Con la mano izquierda tanteó desesperadamente entre las chucherías que había sobre la cómoda, arrojando las monedas sueltas al suelo. Por último la mano encontró el llavero, en el momento en que el mazo silbaba contra la puerta, haciéndola estremecer en el marco. Al segundo intento, Wendy consiguió meter la llave en la cerradura y girarla hacia la derecha. Poseído por el odio, Jack lanzó un alarido. El mazo empezó a caer contra la puerta en una serie de golpes atronadores, que la hicieron retroceder, atemorizada. ¿Cómo podía hacer algo así, con un cuchillo clavado en la espalda? ¿De dónde sacaba las fuerzas? Wendy sintió el impulso de gritar «¿Por qué no estás muerto?».

En vez de hacerlo, giró sobre sí misma. Ella y Danny tendrían que refugiarse en el baño contiguo y cerrar también esa puerta con llave, por si Jack conseguía realmente forzar la del dormitorio. En un momento de desvarío, le pasó por la cabeza la idea de escapar por el hueco del montacargas, pero la desechó. Danny era lo bastante pequeño para pasar por allí, pero a ella le faltarían fuerzas para aguantar su peso, y el niño terminaría por estrellarse en el fondo.

Tendrían que encerrarse en el baño. Pero si Jack también conseguía entrar allí...

No quiso detenerse a pensarlo.

–Danny, mi amor, tienes que despertar y... –empezó a decir.

¡La cama estaba vacía!

Cuando el niño por fin se durmió, Wendy le había echado encima las cobijas y uno de los edredones. Pero ahora la cama estaba deshecha, vacía.

–¡Ya los alcanzaré! –vociferaba Jack–. ¡Ya los alcanzaré a los dos!

Subrayaba sus palabras con los golpes del mazo, pero Wendy, concentrada únicamente en la cama vacía, no les prestaba atención.

–¡Salgan de una puta vez! ¡Abran esa maldita puerta!

–¿Danny? –susurró Wendy.

De pronto lo entendió... Cuando Jack la atacó, Danny lo había percibido todo, como le sucedía siempre con las emociones violentas. Tal vez lo hubiera visto en una de sus pesadillas y había corrido a esconderse.

Wendy se arrodilló, atormentada por el dolor de la pierna hinchada y sangrante, para mirar debajo de la cama. Allí no había nada más que polvo, y un par de tenis de Jack.

Sin dejar de vociferar su nombre, Jack seguía

golpeando. Esta vez el mazo hizo saltar una larga astilla de madera de la puerta, al tiempo que destrozaba el revestimiento. El mazazo siguiente produjo un estrépito estremecedor, un ruido como el de la leña seca bajo los golpes de un hacha. La cabeza ensangrentada del mazo, ya deformada y astillada de tantos golpes, asomó por el agujero de la puerta, desapareció un momento y volvió a caer, inundando la habitación de esquirlas de madera.

Apoyándose en los pies de la cama, Wendy volvió a levantarse y, cojeando, atravesó la habitación hasta el armario. Las costillas rotas se le clavaban al moverse, haciéndola gemir.

–¿Danny...?

Frenéticamente apartó la ropa colgada, algunas prendas resbalaron de los ganchos y cayeron al piso. Danny tampoco estaba en el armario.

Mientras se dirigía al baño, Wendy volvió a mirar por encima del hombro, ya desde la puerta. El mazo seguía golpeando, agrandando el agujero; después, buscando a tientas el cerrojo, apareció una mano. Horrorizada, Wendy vio que había dejado en la cerradura el llavero de Jack.

La mano abrió el cerrojo y, al hacerlo, tropezó con el manojo de llaves, que tintinearon alegremente. Jack las tomó con un gesto triunfal.

Sollozando, Wendy entró al baño y cerró la puerta, en el instante en que la del dormitorio cedía, dejando pasar a Jack, vociferante.

Wendy echó el cerrojo e hizo girar la llave, mirando desesperadamente alrededor. El baño estaba vacío. Danny tampoco estaba allí. Y cuando vio en el espejo del botiquín un rostro horrorizado y manchado de sangre, Wendy se alegró. Jamás había creído que los niños debieran ser testigos de las mezquinas disputas entre sus padres. Y tal vez eso, que en ese momento se ensañaba en asolar el dormitorio, derribándolo y aplastándolo todo, terminaría por desplomarse, exánime, antes de ir en persecución de su hijo. Tal vez, pensó Wendy, ella misma podría volver a herirlo, incluso... a matarlo.

Recorrió el lugar con la mirada, en busca de cualquier cosa que pudiera utilizar como un arma. Había una barra de jabón, pero Wendy no creía que, ni siquiera envolviéndola en una toalla, pudiera resultar bastante mortífera. Todo lo demás estaba bajo llave. Dios, ¿no habría nada que pudiera hacer?, se preguntó.

Al otro lado de la puerta, los ruidos bestiales de la destrucción seguían sin pausa, acompañados de amenazas pronunciadas con voz pastosa. «Los dos se tomarían su medicina», «pagarían por todo lo que le habían hecho», «él les enseñaría quién manda».

Se oyó un estrépito, el del tocadiscos al caer al suelo; el ruido hueco del tubo de la televisión de segunda mano al estallar, el tintineo de los vidrios de la ventana, seguido por una corriente de aire frío que se coló por debajo de la puerta del baño. Los colchones de las camas individuales donde habían dormido juntos, cadera con cadera, cayeron al suelo con un ruido sordo. Se oían los golpes indiscriminados del mazo contra las paredes.

Pero en esa voz aullante y aterradora, no quedaba nada del verdadero Jack. Era una voz que tan pronto gimoteaba en un frenesí de autocompasión como se elevaba en chillidos espeluznantes. A Wendy le producía escalofríos, le recordaba a las voces que resonaban en el pabellón de geriatría del hospital donde ella había trabajado durante el verano, mientras estaba en la escuela secundaria. No... El que estaba allí fuera ya no era Jack. Lo que Wendy oía era la voz lunática y destructora del propio Overlook.

El mazo se ensañó con la puerta del baño, arrancando un trozo del débil revestimiento. Una cara agotada, enloquecida, la miró. La boca, las mejillas, la garganta, estaban cubiertas de sangre. Lo único que Wendy alcanzaba a ver, minúsculo y brillante, era el ojo de un monstruo.

–¡No tienes adónde escapar, puta! –prorrumpió, jadeante, con su lasciva sonrisa. El mazo volvió a descender, y una lluvia de astillas cayó dentro de la tina y fue a dar contra la superficie reflejante del botiquín...

¡El botiquín!

Un gemido desesperado empezó a salir de su garganta mientras Wendy, momentáneamente ajena al dolor, giraba sobre sus talones para abrir violentamente la puerta del botiquín. Revolvió frenéticamente su contenido, mientras a sus espaldas la voz seguía bramando.

–¡Ya te tengo! ¡Ya te tengo, cerda!

Jack seguía demoliendo la puerta con mecánico frenesí.

Frascos y botellas rodaron bajo los dedos desesperados de Wendy; jarabe para la tos, vaselina, champú, agua oxigenada, benzocaína, todo iba cayendo en el lavabo y haciéndose pedazos.

En el momento en que Jack empezó a tantear en busca del cerrojo y de la cerradura, Wendy encontró el estuche de las hojas de afeitar de doble filo.

Con la respiración entrecortada, sacó torpemente una de las hojitas, cortándose al hacerlo la yema del dedo pulgar. Volteó de inmediato y asestó un tajo a la mano de Jack, que había girado la llave e intentaba abrir el cerrojo.

Jack gritó y retiró la mano.

Acechante, sosteniendo la cuchilla entre el dedo pulgar y el índice, Wendy esperó un nuevo intento. Cuando se produjo, volvió a atacarlo. Él gritó de nuevo, tratado de tomarle la mano, pero Wendy siguió asestándole tajos. La hoja de afeitar se le resbaló de la mano, volvió a cortarla y cayó al suelo, junto al escusado.

Wendy sacó otra del estuche y esperó en silencio.

Oyó ruidos en la habitación contigua, y luego algo que entraba por la ventana del dormitorio. Era un ruido agudo, zumbante, como un insecto. ¿Sería un motor?

Jack lanzó un furioso rugido y después, casi sin poder creerlo, Wendy oyó que salía del departamento del vigilante, caminando entre los despojos hacia el pasillo.

¿Llegaba alguien? ¿Quizá un guardabosques, o Dick Hallorann?, se preguntó.

–Oh, Dios –susurró Wendy, agotada, sintiendo la boca como si la tuviera llena de aserrín–. Oh, Dios, por favor.

Tenía que salir, e ir en busca de su hijo para que los dos pudieran hacer frente al resto de la pesadilla. Tendió la mano hacia el cerrojo y consiguió deslizarlo. Lentamente abrió la puerta y salió. De pronto, la abrumó la horrible certeza de que Jack no se había marchado, de que en realidad estaba esperándola, al acecho.

Wendy miró alrededor. La habitación estaba vacía y el cuarto de estar también. El panorama era desolador.

¿Y el armario...? Vacío.

A continuación una marea de olas grises empezó a abatirse sobre ella y Wendy se desplomó, casi inconsciente, sobre el colchón que Jack había quitado de la cama.

## 53. LA DERROTA DE HALLORANN

Hallorann llegó al vehículo volcado en el momento en que, a dos kilómetros y medio de distancia, Wendy se disponía a recorrer el corto pasillo que llevaba al departamento del vigilante.

Lo que le interesaba no era el vehículo, sino la lata de gasolina, sujeta a la parte trasera por un par de bandas elásticas. Sus manos, enfundadas todavía en los mitones azules de Howard Cottrell, consiguieron soltar una de las correas, en el momento en que el león de arbusto, con un estrépito que parecía estar más en su cabeza que en la realidad, rugía a sus espaldas. Sintió un golpe seco en la pierna izquierda, y la rodilla le crujió de dolor, doblándose en un ángulo insólito. Entre los dientes apretados de Hallorann escapó, sordamente, un gemido. Cuando se cansara de jugar con él, lo mataría.

A tientas, cegado por la sangre que le corría por la cara, buscó la otra banda.

Un segundo golpe le acertó en las nalgas y estuvo a punto de derribarlo, alejándolo otra vez del vehículo para la nieve. Hallorann se aferró a él como a la vida.

Consiguió soltar la segunda banda. En el momento

en que el león volvía a saltar, haciéndolo rodar de espaldas, se aferró a la lata de gasolina. Siguió con la mirada la sombra que se movía en la oscuridad, entre la nieve, como si fuera la encarnación de una gárgola en movimiento. Mientras la sombra majestuosa volvía a acercarse, Hallorann destornilló la tapa de la lata. Cuando volvió a saltar, levantando nubes de nieve, ya la tenía destapada y el olor acre de la gasolina lo invadió.

Hallorann se puso de rodillas y, mientras el león se echaba sobre él de un salto, lo roció con el combustible. Se oyó un ruido sibilante, y el león retrocedió.

–¡Es gasolina! –exclamó Hallorann– ¡Ahora verás lo que es bueno! ¡Vas a arder!

El león volvió a abalanzarse sobre él. Hallorann repitió la maniobra, pero esta vez el animal no retrocedió; siguió embistiendo. Más que verla, Hallorann sintió que con la cabeza le buscaba la cara y se arrojó hacia atrás, tratando de esquivarla. Pero el león consiguió asestarle un fuerte golpe en lo alto de la caja torácica, y Hallorann sintió una punzada de dolor. Con el golpe, la lata regurgitó un poco de gasolina que, con frialdad mortecina, cayó sobre su brazo derecho y la mano con que seguía sosteniéndola.

Estaba tendido de espaldas, a la derecha del vehículo para la nieve, a unos diez pasos de éste. El león era una maciza presencia a su izquierda, que volvía a acercarse. Hallorann casi creía verlo menear la cola.

Con los dientes se arrancó de la mano derecha el mitón de Cottrell, que sabía a lana húmeda y gasolina. Se levantó el borde de la chamarra y metió la mano en el bolsillo de los pantalones. Allí, junto con las llaves y las monedas, siempre llevaba un viejo encendedor Zippo, que había comprado en Alemania en 1954. Una vez que se le había roto la tapa lo devolvió a la fábrica, donde se lo repararon sin cargo, tal como anunciaban.

En una fracción de segundo, una pesadilla de ideas

anegó su mente como una inundación: Estimado Zippo, a mi encendedor se lo tragó un cocodrilo que dejó caer un avión perdido en el Pacífico. Me salvó de una bala alemana en la batalla de las Ardenas, pero estimado Zippo, si este armatoste no funciona, el león me arrancará la cabeza.

El encendedor no funcionó. Hallorann volvió a accionarlo. El león se precipitó sobre él con un gruñido. Volvió a intentarlo, frotando desesperadamente la ruedecilla. Hubo una chispa, y su mano, empapada en gasolina, empezó a arder, con llamas que trepaban por la manga de la chamarra. Todavía no sentía dolor. La maldita criatura se detuvo ante la antorcha repentinamente encendida ante él, como una odiosa escultura vegetal, vacilante, con ojos y boca. Retrocedió demasiado tarde.

Con una mueca de dolor, Hallorann hundió el brazo en llamas en el costado, rígido y ramoso, del animal.

En un instante la monstruosa criatura estaba en llamas, era una pira que saltaba y se retorcía sobre la nieve, bramando de dolor y furia, doblándose como si quisiera morderse la cola mientras se alejaba, zigzagueante, de Hallorann.

Sin dejar de mirar la mortal agonía del león, Hallorann hundió el brazo en la nieve. La manga de la chamarra de Durkin estaba tiznada, pero no quemada, lo mismo que su mano. A unos treinta metros de distancia, el león vegetal se había convertido en una bola de fuego, de la que se elevaba al cielo un surtidor de chispas que arrebataba violentamente el viento. Por un momento las costillas y el cráneo se perfilaron como en un aguafuerte, dibujados por las llamas anaranjadas, y después pareció que todo se derrumbaba, desintegrándose en varios montoncitos de brasas.

Sin perder tiempo, recogió la lata de gasolina y volvió al vehículo. Parecía que la conciencia lo abandonara ocasionalmente, transmitiéndole fragmentos de una película, pero no las imágenes completas. En uno de ellos se dio cuenta de que había enderezado el vehículo y que había subido a él, sin aliento e incapaz de hacer ningún otro movimiento. En otro se vio asegurando la lata de gasolina. La cabeza le dolía horriblemente, por el olor de la gasolina y la batalla librada con el león. Lo que vio en la nieve, junto a él, le hizo comprender que había vomitado, aunque no recordaba en qué momento.

El vehículo para la nieve, que todavía no se había enfriado, arrancó de inmediato. Con pulso inseguro, aceleró y el aparato avanzó con una serie de sacudidas que retumbaron espantosamente en su cabeza. Al principio, el vehículo serpenteaba de un lado a otro como si estuviera ebrio. Hallorann asomó la cara por encima del parabrisas y recibió el penetrante aguijonazo del aire. Consiguió arrancarse parcialmente de su estupor. Giró más el acelerador.

¿Dónde están los demás arbusos de animales?, se preguntó.

No importaba dónde estuvieran, ya no lo sorprenderían.

El Overlook se alzaba frente a él. Desde la primera planta las ventanas iluminadas arrojaban sobre la nieve largos rectángulos de luz amarilla. El portón de entrada estaba cerrado y Hallorann bajó del vehículo mirando cautelosamente alrededor, rogando no haber perdido las llaves cuando sacó el encendedor del bolsillo... Estaban en su sitio. Las observó bajo la brillante luz del foco del vehículo, hasta encontrar la que necesitaba y abrir el candado, que dejó caer en la nieve. Al principio, le pareció que no podría mover el portón y se afirmó frenéticamente en la nieve que lo rodeaba, ignorando el doloroso latido que le partía la cabeza, apartando la idea de que otro de los leones pudiera estar acercándose por detrás. Cuando consiguió separarlo unos cuarenta centímetros del poste, se metió en la brecha para hacer fuerza con todo el cuerpo. Pudo moverlo otros sesenta centímetros, y cuando tuvo lugar suficiente para el vehículo, pasó con él por la abertura.

Se dio cuenta de que algo se movía delante de él, en la oscuridad. Los arbustos de animales estaban agrupados en la base de los escalones de la terraza, guardando la salida y la entrada. Los leones caminaban, inquietos, y el perro tenía las patas delanteras apoyadas en el primer escalón.

Hallorann aceleró al máximo y el vehículo dio un salto hacia adelante, levantando nieve tras él. En el departamento del vigilante, al oír el zumbido del motor que se aproximaba, Jack Torrance se giró con un sobresalto para regresar al pasillo. Esa perra ya no importaba, podía esperar. Ahora le tocaba el turno a ese negro inmundo. Negro sucio y entrometido, que venía a meter las narices donde no le importaba. Primero él y después su hijo. Ya les enseñaría. ¡Ya les enseñaría que... que él... que él tenía madera de gerente!, se repetía sin cesar.

Fuera, el vehículo para la nieve cobraba velocidad. Parecía que el hotel se precipitara hacia él. La nieve volaba contra el rostro de Hallorann. Al acercarse, el resplandor del faro destacó la cabeza del mastín vegetal, sus ojos inexpresivos, desorbitados.

El monstruo se apartó, dejando una abertura. Con toda la fuerza que le quedaba, Hallorann torció el manubrio e hizo describir al vehículo un brusco semicírculo, amenazando de nuevo con volcar. La parte trasera golpeó contra la pared inferior de los escalones de la terraza y rebotó. En un abrir y cerrar de ojos, Hallorann había bajado y subía a toda prisa los escalones. Tropezó, cayó y se levantó. El perro gruñía detrás de él. Algo lo aferró por el hombro de la chamarra, pero de pronto se encontró en la terraza, de pie en el estrecho corredor que había abierto Jack en la nieve, a salvo. Eran demasiado grandes para pasar por allí.

Llegó a la enorme puerta que se abría sobre el vestíbulo y volvió a buscar las llaves. Mientras las buscaba, trató de forzar la manija, que cedió sin resistencia. Empujó la puerta y entró.

–¡Danny! –gritó roncamente–. Danny, ¿dónde estás?

El silencio le respondió.

Recorrió el vestíbulo con la mirada, hasta el pie de la amplia escalera, y Hallorann dejó escapar un grito ahogado. La alfombra estaba salpicada de sangre. Sobre ella había un trozo de tela rosada. El rastro de sangre conducía a la escalera. En el barandal también se apreciaban manchas de sangre.

–Oh, Dios –murmuró, y volvió a levantar la voz–: ¡Danny! ¡Danny!

Parecía que el silencio del hotel se mofara de él con sus ecos, malignos y retorcidos:

«¿Danny? ¿Quién es Danny? ¿Hay alguien aquí que conozca a Danny? Danny, Danny, ¿quién tiene a Danny? ¿Alguien quiere jugar a busquemos a Danny? ¿A ponerle la cola a Danny? Vete de aquí, negro, que aquí nadie conoce a Danny desde Adán.»

¿Acaso había pasado por todo aquello para llegar demasiado tarde? ¿Se había consumado ya todo?

Subió los peldaños de dos en dos y se detuvo al llegar a la primera planta. El rastro de sangre conducía al departamento del vigilante. El horror penetró en sus venas y en el cerebro, mientras andaba por el corto pasillo. Los arbustos de animales habían sido algo horroroso, pero aquello era aún peor. En lo más hondo de sí mismo, sabía qué iba a encontrar cuando llegara, y no tenía prisa por verlo.

Jack se había ocultado en el elevador mientras Hallorann subía por la escalera. Sigilosamente seguía a la figura enfundada en su chamarra cubierta de nieve como un fantasma sucio de sangre y coágulos, con una sonrisa estereotipada en la cara. Sostenía el mazo de roqué en lo alto, hasta donde el dolor lacerante de la espalda le permitía.

–Yo te enseñaré a meter las narices donde no te importa, negro –susurraba.

Hallorann oyó el murmullo y volteó, al tiempo que se agachaba, pero el mazo de roqué ya cortaba el aire. La capucha de la chamarra amortiguó el golpe, pero no lo suficiente. Sintió como si en la cabeza le estallara un cohete, deshaciéndose en un rastro de estrellas... y después nada.

Tambaleante, retrocedió hacia la pared, y volvió a golpearlo: esta vez, el mazo le acertó de costado y le hizo astillas el pómulo, al mismo tiempo que le rompía la mayor parte de los dientes del lado izquierdo de la mandíbula. Hallorann se desplomó, inerte.

–¡Ahora! –murmuró Jack–. ¡Ahora verás!

¿Dónde estaba Danny?, se preguntó. Tenía un asunto pendiente con su hijo.

Tres minutos más tarde, la puerta del elevador se abría estrepitosamente en la penumbra de la tercera planta. Sólo Jack Torrance estaba en él. La caja se había detenido antes de llegar a la puerta, y Jack tuvo que izarse hasta el nivel del pasillo, retorciéndose penosamente de dolor. Tras él arrastraba el astillado mazo de roqué. Fuera, en los aleros, el viento aullaba con fuerza. Los ojos de Jack giraban salvajemente en las órbitas. Tenía el pelo sucio de sangre y confeti.

Allí arriba, en alguna parte, estaba su hijo. Jack lo percibía. Sin nadie que lo controlara, sería capaz de cualquier cosa, de garrapatear con sus pasteles de colores el carísimo tapiz, de estropear los muebles, de romper las ventanas. Era un mentiroso a quien había que castigar... severamente.

Jack se puso de pie y dijo:

–¿Danny? Danny, ven un minuto, ¿quieres? No te has portado bien, y quiero que vengas a tomar tu medicina como un hombre. ¿Danny? ¡Danny!

# 54. TONY

«Dannyyy…»

Oscuridad y pasillos… Danny andaba perdido por una oscuridad y unos pasillos que se parecían a los del hotel, aunque de algún modo eran diferentes. Las paredes, revestidas con su tapiz sedoso, se elevaban interminablemente sin que Danny alcanzara a ver el techo. Estaba perdido en la oscuridad. Todas las puertas estaban cerradas con llave, y también se perdían en la oscuridad. Debajo de las mirillas –que en esas puertas gigantescas tenían el tamaño de miras de armas de fuego–, en vez de leerse el número de la habitación, había una minúscula calavera con las tibias cruzadas.

Y desde alguna parte, Tony lo llamaba.

«Dannyyy…»

Oía un ruido retumbante, que él conocía bien, y gritos ásperos, amortiguados por la distancia. No lograba entender todas las palabras, pero para entonces ya sabía bastante bien el texto, lo había oído muchas veces, en sueños y despierto.

Se detuvo. Él, un niño que aún no hacía tres años había dejado los pañales, estaba solo para intentar cubrir dónde se encontraba. Tenía miedo, pero era una sensación soportable. Hacía dos meses que vivía todos los días con miedo, con un miedo que iba desde una inquietud sorda a un terror embrutecedor y directo. Pero quería saber por qué había venido Tony, por qué estaba pronunciando quedamente su nombre en el pasillo, que no era parte de las cosas reales ni tampoco del país de los sueños donde a veces Tony le mostraba cosas. Por qué...

–Danny.

En el gigantesco pasillo, muy lejos, casi tan diminuta como el propio Danny, se perfilaba una silueta oscura. Era Tony.

–¿Dónde estoy? –le preguntó Danny en voz baja.

–Durmiendo –respondió Tony con tristeza–. Estás durmiendo en el dormitorio de tu mamá y tu papá. Danny –prosiguió–, tu madre saldrá de esto malherida... quizá muerta. Y el señor Hallorann también.

–¡No!

El grito fue de un dolor distante, de un terror que parecía sofocado por el melancólico entorno del sueño. Sobre él se abatieron imágenes de muerte: un sapo aplastado sobre la carretera como un siniestro sello, el reloj de su padre, roto, en lo alto de una caja de basura para tirar; lápidas, y debajo de cada una de ellas un muerto; un grajo inerte junto a un poste telefónico; los restos de comida fríos que mamá despegaba de los platos para arrojarlos a la oscura boca del triturador de basura...

Pero Danny no podía establecer una ecuación entre aquellos símbolos y la compleja y cambiante realidad de su madre, que satisfacía su definición infantil de la maternidad. Había existido cuando él no existía, y seguiría estando cuando Danny no estuviera. En realidad, podía aceptar la posibilidad de su propia muerte, era algo a lo que había hecho frente desde su encuentro en la habitación 217, pero la de ella no... ni la de papá.

Danny empezó a debatirse. La oscuridad y el pasillo comenzaron a fluctuar. La imagen de Tony se hizo quimérica, confusa.

–¡No! –le advirtió Tony–. ¡No, Danny, no hagas eso!

–¡Ella no va a morir, ella no!

–En ese caso, tienes que ayudarla. Danny... ahora estás en un lugar muy profundo de ti mismo. El lugar donde estoy yo. Soy una parte de ti, Danny.

–Tú eres Tony, no eres yo. Quiero a mi mamá... quiero a mi mamá...

–Yo no te traje aquí, Danny. Tú mismo te trajiste. Porque tú sabías.

–No...

–Siempre lo has sabido –continuó Tony, mientras empezaba a acercarse. Por primera vez, Tony empezaba a acercarse–. Ahora estás profundamente dentro de ti mismo, en un lugar donde nada puede entrar. Por un rato, estamos aquí solos, Danny. En un Overlook donde nadie puede llegar jamás. Aquí no hay reloj que marche. No hay llave que les venga bien, y nadie puede darles cuerda. Las puertas jamás han sido abiertas y nadie ha entrado en las habitaciones. Pero no puedes quedarte aquí mucho tiempo, porque ya viene...

–Ya viene... –repitió Danny con un susurro aterrado, y le pareció que la resonancia de golpes sordos e irregulares estaba más cerca. El terror, que un momento antes era algo frío y distante, se convirtió en una cosa inmediata. Por fin entendía las palabras, roncas, mezquinas, articuladas en una burda imitación de la voz de su padre. Pero eso no era papá. Ahora Danny lo sabía. Sabía... «Tú mismo te trajiste. Porque tú sabías», acababa de decir Tony.

»Oh, Tony, ¿es ése mi papá? –inquirió Danny–. ¿Es mi papá el que viene por mí?

Tony no respondió, pero Danny no necesitaba respuesta: sabía. En aquel lugar se celebraba una larga mascarada de pesadilla, que se prolongaba desde hacía años. Poco a poco una fuerza se había acrecentado secretamente, en silencio, como los intereses en una cuenta de ahorros. Una fuerza, una presencia, una forma... todo eso no eran más que palabras, y ninguna de ellas importaba. «Eso» se ponía diversas máscaras, pero todas eran la misma. Ahora, desde alguna parte, venía hacia él. Se ocultaba tras el rostro de su padre, imitando su voz, vistiéndose con su ropa. ¡Pero no era papá!

–¡Tengo que ayudarlos! –exclamó.

Tony estaba frente a él, y contemplarlo era como mirar un espejo mágico que le mostrara lo que Danny sería dentro de diez años, con los ojos bien separados y muy oscuros, el mentón firme, la boca bellamente modelada. El pelo era rubio claro, como el de su madre, y sin embargo los rasgos llevaban el sello de su padre, como si Tony –como si el Daniel Anthony Torrance que algún día llegaría a ser– fuera algo intermedio entre padre e hijo, un fantasma o una fusión de los dos.

–Tienes que tratar de ayudarlos –dijo Tony–. Pero tu padre... ahora está con el hotel, Danny, y es allí donde quiere estar. Y el hotel también te quiere a ti, porque es muy voraz.

Tony pasó junto a él y empezó a perderse en las sombras.

–¡Espera! –exclamó Danny–. ¿Qué puedo...?

–Ya está cerca –le advirtió Tony, mientras seguía alejándose–. Tendrás que escapar, esconderte... apartarte de él. Apartarte...

–¡Tony, no puedo!

–Sí, ya has empezado –aseguró Tony–. Tú recordarás lo que olvidó tu padre.

Desapareció.

Cerca de allí, llegaba la voz de su padre, fríamente persuasiva:

–¿Danny? Ya puedes salir, doc. Serán unas nalgadas, nada más. Pórtate como un hombre y terminaremos pronto. A ella no la necesitamos, doc. Tú y yo estaremos bien, ¿eh? Una vez que hayamos arreglado lo de esas... nalgadas, no estaremos más que tú y yo.

Danny huyó.

A sus espaldas, la furia del ser que lo perseguía irrumpió a través de la vacilante farsa de normalidad.

–¡Ven aquí, mocoso estúpido! ¡Ahora mismo!

Corrió por un largo pasillo, jadeando, ahogándose. Dobló una esquina y subió un tramo de escalera. Mientras corría, las paredes, que habían sido tan altas, empezaron a descender. La alfombra, que no había sido más que un borrón bajo sus pies, le mostró de nuevo el conocido dibujo sinuoso, entretejido en azul y negro. Las puertas volvieron a tener números y tras ellas continuó el jolgorio, constante e interminable, generaciones de huéspedes. Parecía que el aire brillara a su alrededor, mientras los golpes del mazo contra las paredes se repetían en mil ecos. Le parecía estar atravesando una fina membrana, un útero o una placenta, que separaba el sueño del... tapete que había ante la puerta de la suite presidencial, en la tercera planta. Cerca de él, en un charco de sangre, yacían los cadáveres de dos hombres vestidos con traje y corbata. Tras ser acribillados a balazos, empezaron a moverse, a levantarse.

Danny respiró hondo, a punto de gritar, pero no lo hizo.

¡¡Caras falsas!! ¡¡No son reales!!, se dijo.

Como viejas fotografías, se desvanecieron bajo su mirada y desaparecieron.

Pero por debajo de él continuaba, débilmente, el golpe sordo del mazo contra las paredes, elevándose por el hueco del elevador y la escalera. La fuerza que dominaba el Overlook, y que tenía la forma de su padre, deambulaba ciegamente por la primera planta.

Con un débil chirrido, una puerta se abrió a sus espaldas.

Por ella apareció una mujer enfundada en una túnica de seda que se caía a pedazos, con los dedos amarillentos cubiertos de anillos verdosos por el óxido. Una multitud de avispas revoloteaba lentamente alrededor de su cara.

–Entra –le susurró, sonriendo con sus labios negros–. Ven, que bailaremos un tango...

–¡Tu cara es falsa! –siseó Danny–. ¡No eres real!

Ella retrocedió, alarmada, y de inmediato desapareció.

–¿Dónde estás? –preguntó aquello, que llevaba la máscara del rostro de su padre, desde la primera planta... Pero de repente oyó algo más. Le pareció el zumbido de un motor que se aproximaba.

Contuvo el aliento con un suspiro entrecortado. ¿No sería otro rostro del hotel, otra ilusión? ¿O era Dick? Danny se aferró desesperadamente a la idea, quería creer que era Dick, pero no se atrevía a correr el riesgo.

Retrocedió por el corredor principal y después tomó uno de los laterales. Sus pies susurraban sobre la alfombra. Las puertas cerradas lo observaban, como le había pasado en sueños, en las visiones, pero ahora Danny estaba en el mundo de las cosas reales, donde el juego se jugaba para quedarse con ello.

Dobló hacia la derecha y se detuvo. El corazón le latía sordamente en el pecho. Una ráfaga de aire caliente le azotó los tobillos. Eran las cañerías de calefacción. Debía de ser el día que su padre calentaba el ala oeste, y... «Tú recordarás lo que olvidó tu padre».

¿Qué sería? Danny lo sabía. ¿Se trataba de algo que quizá los salvaría, a él y a su madre? Pero Tony había dicho que tendría que hacerlo todo él solo. ¿Qué era?

Se apoyó contra la pared, tratando desesperadamente de pensar. Era tan difícil... con el hotel intentando metérsele en la cabeza... con la imagen de aquella forma oscura, encorvada, que blandía el mazo a izquierda y derecha, destrozando el tapiz, haciendo volar bocanadas de polvo de yeso.

–Ayúdame –murmuró–. Tony, ayúdame.

Y de pronto fue consciente de que en el hotel reinaba un silencio de muerte. El zumbido del motor había cesado, al igual que la algarabía de la fiesta. No quedaba más que el viento, que gemía y aullaba interminablemente.

Con un chirrido repentino, el elevador volvió a la vida. ¡Estaba subiendo!

Y Danny sabía quién –o qué– iba en él.

De un salto se enderezó, con los ojos desorbitadamente abiertos. Como una garra, el pánico le oprimió el corazón. ¿Por qué lo había enviado Tony a la tercera planta? Había caído en una trampa. Allí todas las puertas estaban cerradas.

¡El desván!

Sabía que había un desván. Había subido hasta allí con papá, el día que puso las ratoneras, aunque su padre no lo había dejado entrar por temor a las ratas. Tenía miedo de que lo mordieran. Pero él sabía que la trampilla que conducía al desván se abría en el techo del último corredor corto en aquella ala. Allí había un palo apoyado contra la pared. Papá había empujado la trampilla con el palo y, con un chirrido de poleas, a medida que ésta se abría había ido descendiendo una escalera. Si podía llegar hasta allí y después de subir levantar la escalera...

En algún punto del laberinto de corredores que Danny iba dejando tras él, el elevador se detuvo. Se oyó un ruido metálico al abrirse la puerta, y después una voz, que ya no estaba en su cabeza, sino que era terriblemente real:

–¿Danny? Danny, ven aquí un momento, ¿quieres? Te has portado mal y quiero que vengas y tomes tu medicina como un hombre. ¿Danny? ¡Danny!

La obediencia estaba tan profundamente arraigada en él, que llegó a dar dos pasos antes de detenerse. Junto al cuerpo, apretó los puños con violencia.

¡No eres real! ¡Cara falsa! ¡Ya sé qué eres! ¡Quítate la máscara!, pensó, desesperado.

–¡Danny! ¡Ven aquí, cachorro! ¡Ven aquí y tómatela como un hombre!

Percibió un retumbar profundo y hueco, el del mazo al abatirse contra la pared. Cuando la voz volvió a pronunciar su nombre, había cambiado de lugar; ahora estaba más cerca. En el mundo de las cosas reales, la cacería comenzaba.

Danny escapó. Sin hacer ruido sobre la espesa alfombra, pasó corriendo frente a las puertas cerradas, a lo largo del tapiz estampado, junto al extintor de incendios asegurado a la esquina de la pared. Tras una breve vacilación, echó a correr por el último pasillo. Al final no había nada más que una puerta cerrada, ya no tenía por dónde escapar.

Pero el palo seguía allí, apoyado contra la pared, donde lo había dejado su padre.

Danny lo levantó, estiró el cuello para mirar la trampilla. En el extremo del palo había un gancho, que había que ensartar en una argolla fija en la trampilla. Y entonces...

De la trampilla pendía un flamante candado Yale. Era el que Jack Torrance había colocado en el cerrojo después de instalar las ratoneras, por si a su hijo se le ocurría algún día la idea de hacer una excursión por allí.

El terror lo invadió.

Tras él, aquel ente se acercaba, avanzando

torpemente, tambaleándose, a la altura de la suite presidencial, blandiendo malignamente en el aire el mazo de roqué.

Danny retrocedió hacia la última puerta, infranqueable, y lo esperó.

## 55. LO QUE FUE OLVIDADO

Wendy volvió en sí lentamente. El agotamiento se disipó y dio paso al dolor, en la espalda, la pierna, en el costado... No creyó que fuera capaz de moverse. Hasta los dedos le dolían, y al principio no supo por qué.

Por la hoja de afeitar, se dijo.

El pelo rubio, pegajosamente enredado, le cubría los ojos. Se lo apartó con la mano y sintió que las costillas rotas se clavaban en su interior, haciéndola gemir. Empezó a ver el campo azul y blanco del colchón, manchado de sangre, de ella, o quizá de Jack. En todo caso, era sangre fresca. No había estado mucho tiempo sin conocimiento, lo cual era importante porque...

Lo primero que recordó fue el zumbido de un motor. Por un momento se quedó estúpidamente inmóvil en el recuerdo y después, en una especie de picada vertiginosa y nauseabunda, su mente retrocedió y le mostró la situación en perspectiva.

¡Hallorann! Debía de ser él. ¿Por qué, si no, se habría alejado Jack tan de improviso, sin haber terminado con... ella?

Ya no le quedaba tiempo. Tenía que encontrar

pidamente a Danny y… hacer lo que tenía que hacer antes de que Hallorann pudiera detenerlo.

¿O tal vez ya habría sucedido?

Alcanzó a oír el chirrido del elevador, subiendo por el hueco.

No, Dios, por favor. La sangre todavía está fresca. No permitas que ya haya sucedido, rogó en silencio.

De alguna manera logró ponerse de pie y avanzar por el dormitorio, hasta la destrozada puerta del departamento. La abrió de un empujón y salió al pasillo.

–¡Danny! –gritó, aunque el dolor en el pecho era insoportable–. ¡Señor Hallorann! ¿Hay alguien ahí? ¿Hay alguien?

El elevador, que se había puesto otra vez en movimiento, se detuvo. Wendy oyó el choque metálico de la puerta plegable al cerrarse, y después le pareció oír una voz. Tal vez era fruto de su imaginación. El ruido del viento era demasiado fuerte para estar segura.

Recostándose contra la pared, se dirigió lentamente hacia la intersección con el pasillo corto. Cuando estaba a punto de llegar, se detuvo, horrorizada, al oír el grito que subió por el hueco del elevador y el de la escalera:

–¡Danny! ¡Ven aquí, cachorro! ¡Ven aquí y tómala como un hombre!

Jack… estaba en la segunda o tercera planta, buscando a Danny.

Al llegar a la esquina, Wendy tropezó y estuvo a punto de caer. El aliento se le heló en la garganta. Había algo… o alguien, acurrucado contra la pared, no lejos del comienzo de la escalera. Wendy trató de avanzar más deprisa, con un gesto de dolor cada vez que se apoyaba en la pierna herida. Vio que era un hombre y, al acercarse, entendió el significado del zumbido de aquel motor. Era el señor Hallorann.

Con cuidado, Wendy se arrodilló junto a él, rogando

en una incoherente plegaria que no estuviera muerto. Le sangraba la nariz, y de la boca le había salido un terrible coágulo de sangre. La mitad de su cara era una magulladura hinchada y purpúrea. Pero respiraba, con grandes bocanadas que lo sacudían.

Al mirarlo con más atención, los ojos de Wendy se ensancharon. Un brazo de la chamarra tenía un desgarrón en un costado. Tenía el pelo manchado de sangre, y un raspón, superficial pero de mal aspecto, en la base del cuello.

Dios mío, ¿qué le ha pasado?, se preguntó.

–¡Danny! –rugió desde arriba la voz, impaciente–. ¡Sal de ahí, maldito cabrón!

No quedaba tiempo para pensar. Wendy trató de reanimar a Hallorann, con la cara contraída por el dolor que sentía en el costado.

¿Y si me desgarran el pulmón cada vez que me muevo?

Tampoco eso había manera de evitarlo. Si Jack encontraba a Danny, lo golpearía con el mazo hasta matarlo, como había intentado hacer con ella.

Wendy movió a Hallorann y después empezó a darle con la mano suavemente en el lado sano de la cara.

–Despierte, señor Hallorann. Tiene que despertar. Por favor, por favor...

En el piso superior, el incesante mazo anunciaba que Jack seguía buscando a su hijo.

Danny se quedó de espaldas contra la puerta, mirando hacia la intersección donde los dos pasillos se cruzaban en ángulo recto. El ruido constante e irregular del mazo contra las paredes se oía cada vez más cerca. Aquello que lo perseguía aullaba, vociferaba y maldecía. Sueño y realidad se habían unido sin fisura alguna.

De pronto, apareció ante sus ojos.

En cierto sentido, Danny se sintió aliviado. «Eso» no era su padre. La máscara del rostro y el cuerpo, desgarrada, hecha pedazos, era una triste parodia. No era su papá, ese horror de los programas de televisión del sábado por la noche, con los ojos en blanco, los hombros encorvados, la camisa empapada de sangre. ¡No era su padre!

–¡Por fin! –jadeó aquella criatura y se enjugó los labios con una mano temblorosa–. ¡Ahora vas va ver quién manda aquí! ¡Ya verás! No es a ti a quien quieren, sino a mí. ¡A mí, a mí!

Asestó un golpe con el destrozado mazo, ya deformado y astillado después de innumerables impactos. El mazo fue a estrellarse contra la pared, arrancando un trozo del tapiz y una nubecilla de yeso. El ser amorfo esbozó una horrible sonrisa.

–A ver si ahora me sales con uno de tus trucos –farfulló–. No nací ayer, ¿sabes? No acabo de caer de la higuera. Y voy a cumplir mis deberes de padre contigo, muchachito.

–Tú no eres mi padre –repuso Danny.

La máscara de Jack se detuvo. Por un momento pareció indeciso, como si en realidad no estuviera seguro de quién –o qué– era. Después empezó a andar de nuevo. El mazo descendió silbando y se estrelló contra una puerta, que respondió con un ruido hueco.

–¡Eres un mentiroso! –respondió–. ¿Quién soy, si no? Tengo las dos marcas de nacimiento, el ombligo hundido y la polla, jovenzuelo. Pregunta a tu madre.

–Eres una máscara –insistió Danny–; una cara falsa. La única razón que tiene el hotel para usarte es que no estás tan muerto como los otros. Pero cuando el hotel haya terminado contigo, no quedará nada de ti. A mí no me asustas.

–¡Pues ya te asustaré! –bramó. El mazo silbó ferozmente y se estrelló sobre la alfombra, entre los pies de Danny. El niño no retrocedió–. ¡Me mentiste!

¡Conspiraron contra mí! Además, ¡hiciste trampa! ¡Copias te el examen final! –bajo las cejas pobladas, los ojos lo miraban furiosamente con un resplandor de lunática astucia–. Pero ya lo encontraré. Está por ahí, en alguna parte, en el sótano. Ya lo encontraré. Me prometieron que podía buscar todo lo que quisiera –el mazo volvió a alzarse en el aire.

–Claro que prometen –reconoció Danny–, pero mienten.

En lo más alto de su recorrido, el mazo vaciló.

Hallorann había empezado a reaccionar, pero de pronto Wendy dejó de darle suaves golpes en la mejilla. Hacía un momento que por el hueco del elevador, casi inaudibles entre el rugido del viento, habían llegado unas palabras:

–¡Hiciste trampa! ¡Copiaste el examen final...!

Provenían de algún lugar muy alejado del ala oeste. Wendy estaba casi convencida de que estaban en la tercera planta, y de que Jack –o aquello que había tomado posesión de Jack– había encontrado a Danny. Ni ella ni Hallorann podían hacer nada.

–Oh, doc –murmuró, y las lágrimas le velaron los ojos.

–El hijo de puta me rompió la mandíbula –masculló Hallorann–. Y la cabeza... –con un gran esfuerzo, logró sentarse.

El ojo derecho iba amoratándose rápidamente, al tiempo que la hinchazón se lo cerraba, pero de todas formas, Hallorann alcanzó a ver a Wendy.

–Señora Torrance...

–Shhh –lo silenció Wendy.

–¿Dónde está el niño, señora Torrance?

–En la tercera planta –respondió Wendy–. Con su padre.

–Mienten –repitió Danny. Con la fugaz rapidez de un meteoro, demasiado veloz para detenerlo, algo pasó por su cabeza. No le quedaban más que algunas palabras de la idea: «Está por ahí en alguna parte, en el sótano...» «Tú recordarás lo que olvidó tu padre».

–No... no deberías hablar de esa forma a tu padre –la voz era ronca, el mazo tembló y descendió lentamente–. Sólo empeoras las cosas. Él... el castigo será peor.

Tambaleándose como si estuviera ebrio, lo miraba con una llorosa conmiseración, que empezaba a convertirse en odio. El mazo empezó a levantarse nuevamente.

–Tú no eres mi papá –volvió a decir Danny–. Y si dentro de ti queda algún pedazo de mi papá, sabe que ellos mienten. Aquí todo es una mentira y un engaño. Como los dados trucados que mi papá me regaló la Navidad pasada, como los paquetes de regalo que ponen en los escaparates y que mi papá dice que no tienen nada dentro, que no hay regalos, que no son más que las cajas vacías. Eso eres tú, no mi papá. ¡Eres el hotel! Y cuando consigas lo que quieres, no le darás nada a mi padre, porque eres egoísta. Y mi papá lo sabe. Por eso tuviste que hacerle beber «algo malo», porque era la única manera de vencerlo, cara falsa y mentirosa.

–¡Mentiroso! ¡Mentiroso! –el mazo se elevó furiosamente en el aire.

–Adelante, pégame. Pero de mí jamás conseguirás lo que quieres.

El rostro que Danny tenía ante sí cambió, sin que él supiera cómo, en los rasgos no hubo alteración alguna. El cuerpo se estremeció ligeramente y después las manos ensangrentadas se aflojaron, como garras exhaustas. El mazo cayó sobre la alfombra con un ruido sordo. Eso fue todo, pero de pronto su padre estuvo allí, mirándolo con una angustia de muerte, con un dolor tan inmenso que Danny sintió que el corazón se le consumía dentro del pecho. Los ángulos de la boca descendieron, temblorosos.

–Doc –dijo Jack–, huye. Escapa. Y recuerda lo mucho que te quiero.

–No –susurró Danny.

–Oh, Danny, por Dios...

–No –repitió Danny, mientras tomaba una de las manos ensangrentadas de su padre para besarla–. Todavía no ha terminado.

Con la espalda apoyada contra la pared para ayudarse, Hallorann consiguió ponerse de pie. Él y Wendy se miraban como los únicos supervivientes de la pesadilla de un hospital bombardeado.

–Tenemos que subir –dijo Hallorann–. Tenemos que ayudarlo.

Perseguidos e impotentes, los ojos de Wendy lo miraron desde un rostro blanco como un papel.

–Es demasiado tarde. Ahora sólo él puede ayudarse.

Pasó un minuto, dos, tres. Luego lo oyeron gritar, no con un grito de triunfo o cólera, sino de un terror mortal.

–¡Dios santo! –balbuceó Hallorann–. ¿Y ahora qué sucede?

–No lo sé –respondió Wendy.

–¿Lo habrá matado?

–No lo sé.

El elevador empezó a moverse, descendiendo, y encerrado dentro iba algo furioso y vociferante.

Danny se quedó inmóvil. No había ningún lugar adonde pudiera escapar y donde el Overlook no estuviera. Lo comprendió de pronto, con total claridad, sin dolor.

Por primera vez en su vida tuvo un pensamiento de adulto, sintió lo que siente un adulto, condensó en una dilatación penosa lo esencial de su experiencia en aquel lugar funesto: Mamá y papá no pueden ayudarme y estoy solo.

–Vete –dijo al extraño ensangrentado que se alzaba frente a él–. Vamos, vete de aquí.

Aquello se dobló y, al hacerlo, dejó ver el mango del cuchillo que tenía clavado en la espalda. Sus manos volvieron a cerrarse en torno a la empuñadura del mazo, pero en lugar de apuntar a Danny invirtió la dirección del mazo, haciendo que el lado duro de la cabeza apuntara a su propio rostro.

Una oleada de comprensión inundó a Danny.

Después, el mazo empezó a elevarse y a descender, destruyendo lo último que quedaba de la imagen de Jack Torrance. El ser que estaba con Danny en el pasillo danzaba una polca torpe, espeluznante, marcando el compás con el ritmo aborrecible de la cabeza del mazo, golpeándose. La sangre empezó a salpicar el tapiz. Los fragmentos de hueso volaban por el aire como las teclas rotas de un piano. Era imposible saber durante cuánto tiempo se prolongó aquella danza macabra, pero cuando la figura volvió a dirigirse a Danny, su padre había desaparecido para siempre. Lo que quedaba de la cara era una mezcla extraña y repugnante de muchas caras, que se fundían imperfectamente en una. Danny reconoció a la mujer de la 217, al hombre-perro, a esa cosa o al muchacho hambriento que había encontrado en el tubo de cemento.

–¡A quitarse las máscaras! –susurró la criatura–. Ya no habrá más interrupciones.

El mazo se levantó por última vez. Un ruido seco, parecido al de un reloj, llenó los oídos de Danny.

–¿Quieres decir algo más? –le preguntó–. ¿Estás seguro de que no quieres escapar? ¿O quizá jugar al escondite? Tenemos tiempo de sobra. Tenemos una eternidad por delante. ¿O quieres que terminemos ya? Para mí es lo mismo. Después de todo, estamos perdiéndonos la fiesta.

Mientras hablaba, mostraba los dientes destrozados, en una mueca voraz.

Y de pronto, Danny lo supo; supo qué era lo que su padre había olvidado.

Una súbita expresión triunfal apareció en el rostro del niño. Al verlo, aquello titubeó, sin entender.

–¡La caldera! –exclamó Danny–. ¡Desde esta mañana, nadie ha bajado la presión! ¡Está subiendo y va a estallar!

Por los rasgos destrozados y grotescos de la cosa que había frente a él pasó una expresión de terror, de incipiente comprensión. El mazo rodó de las manos contraídas, rebotando inofensivamente contra la alfombra azul y negra.

–¡La caldera! –gimió aquello–. ¡Oh, no! ¡Es imposible permitirlo! ¡No, de ningún modo! ¡Cachorro maldito! ¡De ningún modo!

–¡Pues así es! –volvió a gritar Danny, desafiante, mostrando los puños cerrados al ser que tenía delante–. ¡En cualquier momento! ¡La caldera, papá se olvidó de la caldera! ¡Y tú también te olvidaste!

–¡No, no, no puede ser, muchacho maldito! ¡No puede ser, no debe ser! ¡Ya verás cómo te hago tomar tu medicina, hasta la última gota! ¡No, no...!

De repente, giró sobre sus talones y empezó a alejarse torpemente. Durante unos segundos, incierta y vacilante, su sombra se reflejó en la pared. Después desapareció, dejando tras de sí un cortejo de gritos, como ajados bandarines de una fiesta.

Casi de inmediato, el elevador se puso en marcha.

De pronto, como una aureola gloriosa y deslumbrante, el resplandor lo anegó: ¡Mami, el señor Hallorann,

Dick para los amigos, están vivos! ¡Hay que salir de aquí! ¡Esto va a volar hasta el cielo!

Al echar a correr, tropezó con el mazo de roqué, ensangrentado, sin advertirlo siquiera.

Llorando, corrió hacia la escalera.

¡Tenían que escapar!

## 56. LA EXPLOSIÓN

Hallorann jamás pudo reconstruir con certeza el desarrollo de los acontecimientos. Recordaba que, en su descenso, el elevador había pasado junto a ellos sin detenerse. Pero Hallorann no hizo intento alguno de mirar por la ventanilla, porque lo que iba dentro no parecía humano. Al cabo de un momento, se oyeron pasos por la escalera. Primero, Wendy Torrance retrocedió, buscando refugio en él, después echó a correr, tambaleándose, por el corredor principal hasta llegar a la escalera.

–¡Danny, Danny! ¡Oh, gracias a Dios! ¡Gracias a Dios!

Lo abrazó con fuerza, con un gemido que era una mezcla de júbilo y dolor.

En los brazos de su madre, Danny lo miró y Hallorann advirtió cuánto había cambiado. Tenía la cara pálida, sus ojos eran oscuros e insondables. Daba la impresión de haber perdido peso. Al mirarlos, Hallorann pensó que la madre parecía más joven, pese al terrible castigo que había sufrido.

«Dick... tenemos que... escapar... esto está a punto de...»

Hallorann recibió la imagen del Overlook: lenguas de fuego que se elevaban del tejado, lluvia de ladrillos sobre la nieve, repique de alarmas de incendio... aunque ningún coche de bomberos sería capaz de llegar hasta esos parajes hasta finales de marzo. Pero lo que más intensamente se transmitía en el mensaje del niño era una urgencia apremiante, la sensación de que aquello iba a suceder en cualquier momento.

–Está bien –dijo Hallorann, y empezó a acercarse a ellos, al principio con la sensación de estar nadando en aguas profundas. Su sentido del equilibrio estaba alterado y no veía bien con el ojo derecho. Desde la mandíbula le irradiaban punzadas de un dolor palpitante, que se extendía hasta la sien y bajaba por el cuello. Pero el apremio del pequeño había conseguido ponerlo en movimiento e hizo que todo le resultara más fácil.

–¿Qué está bien? –preguntó Wendy, mirando alternativamente a Hallorann y a su hijo–. ¿Qué quiere decir con eso de que está bien?

–Que tenemos que irnos –respondió Hallorann.

–Pero yo no estoy vestida... Mi ropa...

Como una flecha, Danny se le escapó de los brazos y fue corriendo por el pasillo. Wendy lo siguió con la vista y cuando el niño desapareció tras la esquina, se volvió hacia Hallorann.

–¿Qué haremos si vuelve?

–¿Su marido?

–Ése no es Jack –murmuró Wendy–. Jack ha muerto... este lugar lo mató. Este lugar maldito –con el puño golpeó la pared, y el dolor de los cortes en los dedos la hizo gemir–. Es la caldera, ¿verdad?

–Sí, señora. Danny dice que va a estallar.

–Bueno –en su voz había una determinación mortal–. No sé si puedo volver a bajar esa escalera. Las costillas... él me las rompió, y algo en la espalda me hace daño.

–Sí podrá –la animó Hallorann–. Todos podremos.

De pronto, se acordó de los arbustos de animales y se preguntó qué harían en caso de que siguieran allí, en la entrada, montando guardia.

En ese momento volvía Danny, con las botas, el abrigo y los guantes de Wendy, y también con sus guantes y su chamarra.

–Danny, tus botas –le advirtió Wendy.

–¡Es demasiado tarde! –exclamó Danny, que los miraba con expresión de desesperada angustia. Al observar a Dick, en la mente de éste apareció de repente la imagen de un reloj bajo un fanal de cristal: el reloj del salón de baile, que un diplomático suizo había donado al hotel en 1949. Las manecillas del reloj marcaban que faltaba un minuto para medianoche.

–¡Oh, Dios mío! –gimió Hallorann.

Rodeó con un brazo a Wendy y la levantó, mientras con el otro alzaba a Danny. Echó a correr hacia la escalera.

Wendy gritó, adolorida, al sentir la presión sobre las costillas, al sentir una punzada de dolor en la espalda, pero Hallorann no se detuvo. Con los dos en brazos, se lanzó escaleras abajo. Tenía un ojo desesperadamente abierto; el otro reducido a una rendija por la hinchazón. Parecía un pirata tuerto huyendo con los rehenes por los que más tarde pediría rescate.

Inesperadamente el resplandor le hizo comprender a qué se refería Danny al declarar que era demasiado tarde. Percibió nítidamente la explosión a punto de desencadenarse desde las profundidades del sótano para desgarrar las entrañas de aquel lugar de espanto.

Corrió más deprisa, precipitándose a través del vestíbulo hacia las dobles puertas.

A toda prisa, lo que quedaba de Jack atravesó el sótano y se internó en el débil resplandor amarillento que irradiaba la única luz de la habitación donde ardía el horno. Iba sollozando de terror. Había estado tan cerca de conseguir adueñarse del muchacho y su fantástico poder. No podía perderlo ahora, eso no debía suceder. Primero bajaría la presión de la caldera, y después le aplicaría un correctivo al niño. Con severidad.

–¡No debe suceder! –gemía–. ¡Oh, no, eso no debe suceder!

A tropezones llegó hasta la caldera. De la larga masa tubular emanaba un sombrío resplandor rojizo. Como un monstruoso órgano de vapor, se estremecía, crujía y dejaba escapar en cien direcciones columnas y nubecillas de vapor. La aguja del manómetro estaba en el extremo mismo del dial.

–¡No, imposible permitirlo! –vociferó el vigilante/director.

Apoyó sobre la válvula las manos de Jack Torrance, sin preocuparse por el olor de carne quemada ni el dolor, dejando que el volante incandescente se hundiera despiadadamente en la palma.

El volante cedió y, con un alarido de triunfo, lo hizo girar hasta abrir completamente la válvula. Un rugido gigantesco de vapor brotó de las profundidades de la caldera, como el bramido conjunto de una docena de dragones. Pero antes de que el vapor tornara invisible la aguja del manómetro, ya se advertía claramente que ésta había empezado a retroceder.

–¡Gané! –aulló mientras prorrumpía en obscenas piruetas en medio de la ardiente niebla que iba en aumento, elevando por encima de la cabeza las manos llameantes–. ¡No es demasiado tarde! ¡No es demasiado tarde! ¡No...!

Las palabras se disiparon en un alarido, que a su vez se perdió, devorado por el estruendo ensordecedor de la explosión de la caldera del Overlook.

Hallorann irrumpió a través de las dobles puertas y empezó a atravesar con su carga la trinchera excavada en el gran ventisquero de la terraza. Vio con claridad –aún más que antes– los arbustos de animales, y en el momento en que comprendía que sus peores temores se habían realizado y que los monstruos se interponían entre el porche y el vehículo para la nieve, el hotel estalló. Aunque más tarde comprendió que en realidad no podía haber sido así, en ese momento tuvo la impresión de que todo sucedía simultáneamente.

Hubo una explosión sorda, un ruido que parecía la prolongación de una sola nota grave que lo invadiera todo y después, detrás de ellos, una ráfaga de aire caliente que avanzaba, empujándolos con suavidad. Esa masa de aire los arrojó de la terraza a los tres, y mientras volaban por el aire, una idea confusa pasó rápidamente por la mente de Hallorann: Así es como se sentiría Supermán. Su carga se le escapó de los brazos y sintió que aterrizaba blandamente sobre la nieve. La sintió, fresca, bajo la camisa y metiéndose en la nariz, y tuvo la vaga sensación de algo grato y calmante sobre la mejilla herida.

Después, sin pensar por el momento en los arbustos de animales, ni en Wendy Torrance, ni siquiera en el niño, volteó lentamente hasta quedar boca arriba para ver la muerte del Overlook.

Las ventanas del hotel se hicieron añicos. En el salón de baile el fanal de cristal que cubría el reloj sobre la chimenea se partió en dos pedazos y cayó al suelo. El reloj interrumpió su tictac, las ruedecillas y los engranajes y la rueda catalina se quedaron inmóviles. Se produjo un susurro grave y una gran bocanada de polvo. En la habitación 217 la tina se partió repentinamente en dos y dejó escapar un poco de agua, verdusca y hedionda.

En la suite presidencial el tapiz estalló en una súbita llamarada. Las puertas oscilatorias del salón Colorado saltaron bruscamente de sus goznes y cayeron en el piso del comedor. Más allá del arco del sótano, las enormes pilas y montones de papeles viejos se convirtieron en otras tantas antorchas sibilantes, que no conseguía sofocar el agua hirviendo de la caldera al derramarse sobre ellas. Como las hojas de otoño que van quemándose bajo un avispero, fueron ennegreciéndose y retorciéndose. Al estallar, el horno destrozó las vigas del techo del sótano, que se desplomaron como el esqueleto de un dinosaurio. Y sin nada que lo obstruyera, el conducto de gas que había servido para alimentar el horno se elevó en un bramante pilar de fuego a través del abierto piso del vestíbulo. Los alfombrados de las escaleras estallaron en llamas que subían a la carrera hacia la primera planta, como para proclamar la terrible buena nueva. Las explosiones lo iban destrozando todo como una descarga cerrada. La lámpara del comedor, un globo de cristal de ochenta kilos de peso, se desplomó con un tremendo estrépito, derribando mesas por todas partes. De las cinco chimeneas del Overlook, enormes llamaradas se elevaban hacia el cielo.

–¡No! ¡No debe ser! ¡No debe ser!

Gritaba aquello ya sin voz, porque no era más que un pánico vociferante de condenación y espanto en sus propios oídos, algo que se disuelve, que pierde el pensamiento y la voluntad, buscando a tientas, sin resultado, una salida, una escapatoria al vacío, a la inexistencia.

La fiesta había terminado.

## 57. LA SALIDA

El rugido de la explosión sacudió la fachada del hotel. Un vómito de cristales rotos se derramó sobre la nieve y quedó allí, destellando como diamantes tallados. El arbusto de perro, que en ese momento se aproximaba a Danny y a su madre, retrocedió, aplastando las verdes orejas, con el rabo entre las patas y encogiéndose abyectamente contra el suelo. Hallorann lo oyó gañir aterrorizado, y en su cabeza se mezclaron el gemido del perro, los rugidos de terror y el desconcierto de los leones. Con esfuerzo, se puso de pie para ir en ayuda de los otros dos, y mientras lo hacía vio algo que le pareció más de pesadilla que todo lo demás: el arbusto de conejo, todavía cubierto de nieve, se lanzaba desesperadamente contra el enrejado de seguridad que separaba la zona de juegos de la carretera, y la malla de acero resonaba, tintineante, con una especie de música de pesadilla, como la de una cítara espectral. Desde donde estaba, Hallorann alcanzaba a oír el ruido de las ramas tupidamente entretejidas que formaban el cuerpo al quebrarse con los golpes como si fueran huesos.

–¡Dick! ¡Dick! –gritó Danny, que intentaba ayudar

a su madre para que ella pudiera subir al vehículo para la nieve. Las ropas que el niño había conseguido rescatar del hotel para ellos dos estaban dispersas sobre la nieve, tal como habían caído. De pronto, Hallorann cayó en la cuenta de que Wendy apenas llevaba puesta su ropa de dormir, Danny no tenía suficiente abrigo, y la temperatura debía de estar en los doce grados bajo cero.

Dios mío, si esta mujer está descalza, pensó.

Trabajosamente retrocedió sobre la nieve para recoger el abrigo de ella, sus botas, la chamarra de Danny, los guantes que pudo. Después volvió a la carrera hacia ellos, hundiéndose a veces hasta la cadera en la nieve, para volver a salir con gran esfuerzo.

Wendy estaba horriblemente pálida, con un costado del cuello cubierto de sangre proveniente del lóbulo de la oreja herida; la sangre empezaba a congelársele.

–No puedo –balbuceó, casi inconsciente–. No... no puedo. Lo siento.

Danny miró a Hallorann con ojos suplicantes.

–Saldremos de ésta –le aseguró Hallorann, y volvió a alzar a Wendy–. Vamos.

Como pudieron, los tres llegaron hasta donde se había atascado el vehículo para la nieve. Hallorann dejó a Wendy en el asiento del acompañante y la abrigó con su ropa. Le levantó los pies, que estaban ya muy fríos, pero no mostraban síntomas de congelamiento, y se los frotó enérgicamente con la chamarra de Danny antes de ponerle las botas. El rostro de Wendy tenía una palidez de alabastro y sus ojos, medio cerrados, parecían aturdidos, pero cuando la joven empezó a estremecerse, Hallorann pensó que eso era buena señal.

Tras ellos, una serie de tres explosiones sacudió el hotel. Las llamas iluminaron la nieve con un resplandor anaranjado.

Con la boca casi apoyada en el oído de Hallorann, Danny gritó algo.

–¿Qué?

–¡Digo si necesitas eso!

El niño señalaba la lata de gasolina, a medias hundida en la nieve.

–Sí, creo que sí.

Hallorann la levantó y la agitó. Aunque no pudiera decir cuánto, todavía quedaba gasolina. Volvió a asegurarla en la parte de atrás del vehículo, tras varios intentos inútiles, ya que los dedos se le estaban entumeciendo. Sólo en ese momento se dio cuenta de que había perdido los mitones de Howard Cottrell.

Si salgo de ésta, se dijo, ya me ocuparé de que mi hermana te teja una docena de pares, Howie.

–¡Vamos! –gritó, dirigiéndose al niño.

Danny titubeó.

–¡Vamos a helarnos!

–Primero pasaremos por el cobertizo. Allí encontraremos mantas... o algo parecido. ¡Ponte detrás de tu madre!

Danny subió al vehículo y Hallorann volvió la cabeza para asegurarse de que Wendy lo oyera.

–¡Señora Torrance! ¡Agárrese de mí! ¿Me entiende? ¡Con todas sus fuerzas!

Wendy lo rodeó con los brazos y apoyó la mejilla contra la espalda de Hallorann. Éste puso en marcha el vehículo, haciendo girar con delicadeza el acelerador para que arrancara sin sacudidas. Wendy apenas tenía fuerzas para aferrarse a él, y si resbalaba hacia atrás, arrastraría con su peso a su hijo.

Cuando se pusieron en movimiento, Hallorann hizo describir un círculo al vehículo, para después dirigirse hacia el oeste, en un sentido paralelo al del hotel, y finalmente acercarse más a éste para llegar al cobertizo de las herramientas.

Por un momento distinguieron con claridad el vestíbulo del Overlook. La llama de gas que se elevaba a través del suelo destrozado parecía una gigantesca vela de cumpleaños, de un orgulloso amarillo en el centro y azul en los bordes oscilantes. En ese momento daba la impresión de que no hiciera más que iluminar, sin destruir. Alcanzaron a ver el mostrador de recepción con la campanilla de plata, las calcomanías de las tarjetas de crédito, la antigua caja registradora, las alfombras, las sillas de respaldo alto, los escabeles tapizados en tela de crin. Danny pudo distinguir el pequeño sofá junto a la chimenea, donde habían estado sentadas las tres monjas el día que ellos llegaron... el día del cierre. Pero el cierre, en realidad, era ahora.

Después el ventisquero de la terraza no los dejó seguir viendo. Al cabo de un momento, iban bordeando el lado oeste del hotel. Todavía había luz suficiente para ver sin el faro delantero del vehículo para la nieve. Las dos plantas superiores estaban en llamas, que se asomaban por las ventanas como ardientes banderines. La resplandeciente pintura blanca había empezado a ennegrecerse y descascararse. Los postigos que cerraban la ventana panorámica de la suite presidencial –los que Jack había asegurado escrupulosamente, ateniéndose a las instrucciones recibidas a mediados de octubre– pendían ahora como flameantes despojos, dejando al descubierto la profunda y desgarrada oscuridad de la habitación, como si fuera una boca desdentada que se abre en una última mueca, mortal y silenciosa.

Como Wendy había apoyado la cara contra la espalda de Hallorann para protegerse del viento, y a su vez Danny escondía la cara en la espalda de su madre, Hallorann fue el único que vio el final, aunque nunca habló de él. Le pareció ver que por la ventana de la suite presidencial salía una enorme forma oscura que, por un momento, oscureció la extensión de nieve que se dilataba detrás del hotel. Al principio, asumió la forma de un pulpo, enorme y obsceno, y después pareció que el viento se apoderara de ella para desgarrarla y hacerla pedazos como papel viejo. Se fragmentó, quedó atrapada en un remolino de humo y un momento después había desaparecido tan completamente como si nunca hubiera existido. Pero en esos segundos en que se arremolinaba sombríamente en una danza que parecía de negativos puntos de luz, Hallorann recordó algo de cuando era niño... de hacía cincuenta años, tal vez más. Él y su hermano habían encontrado un enorme avispero en la parte norte de su granja, metido en un hueco entre la tierra y el tronco de un viejo árbol abatido por el rayo. Su hermano llevaba, metido en la cinta del sombrero, un gran buscapiés que había guardado desde los festejos del 4 de julio. Lo había encendido, lo había arrojado contra el avispero, y cuando estalló con gran estrépito, del nido destrozado se elevó un murmullo, un zumbido colérico que iba en aumento, casi como un alarido bajo y ronco. Los dos niños habían escapado como si los demonios les pisaran los talones. Y en cierto modo, suponía Hallorann, debían haber sido demonios. Aquel día, al mirar por encima del hombro, como estaba haciendo ahora, había visto una gran nube oscura de insectos que se elevaban en el aire caliente, describiendo círculos para después apartarse, en busca del enemigo que había hecho tal cosa con el hogar común, para poder, como una sola inteligencia grupal, atacarlo a aguijonazos hasta darle muerte.

Después, eso que había en el cielo desapareció y pensó qué tal vez no hubiera sido más que humo o un gran trozo de tapiz humeante que salió por la ventana. No quedó más que el Overlook, una pira restallante en la rugiente garganta de la noche.

Aunque en su llavero tenía una llave para el candado del cobertizo, Hallorann vio que no tendría necesidad de usarla. La puerta estaba entornada, con el candado, abierto, pendiente del cerrojo.

–No puedo entrar ahí –susurró Danny.

–De acuerdo. Quédate con tu madre. Allí solía haber un montón de viejas mantas para equitación, que probablemente estén apolilladas, pero siempre será mejor eso que morir congelados. Señora Torrance, ¿sigue estando con nosotros?

–No lo sé, creo que sí –respondió débilmente la voz de Wendy.

–Bueno. Vuelvo enseguida.

–Vuelve lo más pronto que puedas, por favor –le pidió Danny.

Hallorann hizo un gesto de asentimiento. Había enfocado sobre la puerta el haz de luz del vehículo, y avanzó con dificultad entre la nieve, arrojando ante sí una larga sombra. Abrió del todo la puerta del cobertizo y entró. Las mantas seguían en el mismo rincón, junto al juego de roqué. Levantó cuatro mantas –que olían a humedad y a viejo, y con las cuales las polillas indudablemente se habían dado un buen banquete– y de pronto se detuvo.

Faltaba uno de los mazos de roqué.

¿Habrá sido con eso con lo que me golpeó?, se preguntó.

Bueno, ¿acaso tenía alguna importancia con qué lo hubieran golpeado? De todas maneras, sus dedos subieron hasta el costado de la cara y empezaron a tantear la hinchazón. Había pagado seiscientos dólares al dentista por aquel trabajo, deshecho ahora de un solo golpe. Y después de todo en realidad no importaba. Tal vez no me golpeó con uno de éstos. Tal vez uno se perdió, o lo robaron. O se lo llevaron de recuerdo. Después de todo... Nadie iba a andar por ahí jugando al roqué el verano próximo... ni en ningún otro, hasta donde podía prever.

No, en realidad no importaba, pero de todas formas el hecho de estar mirando el juego de mazos entre los cuales faltaba uno ejercía sobre él una especie de fascinación. Hallorann se encontró pensando en el ruido sordo de la cabeza del mazo al golpear la bola de madera, un ruido con gratas resonancias de verano. Era como mirar la bola cuando iba saltando sobre la... (sangre, huesos) grava. Algo que evocaba imágenes de... (sangre, huesos) té helado, columpios y mecedoras, señoras con amplios sombreros de paja, el zumbido de los mosquitos y todas esas cosas...

«Los niños rebeldes que no se atienen a las reglas del juego...», creyó oír en su interior.

Seguro. Bonito juego. Ya no tan de moda, ahora, pero... bonito.

–¿Dick? –la voz sonaba débil, asustada, y a Hallorann le pareció francamente desagradable–. ¿Estás bien, Dick? Date prisa. ¡Por favor!

«Vamos date prisa, negro, que los señores te llaman».

La mano se le cerró sobre el mango de uno de los mazos, y Hallorann sintió que la sensación era grata.

Porque te quiero te aporreo, se dijo Hallorann.

En la vacilante oscuridad, interrumpida sólo por el fuego, los ojos se le pusieron en blanco. En realidad, sería hacerles un favor a los dos. Ella estaba malherida... adolorida, y todo eso era culpa del maldito chiquillo. Seguro. Si era él quien había dejado a su padre allí dentro, que se quemara. Cuando uno lo pensaba, era poco menos que un asesinato. Parricidio, le llamaban a eso. Una bajeza, vamos.

–¿Señor Hallorann? –preguntó Danny con voz débil, quejosa. A Hallorann no le gustó nada–. ¡Dick! –el niño prorrumpió en un sollozo aterrorizado.

Hallorann sacó el mazo de su soporte y se volvió hacia el torrente de luz blanca que vertía el faro del vehículo. Con incertidumbre, sus pies se movieron sobre las tablas del piso del cobertizo, como los pies de un juguete mecánico al que alguien ha dado cuerda y puesto en movimiento.

Repentinamente se detuvo, miró sin comprender el mazo que tenía en las manos y se preguntó con creciente horror qué era lo que había estado pensando hacer. ¿Asesinar? ¿Había estado pensando en asesinar?

Durante un momento fue como si una voz colérica, débilmente jactanciosa, le llenara la cabeza:

«¡Hazlo! ¡Hazlo, negro flojo y sin huevos! ¡Mátalos! ¡Mátalos a los dos!»

Con un grito ahogado, Hallorann arrojó lejos de sí el mazo de roqué, que cayó ruidosamente en el rincón donde habían estado las mantas, con una de las dos cabezas apuntada hacia él como en una invitación inexpresable.

Huyó.

Danny estaba sentado en el asiento del vehículo para la nieve y Wendy se abrazaba débilmente a él. El niño tenía la cara brillante de lágrimas y se estremecía como si tuviera fiebre.

–¿Dónde estabas? –le preguntó, castañeteando los dientes.–. ¡Estábamos asustados!

–Bueno, este lugar es como para asustarse –respondió lentamente Hallorann–. Y aunque se queme hasta los cimientos, jamás conseguirán que me acerque a doscientos kilómetros de aquí. Tome, señora Torrance, envuélvase con esto, que la abrigará. Y tú también Danny. Póntelo, que parecerás un árabe.

Con dos de las mantas envolvió a Wendy, acomodándole una de ellas para formar una capucha que le cubriera la cabeza, y ayudó a Danny a envolverse en la suya de modo que no se le cayera.

–Ahora, agárrense con toda la fuerza que puedan –les dijo–. Nos espera un largo viaje, la peor parte ya la hemos dejado atrás.

Rodeó el cobertizo y después volvió con el vehículo por donde había venido, pasando de nuevo junto al hotel. El Overlook parecía ahora una antorcha que se elevara hasta el cielo. En las paredes se habían abierto grandes agujeros, y el interior era un infierno al rojo vivo, alzándose y amortiguándose. Por los canalones retorcidos, la nieve derretida se vertía en humeantes cascadas.

Al atravesar el jardín de la entrada, tenían el camino bien iluminado por el resplandor escarlata que bañaba las dunas de nieve.

–¡Mira! –exclamó Danny mientras Hallorann bajaba la velocidad para atravesar el portón de entrada, señalando hacia la zona de juegos.

Los arbustos de animales ocupaban sus posiciones originarias, pero estaban desnudos, ennegrecidos, chamuscados. Las ramas muertas eran una densa red que se entrelazaba bajo el resplandor del fuego, las hojas estaban caídas sobre la nieve.

–¡Están muertos! –había una nota histérica en el grito triunfal de Danny–. ¡Muertos! ¡Están muertos!

–Vamos, Danny –lo tranquilizó Wendy–. Está bien, mi amor. Está bien.

–Bueno, doc, vamos a buscar un lugar abrigado –anunció Hallorann–. ¿Estás dispuesto?

–Sí –susurró Danny–. Hace tanto tiempo que lo estaba...

Hallorann volvió a atravesar la angosta brecha entre el portón y el poste, y un momento después estaba en el camino, de regreso a Sidewinder. El ruido del motor del vehículo para la nieve se estabilizó hasta perderse en el incesante rugido del viento, que sonaba entre las ramas desnudas de los arbustos de animales con un gemido bajo, palpitante, desolado. El fuego se alzaba y se amortiguaba alternativamente. Poco después de que hubiera dejado de oírse el zumbido del motor del vehículo, el tejado del Overlook se desplomó: primero el del ala oeste, después el del ala este, segundos más tarde la parte central. Una enorme espiral de chispas y despojos en llamas se elevó en la vociferante noche invernal.

Arrastrado por el viento, un tizón en llamas fue a meterse por la puerta abierta del cobertizo de las herramientas, que no tardó en arder.

Todavía estaban a más de treinta kilómetros de Sidewinder cuando Hallorann se detuvo para echar el resto de la gasolina en el tanque del vehículo. Se sentía preocupado por Wendy Torrance, que parecía a punto de abandonarlos. Y todavía faltaba un largo trecho por recorrer.

–¡Dick! –exclamó Danny, que se había erguido en el asiento, mirando hacia adelante–. ¡Dick, mira! ¡Mira allá!

Había dejado de nevar, y una luna como una moneda de plata se asomaba a espiar entre las nubes deshilachadas. Por el camino, a lo lejos, pero viniendo hacia ellos, subiendo la larga serie de curvas, venía una perlada hilera de luces. El viento se acalló durante un momento y Hallorann distinguió el zumbido de los motores de varios vehículos para la nieve.

Hallorann, Danny y Wendy se encontraron con ellos quince minutos más tarde. Les traían ropa de abrigo, brandy y al doctor Edmonds.

La larga oscuridad había terminado.

## 58. EPÍLOGO/VERANO

Tras revisar las ensaladas que había preparado su ayudante y probar los ejotes condimentados que servirían esa semana entre los aperitivos, Hallorann se desató el delantal, lo colgó en su percha y salió por la puerta trasera. Le quedaban unos cuarenta y cinco minutos antes de ocuparse seriamente de la cena.

El lugar se llamaba la Posada de la Flecha Roja y era un rincón perdido en las montañas del oeste de Maine, a unos cincuenta kilómetros del pueblo de Rangely. En opinión de Hallorann, era una buena solución.

El trabajo no era muy pesado, las propinas eran buenas y, hasta ese momento, nadie le había devuelto ni una sola comida, lo cual no estaba mal, teniendo en cuenta que habían superado la mitad de la temporada.

Lentamente recorrió el tramo entre el bar del exterior y la alberca –aunque jamás entendería cómo podía alguien querer una alberca cuando tenía el lago tan cerca–, atravesó el pasto, donde un grupo de cuatro personas jugaban al cróquet, y rebasó una pequeña elevación. Tras ella empezaban los pinos, entre los que el viento suspiraba agradablemente, impregnado de un aroma de abetos y resina.

Al otro lado, discretamente distribuidas entre los árboles, había varias cabañas con vistas al lago. La última era la más bonita, y en el mes de abril –cuando había conseguido esa ganga–, Hallorann la había reservado para dos buenos amigos.

La mujer estaba sentada en el porche, en una mecedora, con un libro entre las manos. Hallorann la observó.

Adoptaba una posición muy rígida, a pesar de lo informal del ambiente, aunque en realidad se debía al corsé de yeso. Además de la tres costillas rotas y algunas lesiones internas, la mujer tenía una vértebra partida. Ésa era la lesión más lenta de curar y por la que seguía con el yeso... que le imponía a su vez tal postura. Pero el cambio era más profundo. Parecía mayor y su rostro había perdido en parte la expresión jovial y alegre. Al verla, sentada leyendo un libro, Hallorann advirtió una especie de grave belleza que había echado de menos en ella el primer día que la conoció, hacía ya nueve meses. Entonces había visto a una muchacha; ahora era una mujer, un ser humano a quien había llevado por fuerza al lado oscuro de la luna y que, al volver, había podido juntar otra vez sus pedazos. Sin embargo, pensaba que esos pedazos jamás volverían a unirse de la misma manera. Nunca en la vida.

Al oír sus pasos, levantó la cabeza y cerró el libro.

–¡Hola, Dick! –hizo ademán de levantarse y una expresión de dolor le atravesó fugazmente la cara.

–No, nada de levantarse –la detuvo él–. Yo no ando con ceremonias, a no ser con corbata blanca y frac.

Wendy sonrió mientras Dick subía los escalones para sentarse junto a ella en el porche.

–¿Cómo van las cosas?

–Bastante bien –respondió Hallorann–. Esta noche,

no deje de probar los camarones a la criolla. Le gustarán.

–Trato hecho.

–¿Dónde está Danny?

–Por ahí abajo.

Al mirar hacia donde ella señalaba, Hallorann vio una figura sentada en el extremo del muelle. Danny llevaba los jeans arremangados hasta las rodillas y una camisa a rayas rojas. Sobre las aguas tranquilas del lago flotaba una boya. De vez en cuando, el pequeño recogía el hilo para examinar la plomada y el anzuelo, y después volvía a arrojarlos al agua.

–Está poniéndose moreno –comentó Hallorann.

–Sí, muy moreno –Wendy lo miró con afecto.

Él sacó un cigarro, le dio unos golpecitos y después lo encendió. El humo fue perdiéndose perezosamente en la tarde soleada.

–¿Qué me cuenta de esos sueños que tenía?

–Va mejor –respondió Wendy–. Sólo he tenido uno esta semana. Al principio, solían ser todas las noches, y a veces dos o tres por noche. Las explosiones, los arbustos y, sobre todo... bueno, ya lo sabe...

–Sí. Al final se pondrá bien, Wendy.

Ella lo miró y repuso:

–Lo dudo.

Hallorann hizo un gesto de asentimiento.

–Tanto usted como él están de vuelta. Tal vez algo diferentes, pero se encuentran bien. Ninguno de los dos es lo que era, pero eso no es necesariamente malo.

Permanecieron un rato en silencio. Wendy hacía oscilar suavemente la mecedora y Hallorann, con los pies apoyados entre el barandal del porche, fumaba. Se levantó una leve brisa, que abría su camino secreto entre los pinos, pero sin alborotar apenas el pelo de Wendy, que se lo había dejado muy corto.

–He decidido aceptar el ofrecimiento de Al... del señor Shockley –dijo ella.

Hallorann asintió con la cabeza.

–Parece un buen trabajo. Y además, podría interesarle. ¿Cuándo empieza?

–El primer martes de septiembre, inmediatamente después del día del Trabajo. Cuando Danny y yo salgamos de aquí, iremos directamente a Maryland a buscar vivienda. En realidad, lo que me convenció fue ese folleto de la Cámara de Comercio. Parece una agradable ciudad para que crezca allí un niño. Y me gustaría estar trabajando antes de haber tenido que recurrir demasiado al dinero del seguro que nos dejó Jack. Todavía hay una reserva de más de cuarenta mil dólares. Es suficiente para enviar a Danny a la universidad y para que nos quede todavía algo con lo que pueda empezar a trabajar, si es que lo invertimos bien.

Hallorann volvió a hacer un gesto de asentimiento e inquirió:

–¿Y su madre?

Wendy lo miró y sonrió débilmente.

–Creo que Maryland ya es bastante lejos.

–No olvidará a los viejos amigos, ¿verdad?

–¿Y Danny? Vaya a verlo. Se ha pasado el día esperándolo.

–Pues yo también –Hallorann se levantó y se alisó el uniforme blanco de cocinero–. Ya verá cómo los dos quedan perfectamente –repitió–. ¿Acaso no lo siente?

La joven levantó la mirada hacia él, esta vez, su sonrisa era más cálida.

–Sí –admitió, le tomó una mano y se la besó–. A veces creo que sí.

–Los camarones a la criolla –le recordó Hallorann, mientras empezaba a bajar los escalones–. No lo olvide.

–No, no.

Descendió lentamente por el camino de grava que

conducía al muelle y después avanzó hasta llegar junto a Danny, que estaba sentado con los pies sumergidos en el agua transparente. A lo lejos, el lago se extendía reflejando los pinos a lo largo de su margen. Allí, el terreno era montañoso, pero eran montañas viejas, suavizadas y domesticadas por el paso del tiempo. A Hallorann le parecían magníficas.

–¿Se pesca mucho? –preguntó, mientras se sentaba junto al niño. Se quitó un zapato, después el otro, y con un suspiro de alivio sumergió los pies en el agua fría.

–No, pero hace un rato parecía que picaban.

–Mañana por la mañana saldremos en bote. Si quieres pescar algo comestible, hijo mío, hay que ir hasta el centro del lago. Allí es donde están los peces grandes.

–¿Qué tan grandes?

Hallorann se encogió de hombros.

–Bueno... tiburones, peces espada, ballenas... cosas así.

–¡Si aquí no hay ballenas!

–No, ballenas azules no, claro que no. Las que hay por aquí no llegan a medir más de veinticinco metros. Son ballenas rosadas.

–¿Y cómo pudieron llegar aquí desde el océano?

Hallorann pasó una mano por el pelo rubio rojizo del niño y lo despeinó.

–Vienen nadando contra la corriente, hijo mío, y así llegan.

–¿De veras?

–De veras.

Durante un rato permanecieron en silencio, Hallorann pensativo, mirando a lo lejos la quietud del lago. Cuando volvió a mirar a Danny, advirtió que se le habían llenado los ojos de lágrimas.

–¿Qué pasa? –inquirió, mientras le pasaba un brazo por los hombros.

–Nada –repuso Danny.

–Echas de menos a tu papá, ¿no es eso?

Danny asintió con la cabeza.

–Tú siempre lo sabes –una lágrima se le derramó por el ángulo del ojo derecho y rodó lentamente por la mejilla.

–Sí, no podemos tener secretos –admitió Hallorann–. Así son las cosas.

Con la mirada fija en la caña, Danny volvió a hablar.

–A veces quisiera que me hubiera tocado a mí. La culpa fue mía. Todo fue culpa mía.

–No te gusta hablar de eso cuando está tu madre, ¿verdad? –preguntó Hallorann.

–No. Ella quiere olvidar todo lo que sucedió, y yo también, pero…

–Pero no puedes.

–No.

–¿Quieres llorar?

El niño intentó responder, pero las palabras desaparecieron en un sollozo. Con la cabeza apoyada en el hombro de Hallorann, Danny lloró, dejando que las lágrimas le inundaran el rostro. Hallorann lo abrazaba sin decir palabra. Sabía que tendría que derramar una y otra vez sus lágrimas, y Danny tenía la suerte de ser lo bastante pequeño para poder hacerlo. Las lágrimas que curan son también las lágrimas que queman y mortifican, se dijo.

Cuando se calmó un poco, Hallorann dijo:

–Todo esto irás dejándolo atrás. Ahora no te parece posible, pero ya lo verás. Y con tu resplandor…

–¡Ojalá no lo tuviera! –gimió ahogadamente Danny, con la voz todavía alterada por el llanto–. ¡Ojalá no lo tuviera!

–Pero lo tienes –señaló Hallorann en voz baja–, para bien o para mal. Tú no tuviste voz ni voto, muchachito. Pero lo peor ya ha pasado. Ahora puedes usarlo para hablar conmigo, cuando las cosas te resulten difíciles. Y si se ponen demasiado difíciles, pues me llamas, que yo acudiré.

–¿Aunque yo esté en Maryland?

–Aunque estés allí.

Se quedaron en silencio, observando cómo la boya se alejaba varios metros desde el extremo del desembarcadero. Después Danny volvió a hablar en voz tan baja que era casi inaudible.

–¿Y tú serás mi amigo?

–Siempre que me necesites.

El niño se apretó contra él y Hallorann lo abrazó.

–¿Danny? Escúchame, porque lo que voy a decir te lo diré una vez y jamás lo repetiré. Hay cosas que no habría que decir a ningún niño de seis años en el mundo, pero la forma en que deberían ser las cosas y la forma en que son rara vez coinciden. El mundo es un lugar difícil, Danny. Un lugar que se desentiende. No nos odia, ni a ti ni a mí, pero tampoco nos ama. En el mundo suceden cosas terribles, y son cosas que nadie es capaz de explicar. Hay gente buena, que muere de forma triste y dolorosa, y deja solos a quienes la amaban. A veces, parecería que únicamente los malos gozaran de salud y prosperidad. El mundo no te quiere, pero tu madre y yo sí te queremos. Tú eres un niño bueno, y estás dolido por tu padre, y cuando sientas que tienes necesidad de llorar por lo que le sucedió, ocúltate en una armario o cúbrete con las manos, y llora hasta que todo haya pasado. Eso es lo que tiene que hacer un buen hijo. Pero empéñate en salir adelante. Ésa es tu misión en este mundo difícil, mantener vivo tu amor y seguir adelante, no importa lo que pase. Rehacerse y seguir, nada más, eso es todo.

–Está bien –susurró Danny–. El verano que viene vendré de nuevo a verte, si quieres... El verano próximo ya tendré siete años.

–Y yo sesenta y dos. Te abrazaré con tanta fuerza que te aplastaré. Pero más vale que terminemos este verano antes de pensar en el próximo.

–Está bien –asintió Danny, y miró a Hallorann–. ¿Dick?

–¿Qué?

–Tú no te morirás pronto, ¿verdad?

–Te aseguro que no es en eso en lo que estoy pensando. ¿Y tú?

–No, señor, yo...

–Fíjate, que pican –señaló Hallorann. La boya roja y blanca se había hundido. Volvió a subir, húmeda y brillante, y se sumergió de nuevo.

–¡Eh! –se atragantó Danny.

–¿Qué es? –preguntó Wendy, que había venido a reunirse con ellos, deteniéndose detrás de su hijo–. ¿Un sollo?

–No, señora. Creo que es una ballena rosada –respondió Hallorann.

La punta de la caña se arqueó y, cuando Danny tiró hacia atrás, un pez largo e irisado describió en el aire una destellante parábola de colores y volvió a desaparecer.

Danny hacía girar frenéticamente el carrete.

–¡Ayúdame, Dick! ¡Ayúdame, que ya lo tengo!

–Lo haces muy bien solo, hombrecito –Hallorann sonrió–. No sé si es una ballena rosada o una trucha, pero de todos modos está bien. Está muy bien...

Rodeó con el brazo los hombros de Danny, mientras éste sacaba el pez lentamente. Wendy se sentó junto a su hijo y los tres permanecieron en el extremo del muelle, bajo el sol de la tarde.

A continuación un adelanto especial de

*Doctor sueño*

de

STEPHEN KING

STEPHEN KING

# DOCTOR SUEÑO

Traducción de
José Óscar Hernández Sendín

Cuando tocaba con mi primitivo estilo la guitarra acústica en un grupo llamado Rock Bottom Remainders, Warren Zevon solía acompañarnos en nuestras actuaciones. Le encantaban las camisetas de color gris y las películas del tipo *El reino de las arañas.* Insistía en que yo cantara su tema *Werewolves of London* en la parte de los bises. Yo le aseguraba que no era digno, pero él insistía en que sí. «Clave de sol —me decía Warren— y aúlla como un descosido. Lo más importante de todo: toca como Keith.»

Nunca llegué a igualar a Keith Richards, pero siempre di lo mejor de mí. Con Warren a mi lado, acompañándome nota a nota y partiéndose de risa como un tonto, siempre di lo mejor de mí.

Warren, este aullido va por ti, dondequiera que estés. Te echo de menos, amigo.

Hemos alcanzado el punto de inflexión. Las medidas parciales de nada sirven.

*El Libro Grande*
*de Alcohólicos Anónimos*

Si queríamos vivir, debíamos librarnos de la ira, el dudoso lujo de los hombres y mujeres corrientes.

*El Libro Grande*
*de Alcohólicos Anónimos*

# ASUNTOS PRELIMINARES

TEMER son las siglas de Todo Es una Mierda, Escapa Rápido.

Antiguo proverbio de
Alcohólicos Anónimos

# CAJA DE SEGURIDAD

## 1

El segundo día de diciembre de un año en el que un agricultor de cacahuates de Georgia hacía negocios en la Casa Blanca, uno de los hoteles de veraneo más importantes de Colorado ardió hasta los cimientos. El Overlook fue declarado siniestro total. Tras una investigación, el comisario de bomberos del condado de Jicarilla dictaminó que la causa había sido una caldera defectuosa. En el hotel, cerrado en invierno, sólo se hallaban presentes cuatro personas cuando ocurrió el accidente. Sobrevivieron tres. El vigilante de invierno, John Torrance, murió en el infructuoso (y heroico) intento de reducir la presión de vapor en la caldera, que había alcanzado niveles desastrosamente altos debido a una válvula de seguridad inoperante.

Dos de los supervivientes fueron la mujer del vigilante y su hijo. El tercero fue el chef del Overlook, Richard Hallorann, que había dejado su trabajo estacional en Florida para ir a ver a los Torrance porque, según sus propias palabras, había tenido «una poderosa corazonada» de que la familia se hallaba en problemas. Los dos supervivientes adultos resultaron gravemente heridos en la explosión. Sólo el niño salió ileso.

Físicamente, al menos.

## 2

Wendy Torrance y su hijo recibieron una compensación por parte de la propietaria del Overlook. No fue astronómica, pero les alcanzó para ir tirando durante los tres años que ella estuvo incapacitada para trabajar por culpa de las lesiones en la espalda. Un abogado al que la mujer consultó le informó que, si estaba dispuesta a resistir y jugar duro, podría conseguir una suma mucho mayor, pues la corporación deseaba a toda costa evitar un juicio. Pero Wendy, al igual que la corporación, sólo quería dejar atrás ese desastroso invierno en Colorado. Se recuperaría, dijo ella, y así fue, aunque los dolores en la espalda la atormentaron hasta el final de su vida. Las vértebras destrozadas y las costillas rotas sanaron, pero nunca dejaron de gritar.

Winifred y Daniel Torrance vivieron en el centro-sur durante una temporada y luego se desviaron hacia abajo y se instalaron en Tampa. A veces Dick Hallorann (el de las poderosas corazonadas) subía desde Cayo Hueso a visitarlos. Sobre todo a visitar al joven Danny. Ambos compartían un vínculo.

Una madrugada, en marzo de 1981, Wendy telefoneó a Dick y le preguntó si podría ir. Danny, dijo, la había despertado a mitad de la noche y la había prevenido de que no entrara al baño.

Tras ello, el niño se había negado rotundamente a hablar.

## 3

Se despertó con ganas de hacer pipí. En el exterior soplaba un fuerte viento. Era cálido —en Florida casi siempre lo era—, pero no le gustaba su sonido, y suponía que jamás le gustaría. Le recordaba al Overlook, donde la caldera defectuosa había sido el menor de los peligros.

Danny y su madre vivían en un estrecho departamento de alquiler en un segundo piso. Salió de la pequeña habitación, junto a la de su madre, y cruzó el pasillo. Sopló una ráfaga de viento y una palmera moribunda, al lado del edificio, batió sus ramas con estruendo. El ruido propio de un esqueleto. Cuando nadie estaba usando la regadera o el escusado siempre dejaban la puerta del baño abierta, porque el pasador estaba roto; sin embargo, esa noche la encontró cerrada. Pero no porque su madre estuviera dentro. Como consecuencia de las heridas faciales sufridas en el Overlook, ahora roncaba —unos débiles *quip-quip*—, y en ese momento él la oía roncar en el dormitorio.

*Bueno, debió de cerrarla por error, eso es todo.*

Ya lo sabía (él mismo era un muchacho de poderosas corazonadas e intuiciones), pero a veces uno tenía que saber. A veces uno tenía que *ver*. Era algo que había descubierto en el Overlook, en una habitación de la segunda planta.

Estirando un brazo que parecía demasiado largo, demasiado elástico, demasiado *deshuesado*, giró la manija y abrió la puerta.

La mujer de la habitación 217 estaba allí, él sabía que estaría. Se encontraba sentada en la taza del escusado, con las piernas separadas y los pálidos muslos hinchados. Sus pechos verduscos pendían como globos desinflados. La mata de vello bajo el estómago era gris; también sus ojos, que parecían espejos de acero. La mujer vio al muchacho y sus labios se estiraron en una mueca burlona.

*Cierra los ojos*, le había aconsejado Dick Hallorann hacía mucho tiempo. *Si ves algo malo, cierra los ojos, repítete que no está ahí, y cuando vuelvas a abrirlos, habrá desaparecido.*

Sin embargo, en la habitación 217, cuando tenía cinco años, no había funcionado, y tampoco funcionaría ahora. Lo sabía. Percibía su *olor*. Se estaba descomponiendo.

La mujer —conocía su nombre: señora Massey— se levantó pesadamente sobre sus pies púrpura, con las manos extendidas hacia él. La carne le colgaba de los brazos, casi goteando. Sonreía como uno sonríe cuando ve a un viejo amigo. O, tal vez, algo rico.

Con una expresión que podría haberse confundido con la calma, Danny cerró la puerta con suavidad y retrocedió. Observó cómo la manija giraba a la derecha… a la izquierda… otra vez a la derecha… y por fin se quedaba inmóvil.

Tenía ocho años y, para su terror, cierta capacidad de pensamiento racional. En parte porque, en un lugar profundo de su mente, llevaba tiempo esperándolo. Aunque siempre había pensado que sería Horace Derwent quien se presentaría tarde o temprano. O tal vez el barman, aquel a quien su padre había llamado Lloyd. No obstante, supuso que debería haber sabido que sería la señora Massey desde antes de que finalmente sucediera. Porque de todas las cosas no-muertas en el Overlook, ella había sido la peor.

La parte racional de su mente le decía que la mujer no era más que un fragmento de pesadilla no recordada que lo había perseguido más allá del sueño y a través del pasillo hasta el baño. Esa parte insistía en que si volvía a abrir la puerta, no habría nada ahí dentro. Seguro que no habría nada, ahora que estaba despierto. Sin embargo, otra parte de él, una parte que *resplandecía*, sabía más. El Overlook todavía no había acabado con él. Al menos uno de sus espíritus vengativos le había seguido la pista hasta Florida. Una vez se había encontrado a esa mujer despatarrada en una bañera. Había salido e intentado estrangularlo con sus dedos de pez (pero terriblemente fuertes). Si ahora abría la puerta del baño, ella concluiría el trabajo.

Se arriesgó a arrimar una oreja a la puerta. Al principio no sucedió nada. Y entonces oyó un ruido apenas perceptible.

Uñas de dedos muertos arañando la madera.

Danny caminó a la cocina con piernas ausentes, se subió a una silla y orinó en el fregadero. A continuación despertó a su madre y le dijo que no utilizara el baño porque dentro había una cosa mala. Hecho esto, regresó a la cama y se hundió bajo las sábanas. Quería quedarse ahí para siempre, levantarse únicamente para hacer pipí en el fregadero. Ahora que había avisado a su madre, no tenía ningún interés en hablar con ella.

Para su madre, lo de no hablar no era nuevo. Ya había sucedido antes, después de que Danny se aventurase en la habitación 217 del Overlook.

—¿Hablarás con Dick?

Tendido en la cama, alzando la vista hacia ella, asintió con la cabeza. Su madre llamó por teléfono, pese a que eran las cuatro de la madrugada.

Al día siguiente, tarde, Dick llegó. Traía algo. Un regalo.

## 4

Después de que Wendy telefoneara a Dick —se aseguró de que su hijo la oyera—, Danny volvió a dormirse. Aunque ya tenía ocho años e iba en tercer grado, se estaba chupando el pulgar. A ella le dolió ver que hacía eso. Fue al baño y se quedó parada mirando la puerta. Tenía miedo —Danny la había asustado—, pero necesitaba entrar y no pensaba orinar en el fregadero como su hijo. Imaginarse a sí misma haciendo equilibrios en el borde de la encimera con el trasero suspendido sobre la porcelana (aunque no hubiera nadie allí para verla) le hizo arrugar la nariz.

En una mano empuñaba el martillo de su pequeña caja de herramientas de viuda. Lo alzó al tiempo que giraba la manija y abría la puerta del baño. Estaba vacío, por supuesto, pero la tapa del escusado estaba bajada. Nunca la dejaba así antes de irse a la cama porque sabía que si Danny entraba sólo un diez por ciento despierto era propenso a olvidarse de levantarla y mancharlo todo de pipí. Además, se notaba cierto olor. Fétido. Como si una rata se hubiera muerto entre las paredes.

Dio un paso adentro, luego otro. Vislumbró movimiento y giró sobre sus talones, el martillo en alto, para golpear a quienquiera

(*lo que fuese*)

que se escondiera detrás de la puerta. Pero era sólo su sombra. Se asustaba de su propia sombra, a veces la gente se mofaba, pero ¿quién tenía más razones para asustarse que Wendy Torrance? Después de todas las cosas que había visto y por las que había pasado, sabía que las sombras podían ser peligrosas. Podían tener dientes.

No había nadie en el baño, pero detectó una mancha descolorida en la taza del escusado y otra en la cortina de la regadera. Excrementos, fue lo primero que pensó, pero la mierda no tenía ese color púrpura amarillento. Miró más de cerca y distinguió trozos de carne y piel putrefactos. Había más en el baño, con forma de pisadas. Pensó que eran demasiado pequeñas —demasiado *delicadas*— para ser de un hombre.

—Oh, Dios mío —musitó.

Al final terminó usando el fregadero.

5

Wendy sacó a su hijo de la cama a mediodía. Logró que comiera un poco de sopa y medio sándwich de mantequilla de cacahuate, pero después volvió a acostarse. Seguía sin querer hablar. Hallorann apareció poco después de las cinco de la tarde, al volante de su ahora antiguo (aunque perfectamente conservado y cegadoramente reluciente) Cadillac rojo. Wendy se había apostado tras la ventana, expectante, como en otro tiempo esperara la llegada de su marido, con la esperanza de que Jack volviera a casa de buen humor. Y sobrio.

Corrió escaleras abajo y abrió la puerta justo cuando Dick estaba a punto de tocar el timbre marcado como TORRANCE 2A. El hombre extendió los brazos y ella acudió a su abrazo de inmediato, deseando permanecer allí envuelta por lo menos una hora. Quizá dos.

Él la soltó y la tomó por los hombros con los brazos estirados del todo.

—Tienes un aspecto estupendo, Wendy. ¿Cómo está el hombrecito? ¿Ha vuelto a hablar?

—No, pero contigo hablará. Aunque al principio no lo haga en voz alta, tú podrás… —en lugar de concluir la frase, amartilló una pistola imaginaria con los dedos y la apuntó a su frente.

—No necesariamente —repuso Dick. Su sonrisa dejó al

cubierto un juego nuevo de brillantes dientes postizos. El Overlook se había cobrado la mayoría de las piezas del anterior la noche en que explotó la caldera. Jack Torrance blandía el mazo que se llevó la dentadura de Dick y la capacidad de Wendy para andar sin una ligera cojera, pero ambos comprendían que el culpable había sido en realidad el hotel—. Es muy poderoso, Wendy, me bloqueará si quiere. Lo sé por propia experiencia. Además, será mejor que hablemos con la boca. Mejor para él. Ahora cuéntame todo lo que ha pasado.

Hecho esto, Wendy le enseñó el baño. Había dejado las manchas para que él las viera, como un agente de policía preservaría la escena de un crimen hasta que apareciera el equipo forense. Y allí se había cometido un crimen, sí. Un crimen contra su hijo.

Dick examinó los restos durante un buen rato, sin tocarlos, y luego asintió con la cabeza.

—Vamos a ver si Danny ya se ha desperezado.

Seguía acostado, pero el corazón de Wendy se iluminó ante la expresión de alegría de su hijo al ver quién estaba sentado a su lado en la cama y le sacudía el hombro.

(*eh, Danny te he traído un regalo*)

(*no es mi cumpleaños*)

Wendy los observaba, consciente de que estaban hablando, pero ignoraba qué.

—Levántate, mi amor —dijo Dick—. Vamos a dar un paseo por la playa.

(*Dick, ha vuelto la señora Massey de la habitación 217; ha vuelto*)

Dick volvió a sacudirle el hombro.

—Dilo en voz alta, Dan. Estás asustando a tu madre.

—¿Cuál es mi regalo?

—Eso está mejor —Dick sonrió—. Me gusta oírte, y a Wendy también.

—Sí —fue todo lo que ella se atrevió a decir. De lo contrario, habrían oído el temblor de su voz y se habrían preocupado. No quería eso.

—Mientras estemos fuera, a lo mejor quieres limpiar el baño —le dijo Dick—. ¿Tienes guantes de cocina?

Ella asintió con la cabeza.

—Bien. Póntelos.

6

La playa estaba a tres kilómetros. Sórdidos reclamos playeros —franquicias de pasteles, puestos de hot dogs, tiendas de regalos— rodeaban el estacionamiento, pero era la época etiquetada como fin de temporada y ninguno hacía mucho negocio. Tenían la playa casi para ellos solos. En el trayecto desde el departamento, Danny había llevado su regalo —un paquete rectangular, bastante pesado, envuelto en papel plateado— en el regazo.

—Podrás abrirlo después de que charlemos un rato —dijo Dick.

Caminaron al borde de las olas, donde la arena estaba dura y brillante. Danny andaba despacio, porque Dick era bastante viejo. Algún día moriría. Tal vez incluso pronto.

—Tengo intención de aguantar unos cuantos años más —aseguró Dick—. No te preocupes por eso. Ahora cuéntame lo que pasó anoche. No te calles nada.

No tardó mucho. Lo difícil habría sido hallar las palabras para describir el terror que sentía en ese preciso momento, y cómo se enmarañaba en una sofocante sensación de certidumbre: ahora que la mujer lo había encontrado, nunca se iría. Sin embargo, puesto que era Dick, no necesitó palabras, aunque encontró algunas.

—Ella volverá. Sé que volverá. Volverá y volverá hasta que me atrape.

—¿Te acuerdas de cuando nos conocimos?

Aunque sorprendido por el cambio de rumbo en la conversación, Danny asintió. Hallorann había sido quien les había hecho, a él y a sus padres, la visita guiada en su primer día en el Overlook. Hacía muchísimo de aquello, eso parecía.

—¿Y te acuerdas de la primera vez que hablé dentro de tu cabeza?

—Claro que sí.

—¿Qué te dije?

—Me preguntaste si quería irme a Florida contigo.

—Exacto. ¿Y cómo te sentiste al saber que ya no estabas solo?

—Genial —dijo Danny—. Fue genial.

—Sí —asintió Hallorann—. Sí, por supuesto.

Caminaron en silencio durante un rato. Algunos pajarillos —piolines, los llamaba la madre de Danny— entraban y salían a toda prisa del oleaje.

—¿Nunca te extrañó que me presentara justo cuando me necesitabas? —Dick bajó la mirada a Danny y sonrió—. No. Claro que no. ¿Por qué iba a extrañarte? Eras un niño, pero ahora eres un poco mayor. En algunos aspectos, mucho mayor. Escúchame, Danny. El mundo tiene sus mecanismos para mantener las cosas en equilibrio. Eso es lo que creo. Hay un dicho: cuando el alumno esté preparado, aparecerá el maestro. Yo fui tu maestro.

—Eras mucho más que eso —dijo Danny. Tomó a Dick de la mano—. Eras mi amigo. Nos salvaste.

Dick pasó por alto ese comentario... o eso pareció.

—Mi abuela también tenía el resplandor. ¿Te acuerdas de que te lo conté?

—Sí. Dijiste que tú y ella se sentaban en la cocina a charlar sin siquiera abrir la boca.

—Exacto. Ella me enseñó. Y su abuela le enseñó a ella, allá en la época de los esclavos. Algún día, Danny, te tocará a ti ser el maestro. El alumno vendrá.

—Si la señora Massey no me atrapa antes —puntualizó Danny con aire taciturno.

Llegaron a un banco y Dick se sentó.

—No me atrevo a ir más lejos; no sea que no pueda volver. Siéntate a mi lado. Quiero contarte una historia.

—No quiero historias —dijo Danny—. Ella volverá, ¿no lo entiendes? Volverá y volverá y volverá.

—Cierra la boca y abre las orejas. Es hora de instruirte —entonces Dick le ofreció una amplia sonrisa y exhibió su radiante dentadura nueva—. Creo que captarás la idea. Eres cualquier cosa menos estúpido, mi amor.

## 7

La madre de la madre de Dick —la que tenía el resplandor— vivía en Clearwater. Era la Abuela Blanca. No porque fuese caucásica, claro que no, sino porque era buena. El padre de su padre vivía en Dunbrie, Mississippi, una comunidad rural no muy lejos de Oxford. Su esposa había muerto tiempo antes de que Dick naciera. Para un hombre de color en aquel lugar y aquella época, era rico. Era el propietario de una funeraria. Dick y sus padres iban a verlo cuatro veces al año, y el jovencito Hallorann odiaba aquellas visitas. Le aterrorizaba Andy Hallorann, al que llamaba —sólo en su propia mente, expresarlo en voz alta le habría valido un golpe en la boca— el Abuelo Negro.

—¿Sabes qué es un pederasta? —le preguntó Dick a Danny—. ¿Tipos que quieren niños para sexo?

—Más o menos —respondió Danny con cautela. Desde luego sabía que no debía hablar con desconocidos ni subirse jamás a un vehículo con uno. Porque podrían hacerte cosas.

—Bueno, el viejo Andy era más que un pederasta. Era, además, un maldito sádico.

—¿Qué es eso?

—Alguien que disfruta haciendo daño.

Danny asintió con inmediata comprensión.

—Como Frankie Listrone en la escuela. Les estruja el brazo a los niños o les frota los nudillos en la coronilla. Si no puede hacer que llores, para. Pero si se te ocurre ponerte a llorar, nunca te deja en paz.

—Eso está mal, pero esto era peor.

Dick se sumió en lo que cualquiera que pasara por allí habría tomado por silencio, pero la historia avanzó en una serie de imágenes y frases conectoras. Danny vio al Abuelo Negro, un hombre alto con un traje tan oscuro como su piel, que llevaba una clase especial de

(*fedora*)

sombrero en la cabeza. Vio los brotecillos de saliva que siempre tenía en la comisura de los labios, y sus ojos ribeteados de rojo, como si estuviera cansado o acabara de llorar. Vio cómo sentaba a Dick —más pequeño de lo que era Danny ahora, probablemente de la misma edad que Danny en aquel invierno en el Overlook— en su regazo. Si había gente delante, a lo sumo le hacía cosquillas. Si estaban solos, ponía la mano entre las piernas de Dick y le apretaba los huevos hasta tal punto que él pensaba que iba a desmayarse de dolor.

«¿Te gusta? —jadeaba el Abuelo Negro Andy en su oído. Olía a tabaco y a whisky White Horse—. Claro que sí, a todos los niños les gusta. Pero te guste o no, no vas a decir ni pío. Si lo cuentas, te haré daño. Te quemaré.»

—¡Carajo! —exclamó Danny—. Qué asqueroso.

—Había más cosas —prosiguió Dick—, pero sólo te contaré una. Después de que su mujer muriera, el abuelo contrató a una señora para que le ayudara con las tareas de la casa. Ella limpiaba y cocinaba. A la hora de la cena, servía todos los platos a la vez, desde la ensalada hasta el postre, porque así era como le gustaba al viejo. De postre siempre había tarta o pudín. Se ponía en una bandejita o en un platito cerca del plato principal, para que lo vieras y te entraran ganas de comerlo cuando todavía estabas escarbando en la otra bazofia. Una regla inflexible del abuelo era que el postre se miraba pero no se tocaba hasta que te hubieras terminado el último bocado de carne frita y verduras cocidas y puré de papa. Incluso tenías que acabarte la salsa, que estaba llena de grumos y era bastante insípida. Si dejaba un poco de salsa, el Abuelo Negro me tiraba un trozo de pan y decía: «Úntala con eso, Dickie-Bird, hasta que el plato brille como si el perro lo hubiera limpiado a lengüetazos». Así me llamaba, Dickie-Bird.

»De todas formas, a veces no podía con todo, por mucho que lo intentara, y entonces me quedaba sin pastel o pudín. Entonces él tomaba el postre y se lo comía. Y otras veces, cuando sí me terminaba toda la cena, me encontraba con que había aplastado una colilla en mi porción de pastel o en mi pudín de vainilla. Eso era porque siempre se sentaba a mi lado. Luego fingía que había sido una broma. "Ups, no he acertado en el cenicero", decía. Mis padres nunca le pusieron freno, pero bien debían de daber que, aunque fuera una broma, no era justo que se la gastara a un niño. Ellos también fingían.

—Qué mal —dijo Danny—. Tus padres tendrían que haberte defendido. Mamá lo hace, y antes también papá.

—Le tenían miedo. Y hacían bien. Andy Hallorann era un mal bicho, de lo peor. Decía: «Vamos, Dickie, cómete lo de alrededor, que no te vas a envenenar». Si le daba un bocado, mandaba a Nonnie, así se llamaba el ama de llaves, a que me trajera un postre nuevo. Si no, ahí se quedaba. La situación llegaba al extremo de que nunca podía acabarme la comida porque se me revolvía el estómago.

—Tendrías que haber movido el pastel o el pudín al otro lado del plato —comentó Danny.

—Sí lo intenté, por supuesto, no nací tonto. Pero él lo volvía a poner ahí diciendo que el postre iba a la derecha —Dick hizo una pausa, contemplaba el agua, donde una embarcación blanca de gran eslora surcaba despacio la línea divisoria entre el cielo y el golfo de México—. A veces, cuando me agarraba solo, me mordía. Y una vez que lo amenacé con contárselo a mi padre si no me dejaba en paz, me apagó un cigarro en el pie descalzo. Dijo: «Cuéntale también esto, y ya verás de qué te sirve. Tu papá ya conoce mis costumbres y jamás dirá una palabra, porque es un cobarde y porque quiere el dinero del banco cuando me muera; lo que pasa es que no tengo planeado hacerlo pronto».

Danny escuchaba con estupefacta fascinación. Siempre había pensando que la historia de Barbaazul era la más aterradora de todos los tiempos, la más aterradora que jamás haya sido, pero ésta la superaba. Porque era verdad.

—A veces decía que conocía a un hombre malvado que se llamaba Charlie Manx, y que si no lo obedecía, llamaría a ese individuo, que vendría con su coche de lujo y me llevaría a un sitio para niños malos. Después el abuelo me ponía la mano entre las piernas y comenzaba a apretar. «Así que no vas a decir ni pío, Dickie-Bird. Si hablas, vendrá el viejo Charlie y te meterá con los otros niños que ha robado hasta que te mueras. Y luego irás al infierno y tu cuerpo arderá para siempre. Por haberlo delatado. Dará igual que te crean o no, un delator es un delator.»

»Durante mucho tiempo le creí al viejo cabrón. Ni siquiera se lo conté a mi Abuela Blanca, la del resplandor, porque tenía miedo de que creyera que yo tenía la culpa. De haber sido mayor, habría sabido que eso no pasaría, pero era un niño —hizo una pausa, y luego añadió—: Además, tenía otro motivo. ¿Sabes cuál era, Danny?

Danny estudió el rostro de Dick durante un rato largo, sondeando los pensamientos e imágenes tras su frente. Por fin, respondió:

—Querías que tu padre recibiera el dinero. Pero nunca lo consiguió.

—No. El Abuelo Negro lo dejó todo a un orfanato para negros en Alabama, y creo entender por qué. Pero eso ahora no viene al caso.

—¿Y tu abuela buena nunca se enteró? ¿Nunca lo adivinó?

—Sabía que algo ocurría, pero yo lo bloqueaba, y ella no me molestó con el tema. Lo único que me dijo fue que cuando yo estuviera preparado para hablar, ella estaría preparada para escuchar. Danny, cuando Andy Halloran murió a causa de un derrame cerebral, fui el niño más feliz de la tierra. Mi madre dijo que no hacía falta que asistiera al funeral, que podía quedarme con la abuela Rose, mi Abuela Blanca, si quería, pero no me lo iba a perder. Por nada del mundo. Quería estar seguro de que el viejo Abuelo Negro había muerto de verdad.

»Aquel día llovía. Todo el mundo se hallaba alrededor de la tumba, bajo paraguas negros. Observé cómo su ataúd, el más grande y el mejor de su funeraria, no me cabe duda, desaparecía en la tierra, y me acordé de todas las veces que me había retorcido los huevos y de todas las colillas en mi pastel y del cigarro que me apagó en el pie y de cómo mandaba en la mesa igual que el viejo rey loco de aquella obra de Shakespeare. Pero, sobre todo, me acordé de Charlie Manx, que sin duda era pura invención del abuelo, y pensé que ya nunca le llamaría para que viniera a mitad de la noche y me llevara en su coche de lujo a vivir con los demás niños y niñas raptados.

»Me asomé al borde de la tumba ("Deja al niño que mire", dijo mi padre cuando mi madre intentó frenarme), escruté el ataúd en ese agujero mojado, y pensé: "Ahí abajo estás dos metros más cerca del infierno, Abuelo Negro, y muy pronto llegarás, y espero que el diablo te dé mil veces con una mano ardiendo".

Dick rebuscó en el bolsillo de sus pantalones y sacó una cajetilla de Marlboro con una caja de cerillos encajada en el celofán. Se puso un cigarro en la boca y luego tuvo que perseguirlo con el cerillo porque le temblaba la mano, y también le temblaban los labios. Danny se quedó atónito al advertir lágrimas en los ojos de Dick.

Sabiendo ahora hacia dónde se encaminaba esa historia, Danny preguntó:

—¿Cuándo volvió?

Dick dio una profunda calada a su cigarro y exhaló el humo a través de una sonrisa.

—No has necesitado atisbar el interior de mi cabeza para captarlo, ¿verdad?

—No.

—Seis meses más tarde. Un día llegué a casa de la escuela y lo encontré tumbado en mi cama, desnudo y con el pito medio podrido empinado. Dijo: «Ven y siéntate aquí encima, Dickie-Bird. Tú dame mil y yo te daré dos mil». Grité, pero no había nadie que pudiera oírme. Mis padres…, los dos estaban trabajando, mi madre en un restaurante y mi padre en una imprenta. Salí corriendo y cerré la puerta de golpe. Y oí que el Abuelo

Negro se levantaba... *pum*... y cruzaba la habitación... *pum-pum-pum*... y lo que oí después...

—Uñas —concluyó Danny con voz apenas audible—. Arañando la puerta.

—Exacto. No volví a entrar hasta la noche, cuando mis padres ya estaban en casa. Se había ido, pero quedaban... restos.

—Ya. Como en nuestro baño. Porque se estaba pudriendo.

—Exacto. Cambié las sábanas yo solo, sabía hacerlo porque mi madre me había enseñado dos años antes; decía que ya era demasiado grande para necesitar una niñera, que las niñeras eran para niños y niñas pequeños como los que cuidaba ella antes de conseguir el trabajo de mesera en Berkin's Steak House. Una semana más tarde, vi al viejo Abuelo Negro en el parque, sentado en un columpio. Llevaba puesto su traje, pero estaba todo cubierto de una sustancia gris, el moho que crecía en su ataúd, creo.

—Sí —dijo Danny. Su voz fue un vítreo susurro. Fue lo máximo que logró.

—Pero tenía la bragueta abierta, con el aparato asomando. Siento contarte todo esto, Danny, eres demasiado joven para oír estas cosas, pero es necesario que lo sepas.

—¿Acudiste entonces a la Abuela Blanca?

—Tenía que hacerlo. Porque sabía lo que tú sabes: seguiría volviendo. No como... Danny, ¿has visto gente muerta alguna vez? Me refiero a gente muerta normal —se echó a reír porque le pareció gracioso. A Danny también—. Fantasmas.

—Algunas veces. Una vez había tres cerca de un cruce de ferrocarril: dos chicos y una chica. Adolescentes. Creo... es posible que murieran allí.

Dick asintió con la cabeza.

—La mayoría se quedan cerca de donde fallecieron hasta que por fin se acostumbran a estar muertos y siguen adelante. Algunas de las personas que viste en el Overlook eran de ese tipo.

—Lo sé —el alivio por poder hablar de esas cosas (con alguien que realmente las entendiera) resultaba indescriptible—.

Y una vez había una mujer en un restaurante. ¿Sabes de esos sitios que tienen las mesas fuera?

Dick volvió a asentir.

—Ésta no se transparentaba, pero nadie más la veía, y cuando una mesera empujó para dentro la silla donde estaba sentada, la mujer fantasma desapareció. ¿Tú también los ves a veces?

—Hace años que no, pero tu resplandor es más intenso que el que yo tenía. Se retrae un poco a medida que creces...

—Bien —dijo Danny con fervor.

—... pero a ti te quedará mucho incluso cuando seas adulto, eso creo, porque empezaste con una cantidad enorme. Los fantasmas normales no son como la mujer que viste en la habitación 217 y en tu baño. Es así, ¿verdad?

—Sí. La señora Massey es real —afirmó Danny—. Va dejando trozos de sí misma. Tú los viste. Mamá también... y ella no resplandece.

—Volvamos —propuso Dick—. Es hora de que veas lo que te he traído.

## 8

El regreso al estacionamiento fue aún más lento, porque a Dick le faltaba la respiración.

—El tabaco —explicó—. No empieces nunca, Danny.

—Mamá fuma. Ella cree que no lo sé, pero sí. Dick, ¿qué hizo tu Abuela Blanca? Algo tuvo que hacer, porque tu Abuelo Negro no te atrapó.

—Me dio un regalo, el mismo que yo voy a darte a ti. Ésa es la misión de un maestro cuando el alumno está preparado. La enseñanza es un regalo en sí misma, ¿sabes? El mejor regalo que cualquiera puede dar o recibir.

»Ella no llamaba al abuelo Andy por su nombre, sino que le decía... —Dick sonrió burlonamente— el pervertido. Le dije lo mismo que tú, que él no era un fantasma, que era real. Y dijo que sí, que era cierto, porque yo lo hacía real. Con el resplandor.

Me contó que algunos espíritus, principalmente los espíritus que están enojados, no abandonan este mundo porque saben que lo que les espera es todavía peor. Con el tiempo, la mayoría se consumen hasta desaparecer, pero algunos encuentran comida. "Eso es el resplandor para ellos, Dick", me dijo. "Comida. Estás alimentando a ese pervertido. No lo haces adrede, pero es así. Tu abuelo es como un mosquito que no deja de revolotear y picarte en busca de sangre. Yo no puedo hacer nada, pero tú puedes volver en su contra aquello que viene a buscar."

Habían llegado al Cadillac. Dick abrió las puertas y luego se sentó al volante con un suspiro de alivio.

—En otro tiempo habría sido capaz de andar quince kilómetros y correr otros siete u ocho. Ahora, un paseíto por la playa y mi espalda protesta como si un caballo le hubiera pegado una coz. Ándale, Danny. Abre tu regalo.

Danny rompió el papel plateado y descubrió una caja de metal pintado de verde. En la parte delantera, bajo el cierre, había un pequeño teclado.

—¡Eh, qué bonita!

—¿Sí? ¿Te gusta? Bien. La compré en Western Auto. Acero cien por cien americano. La que me dio la Abuela Blanca Rose tenía un candado, con una llavecita que yo llevaba colgada alrededor del cuello, pero hace mucho tiempo de eso. Estamos en los ochenta, la edad moderna. ¿Ves el teclado numérico? Lo que tienes que hacer es marcar cinco números que estés seguro de que no olvidarás y pulsar el botoncito en el que dice SET. Luego, cada vez que quieras abrir la caja, teclearás tu código.

Danny parecía encantado.

—¡Gracias, Dick! ¡Guardaré aquí mis cosas especiales!

Éstas incluirían sus mejores estampas de beisbol, su rosa de los vientos de los Lobatos, su piedra verde de la suerte y una foto de su padre y él tomada en el jardín delantero del edificio de departamentos donde habían vivido en Boulder, antes del Overlook. Antes de que las cosas se volvieran malas.

—Eso es estupendo, Danny, me gusta la idea, pero además quiero que hagas otra cosa.

—¿Qué?

—Quiero que conozcas bien esta caja, por dentro y por fuera. No te limites a mirarla; tócala. Pálpala. Luego mete la nariz y averigua a qué huele. Es necesario que sea tu amiga íntima, al menos durante un tiempo.

—¿Por qué?

—Porque vas a crear una igual en tu mente. Una caja todavía más especial. Y la próxima vez que esa perra de Massey aparezca, estarás preparado. Te explicaré cómo, igual que la vieja Abuela Blanca me lo explicó a mí.

Danny apenas habló en el trayecto de vuelta. Tenía mucho en que pensar. Sujetaba su regalo —una caja de seguridad hecha de resistente metal— en el regazo.

## 9

La señora Massey regresó una semana después. Volvió a aparecerse en el baño, esta vez en la tina. A Danny no le sorprendió. Al fin y al cabo, era donde había muerto. Esta vez no huyó. Esta vez entró y cerró la puerta. La mujer, sonriendo, le indicó por señas que se acercara. Danny, también sonriendo, avanzó. Desde la habitación contigua le llegaba el sonido de la televisión. Su madre estaba viendo *Tres son multitud*.

—Hola, señora Massey —dijo Danny—. Le he traído algo.

En el último momento ella lo entendió y empezó a gritar.

## 10

Instantes después, su madre llamaba a la puerta del baño.

—¿Danny? ¿Estás bien?

—Perfectamente, mamá —la tina estaba vacía. Quedaban restos de alguna sustancia viscosa, pero Danny creyó que podría limpiarlos. Un poco de agua se los llevaría por el desagüe—. ¿Necesitas entrar? Saldré enseguida.

—No, sólo es que... me pareció que me llamabas.

Danny agarró su cepillo de dientes y abrió la puerta.

—Estoy bien al cien por cien. ¿Ves? —le brindó una amplia sonrisa. No fue difícil ahora que la señora Massey se había esfumado.

La expresión de preocupación abandonó el rostro de Wendy.

—Bien. No olvides cepillarte los de atrás. Ahí es donde la comida va a esconderse.

—Lo haré, mamá.

Dentro de su cabeza, muy dentro, en el estante especial donde estaba la gemela de su caja de seguridad especial, Danny oía gritos amortiguados. No les prestó atención. Pensó que cesarían pronto, y no se equivocaba.

## 11

Dos años más tarde, el día antes de las vacaciones de Acción de Gracias, a mitad de una escalera desierta en la Escuela Primaria de Alafia, Horace Derwent se le apareció a Danny Torrance. Había confeti en los hombros de su traje. Una pequeña máscara negra le colgaba de una mano en descomposición. Hedía a tumba.

—Magnífica fiesta, ¿verdad? —preguntó.

Danny dio media vuelta y se alejó muy rápido.

Al acabar las clases, telefoneó al restaurante de Cayo Hueso donde trabajaba Dick.

—Otro de la Gente del Overlook me ha encontrado. ¿Cuántas cajas puedo tener, Dick? Me refiero a en mi cabeza.

Dick soltó una risita.

—Tantas como necesites, pequeño. Ésa es la belleza del resplandor. ¿Crees que mi Abuelo Negro es el único al que yo he tenido que encerrar?

—¿Se mueren ahí dentro?

Esta vez no hubo risitas. Esta vez en la voz de Dick había una frialdad que el niño nunca antes le había oído.

—¿Te importa?

A Danny le tenía sin cuidado.

Cuando el otrora propietario del Overlook volvió a presentarse poco después de Año Nuevo —esta vez en el armario del dormitorio de Danny—, el niño se hallaba preparado. Se metió dentro con su visitante y cerró la puerta. Instantes después, una segunda caja mental de seguridad apareció en la repisa superior de su estantería mental, junto a la que confiaba a la señora Massey. Se oyeron más golpes y varias maldiciones ingeniosas que Danny se guardó para poder usarlas más adelante. Cesaron enseguida. De la caja Derwent sólo salía silencio, igual que de la caja Massey. Que estuvieran o no vivos (a su manera no-muerta) ya no importaba.

Lo que importaba era que jamás saldrían. Estaba a salvo.

Eso pensó entonces. Por supuesto, también pensaba que jamás probaría la bebida, no después de ver lo que le había hecho a su padre.

A veces sencillamente erramos el tiro.

TAMBIÉN DE

# STEPHEN KING

---

## EL INSTITUTO

En mitad de la noche en un barrio tranquilo de Minneapolis raptan a Luke Ellis, de doce años, tras haber asesinado a sus padres. Una operación que dura menos de dos minutos. Luke se despierta en El Instituto, en un cuarto exactamente igual que el suyo pero sin ventanas. En habitaciones parecidas hay más niños: Kalisha, Nick, George, Iris y Avery Dixon, entre otros, que comparten capacidades especiales como la telequinesia o la telepatía. Los mayores, en cambio, se encuentran en la Mitad Trasera. Como dice Kalisha: "El que entra no sale". En este instituto tan siniestro, la directora —la Señora Sigsby— y sus empleados se dedican a extraer la fuerza supernatural de cada uno de los niños, siempre de una manera despiadada y sin escrúpulos. Si los niños cooperan, ganan monedas para las máquinas de dulces. Pero si no, el castigo es brutal. Cada vez que una víctima desaparece, Luke se encuentra más desesperado por huir y buscar ayuda. Pero nunca nadie ha logrado escapar del Instituto...

Ficción

## CUJO

Durante toda su vida Cujo fue un buen perro, un san bernardo grandote, pacífico, juguetón y amante de los niños. Realmente se trataba de un perro bueno y feliz. Feliz hasta que le sucedió algo, y el cerebro de perro de Cujo se cubrió de una de esas oscuridades que se alimentan de sangre. Ahora, se ha convertido en un perro asesino; doblemente cruel por cuanto la gente no conoce su mutación y aún lo ve con su anterior bondad. Heraldo de un pequeño apocalipsis, *Cujo* desencadenará sobre un pueblo modélico un huracán de pánico y de muerte.

Ficción

## EL VISITANTE

Un niño de once años ha sido brutalmente violado y asesinado. Todas las pruebas apuntan a uno de los ciudadanos más queridos de Flint City: Terry Maitland, entrenador de la liga infantil, profesor de literatura, marido ejemplar y padre de dos niñas. El detective Ralph Anderson ordena su detención. Maitland tiene una coartada firme que demuestra que estuvo en otra ciudad cuando se cometió el crimen, pero las pruebas de ADN encontradas en el lugar de los hechos confirman que es culpable. Ante la justicia y la opinión pública, Terry Maitland es un asesino y el caso está resuelto. Pero el detective Anderson no está satisfecho. Maitland parece un buen tipo, un ciudadano ejemplar, ¿acaso tiene dos caras? Y ¿cómo es posible que estuviera en dos sitios a la vez? La respuesta, como no podría ser de otra forma saliendo de la pluma de Stephen King, te hará desear no haber preguntado.

Ficción

## LA MILLA VERDE

Octubre de 1932, penitenciaría de Cold Mountain. Los condenados a muerte aguardan el momento de ser conducidos a la silla eléctrica a través del pasillo conocido como la Milla Verde. Los crímenes abominables que han cometido les convierten en carnaza de un sistema legal que se alimenta de un círculo de locura, muerte y venganza. El guardia de la prisión, Paul Edgecombe, ha visto cosas raras en sus años trabajando en la Milla. Pero nunca ha visto a nadie como John Coffey, un hombre con el cuerpo de un gigante y la mente de un niño, condenado por un crimen aterrador en su violencia e impactante en su depravación. Y en este lugar donde reciben el máximo castigo, Edgecombe está a punto de descubrir la terrible y maravillosa verdad sobre Coffey, una verdad que desafiará sus más íntimas creencias... *La milla verde* representa un hito en la aclamada trayectoria del maestro indiscutible de la narrativa de terror contemporánea.

Ficción

DOCTOR SUEÑO

Danny Torrance, aquel niño aterrorizado del Hotel Overlook, es ahora un adulto alcohólico atormentado por los fantasmas de su infancia. Tras décadas tratando de desprenderse del violento legado de su padre, decide asentarse en una ciudad de New Hampshire donde encuentra trabajo en una residencia de ancianos y emplea su "resplandor" para confortar a quienes van a morir. Allí le llega la visión de Abra Stone, una niña que necesita su ayuda. La persigue una tribu de seres paranormales que viven del resplandor de los niños especiales. Parecen personas mayores y completamente normales que viajan por el país en sus autocaravanas, pero su misión es capturar, torturar y consumir el vapor que emana de estos niños. Se alimentan de ellos para vivir y el resplandor de Abra tiene tanta fuerza que los podría mantener vivos durante mucho tiempo. El encuentro con Abra reaviva los demonios interiores de Dan y lo emplaza a una batalla por el alma y la supervivencia de la niña.

Ficción

TAMBIÉN DISPONIBLES

*11/22/63*
*Carrie*
*Cementerio de animales*
*IT (Eso)*
*La cúpula*
*Misery*
*Mr. Mercedes*

VINTAGE ESPAÑOL
Disponibles en su librería favorita
www.vintageespanol.com